P9-DYA-925

Solo nosotros dos

Solo nosotros dos

Nicholas Sparks

Traducción de Dolors Gallart

Rocaeditorial

Título original: *Two by Two*

© Willow Holding, Inc., 2016
www.nicholassparks.com

Primera edición en este formato: febrero de 2017

© de la traducción: Dolors Gallart
© de esta edición: Roca Editorial de Libros, S. L.
Av. Marquès de l'Argentera, 17, pral.
08003 Barcelona
actulidad@rocaeditorial.com
www.rocalibros.com

Impreso por Liberdúplex

ISBN: 978-84-16498-31-4
Código IBIC: FA
Código producto: RE98314
Depósito legal: B-25675-2016

Todos los derechos reservados. Esta publicación no puede ser reproducida, ni en todo ni en parte, ni registrada en o transmitida por, un sistema de recuperación de información, en ninguna forma ni por ningún medio, sea mecánico, fotoquímico, electrónico, magnético, electroóptico, por fotocopia, o cualquier otro, sin el permiso previo por escrito de la editorial.

A ti, mi fiel lector:
Gracias por estos últimos veinte años

1

Y con la niña somos tres

—¡Uau! —recuerdo que dije cuando Vivian salió del cuarto de baño y me enseñó el resultado positivo del test de embarazo—. ¡Es fantástico!

De haber sido sincero, habría dicho más bien algo como «¿De verdad? ¿Tan pronto?».

En realidad, me llevé una gran impresión, y también sentí cierta dosis de terror. Llevábamos casados poco más de un año y ella ya me había confiado que tenía intención de quedarse en casa los primeros años cuando decidiéramos tener un hijo. Yo siempre había estado de acuerdo, porque también quería lo mismo, pero en ese momento además comprendí que nuestra vida como pareja con dos sueldos pronto iba a llegar a su fin. Aparte, tenía mis dudas: no me veía del todo preparado para ser padre. Pero ¿qué podía hacer? Ella no me había engañado, ni me había ocultado el hecho de que deseaba tener un hijo, y cuando había dejado de tomar los anticonceptivos, me lo había hecho saber. Yo también deseaba tener hijos, desde luego, pero Vivian había dejado de tomar la píldora hacía solo tres semanas. Recuerdo que pensé que seguramente me quedaban al menos unos cuantos meses antes de que su cuerpo se volviera a ajustar a su estado normal, reproductivo. Desde mi perspectiva, hasta cabía la posibilidad de que le costara quedarse embarazada, de lo cual se desprendía que tal vez podían transcurrir un año o dos.

En el caso de Vivian no fue así, sin embargo. Su cuerpo se volvió a ajustar de inmediato. Mi Vivian era fértil.

La rodeé con los brazos, observándola para ver si ya estaba radiante, aunque seguramente era demasiado pronto para eso. ¿Y qué es exactamente eso de estar radiante? ¿Sería solo una manera más de decir que alguien se ve sudoroso y acalorado? ¿De qué forma iban a cambiar nuestras vidas? ¿Y con qué repercusión económica?

Las preguntas se sucedían y, mientras abrazaba a mi esposa, yo, Russell Green, no sabía cómo responderlas.

ϒ

Unos meses más tarde, se produjo el gran acontecimiento, aunque debo reconocer que guardo un recuerdo borroso de buena parte de lo que ocurrió aquel día.

Bien mirado, habría sido mejor que lo hubiera escrito todo mientras lo tenía fresco en la memoria. Uno debería recordar todos los pormenores de un día como aquel, en lugar de limitarse a las vagas instantáneas que tiende a conservar. Si todavía me acuerdo de tantas cosas es por Vivian. En su caso, fue como si se hubieran grabado a fuego en su conciencia todos y cada uno de los detalles, aunque ella fue la que estuvo de parto, claro, y el dolor a veces exacerba la percepción de las cosas, o eso es lo que dicen.

Hay algo de lo que no me cabe duda: a veces, al rememorar lo ocurrido ese día, los dos tenemos opiniones algo distintas. Por ejemplo, yo encontraba mi manera de actuar completamente comprensible dadas las circunstancias, mientras que Vivian declaraba que me comporté como un egoísta o, si no, como un perfecto idiota. Cuando les explicaba lo sucedido a los amigos —cosa que hizo multitud de veces—, la gente siempre se reía, o sacudía la cabeza y la colmaba de miradas compasivas.

Francamente, no creo que me comportara como un egoísta ni como un perfecto idiota; después de todo, era nuestro primer hijo, y ninguno de los dos sabía con exactitud a qué debíamos atenernos cuando empezara el parto. ¿Acaso alguien está realmente preparado para lo que va a ocurrir entonces? A mí me habían dicho que el parto era algo imprevisible. Durante el embarazo, Vivian me recordó más de una vez que el proceso que va desde las contracciones iniciales hasta dar a luz podía durar más de un día, sobre todo tratándose del primer hijo, y que no era infrecuente que se prolongara durante doce horas o incluso más. Como la mayoría de los jóvenes futuros padres, yo consideraba a mi mujer como la experta y la creía a pies juntillas. Al fin y al cabo, ella era la que leía todos los libros sobre el tema.

Conviene precisar que la mañana en cuestión mi incompetencia no fue absoluta. Me había tomado a pecho mis responsabilidades. La bolsa de viaje de Vivian y el bolso del bebé estaban listos, con todo su contenido revisado varias veces. La cámara de fotos y la cámara de vídeo estaban cargadas y a punto y la habitación del bebé estaba preparada con todo lo que iba a necesitar nuestra hija como mínimo durante un mes. Me sabía el itinerario más rápido para ir al hospital y había previsto rutas alternativas, por si se producía un accidente en la carretera. También era consciente de que el bebé iba a nacer pronto; en los días anteriores al parto, había habido varias falsas alarmas, pero incluso yo sabía que había empezado oficialmente la cuenta atrás.

En otras palabras, no me pilló totalmente por sorpresa cuando mi mujer me despertó a las cuatro y media de la madrugada del 16 de octubre de 2009, anunciándome que tenía contracciones cada cinco minutos y que había llegado la hora de ir al hospital. No puse en duda su diagnóstico; ella sabía distinguir entre las falsas contracciones y las de verdad, y aunque me había estado preparando para ese momento, lo primero que se me ocurrió no fue vestirme y llevar las cosas al coche. De hecho, mis pensamientos no se centraron en mi esposa y el bebé que iba a nacer. Lo que yo pensé fue algo así: «Hoy es el gran día y la gente hará muchas fotos. Habrá otras personas que miren esas fotos en el futuro y, dado que van a ser para la posteridad, más vale que me dé una ducha antes de irnos, porque tengo el pelo muy revuelto».

No es que sea un presumido. Simplemente creí que disponía de tiempo de sobras, de modo que le dije a Vivian que estaría listo al cabo de unos minutos. Por lo general, me ducho deprisa —no tardo más de diez minutos en un día normal, contando el afeitado—, pero justo cuando me acababa de aplicar la crema de afeitar, me pareció oír a mi mujer gritando en el comedor. Volví a prestar oído y, aunque no percibí nada, me apresuré de todas formas. Cuando me estaba enjuagando, la oí gritar, aunque curiosamente no parecía que me gritara a mí, sino que hablara de mí a gritos. Me envolví la cintura con una toalla y salí al pasillo a oscuras, todavía mojado. Pongo a Dios por testigo de que no estuve más de seis minutos en la ducha.

Vivian volvió a gritar y me llevó un segundo tomar conciencia de que estaba a cuatro patas en el suelo, gritando por el móvil que yo estaba ¡EN LA MALDITA DUCHA! y preguntando ¡¿en qué coño debe de estar pensando ese idiota?! «Idiota» fue, por cierto, la palabra más suave que empleó para describirme en dicha conversación, porque estuvo bastante grosera. Lo que yo ignoraba era que las contracciones que antes se repetían cada cinco minutos, entonces se producían cada dos, y que además era un parto de riñones, que es muy doloroso. De repente, Vivian soltó un alarido tan potente que adquirió entidad propia, de modo que es posible que todavía esté flotando por encima de nuestro barrio de Charlotte, en Carolina del Norte; un vecindario muy tranquilo, por lo demás.

Después de eso me espabilé de verdad, no les quepa duda. Me puse la ropa sin acabar de secarme y cargué el maletero. Sostuve a Vivian mientras caminábamos hasta el coche y no me quejé de que me clavara las uñas en el brazo. Me coloqué al volante en un santiamén y, ya en la carretera, llamé al ginecólogo, que prometió reunirse con nosotros en el hospital.

Las contracciones seguían produciéndose cada dos minutos cuando llegamos, pero, en vista de la intensidad del dolor, la llevaron directamente a la sala de partos. Le cogí la mano y traté de ayudarla con la respiración —a raíz de lo cual ella volvió a formular otras expresiones groseras contra mí, especificando por donde podía meterme la maldita respiración— hasta que llegó el anestesista para ponerle la epidural. Al principio del embarazo, Vivian había estado dudando si recurrir a ella hasta que decidió que sí. El caso fue que resultó una bendición. En cuanto le hizo efecto, el dolor desapareció y Vivian sonrió por primera vez desde que me había despertado de madrugada. Su ginecólogo —un señor de sesenta y pico años, cabello gris bien peinado y expresión amable— entraba en la sala cada veinte o treinta minutos para controlar la dilatación, y en el intervalo de dichas visitas yo llamé a los padres de ambos y también a mi hermana.

Llegó la hora. Las enfermeras acudieron y prepararon el instrumental con calma y profesionalidad. Después, el médico le pidió de pronto a mi mujer que empujara.

Vivian empujó a lo largo de tres contracciones y, en la tercera, el médico empezó a girar de improviso las manos y las muñecas como un mago que sacara un conejo de una chistera y, a continuación, me había convertido en padre.

Así, sin más preámbulos.

El médico examinó a nuestra hija y, aunque sufría una ligera anemia, tenía diez dedos en las manos y en los pies, un corazón sano y un par de pulmones que, por lo visto, funcionaban a la perfección. Yo pregunté por la anemia y me dijo que no había de qué preocuparse, y tras ponerle unas gotas en los ojos, la limpiaron y vistieron y la dejaron en los brazos de mi esposa.

Tal como había previsto, unos y otros estuvieron haciendo fotos ese día pero, curiosamente, cuando la gente las miraba después, nadie parecía interesarse lo más mínimo por mi aspecto.

Hay quien dice que, al nacer, los niños se parecen o bien a Winston Churchill o bien a Mahatma Gandhi, pero debido a la palidez cenicienta ocasionada por la anemia, lo primero que pensé es que mi hija se parecía a Yoda, sin las orejas claro. A un Yoda guapo, que conste, un Yoda impresionante, un Yoda tan milagroso que cuando me agarró el dedo, casi me estalló el corazón. Mis padres llegaron tan solo unos minutos después y, con el nerviosismo y la emoción, salí a recibirlos al pasillo y les solté lo primero que me vino a la cabeza.

—¡Tenemos una niña gris!

Mi madre me miró como si me hubiera vuelto loco mientras mi padre se metía el dedo en la oreja como si pensara que tal vez la acumulación de cera le hacía oír mal. Sin hacer caso de mi comentario, entraron en la habitación y vieron a Vivian con nuestra hija en brazos y la expresión serena. Yo seguí el curso de sus miradas y llegué a la conclusión de que London debía de ser la niña más preciosa de la historia del mundo. Aunque estoy seguro de que todos los padres que acaban de tener un hijo piensan lo mismo, lo cierto es que solo puede haber un bebé que sea el más precioso de la historia del mundo, y casi me extrañaba de que la otra gente del hospital no se parara delante de nuestra habitación para maravillarse ante la perfección de nuestra hija.

Mi madre se acercó a la cama, estirando el cuello para ver aún mejor.

—¿Habéis decidido un nombre? —preguntó.

—London —respondió mi mujer, completamente embelesada con nuestra hija—. Hemos decidido ponerle London.

Mis padres se marcharon al cabo de un rato y volvieron por la tarde. Mientras tanto, nos visitaron los padres de Vivian. Habían cogido el avión desde Alexandria, Virginia, la ciudad donde se había criado Vivian, y aunque ella estaba encantada, inmediatamente noté cómo empezaba a tensarse el ambiente en la habitación. Yo siempre había captado que ellos creían que su hija había apuntado bajo cuando decidió casarse conmigo, y ¿quién sabe? Tampoco parecía que les cayeran muy bien mis padres, y el sentimiento era mutuo. Aunque siempre mantenían un trato cordial, resultaba obvio que preferían evitar estar juntos.

Mi hermana mayor, Marge, también vino con Liz, cargada de regalos. Marge y Liz llevaban más tiempo juntas que Vivian y yo —en ese momento, más de cinco años— y yo no solo creía que Liz era una pareja estupenda para mi hermana, sino que consideraba a Marge como la hermana mayor más fantástica que alguien pueda tener. Papá era fontanero y mamá trabajaba como recepcionista en el consultorio de un dentista hasta que se jubiló hacía unos años. Como trabajaban los dos, Marge me hizo de madre a veces y fue una confidente genial que me ayudó a superar las angustias de la adolescencia. A ellas dos tampoco les gustaban los padres de Vivian y su antipatía se intensificó cuando, en mi boda, los padres de Vivian no quisieron que Marge y Liz se sentaran juntas a la mesa. Así, Marge estuvo en la fiesta nupcial y Liz no —mi hermana optó por llevar esmoquin en lugar de un vestido—, y aquel fue un agravio que ninguna de las dos les perdonó, ya que a otras parejas heterosexuales sí se les concedió el privilegio. Sinceramente, encuentro lógico que Marge y Liz se molestaran, porque a mí tampoco me gustó. Ella y Liz se llevan mucho mejor que la mayoría de las parejas que conozco.

Mientras llegaban y se iban las demás visitas, permanecí en la habitación con mi mujer durante el resto del día, tan pronto sentado en una mecedora junto a la ventana como en la cama a su lado, susurrando a coro con ella, maravillados, que «teníamos una hija». Me quedaba mirando a mi mujer y a mi hija con el convencimiento de que formaba una unidad con ellas y de que entre los tres había una conexión que duraría para siempre. Era un sentimiento indescriptible, como todo lo que sucedió ese día. En ciertos momentos me ponía a hacer cábalas sobre el aspecto que tendría London en la adolescencia, en qué iba a soñar o qué iba a hacer en la vida. Cada vez que se ponía a llorar, Vivian la desplazaba hasta su pecho y entonces yo era testigo de otra escena milagrosa.

«¿Cómo sabe London lo que hay que hacer? —me preguntaba—. ¿Cómo demonios lo sabe?»

De ese día también conservo otro recuerdo, exclusivamente mío.

Sucedió la primera noche en el hospital, mucho después de que se hubiera ido todo el mundo. Vivian estaba dormida y yo dormitaba en la mecedora cuando oí que mi hija empezaba a rebullir. Antes de ese día, nunca había cogido a un recién nacido, pero entonces la tomé en brazos y la acerqué a mi cuerpo. Pensaba que tendría que despertar a Vivian, pero me sorprendí al ver que London se calmaba. Volví muy despacio a la mecedora y me pasé los veinte minutos siguientes maravillado con las emociones que despertaba en mí. La adoraba, eso ya lo sabía, pero ya entonces me di cuenta, sorprendido, de que no podía concebir la vida sin ella. Recuerdo que le susurré que siempre estaría presente como padre, y como si ella comprendiera exactamente lo que le decía, se retorció, hizo caca y empezó a llorar. Al final, acabé volviéndosela a entregar a Vivian.

2

Al principio

—Se lo he dicho hoy —anunció Vivian.

Estábamos en el dormitorio. Vivian se había puesto el pijama y nos encontrábamos por fin los dos solos, en la cama. Era mediados de diciembre y London llevaba dormida menos de una hora. A las ocho semanas, todavía dormía solo de tres a cuatro horas seguidas. Vivian no se quejaba, pero siempre estaba cansada. Guapa, pero cansada.

—¿Que le has dicho qué a quién? —pregunté.

—A Rob —respondió, refiriéndose a su jefe en la agencia de prensa en la que trabajaba—. Le he comunicado oficialmente que después de la baja de maternidad no voy a volver.

—Ah —dije, sintiendo la misma punzada de terror que había experimentado cuando vi el resultado del test de embarazo.

Vivian ganaba casi lo mismo que yo, y sin su sueldo, no estaba seguro de que pudiéramos mantener el mismo tren de vida.

—Me ha asegurado que la puerta estaría siempre abierta por si cambiaba de idea —añadió—, pero yo le he dicho que no estaba dispuesta a que a London la criaran unos desconocidos. Si no, ¿de qué sirve tener hijos?

—No tienes que convencerme —dije, procurando ocultar lo que sentía—. Pienso igual que tú. —Bueno, una parte de mí sí lo pensaba, en todo caso—. Pero ya sabes que eso representa que no podremos salir a cenar tan a menudo y que habrá que reducir gastos.

—Sí, ya lo sé.

—¿Y estás de acuerdo con lo de no comprar tantas cosas?

—Hablas como si derrochara el dinero. Yo nunca despilfarro.

Las facturas de la tarjeta de crédito a veces parecían indicar lo contrario —como ocurría con su armario, repleto de ropa, bolsos y zapatos—, pero en su tono era perceptible un asomo de enfado y no tenía ningunas ganas de discutir. En lugar de ello, me acerqué y la atraje, con intenciones bien distintas. La acaricié y la besé en el cuello.

—¿Ahora? —preguntó.

—Hace tiempo que estamos inactivos.

—Y el pobrecillo mío tiene la impresión de que va a explotar ¿no?

—No querría correr ese riesgo, la verdad.

Se echó a reír y, cuando empezaba a desabotonarle el pijama, sonó un ruido en el vigilabebés. Nos quedamos paralizados los dos.

Nada.

Silencio todavía.

Y justo cuando pensaba que la vía estaba libre y dejé escapar el aliento que no había sido consciente de haber estado reteniendo, el ruido se reprodujo a toda potencia. Me coloqué de espaldas, suspirando, y Vivian salió de la cama. Cuando London se calmó por fin —al cabo de media hora—, Vivian no estaba de humor.

Por la mañana tuvimos más suerte. Tanta, de hecho, que me ofrecí alegremente a cuidar de London cuando se despertara para que Vivian pudiera volver a dormir. London debía de estar igual de cansada que su madre, sin embargo, porque ya me había tomado la segunda taza de café cuando oí varios ruidos, sin llantos, provenientes del vigilabebés.

En su habitación, el móvil rotaba encima de la cuna y ella se movía pletórica de energía, accionando las piernas como pistones. Sonreí de forma maquinal y de pronto ella sonrió también.

No fue un eructo ni un movimiento reflejo. Yo le había visto hacer eso, y no era lo mismo. Casi no me lo podía creer. Aquello era una sonrisa auténtica, tan real como el amanecer, y cuando de repente emitió una risita, el radiante comienzo que había tenido ese día multiplicó su esplendor por mil.

No soy una persona sensata.

No es que me falte inteligencia. La sensatez, sin embargo, implica algo más que ser inteligente, porque exige comprensión, empatía, experiencia, paz interior e intuición y, viéndolo en perspectiva, carezco de esos atributos.

He aprendido que la edad no garantiza la adquisición de sabiduría, de igual forma que no garantiza un aumento de la inteligencia. Ya sé que no es un concepto muy popular, porque a menudo consideramos que las personas mayores son más sabias debido en parte a sus cabellos blancos y sus arrugas, pero últimamente he llegado a la conclusión de que algunas personas nacen con la capacidad para llegar a ser sensatas mientras que otras no, y en algunas personas, la sabiduría es algo natural incluso cuando son jóvenes.

Ese es el caso de mi hermana Marge, por ejemplo. Ella es sensata y solo tiene cinco años más que yo. La verdad es que lo ha sido desde que la conozco. Y Liz también. Es más joven que Marge y, sin embargo, siempre es muy atenta y ponderada en los comentarios que hace. Después de tener una conversación con ella, muchas veces me quedo pensando en lo que ha dicho. Mi padre y mi madre también son sensatos y eso me ha dado bastante que pensar estos últimos tiempos, porque está claro que aunque en mi familia es frecuente la sensatez, yo no la he heredado.

Al fin y al cabo, si fuera juicioso habría escuchado a Marge cuando en el verano del 2007, mientras íbamos en coche al cementerio donde estaban enterrados nuestros abuelos, me preguntó si estaba totalmente seguro de quererme casar con Vivian.

Si fuera sensato, habría escuchado a mi padre cuando me preguntó si estaba seguro de que me convenía instalarme por mi cuenta y montar mi propia empresa de publicidad a los treinta y cinco años.

Si fuera sabio, habría escuchado a mi madre cuando me aconsejó pasar el mayor tiempo posible con London, porque los niños crecen deprisa y uno nunca puede recuperar esos años de infancia.

Pero tal como he dicho, no soy una persona sensata, y debido a eso, mi vida entró en barrena. En estos momentos, no sé si me llegaré a recuperar nunca.

¿Por dónde empezar cuando se intenta encontrar sentido a una historia que no parece tener ninguno? ¿Por el principio? ¿Y dónde está el principio?

¿Quién sabe?

Empezaré pues de esta manera: cuando era niño, crecí con el convencimiento de que me sentiría como un adulto al cumplir los dieciocho años, y así fue. A esa edad ya estaba forjando planes. Mi familia había vivido pendiente de un salario y yo no tenía intención de hacer lo mismo. Soñaba con montar mi propio negocio, con no depender de nadie, aun sin tener la certeza de que lo iba a conseguir. Con la idea de que la universidad me ayudaría a tomar la buena dirección, fui a la universidad de Carolina del Norte, pero cuanto más tiempo llevaba allí, más joven me sentía. Cuando me saqué el título, no me podía quitar de encima la impresión de que era más o menos el mismo que cuando estaba en el instituto.

La universidad tampoco me sirvió para decidir el tipo de negocio que iba a montar. Como disponía de muy poca experiencia laboral y todavía menos capital, aplacé mi proyecto y me puse a trabajar en el sector de la publicidad con un hombre llamado Jesse Peters. Iba en traje a la oficina, trabajaba un montón de horas y, aun así, la mayor parte del tiempo seguía sintiéndome más joven de lo que se suponía para mi edad. Los fines de semana frecuentaba los mismos bares que cuando iba al instituto, y a menudo imaginaba que podía volver a empezar de cero, encajando en cualquier gremio en el que ingresara. A lo largo de los ocho años siguientes se produjeron más cambios: me casé, compré una casa y empecé a conducir un híbrido, pero incluso entonces no me sentía necesariamente como un adulto. Peters había ocupado más o menos el lugar de mis padres —igual que ellos, me podía decir lo que debía hacer y lo que no—, y eso me procuraba la impresión de estar fingiendo todavía. A veces, cuando estaba sentado en mi escritorio, intentaba convencerme a mí mismo: «Vale, es oficial. Ahora ya soy una persona mayor».

Después de que naciera London y Vivian dejara el trabajo, tomé realmente conciencia de ello. Aún no había cumplido los treinta y la presión que sentí para proveer a mi familia durante los años siguientes me exigió un nivel de sacrificio que ni siquiera había imaginado, y si eso no es ser una persona mayor, ya me dirán qué es. Después de terminar de trabajar en la agencia —en los días en que conseguía llegar a casa a una hora razonable—, al cruzar la puerta oía a London llamándome «papá» y entonces siempre deseaba poder pasar más tiempo con ella. Venía corriendo, yo la cogía en brazos y ella se me agarraba al cuello, y me decía a mí mismo que había valido la pena hacer todos aquellos sacrificios, aunque solo fuera por nuestra maravillosa hijita.

Con aquel frenético ritmo de vida, era fácil convencerme a mí mismo de que las cosas importantes —mi mujer y mi hija, mi trabajo, mi familia— iban bien, aunque no pudiera trabajar por mi cuenta. En algunos raros momentos, cuando me proyectaba en el futuro, no me imaginaba una vida muy distinta de la que ya llevaba y aquello era satisfactorio también. En la superficie, las cosas parecían funcionar sin contratiempos, pero debí haberlo interpretado como una señal de alarma. Créanme si les digo que no tenía ni la más mínima idea de que, al cabo de un par de años, me despertaría por las mañanas sintiéndome como uno de esos emigrantes de Ellis Island que llegaban a Estados Unidos solamente con la ropa en la maleta, sin hablar inglés, sin saber qué iban a hacer.

¿Cuándo empezaron a torcerse las cosas? Si le pregunto a Marge, ella responderá sin dudar: «Todo empezó a irse al garete cuando conociste a Vivian». Me lo ha dicho más de una vez. Claro que, tratándose de Marge, automáticamente tiene que añadir una precisión: «No, no fue eso —corregirá—. Empezó antes, cuando todavía estabas en primaria y colgaste ese póster en la pared de la chica con un minibikini y un culo enorme. Siempre me gustó ese póster, por cierto, pero a ti te trastocó el entendimiento». Luego, después de reflexionar un poco más, sacudiría la cabeza, formulando otra conjetura: «Ahora que lo pienso, siempre has sido un poco tarado, y fíjate que te lo digo yo que soy la tarada oficial de la familia. Quizás el verdadero problema es que siempre has sido demasiado buena persona».

Así son las cosas. Cuando uno intenta descubrir qué fue lo que no funcionó —o más concretamente, dónde no funcionó bien uno mismo—, es como si pelara una cebolla. Siempre hay otra capa, otro error del pasado o un recuerdo doloroso que surge, que lo remite a otra época anterior, y así sucesivamente, en busca de la verdad definitiva. A estas alturas, ya no intento averiguarlo. Lo único que de verdad cuenta ahora es aprender lo bastante para no volver a cometer los mismos errores.

Para comprender el porqué de todo esto, es importante comprenderme a mí, cosa que no es fácil, por cierto. Llevo más de un tercio de siglo siendo yo mismo, y la mitad del tiempo no me comprendo. Empezaré pues con esta cuestión: con el tiempo, he llegado a la conclusión de que hay dos clases de hombres en el mundo, los que se casan y los destinados a estar solteros. Los primeros son el tipo de individuos que van haciendo una valoración de cada chica con las que salen, para ver si podría ser la buena. Esa es la razón por la que las mujeres entre treinta y cincuenta años suelen decir que «todos los hombres que merecen la pena están casados». Las mujeres se refieren con eso a los individuos que están listos, dispuestos y capacitados para comprometerse a vivir en pareja.

Yo siempre he sido del tipo de los que se casan. Para mí, estar en pareja es algo bueno. No sé por qué, pero siempre me he sentido más a gusto con las mujeres que con los hombres, incluso en el plano de la amistad, y a mí me parecía lo mejor del mundo pasar el tiempo con una mujer que además estuviera locamente enamorada de mí.

Eso podría ser cierto, supongo, pero aquí es donde se complican un poco las cosas, porque no todos los tipos que se casan son iguales. Existen subcategorías, individuos que pueden considerarse a sí mismos como personas románticas, por ejemplo. Suena bien, ¿no? ¿No es esa la clase de hombre que la mayoría de las mujeres afirman querer tener a su lado? Probablemente sí, y yo debo reconocer que soy un miembro indiscutible de esta subcategoría. En ciertos casos, sin embargo, los tipos de esta subcategoría concreta están también programados para ser «complacientes». Yo pensaba que, contando con estos tres atributos, con un poco más de esfuerzo y tesón sería suficiente para que mi mujer me adorase siempre de la misma manera en que yo la adoraba a ella.

Pero ¿por qué acabé siendo así? ¿Ya era así por naturaleza? ¿Se debió al influjo de la dinámica familiar? ¿Tal vez vi demasiadas películas románticas a una tierna edad? ¿O quizá hubo un poco de todo eso?

No tengo ni idea, aunque sí puedo asegurar sin margen de duda que de lo de ver demasiadas películas románticas tuvo la culpa Marge. A ella le encantaban los clásicos del estilo *Tú y yo* y *Casablanca,* aunque *Ghost* y *Dirty Dancing* también formaban parte de sus favoritos, y *Pretty Woman* la debemos de haber visto como veinte veces por lo menos. Esa era su película predilecta. Lo que yo ignoraba, lógicamente, es que a Marge y a mí nos encantaba verla porque los dos estábamos encandilados con Julia Roberts por aquella época, pero esa es otra cuestión. La película seguramente será célebre por siempre porque funciona. En los personajes interpretados por Richard Gere y Julia Roberts hay... química. Hablaron. Aprendieron a confiar el uno en el otro, a pesar de sus disparidades. Se enamoraron. ¿Y cómo puede uno olvidar la escena en que Richard Gere está esperando a Julia para llevarla a la ópera y ella aparece luciendo un vestido que la transfigura? El público percibe la expresión de asombro de Richard y luego él abre una caja de terciopelo que contiene el collar de diamantes que Julia llevará esa noche. Cuando Julia alarga la mano hacia ella, Richard la cierra de golpe y ella se echa a reír, sorprendida...

Esas secuencias eran realmente una condensación de todo el romanticismo. La confianza, ilusión y alegría combinadas con ópera, vestidos de lujo y joyas, conducían al amor. En mi cerebro de preadolescente se quedó grabado como una especie de manual para impresionar a las chicas. Lo que tenía que hacer era recordar que a las chicas primero les tenía que gustar el tipo y que después los gestos románticos acabarían suscitando el amor. De esta manera se creó otro romántico más fuera de la pantalla.

Cuando estaba en sexto, llegó una niña nueva a la clase, Melissa Anderson. Era de Minnesota y tenía el pelo rubio y los ojos azules de sus antepasados suecos. Cuando la vi el primer día de escuela, estoy seguro de que me quedé boquiabierto, y no fui el único. Todos los niños hablaban de ella y a mí no me cabía la menor duda de que era con diferencia la niña más guapa que había puesto los pies en la clase de la señora Hartmann de la escuela de primaria Arthur E. Edmonds.

La diferencia entre yo y los otros chicos de la escuela estaba en que yo sabía muy bien lo que había que hacer y ellos no. Yo le hacía la corte y aunque no era Richard Gere con sus aviones privados y collares de diamantes, tenía una bicicleta y había aprendido a hacer pulseras de macramé y cuentas de madera. Esos detalles había que dejarlos para más adelante, sin embargo. Primero —igual que Richard y Julia— teníamos que gustarnos el uno al otro. Empecé buscando pretextos para sentarme a la misma mesa que ella a la hora de comer. Mientras hablaba, yo escuchaba y hacía preguntas, y al cabo de unas semanas, cuando ella por fin me dijo que le caía bien, supe que era el momento de dar el siguiente paso. Le escribí un poema —que hablaba de su vida en Minnesota y de lo guapa que era— y se lo entregué discretamente en el autobús escolar una tarde, junto con una flor. Me fui a sentar totalmente convencido de lo que iba a pasar: ella comprendería que yo era diferente, y con eso se produciría un grado aún mayor de compenetración que la llevaría a cogerme de la mano y pedirme que la acompañara a casa cuando nos bajáramos del autobús.

Las cosas no fueron así, sin embargo. En lugar de leer el poema, estuvo charlando con su amiga April durante todo el trayecto. Al día siguiente, se sentó al lado de Tommy Harmon en la comida y ni siquiera me dirigió la palabra. Ese día tampoco me habló, ni al siguiente. Cuando Marge me encontró más tarde enfurruñado en mi habitación, me dijo que hacía demasiados esfuerzos y que debía comportarme con naturalidad.

—Pero si me comporto con naturalidad...

—Entonces quizá deberías cambiar —contestó Marge—, porque es como si estuvieras desesperado.

Lo malo era que yo no pensaba dos veces las cosas. ¿Acaso lo hacía Richard Gere? Él sabía más que mi hermana, desde luego, y este es un ejemplo de la bifurcación de caminos que estábamos tomando la sensatez y yo en la carretera de la vida. Porque *Pretty Woman* era una película y yo vivía en el mundo real, pero la pauta que establecí con Melissa Anderson perduró, con variaciones, hasta convertirse en una costumbre de la que no me podía desprender. Me convertí en el rey de los detalles románticos —flores, notas, postales y cosas por el estilo— y en la universidad, fui incluso el «admirador secreto» de una chica de la que me había encaprichado. Abría las puertas y pagaba la cuenta en las citas, y escuchaba a todas las chicas que querían hablar, incluso si era para explicar lo mucho que seguían queriendo a su exnovio. La mayoría de las chicas me tenían simpatía, eso es verdad. Para ellas yo era un amigo, la clase de tipo al que invitan para salir con un grupo de amigas a cualquier parte, pero raras veces conseguía ligar con aquella en la que había cifrado mis expectativas. No sé la cantidad de veces que debí de oír eso de «Eres un tipo fantástico y estoy segura de que encontrarás a la persona ideal. Tengo un par de amigas que te podría presentar...».

No era fácil ser el tipo «perfecto para otra persona». A menudo me quedaba abatido, sin entender por qué las mujeres decían que querían ciertas características —como romanticismo, amabilidad, interés y la capacidad para escuchar— y después no las apreciaban cuando alguien se las ofrecía.

Tampoco es que fuera del todo infeliz en el amor, por supuesto. En el segundo curso de instituto tuve una novia llamada Angela todo el año, y en el primer curso de universidad estuve saliendo con Victoria. En el verano después de graduarme, cuando tenía veintidós años, conocí a una mujer llamada Emily.

Emily todavía vive en la zona y, durante estos años, la he visto más de una vez. Ella fue la primera mujer a la que amé de verdad y, puesto que el romanticismo y la nostalgia suelen ir de la mano, todavía pienso en ella. Era un poco bohemia; le gustaba llevar faldas largas floreadas y sandalias, se maquillaba muy poco y había estudiado bellas artes, en la especialidad de pintura. Era guapa, con el pelo castaño y unos ojos color avellana con reflejos dorados, pero tenía muchas más cualidades aparte de su aspecto físico. Era sonriente, amable con todo el mundo e inteligente, una mujer que casi todos consideraban perfecta para mí. Mis padres la adoraban, Marge la quería mucho y, cuando estábamos juntos, nos encontrábamos a gusto incluso sin hablar. Teníamos una relación tranquila y relajada. Más que amantes, éramos amigos. No solo podíamos hablar de cualquier cosa, sino que a ella le encantaban las notas que le dejaba debajo de la almohada o las flores que mandaba entregarle en el trabajo sin ningún motivo especial. Emily me quería a mí en la misma proporción en que le gustaban los detalles románticos, y después de estar saliendo con ella durante un par de años, tenía planeado pedirle que se casara conmigo. Había incluso empezado a ahorrar para comprar un anillo de compromiso.

Y entonces lo estropeé todo. No me pregunten por qué. Podría achacarlo al alcohol que consumí esa noche —había estado bebiendo con unos amigos en un bar—, pero fuera por lo que fuese, trabé conversación con una mujer llamada Carly. Era guapa, sabía cómo coquetear y había roto hacía poco con su novio de toda la vida. Una copa llevó a la otra y el flirteo acabó en la cama. Por la mañana, Carly dejó claro que aquello había sido solo una aventura, sin más y, aunque me besó al despedirse, no se molestó en darme su número de teléfono.

Hay un par de reglas muy simples que todo hombre debe aplicar en este tipo de situaciones. La primera es: «Nunca hay que contarlo». Y si tu pareja llega a sospechar algo y pregunta directamente, hay que aplicar la regla número dos que es: «Negarlo, negarlo y negarlo a toda costa».

Todos los hombres conocen esas reglas, pero el caso es que yo además sentía culpa. Una culpa horrible. Incluso al cabo de un mes, era incapaz de olvidarme de aquella experiencia y de perdonarme a mí mismo. Me parecía inconcebible mantenerlo en secreto; no me podía imaginar construir un futuro con Emily sabiendo que reposaba al menos en parte en una mentira. Hablé con Marge del asunto y ella me dio, como siempre, sus atinados consejos fraternales.

—Mantén la boca cerrada, tonto. La has cagado y es normal que te sientas culpable, pero si vuelves a hacerlo alguna vez, no hieras además los sentimientos de Emily. Eso la destrozaría.

Sabía que Marge tenía razón, y aun así...

Quería el perdón de Emily, porque no estaba seguro de poder perdonarme a mí mismo si no, así que al final fui a verla y le dije estas palabras que aún ahora desearía no haber dicho.

—Te tengo que decir algo... —anuncié, antes de contárselo todo.

Si el objetivo era obtener el perdón, la iniciativa resultó fallida. Si el otro objetivo era construir una relación duradera cimentada en la sinceridad, también resultó un fracaso. Ella se marchó furiosa y llorando, diciendo que necesitaba tiempo para pensar.

La dejé tranquila una semana, esperando a que me llamara mientras limpiaba mi apartamento, pero el teléfono no sonó. A la semana siguiente le dejé dos mensajes —en los que me volví a disculpar—, pero ella siguió sin llamar. A la otra semana fuimos por fin a un restaurante, pero el ambiente de la comida fue tenso y, cuando salimos, ella no quiso que la acompañara hasta el coche. Parecía que la sentencia era firme y una semana más tarde me dejó un mensaje diciendo que habíamos terminado. Me quedé desconsolado durante semanas.

El paso del tiempo ha mitigado mi sentimiento de culpa, como suele ocurrir, e intento consolarme con la idea de que, al menos para Emily, mi desliz acabó teniendo buenas consecuencias. Supe por la amiga de una amiga unos años después de nuestra ruptura que se había casado con un australiano y, siempre que la veía de lejos, parecía que la vida la trataba bien. Entonces me decía que me alegraba por ella. Emily merecía más que nadie tener una vida plena y Marge opinaba lo mismo. Incluso después de casarme con Vivian, mi hermana me decía a veces. «Esa Emily sí que era una chica estupenda. Lástima que lo estropearas.»

Yo nací en Charlotte, en Carolina del Norte, y aparte del año que pasé en otra ciudad, siempre he vivido allí. Todavía ahora me parece casi imposible que Vivian y yo nos conociéramos en el sitio donde nos conocimos, e incluso que nos conociéramos siquiera. Al fin y al cabo, ella era, como yo, de un estado del Sur; su empleo exigía, como el mío, largas horas de trabajo, y casi nunca salía. ¿Qué posibilidades había entonces de que conociera a Vivian en una fiesta en Manhattan?

Por aquel entonces, yo trabajaba en la filial de la agencia en Midtown, lo cual podría sonar como un destino mucho más atractivo de lo que en realidad era. Jesse Peters era de la opinión de que casi todos los empleados prometedores de la oficina de Charlotte debían trabajar al menos un tiempo en la sede del norte, aunque solo fuera porque muchos de nuestros clientes eran bancos, y todos los bancos tienen una presencia destacada en la ciudad de Nueva York. Ustedes ya habrán visto algunos de los anuncios en los que he colaborado; para mí son obras serias y meditadas, que aspiran a proyectar un ideal de integridad. El primero de esos anuncios lo concebí, por cierto, cuando vivía en un pequeño estudio en la calle Setenta y Siete Oeste, entre Columbus y Amsterdam, y trataba de precisar si la respuesta del cajero automático era un reflejo exacto del estado de mi cuenta, cuyo saldo alcanzaba solo para consumir un menú en un *fast-food* de la esquina.

En mayo de 2006, un consejero delegado de uno de los bancos que «apreciaba mucho mi enfoque» promovió un acto caritativo en beneficio del MoMA. Dicho delegado estaba muy implicado en el mundo del arte —cosa que yo ignoraba por completo— y, aunque se trataba de un acto exclusivo, de etiqueta, yo no quería asistir. Aun así, como su banco era cliente nuestro y Peters era un jefe de esos que amenazan si uno no hace lo que dicen, no me quedó más remedio.

Lo único que recuerdo de la primera media hora es que saltaba a la vista que estaba fuera de mi ambiente. Por la edad, más de la mitad de los asistentes podían ser abuelos míos, y la práctica totalidad se encontraba en una estratosfera distinta en lo que a nivel económico se refiere. En un momento dado, me encontré escuchando a dos señores mayores que ponderaban los méritos del G IV en relación con el Falcon 2000. Tardé un poco en caer en la cuenta de que estaban comparando sus aviones privados.

Cuando me aparté de aquella conversación, vi al jefe de Vivian en el otro extremo de la sala. Lo reconocí por el programa nocturno de televisión que presentaba, y Vivian me contó más adelante que él se consideraba un coleccionista de arte. Lo dijo frunciendo la nariz, con lo que dio a entender que tenía dinero pero poco gusto, cosa que no me extrañó. Pese a los invitados famosos que acudían a su programa, su sentido del humor era más bien vulgar.

Ella se encontraba de pie detrás de él, fuera de mi ángulo de visión, pero cuando se adelantó para saludar a alguien, la vi. Con su pelo oscuro, su piel perfecta y unos pómulos que muchas supermodelos le habrían envidiado, me dejó convencido de que tenía delante de mí a la mujer más guapa que había visto nunca.

Al principio pensé que eran pareja, pero cuanto más los observaba, más crecía mi impresión de que no estaban juntos, sino de que ella trabajaba para él. Por otra parte, no llevaba ningún anillo, lo cual era una buena señal... aunque eso no significaba que yo tuviera muchas posibilidades.

El ser romántico que albergaba en mí no se arredró, sin embargo, y cuando ella fue a buscar un cóctel al bar, me dirigí sigilosamente hacia allí. De cerca aún se veía más guapa.

—Es usted —dije.

—¿Cómo?

—La mujer en la que piensan los artistas de Disney cuando dibujan los ojos de sus princesas.

No fue una gran ocurrencia, lo reconozco. Era torpe, ramplona tal vez, y en el minuto de silencio incómodo que se produjo después supe que había sido un desacierto. No obstante, contra todo pronósitico, ella se echó a reír.

—Vaya, es una táctica de ligue que no conocía.

—No funciona con todo el mundo —admití—. Me llamo Russell Green.

A ella pareció divertirle la respuesta.

—Yo Vivian Hamilton —se presentó.

Yo casi me quedé sin respiración. Se llamaba Vivian.

Igual que el personaje de Julia Roberts en *Pretty Woman*.

¿Cómo se sabe cuándo otra persona es la que le conviene a uno? ¿Qué clase de señales se manifiestan para que cuando uno conoce a alguien piense: «Esta es la persona con la que quiero pasar el resto de mi vida»? Por ejemplo, ¿cómo podía parecerme Emily la persona adecuada y Vivian también, si eran tan distintas como la noche y el día, y el tipo de relaciones que manteníamos era asimismo tan diferente?

No lo sé, pero cuando pienso en Vivian, todavía evoco con facilidad la embriagadora emoción de las primeras veladas que pasamos juntos. Mientras que la relación con Emily era cálida y confortable, con Vivian vivimos una ardiente pasión casi desde el principio, como si obedeciéramos a una atracción predestinada. Cada contacto, cada conversación parecía amplificar mi convencimiento de que éramos exactamente lo que cada uno buscaba en el otro.

En mi condición de hombre destinado al matrimonio, empecé a fantasear sobre los caminos por los que transcurriría nuestra vida en común, durante la cual se mantendría ardiente la llama de nuestra apasionada conexión. Al cabo de un par de meses estaba seguro de que quería que Vivian fuera mi esposa, aunque no lo expresé. Vivian tardó más en sentir lo mismo, pero cuando llevábamos seis meses saliendo juntos, lo nuestro se había convertido en algo serio y ya estábamos tanteando qué posturas tenía cada cual respecto a Dios, el dinero, la política, la familia, el vecindario, los hijos y nuestros valores más íntimos. Por lo general estábamos de acuerdo, e inspirándome en otra película romántica, le pedí que se casara conmigo en el mirador del Empire State Building el día de San Valentín, una semana antes de mi regreso a Charlotte.

Creía saber qué sería lo que recibiría cuando me hinqué de rodillas. No obstante, viéndolo en retrospectiva, Vivian sí sabía con certeza no solo que yo era el hombre que quería, sino el que necesitaba, y de esta manera, el 17 de noviembre de 2007 nos unimos en matrimonio delante de nuestros amigos y familiares.

«¿Y qué ocurrió después?», se preguntarán tal vez.

Como toda pareja de casados, tuvimos nuestros más y nuestros menos, nuestros retos y oportunidades, éxitos y fracasos. Una vez que se hubieron asentado las cosas, llegué a creer que, al menos en teoría, el matrimonio es maravilloso.

En la práctica, sin embargo, me parece que la palabra más precisa para definirlo es «complicado».

El matrimonio nunca acaba de ser, a fin de cuentas, lo que uno había imaginado. Una parte de mí —la versión romántica— se imaginaba sin duda todo el desarrollo como en una postal de esas, con rosas y con velas, en un ambiente bañado con una luz suave, en una dimensión donde el amor y la confianza podían superar cualquier contratiempo. Mi versión más práctica sabía que para que una pareja perdure se necesita un esfuerzo por ambas partes. Se requiere compromiso y flexibilidad, comunicación y cooperación, en especial cuando la vida nos pone en un aprieto, a menudo cuando uno menos se lo espera. En el mejor de los casos, el contratiempo se supera sin apenas perjuicio para la pareja; en otras ocasiones, el hecho de enfrentarse juntos a esos percances fortalece la unión.

En otros casos, sin embargo, los contratiempos acaban dándonos de lleno en el pecho, cerca del corazón, dejando heridas que no parecen curarse nunca.

3

¿Y después qué?

No era fácil ser el único que aportaba dinero para mantener a la familia. Al acabar la semana, a menudo estaba exhausto, pero entre todos los viernes hubo uno que destaca en concreto. London iba a cumplir un año al día siguiente y yo había pasado el día trabajando como un negro en una serie de vídeos de ventas para Spannerman Properties —una de las mayores constructoras de urbanizaciones del sudeste—, que formaban parte de una campaña de publicidad a gran escala. La agencia ganaba casi una fortuna con aquel encargo y los ejecutivos de Spannerman eran particularmente exigentes. Había fechas límite para todas las fases del proyecto y el cumplimiento de esos plazos era aun más complicado a causa del propio Spannerman, un individuo con unos ingresos netos de dos mil millones de dólares. Él tenía que dar el visto bueno a cada decisión, y yo tenía la sensación de que quería amargarme la vida. No me cabía duda de que me tenía una marcada antipatía. Era la clase de hombre a quien le gustaba rodearse de mujeres guapas —la mayoría de sus ejecutivos eran señoras atractivas—, así que Spannerman y Jesse Peters se llevaban de maravilla. Yo, por mi parte, sentía desprecio tanto por él como por su empresa. Tenía fama de escatimar costes y de sobornar a los políticos, sobre todo en cuestión de normativa medioambiental, y en el periódico habían publicado numerosos editoriales con críticas demoledoras para él y su empresa. Ese era uno de los motivos, en parte, de que hubieran recurrido a los servicios de nuestra agencia... porque necesitaban rehacer su imagen.

Llevaba meses trabajando un número inacabable de horas en el proyecto para Spannerman y aquel había sido con diferencia el peor año de mi vida. Detestaba ir al trabajo, pero como Peters y Spannerman eran amigos, me guardaba para mí las quejas. Al final, pusieron al frente del proyecto a otro ejecutivo de la agencia. Spannerman decidió que quería a una mujer en el puesto, cosa que no sorprendió a nadie... y yo suspiré con alivio. De haberme visto obligado a seguir con Spannerman, es probable que hubiera acabado renunciando a mi empleo.

Jesse Peters era partidario de pagar con pluses para mantener la motivación de los empleados, y a pesar del constante estrés asociado con el proyecto de Spannerman, yo conseguía maximizar todas las primas. No tenía más remedio. Solo estoy tranquilo si meto dinero en la cuenta de ahorros o en un fondo de inversión, y con las primas también podía mantener a cero el balance de las tarjetas de crédito. En lugar de disminuir, los gastos mensuales habían ido en aumento aquel año, pese a la promesa hecha por Vivian de reducir los «gastos de la casa», según la expresión que había adoptado para referirse a las compras. Vivian parecía incapaz de entrar en un hipermercado sin gastar un mínimo de doscientos dólares, aunque hubiera ido solo para comprar detergente. Yo no lo entendía —aunque sospechaba que tal vez aquello fuera una manera de llenar un vacío interior— y cuando estaba especialmente cansado, a veces me sentía utilizado y experimentaba cierto rencor. Pero cuando trataba de hablar del asunto con ella, casi siempre acabábamos discutiendo. Incluso cuando no nos enfadábamos, la conversación no parecía dar frutos. Ella siempre me aseguraba que solo compraba lo que necesitábamos, o que tenía que estar contento porque había aprovechado una oferta.

Esa noche del viernes, sin embargo, aquellas preocupaciones parecían lejanas y cuando entré en el comedor y vi a London en el parque, la niña me gratificó con aquella maravillosa sonrisa que siempre me llenaba de emoción. Vivian, tan guapa como siempre, estaba en el sofá mirando una revista de decoración de casas y jardines. Le di un beso a London y otro a Vivian, envuelto en el aroma a polvos de talco y a perfume.

Cenamos y charlamos sobre lo que habíamos hecho durante el día y después empezó la sesión de preparación para acostar a London. Vivian fue primero a bañarla y ponerle el pijama; yo le leí un cuento y la metí en la cama, previendo que se quedaría dormida en cuestión de minutos.

Una vez abajo, me serví una copa de vino y advertí que el nivel de la botella estaba bastante bajo, de lo cual deduje que Vivian debía de estar en la segunda copa. La primera copa representaba una expectativa, incierta, en cuanto a la posibilidad de acabar haciendo algo; la segunda daba pie a mayores esperanzas, así que, pese al cansancio, se me mejoró el humor.

Vivian seguía hojeando la revista cuando me senté a su lado. Al cabo de un momento la encaró hacia mí.

—¿Qué te parece esta cocina? —preguntó.

La cocina de la foto tenía armarios de color crema y encimeras de mármol marrón de un tono que combinaba con los acabados de los armarios. Entre los electrodomésticos de última moda había una isla que acababa de convertir el conjunto en una fantasía para gente acomodada.

—Es muy bonita —reconocí.

—¿Verdad que sí? Tiene mucha clase. Y me encanta la iluminación. La lámpara es una maravilla.

Me incliné un poco más para observar los detalles de la iluminación, de los que no me había siquiera percatado.

—Ajá. Está muy bien.

—En el artículo dicen que la reforma de la cocina siempre revaloriza las casas. Por si decidiéramos venderla.

—¿Para qué íbamos a venderla? Yo estoy muy a gusto aquí.

—No hablo de venderla ahora, pero tampoco vamos a quedarnos a vivir aquí para siempre.

Curiosamente, jamás se me había ocurrido pensar que no fuéramos a quedarnos a vivir allí para siempre. Mis padres, por ejemplo, todavía vivían en la misma casa donde yo me había criado, pero ese no era el tema del que Vivian quería hablar entonces.

—Seguramente es verdad que supone una revalorización —admití—, pero no creo que podamos permitirnos reformar la cocina ahora.

—Tenemos dinero ahorrado ¿no?

—Sí, pero esa es la reserva para los tiempos malos. Para los imprevistos.

—Vale —dijo, con una decepción perceptible en la voz—. Era solo una idea.

Viendo cómo doblaba con cuidado la esquina de la página, para poder localizar la foto más adelante, me sentí como un fracasado. Detestaba desilusionarla.

A Vivian le sentaba bien la vida como madre y ama de casa.

Pese a haber tenido una hija, todavía parecía mucho más joven de lo que era, e incluso después de nacer London, algunas veces le exigían el carnet cuando pedía una bebida alcohólica. El tiempo no pasaba apenas para ella a nivel físico, pero además tenía otras cualidades que la convertían en alguien fuera de lo común. Yo siempre la había considerado una persona madura y segura de sí, firme en sus ideas y opiniones, que, a diferencia de mí, siempre tenía el valor de decir lo que pensaba. Si quería algo, me lo hacía saber; si algo no le gustaba, no se quedaba callada, aunque a mí pudiera molestarme lo que decía. Yo respetaba esa fortaleza para mostrarse como era sin temor al rechazo de los demás, precisamente porque era algo a lo que yo mismo aspiraba.

Vivian también era fuerte: no lloriqueaba ni se quejaba ante la adversidad; más bien se volvía estoica. En todos los años que hace que la conozco, solo la he visto llorar una vez, cuando murió *Harvey*, su gato. En ese momento estaba embarazada de London y *Harvey* había estado con ella desde su segundo curso en la universidad. Incluso con la alteración hormonal, no llegó a sollozar; solo se le saltaron algunas lágrimas.

La gente puede interpretar como quiera esa escasa propensión de Vivian hacia el llanto, pero lo cierto es que ella tampoco ha tenido grandes motivos para llorar. Hasta entonces, no habíamos sufrido ninguna tragedia y lo único que pudo habernos causado una decepción fue el hecho de que no había podido volver a quedarse embarazada. Empezamos a intentarlo cuando London tenía dieciocho meses, pero el tiempo transcurría sin novedad, y aunque yo estaba dispuesto a ir a ver a un especialista, Vivian parecía conforme con dejar que la naturaleza siguiera su curso.

Incluso sin tener otro hijo, yo me sentía por lo general afortunado de estar casado con Vivian, en parte gracias a nuestra hija. Algunas mujeres son más idóneas para la maternidad que otras, y Vivian tenía una capacidad innata en ese sentido. Era cariñosa y concienzuda, una enfermera que no se arredraba ante las diarreas ni los vómitos y un ejemplo de paciencia. Le leía a London cientos de libros y era capaz de jugar en el suelo durante horas; iba con ella al parque y a la biblioteca y a menudo se la veía recorriendo el vecindario con un cochecito adaptado para hacer *jogging*. Aparte estaban otras actividades y encuentros programados para jugar con otros niños del barrio, lo que con las citas habituales de los médicos y dentistas, representaba muchas salidas. Aun así, cuando evoco esos primeros años de vida de London, la imagen de Vivian que primero me viene a la mente es la expresión de alegría de su cara, ya fuera con London en brazos o mientras vigilaba sus primeras tentativas de exploración del mundo. Una vez, cuando tenía ocho meses, la niña estornudó mientras estaba sentada en la trona. A ella le hizo mucha gracia y yo me puse a reír; luego hice como que estornudaba y entonces ella se puso a reír como una loca. Para mí fue una experiencia encantadora, pero para Vivian lo fue más aún. El amor que sentía por nuestra hija lo eclipsaba todo, incluso el amor que me profesaba a mí.

La acaparadora naturaleza de la maternidad —o la visión que Vivian tenía de ella, en todo caso— no solo me permitía concentrarme en mi carrera, también implicaba que casi nunca tenía que ocuparme solo de London, de tal manera que nunca llegué a tomar conciencia de lo duro que podía ser. Como Vivian hacía que pareciera fácil, yo creía que para ella lo era, pero, con el tiempo, mi mujer se fue volviendo más malhumorada e irritable. También empezó a descuidar las labores de la casa y con frecuencia encontraba el comedor lleno de juguetes desparramados por todas partes y el fregadero rebosante de platos sucios. La ropa se acumulaba, igual que el polvo en las alfombras, y dado que nunca me ha gustado el desorden, al final decidí pagar a alguien para que hiciera la limpieza un par de veces por semana. Cuando London era pequeñita, también contraté los servicios de una niñera tres tardes por semana para dar un respiro a Vivian durante el día y empecé a ocuparme de London los sábados por la mañana, para que Vivian dispusiera de un tiempo para ella misma. Tenía la impresión de que mi mujer había empezado a definirse a sí misma como una madre y que los tres formábamos una familia, pero que poco a poco el hecho de ser una esposa y formar parte de una pareja se había vuelto una carga para ella.

A pesar de ello, en general no estaba descontento con nuestra relación. Me figuraba que éramos como la mayoría de las parejas casadas con niños pequeños. Por las noches hablábamos de las «cosas de la vida»: conversaciones sobre los niños, el trabajo o la familia, o lo que íbamos a comer, adónde iríamos el fin de semana o si había que llevar a revisar el coche. Tampoco es que me sintiera relegado siempre; Vivian y yo nos reservamos las noches de los viernes para pasar la velada en pareja. Hasta la gente del trabajo sabía lo de nuestra noche de pareja y, a menos que hubiera una emergencia tremenda, salía de la oficina a una hora razonable, ponía música en el coche en el trayecto hasta casa y sonreía en cuanto entraba por la puerta. Entonces pasaba un rato con London mientras Vivian se arreglaba y después de que la niña se acostara, era casi como si volviéramos a salir juntos para una cita romántica.

Vivian también me seguía la corriente cuando estaba especialmente estresado. Cuando tenía treinta y tres años, me planteé dar como entrega a cuenta mi «respetable» coche —el híbrido— para adquirir un Mustang GT, aunque eso apenas habría rebajado el precio de compra. En aquel momento me importaba poco; cuando lo probé con el vendedor y oí el ronco rugido del motor, supe que era la clase de coche que atraería las miradas de envidia cuando lo condujera por la carretera. El vendedor hizo su trabajo y cuando se lo conté a Vivian después, no me tomó el pelo diciéndome que era demasiado joven para esos antojos de señores de mediana edad, ni expresó preocupación por que yo manifestara un deseo de llevar una vida distinta. En lugar de ello, me dejó fantasear un poco con la posibilidad y cuando por fin recuperé la cordura, compré algo parecido a lo que ya tenía: otro híbrido con cuatro puertas, un maletero superespacioso y una excelente valoración en las revistas de consumidores. No me arrepentí, por cierto.

Bueno, quizá me arrepentí un poco, pero ese es otro asunto.

Durante todo este tiempo, yo seguía amando a Vivian, y jamás flaqueó mi deseo de pasar toda la vida con ella. Con el fin de demostrárselo, me estrujaba la cabeza pensando qué comprarle para Navidad, los aniversarios y cumpleaños, además de San Valentín y el Día de la Madre. Le mandaba flores por sorpresa, le ponía notas debajo de la almohada antes de irme al trabajo y a veces la sorprendía llevándole el desayuno a la cama. Al principio, ella apreciaba esos detalles. Con el tiempo, pareció que perdían brillo porque se había acostumbrado a ellos, así que empecé a devanarme los sesos tratando de encontrar otra manera de complacerla, algo que le demostrara lo mucho que todavía significaba para mí.

Y al final, entre otras cosas, Vivian recibió la cocina que deseaba, igual que la de la revista.

Vivian siempre había tenido intención de volver a trabajar cuando London empezara a ir a la escuela, en un empleo a tiempo parcial que le permitiera pasar las tardes en casa. Insistía en que no quería convertirse en una de esas madres que siempre se presentaban voluntarias para las actividades de la clase o que decoran la cafetería para las vacaciones. Tampoco quería pasar el día entero sola en casa. Además de ser una madre fantástica, Vivian también era muy inteligente. Se había graduado *summa cum laude* en la Universidad de Georgetown y antes de convertirse en madre y ama de casa, había sido una eficiente publicista no solo para el presentador del programa de tertulia de Nueva York, sino en la agencia de prensa donde trabajó hasta que nació London.

Por mi parte, yo no solo había cobrado todas las primas desde que empecé en la agencia, sino que también había recibido varios ascensos, de modo que en 2014 estaba al frente de algunos de los proyectos de más calado. Vivian y yo llevábamos siete años casados, London acababa de cumplir cinco y yo tenía treinta y cuatro. Aparte de reformar la cocina de la casa, teníamos previsto reformar también el cuarto de baño principal. Nuestras inversiones en bolsa habían sido fructíferas —en especial con Apple, donde teníamos más participaciones— y, descontando la hipoteca, no teníamos deudas. Yo adoraba a mi mujer y a mi hija, mis padres vivían cerca y mi hermana y Liz eran mis mejores amigas. Vista desde fuera, mi vida parecía una maravilla, y eso era lo que habría afirmado a cualquiera que me hubiera preguntado.

No obstante, en el fondo, una parte de mí habría sabido que mentía.

Tal como estaban las cosas en el trabajo, nadie que estuviera al servicio de Jesse Peters se sentía nunca cómodo o seguro en su puesto. Peters había montado la agencia hacía veinte años, y con sus oficinas en Charlotte, Atlanta, Tampa, Nashville y Nueva York, la suya era la empresa más destacada con sede en la zona del sudeste. Peters, con ojos azules y un cabello que se había vuelto cano antes de cumplir los treinta años, era conocido por su astucia y crueldad legendarias; su *modus operandi* había sido deshacerse de la competencia robando a los clientes de las otras empresas u ofreciendo sus servicios a precios más baratos; cuando esas estrategias no funcionaban, simplemente compraba las empresas competidoras. Sus logros acabaron de inflar su ego hasta proporciones megalomaníacas y su estilo de gestión era un fiel reflejo de su personalidad. Estaba convencido de que sus opiniones siempre eran correctas y se valía de un juego de favoritismos entre los empleados. Los enfrentamientos que promovía entre los ejecutivos provocaban una tensión general. Creaba un ambiente en el que muchos empleados trataban de atraer más reconocimiento por sus logros del que merecían, al tiempo que daban a entender que cualquier fracaso o error era achacable a los otros. Era una forma brutal de darwinismo social en la que solo unos pocos tenían la posibilidad de sobrevivir a largo plazo.

Por suerte, durante más de una década yo había estado relativamente a salvo de las salvajes embestidas de la política de oficina, que habían provocado más de una depresión nerviosa entre el personal directivo; al principio porque estaba demasiado abajo en el escalafón para verme salpicado y después porque atraía clientes que apreciaban mi trabajo y pagaban buenas sumas a la empresa. Supongo que con el tiempo me convencí a mí mismo de que, como le hacía ganar mucho dinero, Peters me consideraba demasiado valioso para ensañarse conmigo. Al fin y al cabo, no había sido nunca ni la mitad de duro conmigo que con otros de la agencia. Mientras que a mí me hablaba en el pasillo, otros ejecutivos —algunos con más experiencia que yo— a menudo salían del despacho de Peters como si vinieran de la guerra. Cuando los veía, dejaba escapar maquinalmente un suspiro de alivio —combinado con un punto de petulancia, quizá—, felicitándome de que a mí nunca me hubiera ocurrido algo así.

Las suposiciones, no obstante, solo son fiables si lo es la persona que las formula, y yo estaba prácticamente equivocado en todo. Mi primer ascenso importante había coincidido casi con mi boda con Vivian; mi segundo ascenso se produjo dos semanas después de que Vivian viniera a dejar mi coche a la oficina después de ir de compras. Aquella clase de visitas intempestivas podían tener resultados catastróficos, pero, en aquel caso, el jefe vino a vernos a la oficina y al final nos llevó a comer a los dos. El tercer ascenso tuvo lugar menos de una semana después de que Peters y Vivian pasaran tres horas hablando en la fiesta que dio un cliente. Solo viéndolo de forma retrospectiva, resultó evidente que Peters estaba menos interesado en mi rendimiento laboral que en Vivian y que aquel era el único y simple motivo que le había impedido cargar contra mí. Debo decir que Vivian tenía un asombroso parecido con las dos esposas anteriores de Peters y lo que este pretendía, según mis sospechas, era tenerla contenta... o, de ser posible, hacer de ella su tercera mujer, aunque para ello tuviera que destruir mi propio matrimonio.

No estoy bromeando. No exagero. Siempre que Peters me hablaba, nunca dejaba de preguntarme qué tal estaba Vivian, o de comentar lo guapa que era o de preguntar cómo nos iban las cosas. En las cenas con los clientes —tres o cuatro veces al año—, Peters siempre se las arreglaba para sentarse al lado de mi mujer y en todas las fiestas de Navidad siempre se los veía a los dos juntos en algún rincón. Yo seguramente no habría hecho caso de todo eso de no haber sido por cómo reaccionaba Vivian a aquella evidente atracción. Aunque no hacía nada para alentar a Peters, tampoco hacía nada para desanimar sus muestras de atención. Por más terrible que fuera como jefe, Peters podía ser encantador con las mujeres, en especial las guapas como Vivian. Escuchaba, reía y prodigaba cumplidos en el momento oportuno, y puesto que era tan rico como Midas, me pareció posible —probable incluso— que Vivian se sintiera halagada por su interés. Ella consideraba normal la atracción que ejercía sobre él. Desde primaria, los chicos se esforzaban por captar su atención y había acabado tomándolo como algo natural. Lo que no le gustaba, en cambio, era que yo a veces me pusiera celoso.

En diciembre de 2014 —el mes previo al año más horroroso de mi vida—, estábamos preparándonos para la fiesta de Navidad de la oficina cuando expresé mi preocupación por la situación. Ella emitió un suspiro de fastidio.

—Déjate de bobadas —dijo.

Yo me aparté, preguntándome por qué mi esposa manifestaba tanto desdén con respecto a mis sentimientos.

Para resumir un poco la historia de Vivian y yo:

Por más gratificante que fuera la maternidad para Vivian, su matrimonio conmigo parecía haber perdido parte de su hechizo. Recuerdo que antes pensaba que Vivian había cambiado en los años que llevábamos casados, pero últimamente he llegado a la conclusión de que más que cambiar, simplement evolucionó, de modo que se hicieron más evidentes los rasgos de la persona que siempre fue, alguien que cada vez se me antojaba más como una desconocida.

La variación fue tan sutil que casi resultaba imperceptible. El primer año de vida de London, yo aceptaba los ocasionales accesos de mal humor e irritación como algo normal y previsible, en el marco de una fase pasajera. No diré que me gustara, pero me acostumbré a ellos, incluso cuando rayaban en el desprecio. La fase no parecía tener fin, sin embargo. A lo largo de los años siguientes, Vivian parecía cada vez más enojada, más decepcionada y más desinteresada por lo que me preocupara a mí. A menudo se enfadaba por naderías y me prodigaba insultos que yo ni siquiera me imaginaba capaz de pronunciar. Sus agresiones eran rápidas e intencionadas, destinadas a hacer que yo me disculpara y me echara atrás. Con lo poco que me gustaban los conflictos, acabé llegando al punto en que casi siempre me batía en retirada en cuanto ella levantaba la voz, por más motivos de queja que hubiera tenido.

Las secuelas de sus arrebatos de rabia eran a menudo peores que el mismo ataque. Sin la más mínima disposición a perdonar, en lugar de prolongar la discusión o dejarla de lado, Vivian se encerraba en sí misma. Apenas me dirigía la palabra, en ocasiones durante días, y solo respondía a mis preguntas con monosílabos. Entonces centraba toda la atención en London y se retiraba al dormitorio en cuanto esta se había acostado, dejándome solo en el salón. Durante esos días irradiaba un desprecio que me hacía dudar de si todavía me quería.

Todo aquello tenía un desarrollo bastante imprevisible, presidido por normas que de repente cambiaban, siempre con una vigencia limitada. Vivian mostraba un enfado directo o pasaba a una actitud de agresión pasiva, según su humor. Sus expectativas con respecto a mí eran cada vez más difusas; la mitad del tiempo yo no sabía qué debía hacer o qué no y después de convertirme en blanco de su furia rememoraba los acontecimientos tratando de comprender qué la había molestado. Ella tampoco me lo decía; en lugar de ello, negaba que ocurriera nada malo o me acusaba de exagerar. Con frecuencia me sentía como si transitara por un campo de minas, que en cualquier momento podía hacer saltar por los aires mi equilibrio emocional o mi matrimonio... y entonces de improviso, por motivos igual de misteriosos para mí, nuestra relación volvía de nuevo a la «normalidad». Ella me preguntaba cómo me había ido el día o si quería algo en especial para cenar; y una vez que London estaba acostada, hacíamos el amor, lo cual constituía la prueba definitiva de que me concedía su perdón. Después yo suspiraba aliviado, con la esperanza de que las cosas acabaran volviendo a ser como antes.

Vivian negaba mi versión de estos hechos, o cuando menos la manera como yo los interpretaba. Y lo hacía con furia. O si no, alegaba que sus actos y su conducta eran reacciones a algo que había hecho yo. Decía que yo tenía una noción poco realista del matrimonio y que era como si esperase que la luna de miel fuera a durar toda la vida, cosa que no era posible. Afirmaba que yo traía a casa el estrés del trabajo y que era yo el que estaba malhumorado y no ella, que estaba resentido porque ella pudiera quedarse en casa y yo tuviera que trabajar.

Fuera cual fuese la versión más objetiva de los hechos, lo que yo quería de todo corazón es que Vivian fuera feliz. O, más concretamente, que fuera feliz conmigo. Todavía la quería y echaba de menos sus sonrisas y sus risas cuando estábamos juntos; echaba de menos nuestras conversaciones inconexas y los momentos en que nos cogíamos de la mano. Echaba de menos a la Vivian que me había hecho creer que era un hombre digno de su amor.

No obstante, con la excepción de nuestras veladas de pareja de los viernes, nuestra relación siguió transformándose de forma gradual en algo que no siempre reconocía, ni quería reconocer. El desprecio de Vivian me empezó a doler. Durante aquellos años pasé buena parte del tiempo con un sentimiento de decepción contra mí mismo por no estar a la altura, tomando resoluciones de esforzarme todavía más para complacerla.

Y ahora volvamos a la noche de la fiesta de Navidad.

—Déjate de bobadas —me dijo.

Yo seguí rumiando aquella contestación mientras me vestía. Era contundente, desprovista de toda empatía y expresaba desprecio por mi preocupación. Aun así, lo que más recuerdo de esa noche es que Vivian estaba más impresionante que nunca. Llevaba un vestido de noche negro, zapatos de salón, el colgante de diamante que le había regalado para su anterior cumpleaños y la melena suelta sobre los hombros. Cuando salió del cuarto de baño, me quedé mirándola con asombro.

—Estás muy guapa —le dije.

—Gracias —respondió, cogiendo el bolso.

En el coche, el ambiente seguía tenso. Hablamos un poco y cuando ella vio que no iba a volver a sacar a colación a Peters, empezó a ceder su mal humor. Una vez que llegamos a la fiesta, fue casi como si hubiéramos sellado un pacto secreto para fingir que yo no había pronunciado mi comentario ni ella su contestación.

A pesar de ello, me había oído. Por más molesta que estuviera, Vivian se pasó prácticamente toda la velada a mi lado. Peters estuvo charlando con nosotros en tres ocasiones y en dos de ellas preguntó a Vivian si quería tomar algo —con la clara intención de que fuera con él al bar—; en ambos casos, ella declinó la invitación, explicando que ya había pedido la bebida a uno de los camareros. Lo dijo con tono amable y educado, de tal forma que yo mismo empecé a preguntarme si no habría hecho una montaña de la situación con Peters. Podía flirtear con ella todo lo que quisiera, pero al final de la noche ella vendría a casa conmigo y eso era lo que contaba, ¿no?

La fiesta en sí no tuvo nada de particular. No fue ni peor ni mejor, ni siquiera distinta de todas las otras fiestas navideñas de la empresa, pero cuando llegamos a casa y se hubo marchado la canguro, Vivian me pidió que le sirviera una copa de vino y fuera a ver a London. Cuando por fin llegué al dormitorio, había velas encendidas, ella estaba en ropa interior... y...

Eso era lo curioso de Vivian. No tenía mucho sentido tratar de adivinar qué iba a hacer a continuación. Incluso al cabo de siete años, aún era capaz de sorprenderme y, a veces, con maravillosa ternura.

Fue un gran error.

Eso es más o menos lo que pienso respecto a aquella velada, al menos en lo que a mi carrera en la agencia se refiere.

Resultó que a Jesse Peters no le agradó que Vivian lo hubiera evitado y a la semana siguiente, desde su despacho, empezó a soplar una brisa helada que se dejó sentir claramente en el mío. Al principio fue algo sutil; cuando lo vi en el pasillo el lunes posterior a la fiesta, pasó de largo dispensándome solo una somera inclinación de cabeza, y durante una reunión de creativos pidió la opinión de todo el mundo excepto la mía. Ese tipo de leves desaires se fueron repitiendo, pero como yo estaba absorto en otro proyecto de amplitud para un banco que quería una campaña centrada en la integridad, no le di mayor importancia. Después de aquello vinieron las vacaciones, y dado que en la oficina siempre había un gran ajetreo a principios de año, hasta finales de enero no caí en la cuenta de que Jesse Peters apenas me había dirigido la palabra durante seis semanas como mínimo. Entonces empecé a pasar por su despacho, pero su secretaria me informaba de que estaba hablando por teléfono u ocupado. No acabé de hacerme cargo de la intensidad de su enojo conmigo hasta finales de febrero, cuando por fin reservó un momento para hablarme. En realidad, solicitó que fuera a verlo a través de su secretaria y la mía, lo cual equivalía a una orden. La agencia había perdido a un cliente importante, una empresa concesionaria de coches que contaba con ocho oficinas en Charlotte, con la que yo había trabajado directamente. Después de que le detallara los motivos por los que creía que habían optado por recurrir a la competencia, Peters se quedó mirándome sin pestañear. Lo que me dio más mala espina fue que ni mencionó a Vivian ni preguntó por ella. Al final de la entrevista, salí por la puerta sintiéndome más o menos como los ejecutivos con respecto a los cuales antes me sentía superior, aquellos que había visto tambalearse al borde de una depresión nerviosa. Tenía la angustiante impresión de que mis días en el Peters Group estaban contados.

Lo más difícil de soportar era que aquello no tenía nada que ver con lo que hice o dejé de hacer en relación con el vendedor de coches —un hombre de más de sesenta años— que había prescindido de nuestros servicios. Vi los anuncios de la agencia que se quedó con el cliente y todavía creo que nuestras ideas eran más creativas y eficaces. Los clientes pueden ser inconsecuentes, sin embargo. Un revés económico, un cambio en la dirección o el simple deseo de reducir gastos pueden desencadenar cambios que afectan a nuestro sector, pero a veces, el motivo no tiene nada que ver con el negocio. En este caso, el cliente estaba en un proceso de divorcio y necesitaba dinero. La reducción de la inversión en publicidad durante los próximos seis meses le iba a suponer un considerable ahorro, y eso era precisamente lo que necesitaba, teniendo en cuenta que su mujer había contratado a un abogado conocido por la agresividad de sus métodos. Con el aumento de los costes judiciales y la perspectiva de una sentencia desfavorable, el hombre estaba recortando todos los gastos posibles, y Peters lo sabía.

Un mes más tarde, cuando se produjo la deserción de otro cliente —una cadena de clínicas de urgencias—, el descontento de Peters conmigo se hizo más que evidente. Francamente, no se trataba de un cliente muy importante, ni siquiera medianamente importante. Sin tomar para nada en cuenta el hecho de que hubiera aportado tres nuevos clientes a la empresa desde comienzos de año, después de convocarme de nuevo en su oficina empezó a aventurar comentarios del tipo «es como si estuvieras perdiendo capacidades» o «quizá los clientes están perdiendo confianza en tu discernimiento». Para rematar el encuentro, hizo acudir a Todd Henley al despacho y anunció que a partir de entonces íbamos a «trabajar juntos». Henley llevaba cinco años en la agencia y, aunque tenía cierto talento creativo, su mayor habilidad consistía en navegar por las aguas políticas de la empresa. Yo era consciente de que aspiraba a mi puesto... no era el único, pero él era el más adulador de todos. Cuando de pronto empezó a pasar más tiempo en el despacho de Peters —granjeándose sin duda más reconocimiento del que merecía por cualquier campaña publicitaria en la que estuviéramos trabajando— y a salir de él con una sonrisita de autosatisfacción, supe que tenía que tomar una decisión.

Con mi experiencia, posición y sueldo no tenía mucho donde elegir. Dado que Peters dominaba el sector de la publicidad en la zona de Charlotte, debía ampliar mi búsqueda a otros estados. En Atlanta, Peters era el segundo del mercado y seguía creciendo a costa del cierre de agencias más pequeñas. En la sede del actual líder de mercado se habían producido dos cambios recientes de dirección y en ese momento no contrataban a nadie. Después me puse en contacto con empresas de Washington,

Distrito de Columbia, Richmond y Baltimore, creyendo que la proximidad con los padres de Vivian haría más llevadero un posible cambio de domicilio para ella. Aquellas tentativas no desembocaron, no obstante, ni en una entrevista siquiera.

Había otras posibilidades, desde luego, en lugares más alejados de Charlotte. Me puse en contacto con siete u ocho empresas de la zona sudeste y del medio oeste, pero después de cada llamada me convencía de que no me quería marchar. Mis padres estaban allí y también Marge y Liz; Charlotte era mi hogar. A raíz de aquello, la idea de montar mi propio negocio —una pequeña agencia de publicidad— comenzó a resurgir de las cenizas. Igual que el fénix de la mitología, me dije, y de ahí surgió el nombre…

«La Agencia Fénix, donde su negocio alcanzará niveles de éxito sin precedentes.»

Inmediatamente vi el eslogan impreso en las tarjetas de visita y me imaginé charlando con los clientes. Cuando fui a ver a mis padres, le hablé del asunto a mi padre. De entrada me dijo que no era un buen proyecto; Vivian tampoco demostró mucho entusiasmo. La había tenido informada de mi búsqueda de empleo y cuando le hablé de la idea de la Agencia Fénix, me sugirió que mirara por la zona de Nueva York y Chicago, que había descartado completamente. Aun así, no conseguía renunciar a mi sueño y, desde mi punto de vista, cada vez se hacían más patentes sus ventajas.

Si me encargaba yo solo de la agencia, apenas tendría gastos generales.

Tenía un trato familiar con los gerentes y ejecutivos de todas las empresas de Charlotte.

Era muy bueno en mi trabajo.

Sería una empresa pequeña, que daría servicio a solo unos cuantos clientes.

Podría cobrar menos a los clientes y ganar más.

Mientras tanto, en la oficina comencé a hacer cálculos y estimaciones. Llamé a varios clientes para preguntarles si estaban satisfechos con el servicio y las tarifas del Peters Group y sus respuestas me confirmaron mi certeza de que mi proyecto no podía fracasar. Henley, por su parte, me ponía palos en las ruedas y me hacía quedar mal cada vez que iba al despacho de Peters, que empezó a ponerme mala cara.

Entonces fue cuando supe que Peters me iba a despedir, de lo cual se deducía que no tenía más remedio que marcharme por iniciativa propia.

Lo único que me quedaba por hacer era comunicárselo oficalmente a Vivian.

¿Qué mejor idea podía haber que celebrar mis futuros éxitos durante nuestra velada de pareja?

Bueno, reconozco que podría haber elegido otra noche, pero quería compartir mi entusiasmo con ella. Quería obtener su apoyo. Quería exponer mis planes y que ella me cogiera la mano por encima de la mesa y me dijera «No sabes cuánto tiempo llevo esperando a que hicieras algo así. No tengo la menor duda de que te va a ir fenomenal. Siempre he creído en ti».

Un año después, más o menos, cuando le confesé a Marge las expectativas que había cifrado para esa noche, se echó a reír sin reparos.

—O sea que, en otras palabras —reinterpretó—, lo que hiciste fue desposeerla de su sentimiento de seguridad y anunciarle que estabas a punto de dar un vuelco a vuestras vidas… ¿Sinceramente creías que iba a considerarlo una buena idea? Teníais una hija, por el amor de Dios, y una hipoteca y otras facturas que pagar. ¿Es que no tienes conocimiento?

—Pero…

—No hay pero que valga —insistió—. Ya sabes que Vivian y yo no estamos siempre de acuerdo, pero aquella noche, ella tenía razón.

Quizá Marge estaba en lo cierto, pero siempre es más fácil juzgar las cosas de manera retrospectiva. La noche en cuestión, después de haber acostado a London, hice unos bistecs —prácticamente lo único que sabía cocinar bien— mientras Vivian preparaba una ensalada, brécol al vapor y judías verdes salteadas con almendras laminadas. Debo precisar que Vivian jamás comía lo que se podrían considerar carbohidratos perjudiciales para la salud, del tipo pan, helados, pasta, azúcar o cualquier cosa que tuviera harina blanca. Yo, por mi parte, encontraba bastante sabrosas esa clase de cosas y aprovechaba para comerlas a mediodía, cosa que podía explicar la existencia de mis michelines.

La cena fue tensa desde el principio. Mi intención de mantener un ambiente alegre y calmado solo sirvió para ponerla más nerviosa, como si estuviera preparándose para lo que iba a ocurrir. Vivian siempre había sido capaz de leerme el pensamiento con la facilidad con que Moisés leía los mandamientos, y su creciente inquietud no hizo sino intensificar mis intentos de aparecer jovial, ante los cuales cada vez se la veía más envarada en la silla.

Esperé a que casi hubiéramos acabado de cenar. Ella había comido varios bocados del bistec y yo le había vuelto a llenar la copa cuando empecé a hablarle de Henley y Peters y de mi sospecha de que estaba a punto de despedirme. Como se limitó a hacer una inclinación de cabeza, me armé de valor y le expuse mis planes, detallando las proyecciones que había hecho y todos los motivos que me habían llevado a tomar la decisión. Mientras hablaba, se mantuvo inmóvil como una estatua de mármol, petrificada como no la había visto nunca, sin ni siquiera dedicar una ojeada a la copa de vino. Tampoco formuló la más mínima pregunta hasta que hube terminado. El silencio que se instaló en la habitación resonaba hasta en las paredes.

—¿Estás seguro de que es una buena idea? —dijo por fin.

Aunque no era el respaldo incondicional que habría deseado, como tampoco se marchó hecha una furia, lo interpreté como una buena señal. Fue una tontería, desde luego.

—En realidad me da un miedo horrible —reconocí—, pero si no lo hago ahora, no sé si lo haré nunca.

—¿No eres un poco joven para montar tu propia agencia?

—Tengo treinta y cinco años. Peters solo tenía treinta cuando montó la suya.

Ella apretó los labios y casi pude ver cómo se encadenaban las palabras en su cabeza... «pero tú no eres Peters». Por suerte, no lo dijo. Frunció el entrecejo, sin que se le marcara ninguna arruga. Era realmente una maravilla lo bien que se conservaba.

—¿Acaso sabes cómo montar tu propia agencia?

—Es como montar cualquier otro negocio. La gente lo hace continuamente. Básicamente, se trata de rellenar los formularios pertinentes para los organismos oficiales, contratar un buen abogado y un contable y abrir la oficina.

—¿Cuánto tiempo llevaría eso?

—Un mes quizá. Y una vez que esté en mi oficina, empezaré a firmar acuerdos con los clientes.

—Si deciden contratar tus servicios.

—Puedo conseguir clientes —afirmé—. Eso no me preocupa. Peters cobra caro, y yo he trabajado durante años con algunos de ellos. Estoy seguro de que cambiarán de empresa si se les ofrece la posibilidad.

—Pero vas a estar un tiempo sin ganar nada.

—Tendremos que reducir un poco los gastos. Como la señora de la limpieza, por ejemplo.

—¿Quieres que yo limpie la casa?

—Yo puedo ayudar —le aseguré.

—Desde luego —dijo—. ¿De dónde vas a sacar el dinero para todo eso?

—Tenía intención de usar una parte del dinero de nuestros fondos de inversión.

—¿Nuestros fondos de inversión? —repitió.

—Tenemos más que suficiente para vivir durante un año.

—¿Un año? —preguntó otra vez, como si fuera un eco.

—Eso contando con que no hubiera ningún ingreso —precisé—, cosa que no va a ocurrir.

—Ya. Ningún ingreso.

—Ya sé que ahora mismo puede asustar un poco, pero, al final, habrá valido la pena. Y tu vida no va a cambiar en nada.

—Aparte de que esperas que te haga de criada, querrás decir.

—No es lo que he dicho…

—Peters no se va a quedar sentado aplaudiendo tu valentía —señaló, sin dejarme terminar la frase—. Si cree que intentas robarle los clientes, hará todo lo posible para quitarte de enmedio.

—Que lo intente —dije—. Al final, lo que cuenta es el dinero.

—Él tiene más que tú.

—Me refiero al dinero de los clientes.

—Y yo hablo del dinero de nuestra familia —replicó, con un asomo de dureza en la voz—. Y nosotros, ¿qué? Y yo, ¿qué? ¿Esperas que te siga la corriente en esto? Tenemos una hija, por el amor de Dios.

—¿Y yo tengo que renunciar a mis sueños?

—No te hagas el mártir. Detesto cuando te pones en ese plan.

—No me estoy haciendo el mártir. Estoy intentando tener una conversación…

—¡No! —contestó, elevando el tono—. ¡Me estás diciendo lo que tú quieres hacer, aunque quizá no sea beneficioso para la familia!

Espiré despacio, concentrándome en mantener un tono sosegado.

—Ya te he dicho que estoy seguro de que Peters me va a despedir y no hay otras perspectivas de empleo por aquí.

—¿Has intentado hablar con él?

—Pues claro que lo he intentado.

—Eso es lo que tú dices.

—¿No me crees?

—Solo en parte.

—¿En qué parte?

Dejó con violencia la servilleta encima del plato y se levantó de la mesa.

—La parte en que vas a hacer lo que quieras, aunque sea en perjuicio de nosotros y de nuestra hija.

—¿Estás diciendo que no me preocupo por nuestra familia?

Para entonces, ya se había ido del comedor.

Esa noche dormí en el cuarto de invitados, y aunque mantuvo cierta cordialidad mientras respondía a mis preguntas con monosílabos, Vivian no me dirigió la palabra durante los tres días siguientes.

Por más dotada que fuera Marge para mantenerme vivo durante mi juventud y dispensarme perlas de sabiduría en relación con mis defectos, no le gustó tanto tener que velar por mí una vez que hube cumplido los veinte. Empezó a pasar una cantidad de tiempo desproporcionada hablando por teléfono y, como consecuencia de ello, yo veía demasiada televisión. No sé cómo será en el caso de otros chicos, pero yo aprendí buena parte de lo que sé sobre los anuncios y la publicidad por simple ósmosis. No lo aprendí en la universidad ni tampoco de los veteranos de la agencia, puesto que la mitad de ellos desperdiciaban su energía creativa tratando de sabotear las carreras de la otra mitad, siguiéndole la corriente a Peters. Como no sabía qué hacer cuando me vi proyectado en ese trabajo, primero escuchaba la descripción que hacían los clientes de lo que querían conseguir y después recurría a mi pozo de recuerdos para idear nuevas variantes de anuncios antiguos.

No era tan fácil, desde luego. El campo de la publicidad abarca mucho más que los anuncios de televisión. Con los años, había generado eslóganes pegadizos para folletos o vallas publicitarias; había escrito guiones para anuncios de radio y publirreportajes; había ayudado a rediseñar páginas web y creado campañas mediáticas viables; había formado parte de un equipo que priorizaba búsquedas de Internet y *banners* dirigidos a franjas específicas según zonas geográficas y niveles de ingresos y de educación, y para un cliente concreto, concebí y puse en rodaje el uso de publicidad en las furgonetas de reparto. Mientras que en la agencia de Peters había diversos equipos que se hacían cargo de la práctica totalidad de todos aquellos proyectos, cuando trabajara solo yo asumiría la responsabilidad de todas las necesidades del cliente y, aunque tenía capacidad suficiente en ciertas áreas, en otras era más flojo, en especial en cuestiones tecnológicas. Por fortuna, llevaba suficiente tiempo en el oficio para conocer a los proveedores de servicios locales, con quienes me puse en contacto.

Había sido sincero con Vivian al afirmar que no me preocupaba la captación de clientes, pero, por desgracia, cometí un error, una equivocación que no dejaba de tener su ironía. Me olvidé de planear una campaña publicitaria para mi propia empresa. Debí haber invertido más dinero en el diseño de una página web de calidad y en la creación de materiales promocionales que reflejaran la empresa que aspiraba a tener, no la que estaba construyendo desde abajo. Debí haber realizado *mailings* directos de calidad, para inspirar en los clientes la idea de ponerse en contacto conmigo.

En lugar de ello, pasé el mes de mayo organizando la infraestructura básica. Utilizando días de vacaciones, contraté a un abogado y un contable y rellené los formularios necesarios. Alquilé una oficina con una recepcionista compartida con otros. Compré material de oficina, firmé contratos de *leasing* para ciertas máquinas y la abastecí con todo lo que consideré que iba a necesitar. Leí libros sobre cómo montar una empresa, todos los cuales destacaban la importancia de contar con un capital adecuado, y a mediados de mayo, presenté el preaviso de dos semanas. Lo único que atenuaba mi entusiasmo era que había subestimado los costos iniciales, mientras que las facturas habituales seguían llegando. El año sin ningún ingreso del que había hablado a Vivian se había reducido a nueve meses.

Daba igual. Llegó el primero de junio, el momento de lanzar de manera oficial la Agencia Fénix. Envié cartas a los clientes con los que había trabajado con anterioridad, exponiendo los servicios que les podía ofrecer con un ahorro considerable por su parte y les comuniqué que esperaba tener noticias suyas. Empecé a hacer algunas llamadas, concertando citas, y después de eso, me arrellané en el sillón, esperando a que me llamaran.

4

El verano de mi descontento

Últimamente, he llegado a la conclusión de que el hecho de tener un hijo trastoca nuestro sentido del tiempo, mezclando el pasado y el presente como en una batidora eléctrica. Siempre que miraba a London, los recuerdos volvían a aflorar en mi pensamiento.

—¿Por qué sonríes, papá? —me preguntaba ella.

—Porque estoy pensando en ti —respondía yo.

Mentalmente, la veía cuando era un bebé y la tenía en brazos, con su primera sonrisa reveladora o incluso la primera vez que se dio la vuelta. Tenía poco más de cinco meses y yo la había acostado boca abajo mientras Vivian iba a una clase de yoga. Cuando London se despertó, tardé un poco en reaccionar y darme cuenta de que estaba de espaldas y me sonreía.

Otras veces la recordaba cuando aún no caminaba y la prudencia con que iba a gatas o se agarraba a la mesa mientras aprendía a ponerse de pie; recuerdo cómo la cogía de las manos y recorríamos el pasillo antes de que se soltara a andar por sí sola.

Me perdí muchas cosas, sin embargo, en especial las primicias. Me perdí la primera palabra que pronunció, por ejemplo, o la primera vez que comió papillas, y estaba fuera de la ciudad cuando se le cayó el primer diente de leche. Aun así, eso no afectó mi emoción cuando más adelante presencié esas cosas. Para mí, al fin y al cabo, seguían siendo primicias.

Sin embargo, hay muchas cosas que no recuerdo. No todo puede reducirse a un solo acontecimiento. ¿Cuándo pasó de gatear a caminar exactamente? ¿O cuándo pasó de pronunciar aquella primera palabra a elaborar frases cortas? Aquellos periodos de inevitable transformación y progresos ahora parecen confundirse y en ocasiones tengo la impresión de que me volví de espaldas un instante para después descubrir una nueva versión de London que había sustituido a la anterior.

Tampoco estoy seguro de cuándo cambiaron su habitación, sus juguetes y juegos. Alcanzo a representarme su dormitorio de bebé con asombroso lujo de detalles, incluida la cenefa del papel de la pared que tenía patitos pintados. Pero ¿cuándo fueron a parar los juegos de bloques y los peluches en forma de oruga a esa caja que ahora dormita en un rincón? ¿Cuándo hizo su aparición la primera Barbie, y cuándo empezó London a imaginar la vida de fantasía de Barbie, en la que estaba incluido el color de la ropa que debe llevar la muñeca cuando está en la cocina? ¿Cuándo empezó a dejar de ser una hija que se llamaba London a ser London, mi hija?

En ciertas ocasiones me duele la pérdida de aquel bebé que conocí y amé. Lo había sustituido una niña que tenía opiniones propias sobre su cabello, que pedía a su madre que le pintara las uñas y que pronto pasaría la mayor parte del día en la escuela, al cuidado de una maestra que yo aún no conocía. En días como esos, desearía poder remontar el tiempo para poder disfrutar más de los primeros cinco años de London. Trabajaría menos horas, pasaría más tiempo jugando en el suelo con ella y compartiría su asombro al observar la trayectoria de vuelo de las mariposas. Yo quería que London supiera la alegría que aportaba a mi vida y decirle que me esforzaba todo lo que podía. Quería que entendiera que aunque su madre siempre estuviera con ella, yo la quería tanto como puede querer un padre a su hija.

¿Por qué entonces, me pregunto a veces, siento como si eso no fuera suficiente?

El teléfono no sonó.

Ni la primera semana, ni la segunda y ni siquiera la tercera. Pese a que me había reunido con más de una decena de potenciales clientes y todos habían expresado inicialmente su interés, el teléfono de mi oficina permaneció mudo. Lo peor fue que, a medida que el mes se acercaba a su fin, ninguno de ellos me dedicó un momento para hablar conmigo cuando los contacté y al final llegó un punto en que sus secretarias me pidieron que dejara de llamar.

Peters.

Sus huellas estaban claras. Volví a evocar la frase de advertencia de Vivian: «Si cree que intentas robarle los clientes, hará todo lo posible para quitarte de enmedio».

A comienzos de julio, estaba deprimido y preocupado, y la última factura de la tarjeta de crédito acabó de empeorar mi estado de ánimo. Vivian se había tomado, por lo visto, al pie de la letra mi afirmación de que su vida no iba a cambiar. Se había dedicado a los «gastos de la casa» como una loca y, puesto que había despedido a la señora de la limpieza, la casa estaba siempre hecha un desastre. Después del trabajo yo tenía que pasar una hora ordenando, lavando ropa, pasando el aspirador y limpiando la cocina. Tenía la impresión de que Vivian consideraba como una penitencia merecida el que yo asumiera las tareas domésticas, además del pago de la tarjeta de crédito.

Desde que había montado la empresa, nuestras conversaciones habían sido superficiales. Yo hablaba poco del trabajo; ella comentó en una ocasión que había empezado a tantear el terreno para buscar un empleo a tiempo parcial. Hablábamos de nuestras familias y de los amigos y vecinos. Por lo general, hablábamos sobre todo de London, que constituía un tema seguro. Ambos sentíamos que la menor palabra ofensiva o malinterpretada podía dar pie a una discusión.

El Cuatro de Julio, día de la Independencia, caía en sábado, y yo no deseaba otra cosa que aprovechar el día para aflojar la tensión. Quería quitarme de la cabeza la preocupación por el dinero, las facturas o los clientes que no reaccionaban a mis llamadas; quería acallar la vocecilla interior que había empezado a plantear si no debería buscar otro empleo o volver a iniciar las pesquisas en otras ciudades. Lo que deseaba era sustraerme a las obligaciones de adulto por un día y después iniciar aquel fin de semana festivo con una velada romántica con Vivian, porque así tendría la prueba de que todavía creía en mí, aunque su fe se estuviera tambaleando.

No obstante, el sábado por la mañana era un tiempo que Vivian dedicaba exclusivamente a sí misma, y por más día nacional que fuera, poco después de despertarse se fue a la clase de yoga, que después encadenaba con la de gimnasia. Le di a London un tazón de cereales y salí con ella al parque; por la tarde, fuimos los tres juntos a una fiesta del vecindario. Había juegos para niños y Vivian estuvo charlando con otras madres mientras yo me tomaba un par de cervezas con los padres. No los conocía demasiado; igual que yo hasta no hacía mucho, solían trabajar hasta muy tarde. Mientras los escuchaba, no paraba de distraerme pensando en el fiasco económico que se avecinaba.

Más tarde, mientras contemplábamos los fuegos artificiales en el campo de béisbol BB&T, la tensión me seguía agarrotando el cuello y los hombros.

El domingo tampoco fue mejor.

También había tenido esperanzas de poderme relajar, pero después del desayuno, Vivian me anunció que tenía unos cuantos recados que hacer y que estaría fuera casi todo el día. El tono que utilizó, desenfadado y desafiante a la vez, dejaba bien a las claras que no iba a aceptar ninguna objeción y que si se me ocurría expresar alguna, estaba más que dispuesta a provocar una pelea.

Me quedé callado. Con un nudo en el estómago, la miré mientras subía al coche, preguntándome no solo cómo iba a mantener la entereza, sino cómo iba a tener distraída a London durante un día entero. En ese momento, no obstante, me acordé de un eslogan que había escrito el primer año de mi carrera como publicista: «Cuando tienes problemas y necesitas a alguien con quien contar…»

Lo había utilizado en un anuncio para un abogado especializado en daños y lesiones personales y aunque él acabó sancionado por el colegio y perdió la licencia, el anuncio suscitó una avalancha de abogados en nuestra empresa. Yo me encargué de la mayoría de aquellos proyectos. Fui el tipo a quien había que recurrir para cualquier modalidad de publicidad legal y Peters ganó una fortuna con eso. Un par de años después, en un artículo del *The Charlotte Observer* se señaló que el Peters Group estaba considerado como «el picapletitos carroñero del mundo de la publicidad». Entonces algunos banqueros y responsables inmobiliarios comenzaron a mostrar reticencias por los precios que pagaban. Peters atendió de mala gana sus demandas y, años más tarde, a veces todavía se quejaba de haber sido extorsionado por los mismos bancos que anteriormente no había tenido escrúpulos en explotar, por lo menos en lo que a tarifas se refiere.

De todas maneras, yo «seguía teniendo problemas y necesitaba alguien con quien contar…», de modo que tomé la decisión espontánea de ir visitar a mis padres.

Si no puedes contar con ellos, es que estás realmente apurado.

A mí me cuesta imaginar a mi madre sin un delantal. Ella consideraba, al parecer, que el delantal era algo tan imprescindible como un sujetador o unas bragas dentro de la indumentaria femenina, cuando menos dentro de casa. De niños, llevaba uno puesto cuando Marge y yo bajábamos a desayunar; se lo volvía a poner inmediatamente después de traspasar la puerta al volver del trabajo y lo seguía llevando mucho después de haber terminado de cenar y recoger la cocina. Cuando le preguntaba por qué, ella decía que le gustaban los bolsillos, o que la abrigaba, o que se iba a tomar una taza de café descafeinado más tarde y no quería mancharse la ropa.

Personalmente, creo que era solo una manía, pero lo cierto es que facilitaba la tarea de comprarle los regalos para Navidad y los cumpleaños, y con el paso de los años, había acumulado un gran surtido de delantales. Los tenía de todos los colores, tamaños y estilos. Tenía delantales para determinadas épocas del año, delantales con eslóganes, delantales que Marge y yo le habíamos confeccionado de pequeños, delantales con el nombre «Gladys» estarcido en la tela y un par de ellos tenían incluso tiras de encaje, aunque ella los consideraba demasiado atrevidos para ponérselos. Yo sabía, porque lo había visto, que había siete cajas de delantales pulcramente doblados en el desván, y dos armarios enteros de la cocina dedicados a albergar su colección. Para Marge y para mí siempre había sido un misterio el método que aplicaba nuestra madre para seleccionar el delantal que lucía en un determinado día, o cómo se las componía para encontrar el que quería entre todos los demás.

Sus costumbres apenas habían cambiado en ese sentido después de jubilarse. Mi madre había trabajado no porque le gustara, sino porque la familia necesitaba el dinero, y una vez que se liberó de aquella carga, se integró en un club de jardinería, se apuntó como voluntaria en un centro para ancianos y se convirtió en miembro activo de una asociación de mujeres, la Red Hat Society. Igual que Vivian y London, parecía que siempre tuviera cosas programadas para cada día de la semana, cosas que le animaban la vida. Yo tenía la indiscutible impresión de que los delantales que había ido seleccionando a lo largo de los años anteriores eran un reflejo de un estado de ánimo más alegre. Los delantales sencillos habían quedado relegados al fondo del cajón y los de arriba tenían estampados de flores y pájaros, con alguna que otra leyenda del tipo «Jubilado: joven de corazón pero más viejo en otras partes».

Cuando llegué con London, mi madre llevaba un delantal a cuadros rojos y azules —sin bolsillos, según pude advertir—. La cara se le iluminó al ver a mi hija. Con los años, ya no se parecía tanto a la madre que yo conocí sino más bien al tipo de abuelita entrañable que pintaban en las ilustraciones de principios del siglo pasado. Tenía el pelo gris, las mejillas sonrosadas y era más bien rolliza. Huelga decir que London quedó igualmente encantada al verla.

Para acabar de completar el cuadro, Liz y Marge estaban en casa. Después de dispensarme un breve abrazo y un beso, todos volcaron la atención en mi hija y yo me volví poco menos que invisible. Liz la cogió en brazos en cuanto entró por la puerta e inmediatamente London se puso a hablar a mil por hora. Marge y Liz no se perdían ni una palabra, y en cuanto la oí pronunciar «*cupcakes*» supe que estaría ocupada durante al menos dos horas. A London la fascinaba la repostería, lo cual no dejaba de ser curioso puesto que Vivian no apreciaba particularmente los pasteles a causa de su contenido en harina y azúcar.

—¿Cómo pasaste el Cuatro de Julio? —pregunté a mi madre—. ¿Fuisteis a ver los fuegos artificiales con papá?

—Nos quedamos en casa —respondió—. Hoy en día hay demasiada gente y demasiado tráfico. ¿Y tú?

—Lo de siempre. Estuvimos en una fiesta del barrio y después fuimos al campo de béisbol.

—Nosotras también —dijo Liz—. Deberías habernos llamado. Podríamos habernos visto allí.

—No se me ocurrió. Lo siento.

—¿Te gustaron los fuegos, London? —preguntó Marge.

—Fueron preciosos, aunque algunos hicieron mucho ruido.

—Sí, es verdad.

—¿Podemos empezar a preparar los *cupcakes*?

—Claro, cariño.

Curiosamente, mi madre no se fue con ellas tres. Se quedó cerca de mí, esperando a que estuvieran en la cocina para alisarse el delantal. Era lo que hacía siempre cuando estaba nerviosa.

—¿Estás bien, mamá?

—Tienes que hablar con él. Tiene que ir al médico.

—¿Por qué? ¿Qué pasa?

—Me preocupa que pueda tener el cáncer.

Mi madre nunca decía «cáncer» sin artículo. Siempre tenía que ser «el» cáncer. La idea del cáncer le causaba terror. Le había arrebatado la vida de sus padres, así como la de sus dos hermanos mayores. Desde entonces «el cáncer» se había convertido en un tema de conversación habitual con mamá, como si fuera una especie de coco que acechaba para atacar en el momento más inesperado.

—¿Por qué crees que pueda tener cáncer?

—Porque con el cáncer te cuesta respirar. Es lo mismo que le pasó a mi hermano. Primero, el cáncer te quita la respiración y después te quita todo lo demás.

—Tu hermano fumaba dos paquetes de cigarrillos al día.

—Pero tu padre no, y el otro día, le costaba recuperar el aliento.

Por primera vez me di cuenta de que se había disipado el tono sonrosado de sus mejillas.

—¿Por qué no me lo dijiste? ¿Qué pasó?

—Te lo estoy contando ahora —dijo. Luego respiró hondo—. El martes, después del trabajo, estaba atrás en el porche. Yo preparaba la cena y aunque afuera hacía un calor horrible, a tu padre se le metió en la cabeza que tenía que trasladar el macetero con el arce de Japón de una punta del porche a la otra, para que no le diera tanto el sol.

—¿Él solo? Yo mismo no podría moverlo ni un centímetro. Debe de pesar más de cien kilos.

—Claro —confirmó, como si fuera una tontería haberlo preguntado—. Y después de haberlo movido, le costó varios minutos recuperar la respiración. Tuvo que sentarse y todo.

—No me extraña. Cualquiera tendría la respiración alterada después de eso.

—Tu padre no.

En eso debía reconocer que no le faltaba razón.

—¿Y después cómo estuvo?

—Te lo acabo de decir.

—¿Cuánto tardó en volver a estar normal?

—No sé. Un par de minutos quizá.

—¿Tuvo que acostarse en el sofá o algo parecido?

—No. Se comportó como si no le pasara nada. Se sirvió una cerveza y puso el partido de béisbol.

—Entonces parece que estaba normal...

—Tiene que ir al médico.

—Ya sabes que no le gustan los médicos.

—Por eso tienes que decírselo tú. A mí ya no me hace caso. Es más testarudo que una mula y no ha ido a ver a un médico en años.

—Seguramente no me escuchará tampoco a mí. ¿Le has pedido a Marge que le hablara?

—Me ha contestado que te tocaba a ti.

«Gracias, Marge.»

—Hablaré con él ¿de acuerdo?

Inclinó la cabeza, pero por su expresión absorta, deduje que seguía pensando en «el cáncer».

—¿Dónde está Vivian? ¿No va a venir?

—Esta tarde estamos London y yo solos. Vivian está haciendo unos recados.

—Ah —dijo mi madre, que ya sabía en qué iban a parar los recados de Vivian—. Tu padre debe de estar todavía en el garaje.

Por suerte, el garaje estaba a la sombra, lo cual bajaba la temperatura hasta un nivel apenas tolerable para una persona como yo, acostumbrada al aire acondicionado de la oficina. Mi padre seguramente ni se daba cuenta, o en todo caso, no se quejaba. El garaje era su refugio. Al entrar, me maravillé del aspecto de desorden organizado que presentaba. Había herramientas colgadas de la pared, cajas de cables y chismes diversos cuyo nombre desconocía, un banco de trabajo hecho por él mismo, con cajones llenos de toda clase de clavos, tornillos y tuercas. Piezas de motor, alargadores, material de jardinería; todo encontraba un lugar en el mundo de mi padre. Siempre he creído que habría estado más a gusto en los años cincuenta, o incluso en el tiempo de los pioneros.

Mi padre era un hombre robusto, de hombros anchos, brazos musculosos y una sirena tatuada en el antebrazo, que le quedó como recuerdo del periodo pasado en la marina. Durante mi niñez, lo veía como un gigante. Aunque había trabajado como fontanero para la misma empresa durante casi treinta años, parecía capaz de reparar cualquier cosa. Daba lo mismo que fuera una fuga de agua en una ventana, un cortacésped, un televisor o una caldera. Tenía un conocimiento innato de la pieza que iba a necesitar para volver a poner en perfecto estado el aparato de que se tratara. Sabía todo cuanto se podía saber de coches —siempre y cuando estuvieran fabricados antes de la era informática— y se pasaba las tardes del fin de semana retocando el Ford Mustang de 1974 que había restaurado veinte años atrás y con el que todavía iba a trabajar. Además del banco de trabajo, había construido numerosas cosas de la casa: la tarima de la terraza, el cobertizo, un tocador para mi madre y los armarios de la cocina. Llevaba vaqueros y botas de trabajo hiciera el tiempo que hiciese y tenía una manera particular de blasfemar con la que ponía énfasis en los verbos y no en los adjetivos. Huelga decir que le importaba bien poco la cultura pop y que nunca había visto ni un minuto de nada que pudiera considerarse como un programa de telerrealidad. Esperaba tener la cena en la mesa a las seis y después ponía un partido de béisbol en el salón. Los fines de semana, trabajaba en el jardín o en el garaje, además de ocuparse del césped. Tampoco era aficionado a dar abrazos. Mi padre estrechaba la mano a todo el mundo, incluso a mí, y entonces yo siempre notaba sus callos y su fuerza.

Cuando entré, estaba debajo del Mustang, del que solo sobresalían sus piernas. Hablar con mi padre en el garaje a menudo era como hablar con un maniquí a medio guardar.

—Hola, papá.

—¿Quién está ahí?

A partir de los sesenta, mi padre había empezado a perder oído.

—Soy yo, Russ.

—¿Russ? ¿Qué diablos haces aquí?

—Se me ha ocurrido traer a London para saludaros. Está dentro con mamá, Marge y Liz.

—Una niña bien bonita —alabó.

Viniendo de mi padre, aquel era el halago más efusivo que se podía obtener, a pesar de que la adoraba. La verdad era que lo que más le gustaba del mundo era tener a London sentada en el regazo mientras miraba un partido.

—Mamá dice que el otro día te quedaste sin respiración. Cree que deberías ir a ver a un médico.

—Tu madre se preocupa demasiado.

—¿Cuándo fuiste a ver a un médico por última vez?

—No lo sé. Un año, puede. Dijo que estaba como una rosa.

—Mamá dice que hace mucho más tiempo.

—Puede que sí...

Miré cómo alargaba la mano para elegir entre una serie de llaves inglesas que tenía a la altura de la cadera. Esa era su manera de darme a entender que no lo presionara o que cambiara de tema.

—¿Qué le pasa al coche?

—Tiene una pequeña fuga de aceite. Estoy intentando saber por qué. Creo que el fallo debe de estar en el filtro.

—Tú sabrás.

Yo habría sido incapaz de localizar el filtro del aceite. Éramos muy distintos mi padre y yo.

—¿Cómo va el negocio? —preguntó.

—Parado, más bien —reconocí.

—Ya me lo figuraba. No es fácil montar un negocio propio.

—¿Tienes algún consejo que darme?

—No. Ni siquiera sé muy bien a qué te dedicas.

—Hemos hablado cien veces de eso. Yo produzco campañas publicitarias, anuncios, folletos y propaganda por Internet.

Al final salió de debajo del coche, con las manos y las uñas manchadas de grasa.

—¿Eres tú el que hace esos anuncios de coches? ¿Esos donde siempre sale un tipo pregonando a gritos la última ganga?

—No. —No era la primera vez que le respondía a aquella pregunta.

—Detesto esos anuncios. Chillan demasiado. Siempre quito el volumen.

Ese era uno de los motivos por los que yo siempre trataba de convencer a los dueños de los concesionarios para que no subieran tanto la voz... porque la mayoría de los espectadores quitaban el volumen.

—Ya lo sé. Ya me lo habías dicho.

Empezó a levantarse lentamente. Mirar a mi padre poniéndose de pie era como mirar una montaña que se elevaba a causa de una colisión de placas tectónicas.

—¿Has dicho que ha venido London?

—Está dentro.

—Vivian también, supongo.

—No. Tenía cosas que hacer hoy.

—¿Cosas de mujeres? —inquirió, limpiándose las manos.

Yo sonreí. Para mi padre, un sexista de la vieja escuela, lo de «cosas de mujeres» abarcaba prácticamente todo lo que mi madre hacía por entonces, desde cocinar y limpiar a ir a comprar la comida.

—Sí, cosas de mujeres.

Inclinó la cabeza, pensando que tenía toda su lógica.

—¿Te comenté que Vivian está pensando en volver a trabajar? —dije, después de un carraspeo.

—Mmm.

—No es porque necesitemos el dinero. Ya sabes que lleva mucho diciéndolo. Es porque London va a empezar a ir a la escuela.

—Mmm.

—Creo que le sentará bien. Sería algo fácil, a tiempo parcial. Si no, se aburriría.

—Mmm.

—¿Qué te parece? —pregunté después de un breve titubeo.

—¿El qué?

—Que Vivian piense en volver a trabajar. Y mi nueva empresa.

Se rascó la oreja, haciendo tiempo.

—¿No se te ha ocurrido pensar que quizá no deberías haber dejado tu empleo?

Por más masculino que fuera, mi padre no era aficionado a correr riesgos. Para él, tener un empleo fijo y recibir un sueldo cada mes superaba con creces las compensaciones que pudiera aportar la gestión de un negocio propio. Siete años atrás, el anterior dueño de la empresa de fontanería había ofrecido a mi padre la posibilidad de comprarla; él había declinado la oferta y el negocio pasó a manos de otro empleado más joven con aspiraciones empresariales.

Para ser sincero, yo no esperaba que me diera muchos consejos en lo relativo a mi carrera. Eso también quedaba fuera de la zona de confort de mi padre, pero no se lo reprochaba. Él y yo habíamos tenido trayectorias muy distintas. Mientras que yo había ido a la universidad, él no había pasado de secundaria y después había estado en un destructor en Vietnam. Se había casado a los diecinueve años y tuvo su primer hijo a los veintidós; sus padres murieron en un accidente de coche un año después. Él trabajaba con las manos mientras que yo trabajaba con la cabeza, y aunque su visión del mundo —blanco y negro, bueno y malo— podía parecer simplista, también proporcionaba una hoja de ruta sobre la manera como debía regir su vida un verdadero hombre: «Cásate. Ama a tu mujer y trátala con respeto. Ten hijos y transmíteles los valores del trabajo. Haz tu trabajo. No te quejes. Recuerda que (a diferencia de muchas de las personas que puedas conocer por ahí) la familia siempre estará cerca. Arregla lo que se pueda arreglar o deshazte de ello. Sé un buen vecino. Quiere a tus nietos. Compórtate bien».

Eran unas buenas reglas. En realidad eran fantásticas y, en general, se habían mantenido inalteradas durante toda su vida. Había una que había descartado, sin embargo, de la lista. Mi padre se había educado en el seno de la Iglesia Baptista del Sur, y Marge y yo habíamos asistido a los servicios los miércoles y los sábados durante nuestra infancia y adolescencia. Habíamos ido todos los veranos a la escuela bíblica y mis padres nunca se cuestionaron si había que ir o no a la iglesia. Al igual que las otras reglas, esta se mantuvo en pie hasta poco después de que Marge anunciara a mis padres que era homosexual.

No me puedo ni imaginar lo nerviosa que debía de estar Marge. Nos habíamos criado bajo la influencia de una iglesia que creía que la homosexualidad era un pecado, y mis padres comulgaban con aquellas ideas, más que nosotros quizá, porque pertenecían a otra generación. Mi padre acabó teniendo una entrevista con el pastor, un individuo de aquellos que creían en los fuegos del infierno. El pastor le dijo que Marge estaba eligiendo una vida de pecado si se rendía a su naturaleza y que debían llevarla allí para rezar, con la esperanza de lograr la gracia divina.

Mi padre podía ser muchas cosas, como duro, hosco o blasfemo a veces, pero quería a sus hijos. Creía en ellos y cuando Marge le dijo que ella no había elegido un estilo de vida, sino que había nacido de esa manera, él enseguida asintió, le dijo que la quería y a partir de ese día, nuestra familia dejó de asistir a los servicios religiosos.

En el mundo hay mucha gente que podría aprender mucho de mi padre, en mi opinión.

—Pareces hecho polvo —observó Marge.

Nos habíamos instalado en el porche de atrás con un par de *cupcakes* mientras mamá, Liz y London seguían horneando más. Mi padre estaba en el salón, saboreando los *cupcakes* mientras miraba jugar a los Atlanta Braves, seguramente a la espera de que London acudiera a pasar un rato con él. Ella siempre lo llamaba «papi» y yo lo encontraba gracioso.

—Siempre sabes cómo levantarle el ánimo a la gente.

—Hablo en serio. Estás muy pálido.

—Estoy cansado.

—Ya —contestó—. Perdona. Te conozco de sobras y sé que mientes. Estás estresado.

—Un poco.

—¿No va bien la nueva empresa?

—Pensaba que sería más fácil captar clientes —reconocí, rebullendo en el asiento—. Aunque fuera solo uno.

—Ya llegará. Solo necesitas darte un margen de tiempo. —Como yo guardaba silencio, prosiguió—: ¿Cómo se lo está tomando Vivian?

—La verdad es que hablamos poco del asunto.

—¿Por qué? Es tu mujer.

—No quiero preocuparla. Prefiero hablar con ella cuando haya algo bueno que contarle.

—¿Lo ves? Ahí es donde te equivocas. Vivian tendría que ser la primera persona con la que pudieras hablar de todo.

—Sí, supongo.

—¿Lo supones? Los dos tendríais que trabajar un poco la cuestión de la comunicación, ver a un psicólogo o algo así.

—Quizá tendríamos que tomar una cita con Liz, puesto que es terapeuta.

—No te lo podrías permitir. No estás ganando nada de dinero.

—Bueno, con eso me haces sentir mejor.

—¿Preferirías que te pusiera una cortina de humo delante?

—Aunque suene tentador, no te le voy a pedir.

—El caso es que he visto lo mismo muchas veces.

—¿Cómo?

—Los mismos errores que comete la gente cuando monta un negocio —dijo, tomando otro bocado—. Demasiado optimismo en lo referente a los ingresos y poco pesimismo en lo relativo a los gastos del negocio o de la casa. En tu caso, las tarjetas de crédito.

—¿Cómo estás enterada de eso?

—¿Que cómo sé lo de Vivian y sus gastos de la casa? ¿Lo de la factura que llega a mitad de mes? No es la primera vez que hablamos de esto.

—El balance ha sido un poco alto, sí —admití.

—Entonces acepta un consejo de tu hermana, que es diplomada en contabilidad. Cancela la tarjeta, o por lo menos ponle un límite.

—No puedo.

—¿Por qué no?

—Porque le dije que su vida no iba a cambiar.

—¿Por qué diablos le dijiste algo así?

—Porque no hay motivos para que ella tenga que sufrir.

—Sabes que eso que dices es de locos ¿no? Comprar menos no equivale a sufrir. Y además, se supone que compartís las cosas, que estáis los dos en el mismo barco, sobre todo cuando la situación se pone difícil.

—Estamos en el mismo barco. Y yo la quiero.

—Ya sé que la quieres. El problema está más bien en que la quieres demasiado.

—Nunca se quiere demasiado.

—Sí, bueno… Lo que quiero decir es que ella tampoco es una persona fácil con la que estar casado.

—Eso es porque es una mujer.

—¿Te tengo que recordar con quién estás hablando?

Dudé un instante.

—¿Crees que cometí un error al montármelo por mi cuenta?

—No empieces a tirarte piedras a toro pasado. A menos que estuvieras dispuesto a irte casi a la otra punta del país, no tenías alternativa. Y además, tengo el presentimiento de que todo va a acabar saliendo bien.

Eso era exactamente lo que necesitaba oír. No obstante, mientras lo escuchaba, lamenté que fuera mi hermana, y no Vivian, quien me lo dijera.

—Las clases de cocina deben de resultar de maravilla ¿no? —comenté a Liz media hora después. Por Navidad le había regalado un par de clases en un centro llamado el Sueño del Chef, pero le habían gustado tanto que había seguido yendo por su cuenta. Para entonces estaba consumiendo mi segundo *cupcake*—. Está buenísimo.

—En esto ha intervenido más que nada tu madre. Nosotros casi no hacemos pasteles. En este momento estamos aprendiendo cocina francesa.

—¿Como caracoles y ancas de rana?

—Entre otras cosas.

—¿Y luego os lo coméis?

—Están mejor que los *cupcakes,* aunque te parezca mentira.

—¿Todavía no has convencido a Marge para que vaya también?

—No, pero no importa. También me gusta disponer de un tiempo para mí y solo es una noche a la semana.

—Hablando de Marge, ella cree que me dejo pisotear.

—Es solo porque se preocupa por ti —adujo Liz. Con su melena castaña, sus ojos ovalados de color café y su porte apacible, pertenecía más bien a la tipología de delegada de la clase que a la de jefa del equipo de animadoras, pero yo siempre había considerado que eso la hacía incluso más atractiva—. Sabe que estás sometido a mucha presión y se preocupa. ¿Cómo está Vivian últimamente?

—Está bien, pero ella también nota la presión. Lo único que yo quiero es que sea feliz conmigo.

—Mmm.

—¿Eso es todo?

—¿Y qué quieres que diga?

—No sé. Que me lleves la contraria… Que me des algún consejo…

—¿Y por qué iba a hacerlo?

—Porque, entre otras cosas, tú eres psicóloga.

—Tú no eres paciente mío, pero aunque fuera el caso, no sé si te podría ayudar.

—¿Por qué no?

—Porque en una terapia, no se trata tanto de cambiar a otra persona, sino de intentar cambiar uno mismo.

Mientras íbamos hacia el coche, llevaba a London cogida de la mano.

—No le digas a mamá que me he comido dos *cupcakes* ¿vale?

—¿Por qué?

—Por que no es bueno para mí y no quiero que ella esté triste.

—Bueno, no se lo diré —aceptó—. Lo prometo.

—Gracias, cariño.

Cuando llegamos con una hornada de *cupcakes* de vainilla, la casa estaba vacía.

Le mandé un mensaje a Vivian preguntándole dónde estaba y contestó «Aún tengo un par de cosas que hacer... llegaré dentro de un rato». Me irritó lo críptico de la respuesta, pero cuando le iba a mandar otro mensaje, London me tiró de la manga para llevarme hasta la casa de Barbie, con sus tres pisos de color rosa, que había colocado en el rincón del comedor.

A London le encantaba Barbie. Tenía siete muñecas, dos descapotables de la Barbie rosas y una bañera de plástico llena de más accesorios que una sección de un gran almacén. A ella no parecía importarle lo más mínimo que todas las muñecas se llamaran igual. Lo que a mí me tenía fascinado era que cada vez que Barbie se desplazaba de un piso a otro de la Casa de los Sueños rosa o cambiaba de actividades, London creía que era imprescindible que se cambiara de ropa. Eso se producía más o menos cada treinta y cinco segundos, y ni que decir tiene que lo único que a London le gustaba más que cambiarle la ropa a Barbie era que se ocupara de hacerlo su padre.

Durante la siguiente hora y media, pasé cuatro días enteros cambiando los trajes de Barbie, sin parar.

Aunque no parezca lógico, debo reconocer que a mí tampoco me lo parecía. Seguramente tiene algo que ver con la teoría de la relatividad —con eso de la relatividad del tiempo—, pero a London por lo visto le tenía sin cuidado si yo me aburría o no, mientras siguiera realizando los cambios de ropa. Tampoco parecía importarle si entendía sus explicaciones sobre el traje concreto que quería. Recuerdo que, más o menos por el tercer día de aquella última hora de la tarde, había cogido unos pantalones verdes cuando ella sacudió la cabeza.

—¡No, papá! Te he dicho que tiene que llevar unos pantalones amarillos cuando está en la cocina.

—¿Por qué?

—Pues porque está en la cocina.

—Ah.

Al final, oí llegar el SUV de Vivian. A diferencia de mi Prius, tenía un consumo tremendo de gasolina, pero era amplio y seguro y Vivian había insistido en que nunca conduciría un monovolumen, aunque fuera mucho más económico.

—Tu madre está en casa, cariño —declaré, exhalando un suspiro de alivio mientras London iba corriendo hasta la puerta.

En cuando esta se abrió, la oí gritar «¡Mamá!». Ordené un poco el área de juego antes de ir tras ella. Cuando llegué a las escalerillas de la entrada, Vivian ya tenía a London en brazos y había abierto el maletero. Vi que llevaba el cabello mucho más corto, a la altura del hombro, con un estilo más parecido al que tenía cuando la conocí. Me dirigió una sonrisa, entrecerrando los ojos para protegerlos del sol del atardecer.

—¡Eh, hola! —me llamó—. ¿Te importaría coger algunas bolsas?

Bajé los escalones, escuchando el parloteo de London, que contaba a Vivian las anécdotas del día. Cuando estuve cerca, Vivian dejó a la niña en el suelo. Por su expresión, supe que aguardaba una reacción.

—Caramba —dije, dándole un somero beso—. Esto me trae recuerdos.

—¿Te gusta? —preguntó.

—Te sienta bien. Pero ¿cómo te han hecho esto en domingo? ¿Hay peluquerías abiertas?

—Hay una en el centro en la que se puede coger hora para el domingo. Había oído hablar muy bien de una peluquera que tienen y quería probar.

Por qué no me lo había comentado por la mañana, ni idea. También se había hecho la manicura, según me percaté, y tampoco lo había mencionado.

—A mí también me gusta, mamá —intervino London, interrumpiendo el curso de mis pensamientos.

—Gracias, cariño —dijo ella.

—Hoy he hecho *cupcakes* en casa de la abuela.

—¿Ah, sí?

—Y están tan buenos que papá se ha comido dos.

—¿Ah, sí?

Mi hija lo confirmó con la cabeza, olvidando sin duda todas sus promesas.

—¡Y papi se ha comido cuatro!

—Deben de estar deliciosos. —Vivian sonrió y sacó del coche un par de bolsas más ligeras—. ¿Te importaría ayudarme con las compras?

—Vale —aceptó London, cogiéndolas.

Mientras se iba hacia las escaleras, percibí en Vivian un aire malicioso que despuntaba entre su evidente buen humor.

—Con que dos *cupcakes* ¿eh?

—¿Qué quieres que te diga? —contesté, encogiéndome de hombros—. Estaban buenísimos.

Empezó a coger más bolsas y me entregó cuatro a mí.

—Parece que lo habéis pasado bien los dos.

—Ha sido divertido —acordé.

—¿Cómo están tus padres?

—Están bien. A mamá vuelve a preocuparle que papá tenga cáncer. Dice que el otro día le costó recuperar la respiración.

—Eso no da muy mala espina.

—Es que había más detalles que tener en cuenta, pero estoy seguro de que no hay de qué preocuparse. Yo lo he visto bien. Mamá tiene razón, sin embargo: tendría que hacerse una revisión.

—Pues ya me avisarás cuando reúnas el par de caballos salvajes que necesitarás para arrastrarlo hasta allí, que quiero sacar una foto. —Me dirigió un guiño mirando a la puerta de la casa, lo que en ella era un claro gesto de coqueteo—. ¿Te importa traer lo demás? —preguntó—. Quiero ir a ver un momento a London.

—Desde luego —dije.

Me volvió a dar un beso y noté el roce de su lengua en los labios. Estaba coqueteando, no cabía duda.

—Hay unas cuantas bolsas más en el asiento de atrás también.

—No te preocupes.

Empecé a coger las bolsas de comestibles mientras se alejaba. Después miré distraídamente hacia el asiento de atrás, pensando encontrar otras iguales.

No eran comestibles, sin embargo. Al ver el asiento trasero lleno de bolsas de varias boutiques de lujo, me dio un vuelco el estómago. No era de extrañar que mi mujer viniera de tan buen humor.

Tuve que efectuar tres viajes para descargar el coche, tratando de mitigar la sensación de opresión en el vientre. Dejé las bolsas de las boutiques encima de la mesa del comedor y acababa de guardar los comestibles cuando Vivian entró en la cocina. Sacó dos copas del armario y una botella del refrigerador de vino que había debajo.

—Supongo que necesitas una copa incluso más que yo —dijo, mientras servía—. London me ha contado que has estado jugando con ella a las Barbies.

—Ha sido ella la que ha jugado. Yo me he encargado del vestuario.

—Te compadezco. A mí me pasó lo mismo ayer. —Me entregó una copa y tomó un sorbo de la suya—. ¿Cómo están Marge y Liz?

Aunque la variación de tono fue sutil, de todos modos detecté una falta de interés en la pregunta. Los sentimientos de Vivian con respecto a Marge eran un reflejo de lo que ella misma le inspiraba a mi hermana, y ese era uno de los motivos por los que Vivian se llevaba mejor con Liz. Pero pese a que Vivian y Liz mantenían un trato correcto y educado, tampoco se puede decir que fueran amigas.

—Están bien. London lo pasa en grande con ellas.

—Sí, ya sé.

—Veo que has estado de compras —comenté, señalando la mesa del comedor.

—London necesitaba unos cuantos vestidos de verano.

Mi hija, igual que mi mujer, salía de casa vestida como un figurín.

—Creía que ya le habías comprado la ropa de verano.

—Por favor, para —dijo con un suspiro.

—¿Que pare de qué?

—De montarme otra vez un escándalo porque he estado de compras. Estoy muy cansada de oír lo mismo.

—Yo no te he montado ningún escándalo.

—¿Estás de broma? —preguntó, con un asomo de frustración en la voz—. Eso es lo que haces siempre, incluso cuando aprovecho alguna oferta. Además, tenía que comprar un par de trajes nuevos para las entrevistas que voy a tener esta semana.

Por espacio de un segundo, dudé de si la había oído bien.

—¿Tienes entrevistas esta semana?

—¿Por qué crees que he estado corriendo de un lado a otro como una loca todo el día? —Sacudió la cabeza, asombrada al parecer de que no me hubiera dado cuenta—. Y ahora que me acuerdo... podrás ocuparte de London, ¿no? El martes por la tarde y el miércoles por la mañana. Durante unas tres horas quizá. Normalmente, las entrevistas serán con varios ejecutivos de la empresa.

—Eh... sí, supongo que sí —respondí, tratando todavía de hacerme cargo de las implicaciones de la palabra «entrevistas»—. ¿Cuándo ha sido?

—Me he enterado hoy.

—¿En domingo? ¿En un fin de semana con dos días de fiesta?

—Me he quedado igual de sorprendida que tú, créeme. Ni siquiera estaban en la oficina el viernes. Iba a la cita de la peluquería cuando me han avisado.

—¿Por qué no me has llamado?

—Porque después de eso, he estado corriendo de aquí para allí y ni yo misma me lo acababa de creer. ¿No es increíble? Creo que esta noche deberíamos celebrarlo, pero ¿qué te parece si antes te enseño lo que he comprado?

Sin esperar la respuesta, se trasladó al comedor y sacó los dos trajes —uno gris y otro negro—, que dispuso encima de las sillas.

—¿Qué opinas?

—Son muy elegantes —elogié.

Traté de no fijar la vista en las etiquetas, pero no lo logré. El estómago me volvió a dar un vuelco, seguido de otro más. Los signos de dólares me bailaban en la cabeza.

—La tela es fabulosa y me encanta el corte —dijo ella—. Y también me he comprado eso, para combinar. —Sacó cuatro blusas de otra bolsa, que colocó primero encima de un traje y después del otro—. Van bien con los dos trajes... he procurado ahorrar lo más posible.

No supe qué decir, así que cambié de tema.

—Todavía no entiendo bien cómo ha surgido lo de las entrevistas. Lo único que yo sabía era que estabas tanteando el terreno.

—He tenido suerte —dijo.

—Pero ¿cómo?

—Llamé a Rob hace un par de semanas y le dije que estaba pensando en volver a la arena de las relaciones públicas. Prometió avisarme si se enteraba de algo. Después, llamé a mi antiguo jefe de Nueva York. ¿Te acuerdas de él?

Confirmé en silencio, extrañado de que tuviera necesidad de preguntármelo, porque lo veíamos prácticamente cada noche antes de apagar el televisor.

—Bueno, pues me dijo que vería qué podía hacer. No tenía muchas esperanzas, pero supongo que habló con su mánager y este acabó llamándome. Resulta que él conocía a un tipo que conocía a otro, y supongo que mi nombre fue pasando de uno a otro hasta llegar a la persona adecuada, porque el lunes pasado hablé con una de las vicepresidentas y me pidió que presentara un currículum y tres cartas de recomendación.

—¿Estás en ello desde el lunes y no me dijiste nada?

—No pensaba que fuera a pasar nada.

—Pues a mí me parece que creías lo contrario.

—Venga ya, como si yo pudiera predecir las cosas... —Se puso a extender las blusas encima de una de las sillas—. De todas maneras, tuve que ingeniármelas para conseguir la tercera recomendación. Quería que fuera una persona destacada de la ciudad, pero no estaba segura de que fuera a aceptar; al final resultó que sí y tuve listos los papeles para el miércoles.

—¿Has dicho que era un trabajo de relaciones públicas?

—Trabajaría directamente para el director gerente más que para la empresa. Tengo entendido que da muchas conferencias de prensa y entrevistas. Muchas de sus urbanizaciones están en la costa y los ecologistas siempre están protestando. Además, ahora tiene un grupo de presión, se está implicando más en política y quiere tener la seguridad de mantenerse siempre dentro de la línea del partido.

—¿Quién es el director gerente?

Calló un instante, pasando la mano por encima de uno de los trajes.

—Antes de que te lo diga, ten presente que aún no me han ofrecido ni siquiera el puesto. Y no sé si lo aceptaré, llegado el caso. Todavía no conozco todos los detalles.

—¿Por qué no me lo dices?

—Porque no quiero que te molestes.

—¿Por qué me iba a molestar?

Empezó a guardar las bolsas.

—Porque lo conoces. En realidad, has trabajado en algunas de las campañas de publicidad de su empresa.

Enseguida até cabos.

—¿No será Walter Spannerman?

—Pues sí —confirmó, avergonzada casi.

Recordé lo mal que me lo había hecho pasar; también recordé la afición que tenía por contratar mujeres guapas, de modo que no me extrañó para nada que estuviera interesado en Vivian.

—Ya sabes que es un tipo horrible, ¿verdad? Y su empresa también lo es.

—Por eso quiere disponer de una relaciones públicas.

—¿Y no te sentirías incómoda trabajando para una persona así?

—No lo sé. Todavía no me he reunido con él. Espero causarle buena impresión.

«Con el aspecto que tienes, seguro que le causarás buena impresión», pensé.

—¿Cuántas horas a la semana prevés trabajar?

—Bueno, ahí está el problema —respondió—. Es un trabajo a tiempo completo, y probablemente también haya que viajar un poco.

—¿Sin volver a dormir a casa?

—Normalmente eso es lo que se entiende por viajar, ¿no?

—¿Y London?

—Todavía no lo sé, ¿vale? No nos precipitemos antes de tener nada en concreto. Por ahora ¿podemos celebrarlo al menos? ¿Podrías hacerme ese favor?

—Por supuesto —acepté.

En ese instante, sin embargo, pensé en Spannerman y en la relación que este tenía con Peters y me pregunté a quién habría llamado concretamente Vivian para conseguir la recomendación que le faltaba.

Ella no habría hecho una cosa así, ¿verdad?

5

Cambios

Cuando London hubo cumplido los cuatro años, encontró una pequeña bicicleta con ruedas laterales debajo del árbol de Navidad. Yo había sido inflexible en mi decisión de comprarle una bicicleta. Entre mis mejores recuerdos de infancia estaban los ratos que pasaba pedaleando y la sensación de libertad que ello me procuraba en los húmedos días de verano. Debo reconocer que la mayoría de esos recuerdos estaban acotados en la franja de edad de entre los ocho y los trece años, pero mi intención era que London aprendiera a ir en bicicleta durante un par de años antes de quitar los ruedines, para que en breve fuera tan ducha como yo pedaleando.

Vivian, en cambio, no estaba tan entusiasmada con mi proyecto. Aunque había tenido una bicicleta, no la asociaba a las mismas experiencias placenteras. Recuerdo que durante las semanas previas a Navidad le preguntaba si había comprado la bici y cada vez me daba largas alegando que no había tenido tiempo. Al final, la llevé a la fuerza a la tienda y la compré yo mismo. Después me pasé horas montándola como si fuera uno de los elfos de Santa Claus, una vez que Vivian se hubo acostado.

Estaba impaciente por que London la probara. Por su parte, en cuanto la vio debajo del árbol, se precipitó hacia ella. Yo la ayudé a montar y cuando empezaba a empujarla para que circulara por el comedor, Vivian intervino sugiriendo que abriéramos los otros regalos. Como siempre, lo primero que pensé era que recibía demasiadas cosas: ropa y juguetes, pintura de dedos, un maniquí (para vestirlo) y un kit para hacer collares. Aparte, había un montón de artículos relacionados con Barbie. Tardé una hora en recoger el papel de regalo y las cintas esparcidas por la habitación. Vivian, mientras tanto, estuvo con la niñera, sus juguetes y su ropa, y hasta poco antes de mediodía no pude llevar por fin a London afuera.

Vivian nos siguió, pero noté que parecía considerarlo más una obligación que como una nueva y emocionante aventura para London. Se quedó de brazos cruzados en las escaleras mientras yo ayudaba a London a montar en el sillín. Observando cómo aspiraba a bocanadas, yo caminaba encorvado a su lado, controlando el manillar. La animé a pedalear y así recorrimos varias veces la calle, hasta que al cabo de un cuarto de hora, con las mejillas coloradas, me dijo que estaba cansada. Yo la felicité por lo bien que lo había hecho. No sé por qué, pero había dado por supuesto que volveríamos a salir un par de veces antes de que acabara el día.

Lo cierto fue que pasó el resto del día de Navidad jugando con las Barbies o probándose la ropa ante la mirada de embeleso de Vivian. Más tarde, pintó con los colores y ensartó un par de collares. Yo no me di por vencido, sin embargo. Tenía una semana de vacaciones y me empeñé en sacarla con la bicicleta al menos una vez al día. A lo largo de los días siguientes, a medida que ganaba en coordinación y seguridad, iba soltando el manillar cada vez más tiempo. London se reía cuando yo hacía ver que iba demasiado deprisa y no podía seguirle el ritmo. Cada vez nos quedábamos más rato y cuando al final anunciaba que ya no podía más, la cogía de la mano para volver a casa. Entonces se ponía a parlotear muy excitada con Vivian y tenía la certeza de que London había adquirido el mismo gusanillo que yo por la bicicleta e insistía en que cada día debía salir a practicar en mi ausencia.

Las cosas no fueron así, sin embargo. Cuando yo volvía del trabajo después del anochecer, London estaba a menudo en pijama y cuando le preguntaba si había ido en bici, siempre contestaba que no. Vivian tenía cada vez una excusa para no sacarla, porque llovía, porque tenían recados que hacer o porque London podía resfriarse, o incluso porque no tenía ganas. Cuando aparcaba el coche en el garaje de vuelta a casa, veía la pequeña bicicleta con la que mi hija se había reído tanto acumulando polvo en un rincón y siempre sentía una leve punzada de dolor. Debía de ser que no conocía a mi hija tan bien como pensaba, o también era posible que a ella no le gustaran las mismas cosas que a mí. Y aunque no sea un motivo de orgullo reconocerlo, a veces me daba por pensar si Vivian no quería que London fuera en bicicleta simplemente porque era algo que yo quería que mi hija hiciera.

Viéndolo en retrospectiva, creo que pensaba que el hecho de dejar mi empleo sería el evento más destacado de 2015 para mi mujer y para mí. Al final resultó que me había equivocado, claro. El hecho de instalarme por mi cuenta fue solo la primera ficha de la larga hilera de dominó que empezó a decantarse, impulsada por otras fichas de mayor envergadura.

A la semana siguiente quedó instalada la segunda ficha de dominó.

Como Vivian quería prepararse para las entrevistas, el lunes volví de la oficina a mediodía. Limpié la casa y lavé la ropa mientras intentaba mantener entretenida a London, cosa que no era tan fácil como pudiera parecer. El martes por la tarde, mientras Vivian tenía la entrevista, llevé a London a comer a una pizzería, un tipo de sitio donde Vivian nunca ponía los pies. Después ella estuvo jugando en la zona recreativa con la intención de ganar los tiquets suficientes para conseguir un oso de peluche rosa. No llegamos ni de lejos y, según mis cálculos, podría haber comprado tres ositos con el dinero que gastamos en fichas de juego.

El miércoles opté por llevarla como todos los sábados por la mañana al parque después de desayunar, pero me resultaba imposible acallar la creciente ansiedad que sentía con respecto al trabajo. No paraba de imaginar que podía haber potenciales clientes que trataban de ponerse en contacto conmigo o que incluso esperaban delante de la oficina cerrada, pero siempre que llamaba a la recepcionista, me informaba de que no había mensajes.

Puesto que mi lista inicial de clientes potenciales no había dado nada, empecé a tratar de establecer contacto en frío. A partir del miércoles por la tarde y durante todo el jueves, efectué más de doscientas llamadas. Aunque oí una infinidad de veces las palabras «no estamos interesados», seguí insistiendo y al final conseguí concertar cinco citas para la semana siguiente. Se trataba de un restaurante familiar, una sandwichería, dos quiroprácticos y un centro de masaje, un tipo de empresas que normalmente no aspiraba a captar el Peters Group. Las tarifas que podrían pagar serían más bien bajas, pero era mejor que nada.

En casa, Vivian apenas habló de sus diversas entrevistas. Explicó que era porque no quería ser gafe, pero parecía confiada, y cuando le hablé de las citas que había conseguido para la semana siguiente, estaba francamente distraída. Viéndolo desde el presente, debí haberlo interpretado como una señal.

El viernes por la mañana, cuando acababa de entrar en la cocina, oí que el móvil de Vivian empezaba a sonar. London ya estaba a la mesa, comiendo cereales. Vivian miró el número y se fue hasta el patio de atrás antes de responder. Pensando que era su madre, porque era la única persona que llamaba tan temprano, me serví una taza de café.

—Hola, cariño —saludé a London.

—Hola, papá. ¿Cero es un número?

—Sí —respondí—. ¿Por qué?

—Bueno, tú sabes que tengo cinco años, ¿no? Y antes tenía cuatro.

—Sí.

—¿Y cuántos tenía antes de cumplir uno?

—Antes de que cumplieras un año, contábamos tu edad por meses. Así, tenías tres meses, o seis meses… Y antes de que tuvieras un mes, calculábamos tu edad por semanas, o incluso días.

—Y entonces tenía cero años, ¿verdad?

—Supongo que sí. ¿A qué vienen esas preguntas?

—Porque en octubre voy a cumplir seis, pero en realidad cumpliré siete.

—Cumplirás seis, cielo.

Levantó las manos y empezó a contar, apoyando un dedo por cada número que pronunciaba.

—Cero. Uno. Dos. Tres. Cuatro. Cinco. Seis.

Al acabar, tenía estirados los cinco dedos de una mano y dos de la otra, lo cual sumaba siete.

—No es así como funciona —dije.

—Pero tú has dicho que tenía cero y que cero era un número. Hay siete números y eso representa que voy a cumplir siete años y no seis.

Aquello era demasiado elaborado para pensarlo antes de haberme tomado la primera taza de café.

—¿Cuándo se te ha ocurrido esto?

Se encogió de hombros sin responder y, una vez más, pensé en lo mucho que se parecía a su madre. En ese momento, Vivian volvió a entrar en la cocina, con un ligero rubor en la cara.

—¿Estás bien? —pregunté.

Al principio no supe si me había oído.

—Sí —contestó al final—. Estoy bien.

—¿Y está bien tu madre?

—Supongo que sí. No he hablado con ella desde hace una semana. ¿Por qué preguntas por mi madre?

—¿No era con ella con quien estabas hablando?

—No —respondió.

—¿Quién te ha llamado? —acabé preguntando.

—Rachel Johnson.

—¿Quién?

—Es una de las vicepresidentes de Spannerman. Tuve una entrevista con ella el miércoles.

No añadió nada más. Yo esperé, en vano.

—¿Y por qué te llamaba? —insistí.

—Me ofrecen el puesto —dijo—. Quieren que empiece el lunes, en un curso orientativo.

No supe si debía felicitarla, pero de todos modos lo hice. En ese momento, no tenía ni la más vaga sospecha de que aquello iba a trastocar por completo mi existencia.

Ese día no me sentí nada normal en el trabajo, y ya era mucho decir, puesto que desde que había montado la empresa mi trabajo no había tenido nada de normal. Empecé a preparar presentaciones de PowerPoint para las entrevistas que tenía concertadas. En ellas ofrecía una visión general de diversas campañas en las que había trabajado, trataba del beneficio económico que podía reportar la publicidad para el negocio concreto del cliente y previsualizaba el tipo de trabajo que podía proponerles. Si los potenciales clientes demostraban interés, a ello añadiría una propuesta más concreta en una segunda entrevista.

Aunque avancé bastante, de vez en cuando me distraía pensando en la noticia de la mañana.

Mi mujer iba a trabajar el lunes para Spannerman.

Dios santo.

Spannerman.

De todas maneras, ese era el día de nuesta noche de pareja y preveía pasar la velada con Vivian. Cuando entré por la puerta, no obstante, tuve la impresión de haberme equivocado de casa. En el salón, el comedor y la cocina había un desorden tremendo y London estaba aparcada delante del televisor, cosa que nunca había visto a esa hora de la noche. No vi a Vivian por ninguna parte y tampoco respondió cuando la llamé. Fui recorriendo las habitaciones una por una y al final la localicé en el estudio. Estaba sentada delante del ordenador investigando todo lo relacionado con Spannerman y, por primera vez desde que estábamos casados, parecía tener los nervios casi destrozados. Llevaba unos vaqueros y una camiseta y parecía como si hubiera estado retorciéndose mechones de pelo todo el día. Al lado tenía una carpeta muy gruesa, que contenía las páginas que había impreso y subrayado, y cuando se volvió hacia mí vi que la velada romántica no solo había quedado descartada, sino que ni siquiera se había acordado de ella en todo el día.

Disimulé mi decepción y después de charlar un momento, propuse que pidiéramos comida en un chino. Comimos juntos los tres, pero Vivian siguió distraída y, en cuanto terminó de comer, volvió al estudio. Mientras ella tecleaba e imprimía, yo limpié la casa y ayudé a London. Llené la bañera —a su edad, ya se bañaba sola—, le cepillé el pelo y me quedé con ella en la cama leyéndole varios cuentos. Por primera vez también desde que había nacido nuestra hija, Vivian se limitó a darle un beso de buenas noches sin leerle un cuento, y cuando me reuní con ella en el estudio, me dijo que todavía tenía para varias horas. Vi la televisión un rato y me fui a acostar solo. Cuando me desperté al día siguiente, me quedé mirando a Vivian, preguntándome hasta qué hora habría estado despierta.

Después de levantarse volvió a ser la misma, pero entonces era sábado por la mañana. Se fue por la puerta para atender a los horarios de su tiempo personal y, por quinta vez en siete días, me encontré cumpliendo el papel de mamá, aunque solo fuera a tiempo parcial. Antes de irse, Vivian preguntó si podía ocuparme de London todo el día. Me dijo que no había acabado sus indagaciones de la noche anterior y que también tenía algunas cosas que resolver para el trabajo.

—No te preocupes —dije.

De esta manera, London y yo acabamos volviendo a casa de mis padres. Marge y Liz habían ido a pasar el fin de semana a Asheville, así que London tuvo a mi madre para ella sola casi todo el día. Aun así, esta encontró un momento para acercarse a mí y comentar que puesto que yo no había cumplido mi cometido de llevar a mi padre al médico, Marge lo acompañaría el lunes.

—Es un consuelo saber que al menos uno de nuestros hijos se preocupa por su padre —señaló mi madre.

«Gracias, mamá.»

Mi padre estaba, como de costumbre, en el garaje. Cuando entré, sacó la cabeza de debajo del capó del coche.

—Ah, aquí estás —dijo.

—He venido a haceros una visita con London.

—¿Hoy tampoco ha venido Vivian?

—Tiene cosas que hacer para el trabajo. Ha encontrado un empleo y empieza el lunes.

—Ah —dijo.

—¿Qué significa eso?

Sacó un pañuelo del bolsillo y se limpió las manos.

—Seguramente es algo bueno —acabó respondiendo—. Alguien tiene que ganar dinero en la familia.

«Gracias, papá.»

Después de conversar un poco con él, y mientras London disfrutaba preparando pasteles con su abuela, me senté en el sofá y me puse a mirar distraídamente una competición de golf. No soy aficionado al golf y no suelo mirar los torneos. En realidad, me puse a mirar los logos de las bolsas y camisetas, tratando de calcular cuánto dinero había ido a parar a las agencias de publicidad que los habían ideado.

Al final acabé más deprimido.

Mientras tanto, mandé un par de SMS a Vivian y le dejé un mensaje de voz sin obtener respuesta; en el teléfono de casa tampoco respondió nadie. Deduciendo que estaba fuera, de regreso paré en el supermercado, cosa que no hacía casi nunca. Normalmente solo iba cuando nos faltaba algo o me apetecía comer algo concreto para la cena. Soy de los que entran con un cesto en lugar de un carro, como si tuviera prisa por salir de allí. Compré un bote de macarrones con queso para London, pechuga de pavo fileteada y peras, algo más o menos dietético que a ella le encantaba. Para Vivian y para mí, elegí una chuleta de ternera y un filete de atún para asarlos en la parrilla, junto con verduras para ensalada, mazorcas de maíz y una botella de chardonnay.

Si bien mantenía la esperanza de recuperar la velada de pareja perdida, también quería simplemente pasar un rato con Vivian. Quería escucharla, apoyarla y hablar de nuestro futuro. Sabía que íbamos a tener que afrontar cambios en nuestras vidas, incluso retos, y quería asegurarle que los íbamos a superar juntos como pareja. Si Vivian se sentía más realizada trabajando, quizá volvería de mejor humor a casa; si compartíamos de manera más equitativa la tarea de ser padres, tal vez empezaríamos a vernos de otra manera y ello estrecharía nuestra relación. Al final del día, repasaríamos las vicisitudes cotidianas, disfrutaríamos con nuestros logros y nos apoyaríamos mutuamente en las dificultades, y la entrada suplementaria de dinero también facilitaría las cosas. La situación iba a mejorar para ambos y aquella noche iba a ser el primer paso del trayecto.

¿De dónde venía entonces aquella profunda aprensión que sentía?

Quizá se debía a que Vivian no había respondido a mis mensajes y a que tampoco la encontré en casa cuando llegamos con London.

La impresión inicial de extrañeza se transformó en preocupación, pero no la llamé ni le mandé un SMS porque sabía que no podría disimular mi enfado, lo cual estropearía de entrada la velada. Puse a marinar la carne y la dejé en la nevera antes de empezar a cortar los pepinos y los tomates para la ensalada. London, mientras tanto, peló las mazorcas. Entusiasmada por poder ayudar a preparar la cena de la «velada de pareja», retiraba con gran diligencia las hebras y después me enseñaba la mazorca para que yo le diera el visto bueno antes de pasar a otra. Preparé los macarrones con queso para London, pelé y corté la pera, añadí el pavo al plato y me senté con ella mientras comía. Vivian seguía sin dar señales de vida. Después le puse una película a London y me quedé a su lado hasta que por fin oí llegar el coche.

London ya estaba en la puerta cuando mi mujer se bajó del SUV. Observé cómo la cogía en brazos y le daba un beso. A mí también me dio un beso y me preguntó si podía llevar las bolsas adentro. Pensando que serían comestibles, abrí el maletero después de que ellas hubieran entrado y me encontré con una auténtica montaña de bolsas de la cadena de tiendas de lujo Neiman Marcus y media docena de cajas de zapatos con nombres italianos.

No era de extrañar que no hubiera respondido ni llamado. Había estado ocupadísima.

Al igual que la semana anterior, tuve que efectuar varias idas y venidas para descargar todo lo que había comprado; cuando terminé, Vivian estaba sentada en el sofá, con London inclinada en su hombro.

Vivian me sonrió antes de susurrar que quería pasar unos minutos más con London. Yo asentí, procurando no dejar aflorar el menor indicio de irritación. En la cocina, serví dos copas de vino y le llevé una a Vivian antes de ir a encender la parrilla en el porche. Previendo que tardaría unos minutos en calentarse, volví adentro y tomé unos sorbos de vino mientras hacía balance de la concentración de bultos que había dejado encima de la mesa. Al cabo de poco, Vivian dio un beso en la cabeza a London y se apartó. Me hizo una señal para que me reuniera con ella cerca de los paquetes. Cuando me acerqué, se inclinó para darme un somero beso.

—London me ha dicho que lo ha pasado muy bien contigo hoy.

—Me alegro —dije—. Parece que tú también has tenido un día ocupado.

—Sí. Después de terminar la investigación, he estado corriendo de una tienda a otra. Al final solo tenía ganas de volver a casa y descansar.

—¿Tienes hambre? He comprado atún fresco y ya he puesto a calentar la parrilla.

—¿Ah, sí? ¿Para esta noche?

—¿Por qué no?

—Porque ya he comido. —Vivian debió de percatarse de mi expresión, porque empezó a ponerse a la defensiva—. No sabía que tuvieras intención de preparar algo de cenar para esta noche. No he comido nada ni para desayunar ni a mediodía y tenía tanta hambre que me han empezado a temblar las manos. Al final me he parado en un bar al salir del centro comercial. Si me hubieras avisado, habría comido solo algo rápido.

—Te he llamado y te he mandado mensajes, pero tú no has contestado.

—Tenía el teléfono en el bolso y no lo he oído. No he visto los mensajes ni me he dado cuenta de que habías llamado hasta que ya estaba casi en casa.

—Podrías haberme llamado.

—Te acabo de decir que he estado corriendo todo el día.

—¿Tanto que ni siquiera podías mirar el teléfono?

—Tampoco lo presentes como si estuviera estropeándote la noche expresamente —dijo con un suspiro—. De todas maneras haz la carne. Seguro que London tiene hambre.

—Ya ha comido —la informé, pensando que lo que en realidad yo quería era que mi mujer hubiera echado tanto de menos hablar conmigo como a mí me había hecho falta hablar con ella.

—Ah —dijo—. ¿Quieres ver lo que he comprado?

—Bueno —acepté.

—¿Te importaría servirme otra copa de vino antes? Quiero organizar las cosas antes de enseñártelas.

Regresé a la cocina aturdido, tratando de comprender lo ocurrido. Ella tenía que dar por sentado que íbamos a cenar, entonces, ¿por qué se había parado a comer en un bar? ¿Y por qué no había consultado el teléfono? ¿Cómo era posible que mi mujer no sintiera la necesidad de saber cómo estaba su familia? Le volví a llenar la copa y regresé al comedor con ganas de hacer más preguntas, pero para entonces, Vivian había extendido varias prendas encima de la mesa o en el respaldo de las sillas.

—Gracias, guapo —dijo, cogiendo la copa. Me volvió a dar un beso y dejó la copa a un lado sin tomar nada—. He comprado un traje azul marino también. Es muy bonito, aunque me queda un poco ancho de caderas, así que lo voy a mandar a arreglar —empezó a explicar, antes de pasar a hacer la presentación de otras prendas.

En un momento dado, me fijé en una de las facturas de las bolsas y se me alteró el pulso. El total de aquella factura era más de la mitad de la cuota de la hipoteca.

—¿Estás bien? —preguntó cuando hubo acabado—. Pareces molesto.

—Todavía no entiendo por qué no me has llamado.

—Ya te lo he dicho. Estaba ocupada.

—Ya lo sé, pero…

—Pero ¿qué? —preguntó con una mirada furibunda—. Tú no me llamabas ni me mandabas mensajes cada minuto cuando estabas en el trabajo.

—Tú estabas de compras.

—Para el trabajo —puntualizó, con rabia patente en la voz—. ¿Crees que tenía ganas de quedarme en vela hasta las tantas y después ir de un sitio a otro toda la tarde? Pero tú no me dejas otra opción, ¿verdad? Yo tengo que trabajar porque tú dejaste tu trabajo. Y no finjas que no has estado revisando esas facturas. Antes de volver a la carga con ese asunto, quizá podrías recordarte que tu aventura personal nos ha costado mucho más de lo que he gastado yo hoy, así que más vale que te mires en el espejo.

—Vivian…

—Tienes que dejar de actuar como si yo fuera la mala. Tú tampoco eres perfecto.

—Nunca he dicho que lo fuera.

—Entonces para de poner reparos a todo lo que yo hago.

—Yo no…

En ese momento, sin embargo, ya había salido del comedor.

Pasamos la siguiente media hora evitándonos. O más bien era ella la que me evitaba a mí; siempre se le había dado mucho mejor. Lo sé porque yo no paraba de dedicarle breves miradas, confiando en detectar una mejoría en su humor, mientras me preguntaba por qué no podíamos hablar de nada de lo que me preocupaba sin acabar discutiendo.

Asé el atún y la chuleta, con la esperanza de que al menos probara la comida, y puse la mesa en el porche. Después de llevar la comida, llamé a Vivian y ella salió con London.

Les serví un poco a cada una y, aunque comieron unos cuantos bocados, mi mujer persistió en su silencio. Lo único que tuvo de positivo aquella comida fue que London no pareció darse cuenta, porque ella y Vivian estuvieron charlando como si yo no existiera.

Al acabar la cena, mi enfado con Vivian era proporcional al que ella me demostraba. Fui al estudio y encendí el ordenador con la intención de seguir trabajando en mis presentaciones, pero fue inútil, porque seguía pensando en lo ocurrido.

Sentía una corrosiva sensación de fracaso. Lo había vuelto a estropear todo, aunque no sabía qué era lo que había hecho mal. Para entonces, Vivian ya había ido a llevar a London a la cama y luego oí sus pasos cuando bajó la escalera.

—Está a punto para que le leas un cuento —dijo—. Pero que no sea largo. Ya está bostezando.

—De acuerdo —dije. En su expresión, creí advertir el mismo tipo de remordimiento que yo experimentaba—. Oye, siento que las cosas hayan ido así esta noche —me disculpé, cogiéndole la mano.

—Ha sido una semana tensa para los dos —contestó encogiendo los hombros.

Le leí un cuento a London y le di el beso de buenas noches. Cuando me reuní con Vivian en el salón, ya estaba en pijama, con una revista abierta en el regazo, y en el televisor pasaban un programa de telerrealidad.

—Hola —dijo, en cuanto me senté a su lado, al parecer más interesada en la revista que en mí—. Me he cambiado de ropa para estar más cómoda. Estoy molida. No sé cuánto voy a resistir antes de irme a dormir.

Comprendí lo que no había verbalizado de forma específica: que la posibilidad de que hiciéramos el amor más tarde estaba descartada.

—Yo también estoy cansado.

—No puedo creer que vaya a empezar a ir a la escuela dentro de un mes. Me parece imposible.

—Todavía no sé por qué empiezan tan pronto —comenté, retomando el hilo de la conversación—. ¿Nosotros no empezábamos el primer lunes de septiembre la primaria? No sé por qué tiene que ser el 25 de agosto.

—No sé. Creo que tiene que ver con el número obligatorio de días de escuela.

—¿Te importa que cambie de canal? —dije, cogiendo el mando.

De repente, desvió la mirada hacia el televisor.

—Estoy viendo esto. Necesito un programa tonto que me ayude a relajarme.

Dejé el mando en la mesita. Estuvimos unos minutos en silencio.

—¿Qué quieres hacer mañana? —dije por fin.

—No estoy segura. Lo único que sé es que tengo que recoger el vestido que he mandado retocar de la modista. ¿Por qué? ¿Tenías pensado algo?

—Lo que tú quieras. Has estado tan ocupada esta semana que no hemos podido pasar mucho tiempo juntos.

—Ya sé. Ha sido una locura.

Pese a lo que yo pudiera figurarme, ella no parecía tan descontenta como yo con el empleo del tiempo de los días anteriores.

—Y con respecto a la cena de esta noche…

—No hablemos de eso, Russ. Solo quiero relajarme.

—Intentaba decirte que, al no tener noticias tuyas, me estaba empezando a preocupar…

Bajó la revista.

—¿De verdad?

—¿Cómo?

—¿Te empeñas en seguir con eso? Te he dicho que estoy cansada. Te he dicho que no quiero hablar del asunto.

—¿Por qué te vuelves a enfadar?

—Porque sé lo que pretendes hacer.

—¿Ah, sí? ¿Qué?

—Pretendes que me disculpe, pero yo no he hecho nada malo. ¿Quieres que me disculpe por conseguir un buen trabajo? ¿O que me disculpe por tratar de vestirme como una profesional? ¿O por irme a comer un bocado porque estaba temblando de hambre? ¿Te has parado a pensar que quizá deberías disculparte tú por tratar de montar una pelea?

—Eso no es verdad.

—Pues es precisamente lo que estás intentando hacer —insistió, mirándome como si estuviera loco—. Te has enfadado en cuanto te he dicho que ya había comido y no has dejado de hacérmelo sentir. Yo he procurado ser amable. Te he hecho venir al comedor para enseñarte lo que había comprado. Te he dado un beso. Y justo después, has empezado a cargar contra mí, como haces siempre.

Sabía que había una parte de razón en lo que decía.

—Bueno, tienes razón —reconocí, tratando de no alterar el tono—.

Reconozco que me he llevado una decepción al saber que habías comido antes de venir a casa...

—¿Ah, sí? —me cortó—. Eso es lo malo de ti. Aunque no lo creas, no eres el único que tiene sentimientos. ¿Te has parado a pensar en la presión que yo he soportado últimamente? ¿Y qué es lo que haces tú? Hacer más difíciles las cosas en cuanto entro por la puerta. Incluso ahora, no eres capaz de aflojar. —Se levantó del sofá y siguió hablando mientras se iba de la habitación—. Yo solo quería ver ese programa y leer la revista y estar sentada contigo sin pelear. Eso es todo. ¿Acaso es pedir demasiado?

—¿Adónde vas?

—Me voy a acostar, porque quiero estar tranquila. Si quieres puedes venir, pero si quieres volver a discutir, es mejor que te quedes en otra parte.

Y se fue. Yo apagué el televisor y me quedé sentado en silencio durante una hora, tratando de entender qué nos había pasado.

Más que nada, intentando averiguar qué podía hacer para mejorar nuestra relación.

Cuando desperté el domingo, la cama estaba vacía.

Me puse unos vaqueros antes de tratar de domar los rebeldes picos que me saludaban cada mañana en el espejo. Era un detalle decepcionante, sobre todo teniendo en cuenta que Vivian solía despertarse con un aspecto impecable, como recién peinada.

Puesto que Vivian ya estaba dormida cuando me fui a la cama, no sabía muy bien a qué atenerme, pero cuando me acerqué a la cocina, la oí riendo con mi hija.

—Buenos días —dije.

—¡Papá! —exclamó London.

Vivian se volvió y me dirigió un guiño, sonriéndome como si no hubiera pasado nada la noche anterior.

—Llegas a tiempo —comentó—. Justo acabo de preparar el desayuno.

—Huele fantástico.

—Ven aquí, guapo —dijo.

Me acerqué, pensando que trataba de evaluar mi estado de ánimo, y cuando estuve a su lado, me besó.

—Lamento lo de anoche. ¿Estás bien?

—Sí, estoy bien. Y yo también lo lamento.

—¿Quieres que te prepare un plato? He frito beicon supercrujiente.

—Estupendo.

—El café está listo. La jarrita de la leche está allí.

—Gracias —dije.

Me serví una taza y la llevé a la mesa del comedor. Me senté al lado de London y le di un beso en la cabeza mientras ella cogía la leche.

—¿Cómo estás, cariño? ¿Has tenido felices sueños?

—No me acuerdo —respondió.

Tomó un trago de leche que le dejó la marca de un bigote blanco. Vivian trajo dos platos con huevos revueltos, beicon y tostadas, que depositó frente a nosotros.

—¿Quieres un poco de zumo? He exprimido unas naranjas.

—Sí, gracias.

Vivian trajo el zumo, junto con su propio plato. A diferencia de los nuestros, en el suyo había una pequeña cantidad de claras de huevo revueltas y fruta.

—¿A qué hora te has levantado? —pregunté, probando el beicon.

—Hará una hora quizá. Debes de estar agotado, porque no me has oído cuando he salido de la cama.

—Seguramente.

—Estaba a punto de enviar a London para que saltara encima de ti.

Me volví hacia London, boquiabierto.

—Tú no habrías hecho una cosa así, ¿verdad? ¿Estando yo dormido?

—Claro que sí —confirmó London con una risita—. ¿Sabes qué? Mamá me va a llevar al centro comercial a recoger su ropa y después vamos a ir a la tienda de animales.

—¿Y qué hay en la tienda de animales?

—Mamá dice que puedo comprar un hámster. Le voy a llamar *Señor Sprinkles.*

—No sabía que quisieras un hámster.

—Hace mucho que quiero un hámster, papá.

—¿Y cómo no me lo habías dicho, cariño?

—Porque mamá decía que no querrías que tuviéramos uno.

—Hombre, no sé —dije—. Da mucho trabajo cuidar de un hámster.

—Ya sé —reconoció—, pero son tan monos...

—Sí lo son —admití.

Pasé el resto del desayuno escuchando a London tratando de convencerme de que ya era lo bastante mayor para ocuparse de un hámster.

Me estaba tomando la segunda taza de café en la cocina mientras Vivian metía las cosas en el lavavajillas. London jugaba en el salón con las Barbies.

—Ya tiene edad suficiente para tener un hámster —comentó Vivian—. Aunque tú tengas que limpiar la jaula.

—¿Yo?

—Por supuesto —aseguró—. Tú eres el padre.

—¿Y según tú, ayudar a mi hija a limpiar una jaula de hámster entra dentro de la descripción del papel?

—Considéralo como una buena manera de establecer un vínculo con ella.

—¿Limpiando caca de hámster?

—Calla, hombre —dijo, dándome un ligero empujón—. Será bueno para ella. Aprenderá a ser responsable. Además, es mucho más fácil que comprarle un perrito. También está enamorada del perro del vecino, así que te puedes considerar afortunado. ¿Has visto el boletín del club de campo?

—Pues no.

—Tienen buenas actividades para niños, como un cursillo de tenis. Son tres días a la semana a las nueve de la mañana durante cuatro semanas, los lunes, martes y jueves. Así no se solaparía con sus otras ocupaciones.

Desde donde me encontraba veía a mi hija y, una vez más, advertí lo mucho que se parecía a su madre.

—No sé si a ella le gustaría —respondí—. Y hablando de London, te quería preguntar... ¿qué tienes previsto al respecto?

—¿A qué te refieres?

—A algún curso de verano o alguna guardería —dije—. Tú empiezas a trabajar mañana. ¿Quién va a cuidar de ella?

—Ya sé, ya sé —respondió con un asomo de estrés mientras se enderezaba para poner otro plato en el lavavajillas—. Quería buscar algo la semana pasada, pero no tuve tiempo. He estado muy agobiada y todavía no me siento preparada para lo de mañana. Me horroriza la idea de que Walter piense que soy una idiota mientras comemos.

—¿Vas a comer con Walter?

—Mi nuevo jefe, Walter Spannerman.

—Ya sé quién es. Lo que no sabía era que fueras a comer con él mañana.

—Yo tampoco lo sabía hasta esta mañana. Me he encontrado a primera hora un e-mail con mis horarios orientativos. Mañana me van a tener superocupada... recursos humanos, el departamento legal, la comida y citas con varios vicepresidentes. Tengo que estar allí a las siete y media.

—Temprano —comenté.

Esperé, para ver si retomaba el asunto de quién cuidaría de London. Enjuagó varios utensilios y los puso en el lavavajillas sin romper el silencio. Yo carraspeé.

—¿Y dices que no has podido encontrar una guardería para London?

—Todavía no. Llamé a varias amigas y dicen que las guarderías donde llevan a sus hijos están bien, pero de todas maneras quiero comprobarlo por mí misma, ¿entiendes? Recorrer las instalaciones, hablar con los cuidadores y ver qué actividades hacen. Quiero asegurarme de que sea el lugar adecuado para ella.

—Si tienes los nombres, puedo llamar y pedir cita para que vayamos.

—Bueno, el problema es que no tengo ni idea de a qué horas podré estar libre esta semana.

—Seguro que puedo conseguir una cita para última hora de la tarde.

—Quizá será mejor que me encargue yo, ¿no crees? No querría tener que cancelar después.

—Entonces... ¿qué planes tenemos para mañana para London?

—No me quedaría tranquila dejándola en un sitio que no conozco. Tú tampoco, ¿verdad? Quiero lo mejor para ella.

—Estoy seguro de que si eliges uno de los sitios que conocen tus amigas, estará bien.

—Ya está bastante nerviosa con lo de que yo vuelva a trabajar y esta mañana la he notado bastante alterada. Por eso hemos desayunado en familia y he propuesto comprar un hámster. No quiero que sienta como si la estuviéramos abandonando esta semana.

—¿Qué propones exactamente?

Vivian cerró la puerta del lavavajillas.

—Tenía la esperanza de que tú te ocuparas de ella. Así dispondrá de un tiempo para adaptarse.

—No puedo. Tengo varias citas con clientes esta semana.

—Ya sé que te pido mucho y detesto tener que hacerlo, pero no veo otra opción. Yo pensaba que podrías llevarla a la oficina o incluso trabajar desde casa. Cuando tengas las reuniones, podrías dejarla con tu madre. Solo sería una semana o dos.

«¿Una semana o dos?»

Aquellas palabras seguían resonando en mi cabeza incluso mientras respondía.

—No sé. Tendré que llamar a mi madre y preguntarle si le va bien.

—Sí, por favor. Ya estoy bastante nerviosa con el nuevo trabajo y no quiero tener que preocuparme por London también. Como te he dicho, esta mañana estaba muy disgustada.

Observé a London. No me había parecido que estuviera disgustada durante el desayuno ni tampoco entonces, pero Vivian sabía percibir mejor que yo ese tipo de cosas.

—De acuerdo. La llamaré.

Vivian sonrió antes de acercarse y rodearme el cuello con los brazos.

—Fue todo un detalle que trataras de sorprenderme con una cena anoche. Estaba pensando que quizá esté de humor para tomar una copa de vino después de que London se acueste. —Me dio un beso en el cuello y noté el calor de su aliento en la piel—. ¿Te apetecería algo por el estilo?

De repente me planteé, sin querer, si todo lo de la mañana —su aspecto, su simpatía, el desayuno— no habría sido un plan premeditado para conseguir lo que quería, pero cuando me volvió a besar en el cuello, la perdoné.

Vivian y London estuvieron por ahí hasta media tarde. Mientras tanto, yo terminé la presentación para la primera cita que tenía prevista, la del quiropráctico. También ordené la casa y llamé a mi madre. Le hablé de las citas de la semana y le pregunté si podía dejarle a London el lunes.

—Claro que sí —contestó.

Justo cuando colgaba el teléfono, Vivian y London llegaron con el coche y antes de que saliera a la puerta, oí a la niña que me llamaba.

—¡Papá, papá! ¡Ven, corre!

Bajé los escalones mirando la cajita de plástico transparente que tenía entre las manos. Primero pensé si no veía doble, porque distinguí dos hámsters, uno blanco y negro y otro marrón. London sonreía de oreja a oreja.

—¡Me ha comprado dos, papá! ¡El *Señor* y la *Señora Sprinkles*!

—¿Dos?

—Como no se acababa de decidir entre uno y otro, me he dicho: ¿por qué no? De todas maneras teníamos que comprar la jaula —explicó Vivian.

—¡Y yo he llevado en brazos al *Señor Sprinkles* todo el rato en el coche! —añadió London.

—¿Ah, sí?

—Es muy bueno. Se ha quedado tranquilo entre mis manos todo el tiempo. La próxima vez llevaré a la *Señora Sprinkles.*

—Qué bien —dije—. Me gusta la jaula.

—Ah, esta es solo la jaula para transportarlos. La de verdad está atrás. Mamá dice que tú me podrás ayudar a montarla. ¡Es enorme!

—¿Ah, sí?

Enseguida me acordé de la noche de Navidad, cuando pasé horas montando varias... cosas, como el pupitre para dibujar, la casa de ensueño de Barbie y la bicicleta. Me contentaré con decir que me costó mucho más de lo que le habría costado a mi padre. Vivian debió de adivinar lo que pensaba porque me rodeó la cintura con el brazo.

—No te preocupes —dijo—. No va a ser tan difícil. Y yo te haré de animadora.

ϒ

Más tarde por la noche, después de hacer el amor, acostado de lado recorría con el dedo la espalda de Vivian. Tenía los ojos cerrados y estaba relajada, guapísima.

—Aún no me has explicado en qué va a consistir tu trabajo.

—No hay mucho que explicar. Es la misma clase de trabajo que hacía antes —respondió casi entre dientes, como si estuviera medio dormida.

—¿Sabes si tendrás que viajar mucho?

—Todavía no —respondió—. Ya me enteraré pronto.

—Eso podría traer complicaciones con London.

—A London no le pasará nada. Tú estarás aquí.

No sé por qué, esperaba que añadiera algo más, lo mucho que echaría de menos a la niña o que confiaba en encontrar la manera de viajar menos. En lugar de eso, se puso a hacer respiraciones profundas.

—¿Sabes cuánto vas a ganar?

—¿Por qué?

—Trato de saber de cuánto vamos a disponer.

—No —contestó—. Todavía no lo sé.

—¿Cómo es posible?

—Hay el salario base, los pluses y diferentes tipos de incentivos, y también participaciones de ganancias. Desconecté un poco cuando empezaron a explicármelo.

—¿Y no tienes siquiera una cifra aproximada?

—¿Hay necesidad de que hablemos de esto ahora? —replicó, dándome un manotazo en el brazo—. Sabes que detesto hablar de dinero.

—No, claro que no.

—Te quiero.

—Yo también te quiero.

—Gracias por cuidar de London esta semana.

«O dos semanas», añadí para mis adentros.

—De nada.

No podía dormir y después de pasar una hora mirando el techo, salí de la cama y me fui a la cocina. Me serví un vaso de leche y lo bebí de un tirón. Luego pensé que, ya que estaba levantado, podía ir a ver a London. Al entrar en su habitación, oí el ruido de la rueda de los hámsters, en plena actividad a aquellas horas.

Por suerte, London no parecía advertirlo. Dormía profundamente, con una respiración calmada y regular. Le di un beso en la mejilla y le subí la sábana. Se movió un poco y mientras la contemplaba, sentí cómo se me henchía el corazón con una mezcla de orgullo y de amor, de inquietud y miedo, de una intensidad desconcertante.

A continuación, me senté afuera en el porche. Hacía una noche cálida y por todas partes resonaba el canto de los grillos. Recordé vagamente que, de niño, mi padre me había contado que la frecuencia del canto estaba relacionada con la temperatura, y me pregunté si sería verdad o si se trataba tan solo de algo que los padres explican a sus hijos en las noches calurosas de verano.

De aquella cuestión pasé a otra, y de repente comprendí por qué no lograba conciliar el sueño.

Había tenido que acatar los deseos de Vivian y el hecho de que no me hubiera dicho qué sueldo iba a ganar. No la había creído cuando me dijo que había desconectado en el momento de las explicaciones, y eso me causaba desasosiego.

En todos los años que llevábamos casados, yo siempre le había explicado a Vivian cuánto ganaba exactamente. Para mí, compartir esa información era algo básico en un matrimonio. Ocultar detalles económicos era lo peor que podía haber en una pareja. Esa clase de secretismo provenía en el fondo de un deseo de control. Aunque quizás estaba siendo demasiado duro con ella. Quizás el motivo era que no quería herir mis sentimientos porque ella iba a ganar dinero mientras que mi negocio no acababa de funcionar.

No lo acababa de ver claro. Mientras tanto, yo tenía que asumir la responsabilidad de nuestra hija. De pronto, se me hizo evidente la razón de mi insomnio.

Nuestros papeles en la familia se habían invertido de improviso.

6

Señor Mamá

Durante mi infancia, mis padres nos llevaban los veranos a Marge y a mí en autocaravana a la región costera de Outer Banks. Al principio nos quedábamos cerca de Rodanthe. Más adelante acampamos más al norte, cerca de la zona donde los hermanos Wright escribieron las primeras páginas de la historia de la aviación. Cuando nos hicimos un poco mayores, Ocracoke pasó a ser nuestro lugar predilecto.

Ocracoke no deja de ser un pueblo, pero, comparado con Rodanthe, era una metrópolis, con sus tiendas de helados y pizza en porciones. Marge y yo pasábamos horas rondando por las playas y las tiendas, recogiendo conchas o tumbados al sol. Al atardecer, mi madre preparaba la cena, normalmente a base de hamburguesas o salchichas. Después cazábamos luciérnagas y las metíamos en tarros de vidrio, antes de caer por fin rendidos de sueño en una tienda mientras nuestros padres dormían en la autocaravana, bajo el cielo tachonado de estrellas.

Aquellos fueron algunos de los mejores momentos de mi vida. Mi padre conserva, por supuesto, un recuerdo muy distinto.

—Detestaba esos viajes en familia —me confesó cuando estaba en la universidad—. Tú y Marge os peleabais como el perro y el gato durante todo el trayecto. Los primeros días os quemabais con el sol y luego os pasabais el resto de la semana lloriqueando. Marge ponía mala cara casi toda la semana porque no estaba con sus amigas y, para colmo, cuando te empezabas a pelar, le tirabas a Marge las tiras de piel y ella se ponía a chillar. Erais una pesadilla.

—Entonces, ¿por qué nos llevabas todos los años?

—Porque tu madre me obligaba. Yo habría preferido ir de vacaciones.

—Pero si ya íbamos de vacaciones.

—No, eso era un viaje de familia y no unas vacaciones.

—¿Cuál es la diferencia?

—Ya te darás cuenta.

Hasta que London cumplió tres años, cualquier salida fuera de la ciudad exigía toda una serie de preparativos. Había que prever pañales, biberones, sillitas, comida, champú infantil y bolsas con juguetes para entretenerla. Luego íbamos a visitar lugares que pensábamos que le iban a gustar, como el acuario, áreas de juego o la playa, y acabábamos molidos, con apenas tiempo para nosotros mismos y mucho menos para relajarnos.

Dos semanas antes de que London cumpliera cuatro años, no obstante, Peters me mandó a una conferencia a Miami y decidí aprovechar para tomarme unos cuantos días de vacaciones al final. Acordé con mis padres que ellos se ocuparían de London durante cuatro días y aunque Vivian tenía escrúpulos al principio para dejar a la niña, no tardamos en darnos cuenta de lo mucho que habíamos echado de menos estar libres. Leímos libros y revistas al lado de la piscina, tomamos piña colada y por las tardes hicimos la siesta. Nos poníamos elegantes para la cena, nos demorábamos tomando varias copas de vino y hacíamos el amor cada día, en ocasiones más de una vez. Una noche fuimos a una discoteca y estuvimos bailando hasta las tantas, y al día siguiente recuperamos el sueño por la mañana. Cuando volvimos a Charlotte, comprendí por fin a qué se refería mi padre.

Ir con niños lo cambiaba todo.

Supongo que habría sido más apropiado que hubiera caído en viernes trece y no en lunes trece, puesto que aquel primer día de trabajo de Vivian todo parecía anormal.

Para empezar, Vivian se metió primero en la ducha, lo cual alteró una de las costumbres que teníamos instaladas desde hacía años. Sin saber qué hacer, hice la cama y fui a la cocina a poner en marcha la cafetera. Mientras, decidí prepararle a Vivian un desayuno con claras de huevo, frutas del bosque y unas rodajas de melón francés. Me preparé lo mismo para mí, pensando que no me vendría mal bajar algún kilo. Había notado que los pantalones empezaban a apretarme en la cintura.

Después llegó London a la cocina y le serví un tazón de cereales. Tenía el pelo enredado y hasta yo me percaté de que estaba cansada.

—¿Has dormido bien? —pregunté.

—El *Señor* y la *Señora Sprinkles* no paraban de despertarme. Movían todo el rato la rueda y suena un chirrido.

—Bueno, veré si puedo arreglarla para que no chirríe más, ¿de acuerdo?

Ella asintió con la cabeza y entonces me serví la primera taza de café. Vivian no entró en la cocina hasta que iba por la tercera taza.

—Caramba —exclamé.

—¿Te gusta?

—Estás fantástica —la elogié sinceramente—. Te he preparado el desayuno.

—No sé si podré comer mucho. Con los nervios no tengo hambre.

Recalenté las claras de huevo en el microondas mientras Vivian escuchaba las explicaciones de London con respecto al ruido de la rueda.

—Le he dicho que procuraré arreglarlo —dije, llevando los platos a la mesa.

Vivian empezó a mordisquear la comida.

—Tendrás que ponerle a London el espray para desenredar el pelo antes de cepillárselo. Es la botella verde que está al lado del lavabo.

—No te preocupes —dije, recordando vagamente haber visto hacerlo a Vivian.

Me dispuse a comer el huevo y ella se volvió hacia la niña.

—Tu padre te va a inscribir para el cursillo de tenis hoy. Te va a encantar.

Me quedé dudando, con el tenedor en el aire.

—Un momento... —dije—. ¿Cómo?

—El cursillo de tenis. Lo hablamos ayer. ¿No te acuerdas?

—Me acuerdo de que lo mencionaste, pero no recuerdo que tomáramos ninguna decisión al respecto.

—La inscripción para el cursillo es hoy y están seguros de que van a completar el cupo enseguida, así que deberías tratar de estar allí hacia las ocho y media. Empezarán a apuntar los nombres a las nueve. Ella tiene la clase de plástica a las once.

—Yo tengo que preparar mi presentación.

—No vas a tardar mucho en hacer la inscripción y puedes aprovechar para eso mientras ella está en la clase de plástica. Hay una cafetería a pocos metros de allí. A ella no le importará que no te quedes. Yo normalmente la dejo y me voy al gimnasio. ¿A qué hora tienes la cita?

—A las dos.

—¿Lo ves? Es perfecto. Su clase termina a las doce y media, así que después puedes dejarla en casa de tu madre. Sabes dónde está la academia, ¿no? Es en esa zona comercial donde hay un restaurante TGI Fridays.

Conocía la zona comercial a la que se refería, pero estaba más preocupado con la ampliación de mi lista de quehaceres.

—¿Y no podemos llamar al club para inscribirla?

—No —contestó Vivian—. Necesitan una copia de la póliza de seguros y hay que firmar una renuncia.

—¿Y hoy tiene que ir a la clase de plástica? —pregunté, aturullado.

—¿Quieres ir a la clase de plástica hoy, cariño? —preguntó Vivian a London.

—Sí. Mi amigo Bodhi va a ir —dijo—. Su nombre se escribe B-O-D-H-I. Es muy simpático. Le dije que iba a llevar al *Señor* y la *Señora Sprinkles* hoy para enseñárselos.

—Ah, eso me recuerda que tienes que comprar también más serrín en la tienda de animales —agregó Vivian—. Y no te olvides de la clase de danza de la tarde. Es a las cinco y el local está en el mismo centro comercial que Harris Teeter. —Vivian se levantó y le dio un beso y un abrazo a London—. Mamá volverá después del trabajo, ¿de acuerdo? No te olvides de poner la ropa sucia en el cesto.

—De acuerdo, mamá. Te quiero.

—Yo también te quiero.

Acompañé a Vivian a la puerta y se la abrí antes de darle un breve beso.

—Los vas a dejar impresionados —predije.

—Eso espero. —Se tocó con cuidado el peinado. Luego sacó un papel plegado del bolso—. He anotado los horarios de las actividades de London.

Examiné la lista. Clases de plástica los lunes y viernes a las once, clases de piano los martes y jueves a las nueve y media. Clase de danza el lunes, miércoles y viernes a las cinco. Y a partir de la semana siguiente, cursillo de tenis los lunes, martes y jueves a las ocho.

—Uf, tiene unos horarios cargados —comenté—. ¿No crees que es demasiado?

—No, está muy bien —aseguró Vivian.

Yo esperaba una despedida más larga, que se quejara un poco de lo nerviosa que estaba o algo por el estilo, pero a la hora de la verdad dio media vuelta y se dirigió a paso rápido hacia el coche.

En ningún momento se volvió a mirarme.

No me pregunten cómo, pero de alguna manera conseguí hacerlo todo. Ducharme, afeitarme y ponerme la ropa de trabajo; hecho. Poner el espray para desenredar antes de peinar a London y vestirla; hecho. Limpiar la cocina y poner el lavavajillas; hecho. Inscribir a London en el cursillo de tenis y llevarla a la clase de plástica con el *Señor* y la *Señora Sprinkles*; hecho y hecho. Revisar la presentación, dejar a London en casa de mis padres y llegar a la cita con el quiropráctico con un par de minutos de antelación; hecho, hecho y hecho.

La oficina del quiropráctico era un local cutre situado en una zona industrial decadente, un lugar que debía de inspirar poca confianza para ir a consultar a un terapeuta. Saltaba a la vista que mi cliente potencial necesitaba desesperadamente mis servicios.

Por desgracia, el cliente no lo consideraba así. No mostró interés ni en la presentación en PowerPoint que había preparado ni en nada de lo que pudiera decirle, sobre todo en comparación con la atención que dedicaba al bocadillo que estaba comiendo. Le fastidiaba que no tuviera mostaza. Lo sé porque me lo dijo tres veces y cuando le inquirí si tenía alguna pregunta al final de la presentación, me preguntó si llevaba algún paquete de mostaza en el coche.

Cuando recogí a London en casa de mi madre, no estaba de muy buen humor, y después de parar en la tienda de animales, fuimos a casa. Me instalé frente al ordenador y trabajé hasta la hora de danza, pero tardamos un poco en encontrar la ropa para la clase porque ninguno de los dos teníamos idea de dónde la ponía Vivian. Salimos de casa con unos minutos de retraso y London se iba poniendo más inquieta a medida que transcurría el tiempo.

—La señora Hamshaw se enfada muchísimo si no se siguen las normas.

—No te preocupes. Le diré que ha sido culpa mía.

—Dará lo mismo.

Resultó que London tenía razón. Justo al lado de la entrada había una zona con asientos ocupados por cinco mujeres en silencio; delante había la pista de baile, separada tan solo por una pared baja con una puerta oscilante. A la derecha estaban los estantes llenos de trofeos; las paredes estaban decoradas con pancartas que proclamaban la victoria de varias alumnas y equipos en competiciones nacionales.

—Entra —la animé.

—No puedo ir a la pista hasta que lo digan.

—¿Qué significa eso?

—Para de hablar, papá. Los padres tienen que estar callados cuando habla la señora Hamshaw. Si no, aún será peor.

La señora Hamshaw, una mujer severa con el cabello de color hierro recogido en un moño bien prieto, impartía a gritos las instrucciones a una clase de niñas de entre cinco y seis años. A su debido tiempo, se acercó a nosotros.

—Perdone el retraso —me disculpé—. La madre de London ha empezado a trabajar hoy y no encontraba su traje de danza.

—Comprendo —me interrumpió la señora Hamshaw, mirándome. Sin decir nada, manifestó su desaprobación de forma telegráfica antes de apoyar una mano en la espalda de London—. Puedes continuar hasta la pista.

London avanzó arrastrando los pies, con la cabeza gacha. La señora Hamshaw la miró antes de centrar de nuevo la atención en mí.

—Que no vuelva a ocurrir, por favor. Los retrasos perturban la clase y ya es bastante difícil mantener concentradas a las alumnas.

Salí fuera y llamé a la recepcionista, que me informó de que no había mensajes. Después pasé el resto de la hora mirando cómo London y las otras niñas hacían lo posible por complacer a la señora Hamshaw, lo cual parecía un cometido bastante difícil. En más de una ocasión, advertí que London se mordía las uñas.

Después de la clase, London caminaba unos pasos detrás de mí mientras íbamos hacia el coche, con los hombros encogidos. No dijo nada hasta que salimos del párking.

—¿Papá?

—¿Qué, cariño?

—¿Puedo comer cereales cuando lleguemos a casa?

—Eso no es para la cena, sino para el desayuno. Y ya sabes que a tu madre no le gusta que comas cereales azucarados.

—La madre de Bodhi le deja comer Lucky Charms entre horas a veces. Tengo hambre. Por favor, papá…

Pronunció ese «Por favor, papá» con una vocecilla lastimera. ¿Cómo podía negarme, siendo su padre?

Paré en la tienda de comestibles para comprar la caja de cereales, con lo cual llegué a casa tres minutos más tarde de lo previsto.

Le serví un tazón, mandé a Vivian un SMS para preguntarle cuándo llegaría y me puse a trabajar un rato más, sintiéndome como si no hubiera tenido el menor respiro desde que me levanté de la cama. Debí de perder la noción del tiempo; cuando por fin oí el coche de Vivian, advertí que eran casi las ocho.

«¿Las ocho?»

London llegó a la puerta antes que yo y vi cómo Vivian la cogía en brazos y la besaba antes de dejarla en el suelo.

—Siento el retraso. Ha habido una emergencia en el trabajo.

—Pensaba que ibas a hacer una jornada orientativa.

—Sí, casi todo el día. Después, a las cuatro, nos hemos enterado de que un periodista del *Raleigh News & Observer* tiene previsto realizar un artículo de denuncia sobre una de las urbanizaciones de Walter. Enseguida nos hemos puesto todos en plan de batalla, incluida yo.

—¿Por qué tú, si era tu primer día?

—Para eso me contrataron —explicó—. Y yo tengo mucha experiencia en gestión de situaciones de crisis. Mi jefe de Nueva York siempre tenía problemas con la prensa. Bueno, el caso es que nos hemos tenido que reunir y precisar una estrategia y yo he tenido que ponerme en contacto con uno de los publicistas de Spannerman. Ha sido una cosa tras otra. Espero que me hayas dejado algo de cenar. Estoy hambrienta. Me da igual lo que hayas preparado.

Uy.

Debió de percatarse de mi expresión porque se le abatieron un poco los hombros.

—¿No has hecho la cena?

—No. Me había concentrado con el trabajo…

—¿Así que London no ha comido?

—Papá me ha dejado comer Lucky Charms —intervino, sonriendo, mi hija.

—¿Lucky Charms?

—Era solo un poco para picar —expliqué, consciente de que me había puesto a la defensiva.

Para entonces, Vivian ya casi no escuchaba.

—¿Y si vamos a ver qué podemos encontrar para cenar? Algo que sea sano.

—Vale, mamá.

—¿Qué tal ha ido la clase de danza?

—Hemos llegado tarde —respondió London—, y la profesora se ha enfadado mucho con papá.

A Vivian se le puso una expresión tensa, que transmitía la misma carga de desaprobación que la de la señora Hamshaw.

—Y aparte de la emergencia, ¿cómo te ha ido el primer día en el trabajo? —le pregunté más tarde, cuando ya nos habíamos acostado y yo la notaba todavía molesta conmigo.

—Bien. Ha sido cuestión de reuniones y de adaptarme al lugar.

—¿Y la comida con Spannerman?

—Creo que ha ido bien —dijo tan solo.

—¿Te parece que vas a poder trabajar con él?

—No creo que vaya a tener ningún tipo de problema con él. La mayoría de los ejecutivos llevan años en la empresa.

«Solo si son mujeres», pensé.

—Bueno, si en algún momento te hace insinuaciones, me avisas ¿vale?

—Solo es un trabajo, Russ —contestó con un suspiro.

Me levanté al amanecer y estuve trabajando un par de horas en el ordenador antes de que Vivian se despertara. La conversación que entablamos en la cocina no tenía nada de personal. Me entregó una lista de compras y me recordó que London tenía clase de piano. También me pidió que preguntara al profesor si podría darle clases a London los martes y jueves por la tarde una vez que esta hubiera empezado la escuela. De camino hacia la puerta, se volvió un momento.

—¿Podrías esmerarte un poco más hoy con London, llevarla a tiempo a sus actividades y asegurarte de que coma correctamente? Tampoco te pido nada que no haya estado haciendo yo durante años.

El comentario era hiriente, pero antes de que pudiera responder, ya había cerrado la puerta tras ella.

ϒ

London bajó por las escaleras al cabo de unos minutos y preguntó si podía comer Lucky Charms para el desayuno.

—Por supuesto que sí —acepté. Con las palabras de Vivian resonando todavía en mi cabeza, aquello fue una especie de resistencia pasiva—. ¿Quieres batido de chocolate también?

—¡Sí!

—Ya me parecía —dije, preguntándome qué pensaría Vivian de la propuesta.

Después de desayunar, London estuvo jugando con las Barbies. Luego la peiné, la ayudé a vestirse y la llevé a la clase de piano. Me acordé de plantear al profesor la cuestión del cambio de horarios y después me fui a toda prisa a casa de mis padres.

—Ah, otra vez estás aquí —dijo mi madre en cuanto di un paso hacia el interior de mi hogar de la infancia.

Cuando le dio un beso a London, me di cuenta de que no llevaba delantal, sino un vestido morado.

—Sí, claro —contesté—, pero solo me puedo quedar unos minutos porque no quiero llegar tarde.

—London, cariño, ¿quieres probar una de las galletas que hicimos ayer? —propuso, dándole una palmadita en la espalda—. Están en el tarro que hay al lado de la tostadora.

—Ya sé dónde están —aseguró London, que se fue como una flecha hacia la cocina, como si no hubiera tenido suficiente con los cereales azucarados del desayuno.

—Te agradezco mucho que me ayudes con London —dije.

—Bueno, ahí está el problema.

—¿El problema?

—Hoy tengo previsto ir a comer con las compañeras de la asociación de mujeres.

—Pero si te dije que tenía reuniones toda la semana...

—Ya me acuerdo, pero solo preguntaste si podía cuidar de London el lunes.

—Di por sentado que habías entendido a qué me refería. Además, a London le encanta estar contigo.

—Mira, Russ... —Apoyó una mano en mi brazo—. Ya sabes lo mucho que la quiero también, pero no puedo cuidar todos los días de ella hasta que empiece la escuela. Tengo cosas que hacer, igual que tú.

—Es solo temporal —argüí—. Espero que la semana próxima sea diferente.

—Mañana no voy a estar aquí. En el club de jardinería tenemos organizados unos talleres de bulbos de tulipanes y narcisos, y también hay una venta de bulbos exóticos. Quiero darle una sorpresa a tu padre para la primavera que viene. Ya sabes que nunca se le han dado muy bien los tulipanes. Y para el jueves y el viernes voy a estar de voluntaria.

—Ah —dije.

Mientras me empezaba a dar vueltas la cabeza, oí que mi madre dejaba escapar un suspiro.

—Bueno, por hoy, ya que London está aquí... ¿a qué hora acabará tu reunión?

—A las once y cuarto, quizá.

—Yo tengo la comida a las doce. Podrías ir a recogerla al restaurante. London puede estar conmigo y mis amigas hasta que llegues.

—Sería estupendo —acepté, con una sensación enorme de alivio—. ¿Dónde es?

Mencionó un local que conocía, aunque nunca había entrado.

—¿A qué hora dices que tienes la reunión?

«Uy, la reunión.»

—Me tengo que ir, mamá. No sabes cuánto te lo agradezco.

—¿De verdad? —preguntó Marge—. ¿Estás molesto con mamá porque resulta que tiene su propia vida?

Circulaba por la autovía, hablando a través de Bluetooth.

—¿No me has oído? Te digo que tengo reuniones toda la semana. ¿Qué voy a hacer?

—Pues llamar a una guardería o contratar a una canguro un par de horas. O pedir un favor a los vecinos, o quedar con otra madre para jugar y después endosarle a la niña.

—No he tenido ni un minuto libre para ver si hay alguna posibilidad por ese lado.

—Bien que tienes tiempo para hablar conmigo ahora.

«Porque tengo esperanzas de que mañana cuides de London un par de horas.»

—Estuve hablando de la cuestión con Vivian. Para London ya es difícil acostumbrarse a que Vivian vaya a trabajar.

—¿Ah, sí?

«Aparte de las reticencias con la profesora de danza, yo no he notado nada, pero...»

—Bueno, te llamaba porque pensaba que...

—Ya te veo venir —me atajó Marge.

—¿Cómo?

—Me vas a pedir si puedo cuidar de London mañana, puesto que mamá te ha dicho que no. O el jueves, o el viernes. O los tres días.

Como ya he comentado, Marge es una persona sensata y perspicaz.

—No sé de qué me hablas.

Me imaginé a mi hermana poniendo los ojos en blanco.

—No vale la pena que te hagas el tonto ni que intentes negarlo. ¿Por qué me ibas a llamar si no? ¿Sabes cuántas veces me has llamado al trabajo durante estos cinco años?

—Ahora mismo no sé —reconocí.

—Ni una.

—No es verdad.

—No, claro. Es mentira. Me llamas cada día. Charlamos y nos reímos durante horas como colegiales mientras yo hago garabatos. Espera un momento.

Oí toser a mi hermana, con un sonido hondo y carrasposo.

—¿Estás bien? —pregunté.

—Creo que he pillado un virus.

—¿En verano?

—Tuve que llevar a papá al médico ayer y la sala de espera estaba llena de enfermedades. Lo raro es que no saliera en una camilla de allí.

—¿Cómo está papá?

—Tardarán unos días en darle los resultados de los análisis, pero según la prueba de esfuerzo y el electrocardiograma tiene un corazón perfecto, y los pulmones también. El médico parecía sorprendido, pese a lo arisco que estuvo papá.

—Ya, no me extraña. —Me volví a acordar de London—. ¿Y qué voy a hacer con la niña si no encuentro a nadie que cuide de ella?

—Tú eres una persona inteligente y encontrarás una solución.

—Eres una hermana realmente comprensiva y servicial.

—Eso procuro.

La reunión con los propietarios de la sandwichería resultó más o menos igual de productiva que la que tuve con el quiropráctico el día anterior. No era que no estuvieran interesados: los dueños, un matrimonio originario de Grecia, eran conscientes de que la publicidad serviría para promover su negocio. El problema estaba en que apenas ganaban lo suficiente para mantenerlo en pie y cubrir gastos. Me dijeron que volviera al cabo de unos meses, para cuando hubiera mejorado un poco su situación, y me ofrecieron un bocadillo cuando estaba a punto de irme.

—Está buenísimo —me aseguró el marido—. Los hacemos con pan de pita fresco que preparamos aquí mismo.

—Con una receta de mi abuela —agregó la mujer.

Tuve que reconocer que el pan olía de maravilla y también vi que el marido preparaba el bocadillo con esmero. La mujer me preguntó si quería patatas fritas y algo de beber —¿por qué no?— y los dos me sirvieron la comida, muy sonrientes.

Después, me presentaron la cuenta.

Llegué a la comida de la asociación de mujeres a las doce y cuarto. Pese a las molestias que sin duda había causado a mi madre, me dio la impresión de que estaba orgullosa de haber presentado a su nieta, que había constituido una novedad en el grupo.

—¡Papá! —me llamó London en cuanto me vio. Enseguida se bajó de la silla y acudió corriendo—. ¡Me han dicho que puedo volver a ir a comer con ellas cuando quiera!

Mi madre se levantó de la mesa y me dio un abrazo, a distancia del grupo.

—Gracias por cuidar de ella, mamá.

—Ha sido un placer —contestó—. Ha causado sensación.

—Ya me ha parecido.

—Pero mañana y el resto de la semana…

—Ya sé, tienes lo de los tulipanes y el voluntariado.

Al salir, cogí a London de la mano. La sentí pequeña, cálida y reconfortante.

—¿Papá? —dijo.

—Sí.

—Tengo hambre.

—Vamos a casa y te prepararé un sándwich de manteca de cacahuete y mermelada.

—No podemos —afirmó London.

—¿Por qué no?

—No hay pan.

Fuimos al supermercado, donde por primera vez cogí un carro.

Pasé la siguiente hora yendo y viniendo entre las secciones, consultando una y otra vez la lista de Vivian. No sé qué habría hecho si London no hubiera estado allí para ayudarme, puesto que tenía unos conocimientos de las marcas muy superiores a lo que cabía esperar para su edad. Yo no tenía ni idea de dónde encontrar la calabaza rallada, ni sabía distinguir si un aguacate estaba maduro, pero con su colaboración y la de algún que otro empleado conseguí completar la lista. Mientras estaba allí, vi madres con niños de todas las edades, la mayoría de ellas con aspecto de estar igual de abrumadas que yo, y sentí una naciente afinidad con ellas. Me pregunté cuántas de ellas no preferirían, como yo, estar en una oficina en lugar de en la sección de carne del supermercado, donde había que invertir cinco minutos en localizar la pechuga de pollo orgánico criado al aire libre que había especificado Vivian.

De vuelta en casa, después de prepararle el bocadillo a London y guardar las compras, pasé el resto de la tarde alternando ratos de trabajo y limpieza y cerciorándome de que London estaba bien. Tenía continuamente la sensación de nadar contra corriente sin parar. Vivian llegó a las seis y media y pasó unos minutos con London antes de acudir a la cocina, donde yo había empezado a preparar una ensalada.

—¿Cómo va el pollo Marsala?

—¿El pollo Marsala?

—Con la guarnición de calabaza rallada.

—Eh…

—Era broma —dijo riendo—. Yo me ocupo. No tardará en estar listo.

—¿Qué tal ha ido el trabajo hoy?

—He estado muy ocupada. He pasado casi todo el día aprendiendo detalles sobre el periodista de que te hablé ayer y tratando de averiguar qué enfoque piensa dar al artículo. Y también, claro, intentando determinar la estrategia para contrarrestarlo una vez que esté publicado y conseguir además alguna cobertura positiva.

—¿Te has formado una idea del tipo de texto que va a publicar?

—Sospecho que es la misma basura de siempre, parecida a lo que han escrito otros. Ese periodista es un chalado ecologista y ha estado hablando con gente que asegura que una de las urbanizaciones de primera línea de mar se construyó sin respetar toda la reglamentación y que, además de ser ilegal, ha causado una grave erosión de la arena en otra parte de la playa durante la última tormenta tropical. Básicamente, se trata de achacar la culpa a los ricos siempre que la madre naturaleza ataca.

—Ya sabes que Spannerman no tiene unas tendencias muy ecologistas ¿no?

—Walter ya no es así —contestó Vivian, sirviéndose una copa de vino—. Ha cambiado mucho desde que tú lo conociste.

«Lo dudo», pensé.

—Parece que te llevas bien con él —opté por comentar.

—Menos mal que el artículo no va a salir enseguida. Walter tiene previsto un gran acto para captar fondos en Atlanta este fin de semana, para su lobby político.

—¿Ahora tiene un grupo de presión?

—Ya te lo comenté —dijo. Puso una sartén en el fuego, agregó el pollo y empezó a sacar cosas del especiero—. Lo creó hace un par de años y lo ha estado financiando él mismo. Ahora ha decidido buscar el apoyo de otros. Eso es lo que yo voy a supervisar durante los tres próximos días. Contrató una empresa especializada en este tipo de eventos y aunque han hecho una buena programación, quiere que todo resulte perfecto. Ahí es donde intervengo yo. Él sabe que estuve en el sector del espectáculo y quiere que monte una actuación musical, algo por todo lo alto.

—¿Para este fin de semana? Eso es muy poco tiempo.

—Sí, ya se lo he dicho. He llamado a mi antiguo jefe y me ha dado los nombres de algunas personas para contactar, así que ya veremos. Lo bueno es que Walter está dispuesto a pagar lo que haga falta, pero eso representa que probablemente tendré que trabajar hasta tarde toda la semana. Y voy a tener que ir a Atlanta.

—No puede ser —dije—. Si es solo tu segundo día de trabajo.

—No te pongas así —contestó mientras empezaba a rehogar el pollo—. Tampoco me ha dado muchas opciones. Van a acudir casi todos los constructores de peso desde Texas a Virginia, y todos los ejecutivos han de ir. No va a ser todo el fin de semana. Cogeré el avión el sábado por la mañana y volveré el domingo.

No me gustaba, pero ¿qué podía hacer?

—De acuerdo —dije—. Parece que te estás volviendo indispensable.

—Eso es lo que intento. —Sonrió—. ¿Qué tal ha estado London hoy? ¿Le ha ido bien en la clase de piano?

—Estupendamente, aunque no estoy seguro de que disfrute tanto con la de danza. Ayer estuvo muy callada después de la clase.

—Como la profesora se molestó porque llegasteis tarde, London también se quedó contrariada.

—Esa mujer parece muy seria.

—Sí. Por eso ganan tantas competiciones los equipos de su escuela. —Señaló con la cabeza a London—. ¿Podrías bañarla mientras yo acabo de preparar la cena?

—¿Ahora?

—Así podrás leerle el cuento después de comer y acostarla. Está cansada y, como te he dicho, tengo una enormidad de trabajo que atender.

—Sí, claro —acepté, deduciendo que lo más seguro era que aquella noche también me fuera a la cama solo.

7

Un nuevo tándem

Cuando London tenía tres años y medio, nos fuimos los tres de picnic cerca del lago Norman. Solo lo hicimos esa vez. Vivian llevó una deliciosa comida y, de camino, como hacía viento, nos paramos para comprar una cometa. Yo elegí el tipo de cometa que había sido popular en mi infancia, barata y sencilla, un artilugio que habrían desdeñado los forofos de las cometas.

Al final resultó ser perfecta para mi niña. Pude elevarla sin dificultad en el aire y una vez que estuvo arriba, fue como si se hubiera quedado prácticamente clavada en el cielo. Tanto daba si me quedaba parado como si me movía, y cuando le pasé a London el carrete y se lo afiancé en la muñeca, siguió fija en el aire. Así pudo coger flores o correr persiguiendo mariposas e incluso jugar en el suelo con un perrito de una pareja muy simpática que había al lado sin que se desestabilizara la cometa. Cuando nos dispusimos a comer, yo até la cuerda en un banco y se quedó flotando por encima de nosotros.

Vivian estaba de un humor excelente ese día y nos quedamos en el parque casi toda la tarde. Recuerdo que en el trayecto de regreso pensé que los momentos como ese eran lo que daba sentido a la vida y que, ocurriera lo que ocurriese, nunca defraudaría a mi familia.

Eso era, sin embargo, lo que estaba haciendo entonces. O, como mínimo, así lo percibía yo. Sentía como si estuviera defraudando a todo el mundo, incluido a mí mismo.

El miércoles, el tercer día de trabajo de Vivian, me quedé solo con London.

Todo el día.

Mientras aguardaba con mi hija en la antesala de la oficina del quiropráctico número dos, tenía casi la sensación de estar embarcándola con destino al extranjero. Me inquietaba la perspectiva de que tuviera que quedarse sola con desconocidos en la sala de espera. Los periódicos y los noticieros habían inducido en los padres de hoy en día la creencia de que el Coco estaba siempre al acecho, listo para atacar.

Me pregunté si mis padres se preocupaban por Marge y por mí de esa forma, pero la duda duró solo una fracción de segundo. «Por supuesto que no», me dije. Mi padre me dejaba más de una vez sentado en el banco de al lado de la taberna que frecuentaba mientras se tomaba una cerveza con los amigos, y ese banco estaba en la esquina de una calle transitada, cerca de una parada de autobús.

—Esta es una cita importante para papá, ¿lo entiendes?

—Ya lo sé —dijo London.

—Y quiero que te quedes aquí sentada tranquilamente.

—Y que no me levante, ni me vaya por ahí, ni hable con desconocidos. Ya me lo has dicho.

Vivian y yo debíamos de haber acertado en algunas cosas porque London hizo exactamente lo que le pedí. La recepcionista destacó lo bien que se había comportado la niña durante la entrevista, lo cual aplacó un poco la ansiedad que me había generado la situación.

Por desgracia, el potencial cliente no estaba interesado en mis servicios. El resultado era de 0 sobre 3 hasta el momento. Al día siguiente, con la cita en el restaurante, subió a 0 sobre 4.

Aferrándome a mis reservas de optimismo, el viernes realicé una presentación excelente. La propietaria del centro de masaje —una rubia parlanchina de cincuenta y pico de años— quedó entusiasmada y aunque intuí que ya tenían unas ganancias considerables, ella sabía quién era yo y conocía algo de ciertas campañas que había realizado. Mientras hablaba con ella, me sentía tranquilo y confiado, y al terminar, tenía la sensación de que la entrevista no había podido ir mejor. No obstante, pese a ello, los astros no me fueron favorables.

No solo no logré concertar ninguna cita para la semana siguiente, sino que culminé un saldo de 0 resultados por 5 entrevistas.

Aun así, aquella era nuestra noche de pareja.

Cuando no hay nada que celebrar, lo mejor es hacer la celebración de todas formas, ¿no?

Aquello no era del todo cierto, sin embargo. Aunque a mí no me fuera bien, a Vivian todo parecía salirle a pedir de boca en el trabajo. Incluso había conseguido montar un espectáculo con una banda de los años ochenta cuyo nombre reconocí. No tenía ni idea de cómo lo había logrado. Por otra parte, yo había pasado más tiempo con mi hija y aquello era sin duda un elemento muy positivo.

Lo malo era que no lo acababa de vivir de esa manera. De tanto correr de un sitio a otro, tenía casi más bien la sensación de estar trabajando para London en lugar de disfrutar con ella.

¿Era yo el único que sentía eso o era un sentimiento común entre otros padres?

No tengo ni idea, pero la velada de pareja era sagrada, de modo que mientras London estaba en la clase de danza, pasé por el supermercado y compré salmón, bistec y una buena botella de chardonnay. El coche de Vivian estaba aparcado afuera cuando llegué, y London se fue a toda prisa llamando a su madre. La seguí con las bolsas de plástico de la cena, pero London volvió a bajar las escaleras. No había rastro de Vivian. Entonces la oí llamar desde el dormitorio y London corrió en dicha dirección.

—¡Hola, cariño! ¿Cómo has pasado el día? —oí decir a Vivian.

Guiándome por el sonido de su voz, encontré a Vivian y a London cerca de la cama, delante de una maleta abierta, ya lista, junto a la cual había dos bolsas de boutique vacías.

«Bolsas de compras.»

—Te estás preparando para mañana, veo.

—En realidad, me tengo que ir esta noche.

—¿Te vas? —exclamó London, adelantándose.

Vi cómo Vivian le apoyaba una mano en el hombro.

—Yo no quiero irme, pero tengo que hacerlo. Lo siento, cariño.

—Pero yo no quiero que te vayas —protestó London.

—Ya lo sé, cariño. Pero cuando vuelva el domingo te compensaré. Haremos algo divertido, tú y yo solas.

—¿Como qué?

—Te dejo decidir a ti.

—¿Y si...? —London se quedó pensando un momento—. ¿Podemos ir a la granja de los arándanos, a esa adonde me llevaste una vez, a coger arándanos y cuidar los animales?

—¡Es una idea fantástica! —aprobó Vivian—. Ya está, iremos allí.

—Y también tenemos que limpiar la jaula de los hámsters.

—Tu padre se ocupará de eso. Por ahora, vamos a ver si hay algo de comer, ¿eh? Creo que queda un poco de pollo y arroz para recalentar. ¿Puedes esperarme un momento en la cocina mientras hablo con papá?

—Vale —contestó London.

—Así que te vas esta noche —dije, una vez solos.

—Tengo que salir dentro de media hora. Walter quiere que hagamos un ensayo, yo y un par de ejecutivos más, con el mánager del Ritz-Carlton, para asegurarnos de que todo está tal como él quiere.

—¿El Ritz-Carlton? ¿Es allí donde te vas a alojar?

—Sí. Ya sé que no debes de estar muy contento. Quiero que sepas que a mí tampoco me ha hecho mucha gracia enterarme de que tendría que estar dos noches fuera. Lo estoy haciendo lo mejor que puedo.

—Sí no hay más remedio... —concedí, con una sonrisa forzada.

—Déjame pasar un rato con London ¿de acuerdo? Creo que está disgustada.

—Sí.

—Estás enfadado conmigo —afirmó, mirándome fijamente.

—No, no es eso. Solo lamento que te tengas que ir. Yo lo entiendo, pero tenía la expectativa de pasar un rato contigo esta noche.

—Ya lo sé, yo también —dijo. Se inclinó para darme un somero beso—. El próximo viernes recuperaremos el tiempo, ¿vale?

—Vale.

—¿Me puedes cerrar la cremallera de la maleta? No quiero que se me estropeen las uñas. Acabo de hacerme la manicura. —Levantó las manos para enseñármelas—. ¿Te gusta el color?

—Es fantástico —elogié. Cerré la maleta y la bajé de la cama—. ¿Dices que tienes que hacer un ensayo esta noche en el hotel?

—Todo el acto se ha transformado en un acontecimiento superimportante.

—Atlanta queda a cuatro horas.

—No voy en coche, sino en avión.

—¿A qué hora es el vuelo?

—A las seis y media.

—¿No tendrías que estar ya de camino al aeropuerto? ¿O en el aeropuerto incluso?

—Vamos a ir en el avión privado de Walter.

«Walter.» Empezaba a horripilarme el sonido de ese nombre, casi tanto como el de «gastos de la casa» y el de «compras».

—Caramba, cómo estás prosperando —exclamé.

—No es mi avión, sino el suyo —precisó, sonriendo.

—Sabía que podrías arreglártelas tú solo —dijo Marge—. Deberías estar orgulloso.

—No estoy orgulloso. Estoy agotado.

Estábamos en casa de mis padres. Eran solo las once de la mañana del sábado y el calor ya era sofocante. Sentadas frente a mí en el porche, Marge y Liz escuchaban el relato detallado de la ajetreada semana que había tenido. London ayudaba a mi madre a preparar bocadillos y papá estaba, como siempre, en el garaje.

—¿Y qué? Me dijiste que parecía que habías dado en el clavo en la última entrevista.

—Pues al final no dio nada. Y además, no tengo nada previsto para la semana próxima.

—Viéndolo por el lado positivo, eso te facilitará llevar a London a todas sus actividades y tendrás más tiempo para cocinar y limpiar.

»Anímate, hombre —me dijo riendo Marge al ver mi expresión de ferocidad—. Al empezar a trabajar Vivian, ya sabías que iba a ser una semana de locos. ¿Y sabes aquello de que las horas más oscuras son las que preceden el amanecer? Tengo la impresión de que el amanecer está a la vuelta de la esquina.

—No sé —dije—. Estaba pensando mientras venía que debería haber sido fontanero como papá. Los fontaneros siempre tienen trabajo.

—Es verdad —reconoció Marge—, pero claro, también hay que soportar bastante porquería.

Me eché a reír por lo bajo, pese a mi abatimiento.

—Tiene gracia.

—¿Qué quieres que te diga? Yo reparto alegría y buen humor a mi alrededor, incluso a los hermanos quejicas.

—Yo no me estaba quejando.

—Sí. No has parado de quejarte desde que te has sentado.

—Liz, ¿tiene razón?

La aludida rascó con la uña el brazo del sillón antes de responder.

—Sí, un poco.

Después de comer, como cada vez hacía más calor, decidí llevar a London a ver una película de dibujos animados al cine. Marge y Liz nos acompañaron y disfrutaron tanto como la misma London. En cuanto a mí, no conseguí distraerme. No dejaba de pensar en la semana anterior, agobiado por una creciente aprensión ante lo que me podía deparar la siguiente.

Después del cine, no tenía ganas de ir a casa. Marge y Liz también parecieron encantadas de quedarse más tiempo en casa de mis padres y mamá acabó preparando un gratinado de atún, un plato que London consideraba un manjar por la harina de la pasta. Se comió una ración más grande de lo normal y empezó a dormirse cuando volvíamos con el coche. Yo preveía darle un baño, leerle unos cuentos y pasar el resto de la noche repantingado frente al televisor.

Las cosas no fueron así. En cuanto llegamos a casa, se fue a ver a los hámsters y enseguida la oí llamándome desde arriba.

—¡Papá! ¡Ven! ¡Rápido! ¡Creo que le pasa algo a la *Señora Sprinkles*!

Fui a su habitación y miré la jaula. Vi a un hámster que empujaba el cristal, como si quisiera abrirse paso a través de él. El dormitorio olía como una cuadra.

—Pues a mí me parece que está bien —determiné.

—Ese es el *Señor Sprinkles*. La *Señora Sprinkles* no se mueve.

Miré con más detenimiento.

—Creo que está durmiendo, cielo.

—Pero ¿y si está enferma?

No tenía ni idea de qué había que hacer en ese caso, así que abrí la puertecilla y cogí a *Señora Sprinkles* con la mano. Estaba caliente, lo cual era una buena señal, y noté que empezaba a moverse.

—¿Está bien?

—A mí me parece que sí —respondí—. ¿Quieres cogerla?

London juntó las manos y yo dejé el hámster en el hueco que había formado. Luego miré cómo se acercaba el animalillo a la cara.

—Creo que la tendré así un rato para estar más seguros.

—De acuerdo —dije, dándole un beso en la coronilla—, pero no mucho, ¿eh? Ya es casi hora de acostarte.

Le volví a dar un beso en la cabeza y me encaminé a la puerta.

—¿Papá? —me llamó.

—¿Sí?

—Tienes que limpiar la jaula.

—Lo haré mañana, ¿de acuerdo? Estoy bastante cansado.

—Mamá dijo que la limpiarías.

—Y lo haré. Acabo de decir que la limpiaré mañana.

—Pero ¿y si es eso lo que pone mal a la *Señora Sprinkles*? Quiero que la limpies ahora.

No solo no me escuchaba, sino que empezaba a levantar el tono, y yo no estaba de humor para soportarlo.

—Volveré dentro de un poco para acostarte. Pon la ropa sucia en el cesto, ¿vale?

Me pasé la siguiente media hora cambiando de canales, sin encontrar ningún programa que me conviniera. Tenía más de cien canales a mi disposición, y nada. Aunque, claro, además de estar cansado, tenía un humor de perros. Al día siguiente tendría que limpiar la mierda de una jaula de hámsters, mi lista de clientes no pasaba de cero y, a menos que se produjera un milagro, seguiría así durante otra semana. Mientras tanto, mi mujer volaba en aviones privados y se quedaba a dormir en el Ritz-Carlton.

Al cabo de un rato, me levanté del sofá y subí a la habitación de London. Los hámsters volvían a estar en la jaula y ella jugaba con las Barbies.

—Hola, cariño —dije—. ¿Estás lista para el baño?

—No quiero bañarme esta noche —contestó, sin volverse a mirarme.

—Pero si hoy has sudado mucho.

—No.

—¿Qué pasa, cariño?

—Estoy enfadada contigo.

—¿Por qué estás enfadada conmigo?

—Porque no te importan el *Señor* y la *Señora Sprinkles.*

—Por supuesto que me importan. —Los dos se movían por la jaula, con la misma energía que cualquier otra noche—. Y tú sabes que necesitas bañarte.

—Quiero que me bañe mamá.

—Ya lo sé, pero mamá no está.

—Entonces no me baño.

—Mírame a la cara.

—No.

Me parecía estar oyendo a Vivian. No sabía qué hacer. London siguió haciendo avanzar a la Barbie por la casa de muñecas; parecía que fuera a tropezar con los muebles.

—¿Y si empiezo a poner el agua en la bañera, eh? Después hablaremos un poco. Voy a poner muchas burbujas.

Hice muchas burbujas, tal como había prometido, y cuando estuvo llena la bañera, cerré el grifo. London no se había movido; la Barbie seguía hecha una furia en la casa de juguete, al lado de Ken.

—Yo no puedo preparar el desayuno —oí que le hacía decir a la Barbie— porque tengo que ir a trabajar.

»—Pero se supone que son los padres los que tienen que trabajar —respondía Ken.

»—Quizá tendrías que haber pensado eso antes de dejar tu puesto.

Noté que se me formaba un nudo en el estómago, con la certeza de que nos estaba imitando a Vivian y a mí.

—Tienes la bañera preparada —dije.

—¡Te he dicho que no me voy a bañar!

—Vamos…

—¡NO! —chilló—. ¡No me pienso bañar y tú no me puedes obligar! ¡Obligaste a mamá a trabajar!

—Yo no la obligué a trabajar…

—¡SÍ! —gritó, y cuando se volvió, vi que tenía lágrimas en las mejillas—. ¡Me dijo que tuvo que ponerse a trabajar porque tú no lo haces!

Otro padre no se lo hubiera tomado quizá tan a pecho, pero yo estaba agotado y me dolió oírle decir aquello, sobre todo porque ya me sentía bastante mal conmigo mismo.

—¡Yo estoy trabajando! —repliqué, levantando la voz—. ¡Y además me ocupo de ti y limpio la casa!

—¡Quiero hablar con mamá! —gritó.

Por primera vez, caí en la cuenta de que Vivian no había llamado en todo el día. Tampoco podía llamarla, porque probablemente el acto estaba entonces en su momento álgido. Respiré hondo.

—Mañana estará aquí y te llevará a la granja de los arándanos, ¿te acuerdas? ¿No quieres estar bien limpia para cuando llegue?

—¡No! —gritó—. ¡Te odio!

Sin más preámbulos, crucé la habitación y la agarré del brazo. Ella empezó a resistirse y a chillar y yo la llevé a rastras hasta el cuarto de baño, como uno de esos malos padres que salen en YouTube.

—O te desvistes y te metes en la bañera, o te desvisto yo. Hablo en serio.

—¡Márchate! —chilló.

Dejé su pijama al lado y cerré la puerta. Esperé unos minutos delante de la puerta, oyéndola llorar y hablar sola.

—Métete en la bañera, London —la amenacé desde el otro lado de la puerta—. Si no, limpiarás la jaula de los hámsters tú sola.

La oí chillar; un minuto después, no obstante, oí cómo entraba en la bañera. Seguí esperando. Al cabo de un poco, la oí jugar con sus juguetes del baño sin la rabia que había percibido antes. Finalmente se abrió la puerta; London estaba en pijama, con el pelo mojado.

—¿Puedes secarme el pelo esta noche en lugar de dejarlo mojado?

—Claro que sí, cariño.

—Echo de menos a mamá.

Me agaché y la abracé, aspirando el olor a jabón y a champú.

—Ya lo sé —dije.

La atraje hacia mí, extrañado de que un padre tan desastroso como yo hubiera podido contribuir a crear algo tan maravilloso como mi niña, que en ese momento se echó a llorar.

Me acosté a su lado en la cama y le leí la historia del arca de Noé. Su fragmento preferido, que le tuve que leer dos veces, era cuando el arca estaba acabada y empezaban a llegar los animales.

—De dos en dos —leí en voz alta—, llegaron en parejas, procedentes de todo el mundo. Leones y caballos, y perros y elefantes, cebras y jirafas...

—Y hámsters —añadió London.

—Y hámsters —confirmé— y, de dos en dos, embarcaron en el arca. «¿Cómo van a caber?», se preguntaba la gente. Pero Dios también tenía un plan para eso. Iban llegando al arca y había mucho espacio, y todos los animales estaban contentos. Y de dos en dos, se quedaron en el arca mientras empezaba a caer la lluvia.

Cuando terminé la historia, London estaba adormecida. Apagué la luz y le di un beso en la mejilla.

—Te quiero, London —susurré.

—Yo también te quiero, papá —murmuró, antes de que saliera con sigilo de la habitación.

«De dos en dos», pensé para mí mientras bajaba las escaleras. London y yo, padre e hija, desenvolviéndonos lo mejor que podíamos.

Aun así, sentía como si estuviera fallándole, fracasando en todo.

8

Nuevas experiencias

El mes de febrero de este año, cuando mi situación en la agencia no hacía más que empeorar, London cogió una gripe muy fuerte. Estuvo vomitando casi sin parar durante dos días y tuvimos que llevarla al hospital para que le administraran fluidos.

Yo estaba asustado. Vivian también lo estaba, aunque de cara al exterior, demostraba mucha más confianza en el trato con los médicos que yo. Cuando hablaba con ellos, hacía las preguntas pertinentes, con calma y serenidad.

London no tuvo que permanecer ingresada y cuando la llevamos a casa, Vivian se quedó con ella hasta medianoche. Como había estado despierta una buena parte de la noche anterior, yo la relevé. Me mantuve sentado en la mecedora, igual que Vivian, con mi hija en brazos. Recuerdo que la sentía pequeña y frágil, viéndola sudar y temblar a la vez bajo una delgada manta a causa de la fiebre. Se despertaba cada veinte minutos. Hacia las seis, la dejé por fin en la cama y bajé a preparar café. Al cabo de una hora, cuando me estaba sirviendo otra taza, London entró sin hacer ruido en la cocina y se sentó en la mesa al lado de Vivian. Parecía adormecida y tenía la cara pálida.

—Hola, cariño. ¿Cómo te encuentras?

—Tengo hambre —respondió.

—Es una buena señal —dictaminó Vivian. Le puso la mano en la frente y luego sonrió—. Creo que ya no tienes fiebre.

—Me encuentro un poco mejor.

—Russ, ¿puedes echar avena en un tazón? Sin leche.

—Claro —dije.

—Probaremos los cereales sin leche, ¿de acuerdo? No quiero que te vuelvas a poner mal del estómago.

Llevé el tazón a la mesa junto con mi café y me senté a su lado.

—Has estado muy malita —dije—. Tu madre y yo estábamos muy preocupados por ti.

—Y hoy vamos a tener cuidado, ¿de acuerdo?

London asintió con la cabeza sin parar de masticar. Era un placer verla comer.

—Gracias por tenerme en brazos cuando estaba enferma, mamá.

—Faltaría más, preciosa. Siempre te tengo en brazos cuando estás enferma.

—Ya sé —dijo London.

Tomé un sorbo de café, esperando a que Vivian precisara que yo también había ayudado.

No añadió nada, sin embargo.

Los niños tienen una gran capacidad de recuperación. Eso es lo que vienen diciendo mi padre y mi madre desde toda la vida, sobre todo para explicar el enfoque de la paternidad que aplicaron con Marge y conmigo. «¿Por qué nos hacíais esas cosas», preguntábamos nosotros. «Bah, no hay que preocuparse. Los niños se recuperan muy rápido.»

Sinceramente, tenían su parte de razón. Cuando London bajó el domingo por la mañana, parecía haber olvidado por completo la rabieta de la noche anterior. Estaba parlanchina y aún se puso más contenta cuando le dejé comer Lucky Charms mientras yo limpiaba la jaula de los hámsters. Llené media bolsa de plástico de serrín sucio —estaba asqueroso— y la metí en el cubo de la basura. Al ver la bicicleta en un rincón del garaje, a pesar de que ya empezaba a hacer bastante calor afuera, decidí cuál iba a ser la ocupación de la mañana.

—Eh —llamé a London cuando volví a entrar—. ¿Quieres hacer algo divertido esta mañana?

—¿Qué? —preguntó.

—¿Por qué no volvemos a ir en bicicleta? Igual podríamos probar sin los ruedines.

—Me caeré —objetó.

—Te prometo que no. Yo estaré a tu lado y aguantaré el sillín.

—Hace mucho que no voy en bici.

«Y nunca ha ido sin los ruedines», pensé para mí.

—No pasa nada. Si no te apetece o te da miedo, podemos dejarlo.

—No me da miedo —afirmó—, pero a mamá no le va a gustar que sude.

—Si sudas, te lavarás. No hay problema. ¿Quieres probar?

Se quedó pensando un momento.

—Bueno, igual un rato —determinó—. ¿Cuándo vuelve mamá a casa?

Como si mi esposa la hubiera oído a kilómetros de distancia, mi móvil empezó a sonar y el nombre de Vivian apareció en la pantalla.

—A ver, ahora lo vamos a averiguar. Es tu madre —dije, cogiéndolo—. Debía de estar pensando en ti. —Conecté la llamada y puse el altavoz—. Hola, cielo, ¿cómo estás? ¿Cómo ha ido? He puesto el altavoz y London está aquí al lado.

—¡Hola chiquitina! —la saludó Vivian—. ¿Cómo estás? Perdona que no llamara ayer. He estado corriendo como una loca desde que llegué aquí. ¿Qué tal lo pasaste ayer?

—Lo pasé muy bien —explicó London—. Fui a casa de la abuela y después fuimos con papá, la tía Marge y la tía Liz a ver una película, y fue muy divertida...

Mientras Vivian charlaba con London, me volví a servir café y le indiqué a través de gestos que iba a cambiarme a la habitación. Me puse unos pantalones cortos y una camiseta y las zapatillas que llevaba para deporte. De vuelta en la cocina, London estaba hablando con su madre de los hámsters y luego Vivian pidió que me pusiera yo.

Cogí el teléfono y desconecté el altavoz.

—Hola.

—Parece muy contenta. Por lo que se ve os habéis divertido mucho. Estoy celosa.

Dudé un instante, recordando el incidente de la noche.

—Sí, ha estado bien. ¿Y qué tal pasaste tú la noche?

—Curiosamente, todo salió de maravilla. Walter estaba encantado. Las presentaciones de vídeo fueron magníficas y también la música. Todo el mundo quedó entusiasmado.

—Me alegro de que saliera bien.

—Pues sí. Recaudamos mucho dinero. Por lo visto, Walter no es el único descontento con la política del gobierno actual y el Congreso con respecto a la construcción. Las normativas cada vez son más ridículas. Los constructores sufren mucha presión y ya casi resulta imposible sacar beneficios.

«Tal como demuestra el avión privado de Walter», pensé.

—¿A qué hora llegarás?

—A la una, espero. Aunque puede que vayamos a comer con un constructor de Misisipi. En ese caso, llegaré más bien hacia las tres.

—Un momento —dije, trasladándome de la cocina al comedor—. ¿Y lo de la granja de los arándanos?

—No sé si voy a poder.

—Pero le prometiste a London que iríais.

—Yo no se lo prometí.

—Yo estaba delante, Vivian, y lo oí. Y anoche yo se lo confirmé.

—¿A qué te refieres?

Le conté lo ocurrido la noche anterior.

—Vaya, fantástico —replicó—. No debiste habérselo recordado.
—¿Estás diciendo que es culpa mía?
—Así se va a disgustar más.
—Porque tú dijiste que la ibas a llevar.
—Para ya, Russ. He estado al pie del cañón durante casi veinticuatro horas seguidas sin dormir apenas. Habla con ella, ¿vale? Explícaselo.
—¿Y qué quieres que le diga?
—No me hables con ese tono, por favor. No soy yo la que ha organizado esa comida. Yo estoy a la disposición de Walter y hay mucho dinero en juego.
—Spannermann ya tiene mucho dinero. Es multimillonario.
Oí como exhalaba el aire, exasperada.
—Como te he dicho, es posible que llegue a tiempo —contestó con voz tensa—. Si no se organiza la comida, llegaré a la una. Lo sabré con más certeza dentro de una o dos horas.
—De acuerdo —dije, pensando en London—. Tenme al corriente.

Resolví no decirle nada a London hasta saber algo más. Ella salió conmigo afuera y estuvo mirando mientras preparaba la bicicleta. Como estaba cubierta de polvo, saqué la manguera y la lavé y luego la sequé con un trapo. Inflé las ruedas y me cercioré de que no tenían ninguna fuga de aire. Después estuve buscando una llave inglesa, que como todas las herramientas parece tener el vicio de esfumarse, y cuando la encontré retiré las ruedas laterales. Puesto que London había crecido, levanté el sillín y el manillar; una vez concluida la operación, salimos a la calle y London se montó.

—¿Te acuerdas de lo que tienes que hacer? —pregunté, ajustándole el casco.
—Tengo que pedalear —respondió—. Pero tú no me sueltes, ¿eh?
—No te soltaré hasta que estés lista para ir sola.
—¿Y si no estoy lista?
—Entonces no te soltaré.
London empezó a pedalear y a tambalearse de un lado a otro. Yo corría encorvado a su lado, aguantando el sillín. Al cabo de poco tenía la respiración alterada y sudaba a mares. Hicimos un sinfín de idas y venidas y justo cuando estaba a punto de decirle que necesitaba un descanso, empezó a mejorar su equilibrio, por lo menos yendo en línea recta. Poco a poco, pude ir aflojando la presión en el sillín. Después bastó con que lo sujetara con los dedos, solo como medida de precaución por si se desestabilizaba.
Y después, la solté.

Al principio solo fue cuestión de unos segundos, y la segunda vez también fue algo muy breve. Luego, cuando consideré que estaba lista, dije la frase mágica.

—Te voy a soltar un segundo —anuncié, jadeando.

—¡No, papá!

—¡Puedes ir sola! ¡Prueba! ¡Yo estaré justo al lado para sostenerte! —Solté el sillín y seguí corriendo al lado de la bici durante un par de segundos.

London me miró con expresión maravillada y después yo volví a adoptar la postura de antes, sujetando el sillín.

—¡He ido en bici sola, papá! —gritó—. ¡Sin que me ayudaras!

Seguí aguantando el sillín mientras dábamos la vuelta al final del callejón y cuando estaba equilibrada, la volví a soltar. Esa vez dejé transcurrir cinco o seis segundos y la siguiente, diez segundos. A continuación, fue sola durante toda la recta.

—¡Sé ir en bici, papá! ¡Sé ir en bici! —gritaba.

—¡Sí, cariño! ¡Ya sabes ir en bici! —logré gritar a mi vez, pese a que estaba destrozado, sin resuello y bañado en sudor.

Cuando London empezó a cansarse, a mí me dolía todo el cuerpo y tenía la camiseta empapada. Guardé la bicicleta en el garaje y entré con la niña en casa. Acogí la caricia del aire acondicionado como la prueba determinante de la existencia de Dios.

—Papá necesita un respiro —dije, jadeando todavía un poco.

—Vale, papá.

Me fui al cuarto de baño y tomé una ducha alternando el agua tibia y la fría. Permanecí bajo el chorro hasta que empecé a sentirme medio recuperado y luego me vestí y fui a la cocina.

Había un mensaje de Vivian.

«Han cancelado la comida. Ahora voy al aeropuerto. Dile a London que llegaré pronto.»

Encontré a la niña en el comedor, jugando con las Barbies.

—Tu madre está de camino —dije—. Llegará dentro de un rato.

—Vale —contestó, curiosamente sin gran entusiasmo.

Preparé una ensalada y asé el salmón para Vivian, mientras hacía unos bocadillos para London y para mí. Cuando Vivian entró en casa, la mesa estaba puesta y la comida servida.

Después de dispensar una ronda de abrazos y besos a London, acudió a la cocina y me besó a mí también.

—Caramba —exclamó—. Es una comida un poco especial para mediodía.

—Como tenía el pescado, me dije ¿por qué no? ¿Qué tal ha ido el vuelo?

—Fantástico. Es un gusto no tener que ocuparse de aparcar, ni de pasar por seguridad, ni de colocar las maletas. Los aviones privados son la mejor manera de viajar.

—Lo tendré en cuenta para cuando empiece a ganar millones.

—¿Qué habéis hecho esta mañana?

—He sacado la bicicleta del garaje.

—¿Ah, sí? ¿Y cómo ha ido?

—Al final se aguantaba bastante bien.

—No te envidio —dijo—. Hoy hace bastante calor.

—Tampoco hacía tanto esta mañana —mentí.

—¿Te has acordado de ponerle protector solar?

—No, me he olvidado —reconocí.

—Tienes que procurar acordarte de esas cosas. Ya sabes lo perjudicial que puede ser el sol para la piel.

—Me acordaré la próxima vez.

Me volvió a dar un beso y mientras comíamos, me contó los detalles del fin de semana y habló con London de las actividades que había realizado la semana anterior. Después las dos se fueron al coche mientras yo ordenaba la cocina.

Por primera vez desde el martes, estaba solo sin London. Habría trabajado pero no tenía nada que hacer y, aunque tenía previsto disfrutar de una tarde en paz, estuve errando por la casa pensando en mi hija, sorprendido de lo mucho que la echaba de menos.

Vivian y London regresaron hacia las cinco, cargadas con bolsas de compras. Mi hija no tenía el menor rastro de tierra en las manos ni en la cara.

—¿Habéis ido a la granja? —pregunté.

—No —respondió Vivian, dejando las bolsas encima de la mesa—. Hacía demasiado calor para ir allá esta tarde. Al final hemos ido al centro comercial. London necesitaba un poco de ropa para la escuela.

Por supuesto.

Antes de que pudiéramos hablar más del tema, Vivian se fue como una exhalación a la cocina. Yo la seguí y traté de iniciar una conversación, pero resultó evidente que estaba tensa, sin ganas de pronunciar más de dos palabras seguidas. Al final hizo pasta y verduras salteadas para London y para mí, y una ensalada para ella, y cenamos deprisa.

Hasta que estábamos poniendo los platos en el lavavajillas no le pregunté qué le pasaba.

—No me habías dicho que le has quitado los ruedines de la bicicleta y que lo de conducir la bicicleta era en serio.

—Perdona —dije—. Pensaba que lo habías entendido.

—¿Cómo iba a saber a qué te referías? No has hablado claro.

—¿Estás enfadada?

—Sí, estoy enfadada. ¿Cómo no iba a estarlo?

—Pues no entiendo muy bien por qué.

—Porque yo no estaba aquí. ¿No se te ha ocurrido pensar que me hubiera gustado ver cuando London empezaba a ir en bicicleta sola?

—Todavía está aprendiendo. Aún no puede hacer las curvas sin irse hacia un lado.

—¿Y qué? La cuestión es que le has enseñado a ir en bicicleta sin mí. ¿Por qué no has esperado a que volviera a casa?

—No lo he pensado.

Cogió un trapo y empezó a secarse las manos.

—Ahí está precisamente el problema contigo, Russ. Haces lo mismo continuamente. Toda nuestra vida siempre ha girado en función de lo que tú querías.

—Eso no es verdad —protesté—. ¿Y cómo iba yo a suponer que ibas a querer mirar? Ni siquiera querías que comprase la bici.

—¡Por supuesto que quería que London tuviera una bicicleta! ¿Cómo ibas a pensar eso? Fui yo la que se la compró por Navidad.

Me quedé mirándola, pensando: «Te tuve que llevar a rastras hasta la tienda».

¿Acaso ella no lo recordaba así? ¿O era que me estaba volviendo loco? Mientras cavilaba sobre el asunto, ella se volvió para irse.

—¿Adónde vas? —pregunté.

—London necesita un baño —dijo—. No te importa que pase un rato con mi hija, ¿verdad?

Mientras se alejaba de la cocina, sus palabras siguieron rebotando en mi cabeza.

«¿Mi hija?»

Una vez London estuvo acostada, nos quedamos sentados en el sofá, frente al televisor. Vivian tomaba una copa de vino. Volví a plantearme si sacaba a colación la cuestión de la guardería, pero no sabía si aún estaba enfadada por el incidente de la bicicleta. Me lanzó una ojeada acompañada de una breve sonrisa, antes de volver a centrar la vista en su revista. «Mejor eso que nada», pensé.

—Oye, Vivian —la llamé.

—¿Mmm?

—Siento que no hayas estado presente el primer día que London ha ido en bicicleta. De verdad no pensé que fuera tan importante.

Pareció meditar un instante en lo que le dije y luego vi como relajaba un poco los hombros.

—No pasa nada. Es solo que me hubiera gustado verlo. Me da rabia no haber estado.

—Lo entiendo. Yo también me he perdido muchas cosas que ha hecho por primera vez durante estos años.

—Pero tú no eres su madre. Con las madres es diferente.

—Supongo —concedí. Aunque tenía mis dudas al respecto, opté por no expresarlas.

—Quizá me lo puedas enseñar mañana por la noche —propuso, suavizando la voz.

Entonces vi a la Vivian de la que me había enamorado tantos años atrás. Era asombroso, pero era como si para mi mujer no pasara el tiempo.

—Me alegro de que tu acto fuera un éxito. Apuesto a que ya tienes a tu jefe comiendo en tu mano.

—Walter no come en la mano de nadie.

—¿Qué perspectivas hay para la semana próxima?

—Sabré más mañana. Es posible que tenga que pasar otra noche fuera el miércoles.

—¿Por otro acto de recaudación?

—No. Esta vez es un viaje al distrito de Columbia. Y ya sé que a London le va a sentar mal. Me hace sentir como una mala madre.

—Tú no eres una mala madre, y London sabe que la quieres.

—Pero este es su último verano antes de la escuela y seguramente siente que la he abandonado. Ella necesita estabilidad y en este momento no la recibe.

—Yo hago todo lo que puedo.

—Ya lo sé. Me ha dicho que le gusta estar contigo, pero que es raro.

—¿Ella ha dicho que le resulta raro?

—Ya sabes a qué se refiere. Está acostumbrada a mí, es eso. Ha sido un gran cambio para ella, ya lo sabes.

—De todas maneras no me gusta la palabra «raro».

—Es una niña. No tiene un vocabulario enorme. No hagas caso. ¿Quieres que subamos a la habitación? Podemos poner la tele y relajarnos.

—¿Me estás haciendo insinuaciones?

—Puede.

—¿Sí o no?

—Primero deja que termine mi primera copa de vino.

Sonreí y, más tarde, mientras nuestros cuerpos permanecían entrelazados, estuve pensando que por más dura que hubiera sido la semana anterior, había tenido un final perfecto.

9

El pasado nunca queda atrás del todo

Hace unos años, en un momento de nostalgia, me puse a repasar algunos de los días más destacados de mi vida. Evoqué mi graduación del instituto y la universidad, el día en que pedí la mano de Vivian y el día de mi boda y, por supuesto, el día en que nació London. No obstante, ninguno de esos acontecimientos fueron sorpresas, porque sabía que se iban a producir.

También rememoré las primicias de mi propia vida, igual que rememoraba las que había vivido con London. Mi primer beso, la primera vez que me acosté con una mujer, mi primera cerveza y la primera vez que mi padre me dejó colocarme frente al volante de un coche. Me acordé del primer sueldo que recibí y el sentimiento reverencial que experimenté la primera vez que entré en la primera casa que compré.

Había, además, otros recuerdos impagables, que no eran recuerdos de primeras veces ni de acontecimientos previsibles, sino de situaciones espontáneas plenas de alegría, rayanas en la perfección. Una vez, cuando era niño, mi padre me despertó en plena noche y me llevó afuera a contemplar una lluvia de meteoritos. Acostados sobre una toalla que había puesto en la hierba, estuvimos mirando las breves estelas blancas que surcaban el cielo y, en la emoción con que él las señalaba para que las viera, yo captaba el amor que sentía por mí y que a menudo le costaba expresar. Me acordé de aquella vez en que Marge y yo nos quedamos despiertos toda la noche riendo mientras devorábamos una bolsa entera de galletas de chocolate, la primera noche en que tuve conciencia cabal de que siempre podríamos contar el uno con el otro. Evoqué aquella velada en que, después de tomar dos copas de vino, mi madre se puso a hablar de su infancia de una manera que me permitió imaginarla como la niña que había sido, alguien de quien yo habría podido ser amigo.

Esos momentos se han quedado grabados para siempre en mi memoria, en parte debido a su sencillez, pero también por lo que tenían de reveladores. No eran cosas que se repitieran y tengo el convencimiento de que si quisiera reproducirlas, los recuerdos originales se me escurrirían entre los dedos como arena, mermando la intensidad con que los he conservado.

El lunes por la mañana, Vivian se marchó a las siete y media, cargando su bolsa del gimnasio.

—Quiero ir a hacer deporte si puedo —explicó—. Siento que me estoy poniendo fofa.

London y yo salimos al cabo de unos minutos, vestidos con pantalones cortos y camiseta. Mientras nos dirigíamos al club donde mi hija recibiría sus primeras clases de tenis, al ver a los hombres vestidos con traje y corbata tenía la impresión de que me habían expulsado del único club al que había aspirado a pertenecer. Sin trabajo, sentía como si hubiera perdido una parte fundamental de mi identidad e intuía que si no lograba dar un giro a la situación, iba a acabar mal.

Tenía que volver a hacer llamadas.

En cuanto aparqué el coche, London vio a algunas niñas del barrio y se fue a la pista con ellas. Yo me senté en las gradas con un bloc de notas y tecleé «cirujanos plásticos» en el buscador del móvil. Al igual que los abogados, constituían un sector profesional que Peters evitaba, porque los consideraba unos engreídos y unos roñicas. Yo, en cambio, pensaba que los médicos poseían el dinero y la inteligencia suficientes para comprender los beneficios que podía reportarles la publicidad. En la zona de Charlotte había varios, instalados en diversas oficinas, lo cual era una buena señal. Empecé a ensayar algunas frases introductorias, esperando encontrar la combinación adecuada de palabras para mantener en el teléfono al gerente —o con suerte, al médico— el tiempo suficiente para suscitar su interés en concertar una cita.

—Es increíble al calor que hace hoy —oí comentar a mi lado a alguien, con un marcado acento de Nueva Jersey—. A este paso me voy a derretir.

Cuando me volví, vi a un hombre un poco mayor que yo, cuadrado, de pelo moreno y piel bronceada. Llevaba traje y gafas con cristales reflectantes.

—¿Me habla a mí?

—Claro que le hablo a usted. Aparte de nosotros dos, esto es como un concentrado de estrógenos. Somos los dos únicos hombres en un kilómetro a la redonda. Me llamo Joey *Bulldog* Taglieri, por cierto. —Se acercó y me tendió la mano.

—Russell Green —dije, estrechándosela—. ¿Bulldog?

—La mascota de la universidad de Georgia, mi alma máter, además de que tengo el cuello bastante grueso. Se me quedó el apodo. Encantado de conocerle, Russ. Si me da un ataque al corazón o una apoplejía, hágame el favor de llamar a urgencias. Adrian tendría que haberme avisado de que no habría ni un centímetro de sombra aquí.

—¿Adrian?

—Mi ex. La tercera, por cierto. Me endosó esta responsabilidad ayer porque sabía que era importante para mí, y eso que ella no hace un favor ni por casualidad. Sabe que tengo que estar en el juzgado a las nueve y media, pero le da igual. Le da absolutamente igual. Y no es que sea imprescindible que vaya a ver a su madre. ¿Qué más da que su madre esté en el hospital o no? Está en el hospital cada dos semanas porque es una hipocondríaca. Los médicos nunca le encuentran nada. Esa mujer va a llegar seguramente a los cien años. —Señaló el bloc que yo tenía—. ¿Está preparando las observaciones preliminares?

—¿Las observaciones preliminares?

—Lo que se le dice al jurado. Es abogado, ¿no? Me parece haberlo visto en los juzgados.

—No, debe de equivocarse de persona —contesté—. No soy abogado. Me dedico a la publicidad.

—¿Ah, sí? ¿En qúé empresa?

—La Agencia Fénix —dije—. Es mi propia empresa.

—¿De verdad? Los tipos que llevan la mía son un hatajo de idiotas, si quiere saberlo.

—¿Con qué agencia trabaja? —pregunté, con repentino interés.

Me dijo el nombre, que reconocí. Se trataba de una empresa de ámbito nacional especializada en publicidad para abogados; precisamente por eso, sus anuncios parecían cortados en el mismo molde, con las mismas imágenes y ligeras variaciones en los textos. Antes de que pudiera ahondar en el asunto, cambió de tema.

—¿Cuánto hace que es miembro del club de campo?

—Cuatro años, más o menos.

—¿Le gusta? Yo acabo de ingresar.

—Teniendo en cuenta que no juego al golf, sí. La comida es buena y la piscina resulta práctica para el verano. Se puede conocer a gente interesante aquí.

—Yo estoy igual que usted en lo del golf. Lo probé un año y me estropeó la espalda, así que acabé dándole los palos a mi hermano. Me he inscrito por el tenis. Aunque no lo parezca, no soy malo del todo. Tuve una beca en la universidad y aspiraba a convertirme en profesional, pero mi servicio no era lo bastante rápido debido a mi estatura. Así es la vida. Ahora he pensado en apuntar a mi hija temprano para que cuando sea una adolescente y empiece a encontrarme insoportable, tengamos algo que hacer juntos. Es esa de allí con la blusa turquesa, por cierto. La de pelo oscuro y piernas largas. ¿Cuál es la suya?

Señalé a London, que estaba en el fondo de la pista con varias niñas más.

—Por allí —dije—. La segunda a la izquierda.

—También va a ser alta. Es algo bueno.

—Vamos a ver si le gusta. Es la primera vez que coge una raqueta. ¿Decía que es abogado?

—Sí. Me dedico a los procesos por daños y perjuicios personales, con acciones civiles conjuntas. Ya sé lo que debe de pensar de los abogados como yo, pero me da igual. A nadie le caen bien los abogados que llevan los casos de daños personales hasta que necesitan uno; entonces, de repente, me convierto en su amigo y salvador. Y no solo es porque casi siempre consigo que mis clientes reciban el dinero que se merecen, sino porque yo escucho. En este negocio es fundamental saber escuchar. Eso lo aprendí cuando practicaba el derecho de familia, antes de que mi primera mujer se fuera con el vecino y viera que tenía que ganar mucho más dinero. El derecho de familia no daba bastante. ¿Quiere un consejo? Firme siempre un acuerdo prenupcial.

—Es bueno saberlo.

—Cirujanos plásticos, ¿eh? —dijo, moviendo la mano hacia el bloc.

—Estaba pensando en expandir el negocio en ese sector.

—¿Sí? Yo les he sacado una fortuna a unos cuantos. Cualquiera podría pensar que habían utilizado una sierra para operar a algunos de mis clientes. ¿Quiere un consejo para tratar con esos tipos, un consejo de alguien que los conoce bien?

—Adelante.

—Se creen unos dioses pero son terribles para los negocios, así que hay que adularles el ego y después prometerles que los va a hacer ricos. Créame, esa es la forma de captar su atención.

—Lo tendré en cuenta.

—Todavía no estoy muy convencido con ese que hace de profesor allá abajo —comentó—. ¿Usted qué piensa?

—No sé lo suficiente como para formarme una opinión.

—Se nota que ha jugado, pero me da la impresión de que ha entrenado a pocos niños. Eso es muy distinto, porque tienen la capacidad de concentración de un mosquito. Si no se mantiene un ritmo variado, se distraen enseguida.

—Seguramente tiene razón. Quizá debería ser usted el entrenador.

—Sí, qué gracia —contestó, riendo—. No, no estoy hecho para eso. Nunca hay que entrenar a un hijo propio. Es una de mis reglas. Lo más seguro es que acabara detestándome todavía más de lo que ya me va a detestar. ¿Y a qué viene su interés por este deporte? ¿Juega al tenis?

—No. Fue idea de mi mujer.

—Pero es usted el que está aquí.

—Sí, aquí estoy —acordé.

Joey volvió a centrar la atención en la pista. Yo seguí anotando frases de tanteo, pero sabía que tendría que realizar una investigación a fondo para estar en condiciones de realizar una presentación. De vez en cuando, Joey hacía un comentario sobre la postura de los pies o la posición adecuada para golpear la pelota, y entonces volvíamos a charlar unos minutos.

Cuando acabó la clase, Joey me estrechó de nuevo la mano.

—¿Volverá mañana? —Asentí con la cabeza—. Yo también. Hasta mañana.

Bajé las gradas para acudir al encuentro de London. Estaba roja por el calor.

—¿Lo has pasado bien? —pregunté.

—Mamá piensa que debo jugar al tenis. Me lo ha dicho esta mañana.

—Eso ya lo sé. Te preguntaba qué te ha parecido a ti.

—Hacía calor. ¿Con quién hablabas?

—Con Joey.

—¿Es amigo tuyo?

—Lo acabo de conocer. ¿Por qué?

—Porque parecía que fuerais amigos.

—Es un tipo simpático —dije.

Mientras íbamos hacia el coche, me acordé de lo que había dicho a propósito de su agencia de publicidad, que eran un hatajo de idiotas. Y también pensé que lo vería al día siguiente, desde luego.

Le compré a London algo de picar, consciente de que necesitaba reponerse un poco antes de la clase de plástica. Mientras tanto, me volvieron a la memoria los anuncios que había hecho para abogados, antes de que Peters se desentendiera de ellos. Recuerdo haber filmado anuncios en oficinas revestidas de estantes de madera llenos de libros de derecho y recomendado publicidad en canales de cable en franjas horarias específicas, entre las nueve y las doce del mediodía, cuando era más probable que estuvieran mirando las personas imposibilitadas.

Por aquel entonces, en que una sola empresa de ámbito nacional se encargaba de la mayoría de los anuncios de todo el país, había una oportunidad de encontrar un nicho de mercado. Sospechaba que podría obtener mejores tratos con las empresas de tele por cable, puesto que había mantenido una prolonganda relación de trabajo con los gestores principales. A la larga, el sector podía no ser lo más conveniente para mi empresa y tal vez tuviera que seguir el ejemplo de Peters y acabar renunciando a él, pero ese día quedaba muy lejano. Por el momento tenía que centrar la atención en la hipotética perspectiva de que Tagliera pudiera estar dispuesto a cambiar de agencia.

London tardó menos de lo que yo pensaba en recuperarse y estuvo hablando de su amigo Bodhi durante casi todo el trayecto. En cuanto entró por la puerta de la academia, se volvió y yo me agaché. Entonces me rodeó el cuello con los brazos y me estrechó.

—Te quiero, papá.

—Yo también te quiero —respondí.

Ya erguido, la miré mientras corría hacia un niño rubio, y cuando estuvieron cerca, se abrazaron.

Qué tiernos.

Luego, de repente, ya no lo vi así. No sabía qué pensar, si estaba bien o no que mi hija abrazara ya a los chicos. No tenía ni idea de lo que era normal en tales circunstancias.

Después saludé con la mano al profesor de plástica y me fui a la cafetería con el ordenador, con la intención de empezar a indagar en las últimas tendencias en publicidad legal y en los cambios de normativas que hubieran podido haberse producido desde mi última campaña publicitaria.

Pedí café, me senté y abrí el portátil. Reuní alguna información preliminar y la estaba revisando cuando oí una voz a un lado.

—¿Russ?

Era imposible no reconocerla. Llevaba el cabello castaño con un corte de media melena que le acentuaba los pómulos, ya de por sí altos, y sus ojos de color avellana eran igual de impresionantes que siempre.

—¡Emily!

Se acercó a la mesa con una taza de café en la mano.

—Me había parecido verte en la academia de plástica —dijo—. ¿Cómo estás? Hace mucho que no te veía.

—Estoy bien —respondí, levantándome. Ella me sorprendió inclinándose para darme un breve abrazo que desencadenó una oleada de recuerdos felices.

—¿Qué haces por aquí? ¿Cómo es que estabas en la academia?

—Mi hijo va a clase allí —explicó—. Ha salido a su madre, supongo. —Su sonrisa transmitía un afecto sincero—. Tienes muy buen aspecto.

—Gracias. Tú también. ¿Cómo te van las cosas? —De cerca, advertí que tenía unas motas doradas en los ojos y me extrañó que no me hubiera percatado antes.

—Bastante bien.

—¿Solo bastante?

—Sí, bueno, ya sabes. Cosas de la vida.

Comprendí perfectamente a qué se refería y, aunque trataba de disimularlo, creí percibir un asomo de tristeza en su voz. La siguiente frase me salió casi de manera automática, pese a que tenía conciencia de que pasar un rato con una persona a la que uno ha querido y con la que se ha acostado puede traer complicaciones si no se tiene cuidado.

—¿Quieres sentarte conmigo?

—¿Seguro? Parece que estás ocupado.

—Solo estaba haciendo unas búsquedas. Nada importante.

—Entonces me encantaría —aceptó—, pero solo puedo quedarme unos minutos. Tengo que enviar unas cosas a mi madre y según la cola que haya, igual tengo que esperar una eternidad.

Cuando nos sentamos, la observé, asombrado de que hubieran transcurrido casi once años desde que rompimos. Parecía como si no hubiera envejecido lo más mínimo, igual que Vivian. Dejé de pensar en eso para buscar un tema más seguro de conversación.

—¿Cuántos años tiene tu hijo?

—Cinco —respondió—. Va a empezar la escuela este otoño.

—Mi hija también —dije—. ¿A qué centro va a ir?

Entonces mencionó el nombre de la escuela y me quedé asombrado.

—Qué coincidencia. Mi hija también va a ir allí.

—Parece que es una escuela muy buena.

«Y muy cara», pensé.

—Eso tengo entendido —convine—. ¿Cómo están tus padres? —pregunté—. Hace años que no he hablado con ellos.

—Están bien. Mi padre se jubilará el año que viene.

—¿De AT&T?

—Sí. Ha trabajado allí toda la vida. Me dijo que quiere comprar una caravana y viajar por el país. Mamá no quiere ni oír hablar de eso, claro, así que seguirá trabajando en la iglesia hasta que a mi padre se le pase el capricho.

—¿En St. Michael's?

—Claro. Tanto mi padre como mi madre trabajaron en el mismo sitio toda la vida. Eso ya no se da en nuestros días. ¿Y tú? ¿Aún trabajas para el Peters Group?

—Me halaga que te acuerdes, pero no, lo dejé hace unos meses para instalarme por mi cuenta.

—¿Y cómo te va?

—Más o menos —respondí de manera evasiva.

—Qué bien. Me acuerdo de que siempre decías que querías montar una empresa.

—Entonces era joven e ingenuo. Ahora soy viejo, pero sigo siendo un ingenuo.

Se echó a reír.

—¿Cómo está Vivian?

—Bien. Acaba de volver a trabajar. No sabía que la conocías.

—No, no la conozco. La vi en la escuela de plástica unas cuantas veces a principios de verano, pero nunca se quedaba durante la clase. Siempre iba vestida con ropa de gimnasio.

—Sí, no me extraña. ¿Cómo está... tu marido?

—¿Te refieres a David? —Ladeó la cabeza.

—Claro, David —confirmé.

—Nos divorciamos en enero.

—Lo lamento.

—Yo también.

—¿Cuánto tiempo estuvisteis casados?

—Siete años.

—¿Puedo preguntar qué pasó?

—No lo sé —reconoció—. Es difícil de explicar. Decir que nos fuimos distanciando suena a tópico... Últimamente, cuando la gente me pregunta, les digo que el matrimonio funcionó hasta que dejó de funcionar, pero eso no es lo que desean escuchar. Es como si quisieran chismorrear sobre el asunto más tarde, o reducirlo a un solo incidente. —Mientras hablaba, se frotaba el dedo pulgar contra el índice—. ¿Cuánto tiempo lleváis juntos Vivian y tú?

—Pronto hará nueve años.

—No está mal. Me alegro por ti.

—Gracias.

—¿Así que Vivian ha vuelto a trabajar?

—Sí. Trabaja como relaciones públicas para un constructor muy importante. ¿Y tú? ¿Estás trabajando?

—Supongo que se puede llamar así. Todavía pinto.

—¿Ah, sí?

—Mi ex era excelente en ese sentido. Me refiero a que me animó a seguir. Y me ha ido bastante bien. Bueno, nunca llegaré a ser un Rothko ni un Pollock, pero expongo en una de las galerías del centro y vendo entre diez y doce cuadros al año.

—Es fantástico —dije, con sincera alegría—. Tú siempre has tenido talento para eso. Recuerdo que te miraba pintar y me preguntaba cómo sabías qué hacer con los colores y la... —Me interrumpí, buscando la palabra idónea.

—¿Composición?

—Eso. ¿Todavía pintas cuadros modernos?

—Sí, más o menos. Trabajo en el campo del realismo abstracto.

—No tengo ni idea de lo que significa eso, ¿sabes?

—Básicamente, empiezo con escenas realistas, pero por lo general me dejo llevar por el pincel… añadiendo colores vivos o formas geométricas, o manchas, volutas o regueros hasta que siento que está acabado. Ninguna pintura está nunca acabada del todo, claro. Tengo cuadros con los que me he enredado durante años porque no me acaban de convencer. El problema es que no siempre sé cómo terminarlos.

—Suena muy artístico —comenté, sonriendo.

Ella se echó a reír, con una carcajada que sonó exactamente igual como yo la recordaba.

—Mientras se vea bien colgado de la pared de una casa e incite a pensar a alguien, me doy por satisfecha con el resultado.

—Solo eso, ni más ni menos.

—Eso es lo que le gusta decir al propietario de la galería cuando trata de vender una de mis obras, sí.

—Me encantaría ver lo que haces.

—Te puedes pasar por la galería cuando quieras —me animó. Me dijo el nombre, que memoricé—. ¿Cómo está Marge? Siempre quise tener una hermana mayor como ella.

—Muy bien. Sigue con Liz, por supuesto.

—¿La misma Liz que conocí cuando salíamos juntos?

—Sí. Están juntas desde entonces, desde hace once años casi.

—Caramba —exclamó—. Me alegro por ellas. ¿Cómo está Liz?

—Amable, atenta y comprensiva. No sé qué es lo que ve en Marge.

—No seas malo —me reprendió Emily.

—Ya sabes que bromeo. Forman una pareja estupenda. No sé si las he visto discutir alguna vez. Tienen una relación muy fluida.

—Qué bien. ¿Y tus padres? ¿Aún trabajan?

—Mamá se ha jubilado, pero papá aún sigue a tiempo completo.

—¿Todavía se dedica a arreglar el coche?

—Todos los fines de semana.

—¿Y tu madre?

—Se ha apuntado a una asociación de mujeres y quiere plantar tulipanes. —Como Emily puso cara de extrañeza, le expliqué lo ocurrido la semana anterior.

—No tienes que enfadarte con ella por eso. Ella ya cumplió con sus obligaciones de madre.

—Eso es lo que dijo Marge. Ella tampoco quiso ayudarme.

—Y aun así, lograste hacerlo todo.

—Eso mismo dijo Marge también.

Respiró hondo.

—Es curioso por dónde nos ha llevado la vida desde que nos conocimos, ¿no? Claro que entonces éramos unos críos.

—No tanto.

—¿Que no? —replicó, sonriendo—. Bueno, desde el punto de vista cronológico, ya teníamos edad para votar, pero yo recuerdo más de una extravagancia juvenil por tu parte. Como aquella vez que decidiste probar si te podías comer ese monstruoso bistec para que colgaran tu foto en la pared del restaurante. ¿Cuánto era que pesaba?

El recuerdo cobró vida en mi memoria. Habíamos ido de paseo al lago con un grupo de amigos y yo me había fijado en el cartel de un restaurante de la carretera en el que se anunciaba que si te acababas el bistec, aparte de colgar tu foto en la pared no se te cobraría la comida.

—Dos kilos y pico.

—Ni siquiera pudiste con la mitad.

—Y eso que tenía hambre al principio…

—También habías bebido más que menos.

—Puede que un poco.

—Que bien lo pasábamos. —Se echó a reír. Se quedó un poco más frente a mí antes de señalar mi ordenador—. Bueno, me tengo que ir. Tú tienes que trabajar y yo tengo que enviar ese paquete hoy mismo.

Tomé conciencia de que no deseaba que se fuera, pese a que seguramente era lo mejor.

—Sí, tienes razón.

—Me he alegrado de volver a verte, Russ.

—Yo también —dije—. Ha sido un placer ponernos al día de nuestras vidas.

—Nos vemos después.

—¿Después?

—Al final de la clase, ¿no?

—Ah, claro, sí.

Mientras abría la puerta con el hombro, me percaté de que volvía la cabeza para mirarme y sonreía antes de perderse de vista.

Pasé la hora siguiente en la cafetería haciendo búsquedas en Internet y logré encontrar dos anuncios de los despachos de abogados de Joey Taglieri, uno de los cuales no se transmitía ya. Eran profesionales, informativos y, tal como tuve que reconocer, casi iguales que los anuncios legales que yo había filmado anteriormente. También vi otros anuncios de casi una docena de despachos de abogados de la ciudad, lo que me llevó a la conclusión de que la publicidad de Taglieri no era mejor ni peor que la de los demás.

¿Por qué Joey Taglieri lo consideraba un trabajo de idiotas?

Aunque los anuncios no eran malos, tampoco creía que Taglieri contara con un buen soporte publicitario a nivel global. Su página web estaba claramente anticuada y carecía de garra, y a través de la llamada que efectué a un amigo averigüé que no tenía ningún anuncio en Internet. Otro par de llamadas me permitieron saber que tampoco contaba con folletos ni vallas publicitarias. Me pregunté si mostraría una buena disposición ante ese tipo de propuestas, procurando no hacerme demasiadas ilusiones.

La llamada que realicé a mi oficina me ayudó en ese sentido, con su saldo de cero mensajes. Fui a recoger a London a la academia de plástica y me enseñó, muy orgullosa, un cuenco que había hecho. Mientras me dirigía a la puerta, saludé con un gesto a Emily. Ella sonrió y agitó la mano —estaba hablando con la profesora en ese momento—. Después de llevar a London a casa, no sabía cómo invertir las próximas horas antes de la clase de danza. Hacía demasiado calor para llevarla afuera y como ya tenía el día bastante cargado, pensé que quizá quisiera simplemente descansar y jugar un rato.

Al final, decidí prepararle la cena a Vivian. Hojeé unos cuantos libros de cocina, reconociendo que muchas de las recetas estaban fuera del alcance de mis capacidades culinarias. Encontré, con todo, una receta de lubina interesante. Miré en los armarios y comprobé que disponía de la mayoría de los ingredientes. Perfecto. Llevé a London a danza y mientras las alumnas se dedicaban sin duda a decepcionar a la severa señora Hamshaw, fui al supermercado a comprar lo que faltaba. La cena estaba ya medio lista cuando llegó Vivian.

Como tenía que atender el arroz pilaf y el estofado de judías verdes que estaba preparando, no pude salir a recibirla.

—¡Estoy en la cocina! —la llamé, y al poco rato oí sus pasos.

—Caramba —exclamó, acercándose—. Qué bien huele aquí. ¿Qué estás haciendo?

Cuando se lo expliqué, miró el contenido de las cazuelas.

—¿Qué celebramos?

—Nada. Solo se me ha ocurrido probar algo nuevo. Y después de cenar, pensaba que podría sacar la bicicleta para que puedas ver pedalear a London.

Sacó una copa del armario y después el vino de la nevera.

—Mejor mañana ¿de acuerdo? Estoy cansada y London ha tenido un día largo. Parece cansada también.

—Es verdad —reconocí.

Se sirvió una copa.

—¿Cómo le ha ido en el tenis?

—Más o menos igual que las demás. Como era el primer día, han aprendido las cosas fundamentales, como coger bien la raqueta. Había un par de niñas del barrio, así que parecía contenta.

—Creo que el tenis será algo beneficioso para ella. Es un deporte muy bueno para relacionarse con la gente.

—Y las niñas se ven muy monas con esos pantalones cortos, también es verdad.

—Ja, ja, ja. ¿Y la clase de plástica y la de danza?

—En la de plástica se ha divertido, pero la de danza me parece que no le gusta mucho.

—Espera un poco. En cuanto empiece con los concursos, le va a encantar.

Me pregunté quién se imaginaba Vivian que iba a llevarla a los concursos, pero omití plantearlo en voz alta.

—¿Has podido ir al gimnasio?

—Sí, a la hora de la comida —respondió—. Ha sido estupendo. Después me he sentido de maravilla por la tarde.

—Me alegro —dije—. ¿Y qué tal te ha ido el día?

—No ha tenido ni punto de comparación con la semana pasada, desde luego. Las cosas están más calmadas en la oficina. Hasta he tenido tiempo de sentarme a mi mesa y disfrutar de un respiro.

—Yo he tenido un día bastante interesante.

—¿Sí?

—¿Has oído hablar de un individuo llamado Joey Taglieri?

—¿Te refieres al abogado? —contestó, frunciendo el entrecejo.

—Al mismo.

—He visto sus anuncios. Los pasan por las mañanas.

—¿Qué te parecen?

—¿El qué?

—Los anuncios.

—No recuerdo gran cosa. ¿Por qué?

Le expliqué de qué habíamos hablado y la investigación que había realizado después.

—¿Seguro que te conviene ir por ese lado? —preguntó con tono escéptico.

—¿Qué quieres decir?

—¿No crees que es un poco vulgar eso de los anuncios de abogados? Peters dejó de trabajar para ellos porque otros clientes no lo veían con buenos ojos.

—Sí, pero tampoco es que yo tenga otros clientes de los que preocuparme. Solo quiero tener algo con qué empezar. Y no cabe duda de que gastan mucho dinero en publicidad.

—Sí, ya. Si crees que eso es lo mejor… —accedió, tomando un sorbo de vino.

Aunque no se trataba de un respaldo entusiasta, como parecía estar de mejor humor que los días anteriores, me aclaré la garganta.

—¿Has encontrado alguna guardería para London?

—¿Cuándo he tenido tiempo para eso?

—¿Quieres que empiece yo a buscar algunas recomendaciones?

—No —declinó, molesta—. Me encargaré yo. Es que…

—¿Qué?

—No sé si deberíamos inscribirla ahora. Tendría que dejar el piano, el tenis y la plástica, y hasta ahora has conseguido llevarla a todas las actividades.

—En la guardería también tienen actividades.

—Solo digo que con lo disgustada que estuvo el sábado por la noche, no estoy segura de que sea una buena idea. La escuela empieza dentro de poco, de todas formas.

—No es poco —protesté, después de efectuar un rápido cálculo—. Son cinco semanas más.

—Estamos hablando de nuestra hija, de lo que es mejor para ella. Una vez que empiece en la escuela, tendrás tiempo de sobras para concentrarte en tu negocio. Solo tienes que seguir como ahora y cuando tengas una entrevista, la dejas en casa de tu madre.

—Mi madre no puede ocuparse de London todos los días. Me dijo que tiene otras cosas que hacer.

—¿Ah, sí? ¿Por qué no me lo dijiste?

«Porque no me has hecho el menor caso en toda la semana y tampoco me preguntaste nada de mi trabajo.»

—La cuestión no es mi madre, Vivian. Yo intentaba hablar contigo de la guardería.

—Ya te he oído y he captado el mensaje. Tú piensas que aparcar a tu hija con una pandilla de desconocidos es perfecto para que así tú estés libre para hacer lo que quieras.

—Yo no he dicho eso.

—No hacía falta. Viene a ser lo mismo. Eres un egoísta.

—No soy egoísta.

—Por supuesto que sí. Es nuestra hija y está pasando un momento malo.

—Solo fue una vez —precisé—. Le dio una pataleta porque tú no viniste a dormir a casa.

—No. Estaba disgustada porque todo su mundo ha cambiado, y ahora tú quieres empeorar las cosas. No entiendo cómo puedes pensar que sea bueno dejarla aparcada. ¿No te gusta estar con ella?

Noté que se me tensaba la mandíbula y respiré hondo, tratando de no alterar el tono.

—Claro que me gusta. Pero tú dijiste que tendría que ocuparme de ella durante una semana, dos como mucho.

—¡También dije que quería hacer lo que fuera mejor para nuestra hija! No he tenido tiempo de encontrar el centro adecuado, y para cuando lo encuentre y la hayamos inscrito, estará a punto de empezar la escuela y no tendrá sentido.

—De todas maneras, necesitará un sitio adonde ir después de la escuela —señalé.

—Hablaré con London del tema, ¿vale?

—¿Qué vas a hablar con ella de la guardería?

—Supongo que tú no lo has hecho. No sé qué le parecerá.

—Tiene cinco años —destaqué—. No sabe lo suficiente como para tener formada una idea sobre las guarderías.

—¡Mamá! Tengo hambre.

Me volví y vi a London en el umbral de la puerta. A raíz de la mirada de disgusto que me asestó Vivian, comprendí que, al igual que yo, se preguntaba cuánto tiempo llevaba allí escuchando.

—Hola, cariño —dijo Vivian, cambiando inmediatamente el tono de voz—. La cena estará a punto dentro de unos minutos. ¿Me quieres ayudar a poner la mesa?

—Vale —aceptó London.

Vivian se desplazó hacia el armario y luego puso la mesa con London. Yo serví la comida y la llevé al comedor. Después de tomar unos bocados, London me sonrió.

—La cena está muy rica, papá.

—Gracias, cariño —dije, un poco reconfortado por el elogio.

Aunque mi matrimonio con Vivian se tambaleara un poco en ese momento y mi negocio no avanzara, por lo menos estaba aprendiendo a cocinar, pensé.

Tampoco me alegré mucho, sin embargo.

10

Algunos progresos

Los veranos de mi niñez fueron la época más gloriosa de la vida. Como mis padres creían en un tipo de educación no intervencionista, que dejaba un amplio espacio de libertad, yo salía de casa antes de la diez y no volvía hasta la hora de cenar. Entonces no había móviles para seguirle la pista a uno y siempre que mi madre llamaba a la puerta de una vecina para preguntar por mí, por lo general esta no solo ignoraba dónde estaba yo, sino también dónde estaba su propio hijo. En realidad, para mí, solo había una regla: tenía que estar en casa a las cinco y media, puesto que a mis padres les gustaba que cenáramos todos juntos.

No recuerdo muy bien en qué invertía el tiempo aquellos días. Tengo recuerdos en forma de instantáneas en los que construía fuertes o jugaba a Tarzán trepando por las estructuras de los columpios o corría detrás de una pelota de fútbol intentando marcar gol. También recuerdo que jugaba en el bosque. Por aquel entonces, nuestra casa estaba rodeada de campo y mis amigos hacíamos batallas con terrones de tierra; cuando teníamos escopetas de aire comprimido, nos podíamos pasar horas disparando contra latas y también disparándonos entre nosotros alguna que otra vez. Me pasaba horas explorando el territorio en bicicleta y podían transcurrir semanas enteras en que me despertaba por las mañanas sin tener nada programado que hacer.

En el barrio había algunos niños que no llevaban la misma existencia despreocupada, desde luego. Iban a campamentos o participaban en ligas veraniegas de diversos deportes, pero en esa época, esa clase de chicos eran una minoría. Hoy en día, los niños tienen horarios que cumplir de la mañana a la noche —y London no era una excepción— porque los padres así lo exigen.

No acabo de entender cómo ha ocurrido esto ni por qué. ¿Qué originó ese cambio de perspectiva de los progenitores de mi generación? ¿La presión de los otros padres? ¿La pretensión de vivir de manera indirecta a través de los logros de los hijos? ¿De ir preparando un currículum para el instituto? ¿O se debía al simple temor de que si dejaban que los chiquillos descubrieran el mundo por sí mismos se torcieran las cosas?

No lo sé.

Lo que sí creo, sin embargo, es que con esa transformación se perdió algo: el puro gozo de despertar por la mañana sin tener absolutamente nada que hacer.

—¿Que qué tienen de malo los anuncios? —repitió Joey Taglieri como un eco a mi pregunta.

Era el martes por la mañana, durante la segunda clase de tenis. Vivian se había ido por la mañana sin dirigirme la palabra, todavía enfadada conmigo.

—Que son aburridos —se respondió a sí mismo—. Solo salgo yo, hablando a la cámara dentro de un despacho repleto de cosas. Jolín, si hasta a mí me entra sueño mirándolos, y eso que me cuestan un ojo de la cara.

—¿Qué le gustaría cambiar de ellos?

—Cuando era niño, vivimos unos años con mi familia en California del Sur, cuando mi padre todavía estaba en los marines. No me gustaba nada California, por cierto, y a mi madre tampoco. En cuanto se jubiló mi padre, volvimos a instalarnos en Nueva Jersey. Mis padres eran de allí. ¿Ha estado alguna vez en Nueva Jersey?

—Creo que cogí un avión en el aeropuerto de Newark un par de veces.

—Eso no cuenta. Y tampoco se crea todas esas barbaridades que ve en los programas de telerrealidad sobre Nueva Jersey. Es un sitio estupendo. Yo criaría a mi hija allí si pudiera, pero a su madre le gusta vivir aquí y aunque es una arpía, como madre es bastante buena. Bueno, volviendo a lo de California, allí había un vendedor de coches llamado Cal Worthington. ¿Ha oído hablar de él?

—No me suena.

—El viejo Cal Worthington tenía unos anuncios fantásticos. Siempre salía él con su perro *Spot*... pero lo más extraordinario era que *Spot* podía ser cualquier animal, como un mono, un león, un elefante o lo que fuera. Una vez hasta pusieron una ballena asesina. La publicidad del viejo Cal tenía una musiquilla animada que era imposible olvidar, con una letra que decía: «Vayan a ver a Cal, Vayan a ver a Cal, Vayan a ver a Cal». Fíjese, yo tenía ocho años, me importaban un comino los coches y aun así quería ir al concesionario solo para conocer al dueño y ver algún animal exótico. Ese es el tipo de anuncio que yo quiero.

—¿Quiere incluir elefantes en sus anuncios? ¿Y ballenas asesinas?

—Por supuesto que no. Pero sí quiero algo que la gente recuerde, algo que incite a la persona que ha sufrido un accidente a levantarse de la tumbona y decirse «Tengo que ver a ese tipo. Quiero que sea él quien me represente».

—El problema está en que los anuncios legales están regulados por el colegio de abogados.

—Hombre, eso ya lo sé. También sé que Carolina del Norte tiene una tendencia bastante tolerante en lo que a publicidad se refiere. Usted que está en el sector ya debe de saberlo.

—Sí —confirmé—, pero existe una diferencia entre contar con los servicios de un abogado profesional y competente digno de confianza y los de un vulgar picapleitos carroñero.

—Eso mismo les dije yo a esos idiotas que hicieron el anuncio, y aun así, volvieron a salir con otro que un poco más y te deja en coma. ¿Los ha visto alguna vez?

—Desde luego. Y francamente, no son tan malos.

—¿No? ¿Entonces cuál es el número de teléfono del despacho?

—¿Cómo dice?

—El número de teléfono del despacho. Siempre sale en la pantalla. Si los anuncios son tan fantásticos, ¿a ver, cuál es el número?

—No lo sé.

—Pues eso. Ahí está el problema.

—Seguramente la gente se acuerda de su nombre.

—Sí. Y ahí viene el problema siguiente. Taglieri no es un apellido muy sureño, que digamos, y eso podría hacer desistir a más de uno.

—Con eso del apellido no se puede hacer gran cosa.

—No me malinterprete, yo estoy orgulloso de mi apellido. Solo estoy señalando otro problema que tengo con los anuncios. Se destaca mucho mi apellido y muy poco el número de teléfono.

—Ya veo —dije—. ¿Y qué le parecería recurrir a otras variantes de publicidad, como vallas publicitarias, páginas web, anuncios en Internet o en la radio?

—No sé, no lo he pensado bien. Aparte, tampoco puedo invertir mucho más dinero.

—Sí, claro —concedí, intuyendo que sería contraproducente seguir haciendo preguntas.

Vi que, en la pista, London trataba de practicar la volea con otra niña, aunque se pasaban el rato recogiendo la pelota.

—¿A qué se dedica su mujer? —preguntó Joey al cabo de poco.

—Trabaja de relaciones públicas —respondí—. Acaba de empezar a trabajar para uno de los grandes constructores de la región.

—Ninguna de mis mujeres trabajaban. Yo trabajo demasiado, claro. Será eso de que los contrarios se atraen. ¿Le dije que siempre hay que firmar un acuerdo prenupcial?

—Sí.

—Eso impide sufrir las torturas económicas que les gusta infligir a las representantes del sexo débil.

—Parece cansado de ellas.

—Al contrario, me encantan las mujeres.

—¿Se volvería a casar?

—Por supuesto. Soy un ferviente partidario del matrimonio.

—¿De veras?

—¿Qué quiere que le diga? Soy un romántico.

—¿Y qué pasa, entonces?

—Tiendo a enamorarme de las locas, eso es lo que pasa.

Me eché a reír.

—Me alegro de no tener ese problema.

—¿Usted cree? No deja de ser una mujer.

—¿Y?

Tuve la sensación de que Joey trataba de leerme el pensamiento.

—Bueno, si usted está contento, me alegro —concluyó.

El miércoles por la tarde, después de la clase de danza, London se subió al coche, como era de prever, con aire abatido.

—Esta noche, como mamá no está, ¿qué te parece si comemos pizza para cenar?

—La pizza no es buena.

—Si no se come todo el tiempo, no pasa nada. ¿Cuándo comiste pizza por última vez?

—No me acuerdo —contestó, después de pensarlo—. ¿Cuándo va a volver mamá?

—Estará en casa mañana, cariño.

—¿Podemos llamarla?

—No sé si estará ocupada, pero le mandaré un mensaje, ¿vale?

—Vale —dijo.

En el asiento de atrás, parecía más pequeña que de costumbre.

—¿Y si vamos a comer pizza los dos de todas formas? Y después, paramos a comprar helado.

Aunque no dijo que sí, tampoco dijo que no, de modo que acabamos en un sitio donde hacían una pizza de pasta fina bastante buena. Mientras esperábamos, Vivian llamó, y luego London se fue alegrando. Cuando llegamos a la heladería, estaba charlando animadamente. Pasó casi todo el trayecto hacia casa hablando de su amigo Bodhi y del perro de este, *Noodle*, y explicó que la había invitado a su casa para enseñarle su sable de luz.

Lo primero que se me ocurrió era que mi hija era demasiado pequeña para que ningún niño le enseñara su sable de luz. Un instante después, se me ocurrió pensar que quizá esa era la oportunidad que había sugerido Marge de encontrar al amiguito con quien dejarla para jugar y que el sable de luz no era una metáfora sino un juguete inspirado en las películas de *La guerra de las galaxias.*

Una vez en casa, London subió corriendo para ver al *Señor* y la *Señora Sprinkles* y aunque yo preveía que se iba a quedar arriba un rato, apareció en el salón al cabo de unos minutos.

—¿Papá?

—¿Qué, cariño?

—¿Podemos volver a practicar con la bici?

Reprimí un gruñido. Estaba cansado y tenía unas ganas enormes de quedarme apoltronado en el sofá.

—Claro que sí —acepté en cambio.

Mientras me levantaba, me acordé de repente de que Vivian había dicho que quería verla ir en bici la noche anterior, pero debió de haberse olvidado.

¿Verdad?

London dio tres vueltas por sí sola. Aunque se tambaleaba, conseguía recobrar el equilibrio, e incluso durante las otras vueltas, la tuve que ayudar menos que en otras ocasiones. En las rectas, apenas toqué la bicicleta. Como iba ganando en confianza, iba más deprisa, y al final yo acabé jadeando y sudando, con la camiseta completamente empapada.

—¿Y si tú te bañas arriba mientras yo me ducho abajo? —propuse.

No sabía cómo iba a reaccionar, puesto que durante la ausencia anterior de Vivian la situación degeneró bastante. Esa noche aceptó sin más.

—Vale, papá.

Me lavé y cuando llegué a su habitación, estaba sentada en pijama en la cama, con el cepillo y el espray para el pelo al lado. Una vez que la loción para desenredar hubo actuado, la acabé de peinar y me recosté en la cabecera.

Le leí el fragmento de las parejas de animales del Arca de Noé y otros libros. Luego le di un beso de buenas noches y cuando iba a apagar la luz, volví a oír su voz.

—¿Papá?

—¿Qué?

—¿Qué es la guardería? Os oí a ti y a mamá hablando de eso.

—La guardería es un sitio al que van los niños cuando trabajan sus padres, para que otras personas mayores los cuiden.

—¿Como una casa?

—A veces sí, aunque otras pueden estar en un edificio alto. Tienen juguetes y hacen actividades, y a muchos niños les gusta porque siempre hay algo divertido que hacer.

—Pero a mí me gusta estar contigo y con mamá.

—Ya lo sé, y a nosotros también nos gusta estar contigo.

—A mamá ya no le gusta.

—Claro que sí. Ella te quiere mucho. Lo que pasa es que tiene que trabajar.

—¿Por qué tiene que trabajar?

—Porque necesitamos dinero para vivir. Sin dinero, no podríamos comprar comida, ni ropa, ni juguetes, ni siquiera al *Señor* y la *Señora Sprinkles.*

Se quedó pensativa un momento.

—Y si los devuelvo a la tienda, ¿podrá dejar de trabajar mamá?

—No, cariño. No es así como funciona. —Dudé un instante—. ¿Estás bien, amor? Pareces un poco triste.

—Mamá se ha vuelto a ir. No me gusta cuando se va.

—Ya lo sé, y también sé que ella preferiría estar aquí contigo.

—Cuando tú trabajabas, siempre venías a casa.

—Es que son trabajos diferentes. Ella tiene que trabajar a veces en otras ciudades.

—A mí no me gusta.

«A mí tampoco», pensé. Como no podía hacer gran cosa más, le rodeé la cintura con el brazo y cambié de tema.

—Hoy has hecho muchos progresos con la bicicleta.

—Iba superrápido.

—Sí, rapidísimo.

—Y a ti te costaba seguirme.

—A papá no le vendría mal hacer más ejercicio. Pero me alegro de que lo hayas pasado bien.

—Cuando se va deprisa es más divertido.

—¿Es más divertido que… las clases de piano? —pregunté, haciéndole un poco de cosquillas al final de la pregunta.

—Sí —contestó con una risita.

—¿Es más divertido que… el tenis?

—Sí.

—¿Es más divertido que… la danza?

—Sí.

—¿Es más divertido que… la plástica?

—Sí. —Soltó otra risita—. Pero no es más divertido que Bodhi.

—¡Bodhi! Ir en bici es muchíiiisimo más divertido que Bodhi.

—No, no. Bodhi es muchíiiisimo máaas divertido.

—No, no, no.

—Sí, sí, sí —insistió, entre risas—. ¡Y quiero ir a su casa!

Para entonces, yo reía también.

—Ah, no —dije—. Yo creo que eres muuuuy pequeña para ir a casa de Bodhi.

—No, no soy pequeña. ¡Soy mayor!

—No sé...

—Sí, sí, sí. Ya soy mayor para ir a casa de Bodhi.

—Bueno —cedí—, quizá le pregunte a su madre.

Me colgó los brazos al cuello con expresión radiante.

—Te quiero, papá.

—Yo también te quiero, chiquitina.

—No soy chiquitina.

—Siempre serás mi chiquitina —afirmé, estrechándola con fuerza.

Una vez hube apagado las luces del cuarto de London, consciente de que había llegado el momento en que ya no podía seguirle el ritmo, fui al garaje y saqué mi bicicleta fuera. La tenía desde hacía años y, al igual que la de London, estaba descuidada pero no estropeada. La limpié y le puse aceite, lubricante en el piñón e inflé los neumáticos antes de probarla.

Después de comprobar que funcionaba bien, volví a casa y coloqué mi ordenador encima de la mesa de la cocina. A través de YouTube, miré una docena de anuncios diferentes de Cal Worthington y constaté que Taglieri tenía razón: la música era pegadiza y el viejo Cal siempre aparecía con su perro *Spot*, que resultaba ser un animal exótico. Aunque los anuncios eran ciertamente memorables, no pasaban de ser ingeniosos productos de publicidad populachera. No era de extrañar que a un niño le dieran ganas de conocer a ese vendedor de coches, pero yo dudaba que inspirasen la confianza necesaria para atraer clientes a un gabinete de abogados.

Volví a mirar los anuncios de Taglieri. A continuación, apunté el número de teléfono en un papel y fui emparejando las letras con los números para ver si podía encontrar una o dos palabras que hicieran más fácil recordar el teléfono. No surgió nada de manera inmediata, pero si añadía un segundo número gratuito, quizá podría hacer algo. Al principio pensé en deletrear simplemente el apellido, pero como este tenía ocho letras y el número era de siete cifras, no funcionaba; incluso en el supuesto, más bien improbable, de que la gente supiera deletrear Taglieri. Quizá podría dar algo la combinación con T-A-G-I-S-I-T o incluso con B-U-L-L-D-O-G, pero no me acababa de gustar. Ya se me ocurriría algo mejor.

Aunque sabía que el negocio de Taglieri saldría ganando con otras variantes de publicidad, me centré primero en los anuncios de televisión porque sabía que ese era un lenguaje que él comprendía. ¿Cómo podía mejorarlos y transformarlos de tal manera que se decidiera a cambiar de agencia? Pasé un par de horas anotando diversas ideas hasta que empezaron a cobrar forma: renunciar a la oficina y al traje y mostrar a Taglieri fuera de los juzgados, en suéter, con aspecto de ciudadano íntegro, de persona implicada en el funcionamiento de la sociedad. El texto sería parecido, pero más... familiar, con un tono y un aire más desenvueltos.

Aunque era distinto sin duda, tampoco llegaba al nivel de Cal Worthington. Quizá se debiera a que estaba cansado, pero mientras seguía elaborando diversos eslóganes e ideas para las imágenes, no paraban de ocurrírseme cosas esperpénticas. ¿No quería algo bien llamativo? ¿Y si se vistiera de superhéroe y entrara a saco en las sucursales para arrebatar el dinero a los malvados agentes de seguros? ¿O si lo envolviera con la bandera americana con imágenes de águilas calvas para demostrar lo digno de confianza que es? O podría ponerlo a hacer cosas curiosas, como partir tacos de madera igual que un experto karateka, para dar a entender que está dispuesto a hacer lo que haga falta para ganar.

Mientras las imágenes desfilaban en mi cabeza, de vez en cuando me echaba a reír, y ni por asomo me imaginaba utilizándolas. La creatividad y la originalidad estaban muy bien, pero las personas que habían sufrido un accidente no eran las más indicadas para apreciar las astracanadas. Ellos querían experiencia, tenacidad y confianza. Entonces se me ocurrió que en lugar de tratar de incluir todo eso en un único anuncio, tal vez se podrían plasmar aquellos conceptos de manera separada en una serie de anuncios...

Noté cómo el corazón me empezaba a latir con fuerza, al comprender que podía ser una buena idea. Habría que ver si a Taglieri le iba a interesar algo así. Si lograba convencerlo para tener una charla comercial con él, debería tener a punto un esbozo de al menos dos o tres anuncios. El primero tendría reminiscencias del anterior, pero ¿y el segundo y el tercero?

Tenían que ser diferentes. Mientras que uno sería corto, el otro debería vivirse como un acontecimiento especial, ser de esa clase de anuncios que solo se pasan de vez en cuando y casi cuentan una historia...

Con los motores a pleno rendimiento, partiendo del germen de una idea, seguí desarrollándola durante un par de horas más, como si juntara las piezas de un rompecabezas.

En cuanto al tercer anuncio —el corto, basado en el humor y centrado en un solo concepto—, la idea me vino a la mente justo cuando apagaba el ordenador. Como por arte de magia, al cabo de unos minutos en mi cerebro empezó a surgir otra más, en un encadenamiento fluido de creatividad.

Una hora más tarde, apagué la luz satisfecho conmigo mismo y, aunque tardé un poco en conciliar el sueño, después dormí mejor de lo que había dormido en semanas.

—¿O sea que quiere lanzarse a una campaña de prueba, y yo soy el bobo que ha elegido para eso?

Era jueves por la mañana. Joey iba vestido ese día con pantalón corto y camiseta, igual que yo, y aun así sudaba a mares.

—Yo no lo expresaría así.

—Ya sabe que soy un hombre muy ocupado, ¿verdad? No sé si podría asumir más trabajo.

Ese era un motivo bastante novedoso para rehusar mis servicios, al que no sabía cómo responder. Él debió de percatarse de mi expresión, porque se echó a reír.

—Era broma. Tengo que conseguir que entre la mayor cantidad de gente posible a mi oficina para poder encontrar esas pepitas que realmente sirven para pagar las facturas. Tengo tres asociados y tres ayudantes, y eso representa muchos gastos. Mi especialidad legal se ha convertido en un negocio de volumen últimamente, aunque eso implique hacer la criba entre todos los chalados que se presentan para encontrar un caso que realmente reporte. Para eso necesito que la gente llame a la oficina y entre por la puerta.

—Por eso mismo le estoy hablando. Yo puedo serle de ayuda.

—¿Cuánto tardaría en montar algo?

—Ya he concretado algunas ideas —admití—. Tardaría muy poco en tenerlo todo a punto.

Me miró de arriba abajo.

—De acuerdo. El lunes por la tarde, a la una. El resto de la semana estaré en los tribunales, y la otra semana también.

Me costó hacerme a la idea de que tendría que esperar tanto tiempo, aunque eso representara que iba a estar abrumado de trabajo durante los tres días siguientes.

—A la una —acordé.

—Pero debe tener presente una cosa.

—¿Qué?

—No me haga perder el tiempo. No soporto que me hagan perder el tiempo.

Esa tarde me puse a trabajar, consciente de que la presentación tenía que ser lo más informativa posible, dotada de detalles más concretos que las que había realizado la semana anterior. Aunque iba a presentar un plan que incluía una amplia campaña en diversos medios de comunicación, empecé con los anuncios de televisión porque Taglieri parecía más interesado en ellos. Primero elaboré el texto y una vez terminados los primeros borradores, comencé a cortar y pegar imágenes genéricas sacadas de Internet, a fin de que Taglieri pudiera seguir la sucesión de los anuncios tal como los imaginaba yo. Mientras trabajaba, London jugaba tranquilamente con las Barbies, y yo la veía desde la mesa de la cocina.

Vivian llegó a las cinco y pico. Le conté un poco lo que había hecho ese día y después se fue un rato con London y preparó la cena. Hasta que no acosté a London, no tuvimos un momento para estar solos. Encontré a Vivian hojeando una revista en el sofá, con una copa de vino casi vacía al lado.

—¿Se ha dormido sin problema?

—Estaba cansada. Hoy solo hemos mirado un par de libros.

—¿Cómo va tu trabajo?

—Me falta mucho, pero conseguiré acabarlo.

—Me he fijado, al aparcar, en que has arreglado tu bicicleta.

—Es para poder ir juntos con London.

—Me ha dicho que volvisteis a practicar con la bici.

—Ella sí. Yo solo corrí y casi me muero. Por eso he puesto a punto mi bicicleta. London hace muchos progresos y ya no puedo ir a su lado.

—Tiene mucha energía.

—Sí.

Pasó una página.

—Llamé a algunas guarderías mientras estaba fuera.

—¿Ah, sí? —pregunté con una mezcla de asombro y alivio, combinada con un sentimiento de culpa que no había previsto. La conversación que habíamos tenido sobre la cuestión me llevó a creer que nunca llamaría—. ¿Tuviste tiempo?

—Lo hice cuando Walter estaba reunido con el senador Thurman. Solo fueron llamadas preliminares. No fijé ninguna cita, porque aún no conocía la programación de los viajes que voy a hacer la semana próxima.

—¿También vas a viajar la semana que viene?

—Creo que sí, pero todavía no sé qué días.

—¿Cuándo crees que lo sabrás?

—Mañana, espero, aunque no estoy segura. Te lo diré en cuanto lo averigüe.

No entendía cómo Spannerman podía considerar que era justo para sus empleados precisar en el último momento las noches en que iban a dormir fuera de casa, pero de todas formas, la experiencia que yo había tenido con él me indicaba que seguramente le tenía sin cuidado.

—¿Qué te han dicho en las guarderías?

—No he hablado mucho con ellos. Solo quería tener una idea de las actividades que hacen, cuántos niños hay y cosas así.

—¿Te han dado buena impresión?

—Sí. Las personas con las que he hablado eran concienzudas, pero ellos mismos me han dicho que no podía formarme una idea del sitio sin ir a visitarlo.

—Es verdad —dije—. ¿Y cómo fue el viaje, por cierto?

—Productivo. Además de con el senador, Spannerman se reunió con otros dos representantes y nuestro hombre en el Senado. Ahora que el grupo de presión tiene más financiación, es mucho más fácil concertar entrevistas con las personas que nos convienen.

—No me extraña.

Vivian se encogió de hombros.

—Así que comisteis pizza anoche, ¿eh? ¡Y helado!

—Quería que disfrutara un poco. Estaba algo alicaída después de la clase de danza.

—Le gustará más cuando empiece a participar en los concursos. A mí fue entonces cuando me empezó a gustar.

—¿Ibas a clase de danza?

—Ya te lo había dicho.

«No que yo recuerde.»

—¿Cuánto tiempo fuiste?

—No sé —respondió, sin dejar de hojear la revista—. Dos o tres años. ¿Qué más da?

—Bueno, era solo por charlar.

—No tiene importancia. Mi profesora no era ni la mitad de buena que la de London. Ojalá hubiera tenido a alguien como ella. Seguramente habría continuado más tiempo. —Cogió la copa—. ¿Me podrías poner media más? Estoy agotada y quiero dormir bien esta noche, más teniendo en cuenta que te prometí compensarte por nuestra velada de pareja.

—Sí, claro —dije, contento de que se acordara.

Me levanté del sofá, fui a la cocina y volví con media copa de vino. Cuando llegué, Vivian había puesto un programa de telerrealidad y aunque permanecimos sentados en el sofá durante una hora más, se parapetó en el silencio, limitándose a ver la tele y hojear la revista, como si yo no estuviera allí.

El viernes por la mañana, en cuanto me desperté, estaba pensando ya en la presentación. Salí de la cama en cuestión de minutos y, tal como había hecho el día anterior, estuve trabajando en la mesa de la cocina hasta la hora de ir a la clase de plástica. Mientras London pintaba, entré en la cafetería y me quedé tan absorto que perdí la noción del tiempo. De repente, me di cuenta de que la clase de London ya había terminado.

¡Uy!

Cogí las cosas y me dirigí a toda prisa a la academia. Entonces vi con alivio a London y a Bodhi con las cabezas pegadas en un rincón. Iba a llamarla cuando me percaté de que Emily me observaba como si le hiciera gracia la escena.

—Hola, Russ.

—Ah, hola Emily. ¿Todavía estás aquí?

Me sonrió con expresión relajada.

—Te he visto en la cafetería hace unos minutos y parecías muy concentrado en lo que hacías. Como no aparecías, he pensado que lo mejor sería que vigilase a London mientras tanto.

—No tenías que molestarte —dije.

—No te preocupes. Mi hijo estaba encantado de que llegaras tarde.

—¿Dónde está?

—¿Mi hijo? —Señaló hacia London—. Está hablando con tu hija.

Tendría que haber advertido el parecido, supongo. Ahora que lo sabía, lo percibía claramente.

—¿Bodhi es tu hijo?

—Qué pequeño es el mundo, ¿eh? Qué bonitos son a esta edad, ¿verdad? —comentó mirándolos—. Son tan... inocentes ¿no?

—Yo pensaba lo mismo.

—¿No habéis traído los hámsters?

—¿Tenía que traerlos?

—No que yo sepa —contestó, riendo—. Pero a Bodhi le encantan el *Señor* y la *Señora Sprinkles*. Desde que London los trajo, no para de pedirme que compremos unos hámsters también.

—Lo siento. Por si te sirve de algo, te diré que London quiere jugar con *Noodle* y ver el sable de luz de Bodhi.

—No me hables del sable de luz. Bodhi lleva ese trasto a todas partes. Se puso a llorar porque no le permití llevarlo a la iglesia el fin de semana pasado. ¿Qué tal te va el trabajo?

—Bien. Espero terminarlo este fin de semana. ¿Y tú cómo vas con la pintura?

—Me ha costado recuperar el ritmo. Van a ser dos años duros, supongo.

—Sí, claro. Aún no he podido pasar por la galería para ver tus cuadros.

—No lo esperaba. Me parece que entre el trabajo y London, estás muy ocupado todos los días. London tiene unos horarios cargados: danza, piano, plástica y ahora tenis. ¿Qué quieres que te diga? —exclamó al ver mi expresión de sorpresa—. Bodhi habla continuamente de ella. Quiere que concertemos una cita para que jueguen juntos.

—London también, pero, para serte sincero, no tengo la menor idea de cómo se concierta eso.

—No es tan complicado, Russ —dijo con cierta guasa—. Nosotros hablamos del asunto, preguntando por ejemplo: ¿qué horarios tiene la niña? ¿Tiene una franja de tiempo libre el lunes por la tarde? ¿Puede venir a casa?

En cuanto lo dijo, supe que sería lo ideal, pero...

—¿Tienes prevista otra cosa? —preguntó al ver que no respondía.

—No, no es eso. En realidad, tengo una cita de trabajo a la una.

—Entonces es perfecto. Yo puedo recogerla aquí y llevármela a casa. Le daré la comida y los dejaré divertirse hasta que vengas a recogerla.

—Casi me harás de niñera, yo estaré trabajando.

—Eso se llama coincidencia. Perfilemos los detalles, ¿vale?

—¿Estás segura? Es que me siento como si estuviera aprovechándome de ti.

—No has cambiado mucho, veo —comentó con una carcajada.

—¿Qué quieres decir?

—Que te preocupas demasiado por cosas que no merecen la pena. ¿Crees que si yo tuviera algo que hacer, no buscaría a alguien que se ocupara de Bodhi?

—Gracias —dije—. Será de gran ayuda para mí.

—Me alegro, y Bodhi estará encantado. Estará nerviosísimo todo el fin de semana, claro, así que tendré que soportarlo. Y hablando del rey de Roma, por aquí asoma.

Los miré mientras se acercaban dando brincos.

—Mamá, ¿podemos ir a comer al Don Pollo? —preguntó Bodhi.

—Sí, claro —contestó Emily.

—¡Papá! —London me tiró de la manga—. ¿Podemos ir nosotros también?

—¿Quieres ir al Don Pollo?

—Sí, por favor —rogó.

Noté que Emily esperaba mi respuesta, pero no pude discernir si le apetecía o no que los acompañáramos.

—Sí, podemos ir —acepté.

El Don Pollo estaba lleno. London y Bodhi se fueron corriendo a la zona de juegos mientras Emily y yo charlábamos haciendo cola. Después de recoger la comida, llamamos a los niños, que la engulleron en un santiamén antes de volver a jugar.

—Me gusta venir aquí porque así Bodhi se desfoga moviéndose. Ha estado un poco bullicioso desde que se fue su padre. Viene muy poco y para él ha sido duro.

—Lo siento —dije.

—Es así y no se puede hacer gran cosa.

—¿No hay alguna forma de convencer a tu ex para que pase más tiempo con él?

—No veo cómo. Volvió a irse a vivir a Australia el mes de abril. Regresa dentro de dos semanas y estará en la ciudad hasta la tercera o la cuarta semana de septiembre. Tiene algún proyecto importante no sé de qué, y dice que querrá ver a Bodhi lo más posible. Eso es estupendo, pero al mismo tiempo va a trastocar por completo los horarios del niño y, después de eso, no sé cuándo volverá. No sé cómo le sentará que su padre se vuelva a marchar. —Sacudió la cabeza—. Perdona. Me juré a mí misma que no iba a ser una de esas mujeres que no paran de hablar de su ex.

—A veces es difícil no hacerlo, sobre todo cuando hay hijos de por medio.

—Tienes razón, pero no deja de ser aburrido. Jesús, si hasta yo misma me aburro escuchándome. —Juntó las manos encima de la mesa—. Ahora podrías explicarme en qué estás trabajando. Estabas completamente concentrado cuando te he visto.

—Es una presentación para un posible cliente, un abogado. Para mí es importante, porque mi empresa no ha arrancado precisamente como yo quería.

—Estoy segura de que le encantarán tus ideas.

—¿Cómo lo sabes?

—Porque eres inteligente y creativo. Siempre lo has sido. Tienes ese don.

—Yo siempre pensé que tú eras la creativa.

—Por eso nos llevábamos tan bien. —Se encogió de hombros—. Bueno, hasta que acabó.

—¿Cómo va eso de la pintura?

—¿Como profesión te refieres? ¿O cómo acabé dedicándome a esto?

—Ambas cosas. Yo sabía que te apasionaba la pintura, pero decías que pensabas acabar el máster y ponerte a enseñar en alguna escuela.

—Fue cuestión de suerte. Cuando tú y yo rompimos, me quedé un poco trastocada y durante una temporada no hacía más que pintar. Así sacaba todo el dolor y la angustia que sentía, volcándolo en los cuadros. Se quedaron aparcados en el garaje de mis padres, y no sabía qué hacer con ellos. Ni siquiera estaba muy segura de que tuvieran algún valor. Poco tiempo después, conocí a David y mi vida reanudó su curso. Un día me enteré de que se iba a celebrar un festival de arte en Greensboro. Sin pensarlo mucho, decidí alquilar un puesto para exponer y aún no había terminado de montarlo todo, cuando conocí a un galerista. Después de examinar todas mis obras, aceptó de inmediato incluir algunas en una exposición. Al cabo de un mes, se habían vendido todas.

—Es asombroso —dije.

—Sí, fue una cuestión de suerte.

—Fue algo más que suerte. De todas maneras, me hace sentir mal.

—¿Por qué?

—Porque yo fui el causante de todo ese dolor y esa angustia. Lo que te hice sigue siendo lo que más lamento en mi vida.

—Ya te disculpaste por eso hace mucho tiempo —contestó.

—Ya lo sé, pero de todas maneras me arrepiento.

—La culpabilidad es una emoción que no sirve de nada, Russ. Eso es lo que me dice mi madre. Además, yo también habría podido tomármelo mejor.

—Te lo tomaste bien.

—Si tú lo dices... De lo que no me cabe duda es de que mi carrera no habría despegado sin aquella experiencia. Y mi matrimonio tampoco habría durado tanto como duró. Digamos que tenía que aprender a perdonar.

—¿David tuvo una aventura?

—No una, muchas.

—¿Por qué no lo dejaste?

—Por él —respondió, señalando en dirección a Bodhi—. Por malo que fuera como marido, David era también el héroe de Bodhi. Y todavía lo es. —Calló un instante y luego sacudió la cabeza—. ¿Ves? Otra vez estoy hablando de mi ex.

—Es normal.

Guardó silencio un momento.

—¿Sabes qué es lo peor de estar divorciada? Es como si no supiera qué significa ser una persona adulta independiente. Casi pasé de ti a David y ahora me encuentro sola, sin saber qué hacer. Entre el trabajo y Bodhi, no me queda tiempo para salir a fiestas o a tomar algo. Francamente, tampoco tuve nunca mucha afición. Lo que pasa es que... —Advertí un asomo de tristeza en su expresión mientras buscaba las palabras adecuadas—. No es la vida que había imaginado. La mitad del tiempo, me siento como si no fuera yo misma.

—No me puedo imaginar cómo es ser soltero.

—A mí no me gusta, pero créeme, la otra opción es aún peor.

Asentí, sin saber qué decir.

—Lo bueno es que puedo trabajar en casa —añadió, con un suspiro, al cabo de un minuto—. Si no, la situación habría sido más difícil para Bodhi de lo que ya es.

—A mí me parece un niño feliz.

—Por lo general sí, pero de vez en cuando, se viene abajo.

—Creo que eso les pasa a todos los niños. London tiene de vez en cuando rabietas monumentales.

—¿Sí?

Le conté lo ocurrido el fin de semana anterior. Cuando acabé, Emily tenía una expresión dubitativa.

—Un momento. Cuando Vivian llegó a casa, ¿no llevó a London a la granja de los arándanos? —preguntó.

—Dijo que hacía demasiado calor y fueron al centro comercial. A London no pareció importarle. Creo que estaba contenta porque su madre estaba en casa. Todavía se está haciendo a la idea de que Vivian trabaja y yo cuido de ella.

—Por lo que se ve, lo estás haciendo muy bien.

—No estoy seguro. Muchas veces tengo la sensación de que estoy fingiendo.

—Yo también. Es normal.

—¿De verdad?

—Claro. Yo quiero a Bodhi, pero tampoco me levanto con unas ganas tremendas de llevarlo al dentista o ayudarlo a ordenar su habitación o ir corriendo con él de un lado a otro. Eso es normal. Es algo que sienten todos los padres.

—De todas maneras, me parece que no hago lo suficiente. Ayer y esta mañana estuve trabajando y la he dejado sola. La vigilaba, claro, pero no es lo mismo que acompañarla.

—No seas tan duro contigo mismo. Estoy segura de que ella lo vivió bien. Además, con el tiempo irás mejorando para llegar a un equilibrio entre el trabajo y la paternidad. Fíjate, hoy has concertado con éxito la primera cita para jugar en casa de un amigo.

—Gracias —dije—. La recogeré en tu casa en cuanto termine.

—Fantástico. Pero te estás olvidando de algo...

—¿De qué?

—Necesitarás mi dirección ¿no? Y mi número de teléfono. —Sacó el móvil—. Dame tu número y te lo enviaré todo.

Acababa de dárselo cuando los niños llegaron a la mesa.

—Hola, mamá. Ya hemos terminado —anunció Bodhi.

—¿Lo habéis pasado bien?

—Hemos subido hasta arriba de todo.

—Ya lo he visto. Se te da muy bien eso de trepar. ¿Sabes una cosa? London vendrá a casa el lunes a conocer a *Noodle*.

A los dos se les iluminó la cara.

—¿De verdad? ¡Gracias, mamá! ¿Puede traer al *Señor* y la *Señora Sprinkles*?

Emily me consultó mudamente y yo levanté las manos.

—Tú decides, tenemos una jaula para desplazamientos.

—¿Por qué no? —contestó Emily—. Seguro que a *Noodle* le encantarán.

Me eché a reír y luego nos despedimos. Mientras caminábamos hacia el coche con London, pensé con un punto de desasosiego que había ido a comer con Emily, cosa que no había hecho con Vivian desde hacía mucho tiempo, y que la conversación había sido francamente animada y fluida.

Seguramente le estaba dando demasiada importancia, ¿o no?

11

Y después quedó uno

Emily me había dicho que la culpabilidad era una emoción que no servía de nada, pero yo no estoy tan seguro. Aunque comprendí lo que quería ilustrar —que no servía para cambiar el pasado—, lo cierto es que para mi madre fue muy útil como herramienta educativa. «Termínate el plato, que hay gente muriéndose de hambre en el mundo» era una de las expresiones que usaba a menudo, sobre todo cuando servía el plato sorpresa de las sobras, así lo llamábamos. Todo lo que había quedado en la nevera lo cocinaba junto el fin de semana, en estofado o como una lasaña, y Marge y yo nos quedábamos maravillados de que se pudiera ingerir a la vez buey adobado y fettucini con pollo sin que nos dieran ganas de vomitar. Otras frases habituales eran «Si de verdad te importara tu familia, sacarías la basura» o «Quizá algún día quieras a tu madre lo suficiente como para barrer el porche». Resultaban muy eficaces, porque yo me quedaba muy contrito pensando cómo podía ser un niño tan malo.

A mi madre no le generaba ningún problema el hecho de utilizar el sentimiento de culpa como herramienta para controlarnos, y he de confesar que, a veces, me gustaría ser más de ese estilo de personas. Desearía ser capaz de perdonarme a mí mismo y olvidar las cosas; pero, si realmente quería cambiar, ¿por qué no lo hacía? En una ocasión, cuando London apenas caminaba, la llevé a un camino junto al parque. No anduvimos mucho, pero cuando aún estábamos en la mitad, noté que se estaba cansando y vi un tocón de un árbol para sentarnos.

Al cabo de unos segundos, la oí llorar y enseguida se puso a chillar como si le doliera algo. La cogí en brazos, alarmado, tratando de averiguar qué ocurría, y entonces vi que tenía hormigas en las piernas.

No eran unas hormigas cualquiera. Eran rojas, especialmente agresivas. Era un auténtico hervidero que mordía y picaba dejando ronchas, y mientras yo las espantaba a manotazos, no paraban de aparecer otras. Tenía hormigas en la ropa, en los calcetines y hasta en los zapatos. En ese instante, la dejé en el suelo y empecé a quitarle la ropa lo más rápido que pude, incluso el pañal. Retiré los insectos, recibiendo un sinfín de picadas en las manos y, mientras ella seguía chillando, la llevé a toda prisa hacia el coche.

No sabía qué hacer. Aquello, como tantas otras cosas, entraba dentro del ámbito de experiencia de Vivian, de modo que conduje como un poseso durante cinco minutos hasta llegar a casa. Llevé a London adentro y Vivian tomó de inmediato el relevo, hablándome con tono áspero a mí pero con suavidad a la niña. La llevó al cuarto de baño, le hizo friegas de alcohol en las picaduras, que ya se le estaban hinchando, le dio un antihistamínico y le aplicó paños fríos en las zonas afectadas.

Tal vez fuera la eficiencia y confianza que demostró lo que hizo que por fin se tranquilizara London. Yo, entretanto, me sentía como un transeúnte en una calle observando las consecuencias de un horrible accidente, asombrado de que Vivian supiera exactamente lo que había que hacer.

Al final, no hubo ninguna secuela. Yo volví al parque y tiré la ropa de London a un cubo de basura, puesto que todavía estaba plagada de hormigas. Las ronchas duraron un par de días, pero London se recuperó pronto. No se acuerda de nada —se lo pregunté— y aunque eso me hace sentir mejor, todavía tengo un sentimiento de culpa cuando me acuerdo de aquel espantoso día. La culpa me ha servido de lección en ese caso: ahora tengo más cuidado para decidir dónde se sienta London siempre que estamos en el campo o en un parque, y eso es algo bueno. Nunca han vuelto a atacarla las hormigas rojas.

La culpa, en otras palabras, no siempre es inútil. Puede impedir que volvamos a cometer el mismo error.

Despues de comer en el Don Pollo con Emily, pasé la tarde trabajando. Para hacerme una idea de cuánto gastaba Taglieri, llamé a un amigo del departamento de ventas de la empresa de televisión. Averigüé que Taglieri estaba pagando unas tarifas muy elevadas por las que le concedían demasiados espacios de escasa audiencia, lo cual era un fastidio para él pero un regalo del cielo para mí. A continuación, me puse en contacto con el responsable del equipo de filmación con el que tenía intención de grabar, ya que había trabajado con ellos anteriormente. Hablamos del tipo de tomas que quería hacer y efectuamos una proyección de precios. Anoté toda esa información en un bloc para tenerla disponible en la elaboración final de la presentación. Después seguí perfilando los textos y efectué algunos ajustes en las imágenes genéricas que había ensamblado. Con ello, casi terminé de bosquejar dos de los anuncios.

Estaba de buen humor con la perspectiva de la velada de pareja para dentro de unas horas, pese a que antes tenía que llevar a London a la clase de danza con la horrible señora Hamshaw. Vivian llegó a casa a una hora razonable y, después de acostar a London, comimos con velas y acabamos subiendo al dormitorio. No obstante, hubo menos magia de la que yo esperaba; Vivian no empezó a relajarse hasta la tercera copa de vino y aunque soy consciente de que el periodo de luna de miel de un matrimonio tiene inexorablemente un final, yo siempre había creído que después de eso venía algo más profundo, un sentimiento de formar un bloque frente al mundo o incluso un sincero agradecimiento mutuo. Por un motivo u otro —tal vez porque notaba un creciente distanciamiento entre nosotros—, la noche me dejó una vaga sensación de decepción.

El sábado por la mañana, Vivian aprovechó su tiempo exclusivo para ella y luego pasó el resto del día con London. Eso me permitió unas horas de tranquilidad para centrarme en otros aspectos de la presentación como la actualización de la página web, la publicidad en Internet, las vallas publicitarias y periodos esporádicos de publicidad en radio. Incorporé una proyección de precios por año para cada sección, especificando mis tarifas y las de los otros proveedores, junto con un cálculo del ahorro que aquello podía representar para Taglieri.

El domingo también trabajé. Terminé por la tarde y quería explicarle a Vivian lo que había estado haciendo, pero ella no parecía de humor para escuchar o para hablar conmigo siquiera, de modo que el resto de la velada estuvo presidido por el mismo ambiente tenso que parecía cada vez más habitual. Aunque comprendía que nuestras vidas habían tomado últimamente rumbos bastante imprevisibles, empecé a dudar, no ya de si Vivian todavía me quería, sino de si le gustaba siquiera.

El lunes por la mañana, antes de que London se despertara, fui al cuarto de baño principal mientras Vivian se estaba maquillando.

—¿Tienes un minuto?

—Sí. ¿Qué pasa?

—¿Estás enfadada conmigo? Anoche parecías irritada.

—¡Vaya! ¿Quieres hablar de eso ahora?

—Ya sé que no es el mejor momento…

—No, no es un buen momento. Tengo que irme a trabajar dentro de quince minutos. ¿Por qué siempre haces lo mismo?

—¿El qué?

—Tratar de hacerme pasar por la mala de la película.

—Yo no pretendo hacerte pasar por la mala. Después de que terminé la presentación, casi no me dirigiste la palabra.

—¿Querrás decir porque no nos has hecho el menor caso a mí y a London durante todo el fin de semana? —replicó, colérica.

—No es que no os haya hecho caso. Es que estaba trabajando.

—No vengas con excusas. Podrías haber hecho alguna que otra pausa, pero en lugar de eso, hiciste lo que te convenía a ti, como siempre.

—Lo que intento decir es que parece que estás enfadada conmigo desde hace un tiempo. El jueves por la noche casi no me dirigiste la palabra tampoco.

—Por Dios. ¡Estaba cansada! No intentes culpabilizarme por eso. ¿Ya te has olvidado de la velada de pareja? Aunque el viernes por la noche estaba cansada también, me arreglé y luego hicimos el amor porque sabía que tú querías eso. Estoy harta de sentir que nunca hago suficiente.

—Vivian...

—¿Por qué te tienes que tomar siempre las cosas tan a pecho? —preguntó, interrumpiéndome—. ¿Por qué no puedes estar satisfecho conmigo? Tú tampoco eres perfecto, pero yo no me quejo por el hecho de que ni siquiera puedas mantener a tu familia.

Al oír aquello, di un respingo. ¿Qué se creía que había estado haciendo todo el fin de semana? A ella no le interesaba, sin embargo, escuchar una respuesta. Pasó delante de mí y, sin decir ni una palabra, cogió su bolsa de deporte y salió enfurecida de la casa, dando un portazo.

El ruido debió de despertar a London, porque bajó por las escaleras un par de minutos más tarde y me encontró sentado a la mesa de la cocina. Todavía iba en pijama y tenía el pelo alborotado.

—¿Os estabais peleando tú y mamá?

—Solo hablábamos —aseguré. Aún no me había recuperado del desplante de Vivian y tenía dolor de estómago—. Perdona si ha hecho mucho ruido la puerta.

Se frotó la nariz y miró en derredor. Yo pensé que, incluso medio atontada, era la niña más bonita del mundo.

—¿Dónde está mamá? —preguntó por fin.

—Se ha tenido que ir a trabajar, cariño.

—Ah —dijo—. ¿Tengo tenis esta mañana?

—Sí —confirmé—. Y clase de plástica con Bodhi. Tenemos que acordarnos de llevar los hámsters.

—Vale —dijo.

—¿No me das un abrazo, chiquitina?

Se acercó, me rodeó con los brazos y apretó.

—¿Papá?

—¿Qué?

—¿Puedo comer Lucky Charms?

Mantuve a mi hija pegada a mí, consciente de lo mucho que necesitaba un abrazo.

—Claro que sí.

Taglieri no estaba en las gradas esa mañana. En su lugar vi a una mujer que debía de ser su tercera ex porque pasó delante de mí con su hija. No sé muy bien qué esperaba, que fuera una rubia platino o algo así quizá, pero el caso era que no se distinguía de las otras madres.

Aunque llevé el ordenador con la intención de repasar la presentación, me costaba concentrarme. No dejaba de pensar en las palabras hirientes que Vivian había pronunciado. Por más que hubiera estado trabajando todo el fin de semana, su reacción me parecía desproporcionada y totalmente injusta. Deseaba hacerla feliz, pero no era así, y la expresión que había puesto delante de mí lo había corroborado sin margen de duda.

No había sido tan solo su rabia lo que había presenciado.

También había visto, y oído, su desprecio.

—¿Estás bien? —se interesó Emily.

Entró en la academia de plástica y London se fue directamente hacia Bodhi, llevando al *Señor* y la *Señora Sprinkles* en su jaula. Emily debía de haber percibido algo en mi semblante mientras la miraba, pero no quería hablarle de Vivian y de mí. No me parecía correcto.

—Sí. Es que ha sido una mañana un poco dura.

—Se nota —dijo—. ¿A ver, cómo podemos quitarte esa mala cara?

—No tengo ni idea —respondí—. A lo mejor con un millón de dólares.

—Eso no lo tengo —contestó—, aunque, ¿qué te parece un Tic Tac? Creo que llevo una caja en el bolso.

Esbocé una sonrisa, pese a mi abatimiento.

—No, mejor no, pero gracias.

—Sigue en pie lo de hoy, ¿no? Bodhi no ha hablado de otra cosa desde que se ha levantado.

—Sí, sigue en pie.

—¿Estás listo para la presentación?

—Eso espero. —Pasé el portátil de una mano a otra, cayendo en la cuenta de que lo notaba más pesado de lo habitual—. En realidad, estoy más nervioso de lo que pensaba. Taglieri sería mi primer cliente, y no he tenido siquiera oportunidad de ensayar mi charla. Cuando estaba con Peters, siempre había alguien en la empresa dispuesto a escuchar.

—¿Te serviría de algo repasarla conmigo? Yo no me dedico a la publicidad, pero estaría encantada de escuchar.

—No puedo pedirte eso.

—No me lo has pedido: yo me he ofrecido voluntaria. Tengo un poco de tiempo libre y además, nunca he oído ninguna charla comercial. Será una experiencia nueva para mí.

Pese a que sabía que se ofrecía para hacerme un favor, sentía que necesitaba hacer el ensayo, aunque solo fuera para dejar de pensar en la discusión con Vivian.

—Gracias —dije—. Te debo una.

—Ya me debes una. La cita para jugar en casa, ¿te acuerdas? Pero no pienso llevar la cuenta.

—Por supuesto que no.

Nos fuimos a la cafetería, pedimos algo de beber y nos sentamos en una mesa. Primero le pasé a Emily un PowerPoint que ilustraba la fuerza de la publicidad, otro que presentaba un desglose de las inversiones que se realizaban en publicidad en el mundo legal y otro que trazaba el perfil de varios gabinetes de abogados de Charlotte y un cálculo de sus ingresos.

A partir de ahí, la presentación hacía hincapié en la importante repercusión que tenía el uso de una estrategia publicitaria más amplia, a través de múltiples plataformas, para aumentar la visibilidad, y ejemplificaba un modelo de página web más actualizada y de fácil manejo que sería mucho más eficaz. Después presenté una muestra de varios anuncios legales, junto con los de Taglieri, destacando lo poco que se diferenciaban entre sí. Finalmente pasé a las diapositivas que demostraban que, además de crear una campaña publicitaria global —y filmar tres anuncios—, podía hacerle ahorrar dinero.

—¿Siempre haces tanto trabajo de antemano? —preguntó Emily, señalando el ordenador.

—No —reconocí—, pero creo que esta es la única oportunidad que voy a tener con este hombre.

—Yo te contrataría.

—Si aún no has visto los anuncios.

—Ya has demostrado que eres más que competente, pero adelante, enséñamelos.

Respiré hondo antes de mostrarle el bosquejo de los dos anuncios que iba a presentar, el primero de los cuales era algo parecido a los que ya utilizaba.

Mi idea era empezar con dos fotografías de accidentes de coche, una foto de una obra de construcción y otra de un almacén. Taglieri hablaría con voz en *off*: «Si ha sufrido un accidente laboral o de carretera, necesita la ayuda de un experto». Taglieri aparece a continuación, caminando despacio delante de los juzgados, vestido con una chaqueta de punto y se dirige a la cámara:

> Me llamo Joey Taglieri y mi especialidad es ayudar a la gente que ha sufrido algún accidente. Yo sé cómo prestar esa clase de ayuda, y estoy de su parte. Las consultas son gratuitas y no tendrá que desembolsar nada hasta que le consiga el dinero que se merece. He ganado millones de dólares para mis clientes y ahora quiero ayudarle a usted a recuperar su vida. Deje que luche por usted. Llame al...

Había un número de teléfono gratuito seguido de la palabra PERJUICIOS.

—Me gusta que aparezca en el exterior y no dentro de un despacho —comentó Emily.

—Así parece más abordable, ¿no crees? También quería que el número de teléfono fuera fácil de memorizar.

—¿Y dices que tienes otro anuncio?

—Sí. Este es de otro estilo —advertí.

Empezaba con imágenes cotidianas de la ciudad de Charlotte, tomas de lugares y de personas, y mientras estas se sucedían sonaba la voz calmada de Taglieri en *off*.

> Bienvenidos a un nuevo día en nuestra ciudad. Los turistas acuden para admirar las vistas, los sonidos y los olores, pero nuestras mejores atracciones no son nuestra barbacoa, nuestro hipódromo, nuestros equipos deportivos, nuestros lagos y senderos ni nuestros edificios. Lo mejor que tenemos es nuestra gente, nuestra comunidad. Son nuestros amigos, familiares, compañeros de trabajo y vecinos los que nos hacen sentir que aquí está nuestro hogar. Y cuando uno de ellos tiene un accidente en el trabajo, un desconocido de una compañía de seguros, alguien que quizá ni siquiera sabe dónde está Charlotte, hará todo lo posible para negarle una indemnización, aunque eso represente arruinar más de una vida. Para mí, eso es una flagrante injusticia.

A partir de ahí, la cámara enfoca a Taglieri, vestido con camisa y corbata pero sin americana.

> Soy Joey Taglieri. Si ha sufrido un accidente y necesita ayuda, llámeme. Al fin y al cabo, somos vecinos. Estoy de su parte. Remaremos en la misma dirección.

Cuando acabó, apagué la pantalla.

—¿Qué te parece?

—Muy simpático y sencillo.

—¿Demasiado?

—No, no —negó—. Y es francamente original.

—¿Eso significa que es bueno o malo?

—Se va a quedar alucinado.

—No querría hacerle perder tiempo. Detesta que le hagan perder el tiempo.

—¿Te dijo eso?

—Sí.

—Al menos es sincero. Me gusta.

Cuando entré en el gabinete de abogados de Joey Taglieri, aún tenía los nervios alterados y debía esforzarme para que no me temblaran las manos. Había terminado de pasar buena parte de la presentación y el primero de los anuncios, reservando para después el segundo y las cuestiones económicas, y abrí una pausa, a la espera de que Joey dijera algo. Nada. El hombre seguía en silencio, con la vista fija en la última imagen.

—¿Está disponible ese número de teléfono?

—El viernes pasado sí lo estaba. Es el tipo de número que se queda grabado en la memoria.

—Sí. Me gusta el número, o sea que esa parte es un acierto. Y ya veo que las otras formas de publicidad son útiles, pero reconozco que no me ha parecido que el anuncio tenga mucha garra.

Asentí con la cabeza, porque ya sabía que iba a tener esa reacción.

—A raíz de lo que usted me explicó sobre Cal Worthington, desarrollé un concepto que no se basa tanto en un anuncio, sino en una serie de estos. Al mismo tiempo, no quería apostarlo todo a la originalidad. La razón por la que los abogados especializados en indemnizaciones por accidente utilizan anuncios de esta clase es porque funcionan.

—¿Una serie de anuncios? ¿No será muy caro?

Puse en marcha los diaporamas que presentaban la estimación de costes que había realizado.

—Inicialmente habrá unos costes adicionales desde luego, pero en el transcurso del año, no solo ahorrará dinero, sino que recibirá mucho más a cambio. No solo más anuncios, sino una publicidad más amplia y más diversificada.

Se quedó mirando la línea donde se plasmaba cuánto gastaba en ese momento y señaló hacia ella.

—¿Cómo sabe cuánto estoy pagando?

—Hago bien mi trabajo —declaré.

No supe cómo se había tomado mi respuesta. Se mantuvo en silencio un momento, manoseando un bolígrafo que tenía en el escritorio.

—¿Y entonces cuál es su plan? ¿Cómo comenzaría?

—Empezaría a trabajar la cuestión de la página web y la publicidad en Internet, en especial las plataformas de búsqueda, para que tenga más visibilidad allí. De forma simultánea, programaríamos la filmación de los dos primeros anuncios y también grabaríamos la voz en *off*. Estoy casi seguro de que el primero puede estar listo para emitirse en octubre, cuando esté a punto la nueva página web. Eso encaja perfectamente con la programación de la publicidad en Internet y la priorización de búsquedas. El segundo anuncio estaría listo para las vacaciones, y tengo la confianza de que será algo que la gente recuerde. De todas maneras, le corresponde a usted hacer el dictamen.

—De acuerdo. Veamos cuál es su idea.

Se lo enseñé. Después se apoyó en el respaldo, acariciándose la barbilla.

—No sé qué pensar —admitió—. Nunca he visto nada así.

—Esa es la cuestión. Se le queda a uno grabado en la memoria porque lo obliga a pensar.

—No sigue las técnicas habituales de venta.

—No, en efecto, pero promueve su nombre. Creo que después deberíamos continuar la campaña con un par de vallas publicitarias en enero. Hay dos ubicaciones fantásticas que quedarán disponibles para esas fechas, y quisiera encargarlas ya si usted da su conformidad. Y luego vienen, claro está, el tercer y el cuarto anuncios. Al igual que el primero, se emitirían a lo largo del año. Uno empezaría a salir en televisión en octubre o noviembre, según la planificación de la grabación, y el otro en enero, y después irían alternándose. Son más cortos, centrados en un solo tema, con un toque de humor.

—Veamos de qué se trata.

—Aún no he montado la presentación.

—¿Por qué no?

—Usted no es mi cliente todavía.

Se quedó pensando un momento.

—¿Y si me da una pista?

—El foco central recaería en su experiencia.

Tuve la impresión de que la entrevista había cobrado más importancia para él de la que preveía, lo cual era una buena señal.

—Necesito que desarrolle un poco más el concepto.

—De acuerdo —acepté—, pero solo para uno de los dos. Imagínese una niña de unos ocho años, sentada delante del escritorio de un despacho de abogados rodeada de libros de derecho, entre los que se encuentra uno titulado *Daños personales*. Está garabateando en un bloc amarillo como los de los abogados con cara de agobio y entonces coge el teléfono y dice por el micrófono: «Dolores ¿puede traerme otro vaso de leche con chocolate?». En ese momento, la pantalla queda en blanco y a continuación las palabras van apareciendo como si las estuvieran mecanografiando.

»"Cuando uno ha sufrido una lesión en el trabajo y necesita ayuda para pagar las facturas, no le conviene un abogado novato. Le conviene un letrado con experiencia. Le conviene alguien que ha ganado millones de dólares para sus clientes. Le conviene Joey Taglieri."

Cuando acabé, Joey se puso a sonreír.

—Me gusta.

Incliné la cabeza sin hacer ningún comentario. Con los años había aprendido que no decir nada solía ser lo mejor cuando un cliente se estaba planteando aceptar una propuesta. Joey también lo sabía, sin duda, porque se volvió a arrellanar en el sillón.

—Ya debe suponer que he efectuado indagaciones en relación a su experiencia profesional —declaró—. Después de concertar esta entrevista, llamé a su antiguo jefe.

—Ah —dije, notando una presión en el pecho.

—Fue impreciso, como suelen serlo los jefes, pero me dijo que usted se instaló por su cuenta hace un par de meses. Me había dicho que tenía su propia empresa, pero no había mencionado que acababa de montarla.

—Aunque la empresa sea nueva, yo llevo trece años en el sector de la publicidad —destaqué, con la boca seca.

—También me aconsejó que, en lugar de hablar con él, para obtener recomendaciones u opiniones sería mejor que llamara a sus clientes actuales.

—Ah —volví a decir.

—¿Cree que sería posible ponerme en contacto con esos otros clientes?

—Eh... bueno...

—Eso es lo que creía que iba a responder. Como sospechaba que todavía no tiene clientes, después de hablar con su jefe me pasé por su oficina este fin de semana. Reconocí el edificio porque el dueño es un antiguo cliente mío. No es precisamente el tipo de despacho que inspire confianza.

—Por lo general, me reúno con los clientes en su lugar de trabajo —expliqué, procurando que no me temblara la voz—. Y si quiere hablar con antiguos clientes míos, le puedo proporcionar algunos nombres. He trabajado con decenas de clientes en el área de Charlotte.

—Eso también lo sé —afirmó, levantando la mano—. Ya he llamado a algunos de ellos, a tres en concreto. Aún colaboran con Peters y no parecían muy animados a hablar conmigo hasta que les aseguré que no tenía intención de decirle nada a Peters del asunto.

—¿Cómo…?

Dejé la frase inconclusa y él la terminó por mí.

—¿Supe con quién tenía que contactar? Usted hace bien su trabajo y yo hago bien el mío. Bien, el caso es que todos dijeron que es buenísimo, muy creativo, muy trabajador y muy competente.

—¿Por qué me está contando esto?

—Porque quiero que sepa que aunque no me entusiasma la idea de ser su primer y único cliente, he tratado de convencerme a mí mismo de que con eso seguramente tendrá más tiempo para trabajar en mi campaña. Francamente, no sé si hemos llegado a ese punto, pero después de ver lo que ha hecho, reconozco que estoy impresionado con la meticulosidad y la originalidad con que lo ha preparado.

Entonces guardó silencio y yo respiré hondo.

—¿Qué es lo que me está diciendo concretamente?

Completamente aturdido después de la entrevista con Taglieri, me dirigí a casa de Emily. De no haber sido por el GPS del teléfono, no habría sido capaz de encontrarla. Aunque no quedaba lejos de mi domicilio, nunca me había desviado por ese barrio y la calle de acceso principal no estaba muy bien indicada. Las parcelas tenían muchos árboles y las viviendas, de estilo moderno de los años sesenta, con grandes ventanales y senderos de entrada de tablones, estaban instaladas en diferentes niveles adaptados a la topografía.

Después de aparcar el coche, seguí una sinuosa pasarela que franqueaba un estanque de estilo japonés y conducía a la puerta principal. Cuando Emily abrió, me volví a quedar impresionado con la calidez de su sonrisa.

—No te esperaba tan pronto —dijo—. No sé por qué, pensaba que tardarías más en hacer la presentación. Pasa.

La pelea con Vivian me había dejado desconcentrado y la entrevista con Taglieri aturdido. El hecho de entrar después en casa de una mujer que se había divorciado hacía poco y con la que me había acostado me acabó de crear la sensación de que aquel era un día surrealista. Me parecía como si fuera incorrecto e inadecuado estar allí, de modo que tuve que recordarme a mí mismo que solo había ido a recoger a mi hija, que era como recogerla en casa de mi madre. Aun así, el sentimiento de estar haciendo algo ilícito no hizo más que intensificarse cuando Emily señaló las escaleras.

—Los niños están jugando arriba con *Noodle*. Han acabado de comer hace media hora, así que no llevan mucho rato allí.

Asentí con la cabeza, procurando mantener una distancia entre ambos.

—¿Se han divertido?

—Lo han pasado en grande —aseguró—. Se han reído mucho. Creo que tu hija se ha enamorado del perro.

—No me extraña —dije—. ¿Qué tal ha estado *Noodle* con los hámsters?

—Ha olisqueado unos segundos la jaula y después se ha desentendido de ellos.

—Ya.

Me metí las manos en los bolsillos mientras mi vocecilla interior seguía susurrándome que no debería estar allí, que mi presencia en casa de Emily era inadecuada. Le di la espalda a ella para observar la habitación. Con su amplio espacio desprovisto de tabiques y columnas y la luz que entraba, matizada por los árboles, a través de los grandes ventanales de la fachada de atrás, era acogedora y ecléctica, con elementos heterogéneos repartidos aquí y allá que le daban el toque especial de las casas de los artistas. En las paredes advertí varios cuadros de considerable tamaño que supuse que eran obras suyas.

—Tienes una casa muy bonita —elogié, tratando de mantener una conversación inocua.

—Gracias —respondió ella, con mucha más desenvoltura que yo—. En realidad, he pensado en venderla. Tiene muchos gastos de mantenimiento y un par de habitaciones necesitan una reforma a fondo. Llevo diciendo eso desde que se fue David, claro. Perdona el desorden.

—No me he fijado —aseguré—. ¿Son tuyos algunos de los cuadros?

Se acercó a mí, no demasiado, pero lo suficiente como para que pudiera percibir el aroma a madreselva del champú que utilizaba.

—Son obras de hace tiempo. Tenía intención de cambiarlas por otras más recientes, pero también ha quedado como algo pendiente.

—Comprendo por qué al dueño de la galería le gustan tus cuadros.

—A mí me recuerdan a cuando estaba embarazada de Bodhi. Son más oscuros y menos texturados que muchos de los que pinto ahora. También más melancólicos. Me sentí fatal durante el embarazo, así que quizá tenga que ver con eso. Espera un momento. —Dio unos pasos hacia las escaleras—. ¿Bodhi? ¿London? —llamó—. ¿Estáis bien?

—¡Sí! —respondieron a coro.

—Tu padre está aquí, London.

Arriba sonaron unos pasos y luego mi hija asomó la cabeza por la barandilla.

—Papá, ¿me puedo quedar más? ¡Bodhi tiene otro sable de luz y es rojo! ¡Y estamos jugando con *Noodle*!

Miré a Emily.

—Por mí, de acuerdo —aceptó—. Así Bodhi está contento y ocupado, y eso me facilita la vida.

—Bueno, unos minutos —contesté—, pero no podemos quedarnos mucho rato. Recuerda que esta tarde tienes clase de danza.

—¿Con la señora Hamshaw? —preguntó Emily. Cuando confirmé con un gesto, prosiguió—: He oído algunas cosas interesantes de ella, y no precisamente buenas.

—No me parece que London disfrute mucho en sus clases —reconocí.

—Pues entonces sácala.

«Las cosas no son siempre tan sencillas con Vivian», pensé para mis adentros. Entonces Emily apuntó con el pulgar en dirección a la cocina.

—¿Quieres un vaso de té frío mientras esperas? He preparado una jarra.

Volví a oír la vocecilla que me indicaba que declinara educadamente, pero no le hice caso.

—Sí, estaría bien.

La seguí hasta la mesa de la cocina. La jaula de los hámsters estaba en el suelo, delante de la puerta de cristal que daba al patio de atrás. A un lado vi otra habitación, su estudio sin duda. Había cuadros apilados junto a las paredes y uno en un caballete. Un delantal descansaba encima de una mesa baqueteada, junto con un centenar de tubos de pintura.

—¿Es aquí donde trabajas?

—Mi estudio —confirmó, sacando la jarra—. Antes era un porche, pero lo cerramos con cristaleras cuando compramos la casa. Tiene una luz magnífica por la mañana.

—¿No es duro trabajar en casa?

—No mucho. Claro que, como yo siempre he pintado en casa, no conozco otra cosa.

—¿Y cómo compaginas el trabajo con Bodhi?

Sirvió el té en los vasos y, después de añadirles hielo, los llevó a la mesa.

—Trabajo por las mañanas antes de que tengamos que empezar las actividades del día, pero incluso después, no es muy complicado. Si me dan ganas de pintar, él se queda jugando arriba o ve la tele. Está acostumbrado.

Se sentó y yo seguí su ejemplo, bastante incómodo todavía. Si Emily sentía lo mismo, no se notaba.

—¿Cómo te ha ido con Taglieri?

—Bien —dije—. Me ha contratado para toda la campaña que proponía.

—¡Es fantástico! —exclamó—. ¡Felicidades! Sabía que lo convencerías. Debes de estar contentísimo.

—Me parece que aún no he tenido tiempo de hacerme cargo.

—Pronto te darás cuenta, seguro. ¿Lo celebrarás esta noche?

—Ya veremos —respondí, recordando el comportamiento que había tenido Vivian esa mañana.

—Es tu primer cliente. Tienes que celebrarlo. Pero antes, quiero que me cuentes cómo ha ido, con todo detalle.

El hecho de recapitular la entrevista me sustrajo a mi sensación de embarazo y cuando le expliqué que Taglieri había llamado a Peters y lo que me había dicho, ella se tapó la boca con las manos y puso los ojos como platos.

—¡Uy, qué horrible! ¿Y no te has achicado?

—No ha sido agradable, eso seguro.

—Yo creo que me habría fundido.

—Así me he sentido yo. Creo que solo quería desestabilizarme.

—A los abogados les gusta eso —convino—. De todas maneras, es estupendo. Me alegro muchísimo por ti.

—Te lo agradezco. Es como si me hubiera quitado un gran peso de encima.

—Sé cómo te sientes. Recuerdo la primera vez que me enteré de que habían vendido un cuadro mío en la galería. Por entonces estaba convencida de que nunca conseguiría ganarme la vida con la pintura, y tenía todo el tiempo la aprensión de que el propietario me llamaría para decirme que había habido un error. Cuando por fin llamó con buenas noticias, estaba tan nerviosa que dejé saltar el contestador.

Me eché a reír y ella me preguntó:

—¿Y ahora qué? ¿Cómo funcionan las cosas en tu ámbito?

—Mañana le haré llegar un contrato y en cuanto lo firme, me pondré a trabajar. Hay que hacer los tanteos, la planificación, sacar permisos y trabajar con el informático en la página web. Luego hay que llamar a los técnicos de cámara y sonido, las agencias, hacer los ensayos... La parte del rodaje tiene su complicación.

—¿Y podrás hacer todo eso mientras cuidas de London?

—Voy a tener que hacerlo —respondí, aunque aún no había empezado a planteármelo—. Pero estamos intentando encontrar una buena guardería.

—Sí, London me lo ha dicho durante la comida. Ella no quiere ir. Dice que es inútil ya que pronto va a empezar la escuela.

«¿Inútil?» Esa palabra sonaba más a Vivian que a mi hija.

—¿Ella ha dicho eso?

—A mí también me ha extrañado, aunque claro, parece mucho más madura que Bodhi.

Tomé un largo trago de té, preguntándome qué más le habría dicho Vivian a London a propósito de la guardería.

—Aparte de eso, ¿se ha portado bien London?

—Ha estado perfecta. Tu hija es muy cariñosa. Se ha quedado prendada de *Noodle,* por cierto. Quiere llevárselo a casa. Yo le he dicho que tenía que consultártelo.

—Ya tenemos bastante con los hámsters. No podría ocuparme de un perro además. Seguramente tendré que dormir muy poco durante una temporada.

Sonrió, casi con expresión de nostalgia.

—London ha comentado que le enseñaste a ir en bicicleta.

—Sí.

—Yo querría enseñarle a Bodhi, pero me da miedo no poder impedir que se caiga. Creo que antes tendré que hacer gimnasia para tener más fuerza muscular. Durante mi tiempo libre, tendría que ser.

—Los niños quitan mucho tiempo.

—Sí —corroboró—, pero no lo cambiaría por nada del mundo.

Tenía toda la razón, pensé, apurando el vaso.

—Gracias por todo. No quiero hacerte perder más tiempo y nosotros tenemos que irnos.

—Me alegro de que London haya venido. Así he conocido mejor a la gran amiga de Bodhi.

Me levanté de la mesa, cogí la jaula de los hámsters y me dirigí con Emily hacia la puerta. Cuando llamé a London, bajó trotando con Bodhi, seguidos de un caniche.

—¿Así que este es *Noodle*? —pregunté.

—Bodhi eligió el nombre —explicó.

—Ya estoy aquí —anunció London—. *Noodle* es monísimo, ¿verdad, papá? ¿Podemos ir a la tienda de animales? Quiero ver si tienen un perro como *Noodle.*

—Hoy no —respondí—. Papá tiene trabajo. Despídete de la señora Emily.

Dio un abrazo a Emily. Mi hija no tenía reparos en abrazar a quien fuera. La había visto abrazar al cartero y a algunas ancianas en el parque. También abrazó a Bodhi y, mientras caminábamos hacia el coche, me dio la mano.

—La señora Emily es muy simpática. Me ha dejado poner nubes en el bocadillo de manteca de cacahuete.

—Qué rico. Me alegro de que te hayas divertido.

—Sí, me lo he pasado muy bien. ¿Podrá venir Bodhi a casa la próxima vez?

Me pregunté qué le parecería a Vivian la idea.

—Por favor…

—Tendremos que ver si a mamá le parece bien, ¿vale?

—Vale. ¿Sabes una cosa?

—¿Qué?
—Gracias por haberme traído. Te quiero, papá.

La tensión de Vivian todavía era evidente cuando volvió del trabajo, por lo menos con respecto a mí, pero en ese caso tampoco puedo decir que me pillara desprevenido. No fue hasta más tarde, cuando estábamos sentados los dos en el sofá, cuando percibí un asomo de sonrisa. Aunque se esfumó de inmediato, la conocía lo bastante como para comprender que aquella fase era como un compartimento de la nevera por oposición al congelador.

—Tengo buenas noticias —anuncié.

—¿Sí?

—He conseguido mi primer cliente. Mañana le llevo el contrato.

—¿Con ese abogado del que me hablaste?

—Ese mismo. Ya sé que no te gusta la idea de que trabaje con abogados, pero yo estoy entusiasmado. Vamos a rodar cuatro anuncios distintos para la televisión y a utilizar también otros soportes.

—Felicidades —dijo—. ¿Cuándo vas a empezar?

—En cuanto firme. Tengo a un informático que se pondrá a trabajar de inmediato en la página web y la publicidad de Internet, pero antes de iniciar la filmación, hay que llevar a cabo muchas cuestiones preliminares. Seguramente no podremos empezar hasta finales de agosto.

—Es perfecto —dijo.

—¿Por qué es perfecto?

—Porque London irá a la escuela entonces.

—¿Y?

—He vuelto a llamar a las guarderías hoy y no creo que vaya a encontrar nada bueno. Las dos que prefería —mencionó los nombres— no van a tener plazas libres hasta que empiece la escuela. Y en cuanto a la tercera opción, donde quizá podrían admitirla antes, no se sabrá seguro hasta la próxima semana. Después de eso, el proceso de admisión exige al menos un par de semanas antes de que pueda ir al centro. Para entonces estaremos a mediados de agosto, con lo que representa que solo iría una semana más o menos antes de que empiece la escuela.

—¿Por qué demonios lleva tanto tiempo?

—Porque en todos estos sitios hacen entrevistas y comprobaciones de solvencia y antecedentes, lo cual me da seguridad para sentirme tranquila.

—¿Quieres que llame yo? ¿Para ver si hay alguna posibilidad de acelerar el proceso?

—Llama si quieres —contestó encogiendo los hombros—, aunque no creo que puedan hacer gran cosa con las listas de espera.

—Quizá deberíamos contratar a una niñera.

—Eso también llevaría un par de semanas por lo menos, y además cuesta caro. ¿Y qué haríamos cuándo empiece la escuela? ¿Despedirla?

No supe qué responder. Lo que sí sabía era que si ella se hubiera puesto a buscar una guardería cuando empezó a trabajar, las cosas habrían sido distintas.

—Supongo que estás diciendo que voy a tener que seguir ocupándome de London ¿no?

—Yo no puedo, desde luego, y hasta ahora has conseguido hacerlo. No te ha impedido captar a tu primer cliente.

—Voy a tener mucho trabajo de preparación que realizar.

—No sé qué otra cosa podemos hacer, y más con lo que está ocurriendo en mi empresa.

—¿Te refieres a lo de los viajes?

—No solo a eso. Por cierto, tengo que ir a Atlanta el jueves y no volveré hasta el viernes por la tarde.

—Nuestro día de pareja.

—Ya te dije que tendría que viajar esta semana, así que no exageres —replicó, poniendo los ojos en blanco—. De todas formas, puesto que para ti es tan importante, espero estar en casa a una hora razonable, de manera que podremos celebrar la velada, ¿de acuerdo?

—Trato hecho —acepté.

—Hombres —dijo, sacudiendo la cabeza—. El caso es que intentaba explicarte que en la empresa se está cociendo algo, algo de envergadura. Aparte de los ejecutivos, ninguno más de los empleados está al corriente, o sea que no se lo cuentes a nadie.

—¿Y a quién se lo iba a contar?

—No sé. De pasada con tus clientes, o Marge, o tus padres. —Dejó escapar un suspiro—. Bueno, el motivo por el que voy a ir a Atlanta es porque Walter tiene previsto trasladar la sede de la empresa allí. Quiere que supervise el proceso.

—Estás de broma.

—Me está hablando del asunto desde que empecé a trabajar, pero ahora ha acabado de decidirse. Dará la noticia al resto de los empleados la semana próxima.

—¿Por qué quiere trasladar la sede?

—Dice que las restricciones para la construcción en Carolina del Norte son cada vez más ridículas, así que ha decidido centrarse en urbanizaciones de Georgia y Florida. Tiene sentido, si uno lo piensa. Además, también piensa presentarse a las elecciones más adelante y prefiere hacerlo en Georgia. Su familia es de allí y su padre tenía un cargo en ese estado.

«Como si me importaran algo Walter y sus planes», pensé.

—¿Qué repercusiones tendrá eso en tu trabajo?

—No pasará nada. Ya me ha dicho que no me preocupe.

—¿O sea que trabajarás en la oficina de Charlotte?

—No lo sé —respondió—. Estuvimos dándole vueltas a la cuestión con Walter, pero como te he dicho, no ha tomado ninguna decisión.

—No tendremos que trasladarnos allí, ¿no?

—Espero que no.

«Espero que no.» No me gustaba como sonaba aquello.

—Yo no quiero mudarme —declaré.

—Ya lo sé. Pensamos que podría repartirme entre ambas ciudades.

«¿Repartirte?»

—¿Qué significa eso?

—No lo sé, Russ —respondió, con creciente exasperación en la voz—. Supongo que hasta el traslado, Walter y yo tendremos que estar en Atlanta dos o tres días por semana. Después, no se sabe.

—¿Solo tú y Walter?

—¿Para qué iban a ir los demás ejecutivos?

No me acababa de gustar la respuesta. No, mejor dicho, no me gustaba lo más mínimo.

—¿Y también tendrás que hacer otros viajes?

—Probablemente.

—Yo casi no te vería y London tampoco.

—Eso no es verdad y tú lo sabes —contestó, enfadada—. Tampoco es como si me mandaran seis meses seguidos al otro lado del Atlántico. Además, Walter es el jefe. ¿Qué otra cosa puedo hacer?

—Puedes dejar el trabajo —apunté—. Y buscar algo a tiempo parcial, por ejemplo.

—No quiero dejarlo. Me gusta lo que hago y Walter es un jefe magnífico. Por no mencionar el hecho de que no podemos permitirnos renunciar a mi sueldo, puesto que tú solo tienes un cliente, ¿no?

Me molestó la manera que tuvo de subrayar que era culpa mía el que nos encontráramos en aquel aprieto. Tal vez fuera así, y admitirlo no hizo más que incrementar mi desasosiego.

—¿Para cuándo se prevén esos cambios?

—Para septiembre. Por eso vamos a ir a Atlanta esta semana, para asegurarnos de que la oficina está a punto para entonces.

—No veo cómo va a ser posible trasladar a todo el mundo en tan poco tiempo —señalé, calculando que solo quedaban seis semanas para septiembre.

—En realidad solo son los ejecutivos los que tendrán que trasladarse. Habrá reducciones de plantilla en Charlotte, aunque tampoco van a despedir a todo el mundo. Todavía quedan muchas urbanizaciones en

Carolina del Norte en varias fases de construcción. En Atlanta, se trata de contratar a más gente. Por lo que tengo entendido, las oficinas disponen de mucho espacio.

—No sé qué decir.

—No hay mucho que decir hasta que conozcamos más detalles.

—No entiendo por qué no me has comentado todo esto hasta ahora.

—No te lo comenté porque no había nada seguro hasta hoy.

Si alguien me hubiera pronosticado que el día en que yo había logrado mi primer cliente Vivian tendría noticias relacionadas con el trabajo con un impacto potencial aún mayor en nuestras vidas, habría dicho que estaba loco, lo cual no hace más que corroborar lo poco que sé.

—De acuerdo —dije—. Manténme al corriente.

—Siempre lo hago —afirmó—. Cambiando de asunto, London me ha dicho que ha ido a jugar a casa de Bodhi hoy.

—Mientras hacía la presentación —precisé—. Lo ha pasado muy bien. Ha estado hablando toda la tarde del perro que tienen.

—Bodhi es el hijo de tu exnovia Emily, ¿no?

—Sí, eso es.

—He oído hablar de ella a algunos padres de la clase de plástica. Decían que no llevaba nada bien lo del divorcio.

—Los divorcios pueden ser duros —dije, sin comprometerme.

—London también ha dicho que comiste con ella la semana pasada.

—Llevé a London al Don Pollo, y Emily también vino.

—No deberías volver a comer con ella, ni ir a su casa tampoco, aunque sea para llevar a jugar a London. Así empiezan las habladurías.

—¿Qué habladurías?

—Sabes muy bien a qué me refiero. Ella está divorciada y tú estás casado, y para colmo es una antigua novia tuya. No hace falta ser una lumbrera para figurarse lo que puede empezar a rumorear la gente.

Sí, lo sabía perfectamente, pensé; y me quedé sentado allí al lado de mi mujer, extrañado de que un día tan fantástico pudiera terminar con aquel estado de horrible desazón.

—Así que Emily, ¿eh? —preguntó Marge mientras comíamos juntos unos días después.

Estábamos en mi casa. Vivian se había ido a Atlanta esa mañana y yo había recogido el contrato firmado por Taglieri —¡y mi primer cheque como propietario de un negocio!— justo después de la clase de piano de London. También había reservado el número de teléfono, que era una cuestión importantísima. Marge no estaba interesada en hablar de eso, sin embargo.

—¿Y cómo está la dulce Emily?

Atrás en el porche, London estaba ensuciándolo todo con la pintura de dedos que le había traído Marge.

—No transformes la situación en algo que no es. London fue a jugar a su casa.

—Y antes quedasteis para comer juntos en el Don Pollo.

—No fue una cita, precisamente.

—Igual tendrías que mirarte al espejo cuando afirmas eso. Pero no has respondido a mi pregunta.

—Ya te lo he contado. Aún está en fase de adaptación después del divorcio, pero le va bien.

—Siempre me cayó bien.

—Sí, ya lo has comentado otras veces.

—No puedo creer que le hablaras a Vivian de eso.

—No fui yo, sino London.

—¿Así que no se lo ibas a contar?

—Por supuesto que sí. No tengo nada que ocultar.

—Lástima. Todo el mundo necesita un poco de diversión de vez en cuando.

Al ver la cara que puse, estalló en carcajadas y eso le produjo un ataque de tos. Vi cómo sacaba un inhalador y aspiraba a fondo.

—¿Qué es eso?

—El médico cree que tengo asma, así que me ha recetado esto. Tengo que inhalar de ese chisme dos veces al día. —Volvió a guardar el inhalador en el bolsillo.

—¿Y no te ha recetado unas gafas de montura de concha y una funda para bolígrafos?

—Ja, ja. El asma puede ser algo grave, por si no lo sabes.

—Era broma —me defendí—. Por si no te acuerdas, yo tuve asma de niño, de tipo alérgico. En cuanto tenía un gato cerca, se me bloqueaban los pulmones.

—Me acuerdo, pero no cambies de tema. Lo que quería decir es que ya sé lo mucho que quieres a Vivian y estoy segura de que aprendiste la lección en lo que se refiere a los riesgos de engañar a la pareja. ¿Quién era en ese momento? Ah, sí. Emily. Que es, precisamente, de quien estábamos hablando.

—¿Antes de verme dedicas un rato a planificar a conciencia estas conversaciones? ¿Para poder disfrutar a mi costa?

—Me viene de modo natural —contestó—. No hace falta que me felicites.

Me eché a reír.

—Antes de que me olvide... no le digas a Vivian que sabes algo del traslado de la sede de la empresa a Atlanta. Me recomendó no decírselo a nadie.

—Yo soy tu hermana, así que no cuento.

—Te mencionó concretamente a ti.

—No me lo puedo creer. Bueno, vale, ya que estamos contándonos secretos, ahora me toca a mí. Liz y yo estamos pensando en tener un hijo.

—¿De verdad? —dije, sonriendo.

—Llevamos juntas bastante tiempo. Ya es hora.

—¿Pensáis adoptar o…?

—Tenemos la esperanza de que una de las dos pueda quedarse embarazada. Como yo ya estoy un poco mayor, creo que será Liz, aunque nunca se sabe. Claro que ella solo tiene dos años menos que yo. El caso es que tenemos una cita con un especialista y nos hará una revisión a fondo para ver si existe la más mínima posibilidad. Si no, nos plantearemos la adopción o incluso proponernos como madres de acogida.

—Qué bien —exclamé—. Veo que va en serio. ¿Cuándo empezaréis con las visitas?

—En noviembre como pronto. Para ese especialista hay una lista de espera larga. Está considerado uno de los mejores del país y, por lo visto, toda la gente de nuestra edad o que tiene problemas quiere consultar con él. ¿Qué? —preguntó, al percatarse de la sonrisa bobalicona que se me había puesto.

—Nada, solo pensaba que vas a ser una madre estupenda. Y Liz también.

—Estamos muy ilusionadas.

—¿Cuándo lo decidisteis?

—Llevamos bastante tiempo hablando del asunto.

—¿Y no me habías dicho nada?

—Todavía no había nada definitivo. Era solo una posibilidad que surgía de vez en cuando, pero el reloj biológico no paraba de hacer tic tac y, últimamente, las dos lo oíamos demasiado. La otra mañana hasta me despertó.

—¿Se lo has dicho a papá y mamá?

—Aún no, y no se lo digas tú tampoco. Prefiero averiguar si existe alguna posibilidad de que una de las dos se quede embarazada o si vamos a ir por la vía de la adopción. No paro de imaginarme a los médicos diciéndome que tengo el útero cubierto de telarañas.

—Seguro que te encuentran bien —afirmé, riendo.

—Eso es porque yo hago ejercicio, no como tú. Claro que con eso de la tos se complica un poco la cosa, pero de todas maneras me obligo a ir al gimnasio.

—¿Todavía toses?

—Mucho. Parece ser que cuando uno mejora del resfriado, los pulmones tardan seis semanas en curarse.

—No lo sabía.

—Yo tampoco. La cuestión es que, a diferencia de ti, hago esfuerzos por mantenerme sana.

—No tengo tiempo para hacer deporte.

—Claro que lo tienes. Puedes ir a primera hora de la mañana. Eso es lo que hacen todas las madres.

—Yo no soy una madre.

—No te lo tomes a mal, pero últimamente es casi como si lo fueras.

—Siempre sabes hacer el comentario preciso para levantarme la moral.

—Hay que mirar las cosas como son. Y tanto tú como yo sabemos que no te vendría mal un poco de ejercicio. Te estás poniendo fofo.

—Estoy en forma.

—Desde luego que sí. Si se considera redondo como una forma, claro.

—¡Qué graciosa eres!

El viernes por la mañana, me planté delante del espejo, pensando que quizá Marge tenía su parte de razón en lo de la necesidad de volver a hacer deporte. Por desgracia, ese día no iba a poder ser.

Tenía cosas que hacer. Además de cuidar de London y llevarla a clase de plástica, pasé el resto del tiempo organizando los plazos de la campaña de Taglieri, teniendo en cuenta que la opción de la guardería estaba prácticamente descartada.

Una buena parte de la labor podía efectuarla desde casa, pero para solicitar los permisos, buscar los lugares de filmación y encargar las emisiones y publicaciones adecuadas tenía que hacer muchas idas y venidas en coche. Siempre y cuando los distribuyera a lo largo de un amplio periodo de días, no creía que aquellos desplazamientos resultaran demasiado fastidiosos para London.

Así se lo expuse a Vivian cuando hablé con ella. Capté el alivio en su voz y por primera vez desde hacía años, pasamos más de media hora al teléfono simplemente hablando. Era algo que yo había echado de menos y tuve la impresión de que ella también, y aunque al final llegó a casa un poco más tarde de lo que quería, estuvo riendo y sonriendo e incluso coqueteó conmigo, y en la cama estuvo apasionada y provocativa. Era lo que yo deseaba y, al obtenerlo, me quedé convencido de que todavía le importaba.

Por la mañana seguía de buen humor. Antes de irse a yoga, preparó el desayuno para London y para mí y me preguntó si tenía intención de ir a ver a mis padres.

—Si vas a ir, ¿podrías esperarme? Me gustaría acompañaros.

Cuando le aseguré que sí, me dio un beso de despedida, con el que me rozó levemente los labios con la lengua. Con eso y el recuerdo de la noche anterior, me quedé tan satisfecho que ya no tuve dudas sobre los motivos por los que me había casado con ella.

Mientras esperábamos a que volviera Vivian, fui con London al parque, donde seguimos un sendero que llevaba al campo de golf. Al pie de varios árboles había unas placas que indicaban su nombre científico y vulgar. En cada uno, le leía a London la información y le señalaba la corteza y las hojas, fingiendo saber más de lo que sabía. Ella repetía las palabras —*Quercus virginiana* o *Eucalyptus viminalis*— y aunque para cuando llegáramos al coche ya me habría olvidado de casi todo, mientras estábamos en el camino, me sentí más docto de lo habitual.

El caso fue que London retuvo mucho más que yo. De vuelta en casa, preparé unos bocadillos y mientras comíamos atrás en el porche, apuntó hacia un gran árbol del patio.

—¡Es una *carya ovata*! —exclamó.

—¿Ese de ahí? —pregunté, sin molestarme en disimular mi asombro.

—Sí —confirmó—. Un nogal americano.

—¿Cómo lo sabes?

—Porque tú me lo has enseñado —contestó, mirándome—. ¿No te acuerdas?

«Ni por asomo», pensé. Para mí, se había vuelto a convertir en un simple árbol.

—Creo que tienes razón.

—Claro.

—Entonces me fío de ti.

Tomó un trago de leche.

—¿Cuándo volverá mamá a casa?

—Muy pronto —respondí, después de consultar el reloj.

—¿Y entonces iremos a casa de los abuelos?

—Eso es.

—Hoy quiero hacer pasteles, *cupcakes* como el otro día.

—Seguro que la abuela estará encantada.

—¿Estarán la tía Marge y la tía Liz?

—Espero que sí.

—Vale. Será mejor que lleve al *Señor* y la *Señora Sprinkles*. Seguro que querrán saludarlos.

—Seguro.

Siguió masticando el bocadillo.

—¿Sabes, papá?

—¿Qué?

—Me alegro de quedarme contigo.

—¿A qué te refieres?

—Mamá me ha dicho que no voy a ir a la guardería. Me ha dicho que tú puedes trabajar y cuidar de mí al mismo tiempo.

—¿Ah, sí?

—Sí, me lo ha dicho esta mañana.

—Es verdad, pero puede que tengas que venir en el coche conmigo cuando tenga que hacer cosas.

—¿Podré llevar a las Barbies o al *Señor* y la *Señora Sprinkles*?

—Claro —aseguré.

—Vale. Así no me aburriré.

—Me alegro —dije, sonriendo.

—Cuando eras pequeño, ¿ibas a la guardería?

—No. La tía Marge cuidaba de mí.

—¿Y la tía Liz?

—No. La tía Liz no estaba todavía con ella.

—Ah —dijo.

Tomó otro par de bocados más, haciendo girar la cabeza a derecha e izquierda como si percibiera el mundo alternativamente de uno u otro lado. Mirándola, pensé en lo hermosa que era, sin detenerme a pensar que tal vez mi apreciación no era imparcial.

—¡Papá! ¡Hay un pájaro gigante en el árbol! —gritó.

Cuando lo señaló, distinguí el ave. Era de color marrón con unas plumas blancas en la cabeza que relucían con el sol. Mientras la observaba, desplegó las alas y luego las volvió a cerrar.

—Es un águila calva —le dije con asombro.

En todos los años que llevaba viviendo en Charlotte, solo había visto una en un par de ocasiones. Me quedé maravillado, tal como me había sucedido ya varias veces durante las semanas que llevábamos juntos. Observando a mi hija, de repente comprendí lo mucho que había cambiado nuestra relación. Como yo me sentía más a gusto en mi papel de cuidador principal, ella también se encontraba más a gusto conmigo. De pronto, el corazón se me encogió de manera imprevista, cuando consideré la perspectiva de estar separado de ella durante varias horas seguidas una vez empezara a ir a la escuela. Nunca había tenido la menor duda de que quería a London. Lo que entonces comprendía era que también me gustaba, no solo como hija, sino como la niña que cada vez iba conociendo mejor.

Quizá se debiera a esas reflexiones, o a como había ido la semana, no sé, lo cierto era que me sentía excepcionalmente tranquilo, casi en paz. Había tenido una racha mala y estaba remontando, y aunque reconocía que esa sensación podía ser precaria, porque ya no era tan ingenuo a esa edad, en ese momento era igual de real que el mismo sol. Al ver la expresión de embeleso que tenía London observando el águila, me pregunté si se acordaría de aquella experiencia o si se daría cuenta de los sentimientos que producía en mí aquella reciente proximidad que se había creado entre nosotros. De todas maneras, me bastaba con sentirlo yo mismo, y cuando el águila se fue volando, retuve la imagen, consciente de que quedaría grabada para siempre en mi memoria.

12

Temporal a la vista

En febrero de 2004, fui a visitar a mis padres un fin de semana. Habían transcurrido dos años desde que terminé en la universidad y llevaba saliendo con Emily casi desde entonces. A aquellas alturas ya había quedado bien establecida la costumbre de ir a verlos. Por lo general, Emily me acompañaba, pero por algún motivo que no recuerdo, ese fin de semana no pudo y fui yo solo.

Cuando llegué, mi padre trabajaba en el coche de mamá y no en el Mustang. Tenía la cabeza debajo del capó y vi que estaba añadiendo aceite.

—Me alegro de ver que te ocupas del coche de tu media naranja —comenté en broma.

—Sí, hay que dejarlo todo a punto. Esta semana va a nevar. Ya le he puesto el kit de supervivencia de invierno en el asiento de atrás. No querría que tu madre tuviera que ir a sacarlo del maletero en caso de que se quedara bloqueada en la carretera.

—No va a nevar —afirmé.

La temperatura era ya primaveral. Yo iba en camiseta y hasta había dudado si me ponía pantalones cortos para ir a su casa. Mi padre me miró de reojo por debajo del capó.

—¿Has visto el tiempo?

—He oído algo en la radio, pero ya sabes cómo son los del tiempo. Se equivocan cada dos por tres.

—Mis rodillas también me avisan de que va a nevar.

—¡Pero si estamos a más de veinte grados!

—Tú verás. Cuando termine, necesitaré ayuda para proteger las cañerías. ¿Me echarás una mano?

Mi padre, debo precisar, siempre ha sido así. Si había pronósticos de que un huracán fuera a afectar la costa de Carolina, se pasaba varios días recogiendo escombros del jardín, trasladando cosas al garaje y parapetando los postigos, pese a que Charlotte quedaba a más de trescientos kilómetros del mar.

—Vosotros no estabais aquí cuando hubo lo del Hugo en 1989 —nos decía a Marge y a mí—. Fue como si Charlotte fuera una maqueta de madera. Casi toda la ciudad salió volando por los aires.

—Sí, te echaré una mano —respondí—. Pero estás perdiendo el tiempo. No va a nevar.

Me fui adentro y estuve charlando un rato con mamá. Cuando mi padre vino al cabo de una hora y me dirigió un gesto, ya sabía lo que me esperaba. Lo ayudé sin protestar, pero incluso después, cuando lo vi ponerse a hacer ajustes en su propio coche, no me tomé en serio sus advertencias. E incluso si le hubiera escuchado, no habría tenido ni la menor idea de lo que había que incluir en un kit de supervivencia de invierno. Eso es lo que me dije a mí mismo más tarde, en todo caso, aunque la única razón por la que no estaba preparado era que, a esa edad, me creía más listo que él.

El martes por la tarde, la temperatura se mantenía en los quince grados; el miércoles, a pesar de las nubes cada vez más abundantes, alcanzó los diez y yo me había olvidado por completo de las predicciones de mi padre. El jueves, sin embargo, la tormenta se abatió con fuerza sobre Charlotte. Los primeros copos de nieve se transformaron en una intensa nevada. Cuando iba de camino al trabajo en coche, la nieve se acumulaba en las carreteras. Ese día no abrieron las escuelas y solo la mitad de los empleados logró llegar a la agencia. La nieve seguía cayendo y cuando salí del trabajo a media tarde, las carreteras estaban casi impracticables. Cientos de motoristas salieron patinando de la calzada y lo mismo me sucedió a mí, en medio de una capa de nieve de más de treinta centímetros en una población que solo contaba con unas cuantas máquinas quitanieves. Al anochecer, la ciudad de Charlotte había quedado paralizada.

Tuve que esperar casi cinco horas a que llegara un remolque a sacarme de allí. Aunque no corrí peligro, porque había llevado una chaqueta, tenía el depósito medio lleno y la calefacción del coche funcionaba, no dejé de pensar en lo diferentes que éramos mi padre y yo.

Mientras que yo me despreocupaba alegremente desde una perspectiva optimista, mi padre era la clase de persona que siempre esperaba y se preparaba para lo peor.

Agosto trajo consigo unas temperaturas sofocantes acompañadas de un gran bochorno, mitigados tan solo por las ocasionales tormentas que caían por la tarde, pero yo me sentí muy distinto las semanas anteriores al ingreso de London en la escuela, aunque solo fuera porque estaba teniendo entradas de dinero.

Pese a no disponer de ningún momento libre a lo largo del día, estaba menos estresado que cuando monté la empresa. Trabajé con el especialista de las cuestiones técnicas, busqué lugares para las filmaciones y presenté las solicitudes pertinentes, hablé con el responsable de los equipos de rodaje y sonido, recogí los permisos, traté con un representante de la agencia local de cásting, firmé un contrato para las vallas publicitarias y reservé bastantes espacios para los anuncios televisados. A ello hubo que añadir la planificación de los ensayos y rodajes para los dos primeros anuncios y la supervisión de la sesión de cásting para el tercero, todo lo cual iba a tener lugar la misma semana en que London empezara a ir a la escuela.

A pesar de ello, seguí llevando y trayendo a London a sus actividades, salí en bicicleta con ella, recibí un millón de besos y abrazos e incluso reprogramé los horarios de las clases de piano y plástica para después del comienzo del cole. El cursillo de tenis tocó a su fin por las mismas fechas en que asistimos a una jornada de puertas abiertas en la escuela, donde London pudo conocer a su nueva maestra. Allí nos enteramos de que Bodhi iba a ir a la misma clase y tuve ocasión de hablar un poco con Emily. Dado que su ex había estado en la ciudad, había tenido unos horarios bastante imprevisibles y apenas la había visto desde que llevé a London a jugar a su casa. Le presenté a Vivian. Esta reaccionó con una actitud distante que contenía una especie de aviso. A raíz de ello, comprendí que tenía que reducir al mínimo mi contacto con Emily si no quería tener problemas.

Vivian pasaba dos o tres noches por semana en Atlanta y, cuando estaba en casa, seguía alternando los periodos de afabilidad y frialdad. Aunque aquello era mejor que el paso de tórrido a helado al que me había venido sometiendo, la excitación de la velada de pareja del último viernes de julio no se volvió a reproducir y las incesantes alteraciones de humor de mi esposa me producían una especie de ansioso estado de expectación cada vez que oía llegar su coche.

La otra novedad destacable en ese periodo fue que me puse a hacer ejercicio. El día después de mirarme al espejo, decidí seguir el consejo de Marge y el primer lunes del mes programé el despertador cuarenta minutos antes. Me puse unas zapatillas y pantalones de deporte y empecé a trotar fatigosamente por el barrio. Ese día me adelantaron todas las madres que salían a hacer *jogging*, incluidas un par que iban empujando cochecitos. Años atrás, era capaz de correr ocho o diez kilómetros sin apenas cansarme. El primer día de mi nueva etapa de entrenamiento, después de recorrer poco más de dos kilómetros, casi me derrumbé encima de la mecedora del porche. Tardé más de una hora en recuperarme. Aun así, persistí a la mañana siguiente y también a la otra, iniciando una racha que todavía dura. La segunda semana de agosto, incorporé flexiones y abdominales a la sesión, y a medida que avanzaba el mes, cada vez me ajustaban menos los pantalones.

London había hecho tantos progresos con la bicicleta que ya podía pedalear a mi lado y el día después de la jornada de puertas abiertas de la escuela, atravesamos el vecindario juntos e incluso hicimos una carrera bordeando una manzana. La dejé ganar, por supuesto. Después de guardar las bicicletas en el garaje, chocamos la mano en el aire y acabamos tomando limonada en el porche, con la esperanza de volver a ver otra águila calva mientras empezaba a ponerse el sol.

Aunque no vimos ninguna, yo sospechaba que de todas maneras me iba a acordar durante mucho tiempo de ese día, porque también, a su manera, había sido perfecto.

—¿No crees que ya tiene bastante ropa para ir al cole? —pregunté a Vivian.

Era el sábado previo al inicio de la escuela y, como Vivian había llegado tarde de Atlanta el día anterior, había pospuesto la velada de pareja para esa noche.

—No voy a comprar ropa —respondió Vivian mientras acababa de vestirse en el cuarto de baño. Ya había ido a yoga y a gimnasia y se había duchado, siguiendo el mismo ritmo frenético de muchas mañanas de sábado—. Voy a ir a buscar el material: la mochila, lápices, gomas y esas cosas. ¿No has consultado la página web de la escuela?

No. Francamente, ni se me había ocurrido. Sí había recibido y pagado, en cambio, la factura de la matrícula para el primer semestre, que había supuesto otra reducción considerable de nuestros ahorros.

—Pensaba que íbamos a ir a casa de mis padres.

—Sí —confirmó Vivian—. No tardaremos mucho. ¿Por qué no vas tú primero y nosotras nos reunimos contigo allí?

—De acuerdo. ¿Vuelves a Atlanta esta semana?

Se trataba de una pregunta que había comenzado a plantearle de forma regular.

—Me voy el miércoles y el viernes por la noche hay una cena a la que no puedo dejar de asistir, pero después cogeremos el avión de vuelta. Me da mucha rabia tener que perderme buena parte de la primera semana de escuela de London.

—¿No tienes forma de cambiarlo?

—No —contestó—. Ojalá pudiera. ¿Crees que se enfadará conmigo?

—Si faltaras el primer día, sería diferente, pero así no lo va a notar tanto.

No estaba muy seguro de que así fuera, pero sabía que eso era lo que quería oír Vivian.

—Espero que tengas razón.

—Hablando de la escuela —proseguí—, llegó la factura de la matrícula y quería preguntarte por tu sueldo.

—¿Qué pasa con mi sueldo?

—¿No te han pagado nada todavía?

—Claro que me han pagado —contestó, colgándose el bolso en el hombro—. No trabajo gratis.

—Pues no he visto ningún ingreso ni en la cuenta corriente ni en la de ahorros.

—Es que abrí otra cuenta —dijo.

Me quedé dudando si había oído bien.

—¿Otra cuenta? ¿Por qué?

—Me pareció más sencillo, para poder controlar mejor nuestro presupuesto y los gastos de tu empresa.

—¿Y por qué no me lo dijiste?

—No tienes por qué darle más importancia de la que tiene.

«Pues sí la tiene», pensé, intentando comprenderlo.

—La cuenta de ahorros está un poco baja —señalé.

—Me ocuparé del asunto ¿sí? —Se inclinó para darme un rápido beso—. Pero ahora tengo que irme con London para no llegar demasiado tarde a casa de tus padres.

—Sí, de acuerdo —dije, sin saber si mi mujer me quería aturdir a propósito.

—Esa sí que es una cuestión de mucha enjundia —opinó Marge.

—No sé por qué no me habló de ello.

—Pues es muy fácil, hombre: porque no quería que lo supieras.

—¿Y cómo no lo iba a saber si soy yo el que firma los cheques?

—Ya. Sí sabía que te acabarías enterando, y también que cuando te enteraras, te quedarías paralizado tratando de entenderlo.

—¿Y por qué iba a querer hacer eso?

—Porque es lo que suele hacer. Le gusta tenerte en ascuas. Siempre ha sido así.

—No siempre —negué.

—¿Liz? —consultó Marge.

—Prefiero no implicarme —respondió Liz—. No estoy en el consultorio. Claro que si os interesa una maravillosa receta de marinara italiana, o si tenéis alguna información relacionada con los safaris, podéis contar conmigo.

—Te lo agradezco, Liz. Tengo entendido que en Botsuana hay unos safaris fabulosos.

—Me encantaría ir un día. Es el sueño de mi vida.

—¿Podemos volver al tema del que hablábamos? —dijo Marge—. Es de lo más interesante.

—Los rinocerontes son interesantes y los elefantes también —repliqué yo.

—Tendríamos que organizarnos para hacer un safari el año que viene, de verdad —dijo Liz, apoyando la mano en la rodilla de Marge—. ¿No crees que sería fabuloso?

—No me gusta que te pongas de su lado cuando intenta cambiar de tema.

—Lo ha intentado y lo ha conseguido. El otro día vi un anuncio de un sitio que se llama Camp Mombo. Parecía fantástico.

—Tendrías que encontrar la manera de ir —tercié—. Es una de esas cosas que solo se hacen una vez en la vida.

—¿Queréis hacerme el favor de volver al tema?

Liz se echó a reír, advirtiendo la frustración de Marge.

—Todas las parejas tienen su propio estilo de comunicación y a menudo hablan de manera casi telegráfica. Sin conocer el trasfondo, no me puedo formar una idea clara.

—¿Lo ves? —destacó Marge—. Ella también considera que es sospechoso.

—No, ella no ha dicho eso.

—Eso es porque tú no sabes captar el trasfondo de su manera de hablar.

—Y ahora hablando en serio —volví a insistir más tarde con Liz—, ¿por qué crees que Vivian no me dijo que había abierto otra cuenta bancaria? Ya sé que no estás en el consultorio, pero es que querría entender qué está pasando.

—No sé si voy a poder responderte. Solo sería una suposición.

—¿Cuál es tu suposición?

Se quedó reflexionando un momento.

—Bueno, yo diría que ella tiene razón y que la cosa no tiene mayor importancia. Quizá solo quiera tener su propia cuenta para ver en cuánto contribuye exactamente a los gastos y sentirse así mejor.

Pensé un momento en aquella explicación.

—¿Has tenido clientes que han hecho lo mismo? ¿Mujeres casadas?

—Sí, alguna vez.

—¿Y entonces?

—Como te decía, se puede interpretar de distintas maneras.

—Ya sé que procuras ser diplomática, pero yo estoy perdido. ¿Me puedes orientar un poco?

Liz tardó un momento en responder.

—El punto común que suele haber por lo general en situaciones como esta es el enfado.

—¿Crees que Vivian está enfadada conmigo?

—Yo no veo con frecuencia a Vivian y, cuando la veo, suele ser aquí en familia. En una situación así, no se puede conocer mucho a las personas. En cualquier caso, cuando la gente está enfadada, suele tener un comportamiento que viene dictado por esa emoción. Pueden hacer cosas que de lo contrario no harían.

—¿Como abrir una cuenta secreta en un banco?

—No es secreta, Russ. Ella te ha hablado de esa cuenta.

—O sea que... ¿no está enfadada?

—Creo que tú estás mejor situado que yo para responder a esa pregunta —zanjó.

Al cabo de una hora, Vivian y London todavía no habían dado señales de vida. Marge y Liz habían ido a dar un paseo por el barrio mientras papá se había instalado a ver el partido delante del televisor. Encontré a mamá en la cocina, cortando patatas al lado de un gran guiso que se cocía a fuego lento, desprendiendo un aroma francamente prometedor. Llevaba un delantal de color naranja chillón que, según me parecía recordar, le había comprado yo.

—Aquí estás —dijo—. No sabía cuándo ibas a venir por fin a charlar con tu vieja madre.

—Perdona —me disculpé, inclinándome para darle un abrazo—. No quería ofenderte.

—Bah, solo bromeaba. ¿Cómo estás? Has adelgazado.

—Un poco quizá —contesté, contento de que se hubiera percatado.

—¿Comes lo suficiente?

—He vuelto a correr.

—Agh —exclamó—. No entiendo cómo puede gustarle eso a la gente.

—¿Qué estás cocinando? Huele de maravilla.

—Es un estofado de verduras francés. Joanne me dio la receta y quería probar.

—Liz también debe de tener una buena receta.

—Seguro que sí, pero Joanne le da cien mil vueltas.

—¿La conozco?

—Es de la asociación de mujeres. Seguramente la viste cuando fuiste a recoger a London en el restaurante aquel día.

—¿Y qué tal son las señoras de la asociación?

—Son fantásticas y lo pasamos muy bien juntas. La semana pasada, después de comer, fuimos unas cuantas a una conferencia que daba un astrónomo en la universidad. ¿Sabías que han descubierto hace poco un planeta del tamaño de la Tierra que orbita alrededor de otro sol? ¿Y que ese planeta está a la misma distancia del sol que la Tierra? Podría haber vida allí.

—No lo sabía.

—Estuvimos hablando de eso en la siguiente reunión.

—¿Queréis ser el primer grupo que acoja a los extraterrestres cuando vengan?

—¿Por qué me tomas el pelo? Eso no está bien.

—Perdona, mamá —respondí riendo—. No he podido resistirme a la tentación.

—No sé de dónde has sacado la idea de que esté bien eso de burlarse de las madres. En todo caso, no te lo enseñé yo.

—Es verdad —reconocí. Señalé la cebolla que había al lado del tajo—. ¿Quieres que te ayude a pelarla?

—¿Te estás ofreciendo a ayudar en la cocina?

—Últimamente he cocinado bastante.

—¿Espaguetis de lata?

—¿Y ahora quién se burla de quién?

—Solo quiero saber de la vida de mis hijos —repuso con expresión risueña—. Pero no necesito que me ayudes. Gracias de todas formas. ¿Está tu padre viendo el partido o aún sigue en el garaje?

En el salón, percibí el brillo de la pantalla del televisor.

—Está con el partido —respondí.

—Hace un par de días soñé con él. Bueno, al menos yo creo que era él. Era uno de esos sueños donde todo es borroso, así que no pude verlo bien, pero estaba en el hospital con el cáncer.

—Ajá.

—Tenía todas esas máquinas que dan pitidos alrededor y en la tele había *Judge Judy*. El médico era de la India, creo, y a su lado, en la cama, había un animal de peluche gigante. Era un cerdo morado enorme.

—Ajá —volví a decir.

—¿A ti qué te parece que significa eso del cerdo morado?

—Pues no sabría decirte, la verdad.

—¿Sabías que mi abuela era vidente? Ella también tenía premoniciones.

—Has dicho que era un sueño, ¿no?

—El caso es que estoy preocupada por él.

—Sí, ya lo sé, pero el médico dijo que estaba bien. No se le ha alterado más la respiración, ¿verdad?

—No, al menos no en mi presencia. Y si no estaba, seguro que él no me lo habría dicho.

—Le preguntaré, ¿quieres?

—Gracias —dijo—. ¿Dónde están Vivian y London?

—Comprando el material para la escuela. Deben de estar al caer. London empieza el lunes, por cierto. No sé si os gustaría ir, pero estáis invitados.

—Tu padre y yo iremos —aseguró—. Es un día importante para ella.

—Sí —reconocí.

—Me acuerdo del primer día que fuiste al cole —evocó mi madre con una sonrisa—. Estabas muy contento, pero después de acompañarte hasta la clase, volví al coche y me puse a llorar.

—¿Por qué?

—Porque eso significaba que estabas creciendo. Además tú eras muy diferente de Marge. Siempre fuiste más sensible que ella. Me preocupaba por ti.

No sé si me acabó de gustar eso de que era más sensible que mi hermana, pero tenía que admitir que a mi madre no le faltaba una parte de razón.

—Pues todo salió bien. Ya sabes que siempre me gustó la escuela. Espero que a London también le guste. Fuimos a la jornada de puertas abiertas y conoció a su maestra. Fue bien.

—Seguro que sí. Es inteligente, madura y muy cariñosa. Claro que yo, al ser su abuela, veo todo lo bueno.

—Eso está bien.

—Me alegra que no estés enfadado conmigo.

—¿Por qué iba a estarlo?

—Porque no pude cuidar de London cuando lo necesitaste.

—Tenías razón —reconocí—. No era responsabilidad tuya. Lo que sí se puede decir es que ahora valoro mucho más la función de las madres.

—Para London también ha sido positivo. Ha cambiado mucho este verano.

—¿Sí?

—Claro que sí. Como la ves cada día, tú no te das cuenta.

—¿En qué ha cambiado?

—En la manera en que habla de ti, por ejemplo. Y en lo mucho que habla de ti.

—¿Habla de mí?

—Últimamente, no para. Que si «fuimos en bici con papá», que si «estuvimos jugando a las Barbies con papá», que si «papá me llevó al parque». Antes no lo hacía nunca.

—Últimamente mi vida ha consistido más o menos en eso, sí.

—Para ti también ha sido positivo. Siempre pensé que a tu padre le habría venido bien enterarse de cómo vive la otra mitad de la gente.

—Pero entonces no habría sido ese tipo huraño que nos daba miedo a Marge y a mí.

—No digas eso, hombre. Ya sabes que os quiere a los dos.

—Sí —admití—. Siempre y cuando no le hable demasiado durante el partido de béisbol. Claro que Marge y London pueden hablarle todo el rato y no hay problema.

—Eso es porque Marge sabe más de béisbol que tú y porque London se levanta cuando está sentada en sus rodillas para llevarle una cerveza. ¿Por qué no haces tú lo mismo?

—Soy demasiado mayor para sentarme en su regazo.

—Estás muy gracioso hoy. Hay un par de cervezas en la nevera. ¿Por qué no las coges, para ver qué pasa? A él le gusta charlar contigo.

—Sé perfectamente lo que va a pasar.

—Vamos, no te dejes impresionar tanto por él. Ten presente que él capta tu miedo.

—¿Qué tal, papá? —Le tendí una botella de cerveza abierta—. Para ti —dije.

Por suerte, había sincronizado mi aparición con el inicio de un anuncio, con lo cual él ya había quitado el volumen.

—¿Qué haces?

—Te traigo una cerveza.

—¿Por qué?

—¿Por qué? Porque he pensado que igual te apetecía.

—No me vas a pedir que te preste dinero, ¿verdad?

—No.

—Bueno. Porque te respondería que no. No es culpa mía que dejaras tu empleo.

Mi padre era seco a más no poder, desde luego. Me senté a su lado en el sofá.

—¿Cómo va el partido?

—Los Braves están perdiendo.

Junté las manos, planteándome qué decir a continuación.

—¿Qué tal van las cosas? ¿El trabajo de fontanería va bien?

—¿Por qué no iba a ir bien?

«No sé —pensé—. Igual será porque me pones nervioso a veces.» Tomé un trago de cerveza.

—Te conté que he conseguido mi primer cliente, ¿no?

—Ya. Ese abogado, el italiano.

—Rodaremos un par de anuncios la semana próxima. También tengo que reunirme con algunos niños actores, para filmar el tercer anuncio.

—No me gustan los anuncios de abogados.

—A ti no te gustan los anuncios en general, papá —le recordé—. Por eso quitas siempre el volumen.

Asintió con la cabeza mientras entre ambos se instalaba un silencio solo mitigado por el tarareo de mamá en la cocina. Él rascó una esquina de la etiqueta de la botella, viéndose obligado a hacer por cortesía alguna pregunta.

—¿Cómo está Vivian?

—Bien —respondí.

—Estupendo —dijo.

En ese momento se reanudó el partido y mi padre cogió el mando. Luego volvió a poner el volumen y el marcador indicó que los Braves perdían por tres carreras cuando quedaban cuatro turnos para batear.

—Un día deberíamos ir a ver un partido de los Braves los dos.

—¿Piensas quedarte hablando todo el día o me vas a dejar disfrutar del partido en paz? —espetó, mirándome con mala cara.

—Creo que lo has asustado, papá —dijo Marge, dejándose caer en el sofá al lado de papá cuando volvió del paseo con Liz.

—¿De qué hablas?

Marge señaló hacia mí.

—Está ahí agarrotado como si tuviera miedo de mover un músculo.

—Hablaba y hablaba, como si le hubieran dado cuerda —contestó mi padre con displicencia.

—Sí, a veces lo hace —convino Marge—. ¿A cuánto van?

—Cuatro a cuatro ahora, en la segunda parte del octavo turno. Los Braves se están recuperando.

—¿Han hecho entrar al lanzador sustituto?

—En el séptimo turno de bateo.

—¿Quién es?

Mi padre pronunció un nombre que yo no conocía.

—No está mal —aprobó Marge—. Me gusta como lanza los *sliders*, aunque también es bastante bueno con los cambios de velocidad. ¿Qué tal lo ha hecho hasta ahora?

—Son muchos lanzamientos. Va a tener trabajo.

—¿Te acuerdas de cuando teníamos a Maddux, Smoltz y Glavine juntos?

—¿Cómo no? Esa fue una de las mejores rotaciones de la historia, pero este año…

—Sí, ya. Mal año. Pero al menos no son los Cubs de Chicago.

—¿Te imaginas? No ganan la serie mundial desde hace más de cien años. La maldición del Bambino queda ridícula en comparación, sobre todo con los resultados de los últimos años.

—¿Quién crees que ganará la serie mundial?

—Me da igual, mientras no sean los Yankees.

—Yo creo que los Mets podrían ganar.

—Podría ser —concedió—. Juegan bien. Los Royals también; este año tienen una buena línea de ataque.

Mientras papá respondía, Marge me guiñó con intención un ojo.

Al cabo de un rato, nos reunimos con Marge y Liz en el porche de atrás. El ruido del partido llegaba desde el comedor.

—Nunca he podido aficionarme al béisbol —dije a mi hermana—. Dejó de interesarme en el instituto.

—Y ahora haces *jogging* con las mamás. Nunca permitas que alguien te diga que no dejaste germinar tus aptitudes atléticas.

—¿Te habla así a ti? —pregunté a Liz.

—No —respondió esta—. Ya sabe que si lo hace, no voy a seguirle la corriente. Además, tú eres un blanco fácil.

—Lo que quería decir es que no creo que papá quisiera hablar conmigo, ni aunque supiera tanto de béisbol como tú.

—No te lo tomes a mal —replicó Marge encogiendo los hombros—. Aunque no sepas de béisbol, seguro que papá tampoco sabría reconocer por su nombre todos y cada uno de los accesorios de las Barbies, así que con eso te marcas un tanto.

—Con eso me siento mejor.

—No seas tan susceptible, hombre. Papá tampoco habla conmigo cuanto está en el garaje. Ese es tu sitio y no el mío.

—¿Ah, sí?

—¿Por qué crees que me molesté en aprender cosas de los Braves? Si no, no me dirigiría la palabra más que para pedirme que le pase el puré de patatas mientras comemos.

—¿Crees que él y mamá hablan como lo hacían antes?

—¿Después de casi cincuenta años? Lo dudo mucho. No les debe de quedar mucho de qué hablar. De todas maneras… está claro que les funciona la relación.

—¡Papá! —oí que London me llamaba desde la cocina.

Enseguida acudió a mi encuentro. Llevaba un vestido que podría haber lucido en una alfombra roja y con la mano sujetaba una fiambrera con la imagen de Barbie estampada. Otro artículo que añadir a mi vasto conocimiento de los accesorios de Barbie, debía de estar pensando Marge.

—¡Mira qué me he comprado! —exclamó London, levantándola para enseñármela—. ¡Va a juego con la mochila de Barbie!

—Es fantástico, cariño. Es muy bonita.

Nos abrazó a los tres mientras admirábamos, uno tras otro, la nueva fiambrera.

—¿Tienes ganas de ir a la escuela? —preguntó Marge.

—Sí, empiezo el martes.

—Ya sé —dijo Marge—. Me lo ha contado tu padre. Dice que ya has visto a tu maestra.

—Se llama señora Brinson —explicó London—. Es muy simpática. Dijo que podría llevar al *Señor* y la *Señora Sprinkles* el día en que cada cual enseña lo que quiere.

—Qué bien —se felicitó Marge—. Seguro que a los otros niños les van a encantar. ¿Dónde están? ¿Los has traído?

—No. Están en casa. Mamá ha dicho que hacía demasiado calor para dejarlos en el coche mientras hacíamos las compras.

—Tiene razón. Hoy hace bastante calor.

—¿Tienes hambre? —pregunté a London.

—Hemos comido con mamá no hace mucho.

«De modo que era ahí donde estabais.»

—¿Has visto a la abuela en la cocina?

—Dice que vamos a hacer pudding con nata dentro de unos minutos. Yo solo comeré un poquito, para que no se me quite el hambre para la cena. Y después vamos a plantar unas flores.

—Qué divertido, ¿no? ¿Y el abuelo?

—Me he sentado un poco en sus rodillas. Me ha dado un beso y me ha hecho cosquillas con las patillas. A él también le ha gustado la fiambrera.

—Claro. ¿Has visto el partido con él?

—No mucho. Hemos hablado del *Señor* y la *Señora Sprinkles* y me ha dicho que los echaba de menos. Y después hemos hablado de la escuela y de la bici, y ha dicho que un día querría verme ir en bici. Me ha contado que cuando él era pequeño, siempre iba en bici y que una vez se fue hasta el lago Norman él solo y volvió.

—Eso está muy lejos —comenté.

Aun así, no dudé ni un instante de la veracidad de la afirmación, porque le pegaba mucho a mi padre. Justo entonces, Vivian salió de casa.

Me levanté y le di un beso, y Marge y Liz, un abrazo. Vivian se sentó con nosotros y luego alisó con la mano el vestido de London.

—Creo que la abuela te está esperando en la cocina, cariño.

—Vale —dijo London, antes de irse brincando hacia el interior.

Una vez que la puerta se cerró tras ella, me volví hacia Vivian, aún molesto con la cuestión de la cuenta bancaria. Como no era el momento ni el lugar para expresarlo, me esforcé por sonreír y hacer como si no pasara nada.

—¿Cómo ha ido la salida?

—No te puedes imaginar lo pesado que ha sido —respondió Vivian con un suspiro—. Hemos tardado una eternidad en encontrar la mochila adecuada. Se habían agotado en casi todas partes, pero al final hemos tenido suerte y la hemos encontrado en la última tienda. Los almacenes estaban abarrotados, por supuesto. Era como si todos los habitantes de Charlotte hubieran tenido la misma idea de esperar hasta el último minuto para ir a comprar el material escolar. Y después, cuando hemos terminado, he tenido que llevar a London a comer algo porque estaba muerta de hambre.

—Eso de ir de compras es bien pesado —observó Marge.

—Por lo menos ya está hecho —dijo Vivian. Luego se volvió hacia Marge y Liz, enfocando la mirada en un punto intermedio entre ambas—. ¿Y qué tal os va a vosotras? ¿Tenéis previsto algún viaje?

A Marge y a Liz les gustaba mucho viajar. En los años que llevaban juntas, habían visitado más de quince países distintos.

—La semana próxima iremos a Houston a ver a mis padres —respondió Liz—. En octubre iremos a Costa Rica, justo después del cumpleaños de London.

—Caramba... ¿Qué hay en Costa Rica?

—Sobre todo deportes en plena naturaleza. Vamos a hacer canopy, rafting, excursiones por la selva y luego iremos a ver el volcán Arenal.

—Parece divertido.

—Eso espero. Y después, a primeros de diciembre, iremos a Nueva York. Queremos ver algunos espectáculos y también el museo Memorial del 11 de septiembre, que parece que está muy bien.

—A mí me encanta Nueva York por Navidad. No sospeché que lo iba a echar de menos cuando me marché, pero de vez en cuando, me quedo pensando por qué me fui.

«Nos fuimos porque nos íbamos a casar.» Aunque no dije nada, Liz, con su particular perspicacia, debió de captar mi agitación y, como yo, procuró mantener la conversación dentro de los límites de la cordialidad.

—No hay otra ciudad como Nueva York, ¿verdad? —dijo—. Siempre lo pasamos muy bien cuando vamos.

—Si necesitáis una mano para conseguir reservas en los restaurantes, avisadme. Puedo llamar a mi antiguo jefe, que puede mover algunos hilos.

—Gracias, lo tendremos en cuenta. ¿Cómo va el traslado a la oficina de Atlanta?

—Según lo previsto. No sé por qué, me pusieron al frente de la logística y he tenido mucho más trabajo de lo que imaginaba. Tendré que estar allí un par de días a finales de semana.

—Pero estarás aquí el primer día de escuela de London, ¿no?

—No me lo perdería por nada.

—Seguro que London se alegrará. ¿Hay alguna fecha concreta para el traslado definitivo?

—Hacia mediados de septiembre, supongo. Van a ser unas oficinas increíbles. Están justo en Peachtree y tienen unas vistas fantásticas. Walter ha atribuido a algunos ejecutivos apartamentos temporales, para facilitar la transición.

—¿Tú utilizarás uno de esos apartamentos?

—Supongo que depende de cuánto tiempo vaya a tener que pasar allí.

«¿Depende?» Sin darme tiempo a desentrañar el sentido de la palabra, Liz prosiguió, sin soltar las riendas de la conversación.

—Pero seguirá siendo Charlotte la base principal de tu trabajo, ¿no?

—Eso espero, pero tampoco es seguro. Esta semana estaré tres días en Atlanta, pero Walter está acariciando la idea de presentarse para el cargo de gobernador. Eso no sería para el año próximo, sino el 2020, pero entre las urbanizaciones, su grupo de presión y ahora esto, no os extrañéis si tengo que acabar yendo cuatro días por semana.

—Son muchas noches para estar en un hotel.

—Si me quedara tanto tiempo, seguramente aceptaría la oferta de Walter para utilizar un apartamento de la empresa.

—¿En serio? —intervine por fin, incapaz de mantenerme callado.

—¿Qué quieres que te diga? Liz tiene razón en eso del hotel.

—Preferiría que no tuvieras un apartamento en Atlanta —dije, asombrado de que me tuviera que enterar de eso entonces, y no en privado.

—Ya lo sé —contestó—. ¿Crees que a mí me apetece acaso?

No respondí, porque no estaba seguro de cuál sería la verdadera respuesta.

—¿Y para qué quiere ser gobernador? —preguntó Marge, interrumpiendo el hilo de mis pensamientos—. Ya dispone de todo el dinero y poder que necesita.

—¿Por qué no? Le ha ido bien en todo lo que ha emprendido. Seguramente sería un magnífico gobernador.

Mientras Vivian hablaba, yo seguía rumiando lo de la cuenta del banco y el apartamento. Marge también debía de pensar en eso, a juzgar por su expresión. Liz, mientras tanto, volvió a demostrar su destreza para mantener la conversación en terreno neutral.

—Por lo que se ve, te va a mantener muy ocupada durante los próximos años —comentó.

—Ya estoy ocupada todo el día ahora, cada día.

—Y te gusta —dictaminó Liz.

—Sí. Echaba de menos trabajar y es un sitio muy estimulante. Siento como si volviera a ser yo misma, no sé si me explico.

—Sí, perfectamente —convino Liz—. Yo siempre digo a mis clientes que tener un trabajo interesante es algo fundamental para el equilibrio mental.

—Ser una madre que se queda en casa también es interesante —destaqué.

—Eso nadie lo pone en duda —terció Liz—. Creo que todos estamos de acuerdo en que quedarse en casa para cuidar a un hijo es algo interesante e importante. —Luego prosiguió, dirigiéndose a Vivian—: ¿Ha sido dura la separación de London?

—Soy consciente de que me echa de menos —respondió Vivian—, pero creo que es importante que me vea trabajando fuera de casa. No querría por nada del mundo que creyera que las mujeres deben aspirar a pasarse la vida descalzas, embarazadas y en la cocina.

—¿Cuándo has estado tú descalza y embarazada en la cocina? —interrumpí.

—Es una manera de hablar, Russ —contestó—. Ya sabes a qué me refiero. Y francamente, para Russ también ha sido algo bueno. Creo que ahora valora mucho más lo que ha sido mi vida durante cinco años.

—Yo siempre he valorado lo que hiciste —repliqué, cansado de sentir como si tuviera que defenderme todo el tiempo—. Y sí, tienes razón al afirmar que para cuidar de London hay que invertir mucha energía, pero yo también estoy trabajando, y lo difícil en este caso ha sido compaginar las dos cosas.

Vivian entrecerró los ojos, dejando traslucir su contrariedad por mi comentario, y después optó por cambiar de tema.

—¿Qué tal te va a ti? —preguntó a Marge—. ¿Estás contenta con el trabajo?

Era el tipo de cuestión inocua que definía su relación, algo vacío de significado que solo servía para mantener la conversación en un nivel superficial.

—Vaya, para alegrar el ambiente no hay nada mejor que hablar de la funeraria —replicó Marge.

Yo sonreí sin querer, pero Vivian se mantuvo seria.

—No sé cómo puedes dedicarte a eso —señaló Vivian—. Yo no me veo manejando números todo el día y teniendo que tratar con la Agencia Tributaria.

—No todo el mundo podría, pero a mí siempre se me han dado bien los números, y además, me gusta ayudar a mis clientes.

—Sí, tiene su parte buena —concedió Vivian.

No añadió nada y entre los cuatro se instaló el silencio. Marge se puso a darse tirones a una uña mientras Liz se ajustaba la vuelta de los pantalones. No había que ser muy agudo para comprender que el clima de jovialidad que había reinado toda la tarde se había evaporado en cuanto Vivian había tomado asiento en el porche. Incluso ella misma no sabía qué decir. Se quedó con la mirada perdida hasta que al final, a desgana, reanudó la conversación con Marge.

—¿A qué hora habéis llegado vosotras?

—A eso de las doce y media —respondió Marge—. Hemos llegado unos minutos después de Russ.

—¿Ha pasado algo extraordinario?

—No. Ha sido un sábado como los demás. Mamá ha estado todo el día en la cocina, nosotras hemos ido a dar un paseo y papá ha estado en el garaje hasta que ha empezado el partido. Y, cómo no, yo he estado tomándole el pelo a tu marido un rato.

—Bien hecho. Necesita que alguien lo ponga en vereda. Últimamente está algo quisquilloso. Parece como si en casa no encontrara bien nada de lo que hago.

Me volví hacia ella, demasiado sobresaltado para volver a tomar la palabra, preguntándome: «¿Estás hablando de mí o de ti?».

«Cuenta bancaria separada. Apartamento de la empresa. Una posibilidad de pasar cuatro noches por semana en Atlanta.»

Cuanto más meditaba sobre las «sorpresas del sábado» de Vivian, más crecía mi sospecha de que lo había sacado a colación allí porque sabía que yo no discutiría en presencia de otra gente. Cuando llegáramos a casa, diría que ya lo habíamos hablado, por supuesto, y que no era necesario volver a tocar el tema; y si yo insistía, sería porque quería provocar una pelea. Así se colocaba en una situación de ventaja que me dejaba desarmado, pero lo que más me inquietaba, más incluso que aquella flagrante manipulación, era el hecho de que a Vivian no parecía producirle ninguna aprensión la perspectiva de pasar aún más días separados. ¿Qué repercusión tendría eso para nuestra pareja? ¿Qué repercusión tendría para London?

No estaba seguro. Aunque no tenía ningún deseo de irme de Charlotte, en caso necesario, lo haría. Mi matrimonio y mi familia eran importantes para mí y estaba dispuesto a hacer lo que fuera para mantenernos unidos. Mi empresa no estaba todavía bien implantada en Charlotte y, en caso de que existiera la posibilidad de un traslado a Atlanta, tanto daría empezar a buscar clientes allí, siempre y cuando tuviera un mínimo conocimiento de cuáles iban a ser las perspectivas concretas de Vivian. Por el momento, todo era muy vago e incierto.

No obstante... en caso de que planteara la posibilidad de que nos trasladáramos los tres, no estaba seguro de cómo iba a reaccionar mi mujer. ¿Lo querría siquiera? Sentía como si Vivian y yo estuviéramos deslizándonos sobre hielo en direcciones contrarias, y cuanto más trataba yo de agarrarme a ella, más decidida parecía ella a alejarse. Tenía un deseo de secretismo que me reconcomía y aunque yo había dado por sentado que nos apoyaríamos mutuamente en nuestros retos laborales, no me podía quitar de encima la impresión de que a ella le interesaba muy poco ese tipo de confianza. En lugar de los dos unidos contra el mundo, sentía más bien como si la cosa fuera Vivian contra mí.

Claro que quizá estaba haciendo una montaña de todo aquello. Quizá estaba demasiado pendenciero y me centraba demasiado en sus defectos y no en sus cualidades. Una vez que London fuera a la escuela y nos hubiéramos adaptado a nuestros respectivos horarios de trabajo, tal vez la situación no aparecería tan desoladora y volveríamos a remontar el bache.

O tal vez no.

Entre tanto, mientras yo cavilaba sobre aquellas cuestiones, Vivian hablaba con Marge y Liz de los espectáculos que había en Nueva York. Luego les recomendó que visitaran una terraza de la calle Cincuenta y Siete con vistas sobre Central Park que no todo el mundo conocía. Recordé haber llevado a Vivian allí algunas tardes de domingo, cuando creía que yo era el centro de su mundo. De repente, aquello me pareció muy lejano.

Justo entonces, London salió llevando dos raciones de pudding con nata, que entregó a Liz y Marge. Luego volvió con una ración para Vivian y otra para mí. Pese a mi estado de confusión, el entusiasmo de la niña me hizo sonreír.

—Parece delicioso, cariño —elogié—. ¿Qué lleva?

—Pudding de chocolate y nata montada —respondió—. Es como una galleta de Oreo blanda y yo he ayudado a la abuela a prepararlo. Ha dicho que no me va a quitar el hambre porque solo voy a comer un poco. Me voy con el abuelo, ¿vale?

—Seguro que le va a encantar. —Después de tomar un bocado, comenté—: Muy rico. Estás hecha una gran chef.

—Gracias, papá —dijo.

Me prodigó un breve abrazo que me dejó encantado antes de entrar en la casa, sin duda con la intención de recoger otro par de postres más y acabar sentada en el regazo de mi padre.

Vivian vio cómo London me abrazaba y aunque reaccionó con una afable sonrisa, no estaba muy seguro de qué debió sentir por haber quedado relegada. En cuanto London cerró la puerta, Vivian dejó el postre encima de la mesa, puesto que contenía su enemigo jurado: el azúcar. Marge, Liz y yo no compartíamos aquella aversión, sin embargo. Marge iba por la segunda cucharada cuando volvió a tomar la palabra.

—Vas a tener una semana bastante cargada. London empieza en la escuela, Vivian va a viajar y tú vas a rodar los anuncios ¿no? ¿Cuándo empezáis?

—Tenemos ensayo el miércoles por la tarde y filmaremos el jueves y el viernes y después un par de días más la otra semana. También tengo una sesión de cásting la semana que viene.

—Todo muy apretado.

—No es para tanto —dije.

Me di cuenta de que realmente lo consideraba así. Estando London en la escuela, tendría ocho horas libres para trabajar, lo cual me parecía un tiempo infinito en comparación con la vida que estaba llevando en ese momento. Tomé otro bocado de postre, notando la mirada de Vivian fija en mí.

—¿Qué? —le pregunté.

—No te irás a comer todo eso ¿verdad? —dijo Vivian.

—¿Por qué no?

—Porque vamos a cenar dentro de una hora. No es bueno para tu salud ni para tu figura.

—Tampoco es para tanto —contesté—. He bajado tres kilos este mes.

—¿Y por qué quieres recuperarlos? —insistió Vivian.

Al ver que yo no respondía, Liz carraspeó, lista para intervenir.

—¿Y tú, Vivian? ¿Sigues yendo al gimnasio y haciendo yoga en ese local del centro?

—Solo los sábados. Pero hago ejercicio en el gimnasio de la oficina dos o tres veces por semana.

—¿Hay un gimnasio en la oficina? —pregunté, pasmado.

—Ya lo sabías. Has visto que me llevaba la bolsa de deporte al trabajo. Si no, no me daría tiempo. Claro que a veces el paréntesis se acaba convirtiendo en una sesión de trabajo según qué ejecutivo esté allí.

Aunque no mencionó ningún nombre, tuve el mal presentimiento de que con lo de ejecutivo, mi esposa se refería en realidad a Walter, cosa que, de ser cierta, me pareció como la peor de todas las sorpresas a que me había sometido ese sábado.

ϒ

Para entonces, estaba francamente abatido. Vivian y Marge seguían con la misma conversación superficial mientras yo desconecté casi del todo, ensimismado en unos pensamientos que me estallaban como fuegos de artificio en los oídos.

London y mamá salieron de casa con las manos protegidas con guantes de jardinería. Los de London debían de ser de mamá, porque le iban muy grandes.

—¡Hola, cariño! —la saludé—. ¿Vas a plantar algo?

—¡Llevo guantes, papá! ¡Y con la abuela vamos a poner unas flores preciooosas!

—Qué bien.

Mi madre llevaba una bandeja de plástico que contenía doce tiestos de plástico pequeños con caléndulas en flor. London cogió dos palas y mi madre estuvo escuchando con gran atención mientras London hablaba como una cotorra mientras atravesaban el jardín.

—¿Os habéis fijado en lo bien que trata mamá a London? —señaló Marge—. Se muestra paciente, animada y divertida.

—Noto una cierta amargura en tu tono —observó Liz.

—Y con razón —confirmó—. Mamá jamás plantó flores conmigo, ni me enseñó a hacer pudding con nata. Ni tampoco fue paciente, ni animada, ni divertida por regla general. Cuando me hablaba, era porque quería que hiciera algo.

—¿Y no te has planteado que quizá tengas una memoria selectiva?

—No.

—Entonces quizá deberías conformarte con la idea de que a ella le gusta más London que tú o Russ —espetó, riendo, Liz.

—Eso no es muy terapéutico —se quejó Marge.

—Ojalá London pudiera ver a mis padres más a menudo —comentó Vivian—. Me da pena que no tenga la misma clase de relación con ellos. Es como si se estuviera perdiendo una parte en lo que a mi familia se refiere.

—¿Cuándo estuvieron aquí por última vez? —preguntó Liz.

—Por Acción de Gracias —dijo Vivian.

—¿Por qué no vienen a visitaros este verano?

—La empresa de mi padre está en un proceso complicado de fusión y a mi madre no le gusta viajar sin él. Supongo que podría llevarles a London, pero últimamente no tengo tiempo para nada.

—Quizá sea distinto cuando las cosas se calmen un poco —opinó Liz.

—Quizá —concedió Vivian. De pronto, frunció el ceño mientras observaba como London cavaba mientras mi madre ponía las flores en la tierra—. De haber sabido que London iba a hacer de jardinera, habría traído otra muda de ropa. Ese vestido es prácticamente nuevo y se disgustará si no puede volver a ponérselo.

Yo dudaba que a London le importara tanto como a Vivian. Probablemente ni se acordaba de la mitad de los vestidos que tenía. Mis pensamientos se vieron interrumpidos por el repentino y penetrante grito que lanzó London, cargado de miedo y dolor…

—¡¡¡Ay, ay, ay!!! ¡Qué daño! ¡¡¡Papá!!!

El mundo se fragmentó al instante en imágenes desarticuladas; noté que me levantaba y que la silla caía al suelo tras de mí… Liz y Marge volvieron la cabeza, con cara de susto… Vivian abrió la boca con espanto… mi madre alargó los brazos hacia London, que gritaba y sacudía la cabeza, roja como una amapola y desencajada…

—¡¡¡Me duele mucho, papá!!!

Me precipité hacia ella con un torrente de adrenalina en las venas. En cuanto llegué a su lado, la cogí en brazos.

—¿Qué ocurre? ¿Qué ha pasado?

London sollozaba con tanto desespero que no podía responder. Tenía la mano apartada del cuerpo.

—¿Qué pasa? ¿Te has hecho daño en la mano?

—¡Le ha picado una abeja! —gritó mamá, blanca como el papel—. La quería espantar a manotazos…

Vivian, Liz y Marge estaban ya junto a nosotros. Incluso mi padre había aparecido en la puerta y acudía a toda prisa.

—¿Ha sido una abeja? —pregunté—. ¿Te ha picado una abeja?

Traté de cogerle la mano, pero ella la agitaba frenéticamente, convencida de que aún tenía la abeja enganchada. Vivian se apresuró a agarrarla, pese a que no paraba de chillar. Luego la hizo girar y puso al descubierto el dorso de la mano.

—¡Ahí está el aguijón! —gritó a London, que seguía agitándose sin hacer caso—. Voy a quitarlo, ¿de acuerdo?

Vivian apretó con fuerza el brazo de London.

—¡No lo muevas! —pidió. Tuvo que presionar un par de veces con las uñas para hacer aflorar el aguijón, que salió fácilmente estirando—. Ya lo he sacado, cariño —anunció—. Ya sé que duele, pero pronto pasará —aseguró con voz tranquilizadora.

No habían transcurrido más de quince segundos desde que había oído los primeros gritos de London, pero parecía como si hiciera mucho más tiempo. Aunque aún lloraba, ya no se debatía tanto y la intensidad de los gritos había disminuido desde que la había cogido en brazos. La mejilla se me estaba humedeciendo con el contacto de sus lágrimas, mientras los demás se apiñaban a su alrededor, tratando de consolarla.

—Ssss... —susurré—. Ya está papá aquí...

—¿Estás mejor? —preguntó Marge, acariciándole la espalda.

—Tiene que haberte dolido mucho, pobrecilla... —se compadeció Liz.

—Voy a buscar bicarbonato... —anunció mi madre.

—Ven conmigo, hijita —dijo Vivian, tendiendo las manos hacia London—. Ven con mamá...

Vivian la rodeó con los brazos, pero al instante, ella hundió la cara en mi cuello.

—¡Quiero estar con papá! —exclamó.

Cuando Vivian empezó a tirar, noté cómo se aferraba a mí, estrangulándome casi, hasta que Vivian renunció.

Llevé a la niña hasta mi silla y me senté con ella, escuchando mientras se iban apaciguando sus gritos. Entonces mamá trajo a la mesa la pasta que había preparado con bicarbonato y agua.

—Con esto bajará la hinchazón y te escocerá menos —explicó—. ¿Quieres mirar cómo la pongo, London?

London se soltó de mi cuello y observó cómo mi madre le aplicaba la pasta en la piel.

—¿Escuece?

—Para nada —aseguró mi madre—. ¿Ves?

London aún gimoteaba y cuando mi madre acabó, se acercó la mano a la cara.

—Aún me duele —se quejó.

—Ya lo sé, pero con esto te sentirás mejor, ¿de acuerdo?

London asintió con la cabeza, sin dejar de examinar la mano. Yo le enjugué las lágrimas con el dedo, notando la humedad en la piel.

Seguimos sentados charlando un rato alrededor de la mesa, tratando de distraer a London, atentos por si manifestaba algún síntoma de alergia. En principio no tenía por qué haberla, puesto que ni Vivian ni yo éramos alérgicos y no había tenido ninguna reacción con las hormigas, pero como era la primera vez que le picaba una abeja, había que asegurarse. La respiración parecía normal y la inflamación no había empeorado; cuando hicimos derivar la conversación hacia el tema del *Señor* y la *Señora Sprinkles,* incluso pareció olvidarse del dolor, aunque solo fuera durante unos segundos.

Una vez hubimos constatado que London estaba bien, reconocí que todos los mayores habíamos tenido una reacción desmesurada. Entonces se me antojaba casi ridículo nuestro pánico, nuestra precipitación y nuestro afán por consolarla después. Al fin y al cabo, no es que se le hubiera roto un brazo o la hubiera atropellado un coche. Sus gritos habían sido desgarradores, pero de todas formas... solo la había picado una abeja. A mí, de niño, debieron de picarme una docena de veces y la primera vez, mi madre no preparó pasta de bicarbonato ni me cogió en brazos para consolarme. Si no me falla la memoria, mi madre simplemente me dijo que me lavara y mi padre me espetó «Para de llorar como un crío» o algo por el estilo.

Cuando al final mi madre le preguntó a London si quería otra cucharada de pudding de chocolate, se bajó de mi regazo y me dio un beso antes de irse con mi madre a la cocina. Se alejó manteniendo la mano frente a sí, como un cirujano que se dispusiera a realizar una operación. Yo lo comenté en voz alta, suscitando risas por parte de Marge y de Liz.

Vivian, sin embargo, ni siquiera sonrió. Me miraba con ojos entornados, como si me acusara de un crimen de alta traición.

13

Crimen y castigo

Yo tenía doce años y Marge diecisiete cuando ella salió del armario, o como quiera que se diga de forma políticamente correcta hoy en día. Marge no era consciente de actuar de manera políticamente correcta por entonces; simplemente ocurrió. Estábamos en su habitación y surgió la cuestión del baile que iban a celebrar en su instituto. Cuando le pregunté por qué no iba a ir, se volvió hacia mí.

—Porque me gustan las chicas —contestó bruscamente.

—Ah —recuerdo que dije yo—. A mí también me gustan las chicas.

Creo que una parte de mí albergaba la vaga sospecha de que Marge era homosexual, pero todo lo que yo conocía sobre el sexo a esa edad se reducía a los cuchicheos escuchados en el pasillo del colegio y a alguna que otra película no apta para menores que había visto. Si me lo hubiera dicho un año más tarde, cuando aseguraba a diario la puerta de mi cuarto calzándola con un zapato para tener un poco de intimidad, no sé cómo habría reaccionado, aunque supongo que me lo habría tomado peor. A los trece años, uno considera cualquier cosa que se salga de lo normal como lo más horroroso del mundo, aunque se trate de la propia hermana.

—¿Te importa? —preguntó, demostrando un repentino interés en retirarse una cutícula.

Hasta que la miré —hasta que la miré realmente— no comprendí la ansiedad que le producía aquella confesión.

—Me parece que no. ¿Lo saben papá y mamá?

—No, y no les digas ni una palabra, porque se pondrían como fieras.

—Vale —acepté.

El secreto quedó entre nosotros hasta que al cabo de un año, Marge convocó un día a mis padres en torno a la mesa y se lo dijo.

Eso no representa que yo sea noble, ni tampoco hay que sacar conclusiones acerca de mi carácter por ello. Aunque percibía su ansiedad, carecía de la madurez suficiente para hacerme cargo de la gravedad de lo que me había confiado. Cuando nosotros éramos adolescentes, las cosas eran distintas. Ser homosexual era algo raro, algo que no estaba bien, incluso un pecado. Yo no tenía ni idea de los conflictos interiores que Marge debería afrontar ni las cosas que la gente iba a decir a su espalda... y a veces incluso a la cara. Tampoco soy tan arrogante como para creer que ahora los comprendo totalmente. Para mi cerebro de doce años, el mundo era más simple y a mí no me importaba lo más mínimo si a mi hermana le gustaban las chicas o los chicos. Yo la apreciaba o la detestaba por otros motivos. La detestaba, por ejemplo, cuando me inmovilizaba boca arriba, apretándome los brazos con las rodillas, mientras me hundía los nudillos en el esternón; la detestaba cuando Peggy Simmons, una chica que a mí me gustaba, vino a casa y ella le dijo que «No puede venir a la puerta porque está en el cuarto de baño, y lleva muchísimo rato allá adentro», para luego preguntarle a Peggy: «¿No tendrás cerillas por casualidad?».

Así era mi hermana, siempre obrando en mi favor.

Lo de apreciarla era muy sencillo. Siempre que no me estuviera haciendo ninguna jugada detestable, yo la apreciaba. Como suele ocurrir con los hermanos menores, tenía una imagen un poco heroica de Marge, y su revelación no alteró en nada ese sentimiento de adoración. Desde mi punto de vista, mis padres la trataban como a una joven adulta mientras que a mí me trataban como a un niño, antes y después de que me confesara su homosexualidad. Esperaban más de ella, tanto para ocuparse de la casa como para cuidar de mí. También debo reconocer que Marge me facilitó el paso a la edad adulta, puesto que preparó la vía en lo que a mis padres se refiere. La sorpresa y la decepción suelen ir de la mano cuando se tienen hijos, y el hecho de recibir menos sorpresas representaba por lo general menos decepciones.

Cuando una noche me escabullí de casa y cogí el coche de mis padres... Marge había hecho lo mismo años atrás.

Cuando me excedí bebiendo en una fiesta del instituto... Bienvenido al club.

Cuando subí a lo alto del depósito de agua, sitio predilecto de los adolescentes del barrio... Marge ya lo frecuentaba desde hacía tiempo.

Cuando me transformé en un chaval que apenas hablaba ni con mi madre ni con mi padre... ya habían vivido la misma experiencia con Marge.

Marge, por supuesto, no dejaba de recordarme que para mí todo era más fácil, pero, para ser sincero, eso me creaba a menudo la sensación de ser un segundón, lo cual tampoco era agradable. Cada cual a su manera, ambos nos sentíamos un poco postergados, pero en nuestros conflictos personales, acabamos apoyándonos mutuamente cada vez más con el paso de los años.

Cuando hablamos de esas cosas en la actualidad, resta importancia a lo duro que fue declarar públicamente su homosexualidad, cosa que no hace más que incrementar mi admiración por ella. Ser diferente nunca es fácil y el hecho de serlo en un estado del Sur y en una familia cristiana debió de apuntalar su determinación de presentar una fachada invulnerable. Ahora que es adulta, vive en un mundo definido por números y hojas de cálculo. Cuando habla con los demás, trata de parapetarse detrás del ingenio y el sarcasmo. Rehúye la intimidad con la mayoría de la gente y, pese a que estamos unidos, creo que a veces ha tenido la necesidad de ocultar su vertiente emocional, incluso a mí. Ya sé que si se lo preguntara, lo negaría; me diría que si quería una persona sensible, debería haberle pedido una hermana diferente a Dios, de esas que llevan Kleenex siempre a mano por si ponen alguna canción triste en la radio.

Últimamente lamento no haber podido expresarle que he percibido su auténtica naturaleza, que siempre la he querido tal cual es. Sin embargo, pese a nuestra proximidad, las conversaciones que mantenemos raras veces llegan a ese nivel de profundidad. Como la mayoría de la gente, supongo, hablamos de los últimos acontecimientos que ocurren en nuestras vidas, ocultando nuestros miedos como las tortugas, que esconden la cabeza en su caparazón.

Yo también he visto a Marge en sus momentos más bajos, sin embargo.

El desencadenante fue una chica llamada Tracey, su compañera de habitación. Marge estaba en su segundo año en la Universidad de Carolina del Norte, en Charlotte, y aunque no ocultaba su homosexualidad, tampoco hacía ostentación de ella. Tracey lo sabía desde el principio, pero aquello nunca apareció como un inconveniente entre ellas. Se hicieron muy amigas, como suele ocurrir con las compañeras de habitación. Tracey tenía un novio en su ciudad natal y cuando rompió con él, Marge estuvo a su lado para ayudarla a recuperarse. En un momento dado, Tracey se dio cuenta de que Marge se sentía atraída por ella y no hizo nada para desalentarla; incluso planteó la hipótesis de que era bisexual aunque no estaba del todo segura. Después, una noche dieron un paso adelante. Marge se despertó por la mañana sintiendo como si hubiera descubierto la parte de sí misma que le faltaba; Tracey se despertó incluso más confusa, pero dispuesta a probar si funcionaba su relación. Tracey insistió en llevarla con toda discreción, a lo que Marge accedió, y durante los meses siguientes, se fue enamorando aún más de Tracey. Esta, por su parte, empezó a distanciarse y, después de volver a casa para las vacaciones de primavera, le dijo a Marge que se había reconciliado con su novio y que no sabía si podían seguir siendo amigas. Le comunicó que se iba a trasladar a un apartamento que le habían alquilado sus padres y le dio a entender que lo que habían compartido no era más que una experimentación, que su relación no había significado nada para ella.

Marge me llamó justo antes de medianoche. Borracha y balbuciente, me contó de forma inconexa lo sucedido, asegurando que se quería morir. Yo acababa de sacarme el permiso de conducir y, de manera intuitiva, supe dónde la podía encontrar. Me dirigí a toda prisa al depósito de agua y vi su coche aparcado abajo. Trepé hasta arriba y encontré a mi hermana cerca del borde, con las piernas colgando en el vacío. Tenía una botella de ron abierta a su lado y enseguida me percaté de que estaba como una cuba, casi incapaz de coordinar las palabras. Cuando me vio, se aproximó más al borde.

Hablando con calma, conseguí convencerla para que me dejara acercarme. Cuando llegué por fin a su lado, la rodeé con el brazo y fui retrocediendo poco a poco. La mantuve abrazada mientras sollozaba y así nos quedamos en lo alto del depósito casi hasta el amanecer. Me rogó que no contara nada a nuestros padres y después de prometérselo, la llevé en el coche hasta su dormitorio y la metí en la cama. Cuando llegué a casa, mis padres estaban fuera de sí. Yo tenía dieciséis años y había pasado toda la noche fuera. Me castigaron sin salir durante un mes y tres meses más sin poder utilizar el coche.

Aun así, nunca les revelé donde había estado, ni lo destrozada que estaba mi hermana esa noche, ni lo que podría haberle ocurrido si yo no hubiera acudido a su lado. Me bastaba con saber que le había servido de apoyo, que la había rodeado con mis brazos cuando más lo necesitaba, como sabía que habría hecho ella por mí.

Ni qué decir tiene que, después de la cena con mi familia, la velada romántica que habíamos pospuesto no tuvo lugar. Vivian no estaba de muy buen humor cuando llegamos a casa y yo tampoco.

La mañana del domingo empezó con un ritmo cansino, que me permitió tomar la tercera taza de café después de salir a correr ocho kilómetros, la distancia más larga que había recorrido a la carrera desde hacía diez años. London veía una película en el salón y yo estaba leyendo el periódico en el patio de atrás cuando Vivian salió.

—Creo que London y yo necesitamos un día exclusivo para nosotras dos —anunció.

—¿Cómo?

—Cosas de mujeres. Nos vamos a vestir elegantes y nos haremos una manicura y pedicura y hasta puede que vayamos a la peluquería. Será como una minicelebración antes de su primer día de escuela, y no tendremos que correr de un lado a otro como locas como hicimos ayer.

—¿Y hay sitios abiertos el domingo?

—Algo encontraremos —afirmó—. A mí también me conviene una buena manicura y pedicura.

—¿London sabe qué es eso?

—Claro que sí. Y me irá bien pasar un tiempo a solas con ella, ¿entiendes? Últimamente he trabajado mucho. A ti también te servirá de respiro para hacer lo que quieras, hacer el tonto, trabajar o lo que sea.

—¿Cuándo hago el tonto yo?

—Ya sabes a qué me refiero —contestó—. Bueno, tengo que ayudarla a elegir alguna ropa. Quiero que vaya muy bien vestida y que sea un día especial.

—Pues sí que parece que va a ser cosa de chicas —dije—. Espero que lo paséis bien.

—Seguro que sí.

—¿Cuánto crees que tardaréis en volver?

—Ah, no sé. Depende. Igual no volvemos hasta la hora de la cena si London quiere comer fuera. Quiero que sea un día muy relajado. ¿Quién sabe? Tal vez vayamos al cine.

Al cabo de tres cuartos de hora, salieron por la puerta y yo me quedé con la casa para mí solo. Aquello era bastante infrecuente en los últimos tiempos, pero estaba tan acostumbrado a correr de un lado a otro que no sabía muy bien qué hacer. Puesto que el trabajo para Taglieri estaba prácticamente definido, no tenía casi nada de trabajo pendiente y, aparte de unos cuantos platos por colocar en el lavavajillas, la casa estaba ordenada. Había terminado de hacer deporte y de leer el periódico, había estado con mi familia el día anterior y después de pasar menos de una hora solo, me puse a vagar como alma en pena por la casa. Me faltaba algo, o más bien alguien. Entonces tomé conciencia de que lo que de verdad habría querido hacer de haber tenido la opción, era salir en bicicleta por el barrio con London y disfrutar con ella de una plácida tarde de domingo.

Vivian y London no volvieron a casa hasta casi las siete y yo comí solo a mediodía y a la hora de la cena.

Me habría encantado ser de esa clase de personas que se habrían ido al gimnasio o a meditar, o que habrían pasado la tarde leyendo una biografía de Roosevelt, pero la calma chicha del día me dejó con un nivel bajísimo de energía, sin la menor ambición de autosuperación. Al final me pasé el día navegando en Internet, dejándome llevar por el azar de los clics y deteniéndome en lo primero que captaba mi atención. Leí sobre temáticas tan heterogéneas como la medusa gigante que había aparecido en las playas de Australia, las obras que se llevaban a cabo en varios países de Oriente Medio, la inminente extinción de los gorilas de África central o los diez mejores alimentos para reducir rápidamente la grasa del cuerpo.

El único detalle del que me habría podido enorgullecer fue que no leí ni una sola noticia sobre famosos. Aunque no era como para ajustarme la cintura de los pantalones y caminar un poco más tieso, al menos era algo, ¿no?

Vivian y London llegaron a casa cansadas, pero sosegadas. London me enseñó las uñas de las manos y los pies y me contó que habían visto una película y hecho compras, además de ir a comer. Después del baño, le leí un cuento como de costumbre, pero ya había dado repetidos bostezos antes de que llegara al final. Le di un beso, aspirando el aroma del champú de bebé que todavía le gustaba usar.

Cuando llegué abajo, Vivian estaba sentada en pijama en el salón, con una copa de vino en la mano. El televisor estaba encendido —era un programa sobre amas de casa aquejadas de una franca inestabilidad emocional— pero Vivian se mostró mucho más animada de lo habitual. Me explicó los pormenores del día y puso una expresión de picardía cuando yo realicé una insinuación, y al final acabamos en la cama.

No fue una velada de pareja planificada, pero estuvo bien de todas formas.

El martes por la mañana, Vivian y yo llevamos a London a la escuela y la acompañamos desde el coche hasta el edificio. Cuando le pregunté si quería que le diera la mano, apretó los dedos en torno a las correas de la mochila.

—Ya no soy una niña pequeña —respondió.

El día anterior habíamos recibido un e-mail de la maestra en el que explicaba que el primer día podía ser traumático para algunos niños y que lo mejor era no alargar demasiado las despedidas. El mensaje indicaba que después de darles un rápido beso o palmada en la espalda había que dejar que la profesora los llevara hasta la clase. Nos desaconsejaban que nos quedáramos mirando al lado de la puerta o delante de las ventanas de la clase y nos advertían que, por más intensa que fuera nuestra emoción, había que procurar que los niños no nos vieran llorar, porque eso podría aumentar su ansiedad. Nos dieron los números de teléfono de la enfermera de la escuela e informaron de que la psicóloga del centro estaría en el vestíbulo, por si algún padre quería hablar de lo que sentía a raíz del ingreso de su hijo en la escuela. Al preguntarme si mis padres habrían recibido alguna carta de ese estilo cuando Marge y yo empezamos a ir a la escuela, solté una carcajada.

—¿De qué te ríes? —preguntó Vivian.

—Ya te lo contaré después. Una tontería.

Un poco más allá, vi a mis padres esperando al lado del coche. Papá llevaba su uniforme de fontanero, que consistía en una camisa azul de manga corta con el logo de la empresa, vaqueros y botas de trabajo. Mi madre, gracias a Dios, iba sin delantal. Yo me alegré de que no desentonara, aunque a London eso le diera igual.

Al verlos, London se fue corriendo hacia ellos. Mi padre la cogió en brazos y la llamó *Calabacita,* un apodo que yo nunca le había oído. No sabía si era nuevo o si yo no me había fijado.

—Hoy es un gran día —dijo mamá—. ¿Estás contenta?

—Va a ser muy divertido —pronosticó London.

—Seguro que te va a gustar —aseguró mi madre.

Mi padre le dio un beso a London en la mejilla mientras la depositaba en el suelo.

—¿Me das la mano, abuelo? —preguntó ella.

—Claro que sí, *Calabacita.*

London se adelantó con mi padre mientras Vivian hablaba con mi madre del e-mail que nos había mandado la maestra.

—¿Tienen una psicóloga para los padres? —preguntó mi madre, extrañada.

—Trabaja para la escuela —explicó Vivian—. Cabe la posibilidad de que algunos padres estén nerviosos o alterados. Estoy segura de que los escuchará haciendo inclinaciones de cabeza y luego les dirá que todo va a ir bien. Tampoco es muy complicado.

—¿Tú estás nerviosa?

—No. Siento un punto de tristeza, como si fuera el final de un periodo, pero ya se me pasará.

—Sí... bueno.

Entramos en la escuela y, viendo a las madres que se dirigían a las clases con sus hijos de dos en dos, me acordé de la historia del Arca de Noé, el libro preferido de London. Al no ver a Emily y a Bodhi, me pregunté si ya habrían entrado o si todavía tenían que llegar.

Tampoco tenía mayor importancia, desde luego. Nos pusimos en fila con otros padres e hijos que iban a la clase de los pequeños; todos de dos en dos delante y detrás de nosotros. La fila avanzaba deprisa y cuando llegamos a la puerta, Vivian tomó las riendas de la situación, colocándose a la altura de mi padre y de London.

—Bueno, cariño, dale un beso al abuelo y a la abuela. Y después me toca a mí.

Obediente, London besó primero a mis padres y después a Vivian.

—Tu padre te vendrá a recoger, pero cuando llegue a casa, quiero que me cuentes todo lo que has hecho en la escuela. Y recuerda que hoy tienes piano a las cuatro, ¿eh? Te quiero.

—Yo también te quiero, mamá.

—Hola, London —la saludó sonriendo la maestra—. Me alegro de volver a verte. ¿Estás lista para pasarlo bien con nosotros?

—Sí, señora —respondió London.

Entonces Vivian apoyó con suavidad la mano en la espalda de London y la empujó hacia adelante mientras la maestra se apartaba para dejarle paso. Tal como nos habían aconsejado, no nos demoramos junto a la puerta ni las ventanas, pese a lo cual logré ver a London parada al lado de una mesa baja llena de rotuladores de diferentes formas y tamaños. Los niños los apilaban y hacían dibujos. Todavía no había señales de Bodhi, pero London no parecía acusar la ausencia.

Hasta que nos dirigíamos de vuelta al coche no caí en la cuenta de lo que había pasado.

—No he podido darle un beso de despedida.

—No pasa nada. Ya la verás después de la escuela —contestó Vivian, encogiéndose de hombros.

—¿Quieres que pasemos por el vestíbulo para ver a la psicóloga?

—No puedo —dijo—. Ya llego tarde al trabajo. Walter debe de estar impaciente esperándome.

Mientras London estaba en la escuela, confirmé todos los aspectos de la filmación antes de reunirme con el responsable del equipo de rodaje. Revisamos la programación, además de las secuencias que se necesitaban —sobre todo para el anuncio más largo, que tenía más de una docena de tomas diferentes y exigiría tres días de rodaje— y nos cercioramos de que estuviéramos de acuerdo en todo el proceso. Después, efectué media docena de llamadas a consultas de cirujanos plásticos y concerté dos entrevistas para la semana siguiente.

No estaba mal para un día de trabajo. Cuando fui a recoger a London, había una cola que se alargaba hasta la calle. A diferencia de la mañana, la salida de los niños fue más caótica y prolongada, de modo que pasaron veinte minutos hasta que por fin subimos al coche.

—¿Cómo te ha ido el primer día? —le pregunté, mientras arrancaba despacio, observándola por el retrovisor.

—Ha estado muy bien —respondió—. La maestra me ha dejado ayudarla a leer un cuento. Algunos niños ni siquiera conocen las letras todavía.

—Ya aprenderán —dije—. Yo creo que tampoco sabía leer cuando empecé a ir al cole.

—¿Por qué no?

—Mis padres no me leían mucho. Seguramente daban por sentado que ya aprendería en la escuela.

—¿Por qué no te leían?

—No sé. Quizá porque estaban demasiado cansados.

—Mamá me lee cuando está cansada y tú también.

—Cada persona es diferente. Por cierto, ¿ha ido Bodhi a la escuela?

—Sí, y nos hemos sentado en la misma mesa. Pinta superbien.

—Estupendo. Está bien eso de sentarse con alguien conocido.

Para entonces, la escuela estaba a punto de desaparecer en la distancia.

—Papá…

—¿Sí?

—¿Podemos ir a la heladería antes del piano? Como hoy he ido al cole…

Consulté la hora y calculé rápidamente.

—Creo que nos da tiempo de ir.

Tras la parada en la heladería llegamos a casa de la profesora de piano con solo unos minutos de margen. London llevaba ocho horas fuera de casa, o más bien nueve al terminar la clase, a lo cual había que añadir el tiempo que había pasado preparándose para ir a la escuela. Cuando llegáramos a casa iba a estar agotada.

Mientras ensayaba, fui a dar un paseo por el barrio. Me dolían un poco las rodillas a causa de los repetidos entrenamientos de *jogging*, pero era poca cosa. Acababa de ponerme en marcha cuando oí sonar el móvil. Era Marge.

—¿Cómo le ha ido a London el primer día? —preguntó sin preámbulos.

—Se ha divertido —contesté—. Su amigo Bodhi también estaba.

—¿Ah, sí? ¿Y qué tal la madre de Bodhi?

—No la he visto —dije—. Ya nos habíamos ido cuando han llegado ellos.

—Menos mal —comentó—, porque si no, la pobre Emily a lo mejor se hubiera quedado fulminada con los rayos láser que le habría disparado Vivian con la mirada.

—¿Tú no tendrías que estar trabajando en lugar de meterte con mi mujer?

—No me meto con ella. Más bien me pongo en su lugar. Fíjate, si Liz empezara a frecuentar a su ex, que resultara ser una mujer fantástica, guapa y separada, yo también intentaría aniquilarla con los rayos láser de mi mirada.

—Jesús, cómo sois las mujeres.

—Vamos, no te pongas en ese plan. No disimules tanto. Seguro que a ti te encanta oír cómo saca a relucir al tal Walter en todas las conversaciones. Hasta yo me estoy cansando de oír su nombre.

—Es normal, trabaja para él —alegué, tratando de restarle importancia.

—¿Ah, sí? ¿A ver, cómo se llama mi jefe? —Como no respondía, continuó—: ¿Y a quién le importa si trabajan juntos, hacen ejercicio juntos, viajan juntos y vuelan juntos en el avión privado? ¿Y qué más da si ella menciona más veces el nombre de su jefe multimillonario que el tuyo? Tú eres tan evolucionado que estás por encima de esas cosas y no sientes celos ni por asomo.

—¿Estás intentando mosquearme?

—Oh, no —aseguró—, pero quiero saber cómo te acabó de ir el fin de semana, después de que os fueseis de casa de mamá. ¿A que no sacaste el tema de la nueva cuenta bancaria ni lo del apartamento en Atlanta?

—No. La noche del sábado fue muy tranquila. Nos acostamos pronto. Estábamos todos cansados. Y el domingo tuve unas horas libres.

Le expliqué un poco lo de la salida de Vivian y London.

—Ya me lo veía venir —declaró Marge.

—¿De qué estás hablando?

—¿No te fijaste cómo te miró después de que le picase la abeja a London?

Me acordaba perfectamente, pero no quería reconocerlo.

—Solo estaba disgustada porque London lo estaba pasando mal.

—No, señor. Estaba disgustada porque London fue corriendo hacia ti y no hacia ella en busca de consuelo. Liz también se dio cuenta.

Guardé silencio, aunque para mis adentros tuve que admitir que yo también había pensado lo mismo.

—¿Y qué hace después? —prosiguió Marge—. Pasa todo el domingo con London y al día siguiente la mete en clase sin que le des un beso de despedida.

—¿Cómo sabes eso?

—Porque mamá ha llamado y me lo ha dicho. Lo ha encontrado raro.

—Estás loca —repliqué, colocándome a la defensiva—. Estás viendo cosas donde no las hay.

—Puede —admitió—. Ojalá sea así.

—Y deja de hablar de Vivian de esa forma. A ver si paráis todos de analizar cada cosa que hace. Ha tenido que aguantar muchísima presión estas semanas.

—Tienes razón —concedió—. Me he pasado de la raya. Perdona. —Hizo una pausa—. ¿Qué estás haciendo ahora?

—¿Intentas cambiar de tema?

—Hago lo posible. Ya me he disculpado.

—London está en la clase de piano y yo doy un paseo. Así quemaré unas cuantas calorías más antes de la cena.

—Muy bien —me felicitó—. Se te ve la cara más delgada, por cierto.

—Eso aún no se nota.

—Sí que se nota. Este fin de semana lo pensé: ¡uy, qué cambio!

—Estás intentando hacerme la rosca para que no me enfade contigo.

—Tú nunca te enfadas conmigo. Eres tan conciliador que seguramente cuando cuelgues te quedarás preocupado por si me ha sentado mal que me hayas parado los pies.

—Adiós, Marge —contesté, riendo.

El caso es que, por más que me disgustara la valoración que Marge hacía de Vivian, no podía quitarme la impresión de que había más de un elemento de verdad en ella. El único acontecimiento que no encajaba en las teorías de Marge era la afable velada del domingo, pero incluso la imprevista afectuosidad demostrada por Vivian podía explicarse por el sentimiento de haber reafirmado su indiscutible supremacía sobre la vida de London.

Todo aquello era bastante descabellado, por otra parte. ¿Qué más daba que London se hubiera precipitado hacia mí después de que le hubiera picado una abeja? A mí no me habría sentado mal si lo hubiera hecho hacia Vivian. Dentro de un matrimonio sano, la gente no caía en esas pugnas de poder tan mezquinas. Vivian y yo formábamos un equipo.

¿O tal vez no?

Cuando Vivian volvió del trabajo, enseguida noté que estaba de mal humor, y cuando le pregunté cómo le había ido el día, empezó a contarme que la directora financiera había presentado su preaviso de dimisión con dos semanas de antelación, lo cual provocaba un gran trastorno en la empresa.

—Walter estaba furioso —explicó mientras se dirigía al dormitorio. Empezó a cambiarse de ropa—. La verdad es que tiene toda la razón. La semana pasada, había dado su conformidad para trasladarse a Atlanta. Incluso aprovechó para negociar una prima de traslado, que ya ha cobrado, y de repente nos informa de que ha aceptado un nuevo trabajo. ¿Qué te parece? La gente siempre intenta aprovecharse de Walter, lo veo continuamente. Me tiene asqueada.

Otra vez ese nombre, observé, recordando los comentarios de Marge. Y no una vez, sino dos.

—Seguro que hace lo que considera mejor para su familia.

—No me has dejado acabar —espetó Vivian, en bragas y sujetador, antes de ponerse unos vaqueros—. Resulta que, aparte, ha estado reclutando a otros ejecutivos para que se vayan con ella a la nueva empresa, y corren rumores de que más de uno podría seguir su ejemplo. ¿Te imaginas el perjuicio que eso puede suponer para la empresa de Walter?

«A la tercera va la vencida.»

—Parece que ha sido un día duro.

—Ha sido horrible —corroboró, cogiendo una camiseta blanca. No pude dejar de notar la armonía con la que Vivian elegía la ropa, aunque solo fuera para estar por casa—. Y claro, para mí representa que con todo este desbarajuste, seguramente tendré que pasar aún más tiempo en Atlanta, por lo menos durante una temporada.

Aquello sí lo oí bien claro.

—¿Más tiempo que cuatro días?

Levantó las manos con un resoplido.

—Por favor, ya he tenido un día bastante malo. Ya sé que estás molesto. Yo también lo estoy. Déjame solo pasar un rato con London y ya lo hablaremos más tarde. Quiero que me cuente cómo le ha ido el primer día, relajarme y tomarme una copa de vino, ¿de acuerdo?

Se fue a ver a London sin esperar mi respuesta.

Mientras estaban en el salón, yo preparé una cena rápida, con pollo, arroz, zanahorias salteadas y ensalada. Cuando estuvo lista, acudieron a la mesa. Vivian seguía distraída y tensa. London, mientras tanto, charlaba sin parar, contando que había jugado al tejo en el recreo con Bodhi, ponderando lo bien que saltaba Bodhi y relatando un sinfín de detalles más de su apasionante día de escuela.

Después de cenar, recogí la cocina mientras Vivian iba arriba con London. Pese a que ya era un poco tarde, llamé a Taglieri para hablar del ensayo del día siguiente y cerciorarme de que había revisado el guion. Por experiencias previas con otros clientes, sabía que cuanto más familiarizados estaban con el guion, mejor integraban las indicaciones de lo que debían hacer en otros aspectos.

Cuando colgué el teléfono, oí unos gritos arriba. Subí corriendo y me paré delante de la puerta de la habitación de London. Vivian sostenía una toalla húmeda en la mano; London, en pijama, tenía el pelo mojado y las mejillas empapadas de lágrimas.

—¿Cuántas veces te he dicho que no pongas las toallas mojadas en el cesto de la ropa? —preguntó Vivian—. ¡Y este vestido no hay que ponerlo en el cesto de la ropa!

—¡Ya he pedido perdón! —contestó London a gritos—. ¡No lo he hecho aposta!

—Ahora todo va a oler a moho y algunas de las manchas no se irán.

—¡Perdón!

—¿Qué pasa? —pregunté.

Vivian se volvió hacia mí, demudada.

—Lo que pasa es que el vestido nuevo de tu hija se ha echado a perder, el que llevaba el domingo.

—¡No lo he hecho aposta! —repitió London, con la cara descompuesta.

Vivian levantó la mano, comprimiendo los labios con expresión implacable.

—Ya sé que no lo has hecho aposta. Esa no es la cuestión. La cuestión es que has metido un vestido sucio en el cesto junto con el vestido nuevo, y después unas toallas mojadas encima. ¿Cuántas veces te he dicho que las toallas hay que dejarlas secar al lado de la bañera antes de ponerlas en el cesto?

—¡Me olvidé! —gritó London—. ¡Perdón!

—Ha sido culpa mía —intervine, consciente de que yo mismo desconocía aquella regla de las toallas mojadas. Nunca había visto a Vivian y a London gritándose de esa manera. La escena me recordó la noche en que había tenido aquella pelea con London—. Yo solo le digo que ponga todo lo sucio en el cesto.

—¡Ella sabe lo que tiene que hacer! —insistió con dureza Vivian antes de volver a centrarse en London—. ¿No es así?

—Perdón, mamá —repitió ella.

—Mañana lo llevaré a la tintorería —me ofrecí—. Seguro que podrán quitar las manchas.

—¡No se trata de eso, Russ! ¡No tiene ningún cuidado con las cosas que le he comprado, por más veces que se lo diga!

—¡Ya he pedido perdón! —chilló London.

Saltaba a la vista que Vivian estaba demasiado enfadada y London demasiado cansada para prolongar aquella discusión.

—¿Y si termino de ocuparme de ella? —propuse—. Puedo acostarla yo.

—¿Para qué? ¿Para poder decirle que me estoy pasando?

—No, claro que no...

—Vamos, por favor. Me has estado minando el terreno desde que volví a trabajar —dijo—. Pero bueno, de acuerdo. Os dejo solos. —Empezó a alejarse hacia nuestro dormitorio, pero luego se volvió un momento hacia London—. Estoy muy decepcionada porque no te importo ni para que te molestes en escucharme —declaró.

En cuanto Vivian se marchó, percibí la angustia en el rostro de London y me pregunté cómo era posible que le hablara con tanta crueldad. Debí haberle replicado algo, pero ya se había ido escaleras abajo y London estaba llorando, así que entré en el cuarto y me senté en la cama.

—Ven aquí, chiquitina —susurré, abriendo los brazos.

London acudió y yo la abracé y la estreché, notando como temblaba todavía.

—Yo no quería estropear el vestido —gimió.

—Ya lo sé. No nos preocupemos más por eso ahora.

—Pero mamá está enfadada conmigo.

—Ya se le pasará dentro de un rato. Ha tenido un mal día en el trabajo y yo sé que está muy orgullosa de lo bien que te has portado hoy en la escuela.

Su llanto fue remitiendo hasta quedar reducido a un gimoteo. Le enjugué las lágrimas con el dedo.

—Yo también estoy orgulloso de ti, *Calabacita*.

—El abuelo me llama así, tú no.

—¿Y yo no puedo llamarte así?

—No —declinó.

—De acuerdo —acepté, sonriendo a pesar de su tristeza—. Quizá puedo llamarte... *Burrito*.

—No.

—¿Y *Bizcochito*?

—No —dijo—. Llámame London.

—¿Y chiquitina no? ¿Ni cariño?

—Vale —asintió, inclinando la cabeza sobre mi pecho—. Mamá ya no me quiere.

—Claro que sí. Ella siempre te va a querer.

—¿Entonces por qué se va a vivir a otra parte?

—No se va a vivir a otra parte —aseguré—. Lo que pasa es que a veces tiene que trabajar en Atlanta. Ya sé que la echas de menos.

Seguí abrazando, apenado, a mi niña. Como yo, estaba confusa y no comprendía qué ocurría en la familia.

London necesitó más cuentos esa noche para calmarse y poder conciliar el sueño. Después de darle el beso de buenas noches, bajé y encontré a Vivian sacando cosas del ropero.

—Si quieres subir a darle un beso, ya está a punto.

Vivian cogió el móvil y pasó delante de mí con la ropa que había cogido, que depositó en la cama de nuestro dormitorio. Había dos maletas abiertas a medio llenar, con mucha más ropa de la necesaria para un viaje de tres días. Había trajes chaqueta e indumentaria de deporte, ropa informal y vestidos más apropiados para salir de noche. Me pareció raro que se quisiera llevar tantas cosas. ¿Acaso no tenía intención de volver el fin de semana? En tal caso, me lo habría dicho ya… pero enseguida me di cuenta de que ya no era lógico que pensara de ese modo. Me enteraría cuando a ella le conviniera. Mientras observaba las maletas a medio preparar, me volvió a la memoria la mención de los apartamentos de la empresa. El vacío que había sentido con London unos momentos antes se transformó en un agarrotamiento generalizado.

Como no podía soportar más la visión de aquella ropa, me fui a la cocina y estuve pensando si me servía una copa, hasta que al final decidí que no. Me quedé parado delante del fregadero, con la vista perdida en el patio. El sol se había puesto hacía poco. En el cielo todavía quedaban los últimos vestigios de luz y aún no había salido la luna. Aquel cielo crepuscular se me antojó de mal presagio.

Cuanto más comprendía la situación, más crecía mi temor. Cuanto más reflexionaba, más calaba en mí la conciencia de que ya no tenía ni idea de lo que pensaba mi mujer, tanto con respecto a mí como con respecto a nuestra hija. A pesar de los años que llevábamos juntos, se había convertido en una desconocida. Aunque habíamos hecho el amor tan solo dos noches atrás, no estaba seguro de que fuera porque me quería o por pura cuestión de hábito, una especie de residuo de los años que habíamos compartido, de carácter más físico que emocional. Por más desoladora que me resultara aquella segunda hipótesis, era mucho mejor que la otra alternativa… que hubiera hecho el amor conmigo para distraerme, porque estaba haciendo o planeando algo peor, algo que ni siquiera me atrevía a imaginar.

Quise convencerme de que aquello no era verdad, de que aunque sus sentimientos hacia mí fueran vacilantes, siempre antepondría el bien de la familia.

Me quedé dudando, sin embargo.

Entonces oí a Vivian bajando las escaleras hablando en voz baja. Oí cómo pronunciaba el nombre de Walter y le decía que esperara un minuto, y deduje que no quería que yo supiera nada de aquella conversación. Oí que abría y cerraba la puerta del jardín. Aunque sabía que no estaba bien hacer eso, me trasladé con sigilo al salón. Estaba a oscuras, con las cortinas corridas. Situado detrás de estas, me puse a mirar entre la tela y el vidrio. Estaba haciendo algo que nunca me imaginé que fuera a hacer: estaba espiando a mi mujer, pero era como si el miedo creciente que se había adueñado de mí me desposeyera de mi fuerza de voluntad. Sabía que estaba mal y, sin embargo, seguía alargando el cuello y desplazando la cortina… y después ya no pude parar.

No alcancé a oír apenas nada hasta que Vivian se echó a reír, expresando una alegría que no había percibido en ella desde hacía mucho. No fue solo la risa lo que me asustó, sino su manera de sonreír, el brillo de sus ojos, su arrobo. La Vivian que había llegado del trabajo con actitud arisca, la que había apabullado a London a base de gritos, la que había supurado ira en el dormitorio, se había esfumado.

Yo había visto antes esa expresión en la cara de Vivian en momentos de felicidad absoluta, normalmente relacionados con London. También la había percibido cuando estábamos solos, cuando siendo más joven y todavía soltero, cortejaba a una mujer que conocí en una fiesta en Nueva York.

Vivian tenía el aspecto de una mujer enamorada.

Cuando Vivian volvió a entrar en casa, yo me había refugiado en el estudio. Por temor a lo que pudiera decirme, evité hablar con ella. Como no quería estar a su lado, me obligué a repasar el guion de Taglieri, pese a que las palabras no tenían ningún significado para mí por más que las leyera.

La oí moverse detrás de mí, pero solo fue un instante. Oí sus pasos mientras se alejaba hacia el dormitorio, donde sabía que iba a llenar hasta el máximo las dos maletas.

Me quedé una hora en el estudio, y luego otra y después otra más. Vivian acudió al final para ver qué hacía. Creo que la tomó por sorpresa el hecho de que no hubiera ido a buscarla. Conociéndome, preveía que después de haber estado consolando a London, habría querido hablar del incidente con ella.

Aquella vez, sin embargo, la dejé preguntándose qué ocurría, tal como había hecho tan a menudo ella conmigo.

—¿Vienes a la cama?

—Dentro de un rato —respondí sin volverme—. Todavía tengo un poco de trabajo.

—Se está haciendo tarde.

—Ya lo sé —contesté.

—No debería haberle gritado a London de esa forma. Le he pedido disculpas cuando he ido a su cuarto.

—Me alegro —dije—. Estaba disgustada.

Esperó. Yo seguí dándole la espalda. Ella siguió esperando, pero no añadí nada.

—Bueno —concluyó por fin con un suspiro—. Buenas noches.

—Buenas noches —musité.

En ese mismo momento, empecé a sospechar que aquello tal vez era un adiós.

ϒ

Transcurrieron trece días antes de que averiguara la verdad.

Al día siguiente fui a la agencia y encontré una actriz infantil perfecta para el anuncio que quería filmar. El rodaje estaba previsto para finales de septiembre, una vez estuviera en marcha el montaje de los dos primeros. Estuve ensayando con Taglieri y al día siguiente filmamos el anuncio delante de los juzgados y grabamos la voz en *off* para el segundo spot. Filmamos este último y a la semana siguiente realicé las presentaciones con los dos cirujanos plásticos. Salí de una de esas entrevistas con la impresión de que tenía la posibilidad de conseguir mi segundo cliente, lo cual me animó a preparar una propuesta más detallada.

En primer lugar, entré en la página web del médico y analicé la estrategia de envíos directos de *e-mails* que había adoptado anteriormente. Los mensajes, redactados por su gerente, eran completamente desacertados en lo tocante a los temas que habíamos tratado —seguridad, profesionalidad, mejora de la autoimagen y limitación del tiempo de recuperación—, y no me cabía la menor duda de que podía idear una campaña más coherente. A continuación, revisé una docena de páginas web de cirujanos plásticos de diferentes partes del país y consulté al especialista técnico con el que trabajaba para obtener una estimación de costes.

A partir de ahí, pasé dos días barajando ideas para presentar el tipo de proyecto que creía necesario para su negocio.

Las horas en que no trabajaba las dediqué a London y a ocuparme de la casa. Y de la ropa. Y del jardín. Y de los hámsters. Llevaba y traía a London de la escuela, del piano y de la danza —Vivian la llevó a la clase de plástica el sábado— y salí con ella en bicicleta en seis ocasiones. La última vez, London ya había adquirido tanta confianza que soltó el manillar durante unos segundos en un tramo recto y plano.

Lo celebramos tomando limonada en el porche y estuvimos mirando el cielo en busca de águilas calvas.

Vivian, por su parte, regresó el viernes por la tarde y pasó casi todo el fin de semana con London. Aunque estuvo educada conmigo, parecía decidida a mantener la distancia entre los dos. Yo fui a ver a mis padres solo y, cuando ella se fue el lunes por la mañana, se llevó dos maletas más llenas a rebosar. Lo único que quedó en su armario era la ropa que no se ponía casi nunca. Me dijo que se iba a quedar en uno de los apartamentos de la empresa, pero a aquellas alturas, ya me esperaba que me dijera exactamente eso.

Estuvo fuera toda la semana. Hablaba cada tarde con London a las seis a través de FaceTime y de vez en cuando trataba de incluirme en la conversación. Yo fui incapaz de seguirle la corriente. El martes y el jueves se enfadó conmigo y, como no mordí el anzuelo, me colgó.

Volvió a casa el viernes por la tarde, al comienzo del fin de semana del Día del Trabajo, y me tomó desprevenido. En realidad, casi me quedé de piedra al verla, aunque no quería reconocerlo. London estaba encantada. Vivian la recogió en la escuela y la llevó a danza, y más tarde la acompañó a la hora del baño. Me avisó cuando me tocó el turno de subir para leerle el cuento. Me quedé arriba más tiempo del necesario, porque temía estar a solas con Vivian.

No dijo, sin embargo, nada que me asustara. Aunque la velada de pareja estaba descartada —ni siquiera yo tenía ganas—, Vivian se mostró curiosamente agradable, esforzándose para darme conversación, pero tampoco estaba de humor para eso.

El sábado y el domingo fueron días tranquilos. Vivian pasó casi todo el tiempo con London —las dos solas— mientras yo hacía deporte, limpiaba la casa, revisaba las secuencias para los anuncios, tomaba algunas notas y visitaba a mis padres. Evitaba a Vivian porque para entonces, temía lo que me iba a decir.

El lunes, Día del Trabajo, Marge y Liz hicieron una barbacoa en su casa. Vivian, London y yo pasamos casi toda la tarde allí. Yo no quería ir a casa porque sabía lo que iba a ocurrir.

Los hechos acabaron dándome la razón. Después de apagar las luces del cuarto de London, encontré a Vivian sentada a la mesa del comedor.

—Tenemos que hablar —anunció.

Pese a que sus palabras quedaron reducidas a una confusa masa en mi memoria, aun así capté los puntos esenciales. Fue algo que sucedió sin querer, dijo; ella no tenía intención de que ocurriera. Se había enamorado de Walter. Se iba a ir a vivir a Atlanta. Podríamos hablar la semana próxima, pero iba a tener que viajar a Florida y a Washington y, además, seguramente yo necesitaba un tiempo para digerir lo que acababa de decirme. No veía la necesidad de que nos peleáramos por eso; su decisión no tenía nada que ver conmigo; eran cosas que pasaban. Aparte, se iba a ir esa noche. Le había explicado a London que estaría trabajando en otra ciudad, pero todavía no le había dicho que me iba a dejar. Por el momento era más fácil así, pero ya hablaríamos de London cuando las emociones se hubieran apaciguado. Esa noche no se iba a quedar en casa, añadió.

La estaba esperando el avión privado, especificó.

14
Shock

Cuando estaba en la universidad, solía salir con mis amigos el fin de semana, que por lo general comenzaba el jueves alrededor de las tres y concluía después de despertarnos a las tantas el domingo por la mañana. Uno de los chicos con los que más relación tenía, un tal Danny Jackson, había elegido la misma especialidad que yo y casi siempre nos colocaban en las mismas clases. Teniendo en cuenta la nutrida población estudiantil del estado de Carolina del Norte, a mí me daba la impresión de que los dioses que decidían aquellas distribuciones de clase debían de haber considerado que necesitábamos pasar más tiempo juntos.

Danny era el chico más tranquilo que he conocido nunca. Nacido y criado en Mobile, Alabama, tenía una hermana mayor muy guapa que salía con el *punter* de los Auburn Tigers, y nunca hacía el menor comentario negativo sobre sus padres. Parecía que eran muy tolerantes y debía de haber heredado esa cualidad de ellos, porque yo tenía el mismo concepto de él. Cualquier cosa que me apeteciera hacer, como comer una hamburguesa a las dos de la mañana, ir a una fiesta universitaria o mirar un partido de béisbol en el bar, Danny siempre estaba dispuesto a secundarme. Él tomaba cerveza PBR, que según él era la mejor del mundo, y aunque a menudo bebía lo bastante como para quedar más que entonado, tenía un interruptor automático en la cabeza que le impedía llegar al punto de emborracharse. En eso constituía un caso aparte en relación con el resto de la población del campus, para los cuales el único objetivo de beber era coger un pedo.

Un sábado por la noche, nos encontrábamos con Danny y otros compañeros en uno de los bares abarrotados de la universidad. Con la proximidad de los exámenes finales, la mayoría estábamos un tanto ansiosos, cosa que tratábamos de disimular, por supuesto. Bebíamos igual que siempre, hasta quedar más que achispados, con excepción de Danny, cuyo interruptor automático seguía firme en la posición «on».

Recibió la llamada un poco después de las once. Aún no me explico cómo oyó siquiera el teléfono con el ruido del bar. El caso es que lo oyó y, después de consultar la pantalla, se levantó de la mesa y salió fuera. Nosotros no le dimos mayor importancia, claro. Tampoco nos pareció extraño que al volver, pasara de largo y se fuera directo a la barra, como si se hubiera olvidado de nosotros.

De todos los presentes, yo era probablemente su amigo más cercano, así que fui a su encuentro. Para entonces, estaba apoyado en la pared cerca del baño. Cuando me acerqué, tomó un gran trago del vaso que tenía en la mano, dando cuenta de casi un tercio de su contenido.

—¿Qué tomas? —pregunté.

—Bourbon.

—Vaya. Pues el vaso es bastante grande.

—Les he dicho que lo llenaran —puntualizó.

—¿Es que la PBR ha quedado ahora como segunda cerveza del mundo?

No sé por qué dije aquella bobada. Seguramente se debió a que me estaba poniendo bastante nervioso su manera de actuar.

—Es lo que bebe mi padre —explicó.

Por primera vez, reparé en su cara desencajada. No era por efecto del alcohol, sino de otra cosa.

—¿Estás bien? —pregunté.

Tomó otro prolongado trago, con el que dejó el vaso medio vacío. Eso debía de representar al menos cuatro chupitos, quizá cinco. Danny iba a estar borracho, muy borracho tal vez, dentro de muy poco.

—No, no estoy bien —respondió.

—¿Qué ha pasado? ¿Quién te ha llamado?

—Mi madre —dijo—. Es mi madre la que ha llamado. —Se apretó el puente de la nariz—. Me acaba de decir que mi padre ha muerto.

—¿Tu padre?

—En un accidente de coche. Ella se acaba de enterar hace unos minutos. Alguien de la policía de tráfico ha ido a verla a casa.

—Es…. horrible —comenté, sin saber qué decir—. ¿Puedo hacer algo por ti? ¿Quieres que te acompañe?

—Mi madre me va a sacar un billete de avión para volver a casa mañana. No sé qué voy a hacer con lo de los exámenes finales. No sé si me permitirán pasarlos a la otra semana.

—Yo tampoco, pero eso es lo último que debe preocuparte ahora mismo. ¿Está bien tu madre?

Tardó un momento en contestar, con la mirada extraviada.

—No —dijo. Apuró de un trago la bebida—. No está bien. Necesito sentarme.

—Sí, vamos.

Lo acompañé hasta la mesa. A pesar del alcohol que había consumido, no parecía afectado. Se quedó sentado tranquilamente, sin intervenir en la conversación. No mencionó la muerte de su padre a nadie más y, al cabo de una hora, lo llevé en mi coche hasta su apartamento.

El domingo se fue a casa, tal como me había dicho, y aunque éramos amigos, nunca volví a verlo ni a saber nada de él.

—Un momento —reclamó Marge. Después de que hubiera dejado a London en la escuela el martes por la mañana, había venido a mi casa, donde estábamos sentados en ese momento frente a la mesa de la cocina—. ¿O sea que simplemente... se fue?

—Anoche —confirmé.

—¿Te dijo al menos que lo sentía?

—No lo recuerdo. —Sacudí la cabeza—. Ni siquiera puedo... eh... es decir... que...

Era incapaz de mantener el hilo de los pensamientos. Mi estado de agitación emocional, el cóctel de conmoción y miedo, incredulidad y rabia, me propulsaba de un extremo al otro. Aun sabiendo que lo había hecho, no conseguía recordar que había acompañado a London en coche a la escuela hacía tan solo unos minutos; el trayecto había quedado borrado de mi memoria.

—Te tiemblan las manos —observó Marge.

—Ya... estoy bien. —Respiré hondo—. ¿No tendrías que estar en el trabajo? ¿Quieres que te prepare unos huevos revueltos?

Marge me contó después que me levanté de la mesa y fui hasta la nevera; en cuanto la abrí, debí de haber decidido que en realidad necesitaba café. Fui hasta el armario donde estaba el café y entonces me di cuenta de que antes tenía que sacar las tazas para Marge y para mí. Luego debí de acordarme de que todavía necesitaba el café, así que dejé las tazas al lado de la cafetera. Ella me seguía observando mientras me dirigía a la nevera y sacaba los huevos antes de volverlos a colocar en el mismo sitio. Decía que a continuación me fui a la despensa y volví con un tazón y...

—¿Y si preparo yo el desayuno? —propuso, levantándose.

—¿Cómo?

—Siéntate.

—¿No tienes que ir a trabajar?

—He decidido que me voy a tomar el día libre. —Cogió el móvil—. Siéntate. Vuelvo dentro de unos minutos. Solo tengo que avisar a mi jefe.

Cuando me senté, volví a tomar conciencia, como si fuera por primera vez, de que Vivian me había dejado. De que estaba enamorada de su jefe. De que se había ido. Vi que Marge abría la puerta del patio de atrás.

—¿Adónde vas?

—Voy a llamar a mi jefe.

—¿Para qué vas a llamar a tu jefe?

Marge se quedó conmigo todo el día. Recogió a London en la escuela y también la llevó a la clase de piano. Liz acudió después de su última sesión y entre las dos prepararon la cena, entretuvieron a London y la ayudaron a bañarse y cambiarse. Dado que sus tías no venían a menudo a jugar, London estaba maravillada con aquella dosis de atención suplementaria.

Eso también me lo contó después Marge. Al igual que lo del trayecto hasta la escuela, yo era incapaz de recordarlo. De lo único que me acuerdo era que miraba el reloj y esperaba a que Vivian llamara, cosa que no ocurrió.

A la mañana siguiente, después de dormir menos de tres horas, salí de la cama casi como si tuviera resaca, con los nervios destrozados. Tuve que realizar un esfuerzo monumental para ducharme y afeitarme, cosa que había omitido hacer el día anterior. Tampoco había comido apenas —solo unos cuantos bocados en el desayuno y la cena—; la simple idea de comer me repelía.

Marge me dio una taza de café en cuanto entré en la cocina y después empezó a servir un plato.

—¿Qué haces aquí?

—¿Y a ti qué te parece? He venido esta mañana para asegurarme de que comes algo.

—No he oído que llamaras a la puerta.

—No he llamado. Después de que te acostaras, cogí la llave de la casa. Espero que no te importe.

—No, claro que no —dije.

Cogí la taza y tomé un sorbo, pero el café me sabía mal. A pesar de los deliciosos aromas que invadían la cocina, seguía con el estómago bloqueado. De todas maneras, cogí una silla y me dejé caer en ella. Marge me puso un plato delante lleno de huevos, bacon y tostadas.

—No puedo comer —aduje.

—Pues da igual —replicó—. Vas a comer, aunque te tenga que atar a la silla y ponerte la comida en la boca.

Demasiado cansado para pelear, me esforcé por tomar unos cuantos bocados. Curiosamente, la obligación se volvió más liviana a medida que comía, pero aun así dejé más de la mitad.

—Me ha abandonado.

—Ya lo sé —contestó Marge.

—No quería que intentáramos arreglar las cosas.

—Ya lo sé.

—¿Por qué? ¿Qué fue lo que hice mal?

Marge aspiró una bocanada del inhalador, haciendo tiempo, consciente de que echándole las culpas a Vivian o criticándola solo conseguiría acentuar mi estado de agitación emocional.

—Yo no creo que hicieras nada mal. Lo que pasa es que las relaciones son difíciles y, para que funcionen, hace falta que se impliquen los dos.

Pese a que era un comentario acertado, no me procuró ningún alivio.

—¿Seguro que no quieres que me quede contigo hoy? —preguntó Marge.

—No puedo pedirte que te tomes otro día libre —rehusé.

El hecho de comer parecía haber tenido un ligero efecto estabilizador. Tampoco me sentía de maravilla, ni mucho menos. Aunque mi estado de encrespamiento emocional no era tan violento como el oleaje del día anterior, todavía se veía alborotado por repentinas olas solitarias que atacaban con furia, como la que hundió el *Andrea Gail* en la película *La tormenta perfecta*. Me sentía completamente desestabilizado, pero confiaba poder hacerme cargo de lo imprescindible. Llevar y traer a London de la escuela. Llevarla a clase de danza. Encargar una pizza para la cena. Sabía que no tendría energía mental o emocional para nada más. Ni siquiera sería capaz de leer el periódico o pasar el aspirador. Mi único objetivo era mantenerme de pie y cuidar de mi hija.

—Te llamaré varias veces para ver cómo estás —anunció Marge, no muy convencida.

—Bueno —acepté.

Una parte de mí reconocía la aprensión que me producía estar solo. ¿Y si me venía abajo en cuanto ella se fuera?

Vivian me había dejado.

Estaba enamorada de otro.

Yo era un marido horrible, inútil, fracasado.

La había decepcionado demasiadas veces y ahora me había quedado solo.

«Ay, Dios mío —pensé en cuanto Marge hubo desaparecido por la puerta—. Estoy solo.

»Me moriré solo.»

ϒ

Mientras London estaba en la escuela, me dediqué a caminar. Estuve yendo de un lado a otro de la casa y recorriendo las calles del barrio durante horas. Los interrogantes relacionados con Vivian se abatían uno tras otro, como infatigables arietes. ¿Estaba en Atlanta o en otra ciudad? ¿Se había tomado el día libre para acondicionar el apartamento o estaba en la oficina? Me preguntaba qué estaba haciendo. La imaginaba hablando por teléfono con cascos en un rincón de la oficina, o caminando por el pasillo cargada con un montón de papeles, en una oficina que tan pronto veía espaciosa y moderna como pomposa y recargada. Me preguntaba si Spannerman estaría con ella; me preguntaba si estaría riendo a su lado o frente a su escritorio con la cabeza entre las manos. Consultaba constantemente el móvil, con la esperanza de tener noticias suyas, de que hubiera algún mensaje o llamada perdida. Llevaba el teléfono a todas partes. Quería oír su voz diciéndome que había cometido un error y que deseaba volver a casa. Quería que me dijera que aún me quería. Quería que me pidiera que la perdonara. Sabía que en tal caso, no iba a dudar ni un segundo. Todavía la amaba; la vida sin ella se me antojaba como algo incomprensible.

Mientras tanto, no paraba de plantearme qué había hecho mal. ¿Fue porque había dejado mi empleo? ¿Porque había aumentado un poco de peso? ¿Por qué había trabajado demasiado, antes de presentar mi dimisión? ¿Cuándo empezaron a ir mal las cosas? ¿Cuándo me convertí en un marido desechable? ¿Cómo podía dejarnos? ¿Cómo podía dejar a London? ¿Acaso pretendía llevársela a Atlanta?

La última pregunta era la peor de todas, porque comportaba una carga excesiva, y cuando por fin regresé a casa, estaba agotado. Sabía que necesitaba una siesta, pero en cuanto me acosté, mis pensamientos se aceleraron. Marge llamó tres veces, y caí en la cuenta de que todavía tenía que explicar a mis padres lo ocurrido, pero aún no quería creerlo yo mismo.

Quería que aquello fuera un sueño.

A media tarde, recogí a London en plena tormenta interior. Ella pidió un helado y aunque para mí suponía un esfuerzo sobrehumano, conseguí llegar a la heladería. También la llevé a tiempo, no sé cómo, a la clase de danza.

Mientras London estaba en clase, fui a dar una vuelta. Yo no soy un hombre fuerte. Me fui andando hasta el final de la calle. Cuando llegué, tenía los ojos empañados de lágrimas, y allí me quedé solo, con los hombros caídos y la cara hundida entre las manos.

ϒ

—¿Cuándo volverá mamá a casa? —preguntó London.

Había una caja de pizza encima de la mesa. Yo dejé mi porción, que había consumido hasta la mitad.

—No lo sé, cariño. No he hablado con ella —expliqué—, pero en cuanto lo averigüe, te lo diré.

No sé si encontró rara mi respuesta, pero en todo caso no lo demostró.

—¿Te he dicho que Bodhi y yo hemos encontrado una tortuguita a la hora del recreo?

—¿Una tortuguita?

—Estábamos jugando a pilla-pilla y yo la he encontrado al lado de la valla. Era monísima. Después Bodhi ha venido y a él también le ha parecido monísima. Le hemos dado hierba, pero no tenía hambre, y después todos los otros niños han venido y la maestra también ha venido. Le hemos pedido si podíamos ponerla en una caja y llevarla a la clase ¡y ha dicho que sí!

—Qué bien, ¿no?

—¡Ay sí! Ha puesto la tortuga en una caja de lápices y luego todos hemos ido con ella a llevarla a la clase. Creo que la tortuga estaba asustada porque todo el tiempo intentaba salir, pero no podía porque la caja resbala por los lados. Después queríamos ponerle un nombre, pero la maestra ha dicho que no merecía la pena porque la iba a soltar.

—¿No quería quedarse con ella?

—Ha dicho que seguramente echaba de menos a su mamá.

—Ah. Sí, tiene razón —reconocí, con un nudo en la garganta.

—Pero yo y Bodhi le hemos puesto un nombre de todas formas. Hemos dedicido llamarla *Ed*.

—¿La tortuga *Ed*?

—También habíamos pensado llamarla *Marco*.

—¿Cómo sabéis que es un macho?

—Lo sabemos.

—Ah —dije.

A pesar de los tormentos que padecía desde hacía un par de días, esbocé una sonrisa.

Duró poco.

Mientras guardaba los restos de pizza en bolsas herméticas, llamó Vivian. Cuando vi su foto en la pantalla del teléfono, el corazón me dio un vuelco en el pecho. London estaba mirando la televisión en el salón, así que salí de la cocina al patio de atrás. Intenté serenarme antes de conectar la llamada.

—Hola —dije, tratando de comportarme como si todo fuera normal entre nosotros, pese a que nada era normal—. ¿Cómo estás?

—Bien —respondió, tras un instante de vacilación—. ¿Cómo estás tú?

—Ha sido todo un poco extraño —reconocí—, pero sigo en pie. ¿Dónde estás ahora?

Pareció dudar entre si me respondía o no.

—Estoy en Tampa —admitió por fin—. ¿Está London por ahí, o ya está en el baño?

—No, aún no. Está en el salón.

—¿Puedo hablar con ella?

Traté de aquietar el ritmo de la respiración.

—Antes de que se ponga, ¿no crees que deberíamos hablar?

—No creo que sea una buena idea, Russ.

—¿Por qué no?

—Porque no sé qué quieres que te diga.

—¿Que qué quiero que me digas? —repetí—. Quiero que des otra oportunidad a nuestro matrimonio, Vivian. Todavía no sé qué es lo que realmente está pasando —proseguí, como si no percibiera el ensordecedor silencio que había al otro lado de la línea—. ¿Cómo podemos arreglar esto? Podríamos acudir a un consejero matrimonial.

—Por favor, Russ —me cortó, con voz tensa—. ¿Puedo hablar con London? La echo de menos.

«¿Y a mí no me echas de menos? ¿O es que estás con Walter en este mismo momento?»

Aquel pensamiento espontáneo me hizo evocar la imagen de mi esposa llamando desde la suite de un hotel, mientras Walter miraba la televisión a unos pasos, y tuve que reunir fuerzas para volver a entrar en casa y llamar a mi hija.

—Coge el teléfono, London. Tu madre quiere hablar contigo.

Estuve escuchando a escondidas, no pude evitarlo, incluso cuando London se fue hacia el salón. La oí explicar a Vivian los pormenores del día —también le contó lo de la tortuga— y decirle que la quería; la oí preguntarle cuándo iba a volver a casa. Aunque no oí la respuesta, London no se quedó muy conforme, a juzgar por la expresión que puso. «Bueno, mamá —dijo al final—. Yo también te echo de menos. Hablaremos mañana.»

Vivian sabía que yo solía poner el teléfono en modo avión al acostarme y, por la fuerza de la costumbre, así lo hice también esa noche. Por la mañana, después de conectarlo, vi que me había dejado dos mensajes en el buzón de voz.

«Ya sé que querías hablar y hablaremos, pero solo cuando los dos estemos en condiciones de hacerlo. No sé qué más te puedo decir. Quiero que sepas que no lo hice a propósito y que me consta que te he hecho daño. Preferiría que no fuera así, pero tampoco te quiero mentir.

»Te llamo más que nada por London. En estos momentos, tenemos un trabajo de locos con lo del traslado, el grupo de presión de Walter y todos los viajes que eso exige. Todavía tenemos la filial del Distrito de Columbia y este fin de semana vamos a ir a Nueva York. Como estoy viajando tanto, probablemente lo mejor es que London se quede contigo durante un tiempo. Primero quiero instalarme aquí y prepararle una habitación, pero no he tenido tiempo para empezar a ocuparme de eso. En todo caso, creo que es importante que no le cuentes todavía a London lo que ocurre. Ya está nerviosa con la escuela y seguro que está agotada. Además, creo que deberíamos hacerlo los dos juntos. Un momento, ahora te vuelvo a llamar. No quiero que me corte el buzón de voz.»

El segundo mensaje se reanudó en el punto donde había interrumpido el anterior.

«Hoy he hablado con una psicóloga para ver cuál es la mejor manera de explicárselo a London y ha dicho que deberíamos insistir en que pensamos que lo mejor es que vivamos separados un tiempo, sin mencionar la separación o el divorcio. Y, por supuesto, ambos deberíamos hacer hincapié en que esto no tiene nada que ver con ella y en que los dos la queremos. De todas formas, podemos hablar del asunto personalmente, pero quería que supieras que trato de hacer lo que es mejor para London. También tendremos que hablar sobre cuándo sería el mejor momento para que viniera a Atlanta. —Abrió una pausa—. Bueno, eso es todo. Que pases un buen día.»

«¿Que pase un buen día?»

¿Estaba de broma o qué? Sentado en el borde de la cama, volví a escuchar varias veces los mensajes. Creo que buscaba algo —lo que fuera— que indicara que yo todavía contaba algo para ella, pero no lo encontré. Oí mucho sobre lo que ella quería, disimulado con el pretexto de procurar el bienestar de London. Mientras pensaba con rabia en sus subterfugios, sonó el móvil.

—Hola —saludó Marge, con tono compasivo—. Llamaba solo para ver cómo sigues.

—Si aún no son las siete de la mañana…

—Ya lo sé, pero estaba pensando en ti.

—Estoy... más bien enfadado.

—¿Ah, sí?

—Vivian me ha dejado un par de mensajes —dije, antes de exponerle el contenido.

—Vaya por Dios. O sea que te has despertado escuchando eso. No es precisamente una taza de delicioso café. Hablando de café, estoy en tu calle, justo delante de tu casa. Ven a abrir la puerta.

Salí del dormitorio y bajé las escaleras. Cuando abrí la puerta, Marge salía del coche con un par de vasos de café en la mano. También advertí que estaba vestida para ir al trabajo.

—Puedo hacerme el café aquí —señalé.

—Ya sé, pero quería echarte un vistazo. ¿Has dormido algo esta noche?

—Cuatro o cinco horas.

—Yo tampoco he dormido mucho.

—¿Liz te tuvo despierta hasta tarde?

—No —contestó—. Es que me preocupaba por ti. Vamos adentro. ¿Está levantada London?

—Aún no.

—¿Y si me ocupo de ella mientras te tomas el café?

—No soy un incompetente.

—Ya lo sé —dijo—. En realidad, eres todo lo contrario. Estás resistiendo mucho mejor de lo que yo aguantaría en tu lugar.

—Lo dudo.

Me sorprendió alargando la mano para tocarme la mejilla, con un gesto que no recordaba que hubiera tenido antes conmigo.

—Yo no he tenido que venir a hablar contigo en lo alto de un depósito de agua, ¿no?

Gracias al café y a la ayuda matinal de Marge, me sentí un poco mejor que el día anterior cuando acompañé a London a la escuela. Desde el asiento de atrás, estuvo contando un sueño que había tenido, en el que una rana cambiaba de color cada vez que daba un salto, con una inocente alegría que me sentó como un bálsamo.

De vuelta a casa, me esforcé por reanudar mi rutina deportiva. Desde la confesión de Vivian no había salido a correr y esos habían sido los únicos días en que había dejado de hacerlo desde que había retomado la práctica. Mientras corría me sentí bien, pese a que añadí tres kilómetros más, pero cuando salí de la ducha, volví a pensar en Vivian. La rabia que había sentido antes había disminuido, dando paso a una abrumadora tristeza.

Era casi insoportable. Consciente de que no podía afrontar otro día como los dos anteriores, me dije que tenía que hacer algo, lo que fuera. Aunque no tenía ni el más mínimo deseo de trabajar, me obligué a ir al estudio. En cuanto me senté frente al escritorio y vi una foto de Vivian, me di cuenta de que no me convenía quedarme a trabajar en casa. Allí había demasiadas cosas que volverían a poner en marcha el tren de las emociones.

«Es hora de pasar por la oficina», pensé.

Cogí el ordenador y me fui a la oficina que había alquilado. La recepcionista del edificio dio un respingo al verme y después me informó, como de costumbre, de que no había ningún mensaje. Por primera vez, me dio completamente igual.

Abrí la puerta. Nada había cambiado durante las semanas que llevaba sin ir allí, aparte de la fina capa de polvo que cubría el escritorio. De todas maneras, puse el ordenador encima y abrí el correo.

Había docenas de mensajes, en su mayoría recibos o spam. Borré una buena parte de estos y traspasé las facturas a las carpetas correspondientes, hasta que solo quedaron los e-mails que contenían vínculos para el montaje de los anuncios. Dado que la presentación para el cirujano plástico estaba ya terminada, me concentré en la campaña de Taglieri. Revisé las notas que había tomado el fin de semana anterior; de las seis tomas que habíamos efectuado delante de los juzgados, tres eran inservibles. De las otras tres, acabé descartando una. Tras examinar con detenimiento las dos restantes, llegué a la conclusión de que él estaba mejor en el comienzo de la segunda toma y al final de la primera. Con ayuda del *software* básico del ordenador, podría ensamblar ambos segmentos. No hay nada comparable a la magia de las películas.

Lo mejor de todo era que a mí me gustaba como aparecía en la secuencia que habíamos filmado, y estaba convencido de que también produciría el mismo efecto sobre la otra gente. No solo daba la impresión que yo pretendía lograr de profesional honrado, competente y simpático, sino que además tenía un aire de persona bondadosa. Quizá se debiera a la iluminación natural. En todo caso, la mejoría con respecto a sus anuncios anteriores era considerable.

El montaje del segundo anuncio fue mucho más complicado. Había muchas escenas grabadas desde diferentes ángulos —entre ellas una secuencia especialmente hermosa de un campo con caballos pastando— junto con una gran variedad de personas, lo cual multiplicaba las posibilidades de presentación. Consciente de que aquello me exigiría más tiempo y energía del que era capaz de invertir, resolví concentrarme en el primer anuncio.

Aun sin ser de categoría profesional, el *software* del que disponía era suficiente; ya había hablado con el mejor montador *freelance* de la ciudad y, sin prisa pero sin pausa, me apliqué en la labor. A mediodía, me comí medio obligado un tazón de sopa que había comprado en el colmado y después seguí con el montaje hasta la hora de ir a recoger a London a la escuela.

No había sido un día fácil. Siempre que perdía la concentración, aunque solo fuera durante un segundo, la turbulencia emocional y los interrogantes acudían en tropel. Entonces me levantaba y deambulaba por el despacho, o bien me quedaba parado delante de la ventana, notando cómo se me comprimía el pecho y me empezaban a temblar las manos, como si me faltara aire. La congoja y el sentimiento de pérdida eran tan hondos que me parecía como si no hubiera motivos para seguir luchando.

No obstante, inevitablemente volvía al escritorio y trataba de concentrarme al servicio de Taglieri, porque la distracción constituía mi única esperanza de salvación.

—Lo que sientes es normal —me aseguró Liz más tarde en el patio de casa, después de que le hiciera partícipe de mi estado de ánimo.

Habían vuelto a presentarse en mi casa después del trabajo. Marge había traído plastilina y estaba sentada en el suelo con London, moldeando formas.

—Has sufrido una profunda conmoción. Cualquiera se habría quedado afectado.

—Estoy más que afectado —reconocí—. A duras penas puedo funcionar.

Aunque había hablado un sinfín de veces con Liz, aquella era la primera vez en que realmente sentía la necesidad de hacerlo. El día me había dejado sin fuerzas. Solo tenía deseos de irme corriendo o de buscar un lugar oscuro y tranquilo en el que esconderme, pero con London, no podía hacerlo. Tampoco creía que me sirviera de nada, porque mis pensamientos me seguirían adonde quiera que fuera.

—Pero me has dicho que has ido a trabajar —destacó—. Y has llevado y traído a London de la escuela y de clase de piano. Y le has dado de comer.

—He comprado algo preparado al volver.

—Eso está muy bien. Tienes que aprender a ser comprensivo contigo mismo. Estás llevando esta situación igual de bien que cualquiera en tu lugar, sobre todo en el modo en que vives las emociones.

—¿No has oído nada de lo que te he explicado?

—Por supuesto que sí. Ya sé que parece insoportable, pero aunque te cueste creerlo, el hecho de permitirte sentir las emociones en lugar de reprimirlas es una buena señal. Hay un dicho que afirma: «La única manera de salir del túnel es cruzándolo». ¿Entiendes lo que quiero decir?

—No del todo. Claro que el cerebro no me funciona al cien por cien. La próxima vez que mire el anuncio que he montado, se me caerá el alma a los pies al ver lo horrible que ha quedado.

—Si ha quedado tan mal, lo arreglarás, ¿no?

Asentí con la cabeza. Tenía que arreglarlo. Puesto que Vivian había abierto su propia cuenta, me tocaba hacerme cargo de todas las facturas, incluida seguramente la hipoteca.

—Vale. Y eso supondrá otro paso más. Y en cuanto a lo que te decía ahora, lo de que mucha gente cree que es sano reprimir o evitar las emociones, a veces hay una parte de razón en eso, sobre todo cuando ha pasado mucho tiempo, pero inmediatamente después de un acontecimiento traumático es mejor dejar aflorar los sentimientos y vivirlos plenamente, teniendo presente que eso pasará. Uno no es lo que siente.

—No entiendo qué quieres decir.

—Ahora estás triste, pero no eres una persona triste ni vas a serlo siempre. Ahora estás enfadado, pero no eres una persona agria ni lo vas a ser siempre.

Pensé en lo que me había dicho y al final sacudí la cabeza.

—Lo único que quiero es que las emociones no sean tan intensas. ¿Cómo lo puedo conseguir?

—Sigue haciendo lo que haces: haz deporte, trabaja, ocúpate de London. Al final, será cuestión de tiempo.

—¿Cuánto tiempo?

—Eso varía de una persona a otra, pero cada día te sentirás menos vulnerable, un poco más fuerte y decidido. Si hoy has pensado en Vivian cada cinco minutos, puede que dentro de una semana pienses en ella cada diez minutos.

—Ojalá pudiera chasquear los dedos y hacer que todo se borrara.

—Tú y todo el mundo que vive una situación como esta.

Esa misma noche, una vez que London habló con su madre por teléfono y se hubo acostado, seguí conversando con Marge y Liz. Mi hermana, en general, se limitó a escuchar.

—Según vuestra experiencia ¿creéis que va a volver? —pregunté.

—Sinceramente, he visto ambas situaciones —respondió Liz—. A veces, uno cree estar enamorado cuando solo está encaprichado y, una vez que pasan los primeros ardores, llega a la conclusión de que se equivocó. Otras veces se trata de un amor genuino que dura. Y otras, aunque el sentimiento sea más profundo que un encaprichamiento, la persona acaba reconociendo que el amor que sentía por su pareja ha desaparecido.

—¿Qué puedo hacer? Ni siquiera quiere hablar conmigo.

—No sé si puedes hacer algo. Por más que uno lo desee, no puede controlar a otra persona.

Quería beber, quería olvidar, no tener que preocuparme aunque solo fuera por un rato. Sin embargo, pese a que había cerveza fresca, me retuve, porque temía que una vez empezase, no sería capaz de parar hasta haber terminado todas las reservas de la nevera.

—Yo no quiero controlarla. Solo quiero que vuelva.

—Ya lo sé —dijo Liz—. Es evidente que todavía la quieres.

—¿Crees que ella todavía me quiere?

—Sí —contestó Liz—, pero en este momento, no se trata de la misma clase de amor.

—¿Y si quiere llevarse a London a vivir a Atlanta con ella? —planteé, dirigiéndome a Marge.

—Le plantas cara. Contrata a un abogado y alega que debe quedarse aquí.

—¿Y si London quiere irse? —Noté la presión de las lágrimas en los ojos—. ¿Y si prefiere estar con su madre?

Ante esa alternativa, Marge y Liz optaron por guardar silencio.

El viernes llevé y recogí a London de la escuela y la clase de danza, y el resto del tiempo lo pasé absorto en el trabajo como el día anterior, sobreviviendo apenas. Me acordé de que catorce años atrás, en un horrible día que nunca olvidaré, las Torres Gemelas de Nueva York se vinieron abajo.

Luego llegó el fin de semana. Los consejos de Liz se habían convertido en una especie de mantra: hacer deporte, trabajar y cuidar de London. Aunque no iba a ir a la oficina, quería seguirlos a rajatabla.

Me desperté temprano y corrí diez kilómetros, la máxima longitud que había corrido desde hacía años. Me forcé por desayunar y después preparé comida para London. Mientras ella se entretenía jugando, terminé el montaje del primer anuncio y empecé a trabajar en el segundo. Llevé a la niña a plástica, seguí con el montaje mientras estaba en clase y luego me enteré de que había hecho un jarrón. Lo trasladó con mucha cautela al coche, para no rozarlo con nada.

—La semana que viene tenemos que volver a traerlo, para pintarlo —me explicó—. Yo quiero pintar flores amarillas, y quizá también unos cuantos ratones rosas.

—¿Ratones?

—O un hámster, pero los hámsters son más difíciles de pintar.

Yo no veía por qué motivo, pero tampoco entiendo mucho de esas cuestiones.

—Qué bien. Flores y ratones —dije.

—Ratones rosas.

—Mejor todavía —concedí—. ¿Estás lista para ir a casa de la abuela?

La ayudé a subir el coche. Sabía que era hora de explicar a mis padres que Vivian me había dejado. Como Marge quería estar conmigo cuando se lo anunciara, Liz se ofreció para ir a dar un paseo con London. Llamé a mi padre, que estaba en el garaje, y tomó asiento al lado de mi madre.

Lo solté de un tirón, con precipitación. Cuando terminé, mi padre fue el primero en reaccionar.

—No puede irse —declaró, desconcertado—. Tiene una hija.

—Debería llamarla —intervino mi madre—. Seguramente es una fase por la que está pasando.

—No es una fase. Me dijo que estaba enamorada de él. Ahora tiene su propio apartamento.

—¿Cuándo vuelve? —preguntó mi madre—. Si viene el próximo fin de semana, tu padre y yo no estaremos. Iremos a ver a tu tío Joe a Winston-Salem. Es su cumpleaños.

El hermano de mi padre, dos años menor que él, era mecánico y nunca se había casado, pero con el curso de los años había ido pasando de una novia a otra. Cuando yo era niño, era mi tío preferido. Recuerdo que me extrañaba que no se hubiera casado. Después empecé a pensar que quizá no estuvo tan desacertado quedándose soltero.

—No tengo ni idea de cuándo va a volver —respondí.

—Debe de haber tenido una sobrecarga de estrés con el trabajo —diagnosticó mi madre—. Eso le habrá perturbado las ideas.

—¿Y cómo va a ver a London? —preguntó mi padre.

—No lo sé, papá.

—¿Acaso no quiere verla? —insistió mi padre.

—Tengo que llamarla —repitió mi madre.

—No la llames, mamá —intervino Marge—. Esto es asunto suyo. Estoy segura de que Vivian volverá para ver a London, y aunque no le haya dicho a Russ cuándo va a ser, supongo que vendrá dentro de una semana más o menos. Mientras tanto, seguramente no es el mejor momento para atosigar a Russ con un montón de preguntas o de ponerse a hacer planes. Como os podéis imaginar, ha sido una semana bastante dura para él.

—Tienes razón —reconoció de repente mi madre—. Perdona. Es que nos hemos quedado de piedra.

—No te preocupes, mamá —dije.

Mi padre se levantó del sofá y se fue a la cocina.

—¿Cómo lo llevas? —preguntó mi madre.

—Hago lo que puedo —admití, pasando los dedos por el cabello.

—¿Puedo hacer algo? ¿Necesitas ayuda con London?

—No —decliné—. Eso no me causa problemas. Ahora que está en la escuela, es más fácil.

—¿Y si te preparo unas cuantas comidas para las cenas de la semana? ¿Te serviría?

—Sería estupendo —acepté, porque sabía que necesitaba hacer algo—. A London le gusta mucho más como cocinas tú.

Noté el contacto frío del vidrio en el hombro. Mi padre tenía una cerveza en cada mano.

—Para ti —dijo, alargándome una—. Estoy en el garaje, si quieres hablar.

Cuando entré en el garaje al cabo de veinte minutos, mi padre me indicó que me sentara en un taburete mientras él se instalaba encima de una caja de herramientas. Había traído otra cerveza para cada uno. Había algo que me rondaba por la cabeza, algo que no había mencionado ni a Marge y a Liz, y que quería consultarle a él.

—No sé si voy a ser capaz de esto —dije.

—¿De qué?

—De hacer de padre yo solo. De ocuparme de London. Quizá sería mejor que London se fuera a vivir con Vivian a Atlanta.

Abrió la cerveza que le había llevado.

—Supongo que quieres que te diga que estoy de acuerdo contigo.

—No sé qué es lo que quiero.

—El problema no está ahí. El problema está en que tienes miedo.

—Claro que tengo miedo.

—Eso es inevitable cuando uno es padre. Ser padre consiste en hacer todo lo que uno puede, aunque le aterrorice la posibilidad de hacerlo mal. Los hijos te pueden hacer salir canas a una velocidad tremenda.

—Tú y mamá no teníais miedo.

—Claro que sí. Lo que pasa es que nunca lo decíamos.

Me quedé con la duda de si era cierto.

—¿Crees que, llegado el caso, debería plantar cara a Vivian si se quiere llevar a London, tal como dice Marge?

Mi padre se rascó los vaqueros que llevaba, dejando una raya de grasa.

—Creo que eres un padre magnífico, Russ. Mucho mejor de lo que yo fui, seguro. Y creo que London te necesita.

—También necesita a su madre.

—Puede. Pero ¿y la manera en que te has ocupado de ella? Sé que no ha sido fácil, pero tú te armaste de valor y lo hiciste, y tienes a una niña feliz. En eso consiste ser padre, en hacer lo que hay que hacer y en querer a los hijos tanto como uno pueda. Eso es lo que has hecho y estoy muy orgulloso de ti. —Hizo una pausa—. Eso es lo que pienso yo.

Traté de recordar si alguna vez me había dicho algo así, aunque sabía que no.

—Gracias, papá.

—No te vas a poner a llorar, ¿verdad?

Pese a mi abatimiento, me eché a reír.

—No lo sé, papá.

—¿Por qué lloras?

Me sequé una lágrima que acababa de descubrir en mi mejilla.

—Últimamente por cualquier cosa.

15

De día en día

A diferencia de mi amigo Danny, yo estuve presente para ser testigo de la angustia de mi madre a medida que iba perdiendo a los familiares con quienes se había criado. Tenía trece años cuando murió mi abuelo, dieciocho cuando murió mi abuela, veintiuno cuando falleció el primero de sus hermanos y veintiocho cuando se fue de este mundo el último.

En cada caso, mi madre sufrió un calvario. Los cuatro tuvieron una agonía lenta que exigió frecuentes ingresos en el hospital, donde les administraban veneno con la esperanza de matar el cáncer antes de que este acabara con ellos. En el proceso, hubo la caída del cabello, las náuseas, la debilidad y la pérdida de memoria. Y sobre todo, el dolor, demasiado dolor. Hacia el final, hubo más de un día y de una noche en cuidados intensivos, acompañando a moribundos que gritaban de dolor. Mi madre estuvo siempre presente. Cada noche, al salir del trabajo, iba a verlos a su casa o al hospital y se quedaba con ellos durante horas. Les limpiaba la cara con paños húmedos y les hacía tomar líquidos con una paja. Acabó conociendo los nombres de pila de los médicos y enfermeras de tres hospitales. Llegado el momento, era ella la que ayudaba con los preparativos para los funerales, y yo siempre supe que a pesar de tenernos a su lado, se sentía muy sola.

Durante las semanas y meses posteriores al cuarto entierro, supongo que esperaba que se recuperara como lo había hecho siempre antes. De cara al exterior no había cambiado —seguía llevando delantal y pasaba casi todo el tiempo en la cocina cuando iba con Vivian a verla— pero estaba más callada que antes y, de vez en cuando, la sorprendía con la vista perdida en la ventana, aislada del ruido que hacíamos los demás. Yo pensaba que se debía a la muerte más reciente. Fue Vivian quien al final aventuró que la pena de mi madre podía ser producto de la acumulación, y su diagnóstico me pareció muy acertado.

¿Qué podía sentir uno al perder a la propia familia? Supongo que es algo inevitable, porque siempre tiene que haber un último supervivente, pero a raíz del comentario de Vivian, cada vez que veía a mi madre, sufría por ella. Era como si su pérdida se hubiera convertido en la mía. Empecé a ir a visitarla con más frecuencia. Pasaba por su casa dos o tres veces por semana después del trabajo y me quedaba un rato con ella, y aunque no hablábamos de la pena que ambos sentíamos, siempre estaba allí con nosotros, como una especie de tristeza general.

Una tarde, un par de meses después de haber adquirido aquellos hábitos, vi a mi padre recortando los setos mientras mi madre esperaba en el porche. Mi padre fingió no haberse percatado de mi llegada.

—Sube al coche que iremos a dar una vuelta —anunció mi madre—. Tú conduces.

Se encaminó a mi coche y se instaló en el asiento del acompañante.

—¿Qué pasa, papá?

Paró de podar, pero no se volvió a mirarme.

—Súbete al coche. Es importante para tu madre.

Obedecí la indicación y cuando pregunté a dónde íbamos, mi madre me dijo que tomara la dirección del parque de bomberos.

Seguí las instrucciones, confuso, y una vez nos encontramos cerca, de repente me dijo que girase a la derecha. Dos manzanas más allá, me indicó que me desviara a la izquierda. Entonces caí en la cuenta del lugar al que me quería llevar. Nos detuvimos cerca de una verja bordeada de terrenos boscosos, junto a la cual se elevaba el depósito de agua. Mi madre se bajó del coche y yo fui tras ella.

Se mantuvo callada un momento.

—¿A qué hemos venido, mamá?

Ella inclinó la cabeza, como si recorriera con la mirada la empinada escalera que conducía al rellano cercano a la plataforma de arriba.

—Sé lo que pasó esa noche, cuando Tracey rompió con Marge —confesó—. Sé que ella estaba destrozada y que tú viniste a socorrerla. Aunque aún eras un niño, conseguiste convencerla para que bajara y la acompañaste hasta su habitación.

Reprimí el impulso de negarlo. Tampoco habría servido de nada, porque aquella vez mi madre estaba decidida a hablar.

—¿Sabes lo que es pensar que mi hija podría haber muerto aquí? Recuerdo que cuando me lo contó, me pregunté por qué no me había llamado a mí o a tu padre. Tú también conoces la respuesta, seguro. Vosotros dos compartís algo maravilloso, algo que me produce un orgullo difícil de expresar. Aunque no seamos los mejores padres del mundo, al menos os educamos bien.

Siguió con la mirada fija en el depósito de agua.

—Lo pasasteis muy mal, pero nunca nos dijisteis nada, ni tú explicaste dónde habías estado esa noche. Quería pedirte perdón por eso.

—No hace falta —dije.

Cuando se volvió hacia mí, percibí una profunda tristeza en su expresión.

—Tú eres una persona afectuosa, con unos sentimientos profundos, y eso es algo magnífico. Por eso supiste cómo actuar con Marge. Absorbiste su dolor y lo hiciste tuyo, y ahora intentas hacer lo mismo también conmigo.

Paró un momento, pero yo sabía que aún no había terminado de hablar.

—Ya sé que tú crees que estás ayudando, pero por más que hagas, no podrás borrar mi tristeza. Lo que sí vas a conseguir es deprimirte tú. Eso me parte el corazón y no lo quiero. Estoy pasando por esto, digiriéndolo, día a día, pero no tengo fuerzas para tener que preocuparme por ti también.

—No sé si puedo dejar de preocuparme por ti.

—Ya lo sé, pero quiero que lo intentes. —Me tocó la mejilla—. Ten presente que hasta ahora ya he superado el uno por ciento de los peores días de mi vida, igual que tu padre y Marge. Y tú también, por supuesto. La única manera de superarlos es día a día.

Luego estuve pensando, esa noche, en lo que me había dicho mi madre. Tenía razón, desde luego, pero lo que no podía prever era que pese a que había pasado por momentos difíciles, en el horizonte me aguardaban días malos, los peores de mi vida.

Nueve mil trescientos sesenta minutos.

Ese era el tiempo que había transcurrido —de forma aproximada, en todo caso— desde que mi mundo había quedado completamente trastocado. Sentía como si tuviera una conciencia agudísima del paso de los minutos. Durante la semana anterior, se habían ido sucediendo con una lentitud atroz, mientras yo vivía en cada célula del cuerpo cada cambio de la manecilla del reloj.

Estábamos a lunes 14 de septiembre. Vivian me había dejado hacía una semana. Yo seguía obsesionado con ella y la noche anterior me había costado dormir. Me sentó bien ir a correr, pero cuando volví, había perdido el apetito. Durante aquella semana había bajado tres kilos más.

El estrés. La dieta radical.

Mientras marcaba el número, ya sabía lo que iba a hacer. Aunque me decía que tan solo quería saber adónde iba a viajar Vivian esa semana, no era verdad. Cuando la recepcionista de la empresa de Spannerman respondió, pedí que me pusieran con Vivian y entonces me respondió una mujer llamada Melanie que se identificó como su ayudante. No sabía que mi esposa tuviera una ayudante, por lo visto había muchas cosas que ignoraba de ella o que tal vez había ignorado siempre.

Melanie me dijo que Vivian estaba en una reunión y cuando me preguntó mi nombre, mentí. Le dije que era un periodista de Atlanta, que quería saber si estaría en la ciudad aquella semana para hablar con ella. La ayudante me informó de que Vivian estaría en la oficina ese día y el siguiente, pero que después estaría ausente.

A continuación llamé a Marge y le pedí si podía recoger a London a la escuela y luego llevarla a danza. Le dije que iba a ver a mi mujer, pero que volvería esa noche.

Atlanta quedaba a cuatro horas en coche.

No estaba muy seguro de cómo se iba a desarrollar mi visita sorpresa. En el coche no paraba de hacerme figuraciones al respecto. Lo único que sabía era que tenía que ver a Vivian; en alguna parte de mí abrigaba la esperanza de que la dura fachada que me presentaba por teléfono se desintegrara en mi presencia y de que encontráramos la manera de salvar nuestra relación, nuestra familia y la vida que aún quería llevar a su lado.

Estaba atenazado por un nudo en el estómago y una ansiedad extrema que me dificultaban la conducción. Por suerte, no había mucho tráfico y llegué a las afueras de Atlanta a las doce menos cuarto. Quince minutos después, con los nervios de punta, entraba en la zona de aparcamiento del edificio Spannerman.

Antes de bajar del coche, me asaltaron las dudas. No sabía qué hacer. ¿Debía llamarla y decirle que estaba abajo? ¿Debía entrar en el edificio y presentarme en la recepción? ¿O pasar de largo y colarme en su oficina? Las incontables variantes de conversación que había imaginado durante el trayecto siempre empezaban estando sentados frente a frente en una mesa de restaurante y no en las fases previas.

No tenía la cabeza muy fina últimamente, y lo sabía.

Vivian preferiría sin duda que la llamara; de esa manera tal vez podría deshacerse de mí. Por ese motivo, parecía preferible presentarme dentro, pero ¿y si estaba en una reunión? ¿Daría mi nombre y me quedaría sentado en la sala de espera, como un niño convocado a una entrevista con la directora del colegio? Yo quería ir directamente a su oficina, pero no tenía ni idea de dónde se encontraba, y una irrupción de ese tipo podía provocar una escena, empeorando aun más las cosas.

Salí del coche barajando todavía las posibilidades. Lo único seguro era que necesitaba estirar las piernas e ir al baño. Viendo una cafetería en el otro lado de la calle, me lancé imprudentemente a atravesarla en medio del denso tráfico. Al salir volví a cruzar la calzada y tomé la decisión de llamar a Vivian desde el vestíbulo del edificio. Entonces fue cuando los vi… Spannerman y Vivian en un Bentley marrón, a punto de abandonar el parking en dirección a la calle. Para que no me vieran, me pegué a la pared y agaché la cabeza. Oí el rugido del motor cuando salió para abrirse paso entre el tráfico.

Aunque carecía de un plan propiamente dicho, lo poco de que disponía se había esfumado. Pese a mi falta de apetito, pensé que sería mejor ir a comer algo para intentar verla al cabo de una hora, en lugar de quedarme esperándola, así que volví al coche.

Al salir del parking, advertí que el tráfico apenas había avanzado y que el Bentley todavía era perceptible unos ocho coches más allá. Vi que adelante había un edificio en construcción; la circulación de la calle había quedado interrumpida a causa de un camión cargado con vigas de acero que retrocedía hacia la obra.

Cuando se despejó la vía y volvió a reanudarse el tráfico, me sumergí en él. Atento al Bentley que tenía delante, advertí que torcía a la derecha. Cuando me desvié en la misma dirección, me sentí como un espía, o más bien como un detective de pacotilla, pero me dije que puesto que no iba a encararme a ellos en plena comida ni cometer ningún desatino, tampoco era tan grave. Solo quería saber adónde iban a comer. Quería saber algo sobre la nueva vida que llevaba mi mujer y eso era normal.

Cualquiera lo haría, ¿no?

Aun así, notaba una rabia creciente. Entonces solo había un coche entre nosotros, de modo que los veía perfectamente. Me imaginé a Walter hablando y a Vivian respondiendo con la misma expresión de arrobo que tenía cuando habló por teléfono con él después de haberle gritado a London, y la rabia se trasformó en un sentimiento de decepción y tristeza por todo lo que había perdido.

¿Por qué no me quería?

No permanecieron mucho en medio del tráfico. Se desviaron a la izquierda y casi enseguida entraron en un garaje situado al lado de un ostentoso bloque alto que tenía por nombre Belmont Tower. En la puerta había un portero, como los que se ven en Nueva York. Seguí circulando, hasta detenerme en el parking de un restaurante situado un poco más allá.

Paré el motor, preguntándome si había un restaurante dentro de aquella torre, si era allí donde se encontraban los apartamentos de la empresa, o si era ese el sitio donde Walter Spannerman vivía.

Con ayuda del teléfono, localicé la información: la Belmont Tower era un proyecto inmobiliario de Spannerman. Pinché al enlace de un vídeo y vi a Walter Spannerman alabando las virtudes del edificio. Como argumento definitivo de venta, anunciaba con gran orgullo a los espectadores que él mismo había decidido vivir en el último piso.

Paré el vídeo, pero como el reo que elige caminar por su propio pie hasta el paredón, me bajé del coche para dirigirme a la Belmont Tower. A escasa distancia ya, hice un gesto al portero para que se acercara.

—Qué edificio más bonito —comenté.

—Sí, señor. Muy bonito.

—¿Y no hay un restaurante en el interior? ¿O una sociedad gastronómica para los inquilinos? —pregunté.

—No, no hay. Lo que sí puedo decirle es que el edificio tiene un acuerdo con el local La Cerna, aquí al lado. Es un restaurante de cinco estrellas.

—¿Hay algún apartamento en alquiler?

—No, señor.

Me llevé una mano al bolsillo.

—Muy bien. Gracias por su ayuda —dije.

Unos minutos más tarde, aturdido ante la idea de que Vivian se había ido probablemente con Spannerman a su ático, me subí al coche y emprendí el viaje de regreso a Charlotte.

Llegué media hora después de que London hubiera vuelto de la escuela. Cuando abrí la puerta, acudió corriendo.

—¡Papá! ¿Dónde estabas?

—Tenía que trabajar —respondí—. Perdona que no pudiera ir a recogerte.

—No pasa nada. Ha venido la tía Marge y me ha traído a casa. —Me rodeó con los brazos—. Te he echado de menos.

—Yo también te he echado de menos, chiquitina.

—Te quiero.

—Ídem —dije.

—¿Qué significa ídem?

—Uno dice ídem cuando quiere decir lo mismo. Tú has dicho te quiero y yo he dicho ídem, que significa que también te quiero a ti.

—Es genial —alabó—. No sabía que pudieras hacer eso.

—Qué cosas pasan, ¿eh? ¿Has aprendido algo gracioso en la escuela?

—He aprendido que las arañas no son insectos. Se llaman arácmidos.

—Arácnidos, querrás decir.

—No, papá. Arácmidos, con m.

Estaba seguro de que se equivocaba, pero ya se daría cuenta más adelante.

—Qué bien.

—Es porque los insectos tienen seis patas y las arañas tienen ocho.

—Jolín, qué inteligente eres.

—De todas maneras, no me gustan las arañas. Tampoco me gustan las abejas, aunque den miel. Pero las mariposas son muy bonitas.

—Igual que tú, que también eres bonita. Más bonita que las mariposas —afirmé—. ¿Puedo ir a saludar un momento a la tía Marge?

—Vale. Yo iré a ver al *Señor* y la *Señora Sprinkles.* ¿Te has acordado de ponerles agua?

¡Uy!

—No, pero ayer tenían mucha. Seguro que todavía les queda.

—Voy a mirar.

Le di un beso en la mejilla y la dejé en el suelo. Se fue corriendo hacia las escaleras y desapareció de mi vista. Entonces me di cuenta de que Marge nos estaba mirando desde la cocina.

—Eres un buen padre, ¿lo sabías? —dijo cuando me reuní con ella.

—Eso procuro. ¿Cómo ha estado London?

—¿Te refieres a la hora que he pasado con ella? He tenido que traerla hasta casa y comprarle un polo. Y después mamá se ha presentado con una tonelada de comida y también me he tenido que encargar de eso. He puesto una parte en la nevera y otra en el congelador, por cierto. Digamos que me debes una por esto. Estoy agotada. ¡Qué día! No sé si voy a poder aguantar más.

Mi hermana tenía un don especial para el melodrama sarcástico, no cabía duda.

—No creía que fuera a volver tan pronto.

—Yo tampoco. También pensaba que llegarías hecho puré. ¿Qué ha pasado? ¿Estaba allí?

—La he visto. Bueno, más o menos.

Le conté lo que había ocurrido. Mientras hablaba, sirvió dos vasos de agua con hielo y me ofreció uno.

—¿Puedo hacerte una pregunta?

—Adelante.

—¿Por qué no la has esperado?

—Una vez que se han ido al piso de Spannerman, me he dado cuenta de que no tenía ganas de verla después de eso.

—¿Por qué?

—Estaba... con él, probablemente en su ático o lo que sea y...

—¿Y qué? Te dejó. Te dijo que estaba enamorada de él. Ya sabes que se acuesta con él, ¿no?

—Sí —admití—. Es solo que no me gusta pensar en eso... No quiero pensar en eso.

—Eso demuestra que eres una persona sana —dictaminó Marge con expresión compasiva.

Dudé un instante, tomando conciencia del enorme cansancio que sentía.

—¿Qué voy a hacer?

—Vas a cuidarte y vas a seguir siendo un buen padre para London.

—Me refería con respecto a Vivian.

—Por ahora tenemos bastante con preocuparnos de ti y de tu hija, ¿de acuerdo?

No debí haber ido a Atlanta.

El martes, traté de absorberme en la preparación de los anuncios para Taglieri, pero me costaba concentrarme y no paraba de pensar en Vivian. La veía en el Bentley, sentada al lado de Spannerman. Cada vez que imaginaba su expresión, siempre era la que le había visto mientras hablaba por el móvil.

Aquellas imágenes me perseguían, acompañadas de una sensación de incompetencia, o de inferioridad. Mi mujer no solo me había rechazado, sino que me había sustituido por alguien más rico y poderoso, alguien que tenía la habilidad de hacer reír y sonreír a Vivian de una manera que yo era incapaz.

Me había dejado, no por los motivos que ella pudiera tener, sino a causa de mí.

Al día siguiente le dije eso a Marge por teléfono y, como no logró quitarme aquellas ideas de la cabeza, vino con Liz a casa después del trabajo. Era martes por la noche y le había dado de cenar a London uno de los platos que mamá había preparado. En cuanto entraron por la puerta, Marge se fue con London a ver una película al salón mientras Liz y yo nos instalábamos atrás en el patio.

Le volví a contar todo lo que había ocurrido y cómo me había sentido. Cuando acabé, Liz juntó las manos.

—¿Qué crees que habría pasado si hubieras hablado con Vivian?

—Supongo que tenía la esperanza de que tomara la decisión de volver. O al menos de que pudiéramos hablar para buscar una solución.

—¿Por qué? ¿Te ha dado a entender en el algún momento que quisiera volver? ¿O intentar buscar una solución?

—No —reconocí—. Pero es mi mujer. Casi no hemos hablado desde que se fue.

—Estoy segura de que los dos os sentaréis a hablar cuando ella esté preparada, pero no te puedo prometer que te vaya a gustar lo que te dirá.

No era muy difícil leer entre líneas.

—Tú no crees que vaya a volver ¿verdad?

—No estoy segura de que mi opinión sea más relevante que la de cualquier otra persona, ni de que sea relevante siquiera.

—Tienes razón. No es relevante. De todas formas, tú has sido testigo de situaciones como esta y conoces a Vivian. Me interesaría saber qué opinas.

—No —respondió por fin—. No creo que vaya a volver.

Quería desvanecerme; no quería sentir ni pensar en Vivian, pero parecía que el único momento en que lograba encontrar alivio era durante las horas en que London estaba en la escuela, cuando me concentraba en el trabajo. El miércoles, seguí esmerándome en mejorar el segundo anuncio de Taglieri antes de enviarlo por fin al montador para que acabara de pulirlo. Después, estuve trabajando en la presentación para el cirujano prevista para el jueves por la tarde. Proponía una campaña distinta de la que había recomendado para Taglieri, con una presencia más elevada en Internet y una página web más accesible, un énfasis especial en los testimonios de pacientes grabados en vídeo, mailings directos, redes sociales y vallas publicitarias. Pese a que no estaba al pleno de mis capacidades durante la presentación, al acabar y después del apretón de manos que me dio el médico, salí de allí con la satisfacción de haber captado a mi segundo cliente. Al igual que Taglieri, se había comprometido a contratar mis servicios por un año.

Con dos clientes, me di cuenta de que casi había alcanzado la mitad del montante de mi antiguo sueldo, sin contar las primas. Aquello era suficiente para atender mis obligaciones mensuales, realizando algún que otro recorte de gastos. Ese cálculo me facilitó mucho la tarea cuando descolgué el teléfono para cancelar nuestras tarjetas de crédito conjuntas.

Informé a Vivian de la gestión mediante un mensaje de texto.

Vivian llamó esa misma noche. Después de la imprudente aventura de mi desplazamiento a Atlanta el lunes, había dejado que London respondiera al teléfono en cuanto veía aparecer la imagen de Vivian en la pantalla. Mi hija me comunicó que Vivian iba a llamarme más tarde. Mientras subía las escaleras para ir a bañarse, me pregunté si se había dado cuenta de que las cosas habían cambiado entre su madre y yo, o de que ya no formábamos una familia.

Mientras esperaba la llamada, procuré no alentar esperanzas, pero fue inútil. Me imaginaba oyéndola pedirme disculpas o diciendo que iba a volver a casa, y sin embargo, entre la turbulencia de mis emociones, esos pensamientos daban paso al recuerdo de lo que me había dicho Liz, o a la advertencia de que la única razón por la que Vivian me llamaba era porque había cancelado las tarjetas de crédito y quería manifestarme su enfado.

Aquel tira y afloja me dejó agotado y, para cuando sonó el teléfono, me quedaba poca energía emocional que gastar, al margen de lo que me pudiera decir.

Dejé sonar el teléfono cuatro veces antes de coger la llamada.

—Hola —contesté—. London ha dicho que llamarías.

—Hola, Russ —dijo con voz calmada, como si nada hubiera cambiado entre nosotros—. ¿Cómo estás?

Me planteé si de veras le importaba o si se trataba de una pura fórmula de cortesía. También me pregunté por qué sentía la necesidad de tratar de percibir sus intenciones, en lugar de dejar simplemente que la conversación siguiera su curso.

—Estoy bien —contesté—. ¿Y tú?

—También —dijo—. Por la voz que tiene, parece que London se ha resfriado.

—Pues no me ha dicho nada.

—A mí tampoco, pero se lo he notado en la voz. Procura que tome las vitaminas y un zumo de naranja por la mañana. Seguramente necesitará jarabe también.

—¿Cómo es posible que tenga un resfriado con el calor que hace?

—Está en la escuela, en contacto con otros niños y con gérmenes nuevos. Es algo que ocurre siempre en las escuelas a comienzos de curso.

—De acuerdo. Saldré a comprar zumo de naranja y el jarabe, aunque las vitaminas ya se las ha estado tomando.

—No te olvides —me recomendó—. Aparte, llamaba por un par de cosas más. En primer lugar, voy a ir a Charlotte este fin de semana. Echo mucho de menos a London y, si estás de acuerdo, me gustaría pasar todo el tiempo con ella.

«Pero no conmigo.»

—Desde luego —acepté, sin alterar la voz—. Ella estará encantada. También te echa de menos.

—Gracias. —Percibiendo su alivio, me extrañó que hubiera previsto la posibilidad de que reaccionara de otra forma—. Hay otra cuestión, y es que no creo que sea una buena idea que me quede en un hotel. Me parece que ella lo encontraría raro.

—¿Por qué tendrías que quedarte en un hotel? Puedes quedarte en casa. Tenemos una habitación de invitados.

—Creo que si durmiera en la habitación de invitados, notaría que pasa algo. Aunque no se dé cuenta, no creo que debamos ponerla en una situación en la que nos pida que hagamos cosas los tres juntos. Me gustaría mucho que estuviéramos solo nosotras dos, por el bien de ella, para no crearle confusión.

—¿Qué intentas decir?

—¿Te importaría quedarte en casa de tus padres? ¿O con Marge y Liz? La noche del viernes y el sábado.

Noté cómo me subía la presión arterial.

—Estás de broma, ¿no?

—No, Russ, no bromeo. Por favor. Ya sé que es mucho pedir, pero no quiero que las cosas sean más duras para London de lo que ya son.

«O quizá prefieres que no sea más duro para ti», pensé.

Guardé un momento de silencio, que fue como un restallido entre ambos.

—Se lo preguntaré a Marge —acabé cediendo—. Mis padres van a estar fuera.

—Te lo agradezco.

—Recuerda que London tiene danza el viernes por la tarde y clase de plástica el sábado por la mañana, así que seguramente no tendrás tiempo de ir a yoga.

—Yo siempre procuro el bien de mi hija ante todo, Russ. Ya lo sabes.

—Eres una madre estupenda —concedí—. Ah, para la clase de arte vas a tener que llevar el jarrón que hizo la semana pasada. Este sábado lo tiene que pintar.

—¿Dónde está?

—Lo puse en la despensa. En el estante de arriba, a la derecha.

—De acuerdo —dijo—. Ah, otra cosa más.

—¿Sí?

—No sé si tienes tiempo para que vayamos a comer juntos mañana, hacia la una y media. Tenemos que hablar antes de que vaya a recoger a London a la escuela.

A pesar de todo, noté como el corazón me daba un brinco al imaginarme sentado frente a Vivian en una mesa.

—Desde luego —respondí—. ¿Dónde?

Dio el nombre de un sitio donde habíamos comido muchas veces juntos, una de ellas para celebrar nuestro aniversario de bodas.

Colgué el teléfono, preguntándome si se trataba de un buen o mal presagio.

—Claro que te puedes quedar con nosotras —afirmó Marge a través del auricular. Acababa de llegar del supermercado y había guardado el zumo de naranja en la nevera antes de llamarla—. Pero tienes que prometer que no te pasearás por ahí desgalichado en ropa interior ni te pondrás a tomar café en la mesa sin camiseta. Lo mejor será que no pongas en la maleta nada de esa ropa interior desastrada tuya ¿de acuerdo?

—Tú no me conoces.

—Claro que sí. ¿Por qué te crees que te hago estas recomendaciones?

—Prometido.

—El sábado no vamos a estar, ¿eh? Así que te quedarás solo. Un amigo da una fiesta de inauguración de su casa.

Sin esposa, sin London, sin padres y ahora, sin hermana con quien estar durante el fin de semana. Debía de hacer años que no me encontraba en esa clase de situación.

—No te preocupes. Tengo trabajo.

—De todas formas te llamaré, para comprobar que estás bien. Y volviendo a lo de Vivian, ¿estás seguro de que es conveniente ir a comer con ella?

—¿Por qué no lo iba a ser?

—Cuando alguien dice «tenemos que hablar» siempre es mala señal.

—Me puedes creer si te digo que no me hago muchas ilusiones.

—Me alegro —dijo—. Acuérdate de lo que te dijo Liz: no te va a anunciar que quiere volver.

—¿Liz te contó de qué habíamos hablado?

—Por supuesto que no —contestó—, pero te conozco y no es difícil adivinar qué le ibas a preguntar. Como la conozco a ella también, deduzco qué te dijo. Aparte, ya debemos de haber hablado como un millón de veces del asunto.

—Seguro que tenéis temas mejores de que hablar que mi matrimonio.

—En eso tendrías razón en general —concedió—, pero últimamente no. Ahora se ha vuelto un tema muy candente en casa.

—¿Y qué más comentáis de mí?

—Que estás sufriendo y que no sabemos qué hacer ni qué decir para ayudarte. Eres un buen hombre y un buen padre. No es justo.

Tragué maquinalmente saliva al oír aquello.

—No tienes que preocuparte por mí.

—Claro que sí. Soy tu hermana mayor, no lo olvides.

—¿Crees que Vivian lo está pasando mal? —pregunté, tras un instante de duda.

—Seguro que sí. Nadie puede hacer lo que hizo sin sentir un mínimo de culpa. De todas maneras, no creo que ella viva tan a conciencia sus sentimientos como tú. Tengo la impresión de que los dos funcionáis de una forma distinta.

Probablemente tenía razón, pero...

—Todavía siento afecto por ella —confesé—. Ha sido una esposa magnífica.

—¿Estás seguro? —espetó Marge por el auricular.

Los pronósticos de Vivian resultaron acertados. El viernes por la mañana, London tenía la voz carrasposa y cuando salíamos empezó a sonarse la nariz. Ya le había dado el jarabe, de modo que solo cabía esperar para ver cuándo le haría efecto.

Después de dejarla en la escuela, puse algunas prendas de ropa en una bolsa y me fui a la oficina. Seguía sin haber llamadas para la Agencia Fénix, aunque viéndolo desde el lado positivo, la recepcionista se estaba acostumbrando a mi presencia y ya había comenzado a saludarme con un «Buenos días, señor Green».

Estuve buena parte de la mañana trabajando con el técnico informático. Primero tomamos las decisiones globales y después estuvimos tanteando medidas como la priorización del tráfico de internet, la segmentación y orientación de la publicidad y la adopción de una campaña en las redes sociales. Pasamos casi tres horas juntos y, al final, me quedé con la sensación de que tenía trabajo de sobras para mantenerse ocupado durante un par de semanas, al igual que yo.

Después de eso, mandé e-mails de confirmación relacionados con el tercer anuncio que iba a filmar para Taglieri el viernes siguiente y luego le dejé un mensaje al cirujano en el que le pedía los nombres de los pacientes que estarían dispuestos a ofrecer el testimonio de su experiencia.

Mientras trabajaba, notaba como se me iba intensificando la tensión en los hombros y la espalda. Lo atribuí al nerviosismo que me producía la perspectiva de ver a Vivian. A pesar de su traición, a pesar de haberme pedido que me esfumara durante todo el fin de semana, no había descartado la posibilidad de encontrar a una Vivian dispuesta a tratar de arreglar las cosas. Aun sabiendo que Marge y Liz trataban de mantenerme anclado en la realidad, cedía a los reclamos del corazón. Abrigando una esperanza podía acabar más destrozado al final, pero el hecho de perder toda esperanza me parecía todavía peor.

Salí de la oficina a las doce y media y llegué al restaurante con quince minutos de antelación. El camarero me condujo a la mesa que había reservado, al lado de la ventana. Casi todas las demás estaban ya ocupadas. Pedí un cóctel, para ver si me servía para mantener la calma. Quería enfocar la comida de la misma forma en que lo había hecho con la llamada, pero en cuanto Vivian entró en el restaurante, retuve la respiración y no saqué el aire hasta que llegó a la mesa.

Vestida con vaqueros y una blusa roja que le realzaba la figura, se veía elegante y desenvuelta como siempre. Cuando me levanté, se puso las gafas de sol encima del pelo y me dispensó una leve sonrisa. No supe si darle un beso en la mejilla, pero no me dio la oportunidad.

—Perdona el retraso —se disculpó, sentándose—. Me ha costado encontrar un sitio donde aparcar.

—Los viernes a mediodía siempre es complicado aquí. Creo que mucha gente empieza el fin de semana ahora.

—Sí, será eso —dijo. Señaló mi cóctel, que estaba casi acabado—. Veo que tú también haces lo mismo.

—¿Por qué no? Este fin de semana soy un hombre libre.

—Puede, pero de todas formas tienes que conducir.

—Ya lo sé.

Desplegó la servilleta con parsimonia deliberada, evitando mirarme a los ojos.

—¿Cómo va el trabajo?

—Mejor. He conseguido otro cliente, un cirujano plástico.

—Me alegro de que te vaya bien. ¿Te has acordado de darle el jarabe a London?

—Sí, y también el zumo de naranja.

—Y sabe que la voy a recoger hoy, ¿verdad?

—Sí —confirmé—. La habitación de invitados está lista también.

—¿Te importaría que durmiera en el dormitorio principal? Antes cambiaré las sábanas, claro.

—No, no me importa. Todavía estamos casados.

Me pareció advertir un destello de exasperación en sus ojos, que se disipó de inmediato.

—Gracias —dijo—. Solo quiero que London pase un buen fin de semana.

—Seguro que lo pasará bien.

Se volvió hacia la ventana, contemplando la calle y luego pareció recordar algo. Cogió el bolso, sacó el teléfono y tecleó el código. Apretó un botón, hizo desfilar la pantalla con el dedo y volvió a presionar un par de veces. Luego hizo desfilar de nuevo la pantalla. Yo mientras tanto tomé otro trago, apurando el cóctel. Al final, dejó el teléfono y me dirigió una tenue sonrisa.

—Perdona. Estaba comprobando algo del trabajo. Me he pasado al teléfono todo el trayecto hasta Charlotte.

—¿Cómo ha ido el viaje?

—El tráfico era denso. Y anoche llegamos bastante tarde. Veníamos en avión de Houston, y la noche anterior estuvimos en Savannah. No te puedes imaginar lo contenta que estoy de tener un fin de semana calmado por delante.

Traté de no acusar su uso del plural. Aunque era mejor que «Walter», me escocía. Optando por el silencio, cogí el menú. No recordaba haber tenido con Vivian ninguna conversación tan forzada como aquella.

—¿Has decidido qué vas a tomar? —preguntó.

—Una sopa. No tengo mucho apetito.

Levantó la vista y por primera vez, pareció verme realmente.

—Has adelgazado —observó—. ¿Vas a correr?

—Cada mañana. He bajado casi siete kilos.

Omití precisar que dicha pérdida de peso era reciente y se debía en buena medida a ella, puesto que apenas tenía hambre.

—Se te nota en la cara —señaló—. Te estaba saliendo papada, pero ahora se te ha ido casi del todo.

Era curioso, pensé, la manera que tenía de hacer un cumplido y lanzar una pulla al mismo tiempo. Me pregunté si todavía haría ejercicio con Spannerman y si alguna vez le mencionaría a él que le estaba saliendo papada. Probablemente no.

—¿Has pensado qué vas a hacer este fin de semana con London? —pregunté.

—No mucho. Eso dependerá de ella, claro. Quiero pasar el máximo de tiempo posible haciendo lo que le apetezca.

Dio una ojeada al menú. Tardó poco; incluso yo sabía que iba a pedir una ensalada y que solo era cuestión de decidir entre una de ellas. Al cabo de poco, el camarero se acercó a la mesa. Ella pidió un té helado sin azúcar y una ensalada asiática; yo opté por un tazón de caldo de verduras y ternera. Cuando se fue el camarero, Vivian tomó un sorbo de agua. Al igual que yo, parecía que le faltaban las palabras, a causa sin duda de lo que tenía intención de decir.

—Querías hablar conmigo de algo, ¿no? —inquirí por fin.

—Se trata de London —respondió—. Estoy preocupada por ella. No está acostumbrada a que yo pase tanto tiempo fuera. Sé que ha sido duro para ella.

—Lo está llevando bien.

—A ti no te lo cuenta todo. Ojalá tuviera la manera de poder estar más tiempo con ella.

Habría podido señalar que podía volver a casa, pero eso seguramente ya lo sabía.

—Sí, ya me figuro —contemporicé.

—He hablado con Walter y dada la cantidad de viajes que me esperan durante los próximos meses, no hay forma de que pueda llevarla a Atlanta todavía. Paso fuera tres o cuatro noches por semana y no he tenido siquiera tiempo de prepararle una habitación ni de empezar a buscar una niñera.

Sentí un intenso alivio, pero quise cerciorarme de que había oído bien.

—¿O sea que crees que es mejor que London se quede conmigo?

—Solo por un tiempo. No pienso abandonar a mi hija. Y tanto tú como yo sabemos que las hijas necesitan a sus madres.

—También a sus padres.

—De todas maneras podrás seguir viéndola. No soy de esa clase de madres y no impediría que tú, como padre, veas a mi hija. Además, los dos sabemos que fui yo la que la crie. Está acostumbrada a mí.

Había dicho «mi» hija, no «nuestra» hija.

—Ahora la situación es diferente. Ella va a la escuela y tú trabajas.

—Puedes presentarlo como quieras —replicó—. Quiero hablar contigo de lo que ocurre ahora, ¿de acuerdo? Y aunque esté viajando mucho, quiero poder ver a mi hija lo más posible. Quiero asegurarme de que tú no vas a tener inconveniente en ese sentido.

—Por supuesto que no. ¿Por qué piensas que podría tener algún inconveniente?

—Porque estás enfadado y te sientes herido, y podrías intentar hacerme daño también a mí. Por ejemplo, ni siquiera me llamaste para hablar de cancelar las tarjetas de crédito. Lo hiciste así, sin más. Deberías haber llamado antes, lo sabes, ¿no? Para hablar del asunto.

Pestañeé, acordándome de la cuenta bancaria secreta que ella había abierto.

—¿En serio?

—Solo digo que habrías podido llevar las cosas mejor.

Su descaro era tan monumental que me quedé mudo mirándola. El camarero llegó con el té helado y, cuando lo dejó en la mesa, empezó a sonar su móvil. Consultó la pantalla y se levantó de la mesa.

—Tengo que responder a esta llamada.

La observé mientras se iba fuera; aunque la podía ver desde donde estaba sentado, procuré desviar la mirada. Mastiqué un par de cubitos hasta que el camarero vino con un cesto de pan y un poco de mantequilla. Mordisqueé un poco de pan con mantequilla, escuchando con aire ausente el murmullo de las conversaciones que tenían lugar a mi alrededor. Al cabo de poco, Vivian regresó a la mesa.

—Perdona. Era del trabajo —explicó.

«Si tú lo dices...», pensé, sin molestarme en responder.

El camarero trajo la comida y ella aliñó la ensalada y la troceó. El aroma de la sopa era delicioso, pero se me había obturado el estómago. Había quedado saciado con la pequeña cantidad de pan consumido anteriormente. De todas maneras, tomé un poco, sin ganas.

—Tenemos que hablar de algo más —declaró por fin.

—¿De qué?

—De lo que le vamos a decir a London. He pensado que podríamos hablar con ella el domingo, antes de irme.

—¿Por qué?

—Porque necesita saber qué ocurre, pero hay que exponérselo de tal forma que lo pueda entender. Tenemos que procurar que sea lo más sencillo posible.

—No sé adónde quieres ir a parar.

—Le diremos que a causa de mi trabajo, voy a tener que vivir en Atlanta y que se va a quedar contigo una temporada —explicó con un suspiro—. Insistiremos en que ocurra lo que ocurra, nosotros la queremos. No es necesario extenderse en largas explicaciones y, de todas maneras, no me parece recomendable.

«¿Te refieres a lo de explicar que estás enamorada de otro hombre?»

—Puedo consultarle a Liz. Quizá podría orientarme sobre lo que conviene o no hacer.

—Sí, aunque debes tener cuidado.

—¿Por qué?

—Ella no es tu terapeuta, sino la pareja de tu hermana. Supongo que habrá tomado partido por ti en este asunto y querrá hacerte creer que la culpable soy yo.

«¡Es que eres la culpable!»

—Ella no haría eso.

—Tú sabrás —me avisó—. Aparte, no creo que sea conveniente contarle lo que está ocurriendo entre tú y yo. Sería mejor que primero se acostumbre a que estemos separados. Así el shock no será tan fuerte cuando se lo contemos.

—¿Qué le contemos qué?

—Que nos vamos a divorciar.

Dejé la cuchara en la mesa. Aunque sospechaba que iba a acabar pronunciando aquella palabra, de todas maneras me causó un impacto oírla.

—¿No crees que antes de empezar a hablar de divorcio, sería una buena idea que recurriéramos a un consejero matrimonial, para ver si hay alguna posibilidad de salvar lo nuestro?

—No levantes la voz. No es el momento ni el sitio adecuado para hablar de eso.

—No he levantado la voz —afirmé.

—Sí. Tú no te oyes cuando te enfadas. Siempre levantas la voz.

Me llevé la mano a la nariz y respiré hondo.

—De acuerdo —dije, esforzándome por hablar con más calma—. ¿No quieres ni siquiera tratar de buscar una solución? —Apenas se me oía entre el ruido de los comensales.

—Tampoco tienes que susurrar —espetó—. Solo te pedía que no levantaras la voz, porque podría oírte la gente.

—Ya te he entendido —contesté—. Para de cambiar de tema.

—Russ...

—Yo aún te quiero. Siempre te querré.

—¡Y yo te acabo de decir que este no es el sitio ni el momento para eso! Ahora mismo estamos aquí para hablar de London y de la razón por la que debe quedarse aquí por ahora y de lo que le vamos a decir el domingo por la noche. No estamos aquí para hablar de nosotros.

—¿No quieres hablar de nosotros?

—Ya veo que no era una buena idea tratar de tener una conversación normal contigo. ¿Por qué no podemos hablar las cosas como adultos?

—Yo estoy intentando hablar contigo.

Tomó un bocado de ensalada, que apenas había probado, y luego dejó la servilleta encima de la mesa.

—¡Pero nunca escuchas! ¿Cuántas veces tengo que decirte que este no es el momento ni el lugar para hablar de ti y de mí? Te lo he dicho correctamente y me ha parecido que se entendía, pero por lo que se ve, tú tienes otras intenciones. Me parece que lo mejor será que me vaya antes de que empieces a gritarme. Yo solo quiero pasar un fin de semana agradable con mi hija.

—Por favor —le pedí—. No tienes que irte. Lo siento. No pretendía disgustarte.

—No soy yo la que está disgustada, sino tú —replicó.

Se levantó de la mesa y se dirigió a la salida. Una vez que se hubo ido, permanecí paralizado por la sorpresa un par de minutos, antes de pedir la cuenta al camarero. Repasando la conversación, me quedé con la duda de si realmente había levantado la voz o si había sido una excusa a la que había recurrido Vivian para poner fin a la comida.

Al fin y al cabo, no tenía necesidad de quedarse más.

Además de estar enamorada de otro hombre, por lo que al fin de semana respectaba había conseguido todo lo que quería de mí.

16

Siempre hay un amanecer

A mí Liz me cayó bien desde el primer momento, pero debo reconocer que me asombró que con mis padres también se produjera una corriente de simpatía mutua espontánea. Pese a que aceptaban el hecho de que Marge fuera homosexual, yo a menudo percibía que no se sentían muy a gusto con las mujeres con las que salía. Aunque había un aspecto generacional en su actitud —ellos habían nacido en una época en que esos estilos alternativos de vida se mantenían en secreto—, su malestar también se debía al tipo de mujeres con las que Marge tendía a relacionarse. A mí me parecían un tanto bruscas y decían groserías que hacían sacar los colores a mis padres.

Marge me explicó que había conocido a Liz en el trabajo. Los despachos de contables no son, desde luego, un sitio muy habitual para ligar, pero Liz se había integrado en un nuevo consultorio y necesitaba un contable. La casualidad quiso que Marge tuviera un espacio libre esa tarde y cuando Liz salió de la oficina, ya se habían dado cita para tomar una copa antes de ir a la inauguración de una exposición en Asheville.

—¿Vas a ir a una galería de arte? —recuerdo que le pregunté a Marge.

Aquello fue después de salir del trabajo. Estábamos en un bar con anuncios de cerveza fluorescentes y un tenue olor a rancio ocasionado por un exceso de bebida derramada. Por aquella época, era uno de los antros favoritos de Marge.

—¿Y por qué no iba a ir a una galería de arte?

—Hombre, igual porque a ti no te gusta el arte.

—¿Quién dice que no me gusta?

—Tú misma. Cuando intenté enseñarte algunos cuadros de Emily, tú dijiste, literalmente: «No me gusta el arte».

—Debe de ser que he madurado en estos últimos años.

—O que Liz te ha tirado de espaldas.

—Es interesante —reconoció Marge—, y muy inteligente también.

—¿Es guapa?

—¿Qué más da?

—Es por curiosidad.

—Sí. Es muy guapa.

—A ver si lo adivino. ¿Ha sido ella la que ha propuesto lo de la exposición?

—Pues sí.

—¿Va en moto y suele llevar chaquetas de cuero?

—¿Cómo quieres que lo sepa?

—¿A qué se dedica?

—Es terapeuta familiar y consejera matrimonial.

—A ti tampoco te gustan los terapeutas.

—No me gustaban los míos. Bueno, el último no estaba mal, pero los otros no me gustaban mucho. Claro que pasé unos años con bastante mala uva y no creo que entonces me hubiera gustado ningún terapeuta.

—¿Le has hablado a Liz de tus tendencias coléricas?

—Eso es cosa del pasado. Ya no soy así.

—Me alegro. ¿Cuándo me la vas a presentar?

—Es un poco pronto, ¿no te parece? Ni siquiera hemos salido una vez.

—Vale. Entonces, una vez hayas salido con ella, ¿cuándo me la presentarás?

Al final, la presentación tuvo lugar en menos de dos semanas. Yo las invité a mi apartamento e hice una barbacoa en mi diminuto patio. Liz trajo el postre y entre los tres nos tomamos una botella de vino. Tardé menos de un minuto en sentirme a gusto con Liz. Además, se veía a las claras el afecto que ya sentía por mi hermana. Lo percibía en la atención que prestaba a todo lo que decía Marge, en su manera de reír y en lo bien que parecía sintonizar con la faceta emocional, oculta, de Marge. Cuando llegó el momento de irse, mi hermana me llevó un momento aparte.

—¿Qué te ha parecido?

—La encuentro fantástica.

—¿Demasiado fantástica para mí?

—Pero ¿qué dices?

—No acabo de entender qué ve en mí.

—¿Estás de broma? Tú eres maravillosa. No ha parado de reír en toda la noche con lo que decías.

Marge asintió con la cabeza, no muy convencida.

—Gracias por invitarnos, aunque se te hayan quemado los bistecs.

—Ha sido a propósito —afirmé—. Así quedan más gustosos.

—Sí, en eso tienes razón. Los chefs de primera siempre aspiran a quemar la comida.

—Adiós, Marge —la corté—. Contigo sobran los elogios.

—Te quiero.

—Eso es solo porque te aguanto.

Marge no presentó a Liz a mis padres hasta que hubo transcurrido otro mes. Era un sábado por la tarde, y al cabo de unos minutos de haber llegado, Liz desapareció en la cocina para ayudar a mamá y las dos estuvieron charlando como si fueran amigas de toda la vida. Mi padre se puso a mirar el partido con Marge. Yo también me senté con ellos, aunque creo que ni se dieron cuenta.

—¿Qué piensas, papá? —preguntó Marge en el momento de los anuncios.

—¿De qué?

—De Liz —dijo Marge.

—Parece que ha hecho muy buenas migas con tu madre.

—¿Te gusta?

—Yo no he dicho eso. Lo que digo es que da igual lo que a mí me parezca. Lo único que de verdad cuenta es lo que tú sientas por ella. Si sabes por qué te gusta y si estás contenta con ella, nosotros también lo vamos a estar.

Después se reanudó el partido y mi padre volvió a guardar silencio. En ese momento pensé que mi padre era, y siempre lo será, uno de los hombres más inteligentes que he conocido.

Después de mi cita con Vivian, volví al trabajo, pero me sentía mal, confuso. Mi malestar se intensificó a partir de las tres, porque empecé a echar de menos la compañía de London. Por más importante que fuera para ella pasar un tiempo con Vivian, no estaba convencido de que yo tuviera que ser invisible todo el fin de semana. Tendría que haber protestado más decididamente cuando Vivian lo había planteado, me decía, aunque en el fondo intuía que el problema estaba en mí. Sabía que aún quería complacerla y pese a que ello indicaba una falta de carácter por mi parte, todo se veía acentuado por una evidente paradoja: si no había sido capaz de complacerla antes, ¿cómo demonios pensaba que iba a poder hacerlo ahora?

Esa fue la primera vez, creo, en que tomé conciencia de la hondura de aquel problema. Ni siquiera yo le encontraba lógica alguna. Sabía que era algo ridículo y descabellado… ¿por qué seguía entonces intentándolo?

Me habría gustado ser otra persona, o mejor aún, una versión más fuerte de mí mismo. Quizá necesitaba ayuda profesional, pensé, aunque dudaba de que eso cambiara las cosas. Conociéndome, seguro que acabaría tratando de actuar según los deseos del terapeuta.

Siempre se dice que los padres echan a perder a los hijos y puesto que yo había sido desde siempre el mismo tipo de persona adaptable y complaciente, de ello se desprendía que la culpa era de mis padres. ¿Por qué sentía en ese caso la necesidad de ir a verlos con tanta frecuencia? ¿Por qué trataba de hacerle compañía a mi padre durante los partidos de béisbol o le decía a mi madre que sus platos eran deliciosos?

«Porque quiero complacerlos a ellos también», me respondí a mí mismo.

Al final salí de la oficina poco después de las cinco y fui a casa de Marge. Me había hecho el propósito de hablar de Vivian lo mínimo posible, porque hasta yo estaba cansado de ella, pero mis buenas intenciones duraron doce segundos en total. Me pasé la cena quejándome, y Marge y Liz se mostraron comprensivas como siempre. Si yo era un disco rayado, ellas también lo eran, y pese a que aseguraron repetidas veces que todo acabaría bien, no sabía si creerlas.

Me llevaron al cine. Entre los éxitos del verano que aún estaban pasando, elegimos una de esas historias de héroes intachables que combaten a unos tipos malísimos decididos a destruir el planeta, con mucha acción. Aunque era una película divertida, me costó relajarme y disfrutar. Me distraje pensando en cómo habrían pasado la tarde Vivian y London, o qué habría comido para cenar, o si mi mujer estaría hojeando una revista en el sofá después de haber acostado a la niña. También me preguntaba si habría llamado a Spannerman y, si había hablado con él, cuánto rato habría durado la conversación.

Después del cine, intenté leer un poco. Mi hermana tenía algunos libros en la habitación de invitados, pero me resultó imposible concentrarme en una novela. Después de renunciar, apagué la luz y me pasé horas revolviéndome en la cama hasta que por fin me quedé dormido.

Me desperté dos horas antes del amanecer.

A las once menos cuarto de la mañana del sábado, sonó mi móvil. Ya había salido a correr, me había duchado, había tomado café con Marge y Liz y empezado a elaborar el cuestionario para los testimonios de los pacientes. Es fácil hacer muchas cosas cuando uno se despierta casi de madrugada.

Cuando saqué el teléfono del bolsillo, vi que era Vivian y cogí la llamada.

—¿Sí?

—Hola, Russ. ¿Estás ocupado?

—No —respondí—. Estoy en casa de mi hermana. ¿Qué tal? ¿Está bien London?

—Sí, pero me he olvidado de llevar el jarrón a la clase de plástica y pensaba que igual tú podrías pasar por casa y traerlo aquí. Estoy casi en la academia y si doy media vuelta para volver a buscarlo, llegaremos muy tarde.

—Sí, claro —acepté—. Iré lo más rápido posible.

Colgué y cogí las llaves, que había dejado en un cesto al lado de la entrada.

—¿Adónde vas? —oí que me preguntaba Marge.

—Ha llamado Vivian. Tengo que llevarle a London el jarrón de cerámica que hizo la semana pasada.

—Entonces será mejor que vayas a por él, foca.

—¿Foca?

—Ella ordena y tú obedeces. Con suerte, igual te tira una sardina después.

—Es para London, no para Vivian —precisé.

—Eso, sigue buscando excusas.

Pese a que me molestó el comentario, me fui para llegar lo antes posible a mi casa y después a la academia de London. Marge vivía a diez minutos, así que si encontraba una buena proporción de semáforos en verde, llegaría allí poco después del comienzo de la clase.

Me pregunté vagamente si London le habría hablado a Vivian de las flores amarillas y los ratones rosas, y sonreí. Había quedado tan gracioso saliendo de su boca, que no había tenido ánimos para corregirla. Quería ver a mi hija, aunque solo fuera unos segundos. Pese a que solo había transcurrido un día, ya la echaba de menos.

Fui a casa, cogí el jarrón y tuve la suerte de encontrar todos los semáforos verdes seguidos, seguramente porque desde el cielo alguien comprendía la urgencia de mi misión.

Al llegar a la explanada, vi a Vivian delante de la academia. En cuanto aparqué, se acercó y me indicó que bajara la ventanilla.

La bajé y le di el jarrón.

—Gracias —dijo—. Ahora mismo lo llevo.

Noté que me desinflaba como un globo.

—Antes de irte, dime… ¿lo pasasteis bien ayer?

—Lo pasamos de miedo —contestó, alejándose ya—. Te llamaré mañana para decirte a qué hora deberías venir a casa.

—¿Puedes mandar a London fuera para que la salude?

—No puede —respondió—. Ya han empezado a pintar.

Dio media vuelta y desapareció en el interior sin añadir nada más, mientras yo me quedaba pensando que las focas eran en realidad más afortunadas.

Ellas al menos recibían una recompensa.

ϒ

No quería volver directamente a casa de Marge. El comportamiento de Vivian me había puesto de mal humor, lo que se sumaba al hecho de que no había dormido mucho. «Cafeína —pensé—. Necesito cafeína.» Paré en una cafetería cerca de la academia. Vivian habría preferido sin duda que hubiera ido a algún otro sitio para tomar un té, y así descartar la remota posibilidad de que London ¡pudiera verme! En el estado en que me encontraba, me dije, cosa rara en mí, me daba igual si se enfadaba o no. En realidad quería que se enfadara conmigo.

Quizá se tratara del primer paso para corregir mi necesidad de contar con la aprobación de Vivian, pensé. A fin de cuentas, Marge tenía razón sobre las motivaciones que me habían impulsado a ir corriendo a llevar el jarrón; incluso después de la comida del día anterior, buscaba la aprobación de Vivian, no la de London. Lo único positivo de todo aquello era que me daba cuenta de que Vivian me estaba facilitando la tarea para dejar de buscar su aprobación. ¿Para qué esforzarse si era imposible conseguirla? Y en el supuesto de que me la diera, probablemente tampoco iba a cambiar nada.

Empujé la puerta, con la idea de que aquel era tal vez el primer paso para corregir ese fallo de carácter mío, cuando oí que alguien me llamaba.

—¿Russ?

Primero reconocí la voz y enseguida vi a Emily que me saludaba con la mano desde una mesa, con un periódico delante y un vaso de té al lado. Con su exuberante cabello rizado, camiseta escotada, vaqueros cortos y sandalias, lucía una belleza desinhibida y natural. Con solo verla, se disipó mi irritación. Me di cuenta de que era precisamente la persona a la que quería ver, aunque no hubiera sido consciente de ello.

—Ah, hola, Emily —la saludé, sin poder reprimir una sonrisa. En lugar de colocarme en la cola, me dirigí hacia su mesa, casi con el piloto automático puesto—. Hacía tiempo que no te veía. ¿Cómo estás?

—Bien —respondió con una sonrisa franca—. He tenido unas semanas de locos.

«Yo también», pensé.

—¿Qué ha pasado? —pregunté.

—Tenía que terminar unos cuadros para la galería, además David ha estado en la ciudad y eso ha comportado muchos líos.

—Sí, me habías comentado que iba a venir. ¿Hasta cuándo se queda?

—Este es su último fin de semana. Vuelve a Sídney el martes.

Mientras hablaba, percibí el brillo de la luz reflejado en sus ojos de color avellana. Los recuerdos desencadenados me retrotrajeron a otro tiempo. Señalé el mostrador y las palabras brotaron de mi boca por sí solas.

—¿Te quedas un rato? Me iba a tomar un té frío.

—Sí —confirmó—. El té de frambuesa está riquísimo.

Fui a pedir al mostrador y seguí su consejo. Después, llevé el vaso a la mesa. Cuando me senté, ella acababa de doblar el periódico para despejarla.

—¿Hay algo interesante en el periódico?

—Muchas malas noticias. Uno se acaba cansando. Ojalá hablaran de cosas mejores.

—Para eso tienen la sección de deportes.

—Igual sí, aunque solo si gana tu equipo, ¿no?

—Si pierdo, me salto las páginas de deportes.

Aunque no era especialmente gracioso el chiste, ella se rio de todas formas. Eso me gustó.

—¿Y tú en qué has estado? —preguntó—. Hace una eternidad que no te veía.

—No sé ni por dónde empezar.

—¿Rodaste esos anuncios que querías hacer para el abogado?

—Sí. Ahora los están puliendo los técnicos de montaje y, si todo va bien, el primero se emitirá dentro de unas dos semanas. Voy a rodar otro para él la semana próxima. Y también he captado como cliente a un cirujano plástico.

—¿Es bueno? Por si necesitara sus servicios...

—Espero que sí —dije—, pero tú no necesitas ningún retoque.

—Buena respuesta —aprobó—, aunque no sea verdad. Felicidades por ese nuevo cliente. Sé que estabas preocupado y me alegro de que te vaya bien.

—Necesitaré unos cuantos clientes más para poder respirar tranquilo, pero me da la sensación de que voy por buen camino.

—También me he fijado en que has perdido algunos kilos.

—Siete.

—¿Querías bajar de peso? A mí no me parecía que lo necesitaras.

No pude evitar comparar su respuesta con la de Vivian, cuando hizo alusión a mi papada.

—Todavía debo bajar algún kilo para estar en mi peso ideal. He vuelto a correr y a hacer flexiones.

—Qué bien. Pues se nota que te funciona. Tienes muy buen aspecto.

—Tú también —dije—. ¿Y qué... qué más me cuentas? Decías que has terminado unos cuadros para la galería.

—He tenido que trabajar sin parar. Resulta que la galería vendió prácticamente todos mis cuadros el mes pasado. Hubo diferentes compradores, de distintos estados. No sé por qué. Quizá tenga que ver con el ciclo de la luna o algo así. El caso es que el propietario de la galería me llamó y me preguntó si tenía más obras para exponer. Resumiendo, tenía varios cuadros a medias y decidí intentar acabarlos. Terminé ocho, pero los otros me van a llevar más tiempo. He invertido mucho tiempo mirándolos, repintando o incorporando diferentes materiales... Es como si trataran de decirme qué les falta, pero no sé por qué, no soy capaz de captar el mensaje con todos.

—Hoy en día fabrican unos aparatos estupendos para oír mejor.

—¿Ah, sí? No lo sabía —contestó con fingido asombro—. Quizá sea esa la solución.

—Aparte de eso, no te puedo ayudar mucho. Yo no soy un artista.

Se echó a reír.

—¿Qué tal estaba London esta mañana? Bodhi estaba impaciente por verla. Yo diría que está prendado de ella, pero es demasiado joven para esas cosas.

Habría sido fácil mentir diciendo algo inocuo, pero no quería hacer eso con Emily.

—En realidad no sé cómo estaba. Ha estado con Vivian esta mañana.

—¿Qué haces aquí entonces?

—Vivian se ha olvidado el jarrón que tenía que pintar y he tenido que traérselo.

—Ah, ya. Yo me he enterado de eso al llegar. Como la semana pasada no vinimos, supongo que Bodhi tendrá que hacer el jarrón hoy. Ahora mismo está con David.

—Entonces también tendría que preguntarte qué haces tú aquí.

—He traído a Bodhi y David se ha reunido con nosotros aquí. Se ha alojado en uno de esos hoteles de estancia prolongada. Para él está bien, pero Bodhi no duerme bien en ese sitio, así que se queda en mi casa cada noche. Eso ha conllevado muchas idas y venidas. Por otra parte, he tenido más tiempo para trabajar, puesto que David pasa muchos ratos con él, tratando de generar el máximo de recuerdos posibles, supongo. Como hoy, que van a ir a las carreras de karts cuando termine la clase de plástica.

—Eso es bueno, ¿no?

—Sí, claro —reconoció, con menos entusiasmo del que preveía—. Lo que David no entiende es que para Bodhi va a ser todavía más difícil cuando se vuelva a marchar. Se estaba acostumbrando a no verlo y después tendré que ayudarlo a recuperarse por su ausencia.

—¿Se lo has dicho?

—¿Cómo iba a hacer eso? Aunque no fuera una pareja idónea para mí, es un padre cariñoso y no es mala persona. Gracias a él, pudimos quedarnos en la casa y Bodhi ha podido entrar en un buen colegio. Fue muy generoso con las condiciones del divorcio.

Cuando pronunció la palabra divorcio, me acordé de la conversación que había tenido con Vivian en el restaurante y se me debió de nublar la expresión.

—Perdona —se apresuró a disculparse—. De verdad procuro no hablar de David. No sé por qué siempre acaba apareciendo en todas las conversaciones.

—No es eso —dije. Rodeé el vaso de té helado con ambas manos—. Vivian me ha dejado.

Emily se quedó boquiabierta un instante.

—Ay, Dios mío —musitó por fin—. Es horrible. No sé qué más decir.

—No hay mucho que decir.

—¿Seguro que no es una separación temporal?

—No lo creo. Ayer comimos juntos y dijo que nos íbamos a divorciar. Y quiere que nos sentemos los tres para hablar con London mañana por la noche.

—¿Qué ha pasado? Bueno, no sé si te molesta que haga preguntas. No estás obligado a responderme, por supuesto.

—Se ha enamorado de su jefe, Walter Spannerman, y ahora vive en Atlanta.

—Ay, Dios.

—Sí, ya lo puedes decir.

—¿Y cómo estás?

—A ratos bien y otros, no tanto.

Asintió, con expresión de ternura.

—Comprendo muy bien a qué te refieres. ¿Cuándo ocurrió? Como te he dicho, no estás obligado a responderme si no quieres.

Estuve pensándolo antes de tomar un sorbo de té. Aunque había hablado largo y tendido con Marge y Liz, todavía sentía la necesidad de procesar verbalmente todo lo sucedido. La gente hace frente a ese tipo de dificultades de diferentes formas. En mi caso, tenía la necesidad de hablar, de repasar, de cuestionar, de lamentarme, de repetir, repetir y repetir. Mi hermana había sido muy paciente conmigo desde que Vivian me había dejado, pero me sentía mal al tener que recurrir hasta ese punto a ella y lo mismo me ocurría con Liz. Aun así, sentía la urgencia de procesar, de hablar, un apremiante deseo de desgranar las cosas una vez más.

—Me gustaría contártelo, pero ni siquiera sé por dónde empezar —dije.

Dejé vagar la mirada por la ventana y Emily adelantó el torso por encima de la mesa.

—¿Qué haces esta tarde? —preguntó.

—No tengo ningún plan —admití.

—¿Quieres ir a dar un paseo? Por lo menos salimos de aquí.

—Lo del paseo me parece fantástico.

Seguí a Emily, aunque no sabía muy bien adónde iba, aparte de que se trataba más o menos de la zona donde ella vivía. En un momento dado, torció hacia un camino privado que desembocaba en un club de campo, cuya cuota de socio quedaba bastante fuera de mi alcance. Se detuvo en un lugar soleado no lejos del green de práctica de golf y yo aparqué a su lado.

—¿Está permitido entrar aquí, en un campo de golf?

—Hay un sendero precioso. Yo vengo a pasear tres o cuatro veces por semana, sobre todo por la mañana.

—Entonces debes de ser socia.

—A David le encantaba el golf —explicó.

Entramos en la vía de los carros y empezamos a bajar por uno de los frondosos senderos que discurrían junto al *green*. Pronto me di cuenta de que Emily tenía razón: los senderos y los *green* eran magníficos, bordeados de cerezos silvestres, magnolios y robles. También había unas primorosas azaleas y estanques que relucían bajo el azul del cielo; una brisa constante mantenía la temperatura en un nivel tolerable.

—¿Qué pasó? —preguntó.

Durante el recorrido de los nueve o diez hoyos que atravesamos se lo conté todo. Quizá no hubiera debido hacerlo; quizá debí haber sido más reservado, pero una vez que empecé, fui incapaz de contener el flujo de las palabras. Hablé y hablé, respondiendo a las preguntas de Emily en el momento en que las planteaba. Le hablé de nuestro matrimonio y de los primeros años tras el nacimiento de London, le expliqué lo importante que había sido para mí hacer feliz a Vivian, mi incesante deseo de complacerla. Le hablé del año anterior y le describí con todo detalle los altibajos emocionales que había experimentado desde que Vivian se había marchado. Mientras me confiaba a ella, tan pronto me sentía aturdido como triste, furioso como frustrado, pero, sobre todo, seguía desorientado. Me sentía como quien cree conocer las reglas del juego en el que participa y luego se entera de que otros juegan con reglas prohibidas.

—Te agradezco que me hayas escuchado —dije al llegar al final del relato de mis desventuras.

—Me alegra haber podido hacerlo —aseguró—. Yo también he pasado por eso y lo comprendo perfectamente, créeme. El año en que David se fue de casa fue el peor de mi vida. Los dos primeros meses fueron un calvario. No paraba de plantearme cada día, hora tras hora, si había hecho bien al decirle que se marchara. Después de eso, no te diré que estuviera como unas castañuelas. Debí de tardar otros cuatro o cinco meses en volver a sentirme más o menos normal a ratos, pero para entonces, ya sabía que Bodhi y yo íbamos a salir adelante.

—¿Y ahora cómo estás?

—Mejor —respondió—. Bueno, casi siempre —precisó con una sonrisa irónica—. Es extraño, pero cuanto más tiempo pasa, los recuerdos malos se van difuminando mientras que los buenos permanecen. Antes de tener a Bodhi, los domingos por la mañana solíamos quedarnos en la cama tomando café y leyendo el periódico. Aunque apenas hablábamos, todavía recuerdo lo agradables que eran esas mañanas. Como te he dicho, David siempre ha sido un buen padre. Todo sería más fácil si me olvidara de las cosas buenas.

—Parece que lo pasaste mal.

—Puede ser algo horroroso. Las peleas por cuestión de dinero suelen ser lo peor. Cuando hay dinero de por medio, la situación puede degenerar bastante.

—¿Tú viviste eso?

—No, gracias a Dios. David nos pasa una pensión generosa. Sin eso, no nos alcanzaría para todo. Su familia es riquísima y él gana mucho dinero, pero también creo que se sentía culpable. No es mala persona y tampoco es especialmente malo como marido, si no tienes en cuenta que es un mujeriego.

—Es lógico que para mucha gente eso sea un problema.

Desvió la vista para mirarme a la cara.

—También es posible que vuelva. A veces ocurre.

Pensé en la comida del viernes y en la manera en que había actuado cuando le entregué el jarrón, y también me acordé de lo que me había dicho Liz.

—No lo creo.

—¿Y si se da cuenta de que ha cometido un error?

—Aun así, no sé si querría volver. Me da la impresión de que hace tiempo que no era feliz conmigo. Yo intentaba ser un buen marido y un buen padre, y nunca parecía que hiciera lo suficiente.

—Me hablas como si dudaras de que te vaya a creer.

—¿Me crees?

—Por supuesto. ¿Por qué no iba a hacerlo?

—Porque ella me ha dejado.

—Eso fue una decisión suya, que dice más de ella que de ti.

—De todas maneras, tengo un sentimiento de fracaso.

—Es comprensible. Yo también sentía eso. Creo que a casi todo el mundo le pasa lo mismo.

—No estoy seguro de que sea el caso de Vivian. Parece como si no le importara.

—Sí le importa —afirmó Emily—. Ella también debe de sufrir. Poner fin a un matrimonio no es fácil para nadie, pero también está enamorada de otra persona y eso supone una gran distracción. No está pensando tanto en vosotros dos como haces tú. Por eso no sufre tanto.

—Creo que necesito una distracción.

—Sí, hombre, eso es exactamente lo que necesitas. Quizás unas cuantas jovencitas, animadoras de equipo, ¿no? O una profesora de aerobic, o una bailarina, por ejemplo. —Al ver mi cara de extrañeza, ella se encogió de hombros—. Esas eran las preferencias de David. Claro que, dado el caso, era capaz de acostarse con cualquiera.

—Lo siento.

—Yo no. Ya no es asunto mío. Ahora sale con alguien en Sídney. Me ha dicho que está pensando en casarse.

—¿Tan pronto?

—Es su vida —contestó, encogiéndose de hombros—. Si me preguntara, le aconsejaría que esperara un poco, pero como no lo ha hecho, no me he entrometido. Además, estamos divorciados y puede hacer lo que quiera.

Me puse una mano en el bolsillo mientras seguía caminando a su lado.

—¿Cómo puedes tomártelo con tanta indiferencia? Cuando pienso en Vivian y Walter, me da tanta rabia que me duele por dentro. No puedo tomar distancia.

—Todavía es muy reciente —dijo—. De todas maneras, aunque parezca muy dura y pese a que no te miento en lo que acabo de decir de David, me dolió un poco cuando me lo contó. A nadie le gusta que lo sustituyan tan fácilmente. Durante mucho tiempo, aunque le asegurara a la gente que deseaba la felicidad de David después de nuestra separación, lo que en el fondo quería es que se quedara encerrado en casa como un eremita, sintiéndose mal consigo mismo y lamentándose por todo lo que había perdido.

Me imaginé a Vivian haciendo eso.

—Es una gran idea. ¿Cómo podemos convencerlos para que la pongan en práctica?

—¿Qué bien, eh, si fuera tan fácil? —dijo, riendo—. Los ex nunca son fáciles. El fin de semana pasado hasta se me insinuó.

—¿En serio? ¿Y su novia?

—No salió a colación. Reconozco que, por un instante, dudé si le seguía la corriente o no. Es guapo y antes lo pasábamos muy bien juntos.

—¿Cómo fue?

—El alcohol —explicó, y yo me eché a reír.

—Bueno, había estado todo el día fuera con Bodhi y cuando lo trajo a casa, el niño se fue enseguida a la cama. Yo estaba tomando vino y le ofrecí una copa. Una copa llevó a la otra, él volvió a adoptar sus artes de seductor y, cuando me quise enterar, me había apoyado la mano en la rodilla. Yo sabía lo que quería y…

Aguardé mientras ella ponía orden en sus pensamientos. Luego posó la mirada en mí.

—Sabía que era una idea terrible, pero aún me gusta la sensación que provoca en mí. Aunque parezca una locura, es así. Hacía mucho tiempo que no me sentía una mujer deseada y atractiva. En parte es culpa mía, desde luego. Llevo un año y medio casi sin salir. He tenido alguna que otra cita con hombres que no estaban mal, pero enseguida me daba cuenta de que no estaba a punto para empezar otra relación. Por eso, cuando volvían a llamar, siempre les daba largas. A veces me gustaría ser el tipo de persona capaz de acostarse con unos y con otros sin sentirme culpable o una pelandusca, pero no es mi estilo. Nunca he tenido una aventura de una sola noche.

—Un momento, creo que una vez hubo ese chico del instituto…

—Eso no cuenta —contestó, agitando la mano—. He borrado esa noche de mi memoria, o sea que es como si nunca hubiera ocurrido.

—Ah —dije.

—El caso es que David empezó a besarme el cuello y una parte de mí pensaba «Bah ¿por qué no?». Por suerte, recuperé la cordura. Hay que reconocer que él se tomó bien el rechazo, sin rabietas ni discusión alguna. Solo suspiró y se encogió de hombros, como si fuera yo la que se lo iba a perder. —Sacudió la cabeza—. No puedo creer que te haya contado esto.

—No te preocupes. Si te hace sentir mejor, ten en cuenta que seguramente ni me voy a acordar. El torbellino de emociones que estoy viviendo me está trastocando la memoria.

—¿Puedo hacerte una pregunta?

—Adelante.

—¿Y London?

—Eso es más complicado —admití—. Por ahora, Vivian cree que es mejor que se quede conmigo dado que ella viaja tanto y no tiene tiempo de preparar su vivienda, pero ha dejado bien claro que después, quiere que London se vaya a vivir a Atlanta.

—¿Y tú cómo lo ves?

—Yo no quiero que se vaya… pero también sé que necesita a su madre.

—¿Qué quieres decir con eso?

—No lo sé. Supongo que es una cuestión de la que hablaremos con más detalle. Para serte franco, no estoy muy enterado de cómo funciona todo esto.

—¿Has hablado con algún abogado?

—No —reconocí—. Ella no mencionó lo del divorcio hasta ayer, y antes, no estaba en condiciones de hacer gran cosa.

Para entonces, ya se veía el edificio del club a lo lejos. Llevábamos más de una hora caminando. Las tripas me empezaron a gruñir y Emily debió de oírlo.

—¿Tienes hambre? ¿Por qué no vamos a comer algo?

—No creo que vayamos vestidos como para entrar en el club de campo.

—Nos sentaremos en la zona del bar, que es bastante informal. Allí van los golfistas cuando acaban los recorridos.

Pasear con Emily había sido como una especie de necesidad. Me parecía que el hecho de comer con ella, los dos juntos en el club, era como cruzar una barrera. Aún estaba casado. Vivian y yo no estábamos separados de forma legal y, por lo tanto, aquello no estaba bien.

Sin embargo…

La otra parte del razonamiento era evidente, incluso para mí. ¿Qué iba a decirme Vivian si se enteraba? ¿Que me estaba extralimitando? ¿Que iba a dar pie a las habladurías?

—Sí, vamos a comer —acepté después de un carraspeo.

La sede del club de campo era un tanto recargada por fuera, pero el interior, recientemente reformado, me pareció más luminoso y espacioso de lo que pensaba. Las ventanas que bordeaban dos de las paredes ofrecían una vista espectacular del hoyo dieciocho. Estaba observando un *foursome* que practicaba el *putting* cuando Emily señaló una de las pocas mesas que quedaban libres, en un rincón.

—¿Te gusta ahí?

—Perfecto.

Mientras la seguía hacia la mesa, desvié la mirada hacia el contorno de sus piernas, que tan familiar me había sido, aprovechando que llevaba pantalones cortos. Tenía unas piernas bronceadas y delgadas, de las que siempre me habían atraído.

—¿Ves? Ya te he dicho que no íbamos a desentonar —me dijo, una vez estuvimos sentados—. Ese grupo acaba de llegar de las pistas de tenis.

—No me había fijado —admití—. Pero es bueno saberlo.

—¿Has comido alguna vez aquí?

—Una vez, en el comedor. Jesse Peters era socio y nos reunimos con un cliente aquí.

—Lo veo de vez en cuando. O lo veía, más bien. Muchas veces lo sorprendía mirándome.

—Sí, no me extraña de él.

—Por si te interesa, aquí hacen una hamburguesa fuera de serie —me informó—. El cocinero ganó incluso un premio en un concurso de hamburguesas de esos de televisión. Va con una guarnición muy original de boniato frito.

—Hace mucho que no como hamburguesa —dije—. ¿Tú vas a pedirla?

—Por supuesto.

Maquinalmente, pensé que Vivian jamás habría pedido una hamburguesa, ni le habría parecido bien que yo pidiera una.

La camarera acudió con la carta, pero Emily hizo un gesto negativo.

—Los dos tomaremos hamburguesa —anunció—. Y yo quiero una copa de chardonnay.

—Que sean dos —añadí, sorprendiéndome a mí mismo.

La mañana entera había sido una fuente de sorpresas, desde luego, pero en el buen sentido. Advertí que Emily miraba por la ventana, hacia el *green*, antes de volver a centrar la atención en mí.

—Nuestros hijos ya deben de haber salido de la clase de plástica. ¿Qué crees que estará haciendo London?

—Vivian debe de haberla llevado a comer. Después, ya no tengo ni idea.

—¿No te lo ha dicho?

—No —respondí—. Como la comida del viernes fue un poco tensa, no comentamos nada de eso.

—Con David también pasamos muchos momentos tensos, durante mucho tiempo. Es horrible tener que vivir eso, aunque sea imprescindible. Solo las personas que han pasado por esa situación pueden entender lo duro que es.

—No suena muy alentador —señalé.

—Pero es la verdad. Yo no podría haberlo superado sin el apoyo de algunas amigas. Al principio, debí de pasarme dos o tres horas por semana hablando por teléfono con Marguerite y Grace, o incluso más. Y lo curioso es que, antes del divorcio, no tenía una relación especialmente estrecha con ellas. El caso es que acabé recurriendo a ellas y siempre estuvieron dispuestas a respaldarme cuando lo necesitaba.

—Eso es como un salvavidas en ciertos momentos.

—Sí. Todavía hoy no acabo de comprender por qué estuvieron presentes de esa manera. Supongo que tú también vas a necesitar algo así, dos o tres personas con las que puedas hablar sin tapujos. Fue muy extraño... yo pensaba que mi hermana Jess o Dianne, mi mejor amiga por aquel entonces, serían mis puntales, pero no fue así.

—¿Qué quieres decir?

—Es difícil de explicar, pero Marguerite y Grace siempre sabían lo que había que decir en el momento justo y de la manera apropiada. Jess y Dianne, no. A veces me daban consejos que yo no quería oír o cuestionaban la conveniencia de lo que yo hacía cuando lo que necesitaba realmente era que me reconfortaran.

A tenor de aquello, me planteé en quién buscaría respaldo yo. En Marge y Liz, por supuesto, aunque ellas más bien contaban como una sola persona. Con mi madre, ya sabía de entrada que se preocuparía demasiado, y mi padre no sabría qué decir. En cuanto a los amigos, me di cuenta de que prácticamente no tenía ninguno. Entre el trabajo y la familia, había descuidado mis amistades durante los años posteriores al nacimiento de London.

—Marge y Liz se han portado muy bien —destaqué.

—Eso pensaba. A mí siempre me ha caído bien Marge.

«Es un sentimiento mutuo», pensé.

La camarera trajo dos copas de vino.

—Deberíamos brindar —propuso Emily, cogiendo la suya—. Por Marge, Liz, Marguerite, Grace, Bodhi y London.

—¿Por los niños también?

—Bodhi fue la razón por la que me mantuve a flote, porque con él no podía permitirme lo contrario. A ti te pasará lo mismo.

En cuanto oí la explicación, supe que estaba en lo cierto.

—Muy bien. En ese caso, me parece que también te tengo que incluir a ti. Hasta el momento me has sido de gran ayuda.

—Y puedes llamarme siempre, a cualquier hora.

Después nos pusimos a charlar. Yo le hablé de London y ella me habló de Bodhi; me explicó los viajes que había hecho desde que rompimos. Quizá porque ya habíamos hablado largo y tendido de Vivian y David, sus nombres no volvieron a surgir, y por primera vez desde que Vivian se había marchado, fue como si se disipara la ansiedad que había estado sintiendo.

Cuando llegaron las hamburguesas, pedimos una segunda copa de vino. La hamburguesa resultó ser, tal como ella había dicho, una de las mejores que había comido nunca. Estaba rellena de queso y cubierta con un huevo frito, pero con mi reciente falta de apetito se me había encogido el estómago, y no pude comer más que la mitad.

Una vez nos hubieron retirado los platos, nos quedamos sentados un rato, terminando el vino. Me contó una anécdota de Bodhi, que se había cortado el pelo solo, y soltó unas carcajadas cuando me enseñó la foto con el móvil. Se había cortado más de dos centímetros de flequillo, llegando casi hasta la raíz, y su frente aparecía como el orificio que deja un diente al caer, pero lo más gracioso de la foto era su sonrisa.

—Es fantástica —aprobé, riendo—. ¿Y tú cómo reaccionaste?

—Al principio me enfadé, no solo por cómo le quedó el pelo sino porque hubiera cogido las tijeras. Sin embargo, cuando vi lo orgulloso que estaba, empecé a reír. Al final acabamos riendo los dos. Luego cogí el teléfono. Ahora tengo esta foto enmarcada en la mesita de noche.

—No sé cómo habría reaccionado yo si London hubiera hecho lo mismo. Lo que sí es seguro es que Vivian no se hubiera reído.

—¿No?

—La verdad es que no es muy risueña. —De hecho, no conseguí recordar cuándo fue la última vez que la oí reír.

—¿Ni siquiera con Marge? Yo me tronchaba de risa con ella.

—Especialmente con Marge. No se llevan muy bien.

—¿Cómo es posible? ¿Todavía te toma el pelo?

—Sí, de forma despiadada.

Emily volvió a reír y entonces me acordé de lo mucho que me había gustado siempre el sonido de su risa, melódico y genuino a la vez.

—¿Sabes una cosa? —dijo—. Este día ha acabado resultando mucho mejor de lo que pensaba. Si no te hubiera encontrado, no sé qué estaría haciendo. Seguramente estaría mirando mis cuadros, cargada de frustración, o limpiando la casa.

—Yo probablemente estaría trabajando.

—Esto está muchísimo mejor.

—Y que lo digas. ¿Te apetece otra copa?

—Sí, pero no la voy a tomar porque tengo que conducir. Pide otra si quieres.

—Ya estoy bien así. ¿Qué vas a hacer esta noche?

—Voy a estar con mi hermana, igual que tú. ¿Te acuerdas de Jess? Ella y Brian me han invitado a cenar.

—Ah, qué bien.

—Mmm… no estoy tan segura. A veces me da la impresión de que Brian cree que le estoy calentando la cabeza a Jess para que se divorcie.

—¿Tienen problemas?

—Todas las parejas casadas los tienen de vez en cuando. Es algo que va con la institución.

—¿Por qué es tan duro el matrimonio?

—¿Quién sabe? Yo creo que debe de ser porque la gente se casa sin saber qué quiere realmente, o sin tener conciencia de su propio grado de locura.

—¿Tú estás loca?

—Por supuesto. No me refiero a la locura de manicomio, sino a esas rarezas que todos tenemos. Uno puede ser demasiado sensible a los agravios que percibe, otro puede enfadarse muchísimo cuando no se sale con la suya. Otro se encierra en sí mismo y guarda el rencor durante semanas. A eso me refiero. Todos hacemos cosas poco sanas en nuestras relaciones, pero me parece que para reconocerlo hay que ser muy consciente. Y si tenemos en cuenta que cada miembro de la pareja aporta su propio ramillete de rarezas, es un milagro que haya matrimonios que duren.

—Es un punto de vista muy pesimista, ¿no crees? Tus padres llevan casados una eternidad y los míos también.

—Pero ¿son felices el uno con el otro? ¿O siguen juntos solo por una cuestión de hábito? ¿O porque temen estar solos? Antes, en la cafetería, me he quedado observando a una pareja mayor. Debían de llevar juntos unos cincuenta años, pero no han cruzado ni una palabra.

Pensé en mis padres y me acordé de que Marge y yo nos habíamos planteado la misma pregunta.

—¿Crees que te volverás a casar algún día?

—No lo sé —admitió—. A veces pienso que sí, pero otras creo que también estoy a gusto sola. Y con Bodhi, tampoco es que me quede mucha energía para invertirla en buscar una nueva pareja. Lo que sí puedo afirmar es que sé con más exactitud qué clase de persona quiero llegado el momento. He decidido ser muy selectiva.

Guardé silencio, evocando de repente a Vivian, cuyo recuerdo regresó dotado casi de un peso físico.

—No sé qué va a pasar con Vivian. Todavía no sé por qué era tan infeliz conmigo.

—Quizá era simplemente una persona insatisfecha. Puede que piense que es más feliz con una pareja nueva, pero la felicidad continua no es algo que te pueda aportar otra persona: viene del interior de uno mismo. Por eso hay tantos antidepresivos. Eso es lo que la gente debe aprender en las terapias.

—Parece filosofía zen.

—Me costó un tiempo llegar a aceptar que si David era un mujeriego no era a causa de mí, porque yo fuera más o menos guapa o afectuosa. Eso se debía a la necesidad que él tenía de demostrarse a sí mismo que era deseable y poderoso, cosa que conseguía acostándose con otras mujeres. Al final, llegué a la conclusión de que yo hice todo lo posible por que nuestro matrimonio funcionara y que no puedo pedirme más a mí misma. —Alargó el brazo por encima de la mesa y me apoyó la mano en el brazo—. En tu caso es lo mismo, Russ.

Cuando retiró la mano, el calor y el consuelo de su contacto persistieron, como una afirmación física de sus palabras.

—Gracias —alcancé a decir.

—De nada. Hablo en serio. Tú eres una buena persona.

—Ya no me conoces tanto.

—Pues yo creo que sí, la verdad. Sigues siendo el mismo de antes.

—Y contigo lo estropeé todo.

—Cometiste un error. Ya sé que no quisiste hacerme daño. Te repito que te he perdonado. Tú todavía tienes que perdonarte a ti mismo.

—Eso procuro, pero me lo estás poniendo un poco difícil, con tu enfoque tan bondadoso y tolerante.

—¿Preferirías que fuera cruel y vengativa?

—En ese caso, me vendría abajo.

—No. Eres más fuerte de lo que crees.

Habíamos terminado el vino y, de común acuerdo, sin tener que hablarlo, nos levantamos de la mesa. Lanzando una ojeada al reloj, calculé que habíamos pasado casi tres horas juntos, cosa que me parecía imposible.

Nos dirigimos a la salida y después hacia los coches.

—Recuerda lo que te he dicho de buscar un par de buenos amigos con los que contar. Probablemente los vas a necesitar.

—¿Te propones como voluntaria?

—Ya lo he hecho, ¿no te acuerdas? Siento tener que decírtelo, pero si mi experiencia puede servirte de orientación, la situación seguramente se pondrá peor antes de que se vea alguna mejoría.

—No me imagino cómo puede ser peor.

—Espero, por tu bien, que no sea así.

Alargué la mano hacia la puerta de su coche y se lo abrí.

—Yo también.

—A ver, vuelve a empezar desde el principio —pidió Marge—. ¿Has ido a dar un largo paseo con Emily y luego has comido con ella? ¿Y habéis tomado vino?

Había regresado a casa con Liz hacía unos minutos. De camino, habían llamado para preguntar qué quería para cenar. Tenían pensado comprar algo en un mejicano y aunque avisé a Marge de que no tenía hambre, dijo que me traería algo de todas formas. En la caja de cartón había un burrito del tamaño de un balón de rugby, así como arroz y judías fritas. Marge y Liz habían pedido ensalada de tacos.

—Sí —confirmé mientras nos instalábamos en la mesa—. ¿Qué tiene de raro?

Marge efectuó un paréntesis para aspirar con el inhalador antes de sonreír con aire satisfecho.

—Digamos que la cosa toma un giro imprevisto al que podríamos calificar de segundo acto.

—¿Ah, sí? —preguntó Liz, entre bocado y bocado—. Ya se habían dado cita antes en un Don Pollo, ¿no te acuerdas?

—¿Podéis parar con eso de la cita? Hemos hablado mucho y hemos comido juntos.

—En eso consisten las citas galantes. A mí me parece bien, de todas formas. Mi pregunta es si piensas volver a llamarla.

—Su hijo Bodhi es el mejor amigo de London. Si tenemos que quedar algún día para que jueguen, quizá tendré que llamarla.

—No me refería a eso.

—Ya sé a qué te referías —dije—. No tengo interés en salir con nadie. Ahora mismo, no me imagino con ganas de salir con alguien.

Lo que omití confesar fue que, aunque no quisiera salir con nadie, tampoco me hacía ninguna gracia la idea de estar solo. Lo que quería era volver a estar con Vivian igual que antes. Quería retroceder a otro tiempo y volver a empezar.

Marge pareció leerme el pensamiento.

—¿Has tenido noticias de Vivian, por lo de la hora en que puedes ir a casa mañana?

—Aún no. Llamaré a London más tarde. Supongo que me lo dirá entonces.

—No estás comiendo nada —constató Marge, señalando el burrito.

—No sería capaz de terminarme esto ni aunque estuviera de náufrago en una isla desierta durante un mes.

—¿Por qué no pruebas a comer un bocado al menos?

Lo intenté. Aunque estaba sabroso, la sensación de saciedad que me había dejado la hamburguesa me impedía comer más.

—¿Has aprendido alguna receta mexicana en las clases de cocina? —pregunté a Liz.

—Unas cuantas —confirmó, mientras pinchaba un trozo de lechuga—. Podría haberte preparado algo, pero me daba pereza. Además, tendría que haber ido a la tienda.

—¿No tendrás algunas recetas de platos fáciles y sanos que le resulten apetecibles a London?

—Muchas. ¿Quieres que te seleccione mis favoritas?

—Sería estupendo. Quiero mantener la normalidad en casa, pero no tengo mucha experiencia en la cocina. No querría trastocar los horarios de London y para eso es importante que cene a la hora.

—Te tendré listas varias recetas para mañana.

—Te lo agradezco —dije—. ¿Cómo ha estado la inauguración de la casa?

—Muy divertida —explicó Liz—. La casa está muy bien decorada. Aunque se acaban de instalar, nuestros amigos han colgado ya todos los cuadros. Ha sido bastante impresionante.

Automáticamente, me pregunté si tendrían alguna obra de Emily. De paso, me pregunté también cómo lo estaría pasando con su hermana Jess. Advirtiendo la mirada escrutadora de Marge, volví a cargar el tenedor con otro bocado de burrito.

—Hoy ha sido el primer día en que no he estado pensando continuamente en Vivian.

—¿Y cómo ha sido? —preguntó Marge con aire pensativo.

—Extraño —reconocí—. Pero creo que me ha sentado bien. Ahora no me siento tan ansioso.

—Te estás empezando a curar, Russ —dictaminó Marge—. Eres más fuerte de lo que crees.

Sonreí, recordando que Emily había dicho exactamente lo mismo.

Después de cenar, llamé a Vivian a través de FaceTime. Contestó al segundo ring.

—Hola —saludó—. Estamos viendo una película. ¿Y si te llama London más tarde?

—¡Hola, papá! —oí que me llamaba—. ¡Nemo y Dory están con los tiburones!

—Sí, claro —acepté—. ¿Os habéis divertido hoy?

—Sí, mucho —respondió Vivian—. Te llamará después, ¿vale?

—¡Te quiero, papá! —gritó London—. ¡Te he echado de menos!

Al oír su voz se me encogió el corazón.

—No te preocupes, que vendré pronto —le aseguré.

Me llevé el teléfono a la cocina mientras ayudaba a Marge y a Liz a recoger; lo mantuve a mi lado en la mesa cuando Marge trajo el tablero de Scrabble. Según pude comprobar, Liz se tomaba muy en serio el juego y era muy buena. Aunque acabó ganándonos con creces a Marge y a mí juntos, encontré el juego mucho más entretenido de lo que recordaba.

En cualquier caso, resultó tan cautivante como para hacerme olvidar casi el hecho de que London no me devolvió la llamada.

Casi, pero no del todo.

Y

Por la mañana, recibí un mensaje de Vivian. «¿Puedes venir a las seis y media? Ya me dirás si te va bien a esa hora.»

Me pareció que era un poco tarde, sobre todo teniendo en cuenta que debía volver en coche a Atlanta, pero no me correspondía a mí decirlo. Aunque comprendía que procuraba pasar el mayor tiempo posible con London, como todavía estaba molesto por no haber tenido la oportunidad de hablar con mi hija, dejé el teléfono a un lado sin responder y no le mandé un mensaje de respuesta hasta las dos de la tarde.

Esa mañana corrí doce kilómetros y al llegar a casa, hice cien flexiones. Mi irritación no empezó a disiparse hasta que me hube duchado.

Liz elaboró un pequeño cuaderno de unas quince recetas, compuestas en su mayoría de un máximo de seis ingredientes. A continuación, me enseñó cómo planificar las comidas y fuimos al supermercado a comprar todo lo que iba a necesitar.

Pese a que Marge y Liz lo habrían negado rotundamente, yo me sentía un poco de más, de modo que después de la comida, me subí al coche y fui hasta la librería. Aunque nunca había sido muy aficionado a la lectura, me puse a curiosear en la sección dedicada a las relaciones, que contaba con varios estantes de libros especializados en situaciones de divorcio. Los estuve hojeando todos antes de elegir varios. Fui a pagar con la certeza de que la empleada de la caja leería los títulos y me gratificaría con una mirada compasiva, pero la chica de pelo rojo que había allí se limitó a escanear los libros antes de ponerlos en una bolsa y solo me preguntó si iba a pagar en metálico o con tarjeta.

Después, decidí pasar por el parque, por si London estaba allí. En caso afirmativo, no sabía si iba a hacerles notar mi presencia. Lo que yo quería era simplemente verla. Se me ocurrió pensar que me estaba comportando como un adicto con síndrome de abstinencia, pero me daba igual.

En el parque no había ni rastro de Vivian y London. De todas formas me paré allí. Gracias al ligero descenso de la temperatura de ese fin de semana, había más niños de lo habitual. Me senté en un banco y abrí uno de los libros. Empecé a leer, al principio porque consideraba que así debía hacerlo, pero al cabo de media hora, seguí porque me interesaba de verdad.

Me enteré de que Marge, Liz y Emily tenían razón. Por más que yo sintiera lo contrario, no era el único que pasaba por aquello. Los altibajos emocionales, el sentimiento de culpa, las preguntas incesantes y el sentimiento de fracaso eran inherentes a la mayoría de las situaciones de divorcio. Plasmadas sobre el papel, en lugar de escuchadas de labios de otros, aquellas consideraciones parecían más reales y así, cuando por fin cerré el libro, me sentía un poco mejor. Estaba pensando en volver a casa de Marge, pero vi a un niño que se parecía a Bodhi y saqué el teléfono.

Cuando Emily respondió, me levanté del asiento, presa de un inexplicable nerviosismo. Caminé hasta la valla que delimitaba el parque.

—¿Diga?

—Hola. Soy yo, Russ.

—¿Qué pasa? ¿Estás bien?

—Sí, sí —la tranquilicé—. Es solo que echaba de menos a London y tenía que salir de casa. ¿Cómo estás tú?

—Más o menos igual. David y Bodhi están en el cine ahora mismo y creo que después van a ir a una pizzería. O sea que he estado mirando mis cuadros otra vez.

—¿Aún no has descifrado los susurros?

—En ello estoy. ¿Y tú qué has hecho hoy?

—He corrido doce kilómetos. Me ha sentado bastante bien. Luego he estado con Marge y Liz y después he ido a la librería. Ahora estoy matando el tiempo y he decidido llamarte para darte las gracias por lo de ayer.

—No hace falta. Yo lo pasé estupendamente —aseguró.

Experimenté una extraña sensación de alivio al oírlo.

—¿Qué tal fue la cena con tu hermana?

—Había estado discutiendo con su marido antes de mi llegada. Aunque se controlaron, no dejé de percatarme de las miradas que se lanzaban ni de oír más de media docena de profundos suspiros. Fue un poco como un regreso al pasado, con lo de David y tal.

—Qué horrible ¿no? —comenté, riendo.

—Sí, fue un poco tenso, aunque Jess ha llamado esta mañana para disculparse. Y justo después, se ha enzarzado en otra explicación sobre las constantes provocaciones y hostilidades que tiene que aguantar de Brian.

Seguimos charlando mientras yo daba vueltas por el parque y, en más de una ocasión, caí en la cuenta de que estaba sonriendo. Había olvidado lo fácil que era hablar con Emily, la atención con la que escuchaba y la desenvoltura con que proporcionaba información sobre sí mima. Nunca parecía tomarse nada demasiado en serio. Siempre había sido así, pero dicho rasgo se había acentuado y matizado con el paso del tiempo, suscitando en mí el deseo de ser un poco más de esa manera.

Al cabo de cuarenta minutos, pusimos fin a la conversación. Al igual que el día anterior, el tiempo había transcurrido casi sin que me percatara. Mientras me dirigía al coche, me estuve preguntando por qué con

Vivian no habíamos podido hablar nunca con esa fluidez y en cuanto dejé penetrar su nombre en mi conciencia, volvía a sentir otro acceso de frustración por no haber podido hablar con London. Nunca había impedido que mi hija hablara con su madre, ni siquiera desde que se había ido de casa. Emily jamás haría algo así, me dije, y mientras entraba en el coche, me puse a pensar en lo bonita que se veía Emily, de manera natural, sin maquillaje que cubriera el tono ligeramente aceitunado de su piel, sin mechas ni rellenos de colágeno.

Era más guapa ahora que cuando salíamos juntos, concluí.

Había captado que Emily se había alegrado de tener noticias mías y no podía negar que eso me levantaba el ánimo. Al fin y al cabo, eso de complacer a las personas es mejor cuando se produce de manera espontánea, y mientras que con Vivian siempre sentía que tenía que hacer esfuerzos para satisfacerla, con Emily parecía que lo único que tenía que hacer era ser yo mismo, que con eso tenía más que de sobras.

No obstante, pese a la distracción que me había procurado Emily, había sido sincero con Marge y Liz. Tratándose de una vieja amiga mía —muy atractiva, por cierto—, era comprensible que lo hubiera pasado bien compartiendo un rato con ella y seguramente también tenía su lógica que la hubiera llamado. Me sentía a gusto con ella, igual que siempre. Eso no significaba, sin embargo, que estuviera dispuesto —o interesado siquiera— en entablar una relación. Las relaciones sanas exigían la participación de dos personas bien centradas y, en ese momento, yo no daba la talla.

Eso fue lo que le dije a Marge antes de irme a casa, pero ella reaccionó negando con la cabeza.

—Esa es la voz de Vivian que resuena en tu cabeza —opinó—. Si te vieras a ti mismo tal como te perciben los demás, te darías cuenta de que eres un partido fenomenal.

Al llegar a casa a las seis y media, me quedé dudando delante de la puerta, sin saber si debía llamar. Era ridículo, desde luego, y el hecho de tomar conciencia de ello no hizo más que acentuar mi sentimiento de frustración, no tanto a causa de Vivian sino de mí mismo. ¿Por qué me importaba todavía tanto lo que ella pudiera pensar?

«Por la fuerza de la costumbre», me respondí a mí mismo, tomando conciencia de que no es tan fácil alterar los hábitos.

Abrí la puerta y entré, pero no vi señales ni de London ni de Vivian. Luego, al oír ruidos provenientes de arriba, me desplacé hacia las escaleras y Vivian apareció con una copa de vino en la mano. Me hizo señas para que entrara en la cocina. Desde la puerta, advertí que las sartenes y platos se acumulaban en el fregadero y que nadie había limpiado la encimera ni la placa. En la mesa quedaba un vaso de leche y un salvamanteles por retirar. En ese mismo instante, comprendí que no tenía ninguna intención de limpiar la cocina antes de irse.

Sentí como si ya no la conociera, en el supuesto de que la hubiera conocido alguna vez.

—London está arriba en el baño —explicó sin preámbulos—. Le he dicho que iría a buscarla dentro de unos minutos porque tenemos que hablar con ella, pero me parece que antes tendríamos que ponernos de acuerdo los dos.

—¿No hablamos del asunto el viernes?

—Sí, pero quería asegurarme de que te acuerdas.

—Me acuerdo —confirmé, acusando el comentario como un insulto.

—Muy bien —dijo—. También creo que sería más fácil para London si yo tomo la iniciativa.

«Porque no quieres que se entere de lo de Walter, ¿verdad?»

—De todas maneras, tú llevas la batuta.

—¿A qué viene eso?

—Está bien claro. Tú tomas todas las decisiones, sin preguntar nunca si me conviene a mí.

—¿Por qué estás de tan mal humor?

«¡Increíble!»

—¿Por qué no le dijiste a London que me devolviera la llamada anoche?

—Porque se quedó dormida. Menos de diez minutos después de que llamaras, se quedó como un tronco en el sofá. ¿Qué iba a hacer? ¿Despertarla? Tú la ves todos los días y yo no.

—Tú lo elegiste así. Tú te marchaste.

Entornó los ojos y me pareció advertir en ellos no solo rabia sino odio. Aun así, mantuvo inalterado el tono de voz.

—Confiaba en que pudiéramos comportarnos como adultos esta noche, pero está claro que tú tienes otras intenciones.

—¿Pretendes echarme a mí la culpa de todo esto?

—Lo único que quiero es que mantengas la entereza mientras hablamos con nuestra hija. La otra alternativa es volver las cosas más dolorosas para ella. ¿Cuál prefieres?

—Yo preferiría no tener que hacer esto. Preferiría que tú y yo tuviéramos una conversación franca sobre la posibilidad de salvar nuestro matrimonio.

—No hay nada de qué hablar. Eso es agua pasada —replicó, dándome la espalda—. Esta semana recibirás el acuerdo de conciliación.

—¿El acuerdo de conciliación?

—Le encargué redactarlo a mi abogado. Es un texto bastante estándar.

Tuve la certeza de que lo de «estándar» incluía la estipulación de que London iba a vivir con ella en Atlanta, y se me encogieron las entrañas. Al instante, sentí que no quería hacer aquello, que no quería estar allí. No quería perder a mi mujer y a mi hija, no quería perderlo todo, pero no era más que un espectador, condenado a mirar cómo mi vida tomaba unos derroteros que quedaban completamente fuera de mi control. Estaba agotado y cuando por fin cedieron las náuseas, noté como si estuviera a punto de disolvérseme el cuerpo.

—Acabemos de una vez con esto.

London se lo tomó mucho mejor de lo que esperaba, aunque también había que tener en cuenta que la pobre estaba tan exhausta que parecía incapaz de centrar la atención. Si a ello se le añadía la congestión del catarro, a mí me daba la impresión de que lo único que quería era irse a dormir.

Tal como preveía, Vivian omitió buena parte de la verdad e hizo tan breve la conversación que hasta me extrañó que lo hubiera presentado como algo tan importante. Al final, sospeché que London no tenía ni idea de que hubiera cambiado algo entre nosotros; estaba igual de acostumbrada que yo a que Vivian viajara. El único momento en que se disgustó fue cuando llegó la hora de que Vivian se fuera. Las dos lloraban cuando se abrazaron delante de la puerta y London se quedó sollozando cuando su madre se soltó por fin.

La llevé adentro y la camisa se me mojó en la zona del hombro a causa de sus lágrimas. Su habitación olía como una cuadra; además de limpiar la cocina, iba a tener que limpiar la jaula de los hámsters. Le di a London un poco más de jarabe y la puse en la cama. Se acurrucó a mi lado y yo la rodeé con el brazo.

—Yo no quiero que mamá tenga que irse —dijo.

—Ya sé que es duro —convine—. ¿Lo has pasado bien este fin de semana?

Como ella asintió, seguí haciéndole preguntas.

—¿Qué habéis hecho?

—Hemos ido de compras y al cine. También al zoo. Tenían unas cabras muy monas que se acuestan de lado cuando tienen miedo, pero yo no las asusté.

—¿Fuiste al parque o a pasear en bicicleta?

—No, pero monté en los caballitos del centro comercial. Me subí en un unicornio.

—Ah, qué bien.

—Sí. Mamá ha dicho que tienes que acordarte de limpiar la jaula de los hámsters.

—Ya lo sé —dije—. Esta noche huele bastante.

—Sí. Mamá no quiso coger ni al *Señor* ni la *Señora Sprinkles* porque también olían. Creo que necesitan un baño.

—No sé si los hámsters se pueden bañar. Lo consultaré.

—¿En el ordenador?

—Sí.

—El ordenador sabe muchas cosas —ponderó.

—Muchísimas.

—Una cosa, papá.

—¿Sí?

—¿Podremos ir en bici?

—Igual será mejor esperar un par de días, hasta que estés mejor. También tienes clase de danza, ¿te acuerdas?

—Sí, me acuerdo —confirmó sin entusiasmo.

Resolví cambiar de tema, para que no se volviera a desanimar.

—¿Has visto a Bodhi este fin de semana?

—Estaba en la clase de plástica, donde pinté el jarrón.

—¿El de las flores amarillas y ratones rosas? Quiero verlo.

—Mamá se lo ha llevado. Dijo que era muy bonito.

—Seguro que sí —dije, procurando ocultar mi decepción—. Me habría gustado verlo.

—¿Quieres que te haga uno? Puedo hacer otro. Me parece que los ratones me saldrán incluso mejor.

—Me encantaría, cariño.

Limpié la jaula de los hámsters y la cocina. Aunque no me había percatado antes, también tuve que ordenar el salón. Había que guardar las Barbies diseminadas por todas partes, doblar las mantas y devolverlas al arcón y vaciar los restos de un tazón de palomitas de maíz. Recordando que todavía me quedaban algunas cenas que había preparado mi madre, metí unos cuantos tupperware del congelador en la nevera. También guardé los comestibles que había comprado antes con Liz y Marge.

Más tarde, al meterme en la cama, percibí el aroma de un perfume que sabía que había llevado Vivian. Era liviano y floral, pero ignoraba su nombre. Previendo que sería incapaz de dormir, deshice la cama y cambié las sábanas. Me pregunté si ella había pretendido transmitirme un mensaje al dejar las sábanas sucias y la casa en desorden. Aunque podría haber sido un efecto de la rabia, no me parecía que se tratara de eso. Mis entrañas me decían que le tenía sin cuidado lo que yo pudiera sentir porque ya no le importaba nada.

17

Avances y retrocesos

Una vez, cuando salía con Emily —antes de que cometiera aquella estupidez—, pasamos la primera semana de julio en Atlantic Beach, en Carolina del Norte. Con otras dos parejas, alquilamos una casa tan cerca del mar que desde allí se oía el incesante romper de las olas en la playa. Pese a que pagábamos el alquiler entre todos, suponía un gasto considerable, de modo que llevamos neveras repletas de comida del supermercado con intención de cocinar en lugar de ir de restaurante. En cuanto empezaba a ponerse el sol, encendíamos la parrilla y preparábamos nuestro festín. Por la noche, tomábamos cerveza en el porche escuchando la radio. Recuerdo haber pensado que aquellas serían las primeras de las muchas vacaciones que íbamos a pasar juntos con Emily.

El Cuatro de Julio fue un día muy especial. Emily y yo nos despertamos antes que los demás y nos fuimos a la playa al clarear el día. Cuando todo el mundo salió de la cama, nosotros ya habíamos ocupado nuestro territorio en la playa, acompañados de una olla a vapor que yo había alquilado para cocinar las vieiras y las gambas descargadas en los muelles unas horas antes. Después de consumir el marisco con mazorcas y ensalada de patata, instalamos una red de voleibol. Cuando nuestros amigos llegaron por fin, pasamos el resto del día bajo el sol, tumbados, caminando entre las olas y untándonos de protector solar.

Esa semana en la ciudad había una feria, situada cerca del paseo marítimo, a menos de medio kilómetro de la casa donde estábamos. Era una de esas ferias ambulantes, con atracciones, precios exorbitantes y juegos casi imposibles de ganar. Había, no obstante, una noria, y media hora antes del inicio previsto de los fuegos artificiales, Emily yo nos separamos del grupo y nos montamos en ella. Yo calculaba que dispondríamos de tiempo de sobras para reunirnos con nuestros amigos después, pero el destino quiso que la atracción se estropeara justo cuando nosotros llegamos arriba del todo.

Mientras permanecíamos inmovilizados allá en lo alto, vi a unos trabajadores tratando de arreglar el motor o el generador; después vi a alguien que se alejaba corriendo y luego volvía cargado con una caja de herramientas muy pesada. El encargado de la noria nos informó a gritos de que pronto volvería a estar en marcha, pero nos advirtió de que no había que mover los cestos.

Pese a que el día había sido bochornoso, soplaba un viento racheado. Rodeé a Emily con el brazo y ella se apoyó en mí. Ninguno de los dos teníamos miedo; yo estaba seguro de que aunque no hubiera forma de reparar el motor, habría alguna clase de manivela que podrían accionar en última instancia para hacernos bajar. Desde nuestro inmejorable observatorio, mirábamos a la gente desplazándose entre las casetas y divisábamos la alfombra de casas y farolas que se prolongaba durante kilómetros. En un momento dado, oí el familiar silbido de los fuegos artificiales que lanzaron desde una barca antes de que se abriera en el cielo un ramillete de color verde, rojo y oro. «Uy», susurró Emily, iniciando una serie de exclamaciones que fue repitiendo durante la hora y media en que estuvimos bloqueados en la noria. El viento transportaba el olor a pólvora desde la playa y mientras atraía a Emily hacia mí, recuerdo que pensé que le pediría que se casara conmigo antes de finales de año.

Fue más o menos entonces cuando nuestros amigos nos localizaron por fin. Estaban en la playa y se veían en miniatura. Cuando cayeron en la cuenta de que estábamos parados allá arriba, empezaron a dar voces y a hacer aspavientos. Una de las chicas nos gritó que si pensábamos pasar la noche allí, deberíamos encargar una pizza.

Emily se echó a reír y luego calló de repente.

—Voy a hacer ver que tú pagaste a los trabajadores para que bloquearan la noria a propósito —anunció después.

—¿Por qué?

—Porque no creo que, mientras viva, vaya a disfrutar de otro Cuatro de Julio comparable a este.

El lunes por la mañana, London se despertó con la nariz roja y mocos. Aunque no tosía, dudé si debía llevarla a la escuela, pero cuando se lo expliqué, se puso a protestar.

—¡La maestra va a traer un pez de colores hoy y me toca a mí darle de comer! Además, es el día de pintar.

Aunque ignoraba en qué consistía eso del día de pintar, estaba claro que para ella era muy importante. Le di un poco de jarabe en el desayuno y luego la llevé a la escuela. Cuando la dejé, advertí que la maestra también estaba resfriada, lo cual me confirmó en lo acertado de mi decisión.

Mientras volvía al coche, me di cuenta de que estaba pensando qué haría Vivian en ese momento y de inmediato la ahuyenté de la mente. «¿Qué más da?», me dije. Por otra parte, tenía un anuncio que filmar esa misma semana y otro cliente al que impresionar.

En la oficina estaba inundado de trabajo. Confirmé todo lo que necesitaba para rodar el tercer anuncio para Taglieri el viernes. Hablé con el técnico que me iba a ayudar con la campaña para el cirujano plástico e incluso logré reunirme con un adiestrador de animales que aseguraba poseer el tipo exacto de perro necesario para filmar el cuarto anuncio de Taglieri. Fijamos el jueves de la semana siguiente como fecha para el rodaje.

Con todo eso no dispuse, por suerte, de apenas tiempo para pensar en Vivian.

El acuerdo de conciliación me llegó a través de FedEx el martes por la tarde. También me lo mandaron por mail, pero no me decidí a leer ni uno ni otro. En lugar de ello, llamé a Joey Taglieri y le pregunté si podía echarle un vistazo. Nos dimos cita para el día siguiente en un restaurante italiano situado cerca de su oficina.

Lo encontré sentado a una mesa del rincón revestida con un mantel a cuadros rojos y blancos sobre la que había una carpeta encima de un bloc de notas legales amarillas. Bebía agua mineral y cuando me senté, me presentó un papel, acompañado de un bolígrafo.

—Antes que nada, tiene que firmar un contrato de prestación de servicios. Tal como le dije, ya no me dedico al derecho familiar, pero con usted puedo hacer una excepción. También le puedo recomendar algunos abogados, incluido el tipo que se ocupó de mi segundo divorcio, pero no sé hasta qué punto podrán ayudarlo por los motivos que le voy a exponer dentro de un momento. En cualquier caso, elija a quien elija, todo lo que me cuente quedará protegido por el privilegio abogado-cliente, aunque al final decida trabajar con otra persona.

Firmé el contrato de prestación de servicios y se lo devolví. Luego él se inclinó en el respaldo.

—¿Me quiere explicar lo que ocurrió?

Le conté lo mismo que les había contado a Marge y a Liz, a mis padres y a Emily. A aquellas alturas, tenía la sensación de haberlo explicado cien veces. Taglieri fue tomando notas.

—Bueno, creo que lo he entendido todo —dijo cuando acabé—. También he revisado el documento y lo primero que debería saber es que todo indica que tiene intención de presentar la demanda de divorcio en Georgia y no en Carolina del Norte.

—¿Por qué iba a hacer eso?

—Georgia y Carolina del Norte tienen una legislación distinta. En Carolina del Norte, las parejas tienen que llevar separadas legalmente un año antes de poder solicitar el divorcio. Eso no implica que tengan que vivir en un domicilio separado, sino que haya conciencia de estar separados. Una vez transcurrido ese año, se presenta la demanda de divorcio. La otra parte dispone entonces de treinta días para dar una respuesta, aunque eso se puede acelerar un poco, y se fija una fecha para comparecer ante el juez. Llegado ese momento, uno obtiene el divorcio. En Georgia, no existe ese requisito de un año previo de separación. Lo que sí hay es un requisito de residencia. Vivian no puede solicitar el divorcio hasta que lleve un mínimo de seis meses residiendo en el estado, pero a partir de ahí, puede conseguir el divorcio en treinta días, siempre y cuando exista un acuerdo entre ustedes dos. En definitiva, dado que está viviendo en Atlanta desde el ocho de septiembre... o puede que antes incluso... podrá conseguir el divorcio en marzo o abril, en lugar de esperar más o menos un año. Existe un par de diferencias más, relacionadas con el principio de culpa, que no creo que se apliquen a su caso. Yo creo que ella lo presentará como un divorcio sin asignación de culpa, lo que viene a significar que el matrimonio está roto.

—O sea que tiene prisa en deshacerse de mí, ¿no?

—Sin comentarios —contestó con una mueca—. Volviendo al tema, este es uno de los motivos por los que le he ofrecido mis servicios por si le interesan. Yo pasé los exámenes para ejercer tanto en Georgia como en Carolina del Norte... (¡vivan los Bulldogs!) mientras que los abogados que contraté para mi divorcio no. En otras palabras, o me contrata a mí o se busca un abogado de Georgia. Aparte, he realizado algunas llamadas esta mañana... por lo visto, la abogada de Vivian es de cuidado. Nunca he tenido que vérmelas con ella, pero a juzgar por su fama es de esas letradas que se dedican a desgastar a la parte contraria hasta que acaban tirando la toalla. También es muy selectiva con sus clientes. Seguramente Spannerman puso en juego su influencia para que aceptara representar a su esposa.

—¿Qué hago? No tengo ni idea de por dónde empezar.

—Lo que está haciendo en este momento: consultar a un especialista legal. Y créame, al principio nadie sabe qué hacer a menos que haya pasado antes por lo mismo. Resumiendo, en Georgia habrá que rellenar documentos que van desde una declaración de la situación financiera de los cónyuges a los convenios de conciliación, pasando por una declaración jurada relativa a la custodia. Su abogada probablemente hará presión para tenerlo todo listo dentro de seis meses, de modo que tendrá que haber mucho intercambio de diligencias entre los abogados.

—¿Y el acuerdo de conciliación que envió?

—Básicamente es un contrato entre ustedes dos, en el que se tratan cuestiones como la pensión alimenticia y la repartición de bienes.

—¿Y London?

—Ahí es donde se complican las cosas. Los tribunales se reservan el derecho a tomar las decisiones en lo relativo a la custodia, régimen de visitas y manutención del menor. Claro que ustedes dos podrían llegar a un acuerdo y el tribunal lo tomaría en cuenta, aunque no está obligado a ello. De todas maneras, si se trata de algo razonable, el tribunal suele dictaminar lo mismo que han decidido los padres. En el caso de London, al ser tan pequeña, no se tendrá en cuenta lo que ella diga, lo cual es probablemente mejor.

—¿Qué es lo que quiere Vivian?

Taglieri sacó el convenio de la carpeta y empezó a pasar hojas.

—En relación a la repartición de bienes, en general reclama la mitad. Eso representa la mitad del valor escriturado de la casa, la mitad del dinero del banco y los fondos de inversión, así como la mitad de su fondo de pensión. Quiere el coche que ella usaba y la mitad del valor del contenido de la casa, en metálico. También reclama un cantidad adicional de dinero, que supongo que corresponde a la mitad del total que usted invirtió en su negocio.

De repente, me sentí como si hubiera estado donando sangre una semana entera.

—¿Eso es todo?

—Bueno, también está la pensión alimenticia.

—¿La pensión alimenticia? Pero si ahora gana más que yo, y además sale con un multimillonario.

—No digo que la vaya a conseguir. Yo sospecho que lo utilizará como arma, junto con el resto de la repartición de bienes propuesta, para conseguir lo que de verdad quiere.

—A London.

—En efecto —confirmó—. A London.

Después de la reunión con Taglieri no me quedó tiempo para ir a la oficina, de modo que fui directamente a la escuela. Como llegué pronto, aparqué el coche cerca del edificio. Estaba ensimismado mirando el acuerdo de conciliación cuando oí que alguien golpeaba la ventanilla.

Era Emily.

Llevaba unos vaqueros desteñidos con desgarrones en las rodillas y un top muy ceñido. Solo con verla, sentí que me liberaba de un peso. Abrí la puerta y salí al sol.

—Hola —la saludé—. ¿Cómo estás?

—Más bien soy yo quien ha de hacerte esa pregunta. Pensé en ti y en cómo te habría ido el domingo.

—Tan bien o mal como cabe esperar para ese tipo de cosas, supongo. Vivian habló casi todo el tiempo.

—¿Cómo lo lleva London?

—Parece que bien, aparte de que tiene un resfriado.

—Bodhi también. Empezó ayer. Creo que más de la mitad de la clase está así; es como una colonia de leprosos. —Se quedó observándome un momento—. Aparte de eso, ¿cómo estás?

—Así, así —admití—. Hoy he tenido que consultar a un abogado.

—Agh —exclamó—. Esa es la parte horrible.

—No ha sido muy divertido, no —confirmé—. Todavía me parece que es un sueño y no está pasando realmente, aunque sepa que es verdad.

Siguió mirándome y entonces advertí con asombro lo largas que tenía las pestañas. «¿Siempre las ha tenido así?». me pregunté, tratando de recordar.

—¿Te ha aclarado las cosas el abogado? —preguntó.

—Ni siquiera sabía lo que tenía que preguntar. Eso es lo que estaba mirando en el coche. Vivian ha mandado un acuerdo de conciliación.

—Yo no soy abogado, pero si tienes dudas, me puedes llamar. Es probable que no pueda responderte a todo, claro.

—Te lo agradezco —dije.

Vi que cada vez llegaban más coches, que se colocaban en fila. Por lo visto, parecía que yo era el único varón que acudía a recoger a un alumno. Mirando a Emily, de repente volví a oír la voz de Vivian —«¡habladurías!»— y me pregunté si habría más de una madre observándonos. Automáticamente, retrocedí un paso e introduje la mano en el bolsillo.

—¿Se marchó David a Australia?

—Sí, anoche.

—Bodhi ha debido de quedarse triste.

—Mucho. Luego se despertó enfermo, encima.

—¿Y no ha dicho cuándo piensa volver?

—Dijo que quizá vendría unos días por Navidad.

—Qué bien.

—Sí, si es que de verdad se presenta. Dijo lo mismo el año pasado. Sabe prometer muchas cosas; el problema es que no siempre las cumple.

Me puse a pensar dónde estaría London la próxima Navidad, y después me pregunté dónde estaría yo.

—Ay, ay, ay —se lamentó, ladeando la cabeza—. Ya he dicho alguna inconveniencia, ¿no? Te has quedado absorto.

—Perdona. Solo pensaba en algo de lo que me ha dicho antes el abogado. Es posible que tenga que vender la casa.

—Uf. ¿De verdad?

—No sé si habrá alternativa. No tengo suficiente dinero para pagar lo que reclama Vivian.

Era una manera suave de presentarlo: si cedía a todas sus exigencias, acabaría sin un céntimo. Si a ello se le añadía la pensión para ella y la niña, no estaba seguro de poderme permitir ni siquiera un apartamento de dos habitaciones.

—Todo se solucionará —aseguró—. Ya sé que a veces cuesta de creer, pero es así.

—Eso espero. Ahora mismo, solo deseo... escapar ¿entiendes?

—Necesitas distraerte un poco —dictaminó, apoyando las manos en las caderas—. ¿Por qué no vamos con Bodhi y London al zoo de Ashboro este sábado?

—¿Y la clase de plástica?

—Bueno, hombre. —Se echó hacia atrás un grueso mechón de pelo—. No pasa nada porque falten un día. Bodhi estará encantado. ¿London ha estado alguna vez en el zoo?

—No —respondí.

Había presentado la propuesta de una manera tan directa que no supe qué contestar. ¿Había un trasfondo de coqueteo? ¿O el plan se centraba más bien en Bodhi y en London?

—Gracias —dije—. Te llamaré para confirmártelo.

Para entonces, los maestros empezaban a congregarse cerca de la puerta y los alumnos aparecían distribuidos por clases. Emily también lo advirtió.

—Debería volver al coche —constató—. No quiero bloquear la fila. Ya se tarda bastante así. Me alegro de haberte visto, Russ. —Agitó la mano para despedirse.

—Yo también, Emily.

La observé mientras se iba, tratando de descifrar el significado de su invitación, pero a medida que se alejaba, sentí un deseo inconfundible de seguir viéndola. Pese a que no estuviera preparado y tal vez fuera prematuro, de repente tuve conciencia de que lo ansiaba con todas mis fuerzas.

—Eh, Emily —la llamé.

Se volvió.

—¿A qué hora te iría bien quedar?

Cuando llegamos a casa, London se encontraba un poco mejor, de modo que salimos a dar una vuelta en bicicleta. La dejé ir en cabeza mientras atravesábamos las calles del vecindario. Cada vez tenía más seguridad. Aún debía avisarla para que se arrimara a un lado cuando venía un coche, pero dado que los niños solían circular en bicicleta por la zona, los conductores en general tenían cuidado.

Estuvimos pedaleando durante una hora. Una vez en casa, se comió un tentempié y luego subió para ponerse la ropa de baile. Como no acababa nunca, al cabo de un rato fui a ver qué ocurría. La encontré sentada en la cama, vestida con la ropa de antes.

—¿Qué pasa, cariño? —pregunté, sentándome a su lado.

—No quiero ir a danza hoy —dijo—. Estoy enferma.

Puesto que el resfriado no le había afectado en nada para ir en bicicleta, deduje que había algo más. Probablemente no le gustaba la clase de danza o la señora Hamshaw y, desde luego, no le faltaba razón.

—Si estás demasiado cansada o enferma, no estás obligada a ir.

—¿De verdad?

—Claro.

—Mamá se enfadará.

«Tu madre nos ha dejado», pensé, aunque no lo dije.

—Hablaré con ella. Si estás enferma, estás enferma. Pero es algo más, ¿no?

—No.

—En ese caso, me lo puedes decir.

Como no añadía nada, la rodeé con el brazo.

—¿Te gusta ir a la clase de danza?

—Es importante —declaró, como si recitara una regla sagrada—. Mamá también iba a danza.

—No es eso lo que te he preguntado. Te he preguntado si te gusta.

—Yo no quiero ser un árbol.

—Cariño, explícame mejor todo esto.

—En mi clase hay dos grupos. Uno de ellos irá a concurso: son las que bailan bien. Yo estoy en el otro grupo. También bailaremos, pero solo para los padres. Y tengo que hacer de árbol en el espectáculo que estamos preparando.

—Ah —dije—. ¿Y eso es malo?

—Sí, es malo. Tengo que mover los brazos cuando las hojas crecen y caen.

—¿Me enseñas cómo es?

Se levantó de la cama con un suspiro y se puso a trazar círculos con los brazos por encima de la cabeza, juntando las puntas de los dedos. Luego separó los brazos y bajó las manos moviendo los dedos. Cuando hubo terminado, volvió a tomar asiento a mi lado en la cama. Yo no sabía muy bien qué comentario hacer.

—Por si te hace sentir mejor, te diré que ha sido un árbol muy bonito —alabé por fin.

—Esto es para las que bailan mal, papá, porque no soy lo bastante buena para hacer de rana, de mariposa, de cisne o de pez.

Traté de imaginar qué harían esos animales y cómo se desarrollaría el baile, pero no me merecía la pena, porque pronto tendría ocasión de verlo.

—¿Hay otras niñas que hacen de árbol?

—Solo Alexandra y yo. Yo quería ser la mariposa y había ensayado mucho y me sé todos los movimientos, pero la señora Hamshaw dijo que Molly será la mariposa.

Para una niña de cinco años aquello tenía una gran importancia, supuse.

—¿Cuándo es el espectáculo?

—Se me ha olvidado.

Tomé la resolución de preguntárselo a la señora Hamshaw antes o después de la clase, por supuesto, para no molestarla ni importunarla.

—¿Quieres ir al zoo este fin de semana con Bodhi y la señora Emily?

—¿Cómo?

—Al zoológico. Emily y Bodhi van a ir. Nos ha invitado, pero yo no quiero ir si a ti no te apetece.

—¿A un zoo de verdad?

—Con leones, tigres y osos, Dios mío.

—¿Por qué has dicho eso de Dios mío? —preguntó con cara de extrañeza.

—Sale en una película que se llama *El mago de Oz*.

—¿La he visto?

—No —dije.

—¿De qué va?

—De una niña llamada Dorothy. Su casa se va volando a causa de un tornado y acaba aterrizando en un sitio llamado Oz. Allí conoce a un león, un hombre de hojalata y un espantapájaros con los que va en busca del mago que le permitirá volver a casa.

—¿Salen un oso y un tigre en la película?

—Que yo recuerde, no.

—¿Entonces por qué dice eso la niña?

«Buena pregunta.»

—No sé. Igual porque tenía miedo de encontrárselos.

—A mí no me dan miedo los osos, aunque los tigres sí. Pueden ser muy malos.

—¿Sí?

—Lo aprendí cuando vi *El libro de la selva*.

—Ah.

—¿Mamá también vendrá al zoo?

—No, ella trabaja.

Se quedó pensando un momento.

—Vale —concluyó—. Si Bodhi va, yo también quiero ir.

Cuando Vivian llamó por FaceTime más tarde, advertí que iba vestida como si fuera a salir a cenar, con Spannerman sin duda. No le comenté nada al respecto, pero mientras hablaba con London, la idea se me quedó en el pensamiento. Al cabo de un poco, London volvió con el teléfono.

—Mamá tiene que hablar contigo.

—De acuerdo, cariño —dije, cogiéndolo. Luego esperé a que se hubiera ido antes de encarar la pantalla—. Sí, dime.

—Quería que supieras que este fin de semana estaré fuera de la ciudad y podría ser complicado contactarme.

Aunque me moría de ganas de conocer los detalles, me reprimí para no preguntar nada.

—De acuerdo.

Ella debía de haber previsto que la presionaría para que me diera más información, porque pareció que mi escueta respuesta la desestabilizaba.

—Bueno —prosiguió después de una incómoda pausa—. En todo caso, el próximo fin de semana estaré en Charlotte para ver a London y me gustaría volver a quedarme en casa.

—Sin mí —precisé, esforzándome para que no se me notara que estaba dolido.

—Es en London en quien estoy pensando, de manera que sí, sin ti. Su cumpleaños es al cabo de quince días, y me gustaría hacer lo mismo ese fin de semana. Quedarme en la casa, quiero decir. Es un viernes, pero quiero organizar una fiesta con sus amigos el sábado. Tú asistirás a la fiesta, claro, pero después sería mejor que nos dejaras pasar el resto del fin de semana solas.

—Es el fin de semana de su cumpleaños —protesté—. A mí también me gustaría pasar más tiempo con ella.

—Tú estás con ella todo el tiempo, Russ —alegó, levantando la barbilla.

—Está en el cole o en sus actividades. Si piensas que paso mucho tiempo de ocio con ella, te equivocas.

—Tú la ves todas las mañanas —destacó, después de emitir un suspiro de exasperación—. Le lees cuentos por la noche. La ves todas y cada una de las mañanas y yo no.

—Porque tú te fuiste de casa —declaré, demorándome en cada una de las sílabas—. Porque tú te fuiste a vivir a Atlanta.

—¿O sea que me impedirás ver a mi hija? ¿Qué clase de padre eres? Y a propósito, no deberías haber permitido que faltara a clase hoy.

—Está resfriada —expliqué—. Y también cansada.

—¿Cómo va a hacer progresos si dejas que falte a clase?

Me puse rígido al oír su tono acusatorio.

—Esta es la primera vez que ha faltado. Tampoco se va a acabar el mundo por eso. Además, me parece que no le gusta la clase de danza.

—Esa no es la cuestión —replicó Vivian, mirándome con mala cara—. Si quiere tener un papel más importante la próxima vez que preparen un espectáculo, no puede perder ninguna clase. La estás poniendo en una situación que acabará en una decepción para ella.

—No creo que a ella le importe demasiado, puesto que no le gusta la danza.

Vi cómo se le alteraba la respiración al tiempo que le subía un rubor desde el escote del vestido negro de fiesta.

—¿Por qué haces eso?

—¿Hacer qué?

—¡Lo de siempre! Buscar culpas, provocar una pelea.

—¿Por qué será que cuando te digo lo que pienso o expreso una opinión distinta de la tuya, me acusas de intentar provocar una pelea?

—Ah, por el amor de Dios. Estoy tan harta de tus estupideces que no te lo puedes ni imaginar.

Acto seguido, interrumpió la llamada. Aunque me afectó más de lo que hubiera debido, no me alteró tanto como si todavía estuviéramos juntos. De hecho, lo acusé menos de lo que lo habría acusado el día anterior. Quizá estaba haciendo progresos.

Durante los dos días siguientes, en el trabajo estuve saltando de un proyecto a otro, igual que al principio de la semana. Hablé con los pacientes que había recomendado el cirujano plástico y acordé el 6 de octubre como fecha para filmar su testimonio, previendo que sería un día francamente largo.

El viernes rodé el tercer anuncio, tomando la precaución de colocar la cámara a un nivel inferior al del escritorio, para filmar a la niña que hacía de actriz desde abajo. Con eso, quedaría resaltado el efecto cómico producido por su edad.

Las tomas resultaron tan buenas que hasta los miembros del equipo de filmación se echaron a reír. Fue perfecto.

ϒ

Esa tarde, llevé a London a la clase de danza como de costumbre.

Pese a su falta de entusiasmo, bajó vestida con el atuendo de bailarina y me recordó que no debíamos llegar tarde.

No le volví a preguntar si quería asistir a esas clases; estaba seguro de que Vivian la había regañado igual que a mí y no quería ponerla en una posición incómoda.

Yo sabía, por experiencia propia, lo hábil que era Vivian culpabilizando a los demás.

Al verla sentada en el sofá del salón con los hombros un poco caídos, me instalé a su lado.

—¿Qué te apetece hacer después de la clase de danza? —pregunté.

—No sé —murmuró.

—Es que estaba pensando que igual podríamos…

Guardé silencio y al cabo de un par de segundos, se volvió a mirarme.

—¿Qué podríamos hacer?

—Nada —contesté—. Da igual.

—¿Qué era?

—Bueno, es que no sé si tú querrás… —alegué, fingiendo haber perdido interés en el asunto.

—¡Dímelo, venga! —me urgió.

Dejé escapar lentamente el aire con una especie de bufido.

—Estaba pensando que puesto que mamá no está, quizá tú y yo podríamos celebrar una velada especial.

London sabía lo de nuestras veladas de pareja, aunque no tuviera conciencia de todas las implicaciones que tenían entre Vivian y yo.

—¿Una velada especial, como de pareja? ¿Solos tú y yo? —preguntó con expresión de asombro.

—Esa es la idea. Después de danza, podríamos ponernos elegantes y preparar juntos la cena, y después colorear, pintar con los dedos o ver una película. Pero solo si a ti te apetece —precisé.

—Sí me apetece.

—Ah. ¿Y qué te gustaría comer?

Se puso un dedo en el mentón.

—Creo que pollo —contestó.

—Buena elección. Eso es lo que yo quiero también.

—Pero no quiero pintar con los dedos, porque podría ensuciarme el vestido.

—¿Y con los lápices de colores? A mí no se me da muy bien, pero puedo probar.

—Da igual que no se te dé muy bien, papá —declaró, radiante—. Puedes practicar.

—Buena idea.

Por primera vez desde que había empezado a llevar y traer a London a sus actividades, estaba de buen humor de camino hacia la clase de danza, aunque por motivos ajenos a esta. En lugar de pensar en la clase, estuvo barajando un sinfín de ideas sobre lo que podría ponerse esa noche. Ponderaba qué vestido se pondría, si lo complementaría con un pasador brillante o un lazo y con qué zapatos combinaría mejor.

Una vez en el interior, la señora Hamshaw le hizo una seña para que entrara en la pista, pero de repente London dio media vuelta y acudió corriendo para darme un abrazo antes de precipitarse hacia la puerta. La señora Hamshaw no demostró reacción alguna, cosa que, tratándose de ella, podía tal vez interpretarse como un gesto de amabilidad.

Mientras London estaba en clase, me apresuré a ir a comprar la cena. Puesto que teníamos que levantarnos temprano al día siguiente —teníamos cita en casa de Emily a las ocho—, opté por un pollo asado, una lata de maíz, peras, salsa de manzana y zumo de uva.

Si empezábamos a comer a las seis y media, podría acostarse a la hora habitual.

Lo que no había previsto es que las niñas de cinco años pueden tardar mucho en acicalarse para las veladas especiales con su padre. Una vez en casa, London se fue arriba y me prohibió que fuera a ayudarla. Yo también me puse elegante, con americana y todo. Preparé la cena en cinco minutos y después puse la mesa con la vajilla de porcelana. Las velas acabaron de completar el cuadro junto con el zumo de uva servido en copas de vino. Después me puse a esperar de pie.

Al cabo de un poco me fui a sentar a la mesa.

Después, me fui al salón y encendí el televisor.

De vez en cuando, iba hasta el pie de las escaleras y la llamaba. Ella insistía en que me quedara abajo, asegurando que ya casi estaba lista.

Cuando por fin bajó por las escaleras, noté cómo las lágrimas pugnaban por asomar a mis ojos. Había elegido una falda azul con una blusa a cuadros azul y blanco, medias y zapatos blancos y una diadema del mismo tono azul. El toque de refinamiento era el collar de perlas de imitación que se había puesto. A pesar de mis reservas con respecto a las frecuentes expediciones de compras a las que Vivian llevaba a nuestra hija, incluso ella se dio cuenta de que había causado sensación.

—Estás preciosa —elogié, levantándome del sofá, antes de apagar el televisor.

—Gracias, papá —dijo mientras se acercaba con cautela a la mesa—. La mesa está muy bonita.

Su intento de comportarse lo más posible como una persona adulta me pareció adorable.

—Gracias, cariño. ¿Quieres comer?

—Sí, por favor.

Fui hasta la mesa y le aparté la silla. Una vez sentada, cogió la copa de zumo de uva y tomó un sorbo.

—Está muy bueno —comentó.

Llevé la comida a la mesa. London desplegó con esmero la servilleta sobre el regazo y yo la imité.

—¿Qué tal te ha ido hoy en el cole? —pregunté.

—Me he divertido mucho —respondió—. Bodhi dice que mañana quiere ver los leones en el zoo.

—Yo también. A mí me gustan los leones, pero espero que no tengan ninguno tan malo como *Scar.* —Me refería, por supuesto, al malvado de la película *El rey León.*

—No habrá ningún león como *Scar,* papá. Es solo un personaje de dibujo.

—Ah, mejor —exclamé.

—Qué tonto eres.

Sonreí mientras ella cogía con delicadeza el tenedor.

—Sí, ya me lo habían dicho antes.

Después de cenar, estuvimos coloreando unos álbumes de animales que London tenía. Pasamos una hora a la mesa de la cocina creando animales que solo podrían existir en unos mundos pasados por un filtro del arcoíris.

Aunque solo llevaba yendo unas semanas a la escuela, advertí que había mejorado. Se mantenía dentro de los márgenes de las líneas e incluso había sombreado algunas partes de los dibujos. Los garabatos y las manchas de un año atrás habían pasado a la historia.

Mi hijita estaba creciendo, sin prisa pero sin parar. La constatación me provocó una sensación de dolor en unos recovecos del corazón que ni siquiera sabía que existían.

18

No es una cita galante

Un mes después de mi graduación en la universidad, asistí en Chapel Hill a la boda de un muchacho que había estado en la misma fraternidad que yo. Se llamaba Tom Gregory y era hijo de médicos, y su novia, una morena de aspecto frágil llamada Claire de Vane, era la hija del propietario de cincuenta y seis restaurantes Bojangle, unos establecimientos de comida rápida especializados en pollo frito y galletas. Aunque carecía del prestigio elitista asociado con las inversiones bancarias, el negocio daba mucho dinero y, como regalo de boda, el padre de Claire había ofrecido ya a la pareja una mini mansión y un Mercedes descapotable.

La boda era, por supuesto, de etiqueta. Yo acababa de empezar a trabajar en el Peters Group y aún no había recibido mi primer sueldo. Obviamente, estaba casi siempre sin blanca. Aunque disponía de dinero suficiente para alquilar un esmoquin, tuve que quedarme a dormir en casa de otro miembro de la fraternidad de la universidad. Se llamaba Liam Robertson y estaba a punto de ingresar en la facultad de derecho. Aunque también era de Charlotte, nunca habíamos sido muy amigos, entre otras cosas porque, a diferencia de mí, era el tipo de chico que disfrutaba haciendo novatadas.

Hasta entonces, solo había llevado esmoquin una vez en la vida. Había alquilado uno de color azul marino para la ceremonia de graduación del instituto y la foto que me sacaron junto con los alumnos de mi promoción estuvo adornando la repisa de la chimenea de la casa de mis padres hasta que me casé. Ese esmoquin, sin embargo, tenía una pajarita de broche, mientras que el que alquilé para la boda tenía el lazo por hacer.

Por desgracia, Liam Robertson no tenía más idea que yo de cómo hacer el lazo, y cuando ya faltaba poco para tener que marcharnos, ya había efectuado por lo menos seis tentativas fallidas. Fue en ese momento cuando se abrió la puerta de casa de Liam y entró Emily.

La había visto antes, pero nunca nos habían presentado. Había crecido con Liam en el mismo barrio y, en principio, eran solo amigos. Aun así, ella iba a asistir a la boda en calidad de pareja de Liam —«para que pueda hablar bien de mí en caso de que conozca a alguien»—. En cuanto la vi, me percaté de un par de cosas.

No era la Emily que había visto en compañía de Liam en otras ocasiones, la chica progre de faldas largas y sandalias que casi nunca se maquillaba. La mujer que apareció ante mí ese día iba ataviada con un vestido de fiesta de generoso escote y unos zapatos negros de tacón alto, que le conferían un aire de elegancia realzado por los refinados pendientes de diamantes que lucía en las orejas. El rímel resaltaba el asombroso color de sus ojos y los labios se veían más turgentes y carnosos gracias al efecto del pintalabios. La melena le caía en una ondulante cascada por debajo de los hombros.

—¡Eh, Emily! —oí gritar a Liam—. ¡Russ necesita ayuda para acabar de vestirse!

—Yo también me alegro de verte, Liam —replicó con ironía—. Sí, gracias. Te agradezco los elogios.

—Estás muy guapa, por cierto —agregó Liam.

—Demasiado tarde —murmuró ella en voz baja mientras se acercaba a mí.

—Siempre ha sido un negado —observó, casi para sí—. Tú debes de ser Russ.

Asentí, procurando no quedarme pasmado mirándola.

—Soy Emily —se presentó—. Oficialmente soy la pareja de Liam, pero en realidad no lo soy. Para mí es más como un hermano menor egoísta.

—¡Te he oído! —gritó Liam.

—Claro, porque estaba hablando de ti.

La desenvuelta familiaridad de su trato me hacía sentir como un espectador, pese a que entre la cara de ella y la mía solo mediaban unos centímetros de distancia.

—Vamos a ver qué tenemos aquí —dijo, deshaciendo el lazo de la pajarita para después volvérmela a pasar por el cuello.

Advertí que casi era igual de alta que yo y que llevaba un embriagador perfume de notas florales.

—Te lo agradezco mucho —dije—. ¿Cómo sabes hacer esto?

—De niña ayudaba a mi padre —explicó—. Él nunca consiguió cogerle el truco. Siempre le salía torcida.

Sus dedos evolucionaron fuera de mi campo de visión, ajustando la pajarita. Teníamos las caras tan cerca que sentí como si estuviera a punto de besarla y volví a pensar en lo guapa que era. Observé sus labios y luego el perfil del cuello. El generoso escote dejaba ver el lacito del centro del sujetador.

—¿Te gusta lo que ves? —bromeó.

Noté cómo me ruborizaba mientras me apresuraba a centrar la mirada al frente, como un cadete del ejército.

—Hombres —dijo ella, sonriendo—. Todos sois iguales.

Me mantuve en posición de firmes, en silencio, hasta que acabó. Luego ella me gratificó con un golpecito en el pecho con ambas manos y un guiño.

—Pero como eres bastante guapo, te voy a perdonar —declaró.

Cuando paré delante de la casa de Emily a la mañana siguiente, vi que estaba cargando una nevera pequeña en el coche.

London se bajó, fue corriendo hacia ella y le dio un abrazo.

—¿Dónde está Bodhi? —oí preguntar a mi hija.

—En su habitación —repuso Emily—. Está eligiendo un par de películas para verlas durante el viaje. ¿Quieres subir a ayudarlo?

—Sí, señora —dijo London antes de precipitarse hacia la puerta y desaparecer en el interior.

Emily la estuvo observando y luego se volvió hacia mí. Llevaba pantalones cortos y una blusa sin mangas, y se había recogido la mata de pelo en una cola de caballo. Pese a la desenfadada ropa que vestía, se la veía resplandeciente de salud y vitalidad. Sin querer, me quedé admirando su poblada cabellera y su piel sin tacha.

—¿Señora? —preguntó, en alusión a London, cuando llegué a su lado.

—Es muy educada —expliqué, esperando que mi escrutinio no hubiera resultado demasiado descarado.

—Me gusta —dijo—. Lo he intentado con Bodhi, pero parece que no cuaja con él.

Con los niños en el interior de la casa, parecía igual de juvenil que la muchacha de antaño, lo cual me produjo una desorientadora impresión de retorno al pasado.

—Se presenta bien el día —comenté—. London está muy contenta.

—Bodhi también —añadió—. Quiere que London vaya en el coche con nosotros.

—De acuerdo —acepté—. Yo iré detrás.

—Ven tú también con nosotros, bobo. No hay necesidad de que tengamos que conducir los dos, y me niego a ir atrapada con esos dos chiquillos sin nadie que me ayude. Además, tardaremos dos horas en llegar y este trasto —dijo, señalando el coche— tiene un reproductor de DVD para los niños.

Aquella manera de tomarme el pelo me hizo recordar la primera vez que hablé con ella y el nerviosismo que me atenazaba.

—¿Quieres que conduzca yo? —propuse.

—A no ser que prefieras encargarte de la comida para picar durante el viaje. Eso implica inclinarse, torcerse y desenvolver envases cada pocos minutos.

Me acordé del comentario que había hecho mi padre a propósito de los viajes familiares.

—No, no —decliné—. Creo que será mejor que conduzca yo.

Antes de que hubiéramos salido incluso del barrio, Bodhi pidió si podían ver *Madagascar 3*.

—Esperaremos hasta que lleguemos a la autopista —dijo Emily volviendo la cabeza.

—¿Puedo comer algo? —reclamó a continuación.

—Acabas de desayunar.

—Pero tengo hambre.

—¿Qué quieres comer?

—Goldfish —pidió.

Vivian nunca había permitido entrar en casa ese manjar en concreto, que sin embargo había sido un alimento básico durante mi infancia.

—¿Qué es un Goldfish? —preguntó London.

—Es una galleta de queso con forma de pez —explicó Emily—. Está muy rica.

—¿Puedo probar una, papá?

Miré un momento por el retrovisor, preguntándome qué pensaría London del hecho de que fuera sentado delante con Emily y no con su madre, o si le daba igual.

—Claro que sí.

El trayecto hasta el zoo transcurrió deprisa. Atrás, los niños estaban tranquilamente absortos en la película, pero como podían oírnos, no mencionamos ni a Vivian ni a David. Tampoco hicimos alusión alguna a nuestro pasado en común. En lugar de ello, le conté lo que había estado haciendo en el trabajo y ella habló de sus cuadros y de la exposición que iba a montar para mediados de noviembre, que le iba a exigir mucha dedicación. También nos pusimos al corriente de las novedades de nuestras respectivas familias y estuvimos charlando y riendo con tanta naturalidad como si nunca hubiéramos dejado de vernos.

No obstante, pese a nuestra familiaridad, me sentía bastante raro llevando a cabo aquella excursión. Aunque no había ningún galanteo de por medio, era algo que no me habría imaginado hacer un mes atrás. Me encontraba viajando en un coche con Emily, con los niños atrás, sin experimentar el vago sentimiento de culpabilidad que preveía al principio. En realidad, de vez en cuando la observaba, extrañado de que David hubiera podido ser tan estúpido.

Y también, por supuesto, de que yo mismo hubiera podido ser tan estúpido unos años atrás.

—Van a quedar agotados —predijo Emily poco después de que llegáramos al zoológico.

Desde que habíamos aparcado, no habían parado de correr y jugar a pillarse desde el parking hasta la taquilla y, una vez dentro, de ida y vuelta hasta la fuente y a continuación hasta la tienda de *souvenirs*. Advertí con orgullo que London debía de haber heredado los genes propicios al atletismo porque, en mi opinión, los dos corrían igual de bien. London y Bodhi estaban examinando los regalos de las estanterías cuando acudimos a su encuentro.

—Solo de mirarlos, ya me siento cansado.

—¿Has salido a correr esta mañana?

—Solo un poco. Unos cinco o seis kilómetros.

—Mucho mejor que yo. El único ejercicio que voy a hacer hoy será ir andando por aquí.

—¿Cómo te mantienes tan en forma?

—Gracias a la danza del vientre —dijo, y luego se echó a reír al ver mi cara de desconcierto—. Te gustaría, ¿a que sí? —Me dio un codazo—. Era broma, tonto. ¡Tendrías que haber visto la cara que has puesto! Procuro ir al gimnasio varias veces por semana, pero, sobre todo, tuve la suerte de recibir unos buenos genes y vigilo lo que como. Es más fácil que tener que hacer ejercicio todo el tiempo.

—Para ti, puede. A mí me gusta comer.

London acudió hacia mí cuando entramos en la tienda.

—¡Mira, papá! ¡Alas de mariposa! —gritó, enseñándome un par de alas de encaje semitraslúcidas, que debían de irle más o menos a la medida.

—Muy bonitas —elogié.

—¿Podemos llevárnoslas? ¿Por si acaso tuviera que hacer de mariposa en la clase de danza?

Para la señora Hamshaw, con los niños que no daban la talla para los concursos, se organizaba un espectáculo en el que London debía representar en principio el papel de árbol.

—No sé, cariño... —dije.

—Por favor. Son preciosas y aunque no me den el papel de mariposa, puedo llevarlas hoy y alegrar a los animales. También podré enseñárselas al *Señor* y la *Señora Sprinkles* cuando lleguemos a casa.

Aunque no quedé muy convencido con sus argumentos, constaté con alivio que el precio no era exorbitante.

—¿Tienes muchas ganas de ponértelas hoy?

—¡Sí! —exclamó, dando saltos—. Y Bodhi quiere las alas de libélula.

Noté que Emily me observaba y me volví hacia ella.

—Así será más fácil localizarlos si se alejan —señaló.

—De acuerdo —acepté—, pero solo las alas, ¿eh?

—Y solo si os ponéis protector solar —añadió Emily.

A diferencia de mí, se había acordado de traer un tubo. «¡Uy!»

Después de pagar, ayudé a London a ponerse las alas y Emily hizo lo mismo con Bodhi. Una vez que los tuvimos bien untados de crema solar, los observamos mientras se iban corriendo, con los brazos estirados.

El zoo estaba dividido en dos zonas principales, correspondientes a América del Norte y África. Primero visitamos la de América del Norte, donde vimos varias exposiciones y admiramos focas, halcones peregrinos, caimanes, ratas almizcladas, castores, un puma e incluso un oso negro. En cada caso, los niños siempre se precipitaban antes que nosotros hacia las diferentes zonas y cuando Emily y yo llegábamos, estaban impacientes por irse. Por suerte, no había grandes aglomeraciones, a pesar del tiempo magnífico que hacía. La temperatura era suave y, por primera vez desde hacía meses, no hacía un bochorno opresivo. Eso no impidió, no obstante, que los niños reclamaran helados y refrescos.

—¿Qué fue de Liam? —pregunté a Emily—. No he tenido noticias de él desde hace años. Lo último que supe es que trabajaba de abogado en Asheville y se había casado dos veces.

—Todavía trabaja de abogado —confirmó Emily—, pero su segundo matrimonio tampoco duró.

—Ella también era camarera cuando se conocieron, ¿no?

—Sí, le van ese tipo de mujeres, no cabe duda —comentó, sonriendo.

—¿Cuándo fue la última vez que tuviste contacto con él?

—Hará unos siete u ocho meses. Se enteró de que me divorciaba y me llamó para que saliéramos un rato.

—¿No sería uno de esos tipos simpáticos a los que no volviste a llamar?

—¿Liam? Oh, no. Nos conocemos desde niños, pero siempre ha sido un poco demasiado creído para mi gusto. En el instituto, nos veíamos más por costumbre que porque hubiera una auténtica amistad entre nosotros. Y también por la fuerza de la costumbre, me tiraba los tejos una vez por semestre, normalmente cuando había bebido.

—Siempre me extrañó que lo aguantaras —musité.

—Era porque mis padres eran amigos de los suyos y vivían en la casa de enfrente. Mi padre creía que era un chico estupendo, pero mi madre siempre lo tuvo calado, gracias a Dios. El caso es que lo veía porque siempre estaba ahí, en el instituto y en casa. Entonces todavía no tenía la capacidad para deshacerme de las personas, aunque fueran unos imbéciles.

—De todas formas, de no haber sido por él no nos habríamos conocido.

Sonrió con nostalgia.

—¿Te acuerdas de cuando me sacaste a bailar en la boda?

—Sí —confirmé.

Me había costado más de una hora reunir el valor, pese a que para entonces Liam ya se había centrado en la mujer que más tarde se convertiría en su primera esposa.

—Estabas atemorizado —dijo con una mueca de complicidad.

Tenía una intensa conciencia de lo cerca que estaba de mí. Viendo que, más adelante, London y Boddhi también caminaban uno al lado del otro, pensé en el libro que le leía todas las noches. Los cuatro caminábamos de dos en dos, porque nadie debería tener que caminar solo.

—No tenía miedo —clarifiqué—. Estaba incómodo porque me habías pillado mirándote como un memo cuando me ayudaste con la pajarita.

—Bah... Yo me sentí halagada y tú lo sabes. Ya habíamos hablado antes de eso... Yo le pregunté a Liam por ti, ¿recuerdas? Él me dijo que eras demasiado soso para mí, que no eras lo bastante guapo ni lo bastante rico tampoco. Y después se me volvió a insinuar.

—Sí, ya me acuerdo —dije, riendo.

—¿Mantienes contacto con los compañeros de la universidad? —Entornó los ojos, como si tratara de rememorar sus caras—. Cuando estábamos juntos, veíamos con bastante frecuencia a tus amigos.

—No mucho —reconocí—. Después de casarme y una vez que nació London, les perdí la pista. ¿Y tú?

—Tengo unos cuantos amigos de la universidad y unos pocos de la infancia. Todavía hablamos y nos vemos, aunque no mucho. Como te pasó a ti, unos y otros estamos muy ocupados.

Reparé en las tenues pecas que le salpicaban las mejillas y la nariz, tan sutiles que prácticamente resultaban invisibles salvo bajo aquella sesgada luz otoñal. No recordaba que las tuviera quince años atrás. Eran otros de los rasgos que me sorprendían de la Emily actual. Por un instante, me pregunté qué pensaría Vivian si nos viera juntos en ese momento.

De repente, toda la situación me pareció surrealista... yo con Emily en el zoo y los niños, Vivian en los brazos de Spannerman en algún otro lugar. ¿Cómo habíamos llegado a eso? ¿Dónde había tomado mi vida aquel giro brusco e imprevisible?

Emily me apoyó una mano en el brazo, sacándome de mi abstracción.

—¿Estás bien? —Me escrutó—. Te has ensimismado.

—Sí, perdona. —Traté de sonreír—. A veces me da por esas sin más ni más... me da por pensar en lo inexplicable que es todo, ¿entiendes?

Guardó silencio un momento, apartando la mano.

—Será así durante un tiempo —constató, con tono suave—. Pero si puedes, deja que las cosas se produzcan y se desarrollen solas. Deja que se quede lo que está bien, y lo que no, que se vaya.

—Ahora mismo soy incapaz.

—Eso es ahora. Después será distinto.

En mi interior se manifestó un sordo dolor por la pérdida de Vivian, pero no duró. Fue como un puñetazo suave, y comprendí que tenía menos pegada debido a la presencia de Emily. Me di cuenta de que, puestos a elegir, era mejor pasar el día con una amiga divertida y comprensiva que con una esposa que parecía despreciarme.

—Hacía mucho que no hacía algo así —comentó Emily. Como yo le dirigí una mirada de interrogación, prosiguió—: Salir con un amigo del sexo opuesto, quiero decir... Lo único que sé es que fue antes de conocer a David. Es posible que fuera incluso antes de que empezáramos a salir juntos tú y yo. ¿Por qué será?

—Porque estábamos casados.

—Pero yo conozco a otras personas casadas que tienen amigos del sexo contrario.

—No digo que no pueda ser —concedí—. Es solo que puede ser peligroso y creo que la mayoría de la gente lo sabe. Teniendo en cuenta la naturaleza humana y lo difícil que es el matrimonio, solo falta tener delante una alternativa atractiva, cuya comparación pueda desmerecer al cónyuge.

—¿Es eso lo que estoy haciendo yo? —preguntó con socarronería—. No, no respondas. No era correcta la pregunta. —Se remetió algunas mechas que se le habían soltado de la cola—. No tengo ninguna intención de empeorar las cosas entre tú y Vivian.

—Ya lo sé —la tranquilicé—. De todas maneras, no veo cómo podrías empeorarlas más. Por lo que yo sé, ahora mismo podría estar en París con ese individuo.

—¿No sabes dónde está?

—La única vez que hablamos esta semana fue cuando me dijo que quería ver a London los dos próximos fines de semana, incluido el de su cumpleaños, y después me regañó porque se había perdido la clase de danza. También dijo que podría ser «complicado contactarla», lo cual resulta un poco ambiguo, y que yo debería quedarme en casa de Marge o de mis padres cuando esté en Charlotte, porque quiere la casa para ella sola. Ah, y que está harta de mis estupideces.

Emily puso una mueca de asombro.

—No fue una conversación muy agradable —admití.

—Pero tú sabes que ella no tiene derecho a ver a London todos los fines de semana, ni tampoco tiene derecho a hacerte salir de tu propia casa.

—Dice que quiere hacer las cosas más fáciles para London.

—Pues a mí me parece que simplemente quiere lo que le conviene.

—Sí, eso también es verdad —convine—. Al mismo tiempo, comprendo su punto de vista. Para London sería un trastorno tener que quedarse en un hotel cuando su madre está en la ciudad.

—Su vida ya ha sufrido una alteración —señaló Emily—. ¿Por qué no puede dormir Vivian en el cuarto de invitados?

—Piensa que eso podría crearle confusión a London.

—Entonces proponle que se acueste una vez que London esté dormida y que se ponga el despertador para levantarse antes de que se despierte. Cuando estéis juntos, mantened un trato cordial. Ya sé que es difícil cuando hay mucha carga emocional, pero tampoco es imposible. Eso es mejor que la alternativa de que te eche de casa cada vez que viene a visitar a la niña. No es justo. Tú no te mereces que te traten así.

—Tienes razón —reconocí.

No obstante, me aterraba la perspectiva de la pelea que eso iba a acarrear. Vivian sabía hacerme daño, como nadie, cuando no se salía con la suya.

—La primera vez que nos encontramos en la cafetería te dije que te había visto cuando dejaste a London en la escuela, ¿recuerdas?

—Sí.

—Lo que no te dije es que llevaba un tiempo observándote. Fui testigo de tu manera de comportarte con ella, de los abrazos que te dio y de la emoción con que te dijo te quiero. Salta a la vista que eres la niña de los ojos de esa chiquitina.

Inexplicablemente, sentí que me ruborizaba de placer.

—Bueno, en estos momentos hago prácticamente de padre y de madre…

—Es más que eso, Russ… —me interrumpió—. En el caso de las niñas, su primer amor siempre debería ser su padre, pero no siempre es así. Cuando os vi despidiéndoos a los dos ese día, me llamó la atención el cariño y la confianza que había entre vosotros. Después te reconocí y me dije que tenía que saludarte, de modo que te seguí…

—No me digas…

—Te lo juro —reiteró Emily—. Ya me conoces. Yo me dejo llevar por mi instinto. Tengo un temperamento de artista, ¿sabes?

—Ya —contesté con una carcajada. Observando su determinada expresión, me sentí halagado sin saber muy bien por qué—. Me alegra que vinieras a saludarme. De lo contrario, igual estaría hecho un guiñapo ahora. Has sido un gran puntal para mí.

—¡Caramba! —exclamó con aire juguetón.

—¿Sabes una cosa curiosa?

—¿Qué?

—No tengo ningún recuerdo de cómo era cuando te enfadabas. Ni siquiera recuerdo que tuviéramos ninguna pelea fuerte. Dime: ¿tú te enfadas a veces?

—¡Pues claro! Y hasta puedo dar miedo —advirtió.

—No me lo creo.

—Entonces no me pongas a prueba. Soy una especie de combinación de oso pardo, chacal y tiburón blanco. —Abarcó el entorno con un gesto—. Me ha parecido oportuno recurrir a las metáforas de animales, estando en el zoológico.

Después de visitar la zona de los animales de América del Norte y la pajarera, fuimos a comer los cuatro. Pese a todo lo que había estado picando durante la mañana, Bodhi logró terminarse un plato de nuggets de pollo con patatas fritas, acompañado de un batido de chocolate. London consumió más o menos la tercera parte, lo cual representaba sin embargo mucho para ella. Como ni el uno ni el otro teníamos hambre, Emily y yo optamos por una botella de agua.

—¿Podemos ir a ver los leones ahora? —pidió Bodhi.

—Primero tenemos que ponernos más protector solar —contestó Emily.

Los niños se levantaron del asiento y Emily volvió a embadurnarlos.

—Veo que lo tienes muy presente. Yo siempre me olvido.

—Tú no has visto a la familia de David. Vivían en el interior remoto de Australia y hasta se podría haber medido la profundidad de sus arrugas con una regla de esas de madera. Aquí también hay mucha gente que se expone demasiado al sol, pero el hecho de ver a esos parientes en la boda me causó una gran impresión, de modo que ahora casi nunca salgo de casa sin protector solar.

—Por eso tienes la piel como si tuvieras veinte años.

—¡Ja! ¡Eso no te lo crees ni tú! Aunque de todos modos, se agradece.

Estuve tentado de argüir que era sincero, pero al final opté por ponerme a recoger las bandejas de comida.

—¿Quién quiere ir a África? —pregunté.

Debo reconocer que la parte del zoológico dedicada a África me gustó más. De pequeño, había visto caimanes en el río Cape Fear, ratas almizcladas y castores, toda clase de aves —incluida la majestuosa águila calva— e incluso un oso. Por aquella época, en Charlotte, delante de mi escuela primaria, detectaron a un oso que cruzó la carretera y acabó entre las ramas de un roble. Era un oso joven y aunque no era nada frecuente ver a uno, todo el mundo sabía que los úrsidos no eran escasos en Carolina del Norte. El último oso negro de mayor tamaño de que se tiene noticia fue abatido en el condado de Craven. A tenor de eso es lógico que los animales de América del Norte no me parecieran especialmente exóticos.

Por el contrario, jamás en la vida había visto una cebra, una jirafa o un chimpancé. Tampoco me había encontrado nunca delante de unos babuinos ni de un elefante. Quizá los había visto en el circo, ya que mi familia iba al circo cada año, pero al estar los animales en un marco que recordaba las zonas salvajes de África, la impresión era distinta y hasta los niños se paraban a contemplarlos. London se divirtió muchísimo sacando más de cien fotos con el móvil que le presté.

Como no nos dimos prisa, terminamos la visita del zoo a última hora de la tarde y cuando volvíamos al coche, los niños iban casi arrastrando los pies detrás de nosotros.

—Es como la historia de la tortuga y la liebre —comenté a Emily.

—Con la excepción de que las liebres del cuento seguramente hicieron corriendo un trayecto tres veces más largo del que hemos hecho nosotros andando.

—Bueno, por lo menos dormirán bien.

—Espero que Bodhi no se quede dormido en el coche. Si duerme un par de horas, luego estará despierto hasta las tantas.

—No había pensado en eso —dije, de repente preocupado con los horarios de dormir de London—. Es como lo de acordarse de la crema solar o de llevar algo de picar para el viaje. Por lo que se ve, todavía tengo que hacer progresos en eso de criar un hijo yo solo.

—Todos estamos haciendo progresos continuamente —afirmó—. En eso consiste ser padre.

—Tú parece que sabes cómo actuar.

—A veces, pero no siempre —dijo—. Esta semana, cuando Bodhi estaba enfermo, no acababa de decidir si debía tratarlo como un bebé o enfocar el resfriado como una incidencia banal.

—Yo sé cómo habrían reaccionado mis padres —apunté—. A menos que estuviera sangrando en abundancia, que tuviera algún hueso roto que sobresalía bajo la piel o una fiebre capaz de freírme el cerebro, se habrían encogido de hombros y me habrían dicho que me aguantara.

—Y sin embargo, saliste bien. De eso se desprende que igual yo soy demasiado blanda con Bodhi. Quizá le ha cogido afición a estar enfermo para obtener una atención especial.

—¿Por qué será tan difícil ser un padre perfecto?

—No se trata de ser un padre perfecto —objetó—. Hay que ser simplemente bueno.

Mientras ponderaba sus palabras, caí en la cuenta de por qué a mis padres y a Marge les había caído tan bien Emily: porque era una persona sabia y sensata, igual que ellos.

19

En busca de mi propio camino

Ya en la boda de Chapel Hill, tomé la firme resolución de volver a ver a Emily. En el momento en que cortaron el pastel y la novia arrojó el ramo, Emily y yo habíamos bailado tantas canciones que ya había perdido la cuenta. Cuando los músicos hicieron una pausa, salimos a tomar aire al balcón. Allá en el cielo, no lejos del horizonte, flotaba una gran luna anaranjada que Emily contempló con expresión igual de maravillada que yo.

—No sé por qué estará naranja —pensé en voz alta.

—Cuando la luna está baja —respondió, sorprendiéndome, Emily—, la luz se dispersa porque tiene que traspasar más capas de la atmósfera que cuando está arriba. Para cuando la luz llega a nuestros ojos, las partes azules, verdes y púrpura del espectro se han dispersado y solo permanecen visibles las amarillas, naranjas y rojas.

—¿Cómo sabes eso? —pregunté, asombrado.

—Mi padre me lo explicaba cada vez que veíamos una luna como esa —dijo, señalando el reluciente astro—. Con el tiempo, se me quedó.

—De todas maneras, me has impresionado.

—No es para tanto. Si me preguntas algo sobre el cielo nocturno aparte de la ubicación de la Osa Mayor, no te podría contestar. Por ejemplo, sé que una o dos de esas estrellas de ahí son probablemente planetas, pero sería incapaz de precisar cuáles.

Escruté el firmamento y localicé Venus.

—Ese de ahí, justo encima de los árboles, es Venus.

—¿Cómo lo sabes?

—Porque brilla más que las estrellas.

—¿Estás seguro? —dijo, entornando los ojos.

—No —reconocí, provocando una carcajada de su parte—. Pero mi padre me lo dijo. A veces me despertaba en plena noche para mirar con él la lluvia de meteoritos.

—Mi padre también lo hacía —evocó ella con una sonrisa nostálgica—. Y siempre que íbamos de cámping, se quedaba despierto con Jess y conmigo durante horas para mirar las estrellas fugaces.

—¿Jess?

—Es mi hermana mayor. ¿Tienes hermanos?

—Tengo una hermana mayor también, Marge. —Intenté figurarme cómo sería Emily de niña, con su familia—. Me cuesta imaginarte de cámping.

—¿Por qué? —preguntó, arrugando el entrecejo.

—No sé —dije—. Supongo que es porque das la impresión de ser una chica de ciudad.

—¿Y qué significa eso?

—Hombre... de las que van a cafeterías, a recitales de poesía, a galerías de arte, participan en las protestas y votan demócrata.

—De lo que sí puedes estar seguro es de que no me conoces para nada —replicó, riendo.

—Bueno, me gustaría conocerte mejor —declaré, armándome de valor—. ¿Qué te gusta hacer en tu tiempo libre?

—¿Me estás pidiendo que salgamos?

Su mirada me dejó un poco aturullado.

—Si lo que te gusta es lanzarte en paracaídas o practicar el tiro con arco colocando manzanas encima de mi cabeza, digamos que solo lo preguntaba para darte conversación.

—Pero si respondo que me gusta ir a cenar o al cine... —Enarcó una ceja.

—Eso se corresponde más con mis aficiones.

Se llevó una mano a la barbilla y sacudió despacio la cabeza.

—No... eso de ir a cenar y al cine está demasiado visto —declaró por fin—. ¿Qué te parece ir de excursión?

—¿De excursión? —Mirándola con los zapatos de tacón alto, me costó imaginármela al aire libre, en armonía con la naturaleza.

—Sí —confirmó—. ¿Qué tal si vamos a la montaña Crowders? Podríamos seguir el sendero de Rocktop.

—Nunca he estado allí —dije. En realidad, nunca había oído hablar de ese lugar siquiera.

—Entonces trato hecho —concluyó—. ¿Qué te parece el sábado próximo?

La miré, sin saber si había sido yo el que le había pedido que saliera conmigo o si había sido ella, o si eso tenía alguna importancia. Entonces ya sabía que Emily era extraordinaria y tenía el convencimiento de que quería conocerla mejor.

ϒ

El domingo, cuando tuve un rato libre, trabajé en el tercer anuncio y lo envié al montador. En total, me llevó menos tiempo del previsto, cosa de la que me congratulé, porque el resto del día lo pasé con London.

Aunque quizá no suene muy correcto, el hecho de que London fuera a la escuela me facilitaba la vida en cierto modo. Pese a lo mucho que quería a mi hija, el domingo me dejaba agotado y con ganas de volver al trabajo, porque me resultaba más fácil que estar entreteniendo a una niña de cinco años durante dieciséis horas seguidas.

El buen humor no me duró, sin embargo, hasta el momento de llegar a la oficina el lunes. Acababa de dejar a London en la escuela cuando recibí una llamada de Taglieri, que me preguntó si podía pasarme por su despacho.

Al cabo de media hora, me encontraba sentado frente a él. Iba sin chaqueta y con la camisa arremangada y encima de su escritorio se acumulaban las pilas de papeles, seguramente de los casos que llevaba.

—Gracias por haber acudido esta mañana —dijo—. El viernes me puse en contacto con la abogada de Vivian. Quería tantear un poco la cosa y ver si había una forma de hacer progresar las cosas con suavidad.

—¿Y cuál fue la impresión?

—Por desgracia, es tal como la pintan. Después de colgar, visité la página web del gabinete para ver qué aspecto tiene. Durante la conversación, me la imaginaba todo el rato como una estatua de hielo en lugar de una persona normal. Para que se haga una idea, es peor que un témpano.

Su descripción me hizo evocar diversas perspectivas de futuro, no muy halagüeñas para mí.

—¿Qué significa eso?

—Que las cosas van a ser probablemente más duras para usted de lo normal, según la obstinación con que quiera oponerse a ellas.

—Para mí el dinero es menos importante que London. Lo que yo quiero es la custodia compartida.

—Sí, sé que eso es lo que quiere —contestó, levantando una mano—. Lo que ocurre es que no sé qué puede significar eso en nuestro caso. Vivian vive en Atlanta y puesto que quiere obtener la residencia en Georgia, no va a volver aquí. Lo que quería preguntarle es si está usted dispuesto a trasladarse a Atlanta.

—¿Por qué tendría que trasladarme yo? Aquí tengo mi casa, mi familia y mi trabajo.

—Ahí quería llegar. Aunque le concedieran la custodia compartida, ¿cómo se pondría en práctica? Usted no tendría ocasión de ver mucho a London. Esa es la razón, deduzco, por la que Vivian solicita la custodia exclusiva, así como la custodia física. Está dispuesta a concederle un régimen de visitas...

—No —lo atajé—. Eso no va a ser así. Yo soy su padre y tengo derechos.

—Sí, los tiene, pero tanto usted como yo sabemos que los jueces tienden a favorecer a las mujeres, y la abogada de Vivian me dice que ella era la que se ocupaba principalmente de la niña hasta hace unos meses.

—¡Yo trabajaba para que ella pudiera quedarse en casa!

Joey levantó las manos, adoptando un tono apaciguador.

—Ya lo sé —dijo—, y tampoco considero que sea justo, pero en los enfrentamientos por la custodia, los padres tienen las de perder, sobre todo en situaciones como esta.

—Fue ella quien se marchó de casa. ¡Nos dejó!

—Según la abogada de Vivian, fue porque usted no le dejó otra opción. Usted ya no podía mantener a la familia y había sacado una suma considerable de la cuenta de ahorros. Ella se vio obligada a buscar trabajo.

—¡No es verdad! Vivian aceptó ese trabajo porque quería. Yo no la obligué a nada...

Taglieri me observó con semblante compasivo.

—Le creo. Yo estoy de su parte, Russ. Solo le estoy explicando algunas de las cosas que me dijo la abogada de Vivian. Por cierto, aunque sea una mujer terrible, de hielo y de piedra, no me da miedo enfrentarme a ella. Nunca ha tenido que vérselas con el Bulldog, y yo hago bien mi trabajo. Solo quería ponerle al corriente de la evolución y prepararlo para lo que va a venir. Este caso pinta mal y se va a poner más feo durante los próximos meses.

—¿Qué necesita que haga?

—Por ahora, nada. Es pronto todavía. En cuanto al acuerdo de conciliación que envió, haga como que no existe. Yo redactaré una respuesta que le daré a leer, para la que ya tengo unas cuantas ideas. Por otra parte, durante las dos semanas próximas debo atender varios juicios y no tendrá noticias mías. No quiero que se preocupe si no me pongo en contacto con usted mientras tanto. En estas situaciones uno siempre tiende a querer que todo se desarrolle lo más deprisa posible, pero en general no es así como funciona. Lo que yo quiero es concertar una cita con ella y tener una conversación más larga, pero aun así, no hay por qué precipitarse. Ahora mismo, London está viviendo con usted. Eso es positivo y cuanto más dure, mejor para usted. También debe tener en cuenta que Vivian no puede solicitar el divorcio hasta el mes de marzo como mínimo, de modo que todavía dispondremos de tiempo para elaborar un convenio conveniente para ambas partes. Hasta entonces, quizá podría ver si existe la posibilidad de llegar con Vivian a algún acuerdo que puedan aceptar ambos. No digo que ella desee hacer eso... en realidad, dudo que le interese... pero vale la pena intentarlo.

—¿Y si no quiere llegar a un acuerdo?

—Entonces siga haciendo lo que hace con London. Sea un buen padre, dedique tiempo a su hija, asegúrese de que vaya a la escuela y coma y duerma bien. Eso tiene una importancia capital. Debe tener presente que siempre tenemos la posibilidad de recurrir a un psicólogo para que hable con la niña y presente un informe al tribunal...

—No —rehusé de plano—. No pienso poner a London en el medio. No quiero que tenga que elegir entre su madre y su padre.

—Aunque no le parezca una buena idea, es posible que Vivian insista en ello con la esperanza de salir beneficiada.

—Ella no haría algo así —afirmé—. Adora a London.

—Precisamente porque la adora, no debería sorprenderle que esté dispuesta a cualquier cosa a fin de conseguir la custodia.

Después de la entrevista con Taglieri, me sentía más furioso y asustado de lo que lo había estado desde que Vivian se fue de casa. En la oficina, estaba que echaba humo. Llamé a Marge y le repetí lo que me había dicho Taglieri; ella también montó en cólera. Cuando aludió a Vivian con una palabra sinónimo de perra, yo la aprobé en mi fuero interno.

El hecho de hablar con Marge no me sirvió para sentirme mejor, de modo que al final, llamé a Emily y le pregunté si podíamos comer juntos.

Con lo rabioso que estaba, prefería no ir a un restaurante. Por eso le dije que se reuniera conmigo en un parque cercano a casa, donde había unas cuantas mesas de picnic. Como no sabía qué le apetecería, compré dos bocadillos y dos clases distintas de sopa, que completé con unas bolsas de patatas y dos botellas de zumo de manzana.

Emily se encontraba ya sentada a una de las mesas cuando llegué por el camino de grava. Tras aparcar al lado, cogí la comida y me dirigí a la mesa.

Mientras me acercaba, ella debió de percibir mi enfado, porque se levantó del asiento y acudió a abrazarme. Iba con pantalones cortos y una blusa holgada, parecidos a los que llevaba cuando estuvimos paseando por el campo de golf.

—Te preguntaría cómo estás, pero resulta evidente que es mal día para ti, ¿no?

—Sí, francamente malo —confirmé, más afectado por la sensación del contacto de su cuerpo con el mío de lo que habría sido capaz de reconocer—. Gracias por venir.

—Faltaría más.

Se quedó sentada mientras yo depositaba la comida en la mesa y tomaba asiento frente a ella. Detrás, unos niños de preescolar trepaban por una pequeña estructura de madera compuesta de toboganes, puentes y columpios. Las madres los vigilaban de pie o sentadas en bancos, en muchos casos entretenidas con los móviles.

—¿Qué ocurre?

La puse al corriente de la conversación que había mantenido con Taglieri. Me escuchó con cara de concentración y al final respiró hondo, con expresión de incredulidad.

—¿De veras haría eso? ¿Poner a London en medio de una batalla entre los dos?

—Taglieri no solo lo considera posible, sino probable.

—Jesús, eso es terrible —exclamó—. No me extraña que estés molesto. Yo estaría furiosa.

—Yo estoy más que furioso. En este momento, casi se me hace insoportable pensar en ella. Es extraño, porque desde que se fue, más bien deseaba verla.

—Es muy duro —dijo—, y hasta que uno no pasa por algo así, no puede saber lo que es.

—David no fue así, ¿verdad? Me dijiste que fue bastante generoso en la cuestión del dinero y tú obtuviste la custodia de Bodhi.

—Aun así fue horrible. Cuando se fue de casa, salía con alguien, y durante el mes siguiente, la gente que conocía y que lo había visto no paraba de contarme que iba por ahí con esa mujer, comportándose como si no ocurriera nada. Era muy desmoralizador pensar que el hecho de romper nuestro matrimonio y perderme a mí le tuviera completamente sin cuidado. Y aunque al final se mostró generoso, no fue así al principio. En un primer momento hablaba de llevarse a Bodhi con él a Australia.

—No habría podido hacer eso, ¿verdad?

—Seguramente no, porque Bodhi es ciudadano americano, pero la simple amenaza me provocó insomnio durante semanas. No me podía imaginar estar sin poder ver a mi hijo.

Yo comprendía muy bien aquel sentimiento.

Después de comer, volví a casa en lugar de regresar a la oficina. En la repisa y las paredes había docenas de fotografías, en su mayoría de London. En todos aquellos años no me había percatado de que en una gran proporción de ellas, casi todas realizadas por un fotógrafo, aparecía London con Vivian, mientras que en la casa había muy pocas instantáneas de los dos juntos.

Observándolas, me pregunté cuánto tiempo hacía que Vivian me consideraba como algo marginal para la existencia de mi hija. Quizá le estaba dando demasiada importancia, porque mientras Vivian estaba con London, yo estaba en el trabajo, pero me extrañaba que ella no se hubiera dado cuenta y hubiera equilibrado la situación. ¿Por qué no había tratado de plasmar más momentos con los tres juntos, para que London pudiera ver por sí misma que yo la quería tanto como Vivian?

No estaba seguro. Lo que sí sabía, en cambio, era que no quería acordarme constantemente de Vivian y para eso tenía que efectuar ciertos cambios. Con una determinación inédita en mí, recorrí la casa, retirando las fotos donde salía Vivian. No tenía intención de tirarlas. Puse unas cuantas en la habitación de London y otras las metí en una caja que dejé en el trastero, para que Vivian se las llevara a Atlanta. A continuación, me puse una camiseta y pantalones cortos. Luego me dirigí al salón y empecé a cambiar la distribución de los muebles. Moví sofás, sillas, lámparas... e incluso intercambié unos cuadros entre el salón y el comedor. No puedo asegurar que cuando acabé se viera mejor, porque Vivian tenía buen gusto decorando, pero en todo caso se veía distinto. En el dormitorio principal, dejé la cama en el mismo lugar, pero desplacé el resto del mobiliario y luego cambié el edredón por otro que encontré en un armario y que no usábamos desde hacía años.

En otro armario, encontré distintos elementos de decoración, de modo que pasé un rato cambiando jarrones, lámparas y fruteros. Lo bueno de las reiteradas compras que Vivian había ido realizando a lo largo de los años fue que los armarios rebosaban con toda clase de artículos.

Al llegar a casa, London se quedó mirando con asombro a su alrededor.

—Parece una casa nueva, papá.

—Un poco —admití—. ¿Te gusta?

—¡Me gusta mucho! —exclamó.

Aunque su aprobación me sentó bien, yo sospechaba que ni siquiera se le había ocurrido la posibilidad contraria. Con excepción de la clase de danza, parecía que a London le gustaba todo.

—Me alegro —dije—. No he cambiado nada en tu cuarto.

—Podrías haber movido la jaula de los hámsters.

—¿Quieres que la cambie de sitio?

—Por las noches aún hacen ruido. Se ponen a correr en esa rueda en cuanto se hace de noche.

—Eso es porque son animales nocturnos.

—¿Nocturnos?

—Sí, eso significa que les gusta dormir durante el día.

—¿Quieres decir que así no me echan de menos mientras estoy en la escuela?

—Exacto —confirmé, sonriendo.

Guardó silencio unos segundos.

—Eh, papá.

Me encantaba cómo decía esas palabras cuando estaba a punto de pedirme algo. Me pregunté cuántos años tendría cuando dejara de hacer eso y si, para entonces, yo me daría cuenta.

—Dime, cariño.

—¿Podemos ir un rato en bici?

Entre el deporte de la mañana y mi fiebre decorativa, estaba ya agotado, pero el «eh, papá» salió ganando, como ocurría casi siempre.

Por primera vez, me acordé de proteger con filtro solar a mi hija.

Como estábamos a finales de septiembre y la tarde ya estaba avanzada, no había necesidad de ponerle mucho.

London se colocó el casco y después de ayudarla a arrancar —aún no lograba hacerlo por sí sola—, me subí a mi bicicleta y me apresuré a pedalear para alcanzarla.

Mientras que las carreteras cercanas a nuestra casa presentaban unas estupendas rectas totalmente planas, las calles del extremo del barrio tenían colinas, si bien no muy altas. De niño, las habría considerado aburridas. Yo prefería bajar a toda velocidad por las cuestas empinadas, apretando el manillar hasta que se me entumecían los dedos, pero London y yo éramos distintos en ese sentido. A ella la ponía nerviosa eso de ir cada vez más rápido, sin pedalear, y por eso habíamos evitado hasta entonces las pendientes de aquel sector.

Eso era lo más sensato, sobre todo al principio, pero entonces tenía la impresión de que ya era capaz de ir por alguna pendiente suave y por eso nos dirigimos a esa zona.

Por desgracia, los mosquitos abundaban a esa hora. Vi que London se daba un manotazo en el brazo y al soltar un momento el manillar la bicicleta se desestabilizó un poco, pero no pareció que corriera el riesgo de caer. Mi niña había adquirido mucha experiencia desde el primer día en que empezó a practicar.

—¡Qué bien que montas ahora! —la felicité, acercándome.

—Gracias —dijo.

—Quizá podríamos traer un día a Bodhi para dar un paseo en bici.

—Todavía no sabe ir en bici. Aún va con los ruedines.

En cuanto me lo explicó, me acordé de que Emily ya me lo había comentado.

—¿Crees que estás lista para probar a ir un poco en pendiente?

—No sé —respondió, mirándome de reojo—. Me da un poco de miedo.

—No es para tanto —la tranquilicé—. Además, eso de ir un poco rápido es bastante divertido.

Soltó de nuevo el manillar para rascarse el brazo y la bicicleta se volvió a tambalear.

—Creo que me ha mordido un mosquito.

—Seguramente, pero los mosquitos pican, no muerden.

—Me pica.

— Cuando volvamos a casa, te pondré crema de hidrocortisona en el brazo, ¿de acuerdo?

Al cabo de poco, llegamos a la zona con más pendientes del barrio y empezamos a pedalear en subida. Al llegar arriba y ver la bajada, algo más corta y empinada, London redujo la velocidad y luego se detuvo, colocando los pies en el suelo.

—¿Qué te parece? —pregunté.

—Es difícil —dijo, con voz temblorosa.

—Yo creo que puedes ir por aquí —afirmé para alentarla—. ¿Probamos?

De niño, aquella cuesta no me habría impresionado lo más mínimo. Claro que mis recuerdos databan de un cuarto de siglo atrás y quizá me había olvidado de la inseguridad que siente el principiante.

Eso lo explico ahora a tenor de lo que ocurrió después; también quiero precisar que de no haberse dado una conjunción de circunstancias imprevisibles, que produjeron un efecto dominó, lo más probable es que todo hubiera salido bien. No fue así, sin embargo.

En cuanto London volvió a ponerse en marcha, se desestabilizó y dio un giro brusco que la desplazó desde el centro hasta el lado izquierdo de la calzada. Aunque se descontroló más de lo que solía por aquel entonces, seguramente se habría recobrado de no haber sido por el coche que empezó a asomar desde una salida, unos veinte metros más allá. Dudo que el conductor nos hubiera visto, porque había unos setos en torno al patio y London era pequeña. Aparte, el hombre debía de tener prisa, a juzgar por la velocidad a la que iba, incluso con marcha atrás. London se azoró al ver el coche y todavía se fue más hacia la izquierda; al mismo tiempo, se dio otro manotazo para espantar un mosquito. Justo delante de ella había un buzón encastrado en una recia pilona.

La rueda delantera topó con el borde de la acera.

—¡Cuidado! —grité, viendo cómo se tambaleaba la bicicleta.

London intentó volver a agarrar el manillar con la otra mano, pero se le escapó. Entonces ya supe lo que iba a pasar. Observé horrorizado cómo la rueda se bloqueaba con violencia y London salía catapultada por encima del manillar. El choque de la cabeza y el tronco contra el buzón produjo un ruido horrendo.

Bajé de la bicicleta y corrí hacia ella, llamándola a gritos, mientras la rueda seguía girando. Percibí vagamente la cara de sorpresa del conductor antes de agacharme junto a London.

Estaba inmóvil, boca abajo y no emitía el menor sonido. El pánico me inundó todos los nervios del cuerpo cuando la volví con cuidado.

¡Cuánta sangre!

«Ay, Dios mío, Ay, Dios mío, Ay, Dios mío…»

No sé si lo decía en voz alta o en mi interior, mientras se me helaba la sangre. London tenía los ojos cerrados y el brazo cayó desmadejado al suelo cuando la levanté, como si estuviera dormida.

No estaba dormida, sin embargo.

La muñeca tenía un bulto enorme, como si le hubieran introducido medio limón bajo la piel.

En ese instante, me embargó un miedo como no había experimentado nunca. Recé para percibir alguna señal de que seguía viva, pero durante un tiempo que a mí se me antojó una eternidad, no hubo nada. Finalmente, movió los párpados y oí que respiraba a fondo. El alarido que sonó después fue estremecedor.

Para entonces, el conductor se había ido, y dudo que se hubiera percatado de lo ocurrido. Como no llevaba el teléfono, no podía llamar a urgencias. Me planteé ir corriendo a alguna casa y rogar que me dejaran usar el teléfono para pedir una ambulancia, pero no quería dejar a mi hija. Aquellos pensamientos giraban en mi cabeza a toda velocidad. London tenía que ir al hospital.

«El hospital…»

Cogí en brazos a mi hija herida y empecé a correr.

Atravesé el vecindario, sin sentir las piernas ni los brazos, propulsado por un único propósito.

En cuanto llegué a casa, abrí la puerta del coche y dejé a London en el asiento de atrás. La sangre que seguía manando de una herida en la cabeza le había empapado la blusa, que parecía teñida de pintura roja.

Me precipité al interior de la casa para coger las llaves y la cartera, y al volver al coche, di un portazo tan fuerte al cerrar, que hasta los cristales tintinearon. Me coloqué de un salto detrás del volante, puse el contacto y arranqué con un chirrido de neumáticos.

Atrás, London ya no se movía y había vuelto a cerrar los ojos.

La adrenalina acentuaba mi percepción. Jamás había captado con tanta intensidad mi entorno como en esos momentos, en los que circulaba a toda velocidad. Pasé como una exhalación junto a las casas y apenas aminoré la marcha en un stop antes de volver a pisar a fondo el acelerador.

Al llegar a la carretera principal, adelantaba los coches por la izquierda y por la derecha. En un semáforo en rojo, me paré un segundo y después me lo salté, haciendo caso omiso de los bocinazos de los otros coches.

London yacía inerte, en un terrorífico silencio.

Recorrí el trayecto de quince minutos en menos de siete y paré en seco justo delante de la puerta de urgencias. Entonces, volví a coger en brazos a mi hija y la llevé hasta la sala de espera.

La enfermera de la recepción, que sabía reconocer las emergencias, se levantó de inmediato del asiento.

—¡Por aquí! —gritó, acompañándome a una puerta de doble batiente.

Me precipité hacia el interior y dejé a mi hija en la camilla mientras acudía una enfermera, seguida de un médico.

Me esforcé en explicar lo que había ocurrido al mismo tiempo que el médico le levantaba los párpados y le examinaba las pupilas con una linterna con eficientes movimientos. Luego se puso a dar órdenes a las enfermeras.

—Creo que ha perdido el conocimiento —dije con impotencia.

El médico respondió secamente con una jerga médica que fui incapaz de entender. Las enfermeras le limpiaron la cara y el doctor le inspeccionó la muñeca.

—¿Se va a poner bien? —pregunté.

—Hay que hacerle un escáner, pero antes hay que parar la hemorragia. —El tiempo pareció detenerse mientras observaba cómo la enfermera limpiaba con más detenimiento la cara de London con una gasa antiséptica y dejaba al descubierto una herida de más de un centímetro encima de la ceja—. Podemos coserla, pero yo le recomendaría que se encargue de hacerlo un cirujano plástico para minimizar la cicatriz. Veré quién hay disponible en este momento, a menos que prefiera llamar a un cirujano que conozca.

«Mi nuevo cliente.»

Cuando mencioné su nombre, el médico asintió con la cabeza.

—Es muy bueno —aprobó, antes de dirigirse a una de las enfermeras—. Compruebe si puede venir. Si no, averigüe quién está de servicio.

En el momento en que llegaban más enfermeras, London se movió y empezó a gemir. Me apresuré a acercarme y le hablé en susurros, pero tenía la mirada desenfocada y no parecía tener conciencia de dónde se encontraba. Todo ocurría tan deprisa…

Mientras el médico se puso a hacerle preguntas con mucho tacto, yo solo era capaz de pensar en que la había convencido para que bajara por aquella pendiente.

¿Qué clase de padre era yo?

¿Qué clase de padre animaría a su hijo a ponerse en una situación de riesgo?

Estaba convencido de que el médico se planteaba los mismos interrogantes cuando me miró. Observé cómo envolvían de gasas y vendas la cabeza de mi hija.

—Ahora tenemos que trasladarla —anunció.

Sin aguardar una respuesta por mi parte, se llevaron a mi hija de la sala.

Después de rellenar los formularios del seguro, llamé a Marge con el teléfono del hospital. Aceptó pasar por mi casa y recogerme el móvil antes de acudir al hospital; también dijo que llamaría a Liz y a mis padres.

Me quedé sentado en la sala de espera, con la cabeza gacha y las manos juntas, rezando por primera vez desde hacía años para que mi niña se recuperara, furioso conmigo mismo por lo que había hecho.

Mi padre fue el primero en llegar, porque estaba trabajando muy cerca de allí. Entró a grandes zancadas con cara de preocupación. Cuando lo puse al corriente de la situación, se sentó a mi lado, sin ofrecerme un abrazo ni dar pie a ningún gesto de cariño de mi parte. En realidad, más bien se dejó caer en el asiento. Lo observé mientras cerraba los ojos y cuando por fin los volvió a abrir, fue incapaz de sostenerme la mirada.

Entonces me di cuenta de que estaba igual de aterrorizado que yo.

A continuación llegó Liz, después mi madre y por fin Marge, que parecía más pálida que de costumbre. A diferencia de mi padre, las tres se prestaron a dar y recibir abrazos una vez las hube puesto al corriente de lo poco que sabía. Mi madre se puso a llorar. Liz juntó las manos, como si rezara. A Marge se le alteró la respiración y le dio tos, y tuvo que recurrir al inhalador.

Mi padre se decidió por fin a hablar.

—Se pondrá bien —declaró.

Yo sabía, no obstante, que lo decía porque quería creerlo, no porque tuviera la certeza de que así iba a ser.

Mi cliente, el cirujano plástico, llegó poco después.

—Gracias por venir —dije, levantándome del asiento—. Me es imposible expresarle lo que esto significa para mí.

—No tiene por qué darme las gracias. Yo también tengo hijos y comprendo lo que está pasando. Iré adentro para ver qué puedo hacer.

Luego desapareció por la puerta de doble batiente.

Seguimos esperando.

Después esperamos aún más, sumidos en un limbo de dolor.

Al cabo de un rato, aparecieron los médicos.

Intenté en vano descifrar la expresión de sus caras cuando nos hicieron señal de reunirnos con ellos. Después de hacernos pasar a una de las habitaciones de los pacientes, cerraron la puerta.

—Estoy casi seguro de que se va a recuperar —anunció el médico de urgencias sin preámbulos—. En el escáner no se advierten indicios de hematomas subdurales ni de otras lesiones cerebrales. London está plenamente consciente ahora y ha podido responder a todas las preguntas. Sabía dónde estaba y lo que le había ocurrido. Eso es una buena señal.

Noté como si la totalidad de mi cuerpo dejara escapar un aliento que no era consciente de haber estado reteniendo.

—Aun así, en vista de que ha perdido el conocimiento, la vamos a tener ingresada esta noche para observación, como medida de precaución. En raras ocasiones se puede manifestar una inflamación, que no creo que se vaya a producir en este caso. Solo queremos estar seguros. Aparte, tendrá que mantener un ritmo calmado los próximos días, desde luego. Seguramente podrá volver a la escuela el miércoles, pero nada de actividad física durante al menos una semana.

—¿Y el corte de la cabeza?

—Era una herida limpia —respondió mi cliente—. La he suturado por dentro y por fuera. Va a quedarle una leve cicatriz que puede persistir durante unos años, pero que acabará desapareciendo con el tiempo.

—¿Y el brazo?

—Ha sido la muñeca —precisó el médico—. En la radiografía no se percibe ninguna rotura, aunque está tan inflamada que no podemos estar seguros. En la muñeca hay muchos huesos pequeños y en estos momentos no hay forma de determinar si hay alguno roto. Por ahora, creemos que tiene solo una torcedura, pero tendrá que traerla para hacerle otra radiografía dentro de una o dos semanas a fin de verificarlo. Por el momento, la vamos a entablillar solamente.

Inconsciente, con una cicatriz, una torcedura en la muñeca o tal vez algo peor. La información me dejó casi por los suelos.

—¿Puedo verla?

—Por supuesto —respondió—. Ahora mismo le están entablillando la muñeca, pero no tardarán en trasladarla a una habitación individual. Teniendo en cuenta lo ocurrido, ha habido suerte. Ha sido una buena precaución que llevara casco, porque podría haber sido mucho peor.

Gracias a Dios, Vivian había insistido en que la obligara a ponerse casco, pensé.

«Vivian.»

Me había olvidado por completo de llamarla.

—¿Cómo te sientes, cariño? —pregunté.

London tenía mejor aspecto que cuando la había llevado a urgencias, pero no era, desde luego, la misma niña que se había montado en la bicicleta esa misma tarde. Una amplia venda le tapaba casi la frente y su muñeca aparecía muy pequeña bajo el bulto del entablillado. Se la veía pálida y frágil, como si la fuera a engullir la cama.

Mis padres habían acudido a la habitación, junto con Liz y Marge, y después de los abrazos y besos y los desahogos de la preocupación anterior, yo me había sentado en la cama al lado de London. Le cogí la mano ilesa y noté que apretó los dedos.

—Me duele la cabeza —dijo—. Y también la muñeca.

—Ya lo sé —contesté—. Lo siento, chiquitina.

—No me gusta el protector solar —protestó con voz débil—. Por culpa de él me resbalaban las manos del manillar.

Me acordé de cómo se rascaba las picadas de los brazos.

—No había pensado en eso —reconocí—. De todas formas, probablemente ya no necesitemos poner tanto filtro solar ahora que se acaba el verano.

—¿Está bien mi bici?

Caí en la cuenta de que había dejado las dos bicicletas donde habían caído. Quizás alguien habría retirado la mía de la calzada. Estaba casi seguro de que seguirían en el mismo sitio hasta que fuera a recogerlas, porque se trataba de un barrio tranquilo.

—Seguro que sí, pero si no, podemos arreglarla o comprar una nueva.

—¿Va a venir mamá?

«Tengo que hacer esa llamada», pensé.

—Voy a ver, ¿vale? Seguro que querrá hablar contigo.

—Vale, papá.

Le di un beso en la coronilla.

—Ahora mismo vuelvo, ¿de acuerdo?

El resto de mi familia se apiñó alrededor de su cama mientras yo salía al pasillo. Me alejé hacia los ascensores en busca de intimidad, porque no quería que nadie de la familia, y en especial London, oyera nada de una conversación que temía realizar. Al consultar el teléfono, vi que Vivian había llamado dos veces, para hablar con London sin duda. Al conectar la llamada, noté cómo se me encogía el estómago.

—¿London? —preguntó, respondiendo.

—No, soy yo, Russ —dije—. Quería decirte de entrada que London está bien. Se pondrá al teléfono dentro de unos minutos, pero antes quiero que sepas que está bien.

—¿Por qué? ¿Qué ha pasado? —El miedo de Vivian se transmitió hasta mí como una corriente eléctrica.

—Íbamos en bicicleta y ha chocado contra un poste. Se ha hecho una torcedura en la muñeca y un corte en la frente y he tenido que traerla al hospital...

—¿Al hospital?

—Sí —confirmé—. Déjame terminar, ¿de acuerdo?

Respiré hondo antes de empezar a explicar lo que había ocurrido. Me sorprendió que no me interrumpiera ni elevara la voz, aunque sí advertí que su respiración se había vuelto errática y entrecortada, y cuando acabé, me di cuenta de que había empezado a llorar.

—¿Estás seguro de que está bien? ¿No lo estás diciendo para tranquilizarme?

—Te lo prometo. Tal como te he dicho, ella misma se pondrá al teléfono dentro de un minuto. He salido de la habitación para llamarte.

—¿Por qué no me has llamado antes?

—Debería haberlo hecho y te pido perdón. Estaba en un estado de pánico tal que no pensaba con mucha cordura.

—No, ya veo. Eh... mmm... —Titubeó un instante—. Espera un segundo, ¿eh?

Fue más de un segundo. Me tuvo más de un minuto esperando hasta que se volvió a poner.

—Ahora mismo me dirijo al aeropuerto. Quiero estar con ella esta noche.

Estaba a punto de decirle que no había necesidad de que viniera, pero tomé conciencia de que, en su lugar, yo habría movido montañas para poder estar al lado de London.

—¿Puedo hablar con ella ahora?

—Claro —dije, encaminándome a la habitación de London.

Le di el teléfono a la niña y vi cómo se lo acercaba al oído, pero aun así pude oír lo que le decía Vivian.

Se centró por completo en London, sin mencionarme para nada. Hacia el final, oí que pedía que me volviera a poner. Aquella vez no sentí necesidad de salir de la habitación.

—Dime.

—Parece que está bien —comentó Vivian con patente alivio—. Gracias por pasármela. Ahora estoy en el coche y en principio estaré ahí dentro de menos de dos horas.

«Gracias al avión privado de Spannerman, sin duda.» Por eso me había hecho esperar antes, para consultárselo.

—Aquí estaré. Avísame cuando aterrices.

—Así lo haré.

Vivian mandó un mensaje de texto cuando llegó a Charlotte. Por un momento, me planteé si mi familia debía quedarse, pero después me reprendí a mí mismo por pensarlo siquiera. London estaba en el hospital y ellos tenían derecho a acompañarla hasta que se terminara el horario de visitas, porque eso era lo normal y punto.

Yo sospechaba, con todo, que mi familia sentía una lógica curiosidad con respecto a Vivian. Mis padres no la habían visto desde hacía más de un mes, desde el primer día de escuela de London, y en el caso de Marge y Liz hacía todavía más tiempo. Estoy seguro de que se preguntaban si la nueva Vivian difería de la que habían frecuentado durante años y cómo debía ser el trato con ella ahora.

Una enfermera entró para comprobar las constantes vitales de London y luego vino el médico para volver a hacerle unas preguntas. Aunque con voz débil, ella respondió correctamente a todas. Antes de irse, nos dijo que seguiría teniéndola en observación durante unas horas. Después encontré un canal de televisión en el que pasaban *Scooby-Doo*. London se puso a mirarlo, pero parecía que se iba a quedar dormida de un momento a otro.

Vivian llegó al cabo de unos minutos. Con unos vaqueros desteñidos con desgarrones en la rodilla, sandalias negras y un suéter negro fino, presentaba la misma imagen chic de siempre, pese a que se la veía agobiada.

—Hola a todos —saludó, casi sin aliento y distraída—. He venido tan deprisa como he podido.

—¡Mamá!

Se precipitó hacia London y la cubrió de besos.

—Ay, cielo... Has tenido un accidente, ¿no?

—Me he hecho un corte en la frente.

Vivian tomó asiento a lado de London, con los ojos relucientes a causa de las lágrimas que contenía.

—Ya lo sé. Tu padre me lo ha contado. Me alegro de que llevaras puesto el casco.

—Yo también —convino ella.

Vivian le dio otro beso en la coronilla.

—Espera un momento que voy saludar a todos, ¿vale? Y después quiero sentarme contigo un rato.

—Vale, mamá.

Levantándose de la cama, se acercó a mis padres. Los abrazó de entrada y lo mismo hizo con Marge y Liz. Más tarde caí en la cuenta de que solo la había visto tocar a Marge y a Liz en muy raras ocasiones. Para mi sorpresa, me dispensó un breve abrazo también a mí.

—Muchas gracias a todos por haber venido —dijo—. Soy consciente de que London se ha sentido mejor teniéndoos aquí.

—Faltaría más —repuso mi madre.

—Es una niña muy valiente —destacó mi padre.

—Falta poco para el final de las horas de visita —señaló Marge—, así que Liz y yo nos vamos.

—Nosotros también nos vamos —añadió mi padre—. Os dejamos solos.

Miré cómo recogían sus cosas y luego los acompañé al pasillo. Al igual que Vivian, los abracé a todos y les di las gracias por haber venido. En sus ojos, percibí las preguntas que albergaban pero que callaban. Aunque las hubieran expresado, dudo que hubiera estado en condiciones de responder.

De regreso a la habitación, vi que Vivian se había instalado junto a London en la cama. Esta le estaba hablando del coche que salió con marcha atrás y del protector solar que le había puesto resbalosas las manos.

—Debes de haber pasado mucho miedo.

—Sí, mucho, pero de lo de después ya no me acuerdo.

—Has sido muy valiente.

—Sí, lo soy. —Sonreí al constatar su capacidad de adaptación. Después añadió—: Estoy contenta de que estés aquí, mamá.

—Yo también. Tenía que venir porque te quiero muchísimo.

—Yo también te quiero.

Vivian se acostó al lado de London en la cama y la rodeó con el brazo. Luego se pusieron a mirar *Scooby-Doo*. Yo me senté en la silla y las estuve mirando, con cierto sentimiento de alivio porque Vivian hubiera venido. No era solo por el bienestar de London, sino porque una parte de mí todavía quería creer en la bondad de Vivian, pese a todo lo que me había hecho.

Observándolas, creí en esa bondad. También advertí la expresión de desamparo de Vivian y reconocí lo duro que era para ella estar separada de London. Capté la angustia que le había provocado el hecho de estar tan lejos cuando se produjo el accidente, pese a la rapidez con que había logrado llegar.

Viendo que a London se le cerraban los ojos, me levanté de la silla y fui a apagar la luz. Vivian me dispensó una tenue sonrisa y entonces pensé con melancolía que la última vez en que los tres habíamos estado juntos en una habitación de hospital, London aún no tenía un día. Ese día habría jurado que siempre estaríamos unidos por el amor que sentíamos. En ese momento éramos una familia de tres miembros, pero ahora era distinto. Sentado en la oscuridad, me pregunté si Vivian experimentaría con la misma hondura aquel sentimiento de pérdida.

A London le dieron el alta del hospital al día siguiente, a media mañana. Yo había llamado a la escuela y a la profesora de piano para explicar el motivo de su ausencia y había cancelado las clases para esa semana. También había informado a su maestra de que, una vez volviera a la escuela, no debía estar activa durante el recreo.

Por suerte, las enfermeras me habían dado unas toallas desinfectantes para limpiar el asiento del coche, porque no quería que London viera los restos de sangre.

Mientras firmaba los papeles del alta, miré de reojo a Vivian y advertí su aspecto de cansancio. No habíamos dormido apenas porque durante la noche, los médicos y enfermeras habían acudido varias veces a observar a London. La niña seguramente dormiría durante casi todo el día.

—Estaba pensando —dijo Vivian, con un tono de inseguridad poco habitual en ella— que me gustaría ir a casa un rato para poder pasar más tiempo con London. ¿Te importaría?

—En absoluto —respondí—. Estoy seguro de que a London le encantará.

—Creo que también voy a necesitar una siesta y una ducha.

—Muy bien —confirmé—. ¿Cuándo tienes que irte?

—Cogeré el avión esta noche. Mañana tengo que estar con Walter en el distrito de Columbia, por otra cuestión del grupo de presión.

—Ajetreada como siempre —señalé.

—Demasiado ajetreada a veces.

Durante el trayecto hacia casa, analicé su comentario, extrañado por el asomo de hastío perceptible en su voz. ¿Estaría solo cansada o bien el estilo de vida de altos vuelos empezaba a resultarle menos atractivo que antes?

Era un error tratar de encontrar un sentido a cada palabra, matiz o inflexión de tono, me recordé. ¿Qué era lo que me había dicho Emily? «Deja que las cosas se produzcan y se desarrollen solas. Deja que se quede lo que llega, y suelta lo que se va.»

Al llegar a casa, trasladé a London al interior. Como ya estaba medio dormida, la subí directamente a su cuarto. Vivian vino detrás y una vez que hube dejado a la niña en la cama, vi que se dirigía al cuarto de invitados. Aunque estaba seguro de que se había dado cuenta de que había redistribuido los muebles, no me dijo nada al respecto.

Mi coche era demasiado pequeño para cargar mi bicicleta en el maletero, pero la de London sí cupo atrás. Alguien las había colocado apoyadas en el buzón. Después de dejar la bici de mi hija en casa, me puse ropa de deporte y volví corriendo hasta el buzón. Mientras cogía la bicicleta, vi la sangre que se había secado en el asfalto y el corazón me dio un vuelco. Regresé a casa en bicicleta, salí a correr y después me duché. Como London y Vivian dormían, me fui al dormitorio. Bajé las persianas y dormí como un tronco.

Cuando desperté, encontré a Vivian y a London mirando una película en el salón. Aunque llevaba la misma ropa que cuando llegó, Vivian se había duchado y aún tenía mojadas las puntas del pelo. London estaba acurrucada a su lado en el sofá. En la mesa había los restos de lo que había comido London: pavo y rodajas de pera.

—¿Cómo te encuentras, cariño?

—Bien —respondió, mirándome.

—¿Cómo has dormido? —preguntó Vivian.

Me sorprendió la normalidad con que me hablaba.

—Bien. Lo necesitaba. —Señalé el plato—. Ya veo que London ha picado algo, pero ¿tenías planes para cenar? ¿Quieres que prepare algo?

—Creo que sería más sencillo si encargáramos algo, ¿no? A no ser que te apetezca cocinar.

No me apetecía.

—¿Chino?

—¿Quieres comida china para cenar? —preguntó a London, estrechándole el brazo.

—Vale —aceptó ella, todavía absorta en la película.

La venda de la cabeza y la tablilla del brazo me provocaron un sobresalto.

Aunque tenía ganas de charlar con London, porque me había quedado la duda de si estaba enfadada conmigo por lo ocurrido, no quería hacer nada que pudiera alterar el clima de distensión que parecía existir en ese momento entre Vivian y yo. Por eso me fui a la cocina, comí un plátano y luego me trasladé al estudio para instalarme delante del ordenador, aunque me costaba concentrarme en el trabajo. Al cabo de un rato, llamé al restaurante chino y fui a recoger la comida.

Comimos en el porche de atrás, como en los viejos tiempos. Después, London se bañó y se puso el pijama. Llegada la hora de acostarla,

Vivian y yo asumimos los papeles de antaño. Ella le leyó algo primero y después la relevé yo. Cuando bajé las escaleras, no obstante, Vivian ya se había colgado el bolso y esperaba cerca de la puerta.

—Me tengo que ir —dijo.

No sé si detecté un punto de resignación en su voz, pero me recordé a mí mismo que era inútil sacar ninguna conclusión al respecto.

—Ya me imaginaba.

Se ajustó la correa del bolso, como si aquello la ayudara a encontrar las palabras que buscaba.

—Me he fijado en que has cambiado de sitio las cosas de la casa y has descolgado bastantes fotos. Las fotos en que salía yo, me refiero. Iba a decirte algo antes, pero no me ha parecido que fuera el momento adecuado.

No sé por qué, no quise admitir que lo había hecho en un arranque de rabia. Tampoco sentía que hubiera obrado mal, sin embargo; sabía que estaría dispuesto a hacer lo mismo otra vez.

—Igual que tú, intento mirar hacia adelante —declaré—. De todas maneras, puse algunas de las fotos de familia en la habitación de London, porque nosotros siempre seremos sus padres.

—Gracias —dijo—. Fue un detalle de tu parte.

—Las otras fotos las guardé en una caja por si quieres llevártelas. Hay algunas muy buenas de London y tú.

—Me encantaría.

Fui a buscar la caja al armario. Mientras la sostenía bajo el brazo, ella miró las fotos expuestas. En ese momento sentí con una conciencia extrema que nuestra época como pareja había tocado de verdad a su fin y tuve la impresión de que ella pensaba lo mismo.

—Voy a buscar las llaves para ponerla en el maletero —dije.

—Yo misma la llevaré —contestó, alargando las manos—. No hay necesidad de que me acompañes. Tengo un coche esperando fuera.

—¿Un coche? —pregunté, entregándosela.

—Tampoco podemos dejar a London sola aquí, ¿no?

«Claro», pensé, extrañado de que se me hubiera pasado por alto algo tan elemental. Al parecer, el hecho de tener cerca a Vivian, una Vivian que me recordaba a la mujer con la que me había casado, la misma Vivian con la que no tenía ningún futuro, me había desestabilizado.

—De acuerdo —dije, metiéndome una mano en el bolsillo—. Con respecto a este fin de semana y lo de que tenga que quedarme en casa de Marge o de mis padres…

—No tienes que irte —me atajó—. Hoy me he dado cuenta de que no hay motivo para que tengas que hacer eso. No es justo para ti. Me quedaré en la habitación de invitados si no te molesta.

—Está bien —acepté.

—De todas formas, ya sabes que quiero pasar el mayor tiempo posible con London, las dos solas. Ya sé que quizá no parezca justo, pero ahora mismo, no querría crearle ninguna confusión.

—Desde luego. Tiene su lógica —concedí.

Movió la caja bajo el brazo y yo no supe si darle un abrazo o un beso en la mejilla. Como si previera mi acción, ella se volvió hacia la puerta.

—Nos vemos dentro de unos días —se despidió—. Mañana llamaré a London.

—De acuerdo —dije, abriéndole la puerta.

Detrás de ella, en la calle aguardaba una limusina. Vivian se dirigió a ella y el chófer se apresuró a bajar del coche para ayudarla con la caja. Abrió la puerta y la dejó en el asiento. Vivian esperó a que se apartara para entrar en el coche. No pude dejar de pensar que para ella todo aquello parecía tan natural como el hecho de respirar, como si siempre hubiera tenido un coche con chófer y hubiera sido la amante de un millonario.

Como no la podía ver a través de los vidrios ahumados del coche, no supe si estaba mirándome, pero al final me di simplemente la vuelta. Entré en casa y cerré la puerta, con una extraña sensación de tristeza.

Dudé un momento antes de coger el teléfono.

Emily respondió al segundo ring.

Nos pasamos casi dos horas al teléfono. Aunque yo fui el que más habló, expresando mi sentimiento de pérdida, ella logró hacerme sonreír y reír en más de una ocasión. Y cada vez que me planteaba en voz alta si era una buena persona, ella me aseguraba que era irreprochable. Eso era precisamente lo que necesitaba oír. Cuando por fin me acosté, cerré los ojos maravillándome de la suerte que había tenido de volver a descubrir a Emily, justo la clase de amiga que más necesitaba entonces.

20

Otoño

—Me encanta el otoño —me dijo Emily—. Te gana con su mudo reclamo de solidaridad por su decadencia.

—¿Cómo dices?

—Hablaba del otoño —explicó Emily.

—Eso ya lo he captado. Solo trataba de comprender qué decías.

—No era yo, sino Robert Browning. Bueno, más o menos… Quizá me he equivocado en alguna palabra. Es un poeta inglés.

—No sabía que leyeras poesía.

Aquello fue en el mes de octubre de 2002, unos meses después de que nos hubiéramos quedado bloqueados en la noria. También fue poco después de mi gran error, el que cometí con la mujer que conocí en un bar. Marge ya me había avisado más de una vez de que no le dijera nada a Emily, pero a mí todavía me atormentaba aquel terrible secreto.

De hecho, estábamos con Marge y Liz. Habíamos ido a visitar la Biltmore House de Asheville, que durante mucho tiempo fue la vivienda privada más grande del mundo. Yo había estado allí de niño, pero nunca había ido con Emily. Había sido idea suya ir y también invitar a Marge y a Liz. Cuando Emily empezó a citar a Browning, estábamos los cuatro degustando un vino de los viñedos de Biltmore.

—Aunque me especialicé en arte, también tuve que cursar otras asignaturas —señaló Emily.

—Yo también, pero nunca ninguna en la que hubiera clases de poesía.

—Porque tú hiciste empresariales.

—Exacto —intervino Marge—. Porque tú tuvieras una chapuza de educación, no tienes por qué poner a Emily a la defensiva.

—No la estoy poniendo a la defensiva. Y yo no tuve una chapuza de educación… Simplemente estaba dando conversación.

—No te dejes intimidar por él, Emily —dijo Marge—. Aunque no tenga grandes pretensiones intelectuales, también tiene buenas cualidades.

—Eso espero —repuso Emily, riendo—. Llevamos saliendo más de dos años. No me gustaría pensar que me he estado rebajando con él durante todo este tiempo.

—Estoy aquí —les recordé a ambas—. Os estoy oyendo.

Emily soltó una risita, a la que hizo eco Marge.

—No dejes que te machaquen, Russ —me defendió Liz con expresión de simpatía, apoyándome una mano en el brazo—. Si siguen metiéndose contigo, nos iremos tú y yo a dar una vuelta al invernadero, cogidos de la mano para darles celos.

—¿Lo has oído, Marge? —dije—. Liz me está tirando los tejos.

—Buena suerte —replicó ella con un encogimiento de hombros—. Yo soy su tipo y tú no. Tú tienes demasiados cromosomas Y para ella.

—Qué lástima, porque conozco a más de cien tipos que estarían encantados de salir con ella.

—De eso no me cabe la menor duda —convino Marge, dedicando una sonrisa a Liz.

Liz se ruborizó y yo crucé una mirada con Emily. Entonces ella se inclinó hacia mí para susurrarme al oído:

—Creo que forman una pareja perfecta.

—Sí —contesté—. A mí también me lo parece.

En ese momento me empezó a asaltar el sentimiento de culpa con renovada furia. Menos de una semana después, le confesé mi error.

¿Por qué no pude mantenerme callado?

—¿Nada de contusiones? ¿Nada de cortes, ni de hemorragias, ni precipitadas llamadas a urgencias?

Después de dejar a London en la escuela al día siguiente, encontré a Marge esperándome en la cocina. La había llamado esa mañana para hablarle de la visita de Vivian, pero ella me había dicho que esperara porque quería oír el relato detallado en persona.

—London todavía está dolorida, pero se encuentra bien.

—No me refería a London, sino a ti. También podría referirme a Vivian, según lo furioso que te haya podido poner.

—Estuvo bien —le aseguré—. Me sorprendió lo agradable que estuvo, en realidad.

—¿Qué significa eso?

—No se enfadó, ni me hizo sentir como si yo tuviera la culpa del accidente. Estuvo… simpática.

—Tú entiendes que no fue por tu culpa —corroboró—. Por eso lo llaman accidentes.

—Ya lo sé —dije, sin estar convencido del todo.

Marge se volvió y se puso a toser. Cuando cogió el inhalador, advertí que parecía un poco demacrada.

—¿Estás bien? La otra noche tosiste mucho —observé, frunciendo el entrecejo.

—Ni me lo digas. La semana pasada pasé dos días encerrada en una habitación con un cliente que estaba súper resfriado. Después, el muy caradura llamó para hacerme saber que tenía bronquitis.

—¿Has ido al médico?

—Fui a urgencias la semana pasada. El médico cree que debe de ser vírico, así que no me ha recetado nada. Espero que se me haya pasado para cuando nos vayamos a Costa Rica con Liz.

—¿Cuándo es el viaje?

—Del 20 al 28.

—Ya no sé ni cómo es eso de tener tiempo para vacaciones —musité, compadeciéndome un poco de mí mismo.

—Es magnífico —replicó Marge—. Eso de lamentarse, por otra parte, no tiene el menor atractivo. ¿Y qué tal te va con Emily? ¿Le has explicado lo que le pasó a London?

—Hablé con ella anoche, después de que se fuera Vivian.

—Ah.

—¿A qué te refieres con eso de «ah»?

—Ya sabes el dicho: un clavo saca otro clavo.

—Muy aguda.

—No me merezco el elogio —contestó—. Yo no inventé la expresión. De todas formas, es aplicable a todo el mundo.

—Emily y yo solo somos amigos.

Alargó la mano y me apretó el hombro.

—Sigue diciéndote eso, hermanito.

Una vez se hubo marchado Marge, lo de desplazarme a la oficina fue fácil, pero lo de concentrarme en el trabajo me costó más. Pese a que la intensidad emocional de los dos días anteriores no era comparable a la que había vivido unas semanas atrás, después de que Vivian me anunciara que se había enamorado de Spannerman, mis reservas estaban bajas. Habían ocurrido demasiadas cosas en muy poco tiempo; no había transcurrido ni siquiera un mes desde que todo empezó a trastornarse.

Aun así, tenía cosas que hacer. Lo primero de todo era asegurarme de que el rodaje del cuarto anuncio de Taglieri iba por buen camino. Cuando hube confirmado todos los detalles, me sorprendí al leer un email del montador en el que me informaba que ya estaba listo el tercer anuncio, el protagonizado por la niña.

Puesto que ese tercer anuncio había salido tan bien, mi instinto me decía que convenía empezar a difundirlo al mismo tiempo que el primero, sin esperar. Así se lo propuse a Taglieri en un mensaje que le dejé en la oficina y pronto recibí su visto bueno.

Mientras fijaba los horarios de emisión con el canal de televisión, sentí una emoción que ya conocía, producida por la idea de que mi trabajo —y mi empresa— pronto llegarían a los hogares de cientos de miles de personas.

También dejé dos mensajes, menos emocionantes, en la academia de danza. La señora Hamshaw no me respondió a ninguno.

London estaba muy sonriente cuando la vi salir entre sus compañeros de clase y, aunque acudió caminando un poco más despacio de lo habitual hacia al coche, saltaba a la vista que había pasado un buen día.

—¿Sabes una cosa? —dijo en cuanto estuvo en el coche—. La maestra me ha dejado hacer de ayudante hoy. ¡Ha sido superdivertido!

—¿Y qué has hecho?

—La he ayudado a repartir los papeles y a recogerlos. Y he limpiado la pizarra con el borrador durante el recreo. Después me ha dejado pintar y he tenido que borrar eso también. Y he tenido que llevar todo el día un pin donde ponía «Ayudante de la Maestra».

—¿Y has podido hacer todo eso con la herida de la muñeca?

—He usado la otra mano —explicó, realizando una demostración práctica—. No ha sido difícil. Al final, me ha dado una piruleta.

—Menudo día, ¿eh? ¿Quieres que te ayude a abrocharte el cinturón? —Por la mañana, había tenido que hacerlo yo.

—No —rehusó—. Me parece que puedo yo sola. He tenido que aprender a hacer muchas cosas con una sola mano.

La observé mientras manipulaba el cinturón. Aunque tardó un poco más que de costumbre, al final lo consiguió.

Salí del parking y empezaba a acelerar cuando la oí de nuevo.

—Eh, papá.

—¿Qué, cariño? —pregunté, mirándola por el retrovisor.

—¿Tengo que ir a clase de danza hoy?

—No —contesté—. El médico dijo que esta semana no te tienes que mover mucho.

—Ah —dijo.

—¿Qué tal la cabeza hoy? ¿Y la muñeca?

—La cabeza no me ha dolido nada. La muñeca me dolía a ratos, pero he intentado ser fuerte como Bodhi.

—¿Es fuerte Bodhi? —quise comprobar, sonriendo.

—Es muy fuerte —confirmó, con una inclinación de cabeza—. Es capaz de levantar a todos los de la clase, ¡incluso a Jenny!

—¡Caramba! —exclamé, deduciendo que Jenny debía de ser alta para su edad—. No lo sabía.

—¿Puedo ir a casa de Bodhi? Tengo ganas de volver a ver a *Noodle*.

Súbitamente, me vino la imagen de Emily a la cabeza.

—Tendré que preguntárselo a la madre de Bodhi, pero si ella está de acuerdo, por mí no hay inconveniente. Aunque esta semana no... quizá la próxima, ¿de acuerdo? Como tienes que descansar...

—Vale —aceptó—. A mí me gusta la señora Emily. Es simpática.

—Me alegro —dije.

—Lo pasamos muy bien en el zoo con ella y con Bodhi. ¿Puedo ver las fotos que saqué con tu teléfono?

Le entregué mi móvil y empezó a pasar las fotos. Estuvo haciendo comentarios sobre los animales que había visto y lo que estábamos haciendo entonces, y mientras seguía charlando así, caí en la cuenta de que no había mencionado para nada a su madre, pese a que la había visto el día antes.

Por suerte o por desgracia, se notaba que London se había acostumbrado a pasar la mayor parte del tiempo solo conmigo.

Dado que había pasado buena parte del día anterior viendo televisión, no quería volver a aparcarla delante de la pantalla. Al mismo tiempo, tenía que limitar su actividad y hacía poco que habíamos estado pintando, de manera que no sabía qué hacer. En el trayecto hacia casa, se me ocurrió de repente parar en unos almacenes. Allí elegí un juego de mesa llamado Hoot Owl Hoot! En la caja se explicaba que el juego consistía en ayudar a unos búhos a volver al nido antes de que saliera el sol. Cada jugador sacaba una tarjeta de un color y llevaba volando a un búho a una casilla del color correspondiente, pero si sacaba una tarjeta del sol, el juego avanzaba acercándose más al amanecer. Todos los jugadores ganaban si los búhos lograban llegar a tiempo a sus nidos.

Me pareció algo indicado para los dos.

Encantada de visitar la sección de juguetes, London estuvo yendo de un pasillo a otro, dejándose cautivar alternativamente por diversos artículos. En más de una ocasión, sacó uno de su estante y me pidió si podíamos llevárnoslo. Aunque estuve tentado de ceder, resistí. Casi todo lo que me había enseñado retendría su interés solo unos minutos, y en casa ya tenía las estanterías y cajas de juguetes llenas a rebosar de peluches y chucherías.

El juego resultó un éxito. Como las reglas eran sencillas, London enseguida captó el funcionamiento e iba alternando entre el júbilo y el desánimo, según preveía que los animales fueran a llegar a casa a tiempo o no. Acabamos jugando cuatro partidas en la mesa de la cocina antes de que empezara a cansarse.

Después, cedí cuando pidió si podía mirar la televisión un rato. Entonces se tendió en el sofá, bostezando. Quizá se debiera a la presión de la vocecilla de Vivian en mi interior, pero lo cierto es que sentía que debía poner a la señora Hamshaw al corriente del accidente. Dado que no me había devuelto la llamada, resolví que debía hacerlo en persona.

Le dije a London que pasaríamos un momento por la academia, la subí al coche y, al llegar, percibí a la señora Hamshaw en un despacho de paredes de vidrio. London optó por quedarse en el coche. La señora Hamshaw ya me había mirado en cuanto entré, pero se tomó su tiempo antes de acudir a mi encuentro.

—London no vino a clase el lunes —observó, enarcando una ceja con expresión de disgusto, sin darme opción a hablar.

—Sufrió un accidente con la bicicleta —expliqué—. Le dejé un par de mensajes. Hubo que llevarla al hospital. Ahora se está recuperando, pero no podrá asistir a clase hoy ni tampoco el viernes.

—Me alegro de oír que está bien, pero tiene una función próximamente —replicó, con expresión imperturbable—. Es imprescindible que asista a clase.

—No puede. El médico dice que esta semana tiene que moverse poco.

—Entonces, por desgracia, no podrá participar en el espectáculo del otro viernes.

—¿Cómo dice?

—London ya ha faltado a dos clases. Si se pierde la tercera, no puede participar en la función. Aunque pueda parecerle injusto, es una de las reglas de base de la academia. Así se les informó cuando la inscribieron.

—La primera vez estuvo enferma —argüí con un punto de incredulidad—. El lunes, estaba inconsciente.

—Lamento oír que ha sufrido percances —declaró la señora Hamshaw, con la misma actitud impasible—. Tal como he dicho antes, me alegro de que se recupere, pero las normas son las normas. —Acto seguido, cruzó los huesudos brazos.

—¿Lo dice porque necesita practicar más? Ella hace de árbol y me ha enseñado qué es lo que tiene que hacer. Estoy seguro de que si viene la semana próxima, tendrá tiempo de sobras para perfeccionarlo.

—Esa no es la cuestión. —La boca de la señora Hamshaw había quedado reducida a una fina línea—. Yo aplico unas normas en la academia porque los padres y alumnos siempre encuentran un motivo u otro para no acudir a clase. Que si uno está enfermo, que si hay un abuelo de visita o que si tienen demasiados deberes que hacer. Con los años he oído todas las excusas que se pueda imaginar, pero yo no puedo cultivar la excelencia a menos que todo el mundo demuestre su compromiso.

—London no va a participar en ningún concurso —le recordé—. No la ha elegido para eso.

—Entonces quizá debería practicar más y no menos.

—¿Qué propone entonces que haga? —pregunté pacientemente, reprimiendo las ganas de expresarle lo que opinaba de su ridícula normativa rayana en lo militar—. Teniendo en cuenta que el médico ha indicado que limite sus actividades.

—Puede venir a clase y mirar sentada en el rincón.

—Ahora mismo le duele la cabeza y está agotada, y el viernes se aburrirá si tiene que quedarse mirando sentada.

—En ese caso puede cifrar sus expectativas en el espectáculo de Navidad.

—¿En el que hará de árbol también? ¿O de ornamento quizá?

La señora Hamshaw se envaró, ahuecando las aletas de la nariz.

—Hay otras bailarinas en su clase que demuestran mucha más aplicación.

—Esto es ridículo —espeté.

—Eso es lo que suele decir la gente cuando no le gustan las normas.

Llevé a London a casa y comimos los restos de comida china. Vivian llamó y cuando concluyó la sesión de FaceTime, a London casi se le cerraban los párpados.

Tomando la decisión expeditiva de prescindir del baño, le puse el pijama. Le leí un libro corto en la cama y se quedó dormida un instante después de que apagara la luz. Al bajar, me dije que debería invertir el resto de la velada en trabajar un poco, pero no me apetecía.

En lugar de ello, llamé a Emily.

—Ah, hola —contestó enseguida—. ¿Cómo van las cosas?

—No mal del todo.

—¿Cómo está London? Bodhi dice que ha hecho de ayudante de la maestra, así que debe de estar recuperándose bastante bien.

—Sí, estaba muy contenta con eso —confirmé—. Y está bien, sí… solo un poco cansada. ¿Qué has hecho tú hoy?

—He trabajado en uno de los cuadros para la exposición. Creo que ya me falta poco, pero no estoy segura. Podría seguir retocándolo durante una eternidad, sin llegar a considerarlo acabado.

—Me gustaría verlo.

—Cuando quieras —me invitó—. Por suerte, los otros cuadros que he empezado evolucionan bien. Por ahora. ¿Y tú cómo te sientes? Me imagino el susto que debiste pasar. Yo aún estaría traumatizada.

—Sí, fue bastante horrible —reconocí—. Y esta tarde no ha sido de lo más relajante.

—¿Qué ha pasado?

Le expliqué la conversación que había tenido con la señora Hamshaw.

—¿O sea que no puede participar en el espectáculo? —preguntó cuando acabé.

—De todas maneras, no me parece que esté muy entusiasmada con eso —dije—. Lo malo es que Vivian está empeñada en que vaya allí. Yo no creo que London disfrute con esas clases.

—Entonces que deje de ir.

—No quiero que eso sea otro motivo de discusión con Vivian. Y tampoco quiero que London esté en el medio.

—¿No se te ha ocurrido pensar que de tanto contemporizar con Vivian, no haces más que añadir leña al fuego?

—¿Qué quieres decir?

—Si cedes cada vez que Vivian se enfada, ella sabe que lo único que tiene que hacer es enfadarse para conseguir lo que quiere. Y si se enfada, ¿qué? ¿Qué va a hacer?

Aunque no añadió «¿Divorciarse de ti?» me quedé asombrado por la meridiana verdad que contenía su observación. ¿Sería aquella la razón por la que las cosas habían empezado a ir mal de entrada? ¿Porque nunca le había plantado cara a Vivian? ¿Porque quería evitar conflictos? ¿Qué era lo que me había dicho una vez Marge? «Quizá el verdadero problema está en que siempre has sido demasiado buena persona.»

Como yo guardaba silencio, Emily volvió a tomar la palabra.

—No sé si lo que he dicho tiene alguna relación con eso. Podría equivocarme. Tampoco lo digo porque quiera que os peleéis. Lo único que quiero destacar es que tú eres el padre de London y tienes los mismos derechos que Vivian a la hora de tomar decisiones que le atañen. Últimamente tienes incluso más que ella, puesto que eres quien se ocupa de la niña. En estos momentos eres tú el progenitor principal y no ella, pero aun así parece como si te fiaras más del criterio de Vivian que del tuyo. Yo a London la veo muy feliz, de lo que se deduce que lo has estado haciendo bien.

—Entonces… ¿qué crees tú que debería hacer? —pregunté, tratando de digerir lo que me había dicho.

—¿Por qué no hablas con London y le preguntas qué quiere ella? Y después fíate de tu instinto.

—Oyéndote a ti, parece fácil.

—Los problemas de los demás son siempre más fáciles de resolver, ¿aún no te has enterado? —Soltó una carcajada, tranquilizadora y reconfortante a la vez.

—La verdad es que a veces me recuerdas mucho a Marge.

—Me lo tomaré como un cumplido.

—Lo es.

Estuve charlando con Emily durante una hora y, como siempre, después de hablar con ella me sentí mejor, más centrado, más como yo mismo. Eso me sirvió de acicate para pasar una hora frente al ordenador, adelantando el trabajo del día siguiente.

Por la mañana, mientras London comía los cereales, le expliqué lo que había dicho la señora Hamshaw.

—¿Así que no podré salir en el espectáculo?

—Lo siento, cariño… ¿Estás disgustada por no poder bailar en la función?

—No pasa nada —contestó de inmediato, con un encogimiento de hombros—. De todas formas, no quería hacer de árbol.

—Por si te sientes mejor, te diré que eras un árbol muy bueno.

Me miró como si me estuvieran saliendo mazorcas de maíz por las orejas.

—Era un árbol, papá. La mariposa se mueve por el escenario, pero los árboles no.

—Ya, ya —dije, inclinando la cabeza—. En eso tienes razón.

—¿Tengo que ir a la clase de danza el viernes?

—¿Tú quieres ir?

Cuando se encogió de hombros en lugar de responder, no me costó mucho interpretar sus deseos.

—Si no quieres ir, me parece que no debes ir. Solo debes ir a danza porque te guste y te apetezca ir.

London se quedó un momento examinando la nube que flotaba en su tazón de Lucky Charms y yo hasta dudé de si me había oído.

—Me parece que no quiero ir más. No le caigo muy bien a la señora Hamshaw.

—Muy bien —concluí—. Pues ya no tienes que ir a la clase de danza.

London se quedó dubitativa y cuando me miró a la cara, creí percibir un asomo de ansiedad en su expresión.

—¿Qué dirá mamá?

«Seguramente se enfadará», preví.

—Lo entenderá —aseguré, tratando de aparentar más confianza de la que en realidad sentía.

Y

Después de dejar a London en la escuela, fui al estudio, donde me reuní con el adiestrador y *Gus*, el perro bullmastiff.

Puesto que el anuncio iba a hacer hincapié en la «tenacidad», el plan consistía en filmar a *Gus* dando incesantes tirones a un juguete para perros. Intercaladas con las imágenes del can, aparecerían cuatro capturas de pantalla con los textos siguientes:

Si ha sufrido un accidente laboral,
Necesita un abogado tenaz y decidido
Llame al despacho de Joey Taglieri
Él no parará hasta que le den la indemnización que merece.

El bulmastiff *Gus* demostró ser un actor de talento, de modo que la filmación estuvo acabada mucho antes del mediodía.

Cuando la recogí en la escuela, London no estaba tan animada como el día anterior. Para limitar la actividad y la televisión había que ser creativo, así que decidí llevarla a la tienda de animales. Necesitaba serrín para los hámsters, y pensé que quizá se distraería mirando los peces.

Había más de cincuenta acuarios distintos, cada uno de los cuales disponía de letreros que informaban de los nombres de los peces que albergaban. London y yo pasamos más de una hora yendo de uno a otro, reparando en la nomenclatura de todas aquellas especies.

Pese a que tampoco era un parque marino, fue una buena manera de pasar una tarde tranquila.

Al salir, London estuvo jugando un poco con unos cachorrillos muy bonitos que retozaban en un cercado. Yo dejé escapar un suspiro de alivio al ver que no pidió comprar uno.

—Me he divertido bastante, papá —dijo mientras nos dirigíamos al coche.

Yo cargaba el serrín y la comida de los hámsters bajo el brazo.

—Pensé que igual te gustaría.

—Deberíamos comprar unos cuantos peces. Algunos eran preciosos.

—Los acuarios son todavía más difíciles de limpiar que las jaulas de los hámsters.

—Seguro que tú lo sabrías hacer, papá.

—Puede, pero no sé dónde pondríamos el acuario.

—¡Podríamos ponerlo en la mesa de la cocina!

—¿Y dónde comeríamos entonces?

—Podríamos comer en el sofá.

No pude contener una sonrisa. Me encantaba hablar con mi hija.

De camino hacia casa, paré en el supermercado. Consultando una de las recetas que me había dado Liz, compré los ingredientes para hacer quesadillas de pollo.

Dejé que London preparara la cena prácticamente sola. Aunque le fui indicando cada paso y troceé el pollo una vez lo hubo salteado, de lo demás se encargó ella. Salteó el pollo, lo añadió a las tortillas, agregó el queso rallado y plegó las tortillas antes de ponerlas en una sartén para tostarlas por ambos lados.

Una vez estuvo lista la cena, me hizo pasar a la mesa. Yo llevé los dos platos, cubiertos y dos vasos de leche.

—Se ve muy bonito y huele de maravilla —observé.

—Antes de empezar, voy a sacar una foto para la tía Liz y la tía Marge.

—De acuerdo.

Le entregué mi móvil y después de fotografiar ambos platos, mandó las fotos.

—¿Dónde has aprendido a enviar mensajes? —pregunté, asombrado.

—Mamá me enseñó y Bodhi también, con el teléfono de la señora Emily. Me parece que ya soy mayor para tener un teléfono.

—Igual sí, pero yo prefiero hablar contigo en persona.

Puso los ojos en blanco, pero yo noté que le había hecho gracia la ocurrencia.

—Ya puedes comer si quieres —señaló.

Corté un trozo con el tenedor y tomé un bocado.

—Uy, qué sabroso. Te ha quedado fantástico —la felicité.

—Gracias —dijo—. No te olvides de beber la leche.

—Descuida.

No me acordaba siquiera de cuándo fue la última vez que tomé un vaso de leche. Tenía mejor sabor de lo que pensaba.

—Qué maravilla —dije—. No puedo creer lo mayor que te estás haciendo.

—Ya tengo casi seis años.

—Sí. ¿Sabes qué quieres de regalo para tu cumpleaños?

Se quedó pensando un momento.

—Igual un acuario —respondió—, con muchos peces bonitos. O si no, un perro como *Noodle*.

Quizá no había sido tan buena idea pasar la tarde en la tienda de animales, me dije.

Y

Cuando London se hubo acostado, llamé a Emily.

Ella estaba tendida en la cama y, como siempre, entablamos una conversación fluida en la que se mezclaban los recuerdos de hacía años con los detalles cotidianos actuales. La llamada duró casi cuarenta minutos y cuando colgué, tomé conciencia de que el hecho de hablar con Emily se estaba volviendo una costumbre, que además me procuraba uno de los momentos más agradables del día.

El viernes por la tarde, Vivian me comunicó mediante un mensaje que llegaría entre las nueve y las diez, una hora a la que London normalmente ya llevaba rato acostada.

Después de recibir el mensaje en la oficina, me tomé una pausa para plantearme qué esperaría Vivian de mí cuando llegara, puesto que cabía la posibilidad de que London no estuviera despierta. ¿Querría hablar por fin? ¿Ver televisión en el salón conmigo o sin mí? ¿O se iría directamente al cuarto de invitados? ¿Y qué iba a hacer yo durante todo el fin de semana?

Traté de repetirme la consigna tranquilizadora de Emily, pero no me funcionó. Una parte de mí todavía intentaba encontrar la manera de complacer a Vivian.

No es fácil deshacerse de las viejas costumbres.

Puesto que London no iba a ir a clase de danza, opté por organizar otra velada especial, con la intención de mantenerla despierta hasta que llegara Vivian. Decidí llevarla a cenar y al cine. Encontré una película para niños que terminaba a tiempo para estar de regreso en casa hacia las nueve. Después, London podría bañarse y ponerse el pijama y, con un poco de suerte, Vivian llegaría entonces más o menos.

Informé de mi plan a London cuando la recogí en la escuela y, en cuanto llegamos a casa, subió corriendo las escaleras para ir a prepararse.

—Tienes tiempo de sobras —le advertí—. No tenemos que irnos hasta las cinco y media.

—¡Quiero empezar ahora! —contestó.

A las cuatro se presentó, arreglada, en el estudio, donde estaba trabajando en las tomas que pensaba intercalar en el anuncio del perro.

Había elegido una blusa blanca, una falda blanca, zapatos blancos y medias blancas y se había puesto una diadema blanca.

—Estás muy guapa —elogié.

Al instante descarté ir a un restaurante italiano, porque el menor descuido tendría consecuencias desastrosas para su atuendo.

—Gracias —dijo—, pero no me gusta la venda que llevo en la frente, ni la tablilla del brazo.

—Yo ni siquiera me he fijado —destaqué—. Seguro que serás la niña más bonita de todo el restaurante.

—¿Cuándo nos vamos? —preguntó, radiante.

—Todavía falta una hora y media.

—Vale. Entonces me iré a sentar en el salón, mientras.

—Podrías jugar con las Barbies —sugerí.

—No quiero que se me arrugue el vestido.

Claro.

—¿Qué quieres hacer?

—No lo sé, pero no me quiero ensuciar.

—¿Te gustaría volver a jugar a Hoot Owl Hoot?

—¡Sí! —contestó, aplaudiendo.

Estuvimos jugando una hora antes de que me fuera a cambiar. Como la vez anterior, me puse pantalón de vestir y americana, junto con unos mocasines nuevos. London me esperaba en el vestíbulo, donde para hacer más ceremoniosa la ocasión, le dediqué una reverencia antes de abrirle la puerta.

Comimos en un restaurante especializado en carne. Después de conversar unos minutos con aires de adulta, London volvió a parlotear como una niña. Hablamos de Bodhi, de su maestra, del cole y de la clase de peces que quería poner en el acuario.

A continuación, fuimos al cine. London salió con energías y ganas de ver a su madre. Ya en casa, se apresuró a bañarse y a ponerse el pijama.

Vivian llegó poco después de que hubiera empezado a leerle un cuento. London saltó de la cama y bajó corriendo las escaleras. Yo fui detrás de ella y vi cómo se arrojaba a los brazos de su madre, que cerró los ojos embelesada.

—Me alegro de haber podido verte antes de que te acostaras —dijo Vivian.

—Yo también. Papá y yo hemos celebrado una velada especial. ¡Hemos ido a cenar y al cine, y hemos hablado de mi acuario!

—¿Un acuario?

—Para su cumpleaños —aclaré—. ¿Cómo estás?

—Bien. Se hace largo el viaje, sobre todo cuando empieza la hora punta.

Asentí, con una extraña sensación de estar de más.

—Yo ya le he leído algo, por si quieres subir con ella —dije.

—¿Quieres que mamá te lea un cuento? —preguntó a London.

—¡Sí! —exclamó la niña.

Las miré mientras subían las escaleras y, aunque estaba en mi casa con mi mujer y mi hija, de repente me sentí muy solo.

Me retiré al dormitorio. No quería hablar con Vivian, ni me parecía que ella lo deseara tampoco. Me puse a leer en la cama, tratando de no pensar en el hecho de que Vivian iba a pasar la noche bajo el mismo techo.

Por un momento fantaseé con la posibilidad de que ella acudiera a mi habitación y me planteé qué haría en ese caso. ¿Aceptaría con la excusa de que aún estábamos casados? ¿O incluso como un último fuego de artificio? ¿O tendría la misma entereza que demostró Emily cuando David se le insinuó?

Aunque me habría inclinado por pensar que haría lo mismo que Emily, no estaba seguro de ser tan fuerte como lo había sido ella. De todas maneras, me daba la impresión de que ambos lo lamentaríamos después. Yo ya no formaba parte de su futuro, y algo así no haría más que reforzar el poder que Vivian aún tenía sobre mí, pese a todo lo que había hecho. Aparte, sospechaba que me sentiría culpable, porque cuando me imaginé volviendo a hacer el amor con Vivian, de pronto me di cuenta con meridiana claridad de que deseaba mucho más acostarme con Emily.

Por la mañana, me levanté temprano y corrí bastantes kilómetros. Luego me duché, preparé el desayuno e iba por la segunda taza de café cuando Vivian me encontró en la cocina. Llevaba un pijama de pantalón largo que yo le había regalado para su cumpleaños un par de años atrás. Fue a buscar una bolsita de té del armario y luego puso a hervir agua.

—¿Has dormido bien? —pregunté.

—Sí, gracias. El colchón de la habitación de invitados es mejor de lo que recordaba. Aunque quizá es solo que estaba cansada.

—¿Has decidido qué vas a hacer hoy con London, después de la clase de plástica?

—No quiero hacer nada demasiado agitado. Todavía debe tomarse las cosas con calma. Podríamos ir al museo de la ciencia, pero primero quiero ver qué es lo que le apetece a ella.

—Yo voy a ir a la oficina —la informé—. Quiero avanzar lo máximo posible el trabajo para el cirujano plástico, sobre todo teniendo en cuenta que lo dejó todo para atender a London.

—Dale las gracias de mi parte. Lo hizo muy bien. Anoche lo comprobé.

La hervidora se puso a silbar y ella sirvió el agua caliente en la taza. Pareció como si dudara si debía sentarse o no conmigo en la mesa, hasta que al final tomó asiento.

—Te tengo que decir algo —anuncié—. Es a propósito de la clase de danza.

—¿Qué ocurre con la danza? —Vivian probó a tomar un sorbo de té hirviendo.

Le relaté todo lo ocurrido, tratando de ser lo más sucinto posible, sin omitir el hecho de que London no iba a poder participar en el espectáculo.

—Ajá —dijo Vivian—. ¿Y le dijiste que London estuvo en el hospital?

—Se lo dije y le dio lo mismo. Después London me dijo directamente que no quiere ir más. Tiene la impresión de que no le cae muy bien a la señora Hamshaw.

—Si no quiere ir, que no vaya. Solo es una clase de danza.

Vivian se encogió de hombros con parsimonia. Habló sin hacer la más mínima alusión a su anterior insistencia para que London no se perdiera ninguna clase. Aunque no merecía la pena sacarlo a colación, me quedé pensando si algún día sería capaz de entender cuáles eran las prioridades de Vivian, o si alguna vez la había comprendido a ella en general.

London bajó cuando aún estábamos en la cocina y se acercó a la mesa, adormilada todavía.

—Hola, mamá y papá —saludó, dándonos un abrazo a los dos.

—¿Qué quieres que te prepare de desayuno? —preguntó Vivian.

—Lucky Charms.

—Muy bien, cariño —contestó Vivian—. Ahora te los sirvo.

Plegué el periódico y me levanté, tratando de disimular el asombro que me había causado Vivian al aceptar sin reparos que London comiera aquellos cereales tan azucarados.

—Que tengáis un buen día —les deseé.

Pasé casi todo el día delante del ordenador, concretando al máximo los aspectos técnicos de la campaña publicitaria del cirujano plástico, para la que iba a quedar pendiente la inclusión de los vídeos de los pacientes en la página web. Transmití la información al técnico y también mandé e-mails para recordar a los pacientes las sesiones de rodaje que se iban a llevar a cabo el martes.

Eran casi las seis cuando por fin me despegué de la pantalla. Mandé un mensaje a Vivian preguntándole a qué hora se iba a acostar London porque quería leerle un cuento. Vivian me respondió de inmediato especificando la hora. Como me había saltado la comida, fui a comprar un bocadillo al colmado de enfrente y decidí llamar a Emily.

—¿Te pillo en mal momento? —pregunté, limpiando las migas del escritorio.

—No, no —respondió—. Bodhi está jugando en su habitación y yo solo estaba limpiando la cocina. ¿Cómo va el fin de semana?

—Hasta ahora, bien. He estado en la oficina todo el día y he trabajado muchísimo. Voy a ir a casa dentro de poco para leerle un cuento a London antes de que se acueste.

—Hoy la he visto cuando he dejado a Bodhi en la clase de plástica, y a Vivian también.

—¿Qué tal ha ido?

—No me he parado a charlar con ella —dijo.

—Bien hecho. Yo también buscaré la manera de escabullirme de Vivian después de leerle a London. Más vale no tentar la suerte. ¿Qué tienes previsto hacer esta noche?

—Nada. Acabar de limpiar la cocina, mirar la tele y quizá tomar una copa de vino después de que se acueste Bodhi.

La fantasía de hacer el amor con Emily volvió a aflorar de forma espontánea, igual que la noche anterior, pero la ahuyenté con firmeza.

—¿Te apetece que vaya a hacerte compañía, después de terminar con London? —pregunté—. Me quedaría una hora más o menos. Igual puedes enseñarme el cuadro en el que has estado trabajando.

Noté que dudaba, convencido de que iba a responder que no.

—Me encantaría —dijo en cambio.

Llegué a casa justo cuando London se disponía a acostarse y, como de costumbre, Vivian y yo nos distribuimos las mismas funciones de antes. Ella le leyó primero y después subí a leerle yo. London me estuvo contando lo que había hecho —además de la clase de plástica y el museo de la ciencia, habían ido al centro comercial— y, cuando apagué la luz, Vivian ya se había ido al cuarto de invitados y había cerrado la puerta.

Llamé a la puerta y la oí contestar desde el interior.

—¿Sí?

—Voy a salir un rato. Solo quería que lo supieras, por si se despierta London. Volveré hacia las once.

En el lapso de silencio que se produjo, casi pude oírla preguntar «¿Adónde vas?».

—De acuerdo —dijo al cabo de un instante—. Gracias por informarme.

ϒ

Emily había dejado una nota en la puerta, en la que me indicaba que me reuniera con ella en el porche de atrás.

Atravesé con sigilo la casa para no despertar a Bodhi. Con la sensación del adolescente que trata de pasar inadvertido para no que se percaten de su presencia sus padres, pensé que el niño que albergamos adentro no nos abandona nunca.

Emily iba descalza esa noche. Con vaqueros y blusa roja, tenía las largas piernas apoyadas en un banco bajo que rodeaba el porche. A su lado había colocado otra silla. En la mesa había una botella de vino abierta y una copa vacía; ella sostenía otra copa medio llena.

—Llegas en el momento perfecto —dijo—. Acabo de ir a mirar a Bodhi y está dormido como un tronco.

—London también.

—He empezado sin ti —señaló, levantando la copa—. Sírvete.

Me llené la copa y me senté a su lado.

—Gracias por invitarme a venir.

—Cuando un amigo dice que tiene que escabullirse, la puerta de mi casa está abierta de par en par. ¿Cómo siguen las cosas?

Reflexioné un momento antes de responder.

—No hemos discutido, pero tampoco nos hemos visto casi. Es extraño. Siento como si hubiera un ambiente opresivo, cargado, en casa.

—Las emociones contienen una gran carga —destacó—. Y todavía es pronto para vosotros. ¿Cómo estaba London cuando le has leído el cuento?

—Bien. Ha pasado un buen día.

—¿Crees que ya sabe lo que está pasando?

—Yo creo que sabe que hay algo diferente, pero nada más.

—Quizá sea mejor así por ahora. Ya es bastante duro vivir esta fase para tener que preocuparse además por los hijos.

—Sí, es cierto. ¿Sales mucho aquí fuera?

—Menos de lo que debería. A veces me olvido de lo bonito que es. Me encanta ver las estrellas entre las copas de los árboles y oír el canto de los grillos. —Sacudió la cabeza—. No sé... supongo que me quedo atrapada en la rutina. Por eso todavía no he dado aún el paso para poner en venta la casa. Me dejo llevar por la pereza.

—No creo que sea una cuestión de pereza, sino más bien de hábitos. —Tomé un sorbo de vino, dejando instalar entre ambos un cómodo silencio—. Creo que debo darte las gracias —añadí por fin.

—¿Por qué? —Emily se volvió, buscándome con la mirada a través de la oscuridad.

—Por dejarme venir. Por hablar conmigo por teléfono. Por los consejos que me das. Por aguantar mi confusión y mis lamentos. Por todo.

—Para eso están los amigos.

—Emily, nosotros somos viejos amigos —concedí—, pero hace mucho de eso y han pasado quince años en que no hemos tenido contacto. Pero en poco tiempo, te has convertido en una de mis mejores amigas... otra vez.

Advertí el reflejo de la luz de las estrellas en sus ojos.

—Una vez leí algo sobre la amistad que se me quedó grabado. Es algo así como que la amistad no depende del tiempo que haga que conoces a alguien. Es algo que viene cuando alguien entra en tu vida, te dice «Puedes contar conmigo» y después lo demuestra.

—Me gusta —aprobé.

—Russ, hablas como si creyeras que eres una carga para mí. Pues no lo eres. Aunque no lo creas, a mí me gusta hablar contigo y estoy contenta de que se haya reavivado nuestra amistad. Aparte de Grace y Marguerite, yo solo tengo a Bodhi. Y no sé... es muy reconfortante el tipo de comunicación que tenemos, sin necesidad de explicar quién somos ni de dónde venimos, porque toda esa información ya la conocemos.

—Soy como una especie de zapato viejo, ¿no?

—Un zapato preferido... puede —contestó, riendo—. Ese que siempre ajusta bien y que uno nunca logra sustituir por otro igual de cómodo.

Entonces sentí que de ella emanaba un sincero afecto, ese tipo de confortante calidez que, según advertí, me había estado faltando durante todos aquellos años de incertidumbre con Vivian.

—Yo también siento lo mismo, Emily. —La miré a la cara—. Lo digo de veras.

Guardó silencio un momento, haciendo girar la copa de vino entre las manos.

—¿Te acuerdas de la noche en que nos quedamos bloqueados en la noria, la noche de los fuegos artificiales?

—Sí, me acuerdo —confirmé.

—Yo pensaba que me ibas a pedir en matrimonio esa noche —confesó con voz queda—. Como no fue así, me llevé una gran decepción.

—Lo siento —dije, con toda sinceridad.

—No hace falta. Es una bobada. —Espantó con un gesto mis disculpas—. Lo que quería decir es que yo te habría respondido que sí y quizá nos habríamos casado, pero eso también habría representado que yo no tendría a Bodhi ni tú a London. ¿Y en qué punto estaríamos ahora? Quizá habríamos acabado divorciándonos, o nos detestaríamos.

—Yo creo que podríamos haber sido un buen matrimonio.

—Puede —admitió con una sonrisa algo melancólica—. No hay modo de saberlo. A los dos nos ha vapuleado lo suficiente la vida como para comprender lo imprevisible que puede ser.

—¿Sabes? Continuamente dices cosas que me sorprenden y me hacen pensar.

—Eso es porque yo estudié una especialidad de letras y no comercial.

Me eché a reír con un sentimiento de gratitud enorme por que ella hubiera vuelto a mi vida justo cuando más la necesitaba.

Era ya más de medianoche cuando por fin regresé a casa.

—Anoche volviste tarde —comentó Vivian cuando coincidimos en la cocina a la mañana siguiente—. Me pareció que dijiste que estarías en casa hacia las once.

Pese a haberme acostado a una hora tardía, me había levantado temprano y estaba listo para emprender las actividades del día cuando ella bajó.

—Se me pasó el tiempo sin darme cuenta —respondí. Se notaba que sentía curiosidad por saber adónde había ido y qué había hecho, pero no era asunto suyo. Ya no—. ¿A qué hora piensas marcharte? —pregunté, cambiando de tema—. Ten en cuenta que te vas en coche.

—A las seis o seis y media. Aun no lo sé seguro.

—¿Quieres que cenemos en familia antes de irte?

—Iba a llevar a London a cenar fuera.

—Bueno —dije—. Entonces estaré aquí a las seis.

Pareció como si esperara que yo especificara algo sobre los planes que tenía para pasar el día, pero me limité a seguir tomando café y a leer el periódico. Cuando se dio cuenta de que no iba a añadir nada, se fue arriba, sin duda con intención de ducharse y prepararse para salir con London.

21

A pleno rendimiento

Emily y yo salimos seis veces antes de acostarnos juntos. La primera salida después de la boda fue la excursión que ella había propuesto; también fuimos a un concierto y a comer y a cenar varias veces. Para entonces, yo ya estaba enamorándome de ella, pero no estaba seguro de si ella sentía lo mismo por mí.

Esa mañana la recogí temprano y nos fuimos en coche a Wrightsville Beach. Comimos en un pequeño restaurante junto al mar antes de ir paseando hasta el borde del agua. Recogimos conchas en mi gorra de béisbol mientras caminábamos hasta el malecón. Todavía recuerdo cómo le levantó la brisa unas relucientes hebras de cabello cuando se inclinó para coger una concha especialmente bonita.

Ambos sabíamos lo que iba a pasar. Yo había reservado una habitación en un hotel, pero en lugar de irse poniendo nerviosa según avanzaba el día, parecía como si se instalara en un estado de apacible languidez. A última hora de la tarde, cuando fuimos a la habitación, estuvo un rato duchándose mientras yo permanecía tumbado en la cama, cambiando los canales de televisión. Luego salió envuelta solo en una toalla para buscar una muda de ropa.

—¿Qué estás viendo?

«A ti», podría haber respondido.

—Nada en particular —dije en cambio—. Esperaba a que acabaras en el baño para poder ducharme también.

—Enseguida termino —prometió.

Se me ocurrió pensar que Emily me producía una sensación de comodidad como no había sentido con ninguna de las mujeres que había conocido hasta entonces, porque ella siempre parecía estar muy a gusto conmigo. Dejé transcurrir unos minutos antes de levantarme de la cama. Para entonces, ya se había vestido y se estaba maquillando un poco.

—¿Qué haces? —preguntó.

—Solo te observaba. —Me crucé con su mirada en el espejo.

—¿Por qué?

—Porque me resulta sexy verte maquillándote.

Se volvió y frunció los labios. Nos dimos un beso y de nuevo, se dio media vuelta.

—¿A qué ha venido eso?

—Después de que me haya pintado los labios no podrás besarme durante un buen rato. A no ser que quieras ir con carmín en los labios tú también.

Seguí mirándola un minuto más antes de volver a la cama. Me dejé caer, regocijado por el beso y la perspectiva de la noche.

Comimos en un restaurante frente al océano y prolongamos la cena hasta mucho después de la puesta del sol. Al salir, oímos música y orientándonos por el sonido, llegamos a un bar donde había un grupo que tocaba en vivo. Bailamos hasta que cerraron y, cansados y relajados, volvimos al hotel pasada la medianoche.

La corriente circulaba entre ambos, chisporroteando casi, cuando abrí la puerta y entramos en la habitación. Las camareras habían doblado el rebozo y puesto una luz difusa. Rodeé a Emily con los brazos y la atraje hacia mí, sintiendo el cálido contacto de su cuerpo.

Entonces la besé y mientras se unían nuestras lenguas, empecé a explorar poco a poco con las manos el contorno de su cuerpo. Ella emitió un grito ahogado y mientras se intensificaba la pasión, acaricié su pecho a través de la fina tela del vestido. Ella puso en acción los dedos para empezar a desabotonarme la camisa.

Seguimos besándonos mientras liberaba, uno a uno, los botones. Yo le levanté el vestido y ella alzó los brazos para ayudarme. Lo saqué por encima de su cabeza justo cuando mi camisa cayó al suelo, dejando libre el roce con su piel ardiente. Las bragas fueron la siguiente prenda de la que nos deshicimos y pronto nos encontramos desnudos en la cama, moviéndonos al unísono, absortos en nuestros sentimientos y en los misterios del otro.

El acontecimiento se produjo por fin el miércoles, y debo reconocer que yo me quedé igual de sorprendido que la recepcionista, pero ya llegaré a ese punto. Antes empezaré por el principio.

El domingo, Marge y Liz no estaban en casa de mis padres y cuando llamé a su casa, me dio la impresión de que Marge estaba fatal. Tenía de todo: fiebre, dolores y tos. Cuando mi madre se enteró, decidió en el acto preparar una sopa de pollo, que me encomendó entregar a Marge. Tenía peor aspecto de lo que parecía por teléfono, si cabe. Decía, bromeando, que hasta Liz no se acercaba demasiado, puesto que no cabía duda de que había pillado la peste.

Asumiendo el riesgo, la abracé de todos modos antes de irme a casa.

Vivian se fue hacia las seis y media, después de traer a London. La despedida fue igual de cordial que el resto del fin de semana. No me hizo preguntas sobre cómo había pasado el día y yo tampoco le pregunté nada. Simplemente nos deseamos que nos fuera bien cuando se dirigió a la puerta. Después de acostar a London, llamé a Emily para preguntarle si le importaría recoger a mi hija en la escuela el martes, puesto que iba a estar de rodaje todo el día. Ella me aseguró que no había ningún inconveniente.

El martes, la nueva página web de Taglieri cobró vida y empezaron a difundirse los dos primeros anuncios. Yo mismo colgué los anuncios en la página web, así como en YouTube. Trabajé desde casa para poder mirarlos mientras se pasaban por televisión, estremecido casi. Mientras tanto, estuve barajando posibles textos para los *e-mails* directos y las vallas publicitarias para el cirujano plástico. El martes filmé a sus pacientes en una sesión que se alargó muchísimo, tal como había previsto, y después fui a recoger a London a casa de Emily. Al final acabamos quedándonos a cenar, para regocijo de London.

El miércoles, mientras iba a la oficina, recibí un mensaje de Taglieri en el que me pedía que lo llamara. El corazón me dio un vuelco. Tal vez porque durante el fin de semana no había tenido ninguna complicación con Vivian, me asaltó la aprensión de que fuera a darme malas noticias en relación con el divorcio.

Lo llamé justo después de aparcar, de pie delante de mi oficina, porque sentía la necesidad de estar de pie cuando hablara con él.

—Hola, Joey —lo saludé, procurando mantener un tono calmado—. He recibido tu mensaje. ¿Qué ocurre?

—Mi empresa —dijo—. Mi futura cuenta bancaria.

—¿Cómo dices?

—¿Sabes el nuevo número de teléfono, el que pusiste por todas partes en esos dos anuncios? Pues el teléfono no ha parado de sonar. Es una locura. A la gente le encanta ese anuncio con la niña. Lo encuentran divertidísimo. Y ahora podemos orientarlos hacia la página web para que busquen la información básica. Es increíble, mis empleados están agobiados de tanta demanda.

—Estás contento —observé, asombrado.

—Sí, señor, ya lo puedes decir. ¿Cuándo van a pasar ese anuncio del perro? Tienes que sacar unas cuantas ideas más, así que ya te puedes estrujar el cerebro.

—Por eso no hay problema —afirmé.

—Otra cosa, Russ.

—¿Sí?

—Gracias.

Colgué el teléfono y entré en la oficina, más ufano que de costumbre. Mientras saludaba de paso a la recepcionista, vi que levantaba la mano.

—Señor Green, ¿no quiere que le dé sus mensajes?

—¿Tengo mensajes?

—Dos, de hecho. Ambos son de gabinetes de abogados.

De nuevo pensé en Vivian y me pregunté si le habría pedido a su abogada que se pusiera directamente en contacto conmigo. En tal caso, no veía por qué no le había dado el número de mi móvil. Además, que yo supiera, Vivian ni siquiera conocía el número del fijo de mi oficina.

No era la abogada de Vivian quien había llamado. Una llamada provenía de un gabinete de Greenville, Carolina del Sur, especializado en acciones civiles conjuntas y el otro de un gabinete dedicado a las demandas por daños y perjuicios personales de Hickory. En ambos casos me pasaron de inmediato con los socios principales, que demostraron un interés especial en hablar conmigo.

—Me han gustado los anuncios que hace para Joey Taglieri y queríamos proponerle que viniera a hacernos una presentación de sus servicios.

Después de colgar, dejé escapar una exclamación de júbilo. Tenía que contárselo a alguien.

Cogí el teléfono con intención de llamar a Marge, pero en el último segundo decidí llamar a Emily.

En una nube.

Así es como me sentí durante el resto de la semana. Como si estuviera flotando lejos de las preocupaciones que me habían estado lastrando durante meses.

Aunque podía tratarse solo de algo temporal, porque todo lo que sube en algún momento tiene que bajar, resolví disfrutarlo al máximo, incluso cuando todavía no había captado como clientes a las dos nuevas empresas interesadas. Aunque sería magnífico firmar contratos con ellas, el viernes recibí tres llamadas más de abogados, con lo cual ascendían a cinco los clientes potenciales, que en todos los casos se habían puesto en contacto conmigo y no a la inversa. Iba a concertar presentaciones con todos ellos y en función de cuántas dieran un fruto positivo, posiblemente tendría que contratar a otra persona para poder cubrir toda la carga de trabajo.

La Agencia Fénix había despegado de forma oficial.

ϒ

—¿Y qué vas a hacer con todo ese dinero que vas a ganar? —me preguntó Marge durante la comida. Era el viernes por la tarde y había decidido trabajar solo media jornada para darme una recompensa—. Porque resulta que tienes una hermana a la que le apetecería un coche nuevo.

—Qué bien, ¿no?

—Siempre supe que lo conseguirías.

—Todavía no lo he conseguido —advertí—. Aún tengo que hacer las presentaciones.

—Eso se te da bien. Lo que no se te daba bien era hacer que sonara el teléfono.

Sonreí, todavía en las nubes.

—Estoy muy contento, y también aliviado.

—Me lo imagino.

—¿Y tú cómo estás?

—Un poco mejor —repuso con una mueca—. Ahora no toso mucho durante el día, pero por las noches aún estoy mal. Por fin convencí al idiota de mi médico para que me recetara antibióticos, pero comencé a tomarlos ayer. Dijo que igual no notaría ninguna mejoría hasta el lunes.

—¡Qué rollo!

—Para Liz también lo es. Como no paro de despertarla, ha empezado a dormir en el cuarto de invitados.

—¿Así que el caldo de mamá no dio resultado?

—No, pero estaba muy bueno. —Dejó a un lado su bocadillo—. ¿Qué tienes previsto para el fin de semana? Vivian no viene, ¿verdad?

—Vendrá el fin de semana próximo, para el cumpleaños de London. Me imagino que London querrá invitar a Bodhi, así que Emily probablemente aparecerá en la fiesta.

—Y yo —añadió, sonriente, Marge—. Estoy impaciente por verlo.

—No pasará nada. Últimamente se está comportando bien.

—Aaaah... veamos cuánto dura —dijo Marge con escepticismo—. Por cierto, ¿irás mañana a casa de mamá y papá? Liz y yo tenemos intención de pasarnos un rato, sobre todo porque no fuimos el otro fin de semana, cuando estaba con la peste, ya sabes.

—Menos mal que no has contagiado a Liz —señalé.

—Sí, sobre todo teniendo en cuenta que ahora tiene muchísimo trabajo. Una de las otras terapeutas de su grupo está de baja por maternidad desde finales de julio.

—Hablando de maternidad, ¿cuándo vais a ir tú y Liz a la consulta del especialista en fertilidad? ¿No dijiste que sería en noviembre?

—Sí, el veinte. El viernes antes del día de Acción de Gracias.

—¿Y qué haréis si ambas podéis tener hijos? ¿Os quedaríais embarazadas las dos?

—Yo tendría el hijo. Siempre he pensado que sería divertido estar embarazada.

—Ya me dirás si piensas lo mismo cuando estés de ocho meses. Cuando London nació, Vivian estaba harta del embarazo.

—Eso era Vivian y ella era más joven. Yo sé que esta será la única ocasión que se me presente y tengo toda la intención de disfrutarla a fondo.

—El hecho de tener un hijo te cambiará la vida. A mí me la cambió, desde luego.

—Estoy impaciente —declaró, casi con pesar.

Cuando recogí a London en la escuela, lo primero que me preguntó al llegar al coche fue si íbamos a volver a celebrar una velada especial.

—Como es viernes y mamá no está…

«¿Por qué no?»

—Me parece una idea estupenda.

—¿Qué podemos hacer? —planteó London, entusiasmada.

—A ver… Podríamos cenar en casa y salir. O podríamos ir al acuario de verdad.

—¡Al acuario! ¿Podemos ir, en serio?

—Claro. Estoy casi seguro de que está abierto hasta las ocho.

—¿Podemos preguntarle a Bodhi si quiere venir?

—¿Quieres traer a Bodhi a nuestra velada especial?

—Sí. Y yo puedo llevar las alas de mariposa, las que me compraste en el zoo. Así él llevaría sus alas también.

—¿Al acuario?

—Para los peces —aclaró.

Aunque no acababa de comprender la relación, pensé que si con eso se quedaba satisfecha, a mí me parecía bien.

—Puedo llamar, pero igual Bodhi está ocupado esta noche. Es un poco justo.

—Prueba. Y la señora Emily puede venir también.

Esperé hasta que llegamos a casa para llamar a Emily. Cuando le pregunté lo del acuario, me dijo que esperara un minuto y entonces llamó a Bodhi.

—¿Quieres ir al acuario esta tarde? ¡London va a ir!

—¡Sí! —oí gritar a Bodhi, antes de que Emily se volviera a poner.

—Ya lo has oído, supongo.

—Sí —confirmé.

—¿A qué hora tenías pensado ir?

—¿Qué te parece si te recojo dentro de una hora?

—¿Y si te recojo yo? —propuso después de un instante de vacilación—. ¿Te acuerdas de los DVD para los niños? Ya sé que no está lejos, pero es una hora de tráfico denso. ¿Te parece bien volver a conducir?

—Claro —acepté.

—Mándame la dirección, y nos vamos a preparar. Te veo dentro de un rato.

—Ah —dije—, London quiere que Bodhi lleve las alas que compró en el zoo.

—¿Por qué?

—No lo sé.

—Por mí de acuerdo —contestó, riendo—. Eso es mucho mejor que tenerlo paseando por ahí con un sable de luz.

Tal como estaba cogiendo por costumbre, London tardó un buen rato en arreglarse para la velada. Al final eligió una falda blanca con encaje, una blusa rosa de manga larga, zapatillas rosa y, por supuesto, las alas de mariposa.

Yo había optado por una indumentaria más deportiva, compuesta por pantalones y camisa oscuros y unos zapatos cómodos.

—Un conjunto muy llamativo —observé—. Muy adecuado para ver los peces, desde luego.

—Así cogeré algunas ideas para mi acuario —dijo.

Para su cumpleaños, recordé. Por lo menos me lo estaba poniendo fácil, aunque tuviera que acabar limpiándolo.

—¿Quieres llevar una película? Iremos en el coche de la señora Emily otra vez.

—*Buscando a Nemo* estaría bien.

—Sí, parece indicado.

Fue a buscar el estuche y me lo trajo. En ese momento recibí otro mensaje de Taglieri: «No paramos de recibir llamadas. ¡Eres un as!».

Qué semana más fantástica estaba teniendo al final. Lo que ignoraba era que las cosas iban a mejorar más todavía.

El acuario de Sea Life se encontraba en Concord, a unos veinticinco kilómetros de Charlotte, pero como había mucho tráfico, tardamos cuarenta minutos en llegar.

Tampoco nos importó que se alargara el viaje. Yo puse al corriente a Emily de mis recientes éxitos laborales, aludí a los plantes de Marge y Liz de fundar una familia y hablé de mis padres. Ella me puso al día de los últimos acontecimientos de su familia y de la evolución de los cuadros que iba a exponer. Una vez más, respetando un tácito acuerdo, omitimos mencionar a Vivian, David y nuestro pasado en común.

En el acuario, los niños fueron corriendo de una zona a otra, tal como habían hecho en el zoo. Emily y yo íbamos detrás, vigilándolos. Mientras los seguíamos, me percaté de las miradas que suscitaba Emily en los hombres. La mayoría estaban en familia y eran comedidos, de tal forma que no creo que Emily se diera siquiera cuenta, pero yo mismo constaté que estaba, como nunca, en sintonía con la manera en que reaccionaba la gente ante ella.

Lo que más les gustó a los niños del acuario fueron los tiburones, las tortugas marinas, los caballitos de mar y el pulpo. Una vez terminamos el recorrido, al salir al paseo marítimo oí música que salía de una puerta abierta que, según una placa, correspondía a una entrada de empleados.

La canción que sonaba se acabó y entonces un presentador de radio anunció el siguiente tema: *Two by Two,** de JD Eicher. Me quedé parado.

—¿Has oído, London? Hay una canción que se llama «De dos en dos», como tu libro preferido.

—¿Habla de animales?

—No lo sé —respondí. Mientras el presentador seguía hablando, me volví hacia Emily—. Esta noche tenía que participar, en principio, en la función de danza. Quería hacer de mariposa.

—Ahora mismo soy una mariposa —anunció London, haciendo ondear las alas con la brisa del atardecer.

—Bueno, ya que es nuestra velada especial, ¿quieres bailar conmigo?

—¡Sí!

Cuando empezó la canción al cabo de un instante, cogí a London de las manos. Entonces el sol estaba bajo en el horizonte y el crepúsculo teñía el mundo de color sepia. Descontando a Emily y Bodhi, teníamos el paseo marítimo para nosotros solos.

Encontré la letra extrañamente emocionante mientras bailaba con mi hija. Ella se balanceaba y saltaba, cogida de mis manos, revelando indicios de la joven en la que se iba a convertir y de la niña inocente que todavía era.

Tomé conciencia de que aquella era la primera vez que bailaba con mi

* «Two by two» significa «de dos en dos». *(N. de la T.)*

hija y también de que no era seguro que tal cosa se volviera a producir. No me imaginaba bailando con ella dentro de unos años, porque para entonces seguramente le daría vergüenza, así que viví con intensidad el momento, entregándome al baile, contento de que se me presentara otro instante extraordinario al final de aquella semana inolvidable.

—Ha sido la cosa más conmovedora que he visto nunca —me comentó Emily mientras nos dirigíamos al coche—. He sacado unas cuantas fotos con el móvil. Te las mandaré después.

—Ha sido muy especial —reconocí, todavía transportado por la melodía de la canción—. Me alegro de que Bodhi no haya querido relevarme.

—Ah, eso sí que no. Le he preguntado si quería bailar y me ha contestado que no. Después me ha dicho que ha encontrado un caracol y quería que lo cogiera.

—Los niños y las niñas son muy diferentes ¿eh?

—A ti te toca la dulzura, la música y la ternura, y a mí me toca el caracol. —Apuesto a que los niños están hambrientos —dije, riendo.

—Yo también.

—Ahora hay que ver si les dejamos elegir a ellos dónde comemos o decidimos nosotros.

—Te advierto que si no encontramos rápidamente algo, Bodhi podría empezar a ponerse gruñón, y a partir de ahí, no es nada agradable estar con él.

—Entonces... ¿Don Pollo?

—Exacto —aprobó.

Los niños quedaron encantados, ni que decir tiene.

London aún estaba excitada cuando por fin llegamos a casa, pero su nivel de energía empezó a bajar en picado cuando se puso el pijama. Llamé a Vivian y dejé que London conversara unos minutos con ella por FaceTime. Después, decidí leerle «De dos en dos». Cuando acabé, me acordé de que Emily había prometido enviarme las fotografías que había tomado mientras bailábamos. Saqué el teléfono y comprobando que ya las había mandado, las enseñé a London.

—¿A que hemos quedado bien?

London cogió el móvil y se quedó mirando las fotos.

—No se me ve la cara porque me la tapa el pelo.

—Eso es porque me estabas mirando los pies —dije—. No pasa nada. Yo también me miraba los pies.

Siguió observando las imágenes. Mientras tanto, me acordé de las fotos que había descolgado de las paredes y resolví imprimir una de aquellas y hacerla enmarcar.

London me devolvió el teléfono.

—¿Qué haremos mañana?

—Hay clase de plástica, y después iremos a ver a los abuelos. ¿Hay algo más que quieras hacer?

—No sé.

—Podrías ayudarme a limpiar la jaula de los hámsters.

—No, gracias. Es un poco asqueroso.

«Sí, y oloroso también», pensé para mí.

—Ya veremos qué te apetece hacer cuando te levantes mañana —dije, tapándola.

Le di un beso de buenas noches y volví abajo. Encendí el televisor, pero era como si las fotos que había hecho Emily me estuvieran llamando. Volví a sacar el móvil y las estuve repasando con una sonrisa en la cara, más agradecido que nunca de ser el padre de una niña tan maravillosa.

Emily me saludó con la mano cuando entré en el aula de plástica a la mañana siguiente. London fue corriendo a darle un abrazo y luego se fue en busca de Bodhi.

—Lo pasamos bien anoche —comentó—. Me parece que formamos un buen equipo cuando se trata de distraer a los niños.

—Desde luego —concedí, consciente de que yo también había apreciado la distracción—. Gracias por las fotos. Seguramente enmarcaré una o dos. Aunque sea solo con un iPhone, se te nota la vena de artista.

—Puede… aunque también será que te envié las mejores de las cien que saqué, más o menos —bromeó con una sonrisa maliciosa, antes de señalar la calle comercial con el pulgar—. ¿Quieres tomar un café mientras los niños están ocupados?

—No se me ocurre nada mejor que hacer —respondí con toda sinceridad, aguantándole la puerta.

—Es el cáncer —insistió mi madre—. Tiene el cáncer, estoy segura.

De pie en la cocina, mi madre exponía su preocupación habitual con especial énfasis. Apenas entramos por la puerta después de la clase de plástica, me llevó a un lado para hablarme en susurros.

—¿Se le ha vuelto a alterar la respiración?

—No —admitió—, pero anoche volví a soñar con el hospital. La diferencia es que esta vez no había ningún cerdo morado, y el médico era una mujer. Estaba hablando del cáncer.

—¿No se te ha ocurrido pensar que igual solo era un sueño?

—¿Tú tienes el mismo sueño dos veces?

—No tengo ni idea. En general, no recuerdo lo que sueño. De todas maneras, yo no le daría mayor importancia, si no has notado que a papá le pase nada.

Me miró con expresión triste.

—El cáncer no da muchos síntomas hasta que es demasiado tarde.

—¿O sea que según tú, porque se encuentra bien, podría estar enfermo?

—A ver, explícame por qué lo he soñado dos veces —reclamó, cruzándose de brazos.

—¿Quieres que vuelva a hablar con papá? —pregunté, suspirando.

—No —contestó—, pero quiero que te fijes bien en él y, si ves algo, necesitaré tu ayuda para hacerlo ir al médico.

—Ni siquiera sé en qué me tengo que fijar —alegué.

—Cuando lo veas, lo sabrás.

—¿Te ha abordado mamá para hablar de lo del cáncer? —me preguntó Marge, mientras se servía un vaso de té de la jarra de la mesa.

Acababa de reunirme con ella y Liz en el porche de atrás, después de mandar a London a ayudar a mamá en la cocina. Mi padre estaba como de costumbre en el garaje, levantando probablemente a pulso algún motor.

—Ah, sí —confirmé, alargando un vaso vacío para que me lo llenara—. Hacía unos meses que no sacaba el tema, así que era de prever, supongo. —Me pasé una mano por la cara—. Espero no volverme nunca así.

—¿Así cómo?

—Viviendo con temor continuamente.

—Motivos no le faltan —adujo Marge—. El cáncer se llevó a toda la rama de su familia. ¿Nunca te preocupa el asunto?

—Me parece que nunca he tenido tiempo para preocuparme por eso.

—Yo sí pienso en ello —confesó Marge—. No me preocupo, pero de vez en cuando me viene a la cabeza. De todos modos, me da la impresión de que si papá empezara a desarrollar un cáncer, las células sanas saldrían pitando, agarrarían por el cuello a las células malas y les harían vomitar toda la porquería.

El sol de la tarde iluminaba la cara de hilaridad de Marge, resaltando sus pómulos.

—Tienes muy buen aspecto, por cierto —elogié—. Has adelgazado.

—Gracias por darte cuenta de una vez —dijo, no sin orgullo—. Ayer no me dijiste nada.

—Ahora sí me he fijado. ¿Estás haciendo régimen?

—Claro. Me voy a ir de vacaciones, y eso quiere decir que voy a ir a la playa y toda chica que se precie debe lucir un buen palmito. Además, con tanto correr, empezabas a estar más guapo que yo, y no podía ser.

—¿Tú qué tal estás, Liz? —pregunté a su compañera—. Marge dice que estás agobiada de trabajo.

—Sí, he estado sustituyendo a otra terapeuta que está de baja. Últimamente no paro de fantasear con la escapada que vamos a hacer a Costa Rica. He probado incluso a hacer algunas recetas latinoamericanas, pero Marge no quiere comer nada de eso porque, según ella, tiene mucha fécula. Yo no paro de decirle que la gente de Costa Rica no está tan gorda como en Estados Unidos, pero no hay manera.

—Yo conozco mi cuerpo —replicó Marge—. También me ayudó el hecho de que, al estar enferma, no tenía prácticamente hambre. Y hablando de temas más interesantes: ¿has visto hoy a la dulce Emily en la clase de plástica?

Me dirigí a Liz, haciendo como si no la hubiera escuchado.

—¿Sabes lo que me gusta de ti?

—¿Qué?

—Que no tienes la necesidad de ponerte a hurgar en mi vida personal cada vez que hablamos.

—No hace falta que hurgue —señaló Marge—, porque por lo general, tú sueltas todo lo que piensas o sientes sin que te tengan que sonsacar.

Probablemente Marge tenía su parte de razón, pero solo parte.

—No solo la he visto hoy —me decidí a responder con un suspiro—, sino que además ayer fuimos al acuario con los niños. Somos amigos, nada más.

—Y seguramente ni siquiera te has dado cuenta de lo guapa que es.

Liz se echó a reír.

—Sea por lo que sea, me alegro por ti, Russ —dijo—. Se te ve mucho mejor últimamente.

—Estoy mucho mejor, desde luego —afirmé, sorprendiéndome a mí mismo.

Después de que Vivian hablara con London a través de FaceTime, le pedí que me volviera a llamar para hablar de la fiesta de cumpleaños. En aquella ocasión, adoptó un tono mucho más frío que el del fin de semana anterior.

—Ya me he ocupado de todos los preparativos —me informó—. He alquilado uno de esos castillos inflables para ponerlo en el jardín, he encargado un servicio de cátering y el pastel de cumpleaños de Barbie. También he enviado las invitaciones por e-mail.

—Ah, bueno… —dije, desconcertado por su sequedad—. ¿Me puedes decir a qué hora empezará la fiesta?

—A las dos.

Nada más. Parecía como si procurase hacerme sentir incómodo a propósito.

—De acuerdo —acabé por decir—. Supongo que les habrás enviado una invitación a mis padres y a Marge y Liz, pero lo confirmaré con ellos por si acaso. —Como no respondió, proseguí—: Y sigues con la intención de quedarte en el cuarto de invitados, ¿no?

—Sí, Russ. Me quedaré en el cuarto de invitados. Ya hablamos de eso.

—Era para asegurarme —aduje, antes de que cortara bruscamente la comunicación.

Exhalé despacio el aire contenido. A pesar de la tregua del fin de semana anterior, parecía que se habían vuelto a declarar las hostilidades.

22

El ojo del huracán

De niño, siempre me gustaron las tormentas.

Marge pensaba que estaba chalado, pero cuando se acercaba una tormenta sentía una especie de electricidad, una gran expectación parecida a la que experimentaba mi padre antes de una final de béisbol. Yo insistía en que apagáramos todas las luces y trasladaba los sillones cerca del gran ventanal del salón. A veces incluso ponía una bolsa de palomitas en el microondas, que luego Marge y yo comíamos juntos mientras contemplábamos el «espectáculo».

En la oscuridad, admirábamos fascinados los relámpagos que partían el cielo en dos o parpadeaban entre las nubes a la manera de luces estroboscópicas. Durante las mejores tormentas, los rayos caían tan cerca que podíamos sentir la electricidad estática, y entonces yo advertía cómo Marge se agarraba a los brazos del sillón. En cualquier caso, siempre contábamos cuántos segundos transcurrían entre un relámpago y el trueno posterior, calculando el avance de la tormenta a medida que se aproximaba el centro.

En el sur de Estados Unidos, las tormentas no suelen durar mucho. Por lo general, tardaban entre treinta y cuarenta minutos en pasar, y cuando se disipaba el último retumbar del trueno, nos levantábamos con desgana del sillón y encendíamos las luces para reanudar la actividad que habíamos interrumpido.

Los huracanes eran algo distinto, sin embargo. Mi precavido padre siempre cubría de tablas el ventanal, de modo que no podía contemplar en todo su esplendor el espectáculo. Yo quedaba igualmente fascinado con los apocalípticos vientos y la lluvia torrencial... y sobre todo con el momento en que se acercaba el ojo, ese momento irreal en que el viento paraba por completo y en ocasiones hasta era posible ver el cielo azul. La calma es solo transitoria, sin embargo, porque la otra mitad del huracán sigue al acecho y con ella llega a veces una destrucción incluso mayor.

¿Hay algo más análogo a la vida que esto? me pregunto. O más concretamente: ¿a mi vida en aquel terrible año? ¿Estuvo compuesto de una serie de violentas tormentas, que se desataban a breves intervalos? ¿O fue solo un enorme huracán, con un ojo que me hizo creer que había sobrevivido intacto, cuando, de hecho, lo peor estaba aún por llegar?

No lo sé.

Lo único que sé con certeza es que espero no volver a experimentar otro año como aquel mientras viva.

A London le encantó su fiesta de cumpleaños. El castillo inflable fue un éxito, aplaudió maravillada cuando vio el pastel y se divirtió muchísimo jugando con sus amigos, en especial con Bodhi. Emily lo trajo, pero no se quedó, alegando que tenía que reunirse con el dueño de la galería para concretar unos aspectos de la exposición que iban a inaugurar. El padre de otro de los niños se había comprometido ya a llevar a Bodhi a casa. Aunque se disculpó por no quedarse, creo que ambos teníamos ganas de evitar cualquier posible conflicto con Vivian.

Por la mañana, mientras Vivian llevaba a London a sus actividades con el coche que había traído de Atlanta, fui a la tienda de animales y le coloqué el acuario en su habitación; elegí varios peces de colores y adorné la pecera con un lazo. Cuando Vivian y London volvieron de la clase de plástica, pedí a esta que cerrara los ojos y la llevé hasta el umbral de su cuarto. Cuando los abrió, soltó un chillido y se abalanzó hacia el acuario.

—¿Puedo darles de comer?

—Por supuesto —acepté—. Seguro que tienen hambre. Antes te enseñaré cómo se les pone la comida, ¿vale?

Trasvasé una pequeña cantidad de comida a la tapa de plástico del bote y se la entregué. Ella lo vació en la pecera y contempló, fascinada, cómo los peces acudían a la superficie para devorar lo que les había tirado. Cuando volví la cabeza, vi a Vivian cruzada de brazos, con la mandíbula comprimida.

En la fiesta, no obstante, prodigó sonrisas a todo el mundo, inclusive a mí y a toda mi familia. Pidió a mi madre que le echara una mano para cortar el pastel y cuando London abrió una caja llena de accesorios de Barbie que le regalaron Marge y Liz, animó a London a que fuera a darles un abrazo, cosa que esta hizo de buena gana.

Marge se me acercó después para hablarme muy bajito.

—Se está comportando como si nada hubiera cambiado entre vosotros dos.

Después de meditar un poco la cuestión, ese comentario me causó aún más desasosiego que la actitud fría y distante que había tenido antes conmigo.

Después de la fiesta, se llevó a London al centro comercial. Como faltaba poco para Halloween, quería comprarle un disfraz. Yo aproveché ese tiempo para limpiar la casa, llenar las bolsas de basura con platos y vasos desechables y envolver una bandeja de restos para guardarlos en la nevera. Una vez concluida dicha labor, pensé que lo mejor sería desaparecer durante el resto de la tarde, de modo que me fui a la oficina.

Estuve trabajando unas horas, esencialmente en la presentación para los gabinetes de abogados que se habían puesto en contacto conmigo. Poco antes de la hora en que habitualmente se acostaba London, mandé un mensaje a Vivian, preguntándole si ya era hora de leerle el cuento, pero solo recibí una seca respuesta al cabo de un rato en la que me informaba de que ya estaba dormida.

Esa noche permanecí hasta tarde en la oficina, pese a lo cual me levanté temprano el domingo para ir a correr. Después de ducharme, estaba desayunando cuando oí a Vivian caminando arriba, en el cuarto de invitados. Aunque me demoré bastante en la cocina, por si quería hablar de lo bien que había ido la fiesta, no apareció.

Volví a la oficina para terminar las presentaciones, que eran básicamente muy parecidas entre sí, consciente de que la tregua con Vivian había concluido, pero ignorando por qué motivo. ¿Estaba celosa porque a London le había encantado el acuario, que yo había elegido sin consultarle a ella? Había que tener en cuenta, sin embargo, que Vivian ya había estado tensa conmigo durante casi toda la semana.

Una vez salí de la oficina, envié un mensaje a Vivian para preguntarle a qué hora tenía previsto irse. No me respondió hasta las cinco casi, anunciándome que se iba dentro de media hora, con lo que me obligó a ir a la carrera para llegar a casa a tiempo.

Cuando llegué, London acudió a toda prisa para precipitarse en mis brazos.

—¡Les he dado de comer a los peces, papá! ¡Tenían un hambre...! Y los he enseñado al *Señor* y la *Señora Sprinkles* para que los vieran también. Los he puesto justo al lado del vidrio.

—¿Ya les has puesto nombre?

—Sí. Como son tan bonitos, tenían que tener nombres bonitos. Ven, que te los enseñaré.

Me llevó arriba a su cuarto y fue señalando los distintos peces, al tiempo que recitaba los nombres: *Cenicienta, Jazmín, Ariel, Bella, Mulan* y *Dory*, «porque a mí me recuerdan a ellas».

Abajo, Vivian ya esperaba junto a la puerta. Se despidió de London con un beso y un abrazo y luego, antes de encaminarse a la puerta, se volvió apenas hacia mí para pronunciar un superficial «adiós», sin mirarme a la cara.

Debí haber dejado que se fuera, pero al cabo de unos segundos, salí también. Ella ya estaba abriendo la puerta de su coche.

—Vivian, un momento.

Se volvió con expresión pétrea.

—¿Estás bien?

—Sí, estoy bien, Russ —afirmó, aunque por su tono parecía lo contrario.

—Pareces enfadada.

—¿En serio me vienes a preguntar esto? —Vivian se quitó con un gesto brusco las gafas de sol—. Por supuesto que estoy enfadada. Y decepcionada también.

—¿Por qué? ¿Qué he hecho?

—¿De verdad quieres que hablemos de esto ahora? —replicó, con expresión de cólera.

—Solo quiero saber qué ocurre...

Cerró los ojos, como si quisiera calmarse y, cuando los abrió, fue como si me lanzara dardos.

—¿Por qué llevas a London por ahí cuando sales con tu novia?

La pregunta me tomó tan de improviso que tardé un segundo en comprender de qué hablaba.

—¿Te refieres a Emily?

—¡Por supuesto que me refiero a Emily!

—No es mi novia —balbucí—. London y Bodhi son amigos.

—¿O sea que los dos los lleváis al zoo y al acuario? Como en una especie de cita doble, ¿no? —espetó—. ¿Sabes la confusión que eso le causa a ella? ¿Por qué haces una cosa así?

—No era mi intención causarle confusión...

—¿Sabes qué hizo London ayer, cuando fuimos a clase de plástica? Se fue corriendo a darle un abrazo a Emily. ¡Delante de todo el mundo!

—London da abrazos a todo el mundo...

—¡La abrazó a ella! —gritó, con las mejillas encendidas—. ¡Te creía más inteligente! ¡Te creía más sensato! A mí no me has visto insistiendo en que London pase el tiempo con Walter y conmigo, ¿verdad? Yo ni siquiera le he hablado a London de Walter. ¡Ni siquiera sabe que existe! ¡Ni siquiera le he dicho que nos vamos a divorciar!

—Vivian...

—¡Para! —me cortó—. No quiero oír cómo tratas de justificar el que los cuatro vayáis pendoneando por la ciudad como si fuerais una familia. No has esperado mucho, ¿eh?

—Emily es solo una amiga —protesté.

—¿Pretendes convencerme, como si nada, de que ves a Emily solo porque London y Bodhi son amigos? —replicó con una mueca de desdén—. Dime una cosa: ¿también sales por ahí con los padres de otros amigos de London?

—No, pero...

—¿Y no piensas en ella? ¿No la llamas? ¿No recurres a ella en busca de apoyo?

No podía responder con una negativa y se debió de notar en la expresión de mi cara.

—Yo he hecho todo lo posible para mantener a London al margen de todo esto —prosiguió—, mientras que tú... Parece como si no hubieras pensado qué podía ser lo mejor para ella, o qué podría pensar o sentir. Solo piensas en ti y en lo que quieres tú... como siempre. No has cambiado nada, Russ.

Acto seguido, se subió al coche y cerró con un portazo. Se fue haciendo rugir el motor, mientras yo me quedaba allí petrificado, perdido en un mar de dudas.

Esa noche no pude dormir.

¿Tendría razón Vivian? ¿Había estado pensando solo en mí mismo? Volví a evocar todas las veces que había visto a Emily y rememoré todo el proceso que había desembocado en las salidas al zoológico y al acuario. También me planteé si en caso de que London tuviera otro amigo preferido, habría ido a visitar todos aquellos lugares con sus padres.

En el fondo, tenía que reconocer que la respuesta era no. A partir de ahí, también tuve que reconocer, con asombro, lo mucho que había estado mintiéndome a mí mismo.

Al cabo de unos días, acusé las repercusiones de la ira de Vivian en el despacho de Taglieri. Me había llamado porque tenía novedades en lo tocante a las negociaciones sobre el divorcio.

—Por fin pude hablar un rato por teléfono con la abogada de Vivian —dijo—. Estuvimos repasando, una por una, las cláusulas del acuerdo de conciliación. —Lanzó un suspiro—. No sé qué ocurre entre tú y Vivian, pero yo preveía un poco de toma y daca, como suele ocurrir en ese tipo de negociaciones. Lo que no me esperaba era que incrementara sus demandas.

—¿Quiere más? —Al oírlo, noté como si se me agarrotara el cuerpo.

—Sí.

—¿De qué?

—De todo. Más pensión y más dinero en la proporción de los bienes conjuntos.

—¿Cuánto concretamente?

Cuando me lo dijo, me quedé blanco como el papel.

—¿Y si no lo tengo?

—Bueno, para empezar... yo pondría la casa en venta.

Aunque ya temía la próxima jugada de Vivian, aquello me pareció puro vampirismo.

—También me ha encargado que te diga que Vivian vendrá el fin de semana de Halloween y que preferiría que no te quedaras en la casa esta vez.

—¿Por qué no me lo ha dicho ella misma?

—Porque Vivian ha decidido que a partir de ahora quiere que toda la comunicación se desarrolle a través de los abogados. No quiere hablar directamente contigo.

—¿Algo más? —pregunté, medio aturdido.

—También quiere llevar a London a Atlanta el fin de semana del 13 de noviembre.

—¿Y si me niego?

—Seguramente recurriría a los tribunales. Escúchame, Russ —me advirtió con seriedad Taglieri—. Con esto no vale la pena presentar batalla, porque no ganarías. A menos que sea inepta como madre, tiene derecho a ver a su hija.

—Tampoco era mi intención. Es solo que estoy... trastornado.

—¿Quieres hablar de lo que ha desencadenado esta escalada?

—No, gracias. —¿De qué iba a servir?—. ¿Qué dice de London?

—Por ahora, quiere verla cada dos fines de semana. Más adelante, sin embargo, insiste en reclamar la custodia exclusiva.

—Pues eso no lo voy a consentir.

—Esa es otra de las razones para poner la casa en venta. Aunque haya rebajado mis honorarios en tu caso, si vas a litigar con ella, te va a salir caro.

En lo tocante al trabajo, al menos, la situación iba mejorando. En las semanas posteriores a la fiesta de cumpleaños de London, capté como clientes a cuatro de los gabinetes de abogados de los cinco iniciales. Aunque eso representaba una repentina sobrecarga de trabajo tanto para mí como para el técnico y el equipo de filmación, la labor realizada con Taglieri me había servido de rodaje. Mientras Marge y Liz estaban en Costa Rica, lanzamos la campaña del cirujano plástico y el hombre quedó encantado con los resultados.

En cuanto a London y a mí, habíamos adoptado un ritmo regular. Le quitaron los puntos de la frente y cuando la radiografía confirmó que no tenía ningún hueso roto, también le quitaron la tablilla. Aún no podía ir a clase de piano, pero en la de plástica se desenvolvía bien. En nuestra siguiente velada especial, la llevé a un restaurante de lujo llamado Fahrenheit, en el que se podía disfrutar de una excelente panorámica de Charlotte, con menús escritos a mano… el tipo de sitio que le habría encantado a Vivian.

Antes de Halloween, vi poco a Emily.

Por suerte o por desgracia, los comentarios de Vivian habían surtido efecto en mí. Por más que intentara convencerme de que nuestra relación era platónica, sabía que era algo más que una amistad. No cabía duda de que me sentía atraído hacia ella y, por las noches, me ponía a mirar el teléfono, preguntándome si estaba perjudicando de alguna forma a London al querer ponerme en contacto con Emily.

No me malinterpreten. Seguía llamando a Emily casi cada noche, sin ganas ni capacidad para renunciar a aquellas reconfortantes conversaciones. Aun así, la voz de Vivian se dejaba oír en los recovecos de mi cerebro y, a veces, colgaba sintiéndome confuso y culpable. Era consciente de que no estaba listo para iniciar una relación de pareja, y al mismo tiempo, ¿no era eso lo que daba a entender llamando con tanta frecuencia? ¿Y qué quería a la larga de Emily? ¿Me conformaría con ser solo amigo suyo? ¿Me alegraría por ella si empezaba a salir con alguien? ¿O no me quedaría con resquemor pensando lo que habría podido ser o sucumbiría incluso a los celos?

En el fondo, conocía la respuesta. Aparte de Marge, consideraba a Emily como mi amiga más íntima… y pese a ello, no le había explicado lo que me había dicho Vivian. ¿Por qué no podía ser franco con ella y confiarle el conflicto que vivía? Tal vez sentía, en parte, que le había estado mintiendo todo el tiempo con respecto a mis intenciones. Quería algo más que una amistad, no en ese momento, pero sí en el futuro.

Por más egoísta que pueda parecer, no quería correr el riesgo de perderla mientras tanto, lo cual no hacía sino incrementar mis dudas sobre lo que debía hacer.

El día antes de Halloween, reservé habitación en un hotel.

Marge y Liz habían llegado de Costa Rica el jueves por la noche y no me parecía oportuno quedarme en su casa. Tampoco me apetecía ir a casa de mis padres, porque aunque a ellos no les habría importado, no quería que se enterasen de que mi relación con Vivian había empeorado aún más. A raíz de la cordial fachada que Vivian había ofrecido durante la fiesta de cumpleaños de London, mi madre me había llevado a un lado para tratar de convencerme de que Vivian todavía sentía algo por mí, y no deseaba volver a mantener esa clase de conversación.

Taglieri me comunicó mediante un mensaje que Vivian llegaría temprano el viernes por la noche, probablemente hacia las siete, con lo cual London y yo no podíamos celebrar nuestra velada especial. En lugar de ello, cenamos los dos en casa. Después se fue arriba a ver cómo estaban los hámsters y los peces mientras yo empezaba a limpiar la cocina.

Al cabo de veinte minutos, oí entrar a Vivian por la puerta.

—¡Hola! —saludó alegremente—. ¡Ya estoy aquí!

El pulso se me aceleró como si me hubieran sorprendido haciendo algo que no debía, solo por estar en mi propia casa. Vivian entretanto entró con gran desenvoltura, como si fuera ella la que aún vivía allí.

Luego se asomó a la cocina, buscando a London.

—Está en su cuarto —la informé—. Ha ido a ver a sus animalitos.

—Ah —dijo—. ¿Ha cenado?

«Creía que le habías dicho a tu abogada que no debíamos comunicarnos directamente, pero da igual, te seguiré la corriente.»

—Sí, ha cenado. Aún no se ha bañado. No sabía si ibas a llevarla al cine o…

—Aún no lo he decidido. Hablaré con ella. —Abrió una pausa—. ¿Estás bien?

—Sí —contesté, de nuevo desconcertado por su desenfado—. Estoy bien. ¿Vais a repartir caramelos?

—Será divertido. Elegí un disfraz fantástico para London. Es el de Bella de *La Bella y la Bestia*, pero muy brillante.

—Le gustará —convine—. Le ha puesto *Bella* a uno de los peces.

—Procura llegar a tiempo para verla.

—¿Quieres que venga?

Puso cara de asombro, pero en su expresión solo percibí incredulidad, sin trazas de rabia… como si yo solo fuera un negado, en lugar de un ser odioso.

—Por supuesto, Russ. Es tu hija y es Halloween. Y además, tienes que estar aquí para darles caramelos a los niños que vienen a casa. ¿De qué crees que va la celebración de mañana?

Como de costumbre, Vivian había conseguido tenerme en ascuas.

Como no había visto a Marge y a Liz desde el cumpleaños de London, pasé por casa de mis padres por la tarde, antes de que empezara la colecta de caramelos. Advertí de entrada que Marge había adelgazado aún más. Tenía un aspecto fantástico, pero casi estuve por decirle que no siguiera bajando de peso, porque si no, se le verían las facciones un poco angulosas. Liz también parecía haber perdido algunos kilos, aunque no tantos.

Marge y Liz me colmaron de abrazos en cuanto crucé la puerta.

—Vaya, qué aspecto traes de las vacaciones —elogié a Marge con un silbido.

—Sí, ya sé, fenomenal, ¿no? Peso lo mismo que cuando estaba en el instituto.

—A ti también se te ve muy bien, Liz. ¿Seguro que no os fuisteis de incógnito a un balneario especializado?

—Gracias, pero no —respondió—. Estuvimos disfrutando de actividades clásicas de toda la vida, como el senderismo y las visitas turísticas. Yo imité a Marge, limitando al máximo las raciones de arroz y frijoles.

—Me dais envidia. Yo he dejado de perder peso, aunque sigo corriendo.

—¿Qué tal van las cosas? —preguntó Marge—. Cuando hablé con mamá anoche me dijo que has conseguido varios clientes. Vamos fuera a charlar un rato.

—De acuerdo. Primero saludaré a mamá y a papá y ahora llego.

Después de quince minutos de charla con mis padres, durante la cual mi madre no sacó a colación el cáncer, gracias a Dios, me reuní con mi hermana y Liz en el patio y me puse a beber como ellas té frío.

Pasamos una hora hablando de su viaje, del canopy, del volcán Arenal y de las excursiones por la selva y en las proximidades de la costa, y yo las puse al corriente de lo que había ocurrido en mi mundo. Justo al final de esa parte de la conversación, mi madre asomó la cabeza y pidió a Liz si le importaba echarle una mano en la cocina.

—¿Así que te dijeron que teníais que comunicaros a través de los abogados y después se presentó en casa comportándose como si no hubiera pasado nada?

—Sí. No me pidas que te lo explique. Solo me conformo con lo bueno que me pueda pasar.

—Lo que todavía no entiendo es por qué Vivian se ha quedado con London tanto para su cumpleaños como para Halloween. Tú también deberías poder estar con London para las ocasiones festivas.

—Es solo porque los fines de semana han caído así.

Marge no pareció conforme con aquella explicación, pero por lo visto prefirió no insistir.

—¿Y qué sientes con lo de vender la casa?

—Es una sensación contradictoria. No necesitamos una casa tan grande. Para serte franco, tampoco la necesitábamos antes. Al mismo tiempo, hay muchos recuerdos en ese lugar. De todas formas, no tengo otra alternativa. Aunque mi negocio está empezando a funcionar por fin, no voy a tener suficiente dinero en el banco para pagar a Vivian cuando firmemos los papeles. —Callé un momento—. Me cuesta creer que han pasado casi dos meses desde que se fue de casa. En algunos aspectos, parece que fue ayer. En otros, es como si hiciera una eternidad.

—Me lo imagino —dijo Marge.

Volvió la cabeza y se tapó la boca para toser. Fue una tos profunda, de pecho.

—¿Aún estás enferma?

—No —respondió—. Esto solo son los restos de la bronquitis. Parece ser que los pulmones pueden tardar meses en curarse, aunque haya pasado la inflamación. En Costa Rica me sentí bastante bien, pero en estos momentos, necesito descansar de las vacaciones. Liz no paró de llevarme de un sitio a otro... Estoy agotada y tengo las rodillas hechas polvo de tantas excursiones.

—Eso de ir de excursión es un buen ejercicio, pero castiga las articulaciones —concedí.

—Ahora que hablamos del asunto, avísame cuando queráis ir tú y Emily de excursión con nosotras dos. Será como en los viejos tiempos.

—Ya te avisaré —prometí.

Marge inclinó la cabeza al escuchar mi respuesta.

—Ay, ay. Veo que hay nubarrones en el paraíso. ¿No me lo has explicado todo?

—No es eso —respondí—. Lo que pasa es que no sé hacia dónde va nuestra relación.

Marge se quedó escrutándome.

—¿Por qué no puedes conformarte con lo que tienes con ella ahora? A mí me parece que ha sido un puntal para ti durante estos dos meses.

—Sí lo ha sido.

—Entonces le debes estar agradecido por eso, y lo demás ya vendrá si tiene que venir.

—Vivian cree que eso de salir con Emily y los niños le crea confusión a London —le acabé confiando—. Y tiene razón.

Marge puso cara de escepticismo, pero al final plegó las manos encima de la mesa y se inclinó hacia mí.

—Entonces no llevéis a London y a Bodhi —dijo, con una mirada enfática—. ¿Por qué no pruebas a salir con ella?

—¿Cómo si saliéramos juntos?

—Sí —confirmó Marge.

—¿Y London?

—Liz y yo estaremos contentísimas de hacer de tías. Además, ¿no has dicho que London irá a Atlanta dentro de dos semanas? Aprovecha la ocasión, hermanito.

La noche de Halloween, Vivian estuvo inusitadamente simpática e incluso se empeñó en sacarnos con su teléfono una foto a London y a mí, que enseguida me envió al mío. Yo repartí caramelos a los niños del barrio. Acudieron tantos a casa, que me senté en la mecedora del porche de delante para no tener que estar levantándome todo el rato del sofá.

A la mañana siguiente, me encontré al levantarme un mensaje de Vivian en el que me anunciaba que se iba a marchar hacia las seis y me pedía si podría estar en casa entonces.

Cuando se dirigía a la puerta esa tarde, me atrajo y me dio un abrazo, y me susurró que lo estaba haciendo muy bien con London.

Las dos primeras semanas de noviembre se sucedieron una borrosa serie de jornadas de trabajo de dieciocho horas, presididas por las actividades de rutina. Hacía deporte, trabajaba, cuidaba de London —que reanudó las clases de piano— cocinaba, limpiaba y llamaba por la noche a Emily. Gracias a los nuevos clientes, estaba tan ocupado que no tuve ni tiempo para pasar a ver a mis padres el fin de semana siguiente, ni fui a visitar a Marge y a Liz siquiera una vez. De ese periodo me quedaron, con todo, grabadas ciertas cosas en la memoria.

La semana después de Halloween, hice venir a una agente inmobiliaria para poner la casa en venta. La estuvo recorriendo, haciendo un montón de preguntas; hacia el final, sugirió que redistribuyera los muebles para realzar el efecto de las habitaciones. Siguiendo sus consejos, los muebles acabaron volviendo, uno tras otro, al lugar donde los había colocado Vivian. Antes de irse, fue a buscar un mazo al coche y clavó un vistoso letrero rojo delante de la casa.

Al ver el letrero, noté cómo me bajaba la moral y, de forma instintiva, llamé a Emily. Como siempre, ella me levantó el ánimo y hasta me convenció de que la perspectiva de pasar página en mi vida, en una nueva casa, era algo deseable. Tal vez fuera porque en un momento dado me acordé de que Vivian se iba a llevar a London a pasar el fin de semana a Atlanta, pero lo cierto es que me puse a pensar en la sugerencia que me había hecho Marge. Antes de que lograra reunir el valor para pedirle a Emily si quería que saliéramos, ella se me adelantó.

—Russ, quería pedirte una cosa. ¿Querrías acompañarme a la inauguración de la exposición de la que te hablé, en la que van a exponer unos cuantos cuadros míos?

La noté algo nerviosa y casi me la pude imaginar alisándose el pelo detrás de la oreja, como hacía siempre que estaba ansiosa.

—Si no puedes, no pasa nada, pero como la inauguración cae el fin de semana en que London va a estar en Atlanta, había pensado…

—Me encantaría —la interrumpí—. Me alegra que me lo hayas pedido.

Poco antes del fin de semana de noviembre, ayudé a London a preparar la maleta para el viaje a Atlanta, cosa que llevó más tiempo del previsto. London estaba entusiasmada con la idea de visitar a Vivian en su nuevo apartamento e hizo y deshizo el equipaje cuatro o cinco veces. Durante varios días, estuvo pensando qué iba a llevar y al final puso varios conjuntos de ropa, además de unas Barbies, cuadernos para colorear, lápices y el libro del Arca de Noé. Vivian había mandado un mensaje diciendo que la recogería a las cinco, con lo que yo deduje que haría el viaje de ida y vuelta. Me había olvidado, claro está, del avión privado de Spannerman, pero me acordé en cuanto la limusina se detuvo delante de casa.

Llevé la bolsa de London hasta el coche y la entregué al conductor. Para entonces, London ya había subido al vehículo y estaba explorando el lujoso espacio interior.

Me dolió verla marcharse, aunque estuviera con su madre.

—La volveré a traer el domingo hacia las siete —me informó Vivian—. Y, desde luego, puedes llamar cuando quieras, para que se ponga al teléfono.

—Procuraré no ser una molestia.

—Tú eres su padre —declaró Vivian—. No eres una molestia. —Desvió la mirada antes de continuar—. Solo para que lo sepas, no va a conocer a Walter este fin de semana. Aún es demasiado pronto. No pienso imponérselo.

Asentí, sorprendido… y también aliviado.

—¿Tienes previsto algo en concreto? —pregunté, con ganas de postergar el momento de la partida.

—Hay muchas cosas que hacer allí. Creo que lo decidiré sobre la marcha. Ahora me tengo que ir. No quiero que se haga demasiado tarde para cuando lleguemos al apartamento.

Aquella vez no me dio ningún abrazo. Cuando se volvió, no obstante, reparó en el letrero de la inmobiliaria y se paró un instante. Después, apartándose el pelo hacia atrás con gesto resuelto, se acercó a la puerta del coche y el chófer la cerró tras ella.

Miré cómo se alejaba la limusina con un extraño sentimiento de desconsuelo. Pese a todo lo que había sucedido hasta ese momento, parecía como si siempre quedara algo más que fuera a recordarme que había perdido el futuro que me imaginaba que iba a tener.

No sé por qué me ponía nervioso la perspectiva de asistir a la inauguración en la galería de Emily. Tomaba café con ella prácticamente cada fin de semana, hablaba con ella por teléfono casi cada noche y había pasado una velada tomando vino en el patio de su casa. Habíamos compartido días enteros en visitas con los niños. Además, en el acto al que íbamos a asistir se exponían obras suyas y no mías, de modo que si alguien debía estar nervioso, lo más lógico es que fuera ella.

Aun así, el corazón me latía más deprisa de lo habitual y tenía la boca algo reseca cuando Emily acudió a abrir la puerta. Al verla enmarcada en el umbral se incrementó mi nerviosismo. No sabía muy bien qué aspecto se suponía que debían tener los artistas en la inauguración de sus exposiciones, pero ella había abandonado por completo el aire de apacible mamá al que me tenía acostumbrado. Ante mí tenía a una espléndida mujer con un vestido de noche negro ceñido y el pelo dispuesto en una reluciente cascada que le cubría los hombros. Advertí que llevaba solo el toque justo de maquillaje como para que pareciera que no llevaba nada.

—Llegas justo a tiempo —dijo, dándome un breve abrazo—. Qué elegante vas.

Había ido con la indumentaria a la que Vivian se refería con el nombre de «look Hollywood», compuesta por americana negra, pantalones negros y un suéter de cuello de pico negro.

—No sabía muy bien qué debía llevar —admití, sintiendo todavía la huella de su leve abrazo.

—Voy a asegurarme de que la niñera tiene todo lo que necesita. Después nos vamos, ¿vale?

La miré mientras subía las escaleras y la oí hablando con la niñera. En el rellano de arriba, dio un beso a Bodhi antes de volver.

—¿Nos vamos?

—En marcha —contesté, convencido de que era una de las mujeres más guapas que había visto nunca—, pero con una condición.

—¿Cuál?

—Que me tienes que poner al día en cuestiones de etiqueta de inauguración de exposiciones.

Se echó a reír con una despreocupada carcajada que aflojó el nudo de tensión que me bloqueaba el diafragma.

—Hablaremos del asunto durante el camino —resolvió, desplazándose hacia un armario para coger un chal de cachemira—. Ahora más vale que nos vayamos antes de que Bodhi se dé cuenta de que se ha olvidado de algo importantísimo y tengamos que esperar otros veinte minutos para poder irnos.

Le abrí la puerta y, mientras salía, admiré lo bien que le sentaba el vestido. Al bajar la mirada, me vino a la memoria el recuerdo de la noche en que me había ayudado con la pajarita y me ruboricé.

Salí con el coche a la calle y empecé a circular hacia el centro de la ciudad, donde estaba situada la galería.

—Y dime, ¿esta exposición tiene mucha importancia para ti? —pregunté—. Ya sé que has estado trabajando como una loca para tener a punto todos los cuadros.

—No es una exposición en el MoMA ni nada por el estilo, pero el dueño de la galería trabaja bien. Hace mucho que se dedica a esto, de manera que una vez al año, invita a sus mejores clientes a una exposición selectiva. Algunos de ellos son destacados coleccionistas de la zona. Normalmente hay seis o siete artistas, pero este año dijo que iba a presentar la obra de nueve personas, dos escultores, un especialista en cristal, otro que trabaja con cerámica y cinco pintores.

—Y tú eres una de ellos.

—Cada año estoy entre los pintores.

—¿A cuántos representa?

—Unos treinta, puede.

—¿Ves? Tú eres tan humilde que nunca me lo habrías dicho.

—Soy humilde porque mis cuadros no se venden por grandes sumas. Nada de lo que he hecho va a salir en subasta en Sotheby's o Christie's. Claro que, por otra parte, la mayoría de los artistas cuya obra se vende por una barbaridad de dólares están muertos.

—No parece justo.

—A mí no hace falta que me convenzas —replicó con sorna.

—¿Y qué papel representas tú en la inauguración?

—Bueno, es un poco como una fiesta de presentación, y yo soy una de las anfitrionas. Habrá vino y aperitivos, y yo me mantendré cerca de mis obras, por si uno de los invitados tiene preguntas o quiere hablar conmigo.

—¿Y si quieren comprar un cuadro?

—Entonces el interesado tendrá que hablar con el dueño de la galería. No es mi función hablar del precio de las obras. Aunque bromeara hablando de las millonadas que algunos pagan, no me gusta pensar en el arte como un valor de cambio monetario. La gente debería comprar una obra porque le gusta, porque le dice algo.

—¿O porque queda bien colgada de la pared?

—También —concedió, sonriendo.

—Tengo ganas de ver lo que has pintado. Siento no haber podido ir todavía a la galería…

—Russ, tú eres un padre que trabaja y se ocupa solo de su hija —respondió, dándome un tranquilizador apretón en el brazo—. Ya estoy más que satisfecha de que hayas aceptado acompañarme esta noche. Así tendré a alguien con quien hablar cuando nadie esté mirando mis cuadros. Es un poco desalentador tener que estar al lado de la propia obra y ver cómo la gente pasa de largo o desvía la mirada para que uno no intente trabar conversación con ellos.

—¿Te ha ocurrido eso alguna vez?

—Siempre —reconoció—. No todos los asistentes aprecian mi obra. El arte es algo subjetivo.

—A mí me gusta lo que haces. Bueno, lo que he visto colgado en tu casa.

—Eso es porque te caigo bien —señaló, riendo.

—En eso tienes toda la razón —confirmé, mirándola.

Cuando llegamos a la galería, ya no sentía ni rastro de nerviosismo. Como siempre, Emily me hacía sentir a gusto estando con ella, porque estaba claro que se sentía cómoda conmigo. Había olvidado lo liberador que era ese sentimiento de aceptación y, cuando nos detuvimos en la puerta, me puse a observarla, pensando en lo distinta que habría sido quizá mi vida de haberme casado con ella en lugar de con Vivian. Emily se percató y ladeó la cabeza.

—¿Qué estás pensando?

—Estaba pensando que estoy muy contento de que London y Bodhi sean amigos —respondí, tras un instante de duda.

Me miró con cara de escepticismo.

—No estoy muy segura de que estuvieras pensando en los niños justo en este momento.

—¿No?

—No —confirmó con una sonrisa de complicidad—. Estoy casi segura de que pensabas en mí.

—Debe de ser fantástico eso de leer los pensamientos de los demás.

—Pues sí —contestó—. Y ahora vas a presenciar mi próximo truco. Voy a entrar en la galería sin ni siquiera tocar la puerta.

—¿Cómo vas a hacer eso?

—¿No me vas a abrir la puerta? —dijo, con fingido aire de decepción—. Pensaba que eras un caballero.

Solté una carcajada y le abrí la puerta. El interior del edificio, bañado con una luz intensa, tenía el aspecto de un almacén industrial. Era un amplio espacio despejado, con varios grupos de tabiques que llegaban a media altura del techo, en los cuales estaban colgados los cuadros. Entre las obras de arte había congregadas unas veinte personas, la mayoría con copas de vino o de champán en la mano. Los camareros circulaban entre ellas con bandejas de aperitivos.

—Tú primero —la incité—. Esta noche tú eres la protagonista.

Emily examinó la sala y luego nos dirigimos hacia un señor de pelo gris y aire distinguido que resultó ser Claude Barnes, el propietario de la galería. Con él había dos parejas, que habían acudido de otras ciudades para la inauguración.

Cogí un par de copas de vino de la bandeja de un camarero y entregué una a Emily mientras nos poníamos a charlar. La vi señalar un espacio hacia la parte de atrás de la galería y una vez concluida la conversación, fuimos hacia allá.

Tardé unos minutos en examinar sus cuadros, pensando que no solo eran de una belleza arrebatadora, sino que tenían un aire de misterio. A diferencia de los que había en su casa, que eran abstractos, aquellos eran más realistas. Los colores prácticamente salían de la tela, complementados con sobrias pinceladas. Una de las pinturas me llamó en especial la atención.

—Son espectaculares —alabé, con toda sinceridad—. Te habrán costado muchísimo trabajo. ¿Cuál es el que te dio tantos quebraderos de cabeza?

—Ese —dijo, señalando el que más me había gustado.

Lo escruté de cerca y luego retrocedí unos pasos, para observarlo desde diversos ángulos.

—Es perfecto —dictaminé.

—Aún no creo que esté acabado —precisó, sacudiendo la cabeza—, pero gracias.

—Lo digo de veras —insistí—. Quiero comprarlo.

—Bueeeno... —dijo, dubitativa y halagada a la vez—. ¿Estás seguro? Ni siquiera sabes cuánto cuesta.

—Quiero comprarlo —repetí—. En serio.

Cuando vio que era sincero, se ruborizó.

—Uf. Me siento honrada, Russ. Veré si consigo que Claude te haga la rebaja de los «amigos y familiares».

Tomé un sorbo de vino.

—¿Y ahora qué hacemos?

—Esperar a ver si viene alguien. —Me guiñó un ojo—. Y si vienen, deja que hable yo, ¿eh? No quiero ser una Margaret Keane contemporánea.

—¿Quién?

—Margaret Keane fue una pintora cuyo marido se atribuyó la autoría de sus obras durante años. Hicieron una película que cuenta la historia de su vida, titulada *Ojos grandes*. Tendrías que verla.

—¿Por qué no la vemos juntos un día?

—Trato hecho.

A medida que la galería seguía llenándose, oí cómo Emily explicaba detalles de sus obras a los asistentes que mostraban interés en ellas. Mi función, si es que tenía alguna, era sacar fotografías con los móviles de cada cual. Parecía como si todo el mundo que se acercaba quisiera tener una foto con Emily. El motivo en principio era por ser la artista, pero al cabo de un rato me di cuenta de que ninguno de los otros tenía la misma cota de popularidad.

Mientras Emily charlaba con diversos invitados, me paseé entre las demás obras. Algunas esculturas me llamaron la atención, pero eran tan grandes y abstractas que no me imaginaba que pudieran quedar bien en casa de alguien. También me gustaron los cuadros de algunos pintores, aunque, en mi opinión, los de Emily eran mejores.

Emily y yo estuvimos picando casi sin parar entre las fluctuaciones de asistencia. El momento álgido fue alrededor de las ocho y después, empezó a disminuir el gentío. Pese a que la exposición debía terminar a las 9, Claude no cerró las puertas hasta las 9.45, momento en que se marchó el último invitado.

—Me parece que ha ido bien —dijo, acercándose—. Varios asistentes se han mostrado interesados en tus obras. No me extrañaría que lo vendieras todo en los próximos días.

—¿Seguro que todavía quieres comprar ese cuadro? —me preguntó Emily.

—Sí —corroboré, consciente de que era un lujo que apenas me podía permitir en ese momento.

De todas maneras, no me importaba. Claude torció un poco el gesto, sin duda porque preveía que le íbamos a pedir un descuento considerable, pero enseguida alegró la expresión.

—¿Hay otras obras que le interesen, de los otros artistas?

—No —respondí—. Solo esta.

—¿Podemos hablar de esto mañana, Claude? —preguntó Emily—. Se está haciendo tarde y estoy demasiado cansada para hablar de negocios.

—Desde luego —contestó—. Gracias por todo lo que has hecho esta noche, Emily —añadió—. Siempre eres fantástica en este tipo de ocasiones. Te ganas a la gente con tu personalidad.

De pie al lado de Emily, pensé que Claude tenía razón.

ϒ

—¿Qué te apetecería hacer ahora? —pregunté cuando íbamos hacia el coche—. Si estás cansada, te puedo llevar a casa.

—¿Estás de broma? —replicó—. Tengo una niñera y le he dicho que no iba a volver hasta las doce. Solo le he dicho a Claude que estaba cansada para poder salir de allí. En cuanto empieza a hablar, a veces no para. Yo lo quiero mucho, pero solo dispongo de una niñera de higos a brevas y pienso aprovecharlo.

—¿Te apetece ir a cenar? Podríamos encontrar algo abierto.

—Estoy llena —dijo—. ¿Qué te parece si vamos a tomar una copa?

—¿Tienes un sitio favorito?

—Russ, tengo un niño de cinco años y salgo poco. Aunque he oído que el Fahrenheit tiene una vista fantástica y braseros. Como la noche es fresca, sería perfecto sentarse al lado de un fuego.

—Precisamente llevé allí a London para nuestra velada especial.

—¿Ves? Se nota que tenemos afinidades.

Poco después nos encontrábamos en la terraza del Fahrenheit, calentándonos delante de una relumbrante hoguera y contemplando la alfombra de luces de la ciudad bajo nuestros pies. Pedí dos copas de vino a una camarera.

Emily permanecía envuelta en su chal de cachemira, con los ojos cerrados y expresión serena. Estaba extraordinariamente bella con el rosado resplandor del fuego. Cuando se dio cuenta de que la observaba, sonrió con languidez.

—Recuerdo esa mirada —dijo—. Me mirabas así antes cuando... hace un millón de años.

—¿Sí?

—A veces me ponía carne de gallina.

—Pero ya no, ¿verdad?

Se encogió de hombros con un ademán evasivo que me indicaba lo contrario.

—Ya sé que te dije que estaba contento de que hubieras entrado en mi vida...

Cuando paré, ella levantó la vista para mirarme.

—¿Pero?

Decidí decir la verdad.

—No sé si estoy preparado para iniciar una relación.

Se mantuvo en silencio un largo momento.

—De acuerdo —murmuró al final, con un leve tono de pesar.

—Lo siento.

—¿Por qué lo sientes?

—Porque te he estado llamando demasiado, dándote quizá a entender que estaba preparado cuando no es así. Todavía no estoy equilibrado en el plano emocional. Aún pienso demasiado en Vivian. No es que quiera que vuelva, porque me he dado cuenta de que ya no lo deseo, pero ella sigue ahí delante, ocupando el centro, de una manera que no es sana. Tú has sido muy generosa, escuchándome cuando estoy deprimido, ofreciéndome siempre tu apoyo, y sobre todo, haciéndome reír…

Cuando callé, noté que me escrutaba con la mirada.

—¿Me he quejado alguna vez de que llamaras demasiado? ¿O de que tus confidencias supusieran una carga?

Negué con la cabeza, sintiendo como si en mi caótico cerebro tratara de abrirse paso una revelación, como una burbuja de aire a través del agua.

—No —reconocí.

—Estás describiendo una situación en la que tú no me has ofrecido nada a cambio, y no es así. —Las tonalidades rojizas de su pelo oscuro relucieron con la luz del fuego cuando se lo apartó de la cara. Inclinándose hacia mí, prosiguió—: A mí me gusta que me cuentes lo que te pasa, tanto si estás de buen humor como si no. Me gusta saber que puedo hablar contigo de cualquier cosa, previendo que tú lo entenderás porque compartimos un pasado en común. Me gusta sentir que me conoces tal como soy, con defectos y todo.

—Tú no tienes defectos —disentí—. En todo caso, yo no te veo ninguno.

—¿Estás de broma? —contestó con un bufido de incredulidad—. Nadie es perfecto, Russ. Me gustaría creer que he aprendido algunas lecciones con los años y quizá soy más paciente que antes, pero disto mucho de ser perfecta.

La camarera nos trajo el vino y en el lapso de silencio que se creó pareció como si nuestros pensamientos tomaran derroteros más serios. Emily bebió un poco y cuando se volvió hacia mí, creí advertir un asomo de vulnerabilidad en su cara.

—Perdona —dije—. Ya sé que seguramente te estoy aguando la velada.

—En absoluto —contestó—. Para mí significa mucho que seas honesto conmigo, Russ. Creo que eso es lo que más me gusta de ti. No te da miedo expresar las cosas… que estás sufriendo, que temes fracasar, que no estás preparado para iniciar una relación. No tienes ni idea de lo mucho que les cuesta a algunas personas decir este tipo de cosas. David nunca fue capaz. Nunca sabía lo que de verdad sentía. La mitad del tiempo, yo diría que ni él mismo lo sabía. Contigo es diferente. Tú eres una persona abierta. Siempre admiré ese rasgo de ti, y no has cambiado. —Hizo una pausa, como si dudara si debía proseguir—. A mí me gustas mucho, Russ. Eres una persona benéfica para mí.

—Ahí está el problema, Emily. A mí no solo me gustas... Creo que estoy enamorado de ti.

—¿Lo crees? —preguntó, como si la hubieran electrizado mis palabras.

—No —rectifiqué con creciente aplomo—. Estoy enamorado de ti. Suena extraño decir eso cuando sé que no estoy a punto para ir más allá, pero eso es lo que siento. —Me quedé mirando el fuego un momento, armándome de valor—. No soy la clase de hombre al que deberías querer. Tú puedes encontrar a alguien mucho mejor que yo. Quizá con el tiempo...

Decir aquello me resultó más doloroso de lo que había previsto, de modo que paré, con un nudo en la garganta.

Emily me observó en silencio. Después alargó el brazo y puso la mano abierta en mi pierna, indicándome que la cogiera. Cuando la tuve entre la mía y sus dedos se entrelazaron con los míos, sentí que me transmitía un caudal de afecto y de aliento.

—¿Se te ha ocurrido pensar que yo también podría estar enamorada de ti?

—No tienes por qué decir eso.

—No solo lo digo, Russ. Yo sé lo que es querer a alguien. Puede que siempre te haya querido... Dios sabe que en un tiempo te quise con todo mi corazón. No creo que esa clase de sentimiento se disipe... siempre deja una marca. —Me miró a los ojos y prosiguió con suavidad—. No tengo ningún inconveniente en esperar hasta que estés listo, porque me gusta lo que tenemos ahora. Me gusta que te hayas convertido en uno de mis amigos más íntimos. Además, sé lo mucho que te importo. ¿Te acuerdas de aquello que te dije sobre la amistad? Es algo que viene cuando alguien entra en tu vida, te dice «Puedes contar conmigo» y después lo demuestra.

Asentí mudamente.

—Aunque no te lo creas, eso es lo que tú has hecho por mí. Tampoco sé si yo estoy lista para emprender una relación de pareja ahora mismo. Lo que sí sé es que quiero que estés presente en mi vida y que si tuviera que perderte... otra vez... se me partiría el corazón.

—¿Y adónde vamos a parar entonces?

—¿Y si nos quedamos sentados aquí al lado del fuego los dos y disfrutamos de esta noche? Podemos ser amigos esta noche y mañana y durante todo el tiempo que quieras. Y luego sigues llamándome y seguimos hablando y tomando café mientras los niños están en plástica. Como todo el mundo, iremos viendo las cosas día a día.

La observé, maravillado por su sabiduría y por la sencillez con que sabía presentarlo.

—Te quiero, Emily.

—Yo también te quiero, Russ. —Me dio un apretón en la mano—. Todo saldrá bien —dijo con seriedad—. Confía en mí.

Más tarde, permanecí un rato despierto en la cama. Nos habíamos quedado una hora más junto al fuego, dejando asentar las implicaciones de todo lo que habíamos dicho. Cuando la dejé en casa, estaba ansioso por besarla, pero temía estropear el equilibrio al que habíamos llegado.

Emily captó mis dudas y simplemente se inclinó para darme un abrazo. Nos quedamos un largo momento apoyados el uno contra el otro bajo la lámpara del porche, compartiendo una clase de intimidad que me pareció más real y profunda que cualquier otro intercambio que hubiéramos podido tener.

—Llámame mañana ¿eh? —susurró, soltándome, para luego acariciarme con ternura la cara.

—De acuerdo.

Después, giró sobre sí y se fue adentro.

Las dos últimas semanas de noviembre fueron de las más felices que recordaba. Mi cumpleaños transcurrió sin incidentes; ni Vivian ni yo lo mencionamos cuando llamó a London, y hasta que no hubieron terminado de hablar no me acordé siquiera. En el trabajo, estaba resultando muy productivo en los proyectos para mis nuevos clientes. London volvió de Atlanta el domingo por la noche y, aunque dijo que lo había pasado bien, se volvió a instalar en su vida de todos los días sin protestar. Hablaba con Emily todos los días, y llegué a un trato con Claude para comprar su cuadro, que a continuación colgué en el salón. El fin de semana siguiente vi a Marge y a Liz y a mis padres, precisamente el día después de la visita que tenían concertada con el especialista en fertilidad. Mientras estábamos todos sentados en el comedor, anunciaron sus planes a mis padres.

—¡Ya era hora! —exclamó mi madre, levantándose para darles un abrazo a las dos.

—Seréis unas buenas madres —añadió mi padre, con la misma sequedad de siempre.

Luego las abrazó, sin embargo. Puesto que los abrazos de mi padre eran tan poco frecuentes como los eclipses de sol, no me cabe duda de que ambas quedaron muy conmovidas.

A través de Taglieri, me enteré de que Vivian quería tener a London en Atlanta el fin de semana de Acción de Gracias. En realidad deseaba quedarse con ella desde el jueves por la noche hasta el domingo. Aunque no me gustó nada, la distribución de los fines de semana parecía favorecerla en lo de las fiestas. Vivian llegó el jueves para recoger a London en la limusina y llevársela de nuevo hasta el avión privado. Mientras se alejaban, pensé que, sin mi hija, la casa estaría muy silenciosa durante los próximos cuatro días.

La casa estuvo efectivamente silenciosa ese fin de semana, porque no hubo nadie, ni siquiera yo.

Ese fue el fin de semana en que mi mundo empezó a tambalearse de nuevo.

Esa vez, no obstante, fue incluso peor.

¿Cómo ocurrió?

Como siempre suele pasar: sin avisar.

Claro que, mirándolo con perspectiva, había habido señales de advertencia.

Era el sábado por la mañana, 28 de noviembre, dos días después de Acción de Gracias. La noche anterior había salido con Emily a cenar y después habíamos ido a la zona de espectáculos humorísticos de Charlotte. Una vez más, estuve tentado de besarla al final de la velada, pero me conformé con otro largo y glorioso abrazo, que confirmó mi deseo de mantenerla en mi vida durante mucho, mucho tiempo. Los sentimientos que ella me inspiraba estaban desplazando de mi pensamiento a Vivian a un ritmo que no había previsto y que, según esperaba, se iba a acelerar. Encaraba el futuro con un optimismo como no lo había sentido desde hacía meses, incluso años.

La llamada se produjo a primera hora del sábado. Aún no eran las seis de la mañana cuando empezó a sonar el teléfono de casa, con un sonido de mal agüero. El móvil estaba en modo avión y nadie habría llamado a esa hora a menos que hubiera ocurrido alguna desgracia. Incluso antes de responder, sabía que era mi madre la que llamaba, para decirme que mi padre estaba en el hospital, que había sufrido un ataque cardiaco o algo peor. Sabía que estaría fuera de sí, probablemente hecha un mar de lágrimas.

No era mi madre, sin embargo.

Era Liz la que llamaba.

A Marge la habían ingresado en el hospital, me dijo.

Había estado tosiendo y escupiendo sangre durante una hora.

23

No

Cuando Marge tenía once años, sufrió con mi madre un accidente de coche.

Por aquel entonces, mi madre todavía conducía uno de esos enormes carricoches con paneles de madera. Debido a que pertenecían a otra generación, mis padres no estaban acostumbrados a llevar cinturones de seguridad y en la familia casi nunca los usábamos.

A Marge le gustaban aún menos los cinturones de seguridad que a mí. Mientras que yo simplemente me olvidaba de ponerme el mío cuando subía al coche —cosa comprensible a mi corta edad—, Marge optaba expresamente por no abrocharse, porque así disponía de mayor libertad de movimientos para darme golpes y pellizcos cuando le apetecía, cosa que, por cierto, sucedía a menudo.

Yo no iba en el coche ese día y, aunque no sé hasta qué punto mis recuerdos son fidedignos, parece ser que el accidente no fue por culpa de mi madre. No iba a una velocidad excesiva, el tráfico era fluido y pasaba por un cruce con el semáforo en verde. En ese momento, un adolescente —que probablemente estaba distraído regulando la radio o comiendo patatas fritas del McDonald's— se saltó el semáforo en rojo y chocó contra la parte de atrás del coche.

Aunque mi madre tuvo alguna contusión, fue Marge la que nos tuvo preocupados a todos. El impacto del choque la había precipitado contra la ventana lateral, rompiendo el cristal. Pese a que no perdió el conocimiento, llegó al hospital sangrando, llena de magulladuras y con una clavícula rota.

Cuando entré en la habitación del hospital con mi padre, me asusté al ver a mi hermana. A mis seis años no sabía gran cosa de la muerte, ni tampoco de los hospitales.

Mi padre se quedó al lado de la cama, con cara inexpresiva, pero yo percibí que tenía miedo, y eso me espantó aún más. Al ver mi expresión compungida, frunció el entrecejo.

—Ven a ver a tu hermana, Russ.

—No quiero —recuerdo que dije.

—Me da igual si quieres o no —contestó—. Te he dicho que vengas aquí y vas a hacer lo que te digo —declaró con un tono que no admitía réplica.

Marge tenía la cara terriblemente hinchada, con oscuras magulladuras y múltiples suturas, como si la hubieran recosido. No parecía mi hermana; no parecía siquiera una persona. Parecía un monstruo de una película de terror y solo de verla se me saltaron las lágrimas.

Aún hoy en día, me arrepiento de haberme echado a llorar. Creyendo que lloraba por Marge, mi padre me apoyó una mano en el hombro para confortarme, a raíz de lo cual arreció mi crisis de llanto.

No lloraba por Marge, sin embargo. Lloraba por mí mismo, porque tenía miedo, y con el tiempo, acabé despreciándome por mi reacción.

Algunas personas son valientes.

Ese día descubrí que yo no era una de ellas.

Los médicos no sabían qué le ocurría a Marge. Las enfermeras le tomaron muestras de sangre y le sacaron radiografías del pecho. Luego le hicieron un escáner. Tres médicos distintos acudieron a examinarla. Vi cómo le insertaban una aguja en los pulmones para extraer tejido que analizar.

Durante todo ese tiempo, Marge fue la única que no parecía preocupada. Ello se debía en parte a que desde que había llegado al hospital, se le había calmado la tos. Bromeaba con los médicos y las enfermeras mientras Liz y mis padres observaban con cara de aflicción. Una vez más, pensé en la habilidad que tenía para disimular su miedo, incluso ante las personas que la querían. Mientras tanto, en otra parte del hospital, estaban realizando los análisis. Oí que el médico murmuraba palabras como «patología», «radiología», «biopsia», «oncología».

Liz estaba francamente preocupada, pero aún no había sucumbido al pánico. Mis padres estaban petrificados y a duras penas mantenían la entereza. Yo estaba perturbado, porque Marge no presentaba buen aspecto. Tenía la piel pálida y cenicienta, lo cual no hacía más que acentuar su reciente delgadez. Me puse a repasar los detalles que había observado y lo que ella me había ido comentando a lo largo de los meses anteriores: la tos que no acababa de curarse, el dolor en las piernas, lo cansada que había vuelto de las vacaciones…

Mis padres y yo, Liz y los médicos, todos pensábamos en lo mismo.

«El cáncer.»

No podía ser cáncer. Marge no podía estar tan enferma. Era mi hermana y solo tenía cuarenta años. Poco más de una semana antes había ido a consultar a un especialista porque deseaba tener un hijo. Quería quedarse embarazada. Tenía toda la vida por delante.

Marge no podía estar enferma. Ella no tenía «el cáncer».

No.

«No, no, no, no, no...»

Me alegré de que Vivian se hubiera llevado a London a Atlanta, porque no sé qué habría hecho con ella todo el día. Pasé horas entrando y saliendo de la habitación de Marge en el hospital. Cuando no podía soportarlo más, iba hasta el aparcamiento o a la cafetería. Llamé a Emily y le confié lo que pasaba. Aunque le pedí que no viniera, acudió de todas formas.

Marge y Emily tuvieron un breve pero afectuoso reencuentro poco antes del mediodía, y después, en el pasillo, mientras yo temblaba de miedo, Emily me tuvo abrazado unos instantes. Me dijo que quería verme más tarde, si estaba de humor, y me hizo prometer que la llamaría.

Finalmente, llamé a Vivian. Cuando le expliqué lo que ocurría, dio un grito estrangulado y enseguida se ofreció a volver de inmediato en avión con London. Le contesté que probablemente London estaba mejor con ella, por lo menos durante el fin de semana y ella lo comprendió.

—Ay, Russ —exclamó en voz baja, abandonando por un momento su resuelta forma de hablar—. Lo siento mucho.

—No lo sientas todavía —dije—. Aún no sabemos nada seguro.

Me mentía a mí mismo y ambos lo sabíamos. Vivian conocía perfectamente la historia de la rama familiar de mi madre. Cuando volví a hablar, noté que me fallaba la voz.

—No le digas nada a London todavía, hazme el favor, ¿de acuerdo?

—Desde luego. ¿Puedo hacer algo? ¿Qué necesitas?

—Nada por ahora —respondí—. Gracias. —Me costaba pronunciar las palabras, precisar los pensamientos—. Ya te diré.

—Manténme informada, ¿eh?

—De acuerdo —asentí, con intención de cumplir mi promesa.

Al fin y al cabo, todavía estábamos casados.

Por la tarde, mientras mis padres y Liz estaban en la cafetería, me quedé con Marge. Me preguntó por mi trabajo y, ante su insistencia, describí las campañas publicitarias que estaba preparando para mis clientes. Creo que se acordó de aquel lejano día en que estuvo en el hospital, después del accidente de coche, y se dio cuenta de lo asustado que estaba. Como sabía que yo era capaz de hablar del trabajo con el piloto automático, siguió haciéndome preguntas, para distraerme.

Tal como tenía por costumbre hacer últimamente, me preguntó por Emily, y al final le confesé que me había enamorado de ella pero que no estaba aún listo para anunciárselo a nuestros padres. Entonces esbozó una sonrisa.

—Demasiado tarde. Mamá y papá ya lo saben.

—¿Cómo? Pero si yo no les he dicho nada.

—No hacía falta —dijo—. Cuando llamaste a Emily el día de Acción de Gracias, se notaba a la legua lo que sentías por ella. Mamá puso cara de extrañada y ¿sabes lo que me dijo papá? «¿Ya? Si ni siquiera está divorciado aún...»

Pese a la situación, me eché a reír. El comentario era muy propio de mi padre.

—No me había dado cuenta de que fuera tan evidente.

—Ya, ya —dijo—. Ojalá no hubieras esperado hasta hoy para traerla. Estoy horrible. Tendría que haber venido justo después del regreso de Costa Rica, cuando aún estaba bronceada.

Asentí, asombrado de la normalidad con que conversaba Marge.

—Un fallo —concedí.

—También me gustaría conocer a Bodhi, después de haber oído hablar tanto de él.

—Seguro que tendrás ocasión.

Se puso a retorcer la sábana del hospital, formando tupidos pliegues que luego soltaba.

—He estado pensando en nombres de bebés —confió—. Me compré uno de esos libros de nombres. En el trabajo, cuando me aburro, me pongo a mirarlo. Incluso empecé a subrayar algunos.

¿Nombres de bebés? ¿Hablaba de nombres de bebés? Con una fuerte presión en las sienes, me esforcé por pronunciar las palabras sin que se me quebrara la voz.

—¿Tienes algunos preferidos?

—Si es un niño, me gustan Josiah, Elliot y Carter. Si es una niña, me decantaría por Meredith o Alexis. Claro que Liz también tendrá sus preferencias, pero aún no he hablado con ella del asunto. Aún es muy pronto, así que tenemos tiempo de sobras para decidirlo.

«Tiempo de sobras.»

Marge debió de percibir también algo extraño en sus palabras, porque primero dirigió la vista hacia el reloj y después hacia la puerta de la habitación, que estaba abierta. Las enfermeras pasaban presurosas por delante, atendiendo sus quehaceres como si aquel día no fuera distinto de los demás.

—A ver cuando me dejan salir por fin —dijo—. No sé por qué tardan tanto. Llevo horas aquí. ¿Acaso no saben que tengo cosas que hacer?

Al ver que no respondía, Marge dejó escapar un suspiro.

—Sabes que me voy a poner bien, ¿verdad? Bueno, no es que no me acuerde de lo que ha pasado esta mañana, pero no me siento tan mal. En realidad, me encuentro mucho mejor que antes de irnos a Costa Rica. Seguramente pillé algún parásito allá. Las condiciones de higiene en esas cocinas no son precisamente ideales.

—Vamos a ver qué dicen los médicos —murmuré.

—Si los ves, diles que se den prisa. No querría desperdiciar todo el fin de semana aquí.

—Descuida.

Marge siguió enroscando y desenroscando la sábana.

—London vuelve mañana, ¿no?

—Sí. No sé concretamente a qué hora. Hacia el final de la tarde, supongo.

—¿Por qué no la traes a cenar con Liz y conmigo esta semana? Últimamente has estado tan ocupado que no hemos tenido tiempo para charlar tranquilamente.

Viendo cómo retorcía la sábana, noté que se me volvía a formar un nudo en la garganta.

—Claro, cenaremos juntos. Pero nada de comida costarricense, ¿eh? No sea que haya algún parásito...

—Sí —contestó, mirándome a los ojos—. Si quieres que te diga, más vale que no pilles nunca este que tengo metido en el cuerpo.

El día discurría lento.

Media tarde. Última hora de la tarde.

Vivian mandó un mensaje, preguntando si había novedades. Le contesté que aún estábamos esperando.

Emily también mandó un mensaje, para preguntar cómo estaba.

«Aterrorizado», respondí.

A medida que declinaba el día, el cielo se fue nublando. La habitación de Marge quedó bañada por una luz gris, mientras en el televisor pasaban una serie, aunque sin sonido. La máquina que controlaba sus constantes vitales emitía pitidos con regularidad. Un médico al que no habíamos visto acudió a la habitación. Pese a su porte calmado, en su expresión sombría adiviné lo que nos iba a decir. Se presentó como el doctor Kadam Patel, oncólogo. Por encima de su hombro, vi a una niña en silla de ruedas que pasaba, empujada por alguien, por el pasillo. En los brazos llevaba un peluche, un cerdo de color morado.

«Igual que el del sueño de mi madre.»

En cuanto el médico empezó a hablar, desconecté. Aun así, capté fragmentos de su explicación.

—Adenocarcinoma... más común en las mujeres que en los hombres... más frecuente en personas jóvenes... no microcítico... de desarrollo más lento que otros tipos de cáncer de pulmón, pero por desgracia, está avanzado y el escáner indica que hay metástasis en otras partes del cuerpo... los dos pulmones, nódulos linfáticos, huesos y el cerebro... efusión pericárdica maligna... fase IV... incurable.

«Incurable.»

Mi madre fue la primera que dejó escapar un grito, el hondo lamento de la madre que sabe que su hijo va a morir. Liz estalló en sollozos al cabo de un momento y mi padre la tomó entre sus brazos. Aunque no dijo nada, le temblaba el labio y apretaba los párpados, como si tratara de parapetarse frente a la realidad.

Marge permanecía inmóvil en la cama. Al verla, sentí como si me fuera a venir abajo, pero logré mantenerme erguido. Marge mantenía la mirada fija en el médico.

—¿Cuánto tiempo me queda? —preguntó con una voz en la que, por primera vez, percibí el miedo.

—Es imposible precisarlo —respondió el doctor Patel—. Aunque es incurable, se puede tratar. El tratamiento ha experimentado una mejora exponencial estos últimos diez años. No solo puede prolongar la vida, sino aliviar algunos de los síntomas.

—¿Cuánto tiempo? —insistió Marge—. Sin tratamiento.

—Si lo hubiéramos detectado antes —tanteó el doctor Patel—, antes de que se hubiera producido la metástasis...

—Pero no ha sido así —lo atajó Marge.

—No hay forma de preverlo con exactitud —reiteró el doctor Patel—. De todas formas, usted es joven y goza de un buen estado físico, lo cual puede incrementar las expectativas de vida.

—Ya sé que es un tipo de pregunta que prefiere no responder. También soy consciente de que cada paciente es distinto y que eso representa que no puede saberlo con seguridad. Lo que le pido es una aproximación, aunque sea subjetiva —reclamó con tono firme—. ¿Cree que me queda un año?

El médico guardó silencio, con expresión pesarosa.

—¿Seis meses? —presionó Marge.

El médico volvió a guardar silencio.

—¿Tres?

—Ahora mismo, creo que lo mejor será que hablemos de las alternativas de tratamiento —declaró el doctor Patel—. Es urgente que empecemos lo antes posible.

—Yo no quiero hablar de tratamiento —replicó Marge, con una rabia perceptible en la voz—. Si usted cree que me quedan pocos meses, si me está diciendo que es incurable, ¿qué sentido tiene?

Liz, que se había serenado un poco, se acercó a la cama y cogió la mano de Marge. Luego se la llevó a la boca y la besó.

—Por favor, cariño —susurró—. Quiero oír lo que el médico nos puede explicar sobre las alternativas de tratamiento. Ya sé que estás asustada, pero yo necesito saberlo. ¿Puedes escucharlo? Hazlo por mí.

Por primera vez, Marge volvió la cabeza, rehuyendo la mirada del médico. Su lágrima le había dejado un surco en la mejilla que relució con la luz.

—De acuerdo —musitó.

Y en ese momento, empezó a llorar.

Quimioterapia sistémica.

El médico pasó cuarenta minutos explicándonos con mucha paciencia la clase de tratamiento que recomendaba y el porqué. Debido a lo avanzado del cáncer, que se había extendido por todo el cuerpo de Marge hasta alcanzar el cerebro, no se podía recurrir a la cirugía. La radiación se podía contemplar, pero también a causa de la propagación del cáncer, los beneficios no superaban los inconvenientes. Normalmente, a los pacientes se les dejaba más tiempo para sopesar los pros y los contras de la quimioterapia —incluidos los efectos secundarios, que nos expuso con todo detalle—, pero en ese caso el médico aconsejaba con contundencia que se iniciara sin demora.

Para ello, hubo que ponerle un catéter a Marge. Una vez se lo hubieron colocado, abandoné la habitación para ir con mis padres a la cafetería. Permanecimos sentados en silencio, procurando digerir el golpe. Pedí un café que no bebí, pensando que la quimioterapia es esencialmente un veneno que se administra con la esperanza de que mate las células cancerosas antes que las células sanas. Si recibe demasiado veneno, el paciente muere; si recibe demasiado poco, el tratamiento no sirve de nada.

Mi hermana ya sabía todo eso. Mis padres y yo también. Habíamos crecido en contacto con el cáncer. Todos nosotros estábamos al corriente de sus fases, del índice de supervivencia, de las posibilidades de remisión, de los catéteres y de los efectos secundarios.

El cáncer, al fin y al cabo, no se propagaba tan solo a través de los cuerpos humanos. A veces se propagaba a través de las familias, como la mía.

Más tarde, volví a la habitación donde, instalado en una silla, observé cómo empezaban a administrarle el veneno, que se dispersaba por su cuerpo con su carga de muerte.

Salí del hospital cuando ya había oscurecido y acompañé a mis padres hasta su coche. Me dio la impresión de que caminaban arrastrando los pies y, por primera vez, me parecieron viejos. Estaban rendidos, destrozados. Yo lo percibía muy bien, porque también me sentía igual.

Liz nos había pedido quedarse a solas con Marge. En cuanto formuló la demanda, me asaltó la culpabilidad. Absorto en mi propia aflicción, no se me había ocurrido pensar que las dos necesitaban estar un tiempo juntas, sin espectadores.

Después de mirar cómo mis padres se alejaban del párking, me dirigí despacio a mi coche. Sabía que no podía quedarme en el hospital, pero no quería ir a casa. No quería ir a ninguna parte. Lo que quería era poder remontar el tiempo, volver al día anterior. Veinticuatro horas antes, había estado cenando con Emily y luego había pasado una velada presidida por las carcajadas.

Los espectáculos humorísticos que vimos en la Comedy Zone eran buenos, y aunque algún que otro chiste había sido un poco vulgar para mi gusto, uno de los humoristas estaba casado y tenía hijos, de modo que las historias cómicas que relataba me resultaron particularmente graciosas. En un momento dado, le di la mano a Emily y cuando noté que entrelazaba los dedos con los míos, sentí como si hubiera llegado a casa. «Esto es lo esencial de la vida —recuerdo que pensé—; amor, risas y amistad; momentos de alegría compartidos con las personas a las que uno quiere.»

Mientras conducía hacia mi casa, la noche anterior me parecía de lejanía inalcanzable, en una vida aparte. El eje de mi mundo se había desplazado y, al igual que mis padres, había envejecido en cuestión de horas. Me había quedado vacío. Forzando la vista con los ojos anegados de lágrimas, me pregunté si alcanzaría a reponerme algún día.

Emily mandó un mensaje para preguntar si seguía en el hospital y cuando le respondí que me había ido a casa, dijo que iba a venir.

Me encontró en el sofá, en una casa iluminada tan solo por una lámpara del salón. No me levanté cuando llamó a la puerta, de modo que entró sin esperar.

—Hola —llamó con voz queda.

Después cruzó la habitación y se sentó a mi lado.

—Hola —la saludé—. Perdona que no haya ido a abrir.

—No pasa nada —dijo—.¿Cómo está Marge? ¿Cómo estás tú?

No sabía qué responder. Me apreté el puente de la nariz porque no quería llorar más.

Ella me rodeó con el brazo y entonces apoyé la cabeza en su hombro. Me mantuvo abrazado, tal como había hecho antes, y así seguimos, sin necesidad de hablar.

A Marge le dieron el alta el domingo. Pese a que estaba débil y sufría náuseas, quería ir a casa y no había razón para que se quedara en el hospital.

La primera dosis de veneno había sido administrada ya.

Yo iba empujando la silla de ruedas y mis padres iban detrás. Liz caminaba al lado, abriéndonos paso entre los abarrotados pasillos. Ninguna persona con las que nos cruzamos detuvo la mirada en nosotros.

En el exterior hacía frío. Cuando iba de camino al hospital, Liz me había pedido si podía pasar por su casa para llevarle una chaqueta a Marge. Siguiendo sus indicaciones, encontré la llave debajo de una piedra situada a la derecha de la puerta principal.

Una vez dentro, busqué algo suave y caliente y finalmente me decidí por una cazadora larga de plumón.

Antes de salir, Liz ayudó a Marge a levantarse para ponerle la cazadora. Aunque se tambaleó e hizo muecas de dolor, mantuvo el equilibrio. Liz y mis padres salieron juntos al párking y luego se separaron para ir a buscar sus respectivos coches.

—Detesto los hospitales —me confió Marge—. La única vez en que he estado de buen humor en un hospital fue cuando nació London.

—Estoy de acuerdo contigo —dije.

Se arrebujó en la cazadora, subiéndosela hasta el cuello.

—Llévame fuera, por favor. Salgamos de aquí.

Una vez fuera del edificio, sentí el frío contacto del viento en las mejillas. Los escasos árboles del párking se habían quedado sin hojas y el cielo tenía una oscura tonalidad gris.

Cuando Marge volvió a hablar, lo hizo con voz tan queda que me costó oírla.

—Tengo miedo, Russ —susurró.

—Ya lo sé —dije—. Yo también.

—No es justo. Nunca he fumado, casi no he bebido y comía correctamente. Además, hacía ejercicio.

Por un momento, pareció como si volviera a ser una niña. Me agaché para situar la cabeza a la misma altura.

—Tienes razón. No es justo.

Me miró a los ojos y luego soltó una carcajada de resignación.

—Esto viene todo de mamá —dijo—, de ella y de los genes de la familia. No se lo pienso decir, claro. Tampoco le echo la culpa a ella, desde luego.

Yo había pensado lo mismo, pero no lo había expresado. Me constaba que a mi madre la atormentaban idénticos pensamientos y ese era uno de los motivos por los que apenas había hablado en el hospital. Alargué la mano para coger la de Marge.

—Me siento fatal —confesó—. Odio la quimioterapia. Esta mañana he vomitado cuatro veces y ahora no tengo fuerzas suficientes para ir al cuarto de baño por mi propio pie.

—Yo te ayudaré. Te lo prometo.

—No —contestó—, no lo harás.

—¿Pero qué dices? Claro que lo haré.

Nunca había visto tan triste a Marge, ella que se tomaba con pragmática despreocupación hasta las mayores desgracias...

—Ya sé que crees que deberías hacerlo. Ya sé que estás dispuesto a hacerlo. —Me aferró la mano—. Pero yo tengo a Liz, y tú tienes a London, tu negocio y a Emily.

—Lo que menos me importa ahora es el trabajo. Emily lo entenderá y London está en la escuela casi todo el tiempo.

Marge se mantuvo callada un momento. Cuando se decidió a hablar, fue como si reanudáramos una conversación que yo ignoraba que estuviéramos manteniendo.

—¿Sabes lo que más admiro de ti? —preguntó.

—No tengo ni idea.

—Admiro tu fuerza y tu valor.

—Yo no soy fuerte —disentí—, y tampoco soy valiente.

—Sí lo eres —insistió—. Cuando pienso en todo lo que has pasado durante este año, me cuesta entender cómo has podido superarlo. He visto cómo te convertías en el padre que siempre supe que podías ser. Te vi completamente desmoralizado cuando te dejó Vivian, y luego vi cómo te volvías a poner en pie. Y eso que al mismo tiempo tuviste que poner en marcha un negocio, con todo lo que eso comporta. No muchas personas habrían sabido hacer frente como tú a los percances que has sufrido durante los pasado seis meses. En todo caso, yo no habría sido capaz, de eso estoy segura.

—¿Por qué me dices esto? —pregunté, desconcertado.

—Porque no pienso permitirte que dejes de hacer lo que necesitas hacer, solo por mí. Me partiría el corazón interrumpir tu proceso.

—Yo voy a estar presente en tu enfermedad —afirmé—. No me vas a convencer de lo contrario.

—No te pido que me abandones. Te pido que sigas viviendo tu vida. Te pido que vuelvas a ser fuerte y valiente, porque London no es la única persona que te va a necesitar. Liz te va a necesitar, y mamá y papá también. Tiene que haber alguien que se mantenga firme, y aunque no te lo creas, yo tengo el convencimiento de que tú siempre has sido el más fuerte de todos nosotros.

24

Diciembre

Cuando pienso en la adolescente que fue Marge, siempre destacan dos de sus aficiones: los patines y las películas de terror. A finales de los ochenta y principios de los noventa, los patines de ruedas perdieron terreno, pero Marge siguió fiel a sus viejos patines de toda la vida. Yo creo que tenía una debilidad por las pistas de disco roller de su infancia. Durante la adolescencia, se pasaba casi todos los fines de semana en patines, casi siempre con el walkman y los cascos puestos... incluso después de haberse sacado el carnet de conducir. Pocas cosas había que le gustaran más que patinar. La única era quizá las películas de terror.

Pese a que le gustaban las comedias románticas como a mí, su género favorito eran las películas de terror, que siempre iba a ver la semana de su estreno. Le tenía sin cuidado que los críticos y el público hubieran dejado por los suelos ciertos filmes. En tales casos, iba a verlos sola si no encontraba a ningún otro incondicional de las películas de miedo. Marge era una auténtica forofa que no hacía distingos de calidades y tanto iba a ver *Pesadilla en Elm Street* como *Candyman, el dominio de la mente* o *Amityville 4, la fuga del demonio.*

Cuando le preguntaba por qué le gustaban tanto esa clase de películas, ella respondía simplemente que a veces le gustaba tener miedo.

Yo no lo entendía, de la misma manera que no le encontraba la gracia a eso de ir a todas partes con unas ruedas bajo los pies. ¿Para qué iba a querer alguien sentir miedo? ¿No había ya en la vida real suficientes cosas capaces de quitarnos el sueño?

Ahora, sin embargo, me parece comprenderlo.

A Marge le gustaban esas películas precisamente porque no eran reales. El espanto que sentía en el transcurso de la proyección era cuantificable, tenía un principio y un final. Luego salía del cine habiendo tenido un desgaste emocional, pero aliviada porque el mundo seguía funcionando bien.

Al mismo tiempo, había tenido ocasión de afrontar, aunque solo fuera de manera transitoria, una de las emociones consustanciales a la vida, la raíz de nuestro instinto universal que nos incita a presentar batalla o a emprender la huida. Yo creo que, al obligarse a quedarse quieta a pesar del miedo, Marge sentía que iba a salir fortalecida y mejor armada para enfrentarse a los terrores reales que pudiera encontrar en la vida.

Viéndolo de manera retrospectiva, ahora pienso que quizá a Marge no le faltaba razón.

Vivian regresó con London el domingo por la tarde. Antes de irse, me dio un abrazo más prolongado de lo previsto. Aunque a través de él capté su preocupación, curiosamente su cuerpo ya no me resultaba familiar.

London lo había pasado bien en Atlanta, pero aquella vez comentó que había echado de menos a los peces y al *Señor* y la *Señora Sprinkles*. En cuanto llegó a casa, subimos a su cuarto, donde me contó que la noche de Acción de Gracias había cenado en una mansión. Deduje que Vivian había presentado nuestra hija a Spannerman como reacción al abrazo que London había dado a Emily en la academia de plástica, del que había sido testigo. Según su manera de ver, yo había violado antes el tabú, con lo cual ella tenía derecho a hacer lo mismo.

Supongo que debió haberme importado más, pero en ese momento no lo sentí casi. Estaba agotado y, de todas maneras, sabía que London iba a conocer a Spannerman tarde o temprano. ¿Qué más daba que fuera ese fin de semana o el siguiente en que se trasladara a Atlanta?

¿Qué más daba todo en realidad?

Mientras London estaba entretenida con los peces, decidí limpiar la jaula de los hámsters, trabajo que había omitido hacer durante su ausencia. Para entonces, ya estaba acostumbrado y terminaba muy deprisa. Llevé la basura al cubo exterior, me lavé y volví arriba, donde London tenía al *Señor Sprinkles* entre las manos.

—¿Tienes hambre, cariño? —pregunté.

—No —respondió—. He comido con mamá en el avión.

—Ah.

Me senté en la cama, mirándola, pero pensando más que nada en Marge. Mi hermana quería que siguiera llevando mi vida habitual, comportándome como si nada hubiera cambiado. Todo había cambiado, sin embargo, y yo me sentía vacío, desinflado como un odre exprimido, sin una gota de vitalidad. Dudaba si sería capaz de hacer lo que me pedía Marge y tampoco estaba seguro de si lo deseaba siquiera.

—¿Sabes una cosa? —dijo London, mirándome.

—¿Qué, cariño?

—Para Navidad, voy a hacer un jarrón para la tía Marge y la tía Liz, como el que le hice a mamá, pero ahora voy a pintar peces encima.

—Seguro que les encantará.

London me observó un momento, con una seriedad inhabitual en ella.

—¿Estás bien, papá?

—Sí —afirmé—. Estoy bien.

—Pareces triste.

«Lo estoy —pensé—. Tengo que esforzarme para no venirme abajo.»

—Es que te echaba de menos —argüí.

Se acercó sonriendo, con el hámster todavía en las manos.

—¿Quieres coger al *Señor Sprinkles*?

—Claro —acepté, mientras ella lo colocaba con cuidado en mi mano.

El animalillo era liviano y suave, pero noté el contacto de sus diminutas garras, con las que intentaba asirse. Moviendo los bigotes, empezó a olisquearme la mano.

—¿Sabes una cosa? —volvió a preguntar London. Yo le lancé una mirada interrogativa—. Ya sé leer.

—¿Sí?

—Leí todo el libro *De dos en dos* yo sola. Se lo leí a mamá.

Pensé que tal vez, más que leerlo, lo habría recitado de memoria. Al fin y al cabo, lo habíamos leído juntos unas cien veces. ¿Qué más daba, de todas maneras?

—Igual me lo puedes enseñar después.

—Vale —aceptó. Me rodeó con los brazos y me estrechó—. Te quiero, papá.

Percibiendo el aroma del champú infantil que todavía usaba, sentí de nuevo una opresión en el corazón.

—Yo también te quiero.

Me apretó con más fuerza antes de soltarme.

—¿Me devuelves al *Señor Sprinkles*?

Marge dejó el trabajo el lunes. Lo sé porque recibí un mensaje suyo en el que decía: «He decidido jubilarme».

Pasé por su casa después de dejar a London en la escuela. El trabajo podía esperar. Me daba igual lo que ella quisiera; lo que yo quería era verla. Cuando Liz acudió a abrir, me percaté de que había llorado no hacía mucho, porque tenía los ojos un poco rojos.

Encontré a Marge recostada en el sofá, con las piernas encogidas y envuelta en una manta. En el televisor daban *Pretty Woman*. Entre la avalancha de recuerdos que me evocó la película, de repente volví a ver a Marge como a una adolescente, por el tiempo en que tenía por delante toda una vida, una vida que no se medía en décadas, ni en meses.

—Hola —me saludó, apretando el botón de pausa—. ¿Qué haces aquí? ¿No deberías estar en el trabajo?

—Conozco al jefe —contesté—. Dice que no pasa nada si llego un poco tarde hoy.

—Muy listo.

—Es que tuve una maestra estupenda. —Marge se apartó y yo me dejé caer en el sofá a su lado.

—Reconócelo. Has recibido mi mensaje y has venido porque estás celoso de que yo me haya bajado por fin del ajetreado tren laboral. —Me dedicó una mirada de desafío—. Llegué a la conclusión de que ya era hora de vivir un poco.

Me estrujé el cerebro en vano para darle una réplica aguda y durante el lapso de silencio que se creó, Marge me hurgó las costillas con los pies.

—Anímate —dijo—. En esta casa no se admite el abatimiento. —Tendió la mirada por encima de mi hombro—. ¿Estaba bien Liz? —acabó por preguntarme en voz baja.

—Supongo —respondí—. No hemos hablado.

—Deberías hablar con ella —me recomendó—. En realidad es una gran persona.

—¿Ya has acabado? —le dije con una desganada sonrisa—. ¿Cómo te encuentras, eh?

—Mucho mejor que ayer —respondió—. Y ahora que me acuerdo... ¿puedo llevar a patinar a London este fin de semana?

—¿Quieres llevar a London a patinar? —Mi incredulidad debió de resultar patente, porque Marge se enfureció.

—Te lo creas o no, no voy a consentir que me mantengáis encerrada en casa, y creo que para London va a ser divertido. En todo caso, para mí lo será.

Omitió decir que para London se trataría de una experiencia que probablemente recordaría toda la vida, porque sería la primera vez que patinara.

—¿Cuándo fue la última vez que fuiste a patinar?

—¿Qué importa? No hay peligro de que me haya olvidado. Por si no te acuerdas, era muy buena patinadora.

«No es eso —me dije—. Lo que dudo es si tendrás fuerzas.»

Desvié la mirada hacia la pantalla, convencido de que Marge se mentía a sí misma. En la imagen congelada del televisor, Julia Roberts estaba en un bar, hablando de dinero con su compañera de piso. Aunque hacía años que no veía la película, aún me acordaba prácticamente de todas las escenas.

—De acuerdo —acepté—, pero solo si le das al play para que podamos ver la peli.

—¿Quieres desperdiciar la mañana viendo *Pretty Woman* en lugar de ganar dinero?

—Es mi vida —contesté.

—Bueno, pero no te lo tomes por costumbre, ¿eh? Se te permitirá venir después del trabajo, pero no antes. Yo pronto necesitaré mi rato de descanso para estar guapa.

—Venga, dale al play.

Enarcó una ceja, señalando el mando.

—Acababa de empezar a verla hace unos minutos.

—Ya lo sé.

—La hemos visto muchas veces juntos.

—Ya lo sé —repetí—. Como también sé que siempre has tenido una especial debilidad por Julia Roberts.

Se echó a reír mientras volvía a poner en marcha la película, y durante las dos horas siguientes, mi hermana y yo la vimos, recitamos diálogos e hicimos comentarios, como hacíamos de niños.

Después de la película, Marge fue a hacer una siesta al dormitorio y yo me quedé tomando café con Liz en la cocina.

—No sé qué voy a hacer —admitió Liz, que, a juzgar por su expresión, parecía estar superada por los acontecimientos—. En Costa Rica se la veía bien. Casi no tosía y me costaba seguirle el ritmo. No entiendo cómo podía parecer tan sana hace un mes y ahora... —Sacudió la cabeza con desconcierto—. No sé qué debo hacer. He anulado las citas que tenía para hoy y mañana, pero Marge prácticamente me ha prohibido que me tome un permiso. Quiere que siga trabajando al menos unos días por semana. Insiste en que tu madre puede relevarme mientras tanto, en que deberíamos fijar una especie de horarios. —Alzó la vista, con patente dolor en la mirada—. Es como si no quisiera tenerme cerca.

—No es eso —dije, cubriendo su mano con la mía—. Ella te quiere y tú lo sabes.

—¿Entonces por qué me dice básicamente que me mantenga alejada? ¿Por qué no puede entender que lo único que yo quiero es estar con ella lo más posible, hasta donde sea posible?

Me apretó la mano mientras dirigía la vista hacia la ventana, sin ver nada.

—Todavía quiere ir a Nueva York la próxima semana —añadió por fin.

—No estarás pensando en serio en ir, ¿no?

Una cosa era patinar y otra ir a hacer turismo a una de las ciudades con más ajetreo del mundo.

—No sé qué hacer. Ella le preguntó anoche al médico por la cuestión y él dijo que si se sentía con ánimos, no había razón para que no fuera, puesto que no coincide con las sesiones de quimio. Pero ¿cómo puedo ir yo y no estar pensando «Esta será la última vez que Marge vea esto» o «Esta será la única oportunidad que Marge tendrá para hacer esto o lo otro»?

Recurría a mí en busca de una respuesta, pero yo no podía resolver sus dudas, porque la mayoría de sus interrogantes eran los mismos que yo albergaba.

El martes por la mañana, 1 de diciembre, recibí un mensaje de Marge en el que me pedía si podíamos ir a cenar con London esa noche. Era una manera sutil de decirme que no pasara por casa antes.

Deprimido por la idea, después de dejar a London en la escuela quedé con Emily para tomar un café. Con vaqueros y un grueso jersey de cuello alto, parecía tan lozana y juvenil como una colegiala.

—Pareces cansado —observó—. ¿Cómo sigues?

—Sobreviviendo —respondí, pasándome la mano con gesto cansino por el pelo—. Perdona que no te haya llamado estos dos últimos días.

—Ah, no, déjalo. No me puedo ni imaginar lo que estás sufriendo. Estaba preocupada por ti.

Sus palabras me sirvieron de consuelo.

—Gracias, Emily —dije—. Esto representa mucho para mí.

—¿Quieres explicarme cómo están las cosas? —me propuso, tocándome el brazo.

Pasé una hora hablando sin parar, mientras se me enfriaba el café en la taza. Escuchándome a mí mismo, caí en la cuenta de que desde que había vuelto a reanudar el contacto con Emily, había estado pasando de una catástrofe emocional a otra. Cuando después me dio un abrazo, me maravillé de que aún siguiera dispuesta a soportarme.

Esa noche, para cenar, Liz hizo un esfuerzo para cocinar algo que sabía que le iba a gustar a London: pollo rebozado, patatas aliñadas y macedonia de fruta.

Mi madre se iba justo cuando llegamos. La acompañé al coche y antes de subirse, se paró.

—Marge se niega a que deje de asistir a ninguna de mis actividades —dijo—. De hecho, ha insistido en que no altere para nada mis horarios, pero Russ... —Calló, con expresión preocupada—. Ella no es consciente de lo mal que se va a poner. Va a necesitar ayuda. Es como si se engañara a sí misma.

Asentí, señalando que yo también había pensado lo mismo.

—¿Sabes lo que me acaba de decir? Quiere que papá venga a arreglar unas cuantas barras de la barandilla del porche porque están un poco carcomidas. Y algunas de las ventanas están desajustadas. Y hay una pequeña fuga en el cuarto de baño. No ha parado de repetir que hay que arreglar todo eso, como si tuviera la menor importancia ahora. —Me miró con desconcierto—. ¿Para qué tiene que ponerse tan pesada por unas barras de la barandilla, o por las ventanas?

Pese a que no respondí, al final empecé a comprender qué pretendía Marge. De repente supe por qué quería que yo solo fuera a verla por la tarde; por qué quería que Liz y mamá se turnaran para estar con ella. Entendí por qué reclamaba que mi padre acudiera a efectuar reparaciones en la casa y por qué quería llevar a patinar a London.

Marge era consciente, como nadie, de que cada uno de nosotros no solo queríamos pasar tiempo a solas con ella, sino de que íbamos a necesitarlo, antes de que se precipitara el final.

A medida que disminuían los efectos secundarios de la quimioterapia inicial, Marge fue recuperando fuerzas. Todos queríamos creer que el tratamiento estaba funcionando, porque ansiábamos con desesperación disponer de unos cuantos meses más con ella.

Ahora sé que solo Marge comprendía de manera intuitiva lo que realmente ocurría en el interior de su cuerpo. Se sometió al tratamiento tan solo porque eso era lo que todos queríamos. Con la perspectiva del tiempo, comprendí que ella accedió sabiendo que no serviría para aminorar el avance de la enfermedad.

Todavía hoy me pregunto cómo lo sabía.

Liz y mi madre organizaron los horarios, de tal forma que una de ellas siempre estuviera en casa durante el día, para cuando Marge y Liz volvieran de Nueva York.

El viernes posterior a nuestra cena en casa de mi hermana, mi padre se tomó una mañana libre en la empresa y fue a su casa con su caja de herramientas y una pila de barras precortadas en el maletero. A medio día se tomó una pausa en el lento proceso de reparación y comió con

Marge en el porche. Mientras tanto, ella admiró la habilidad manual de mi padre y hablaron de las perspectivas de los Braves para la temporada siguiente.

El sábado, Marge llegó a mi casa después de la clase de plástica —precisamente la misma en la que, sin ella saberlo, London le había modelado su regalo de Navidad— para llevar a la niña a patinar. Liz y yo las acompañamos y estuvimos mirándolas mientras Marge ayudaba a London a desplazarse por la pista. Como suele ocurrir con los niños, London trataba de caminar con los patines en lugar de deslizarse y tardó más de media hora en empezar a incorporar ese tipo de movimiento. De no haber sido porque Marge patinaba hacia atrás y la tenía cogida de las manos, mi niña se habría dado como mínimo veinte batacazos.

Al final de la sesión, no obstante, pudieron patinar juntas, aunque despacio. London estaba muy ufana cuando se desató las botas con la ayuda de Liz. Yo me senté al lado de Marge mientras esta se quitaba sus propios patines.

—Mañana te dolerán los brazos y la espalda —predije.

Yo la veía cansada, pero ignoraba si era a causa de la enfermedad o porque el hecho de estar sosteniendo a London para que no se cayera le había provocado una lógica fatiga.

—No, no te preocupes —repuso—. London pesa poco. Lo que sí es muy parlanchina. No ha parado de hablar en todo el rato. Hasta me ha preguntado qué color de peces prefería. La verdad es que no he sabido qué contestarle.

Yo sonreí, sin hacerme eco de la cuestión.

—Seguro que en Nueva York te vas a cansar menos que con ella. ¿Os vais mañana?

—Sí… Tengo muchas ganas de ir —afirmó, animándose—. Le he dicho a Liz que primero tenemos que ir a ver el árbol de Navidad del Rockefeller Center. Quiero impregnarme del espíritu de la Navidad.

—Ya me mandarás algunas fotos —dije.

—Sí —prometió—. Por cierto, ya sé qué regalo de Navidad quiero que me hagas —añadió con énfasis.

—Dime.

—Te lo diré cuando vuelva. Te daré una pista: quiero ir a un sitio contigo.

—¿Te refieres a una especie de viaje?

—No —negó—. No es un viaje.

—¿Entonces adónde?

—Si te lo dijera, ya no te llevarías ninguna sorpresa.

—Pero si no me lo dices, ¿cómo voy a hacerlo?

—Mejor deja que yo resuelva ese detalle, ¿vale?

Ya sin los patines, vi que dedicaba una última mirada de nostalgia a la pista. Entonces había ya mucha afluencia. Se estaba llenando de niños, grupos de bulliciosos adolescentes y de algún que otro adulto. Por su expresión, supe que pensaba que ya no tendría ocasión de volver a patinar.

Me di cuenta de que ese día no solo había querido enseñar a London a patinar, o dejarle un recuerdo que conservaría para siempre: Marge había emprendido un proceso en el que se despedía también de las cosas que amaba.

Marge y Liz estuvieron fuera seis días. Durante su ausencia, trabajé muchas horas, con intención de avanzar lo más posible las nuevas campañas publicitarias, pero sobre todo tratando de distraerme para no pensar en mi hermana. Tal como había prometido, me mandó fotos del árbol de Navidad del Rockefeller Center, una en que estaban juntas con Liz y otra en que aparecía ella sola.

Las pasé a Photoshop, las imprimí y luego las enmarqué, con el propósito de regalar un juego a Marge y a Liz por Navidad y quedarme otro para mí.

Mientras tanto, me contactaron otras dos empresas jurídicas más. Una de ellas era un pequeño gabinete de abogados de Atlanta que había visto mis filmaciones recientes en YouTube. Mientras empezaba a preparar las presentaciones preliminares, realicé un repaso de los seis meses anteriores.

Cuando monté la empresa, parecía como si todas mis preocupaciones tuvieran que ver solo con el negocio o con el dinero; estaba agobiado por el estrés. Creía que las cosas no podían empeorar más y, sin embargo, tal como recordaba perfectamente, Marge me tranquilizaba por aquel entonces asegurándome que al final todo iba a salir bien.

Tenía razón, desde luego.

Por otra parte, se equivocaba por completo.

Cada vez faltaba menos para las vacaciones.

—¿Qué tienes previsto para Navidad? ¿Estarás con London? —me preguntó Marge una tarde de sábado.

Se acababa de despertar de una siesta, pero aun así se la veía cansada. Estábamos en el sofá, donde se había envuelto en una manta, pese a que yo notaba la casa bien caldeada. Habían vuelto de Nueva York el día anterior, y yo quería verla antes de que London regresara de Atlanta.

—¿Aún no habéis hablado de la cuestión con Vivian? Las Navidades son dentro de dos semanas.

Mirando a mi hermana, me dio la impresión de que aún había adelgazado más desde que la había visto en la pista de patinaje. Tenía los ojos más hundidos y la voz sonaba algo más aguda y apagada.

—No, aún no —reconocí—. Claro que otra vez vuelve a caer en uno de sus fines de semana.

—Russ, ya sé que te lo he dicho antes, pero no es justo que no pases ninguna de las fiestas con London.

No, no lo era, pero como no podía hacer gran cosa al respecto, preferí cambiar de tema.

—¿Qué tal el viaje a Nueva York?

—Fantástico. —Marge lanzó un suspiro—. Aunque no veas qué gentío... Había colas incluso para entrar en algunas tiendas. Los espectáculos eran estupendos y disfrutamos de unas comidas inolvidables. —Mencionó algunos de los musicales que habían visto y restaurantes donde habían estado.

—Entonces valió la pena, ¿no?

—Por supuesto —confirmó—. Aparte, en el hotel pedí que organizaran un par de veladas románticas mientras estábamos allí, con champán, fresas bañadas de chocolate, pétalos esparcidos por la cama... También me llevé lencería nueva para lucir este tipo tan esbelto que se me ha puesto. —Puso una mueca cómica—. Creo que dejé a Liz encandilada.

—¿Ah, también mandaste encender velas?

—Jolín, ¿así razonas tú?

—Cuando mi hermana se pone a hablar de su vida sexual, yo opto por hacerme el ingenuo —expliqué—. Yo no te vengo a contar los detalles de mi vida sexual.

—Tú no tienes vida sexual con Emily todavía. Y si quieres que te diga, ya es hora de que le pongas arreglo.

—Estamos bien tal como estamos —discrepé—. Hablamos todas las noches por teléfono y nos vemos para tomar café. Y el viernes pasado salimos juntos por la noche.

—¿Qué hicisteis?

—Fuimos a cenar y a un karaoke.

—¿Cantaste en un karaoke? —preguntó, sorprendida, Marge.

—Bueno, cantó ella. Fue idea suya ir. Se le da muy bien.

Marge sonrió, arrellanándose en el sofá.

—Parece divertido —dijo—. No sexy ni romántico, pero sí divertido. ¿Has recibido alguna oferta por la casa?

—Ha habido algún interesado, pero nada en concreto. La de la inmobiliaria dice que diciembre siempre es un mes bajo. Quiere que hagamos una jornada de puertas abiertas en enero.

—Avísame cuando sea. Liz y yo iremos a hacer de agentes y proclamar las alabanzas de la casa delante de los posibles compradores.

—Tienes cosas mejores que hacer que asistir a una jornada de puertas abiertas.

—Es posible —concedió—. De todas formas, parece que al final siempre necesitas mi ayuda de una manera u otra. He tenido que cuidar de ti toda mi vida. —Lanzó una mirada hacia la cocina, donde Liz preparaba la comida—. Esta semana tendré que recibir más quimio, el viernes, creo. No tengo ningunas ganas —reconoció con un suspiro y un punto de aprensión en la cara—. Teniendo presente esa circunstancia, probablemente deberíamos hacer lo nuestro el jueves.

—¿Lo nuestro?

—El desplazamiento, ¿recuerdas? —dijo—. Mi regalo de Navidad.

—No sé si te das cuenta de que aún no tengo la menor idea de a qué te refieres.

—No pasa nada. Te recogeré a las siete. Liz puede preparar a London para acostarse, si no te importa.

—Desde luego —acepté. Al ver que Marge reprimía un bostezo, pensé que era hora de irme—. Me tengo que marchar. Me queda un montón de trabajo que querría avanzar antes de que llegue London.

—De acuerdo —dijo—. Hasta el jueves. Procura ir vestido con ropa de abrigo.

—Muy bien. —Me levanté del sofá y, tras un instante de duda, me incliné para darle un beso en la mejilla. Tenía los ojos cerrados—. Hasta pronto.

Ella asintió con la cabeza y por el sonido de su respiración, deduje que ya se había quedado dormida incluso antes de que llegara a la puerta.

Vivian trajo a London hacia las siete de la tarde. Mientras la limusina aguardaba y London estaba en la bañera, hablamos un momento en la cocina.

—Con respecto a las Navidades —planteó, yendo directa al grano—, creo que lo mejor sería que las pasáramos aquí. Por London, quiero decir, ya que serán las últimas Navidades que pase en esta casa. Yo puedo quedarme en el cuarto de invitados, si te parece bien. —Sacó un papel del bolso—. Ya he comprado algunas cosas, pero quizá sería más sencillo que tú te ocuparas de esto otro para que no tenga que transportarlo hasta aquí. He hecho una lista. Guarda los recibos y al final repartiremos los gastos.

—Lo que sea más fácil —convine, acordándome del comentario de Marge sobre las vacaciones, seguro de que se iba a llevar una alegría—. He visto a Marge hoy —dije, apoyándome en la encimera.

—¿Cómo sigue?

—Ya está empezando a dormir mucho.

Vivian asintió con la cabeza y bajó la vista.

—Es horrible —dijo—. Ya sé que tú piensas que no me llevaba bien con Marge, pero siempre me cayó bien. Sé que no se merece esto. Quería que lo supieras. Siempre ha sido una hermana fantástica.

—Todavía lo es —precisé, pero ya en ese mismo momento, me pregunté hasta cuándo podría seguir hablando de ella en presente.

El miércoles por la tarde, Emily y yo teníamos previsto ir con los niños a una casa de campo dedicada al cultivo de árboles de Navidad, donde uno podía elegir el que quisiera. El establecimiento estaba decorado a la manera de un pueblo de Santa Claus, a quien los pequeños podrían conocer en persona antes de visitar su taller, donde servían chocolate caliente y galletas. Para mí lo mejor era que la empresa se encargaba de entregar el árbol con su pedestal, porque veía difícil poder transportarlo con mi coche.

Cuando le hablé a Marge de la salida, insistió en ir también con Liz. Faltaban nueve días para Navidad.

En el párking de grava, Marge salió del coche. Cuando la abracé, noté el duro relieve de sus costillas. Aunque el cáncer la iba consumiendo lentamente por dentro, parecía tener más energía que cuando acababa de regresar de Nueva York.

—Y este debe de ser Bodhi —dijo, estrechándole la mano con conmovedora formalidad—. Eres muy alto para tu edad —observó, antes de pasar a preguntarle por sus actividades favoritas y qué era lo que quería para Navidad.

Cuando los niños empezaron a agitarse, dejamos que se fueran corriendo hacia la finca, donde pronto se perdieron de vista entre los triángulos de coníferas. Emily y yo fuimos caminando tras ellos, en compañía de Marge y de Liz.

—¿Cómo se presentan las vacaciones, Emily? —preguntó Marge—. ¿Vas a ir a alguna parte?

—No —repuso ella—. Solo haremos las actividades de familia normales. Veré a mi hermana y a mis padres. Desde que London aprendió a ir en bici, Bodhi ha estado pidiendo una, así que voy a tener que comprarle una… aunque no sé si se me dará bien lo de enseñarle a montar.

—Tú la ayudarás ¿no, Russ? —dijo Marge, dándome un codazo.

—A Marge siempre se le ha dado muy bien eso de presentarme como voluntario a mí para lo que sea.

—Sí, me parece recordarlo —convino, riendo, Emily—. Russ dijo que os divertisteis mucho en Nueva York.

Mientras las dos se demoraban un poco, absortas en su conversación, cogí a Liz del brazo, tomando el sendero por donde se habían alejado los niños.

—¿Cómo van los turnos con mamá? —pregunté.

—Bien, supongo. Yo solo voy a trabajar dos días por semana y esos serán los días en que irá tu madre a casa.

—Marge parece en forma hoy.

—Esta mañana estaba un poco cansada, pero se ha animado durante el trayecto hacia aquí. Creo que el hecho de hacer cosas como esta la hace sentir como si no estuviera enferma, al menos durante un rato. También estuvo así en Nueva York.

—Me alegro de que haya querido venir. Lo que no querría es que se agotara.

—Yo le he dicho lo mismo —confesó Liz—. ¿Y sabes qué me ha respondido?

—Pues no.

—Me ha dicho que no me preocupe tanto, porque aún «tiene algo importante que hacer».

—¿A qué se refiere con eso?

—No tengo ni la menor idea.

Mientras esperábamos a que nos alcanzaran Emily y Marge, estuve ponderando las crípticas palabras de mi hermana. Siempre había sido aficionada a las sorpresas, de modo que probablemente nos tenía reservada alguna.

Al día siguiente, Marge y Liz llegaron a mi casa a las siete en punto. En cuanto Liz cruzó el umbral, London la cogió de la mano y la condujo a su cuarto para enseñarle el acuario.

Marge iba abrigada con una bufanda y sombrero, pese a que la temperatura era relativamente suave. También llevaba guantes y la cazadora de plumón que yo le había llevado al hospital y que ahora le quedaba grande.

Parecía imposible que hubieran transcurrido menos de tres semanas desde que la habían ingresado allí.

—¿Estás listo? —preguntó con impaciencia.

Yo cogí mi chaqueta y unos guantes y un sombrero, pese a que no me imaginaba que fuera a necesitarlos.

—¿Adónde vamos?

—Ya lo verás —contestó—. Venga, antes de que me eche atrás.

Yo seguía igual de perplejo, pero a medida que fuimos circulando por calles que reconocía, de repente comprendí cuál era su intención.

—¿No querrás subir, en serio? —dije cuando paró frente a las rejas y apagó el motor.

—Sí —confirmó con contundencia—. Este va a ser tu regalo de Navidad, recuerda.

Alcé la vista hacia el depósito de agua, que parecía erguirse a una inconmensurable altura.

—Es ilegal subir al depósito —aduje.

—Siempre ha sido ilegal, pero eso no nos impidió subir hace años.

—Entonces éramos unos chiquillos —repliqué.

—Y ahora no lo somos —declaró—. ¿Listo? Ponte el sombrero y los guantes. Arriba seguramente hará viento.

—Marge...

Me miró fijamente.

—Puedo subir —afirmó con tono categórico—. Después de otra tanda de quimio, puede que ya no sea capaz, pero ahora todavía puedo, y quiero que tú me acompañes.

Sin esperar respuesta, salió del coche y se encaminó a la escalera de hierro, dejándome paralizado por la indecisión. Cuando me decidí a ir tras ella, ya había ascendido dos metros. No me quedaba, pues, más alternativa que empezar a subir. Tenía que estar allí por si se cansaba, si se quedaba sin fuerzas o si le daba un mareo. Al final, fue el temor por ella lo que me espoleó para seguirla.

Marge estaba en lo cierto. Aunque tuvo que realizar una pausa cada seis metros más o menos, reanudaba el ascenso sin ceder. Abajo se veían los tejados y también percibí el aroma a humo de una chimenea. Me alegré de llevar los guantes, porque los peldaños de metal estaban tan fríos que casi se me agarrotaban las manos.

Cuando por fin llegamos arriba, Marge caminó lentamente hasta el lugar donde la había encontrado aquella terrible noche, cuando estaba en la universidad. Al igual que entonces, se sentó dejando colgar los pies en el vacío. Yo me apresuré a instalarme a su lado y la rodeé con el brazo, por si le daba vértigo.

—Debes de notar el frío —comenté.

—Eso lo dirás por ti —replicó—. Yo me he puesto calzoncillos largos antes de venir.

—Perfecto —dije—. Entonces ponte más cerca para darme calor.

Así lo hizo y luego estuvimos contemplando la panorámica del barrio. Hacía demasiado frío para disfrutar del canto de los grillos o las ranas. Sí capté, en cambio, el quedo murmullo de las campanillas de viento y el sonido del roce de la brisa en las ramas de los árboles. También oía la respiración entrecortada de Marge. Debía de dolerle, pensé. El cáncer siempre provoca dolor.

—Recuerdo cuando me encontraste aquí arriba, borracha como una cuba —dijo—. Bueno, no del todo... En realidad no me acuerdo gran cosa de esa noche, aparte de aquel momento en que apareciste de repente.

—Fue una noche dura —corroboré.

—A veces me pregunto qué habría pasado si no te hubieras presentado. No sé si me habría tirado o si me habría caído. Entonces estaba muy apenada con lo de Tracey, pero ahora pienso que fue mejor así, porque acabé encontrando a Liz, y lo que ella y yo compartimos no tiene nada que ver, ni remotamente, con lo que viví con Tracey. Lo mío con Liz funciona, ¿entiendes?

—Sí. Vosotras tenéis algo que todo el mundo desearía.

—Estoy preocupada por ella —reconoció Marge—. Aunque es muy buena ayudando a solucionar sus problemas a los demás, creo que da tanto en el trabajo que no le queda gran cosa para sí misma. Eso me tiene asustada, porque quiero que esté bien. Quiero que sea feliz. —Tendió la mirada a lo lejos, casi como si tratara de ver el futuro—. Quiero que un día encuentre a otra persona, alguien que la quiera tanto como yo. Alguien que pueda envejecer a su lado.

Tragué saliva para despejar el nudo que se me formaba en la garganta.

—Ya lo sé.

—Cuando estábamos en Nueva York, juró que no le interesa encontrar a nadie más y hasta me enfadé con ella. Tuvimos una discusión y después me sentí fatal. Las dos nos sentíamos mal, pero...

—Ahora hay mucho que digerir, Marge —dije con suavidad—. Ella lo comprende, y se sobrepondrá.

No supe si me había oído, porque no hizo ningún comentario.

—¿Sabes lo que me da más miedo?

—¿Qué?

—Que pierda el contacto con London. La quiere muchísimo... London tuvo mucho que ver en nuestra decisión de tener hijos propios. Y ahora...

—Liz siempre va a formar parte de la familia —la interrumpí—. Yo me encargaré de que esté presente en la vida de London.

—¿Y si London se va a vivir a Atlanta? —objetó Marge.

—Aun así, verá a Liz de forma regular —le aseguré.

—Pero tú solo la tendrás alguna que otra fiesta y fines de semana alternos, ¿no? Puede que un par de semanas en verano...

Dudé un momento antes de responder.

—Sinceramente, no sé qué va a pasar con London.

Vivian se había mostrado más generosa y menos temperamental desde que se enteró de la enfermedad de Marge, pero teniendo en cuenta que era la persona más imprevisible que conocía, no me atrevía a hacer promesas concretas que no iba a poder cumplir.

—Tienes que plantarle cara —me conminó, mirándome—. London debería vivir contigo.

—Vivian no lo va a consentir, y dudo que los tribunales me den la razón.

—Entonces tienes que pensar alguna solución, porque, por si no lo sabes, las niñas necesitan a sus padres. Fíjate en papá y en mí. Aunque no fuera la persona más expresiva del mundo, yo siempre he sabido que podía contar con él. No hay más que ver cómo se comportó cuando salí del armario. ¡Si hasta dejamos de ir a la iglesia! Me eligió a mí por encima de Dios, de la comunidad, de todos. Si no estás presente con London cuando se enfrente a los momentos clave de su vida, se sentirá abandonada por ti. Tienes que estar a su lado, cada día, no de vez en cuando. —Calló un momento, como si se hubiera quedado sin aliento—. En cualquier caso, ahora está acostumbrada a que tú seas el que se ocupa de ella, y lo haces de maravilla.

—Eso procuro, Marge —respondí.

Me cogió del brazo y prosiguió con ardor.

—Tienes que hacer más que eso. Tienes que hacer lo que haga falta para poder seguir presente en su vida, no como un padre de fin de semana o de vacaciones, sino como el padre que siempre está ahí para consolarla cuando llore, recogerla cuando caiga o ayudarla con los deberes. Para darle su apoyo cuando no vea ninguna salida. Ella necesita eso de ti.

Contemplé las calles vacías de abajo, bañadas en el resplandor halógeno de las farolas.

—Ya lo sé —dije en voz baja—. Espero no fallarle.

El sábado por la mañana trajeron el árbol de Navidad y London y yo pasamos una parte del día decorándolo con luces y discutiendo sobre todos y cada uno de los ornamentos. Cuando llamé a Marge y a Liz por la tarde por si querían pasar a tomar un ponche de huevo, Liz se puso al teléfono y dijo que no iban a poder.

—Ha sido un día muy malo —explicó.

Marge había iniciado la segunda tanda de quimio el viernes, el día después del ascenso al depósito, y no la había visto desde entonces. Según Liz, las náuseas y el dolor fueron peores que la primera vez y Marge apenas había estado en condiciones de levantarse de la cama.

—¿Puedo hacer algo para ayudaros?

—No —declinó—. Tus padres han estado aquí casi todo el día. Aún siguen aquí. —Bajó la voz—. Tu padre... creo que lo mata ver a Marge de esta manera. No para de encontrar cosas que arreglar. Para tu madre también es muy duro, desde luego, pero ella ha pasado por esto tantas veces que al menos sabe a qué atenerse. Él procura por todos los medios ser fuerte por Marge, pero por dentro está destrozado. La quiere tanto... Los dos la quieren.

Me acordé de lo que Marge me había dicho esa noche en el depósito, lo de ser la clase de padre que siempre está presente, para todo. Incluso hasta el final, por lo visto.

—Es un padre magnífico, Liz —dije—. Me conformaría con ser la mitad de buen padre que él.

El lunes, el último día de escuela de London antes de las vacaciones de Navidad, me concentré por fin en la lista que me había dejado Vivian. Entre el trabajo y Marge, me había olvidado casi por completo de su encargo. Por suerte, Emily todavía tenía algunas compras de última hora pendientes, de modo que los dos estuvimos realizando el circuito de tiendas esa mañana. Como faltaban solo cuatro días para Navidad, me preocupaba que se hubieran agotado algunos artículos, pero logré encontrar todo lo que había apuntado Vivian.

En mitad de la sesión de compras, nos tomamos un descanso para comer en una cafetería del centro comercial. Pese a que la comida olía bien, tenía poca hambre. Esa mañana me había pesado y comprobado que había vuelto a bajar de peso. No era el único; Liz también se estaba adelgazando y, aparte, había notado que a veces iba desaliñada, como si ya no le importara su apariencia. Su cabello, que a menudo llevaba recogido en una simple cola, estaba perdiendo lustre. Mis padres también sufrían. Mi padre se había encorvado en cuestión de semanas y a mi madre se le iban acentuando las arrugas día a día.

Nuestro padecimiento no era nada en comparación con el de Marge, sin embargo. Sentía dolor hasta para caminar y le costaba mantenerse despierta durante más de una hora. Cuando la iba a ver, a veces me quedaba sentada con ella en su habitación, a oscuras, escuchando su respiración fatigosa incluso mientras dormía. De vez en cuando exhalaba un gemido, y yo me preguntaba si era producto de un sueño. «Ojalá tuviera sueños», me decía, que la hicieran reír al menos.

Este tipo de cavilaciones me acompañaban siempre, incluso estando con Emily, en cualquier parte. Cuando llegó la comida, me quedé mirándola sin verla, pensando en la cara demacrada de Marge. Comí solo un bocado antes de renunciar.

Supongo que una parte de mí razonaba que si Marge no podía llevarse nada al estómago, yo tampoco merecía comer.

—Tienes que venir a casa —me dijo Marge sin más preámbulos, justo cuando respondí a su llamada, unos minutos después de haber dejado a Emily.

—¿Por qué? ¿Estás bien?

—¿De verdad te interesa que responda a esa pregunta? —contestó, con un resto de su humor sarcástico—. Pues sí, me siento mejor, y quiero que vengas.

—Tengo que ir recoger a London al cole dentro de poco y antes tengo que dejar los regalos en casa.

—Pasa primero por aquí y déjanos los regalos —dijo—. Así London no los encontrará.

Cuando llegué a su casa al cabo de unos minutos, empecé a bajar las bolsas del maletero. Cuando me enderecé, mi madre apareció en la puerta. Incluso con su ayuda, tuvimos que hacer varios viajes para descargarlo todo.

—No sé dónde dejar todo esto —dije, mirando la montaña de bolsas que se había formado en medio de la cocina, mientras me planteaba, dubitativo, si London necesitaba todo aquello.

—Lo pondré en uno de los armarios —se ofreció mi madre—. Entra. Marge te está esperando.

La encontré en el sofá, tapada con una manta como de costumbre, con las cortinas corridas. Las luces del árbol de Navidad despedían una alegre luz, pero parecía como si en los días que habían transcurrido desde la última vez que la vi, hubiera envejecido varios años. Los pómulos resaltaban con un agudo relieve bajo las profundas cuencas de los ojos y los brazos se veían flácidos y flojos. Traté de disimular mi aflicción, sentándome a su lado.

—Me han dicho que has pasado unos días malos —comenté, aclarándome la garganta.

—He tenido días mejores, desde luego. Ahora estoy mejor, pero... —Esbozó una sonrisa que era como un pálido reflejo de su irrefrenable personalidad—. Me alegra que hayas venido. Quiero hablar contigo. —Parecía como si le costara pronunciar las palabras—. Emily me ha llamado hace un rato.

—¿Emily?

—Sí —confirmó—. Te acuerdas de ella, ¿no? Esa mujer que tiene una melena magnífica y un hijo de cinco años, de la que estás enamorado. Bueno, pues me ha llamado porque está preocupada por ti. Dice que no comes.

—¿Que te ha llamado a ti precisamente? —dije, irritado.

¿Ahora Marge tenía que preocuparse también por mi salud?

—Yo le pedí que te tuviera en observación y me contara cómo vas —explicó Marge con el tono autoritario que recordaba de mi época de niñez—. Por eso te he pedido que vengas. —Me escrutó con expresión severa—. Más vale que esta noche comas una buena cena, porque si no, me voy a enfadar contigo.

—¿Cuándo hablaste con Emily de eso de «tenerme en observación»? —pregunté.

—Cuando fuimos a comprar los abetos a la finca de Santa Claus.

—Tú tienes cosas mejores que hacer que preocuparte por mí, Marge —señalé, enfurruñado.

—En eso te equivocas —replicó—. Eso no pienso consentir que me lo quites.

El martes 22 de diciembre era el último día de escuela de London antes de las vacaciones. Tenía previsto aprovecharlo para envolver los regalos. El día anterior, Marge me había pedido si podía ayudarme, puesto que los paquetes se encontraban en su casa.

Lo primero que pensé al llegar con el papel de regalo, después de dejar a London en el cole, fue que Marge tenía mejor aspecto que el día anterior. Al mismo tiempo, me dio rabia constatar que había empezado a hacer ese tipo de evaluaciones cada vez que la veía, con lo cual se elevaban o truncaban mis esperanzas según el resultado de la inspección.

Liz, que estaba con ella ese día, demostró una alegría forzada mientras trasladamos los regalos a la cocina y nos pusimos a envolverlos. Obedeciendo a una petición de Marge, preparó para todos unas tazas de chocolate, bien espeso y cremoso, aunque, según advertí, mi hermana casi no tomó nada del suyo.

Marge envolvió un par de paquetes pequeños antes de volver a instalarse en su silla, dejándonos el resto a Liz y a mí.

—No me hace mucha gracia eso de que llames a Emily para saber cómo estoy —me quejé.

Pese a su estado, Marge estaba disfrutando con mi incomodidad, tal como evidenciaba el brillo de sus ojos.

—Por eso no te pedí permiso. Y por si quieres saberlo, no solo hablamos de eso. Hablamos de muchas cosas.

—¿Qué cosas? —pregunté con recelo.

—Eso queda entre ella y yo —respondió—. Por ahora, lo que me interesa saber es si comiste anoche. Me lo tienes que contar con pelos y señales.

—Preparé unos bistecs con puré de patatas para London y para mí —expliqué con un suspiro.

—Está bien —dijo con satisfacción—. Y ahora dime: ¿has hablado con Vivian de cómo vais a pasar la Navidad este año, aparte del hecho de que ella vaya a venir a Charlotte?

En mi familia era tradición reunirnos en casa de mis padres para Nochebuena. Mi madre preparaba una cena suculenta y después, autorizábamos a London a abrir los regalos. La mañana del día de Navidad, Vivian y yo teníamos a London en exclusiva para nosotros en casa.

—Aún no hemos entrado en detalles —dije—. No viene hasta mañana. Entonces decidiremos.

—Seguramente tendrías que comprarle algo —opinó Marge—. No estaría bien que London viera que su madre no tiene ningún regalo. No tiene que ser algo caro.

—Tienes razón —concedí—. No se me había ocurrido.

—¿Qué le has comprado a Emily para Navidad?

—Nada todavía —reconocí.

—¿Tienes alguna idea? Vas un poco justo de tiempo...

—No sé —admití, mirándolas a las dos en busca de inspiración—. ¿Un jersey, quizá? ¿O una chaqueta bonita?

—Eso podría ser una parte, pero como ella me ha dicho lo que te va a regalar, vas a tener que ofrecerle algo mejor que eso.

—¿Alguna joya, por ejemplo?

—Si te apetece, estoy segura de que ella lo apreciaría, pero yo pensaba que tiene que ser algo que te salga del corazón.

—¿Como qué?

—Creo que deberías escribirle una carta —declaró, alargando las palabras.

—¿Qué clase de carta?

—Tú te ganas la vida escribiendo, Russ —respondió con un encogimiento de hombros—. Dile lo mucho que ha significado para ti tenerla a tu lado durante estos meses. Expresa tu deseo de conservarla en tu vida. Dile... —añadió, cada vez más animada— que quieres que te dé otra oportunidad.

—Ella ya sabe lo que siento por ella —contesté, un poco violento—. Se lo he dicho muchas veces.

—Escríbele una carta de todas formas —insistió Marge—. Confía en mí y no te arrepentirás.

ϒ

Seguí el consejo de Marge. Puesto que London no iba a reanudar las clases de piano hasta después de Año Nuevo, me fui con ella después de recogerla al centro comercial, donde adquirí unos regalos para Vivian: su perfume favorito, una bufanda y la reciente novela de un escritor que a ella le gustaba. También compré una chaqueta de seda bordada para Emily, que combinaría muy bien con su estilo de vestir algo bohemio, y una cadena de oro con un colgante de esmeralda que realzaría el color de sus ojos. Más tarde, cuando London se hubo acostado, me senté a la mesa de la cocina y le escribí una carta. Tuve que tirar más de un borrador a la papelera. Pese a los artificios que efectuaba con las palabras en mi trabajo, lo de expresar lo que sentía era distinto y, además, me costaba encontrar el delicado equilibrio entre la emoción descarnada y el sentimentalismo sensiblero.

Al final quedé satisfecho con la carta, contento de que Marge me hubiera sugerido dedicársela. La metí en un sobre y ya estaba a punto de guardar la pluma y el papel en el cajón cuando de repente me di cuenta de que aún no había terminado.

Me quedé hasta pasada la medianoche escribiéndole una carta también a Marge.

Vivian llegó al día siguiente, a primera hora de la tarde, un rato después de que hubiera regresado tras entregarle los regalos a Emily. Con el árbol ya decorado, London y yo habíamos pasado la mañana adornando la chimenea y colgando los calcetines. Aunque estábamos un poco atrasados, a London no le importó. Estaba orgullosa de ser bastante mayor para poder ayudar.

Dejé a Vivian charlando con London un poco antes de expresarle mi deseo de hablar con ella. Una vez que estuvimos en la cocina mientras London veía la televisión en el salón, le pregunté qué quería hacer para Nochebuena. Al oírme, se quedó mirándome con extrañeza, como si la respuesta fuera obvia.

—¿No vamos a casa de tus padres, como siempre? Ya sé que puede parecer algo extraño teniendo en cuenta la situación, pero son las últimas Navidades de Marge y quiero que London esté con ella y con la familia, igual que siempre. Esa es la razón por la que he venido.

Pese a que ya no estábamos enamorados, entre mí pensé que todavía había momentos que me recordaban por qué me había casado con Vivian.

ϒ

La Nochebuena y el día de Navidad transcurrieron casi igual que siempre.

Al principio de la cena, el ambiente estuvo un poco forzado, por razones obvias. Todo el mundo fue educado con los demás y cuando llegamos con Vivian y con London, hubo una efusión de besos y abrazos. Después de terminar la primera copa de vino, me resultó evidente que el único objetivo de aquella velada era que pudieran disfrutar de ella London y Marge.

Vivian agradeció los regalos que le había comprado; a mí me había traído ropa para correr y un Fitbit. Marge y Liz acogieron con exclamaciones de júbilo y asombro el jarrón que London les había hecho y alabaron en especial los colores de los peces que había pintado. Cuando abrieron las fotos enmarcadas que habían tomado en Nueva York, a ambas se les saltaron las lágrimas, y mi hermana cogió el sobre que contenía la carta que le escribí con una tierna sonrisa. London recibió un montón de artículos relacionados con Barbie, y una vez terminamos con los regalos, pusimos la película *Qué bello es vivir* mientras ella se entretenía con sus nuevos juguetes.

Lo único destacable de la velada se produjo en ese momento. Por el rabillo del ojo, vi que Marge y Vivian se escabullían del salón para meterse en el estudio. Detrás de la puerta entornada se oía apenas el murmullo de sus voces.

Era raro verlas hablando de manera tan íntima y sobre todo a solas, pero yo conocía muy bien el motivo de aquel *tête-à-tête.*

Al igual que todos nosotros, Vivian había querido tener una oportunidad para despedirse.

El día de Navidad, una vez que London hubo abierto el resto de los regalos, me fui de casa para dejar a Vivian a solas con la niña. Hasta ese momento, habíamos estado juntos casi sin interrupción durante cuarenta y ocho horas. Yo necesitaba una pausa y estaba seguro de que a Vivian le ocurría lo mismo. A nadie le resultaba fácil mantener un clima de cordialidad, y menos aún de alegría, en medio de un divorcio y un litigio por la custodia de un hijo.

Mandé un mensaje a Emily para preguntarle si le venía bien que pasara a verla y enseguida me respondió, animándome a ir. Me dijo que tenía un regalo para mí y que quería enseñármelo.

Aún no había bajado del coche cuando salió del porche para acudir a mi encuentro. Una vez cerca, me rodeó con los brazos y nos abrazamos en medio de la pálida luz del sol de un frío día de diciembre.

—Gracias por la carta —susurró—. Era preciosa.

Seguí a Emily hasta el interior, donde me abrí camino entre una vorágine de juguetes nuevos y papel de regalo, en el centro de la cual se encontraba la flamante bicicleta de Bodhi. Emily me condujo hasta el árbol de Navidad y recogió un paquete rectangular.

—Pensé en dártelo antes de Navidad, pero al estar Vivian en la casa, creí que sería mejor que te lo entregara aquí.

Retiré con facilidad el envoltorio. Cuando vi lo que había hecho Emily, me quedé parado, evocando el recuerdo, embargado por una emoción que me impedía hablar.

—Le hice poner un marco, pero puedes cambiarlo por otro —advirtió con timidez—. No sabía si querrías colgarlo.

—Es increíble —dije, sin poder despegar la vista de la imagen.

Emily había pintado la foto en la que London y yo estábamos bailando fuera del acuario, pero el cuadro parecía incluso más real, más vivo que la foto. Aquel era el regalo más enternecedor que había recibido nunca. Abracé a Emily, comprendiendo por qué Marge había insistido tanto en que le escribiera una carta.

Como sabía que Emily me iba a hacer un regalo entrañable, quería asegurarse de que yo estaría a la altura con el mío. Una vez más, Marge había estado velando por mí.

El año tocó inevitablemente a su fin. Vivian regresó a Atlanta. Yo me había tomado una semana de vacaciones, que pasé más que nada con London. Fui a visitar cada día a Liz y a Marge, que seguía alimentando nuestras esperanzas con su aparente recuperación, y vi a Emily tres veces, aunque dos de ellas fue en compañía de los niños. La única excepción fue por Nochevieja, en que salimos a cenar y a bailar.

Cuando dieron las campanadas, estuve a punto de besarla. Ella también estuvo a punto de hacerlo, y ambos nos echamos a reír al darnos cuenta.

—Pronto —dije.

—Sí, pronto —respondió.

Aun así, pese a que fue un momento romántico, sentí que la realidad comenzaba a imponerse.

En 2015, creí que lo había perdido todo.

En 2016, sospechaba que iba a perder incluso más.

25

Antes del adiós

La planificación de momentos románticos con los que Marge había querido agasajar a Liz en Nueva York había tenido algunos precedentes. Cuando cumplieron los cinco años de estar juntas, Marge la sorprendió con un complejo juego de pistas para el día de San Valentín.

Reconozco que cuando Marge me expuso su propósito, me quedé extrañado, porque no me esperaba una cosa así de ella. Al fin y al cabo era contable, y aunque las generalizaciones nunca son fieles a la realidad, a mí siempre me ha parecido más una sabelotodo pragmática que una amante delicada.

Pese a que Marge casi nunca exhibía su lado romántico, era desde luego capaz de demostrar una gran originalidad en ese sentido cuando así le apetecía. El juego de pistas de esa vez fue una obra de gran refinamiento. Lo de Nueva York fue cosa de niños en comparación.

El juego de pistas de San Valentín —distribuido en distintos lugares de todo Charlotte— se componía de una serie de diez acertijos. Estos estaban compuestos en verso y aportaban unas revelaciones concretas. Un ejemplo de ellos:

> Hoy, querida Liz, nos vamos a divertir,
> Para recordarte que eres dueña de mi sentir,
> Ve pues al sitio que te refleja,
> A primera hora y cuando el sol nos deja,
> Mira a la izquierda, mi querida artista,
> Y allí aparecerá la primera pista.

Marge había pegado con cinta adhesiva al lado del espejo del cuarto de baño la primera pista —una llave pequeña—, la cual condujo a Liz a un buzón postal que tenía que abrir con ella. En el interior había otro acertijo… y así sucesivamente. Algunas adivinanzas eran más difíciles que otras. Una exigía a Liz que terminara una copa de champán para encontrar el próximo indicio, que estaba pegado en la base de la copa. En aquel momento, me quedé impresionado con la inspiración y la inventiva de la planificación de Marge.

Hoy en día, ya no me asombran tanto los meticulosos planes que elaboró para aquel San Valentín. Ya no considero que no fueran típicos de ella, porque me he dado cuenta de que lo mejor que se le daba era hacer proyectos para la felicidad de los demás.

Mi hermana, la contable, siempre tenía un plan... sobre todo para las personas a quienes quería.

Mis recuerdos de comienzos del 2016 se concentran en una serie de momentos álgidos, destacados entre la rutina de mi existencia cotidiana.

La rutina consistía en el trabajo, donde escribía, filmaba, montaba y proyectaba campañas de publicidad; el cuidado de London, antes y después de la escuela; mi sesión diaria de running; y Emily, cuyas conversaciones telefónicas por la noche, combinadas con alguna que otra salida, me servían de aliento y sostén. Esas actividades componían el telón de fondo de mis días y también me servían de distracciones momentáneas frente a los altibajos que presidieron ese periodo de mi vida. Seguro que, con el paso del tiempo, he olvidado muchas cosas. Algunas preferí olvidarlas.

Otros recuerdos, en cambio, me acompañarán siempre.

Más o menos una semana después de Año Nuevo, Marge fue a hacerse unas pruebas. Aunque no fui con ella al hospital, mis padres y yo estuvimos presentes el día en que le dieron los resultados.

Nos reunimos con el médico en su despacho, situado frente al hospital. Nos recibió detrás de un recio escritorio de madera, con el marco de fondo de varias fotos de familia dispuestas junto a un amplio mueble archivador. En las paredes había estanterías llenas de libros y las habituales colecciones de diplomas, placas y distinciones. El único elemento incongruente era un gran póster enmarcado de la película *Patch Adams*. Yo recordaba solo que en esta, Robin Williams encarnaba a un médico entregado, amable y divertido, lo cual me llevó a pensar que tal vez el doctor Patel aspiraba a ser un doctor con unas cualidades similares.

¿Se habría dicho alguna vez algo divertido en aquella habitación? ¿Habría reído algún paciente mientras hablaba con su oncólogo? ¿Tendría algún chiste la capacidad de minimizar el horror de lo que estaba ocurriendo?

Nosotros teníamos la impresión de que Marge estaba mejorando un poco. Desde las vacaciones tenía más energía y no parecía sufrir tanto dolor. Incluso le costaba menos respirar. En principio, todo aquello hacía presagiar buenas noticias. Yo advertía la expresión esperanzada de mis padres y el gesto confiado con que Liz cogía a Marge de la mano. Durante la semana anterior, habíamos compartido nuestras ilusiones, tratando de fortalecernos mutuamente.

Marge, sin embargo, no parecía esperar gran cosa. Por el aire de resignación que tenía cuando tomó asiento, deduje que ella iba a ser la única que no iba a derramar ninguna lágrima esa tarde. Mientras los demás nos habíamos quedado encallados en las diversas etapas del duelo, como la negación, la rabia, la duda o la depresión, Marge había avanzado ya hacia la fase de la aceptación.

Antes de que el médico pronunciara una palabra siquiera, ella ya sabía que no se había aminorado la progresión del cáncer. En realidad, desde el comienzo sabía que se había ido propagando aún más.

—Por favor, no me preguntes cómo estoy —dijo Marge—. Mamá y papá acaban de irse, y mamá no paraba de preguntármelo una y otra vez. Y papá consulta continuamente qué más hay que arreglar. Me daban ganas de contestarle que a mí, pero no creo que le hubiera hecho gracia el chiste.

Estábamos sentados en el sofá de su casa, tal como teníamos por costumbre últimamente, contemplando el espacio vacío que antes había ocupado el árbol de Navidad. Mi padre se lo había llevado unos días atrás, pero como aún no habían vuelto a poner los muebles en su sitio, ese rincón de la habitación había quedado desangelado.

—Ha sido un día duro para ellos —señalé—. Lo hacen lo mejor que pueden.

—Ya lo sé —concedió Marge—. Y agradezco que papá siga viniendo. Hemos hablado más ahora que en años, y no solo de béisbol.

Dio un bufido y de pronto crispó la cara. Una oleada de dolor le tensó el cuerpo hasta que por fin cedió.

—¿Quieres que te traiga algo? —me ofrecí con impotencia.

—Acabo de tomar una pastilla —dijo—. No tengo nada en contra de los analgésicos, aparte de que me dan sueño. Tampoco es que el efecto sea espectacular, claro. Mitigan un poco el dolor, nada más. El caso es... —Dirigió la vista a la cocina, donde Liz estaba dibujando con London y prosiguió, bajando la voz—. Le he dicho a Liz que no voy a hacer otra tanda de quimio —anunció con expresión severa y resuelta—. Se lo ha tomado bastante mal.

—Es que está asustada —la justifiqué—. ¿De verdad crees que es la decisión correcta?

—Ya has oído al médico —replicó—. No está funcionando. Y me hace sentir aún peor. No hago más que vomitar y dormir, y se me está empezando a caer el pelo. Después del tratamiento pierdo mechones completos, y ya no me quedan muchos.

—No digas eso —rogué.

—Perdona. Ya sé que no quieres oírlo. Nadie quiere. —Marge apretó los párpados, invadida por otra oleada de dolor que, en mi opinión, tardó demasiado en ceder—. London no debe de saber que estoy enferma, ¿verdad?

—No. Ni siquiera sabe que Vivian y yo nos vamos a divorciar.

Marge abrió un ojo para mirarme.

—Ya va siendo hora de decírselo, ¿no crees?

No respondí, porque no sabía ni por dónde empezar. Era una carga muy grande para colocarla sobre los hombros de una niña de seis años: Marge que se iba a morir, el divorcio de sus padres y su futuro traslado a otro lugar tan alejado como Atlanta, que la obligaría a separarse de su padre y de sus amigos.

No quería que London tuviera que soportar nada de aquello. Ni siquiera quería tener que soportarlo yo. Mientras las lágrimas se me agolpaban a punto de desbordarse, Marge apoyó su mano en la mía.

—Está bien —dijo para tranquilizarme.

—No, no está bien. Nada de esto está bien. —Noté que se me empezaba a quebrar la voz—. ¿Qué voy a hacer con London? ¿Qué voy a hacer contigo?

—Yo hablaré con London, ¿de acuerdo? —se comprometió, estrechándome la mano—. O sea que no te preocupes por eso. Es algo que quiero hacer yo misma. En cuanto a lo demás, ya te he dicho lo que pienso.

—¿Y si no puedo? ¿Y si te defraudo?

—No lo harás —afirmó.

—No puedes estar tan segura.

—Sí lo estoy. Yo creo en ti.

—¿Por qué?

—Porque te conozco mejor que nadie. Como tú me conoces a mí.

El viernes siguiente, a mediados de enero, Vivian se trasladó a Charlotte para recoger a London. Cuando le comenté que quizá era hora de hablarle a London de nuestro divorcio, propuso que lo hiciéramos cuando volviera a traerla, porque no quería echarle a perder el fin de semana.

A la mañana siguiente, la agente inmobiliaria organizó nuestra primera jornada de puertas abiertas y, tal como habían prometido, Marge y Liz acudieron y estuvieron haciendo en voz alta comentarios elogiosos de la casa delante de los potenciales compradores. Más tarde, la agente me llamó para decirme que había detectado un interés claro por la propiedad por parte de una pareja concreta de Louisville, que iban a trasladarse a vivir a Charlotte con sus hijos.

—Por cierto, su hermana tiene unas grandes dotes de actriz —destacó.

El domingo por la tarde, poco después de su regreso de Atlanta, Vivian y yo nos sentamos con nuestra hija a la mesa de la cocina y le dimos la noticia con el mayor tacto posible.

Mantuvimos la conversación a un nivel adecuado para su edad, insistiendo en que nosotros seguíamos queriéndola y que siempre seríamos sus padres. Le dijimos que ella no tenía ninguna responsabilidad en el hecho de que ya no pudiéramos seguir casados.

Vivian tomó la iniciativa, tal como había hecho la vez anterior. Aunque estuvo muy cariñosa y empleó, a mi juicio, un tono adecuado, London se echó a llorar. Entonces Vivian la abrazó y la besó.

—Yo no quiero que os divorciéis —pidió London.

—Ya sé que es difícil, cariño, y lo sentimos mucho.

—¿Por qué no podéis estar contentos los dos juntos? —dijo London, sin parar de sollozar.

Su ingenua incomprensión me provocó un sentimiento de culpa tan intenso que hasta me desprecié a mí mismo.

—A veces las parejas no funcionan —traté de explicarle, pese a que aquellas palabras carecían de sentido incluso para mí.

—¿Por eso está en venta la casa?

—Sí, chiquitina.

—¿Y dónde voy a vivir?

En ese instante dirigí una intensa mirada a Vivian, advirtiéndole mudamente de que no dijera en Atlanta. Ella reaccionó con una expresión de desafío, pero guardó silencio.

—Aún estamos viendo cómo lo solucionamos —expliqué a London, apoyándole una mano en la espalda—. Te prometo que, pase lo que pase, tanto tu madre como yo estaremos cerca para ocuparnos de ti.

Al final, London se calmó, aunque estaba visiblemente confusa y afectada. Vivian fue arriba con ella e inició los preparativos para acostarla. Cuando bajó, le intercepté el paso en la puerta.

—¿Cómo está? —pregunté.

—Está disgustada —respondió—, pero según la psicóloga a la que consulté, es normal. A la larga lo superará, siempre y cuando no vuelvas el proceso de divorcio más agrio de lo que tiene que ser. Es entonces cuando los niños sufren más en estas situaciones, y no creo que tú quieras hacerle eso.

Me mordí la lengua, omitiendo contestarle que no era yo el que agriaba la situación, porque sabía que era inútil.

Vivian cogió sus cosas para ir al encuentro de la limusina y el avión que la esperaban, pero se detuvo justo antes de salir.

—Ya sé que es un mal momento, con lo de Marge y todo —dijo—, pero tenemos que solucionar lo del acuerdo lo antes posible. Tienes que firmarlo, para terminar con esto. —Acto seguido, se marchó.

Tragándome la rabia, empecé a subir las escaleras para ir a acostar a London.

Tenía los ojos rojos e hinchados y apenas me miró a la cara.

Esa noche, por primera vez desde hacía años, se hizo pipí en la cama.

Durante los días posteriores a aquella conversación, London estuvo mucho más apagada y pasó incluso más tiempo de lo habitual en su habitación. Siguió haciéndose pipí en la cama; no cada noche, pero sí un par de veces más. Ya no quería leer el libro del Arca de Noé antes de acostarse. Aunque me dejaba darle un beso de buenas noches, no me echaba los brazos al cuello para abrazarme.

Siguiendo el consejo de Marge, hablé con su maestra de lo que ocurría entre Vivian y yo. Esta me aseguró que no había detectado nada raro, aparte de un reciente incidente en la fuente. London se había derramado agua en la blusa y se había puesto a llorar. Se quedó inconsolable y rechazó todas las tentativas que hicieron para animarla las maestras y sus compañeros de clase.

Mi hija, en resumen, estaba pasando un mal trance. Después de la clase de piano del jueves, le propuse ir a comprar un helado, pero reaccionó con escaso entusiasmo. Aunque al final la convencí para que fuéramos, apenas tocó el helado en el trayecto hacia casa, sin percatarse de los chorretes que caían en la tapicería del coche. Más tarde, mientras jugaba con las Barbies, la oí hablando sola mientras inclinaba a la muñeca hacia Ken.

«No quiero vivir con mamá en Atlanta —le dijo Barbie a Ken—. Yo quiero vivir aquí con papá. Con papá nos divertimos y salimos en las veladas especiales y también me deja cocinar. Además, yo quiero jugar con Bodhi cada día y ver a los abuelos y a la tía Marge y a la tía Liz.»

Esa noche no pude dormir, repasando una y otra vez la escena que había interpretado London. Marge tenía razón, concluí. Armado de valor, a la mañana siguiente llamé a Taglieri y le anuncié que estaba dispuesto a hacer todo lo que fuera necesario para conseguir que London viviera conmigo.

Ese mismo día, la agente de la inmobiliaria me llamó para comunicarme que había recibido una oferta por la casa.

—Bueno, hay que reconocer que revolviste bien el avispero —dijo Taglieri. Era el miércoles, cinco días después de que le hubiera dado las últimas instrucciones. Me había llamado para que fuera a su despacho a hablar de la respuesta de la otra parte. Rebullí en el asiento mientras él proseguía—: Ayer recibí una carta de la abogada de Vivian.

—¿Y?

—Si optas por enfrentarte a ella por la custodia, las cosas se pondrán muy feas. Básicamente, la abogada me advirtió de que presentarán una demanda muy agresiva alegando que no eres un padre apto.

—¿Qué significa eso? —pregunté, notando que se me iba el color de la cara.

—Para empezar, quieren hacer intervenir a un psicólogo para que evalúe a London y efectúe una valoración de sus necesidades y preferencias. Ya te había hablado antes de esa posibilidad, no sé si te acuerdas. Como London es tan pequeña, yo soy de la opinión de que ese recurso tiene una repercusión limitada, pero en función del psicólogo que utilicen, esperan presentar un informe que respalde sus alegaciones. Algunas de ellas son bobadas. Afirman que tú no estás alimentando de una manera sana a London, que a veces le das comida basura azucarada para cenar, por ejemplo, o que porque no la llevaste en su momento a la clase de danza, la excluyeron de la academia. Hay otras alegaciones más serias en las que tal vez el psicólogo se ponga a hurgar.

—¿Cómo qué, por ejemplo? —inquirí, con una creciente sensación de náuseas.

—Que estás obligando a la niña a tener relación con tu nueva pareja, Emily, antes de que ella esté preparada.

—¡Pero si el hijo de Emily, Bodhi, es el mejor amigo de London!

—Ya te entiendo. En el mejor de los casos, el psicólogo lo confirmará, pero uno nunca lo sabe hasta que presentan su informe al tribunal. —Hizo una pausa—. En la carta presentan otras alegaciones... que pusiste conscientemente en peligro a London al presionarla para que bajara en bicicleta por una pendiente, a sabiendas de que aún no tenía suficiente experiencia para controlar la situación. Que omitiste avisar a Vivian inmediatamente y luego minimizaste a propósito las lesiones de London cuando hablaste con ella a fin de disimular tu ineptitud.

—¡Eso... eso no es verdad! —balbucí, ruborizándome—. Vivian sabe que fue un accidente. ¡Sabe que yo jamás pondría en peligro a mi hija a propósito!

—Yo solo te estoy explicando lo que pone en la carta. Pero hay algo más y, de entrada, te pido que no pierdas la calma, ¿de acuerdo?

Crispé las manos, notando la presión de la sangre en las sienes.

—En la carta —continuó Taglieri—, la abogada menciona que celebras «noches especiales» con tu hija. Que ella se viste de una forma elegante, a la manera de una adulta, y que os vais los dos a sitios románticos.

—¿Y qué?

—Russ… —Taglieri me miró con pesar—. Es repugnante, pero la abogada da a entender que tu relación con London podría ser malsana, o incluso del todo inadecuada…

Tardé un segundo en comprender el significado de la insinuación. Cuando me hice cargo, se me cortó la respiración.

«Dios santo… Vivian no haría eso … no haría por nada del mundo una cosa así…»

Aquejado de una sensación de mareo, veía manchas negras en el límite de mi campo de visión. Me sentía abochornado, escandalizado y furioso… pero aquellos adjetivos no bastaban para describir mi estado.

—Solo son insinuaciones —precisó Taglieri—, pero me escama el hecho de que lo mencionen en la carta. Como mínimo, es una indicación de que están dispuestos a presentar una imagen muy negativa de ti, por no decir horripilante.

Apenas presté oído a las palabras de Taglieri. Vivian no haría eso… ¿Cómo podía insinuar siquiera algo así…?

—Llamaré por teléfono a la abogada dentro de un rato, porque no podemos dejar pasar como si nada este tipo de amenazas veladas. Se trata de un intento de intimidación y un acto muy poco profesional. Al mismo tiempo, nos deja entrever hasta dónde estaría dispuesta a llegar Vivian para conseguir la custodia. Y si la cosa va a los tribunales, quiero destacar que uno nunca sabe qué va a decidir un juez.

—¿Qué hago? Yo sé que London quiere vivir conmigo…

—Como te he dicho, primero hablaré con la abogada. En cualquier caso lo mejor sería, tal como te aconsejé anteriormente, que tú y Vivian encontrarais una solución. En calidad de abogado tuyo, te confieso que no veo con mucho optimismo tus posibilidades de ganar este juicio.

Pasé el resto del día anonadado y desorientado, como si hubiera recibido un tremendo mazazo.

No fui a trabajar, ni fui a casa. Tampoco fui a ver a Marge ni a Liz, ni pasé a visitar a mis padres.

Habitado por una furia sorda, horrorizado, no quería hablar con nadie. Lo que sí hice fue mandar un mensaje a Emily para pedirle si podía recoger a London en la escuela y cuidar de ella hasta que yo regresara a la ciudad. Ella me preguntó dónde estaba y qué pasaba, pero no estaba en condiciones de responder. «Necesito estar solo unas cuantas horas —respondí—. Gracias.»

Después subí al coche y me puse a conducir.

Al cabo de tres horas y media, llegué a Wrightsville Beach y aparqué. El cielo estaba cubierto y hacía un viento penetrante. Estuve caminando por la playa más tiempo del que tardé en el trayecto en coche, pensando en London, en Marge y en Vivian, en una especie de bucle inacabable, atormentado por la incertidumbre, el miedo y unas incesantes oleadas de emociones. Alternaba entre la rabia y la confusión, la congoja y el terror, y cuando volví al coche, tenía las mejillas enrojecidas por el viento y el alma embotada. Pese a que no había comido en todo el día, no tenía nada de hambre.

Hice el viaje de regreso a Charlotte y recogí a London mucho después de que hubiera anochecido. Normalmente ya tendría que haberse acostado, pero por suerte, Emily le había dado de cenar al menos. No pude reunir las fuerzas para hablar con Emily de lo ocurrido en ese momento; todavía había muchas cosas que no lograba expresar con palabras.

Al final acabé recurriendo a Marge, más que nada porque ella no me dejó otra opción.

Era el último viernes de enero y yo me había comprometido a quedarme con Marge mientras mi madre iba a comprarle unos medicamentos a la farmacia. El cáncer se había extendido de tal forma que nadie se atrevía a dejar sola a Marge, ni siquiera por un rato. El salón estaba iluminado solo con una lámpara de mesa y Marge había pedido que bajaran las persianas. Decía que la luz le producía molestias en los ojos, pero yo sabía que la verdad era otra. No quería que la viéramos claramente, porque bastaba con una mirada para percatarse de lo enferma que estaba. Se le había caído tanto el pelo que había adoptado la costumbre de ponerse una gorra de béisbol siempre que estaba despierta. Pese a que estaba tapada con una manta, las manos huesudas y el cuello descarnado, en el que sobresalía como una dolorosa protuberancia la nuez de Adán, delataban su creciente delgadez. La respiración sonaba trabajosa y padecía largos ataques de tos y asfixia que ponían a mi madre y a Liz en un estado de pánico. Ellas le daban golpes en la espalda en un intento de desprender las mucosidades y la flema, que a menudo surgía mezclada con sangre. Dormía más de dieciséis horas al día y su aparición en la jornada de puertas abiertas dos semanas atrás fue la última ocasión en que salió de casa.

Ya no era capaz de dar más de unos cuantos pasos sin ayuda. El cáncer del cerebro le había afectado el lado derecho del cuerpo, como si hubiera sufrido una apoplejía. Tenía el brazo y la pierna derecha debilitados y se le había empezado a descolgar el ojo. Solo podía sonreír a medias.

Aun así, sentado a su lado, la encontré igual de guapa que siempre.

—Emily vino ayer —dijo, pronunciando despacio y con esfuerzo las palabras—. Me gusta mucho, Russ, y te quiere de verdad. Tienes que llamarla —añadió, mirándome con énfasis—. Tienes que hablar con ella y explicarle qué te está pasando. Está preocupada por ti.

—¿Por qué vino?

—Porque yo se lo pedí. Quería pasar un poco de tiempo con la mujer de la que está enamorado mi hermano, con el nuevo modelo mejorado —Esbozó una débil sonrisa—. La llamé así. Creo que le gustó.

Sonreí a mi vez. Pese a su debilidad, Marge seguía siendo la misma.

Hizo acopio de fuerzas un momento antes de continuar.

—Creo que es hora de que hable con London también.

—¿Cuándo?

—¿Puedes traerla este fin de semana?

—No estará aquí. Estará en Atlanta con Vivian.

—Entonces, ¿qué tal hoy después del cole?

Mi hermana me estaba diciendo, a su manera, que se le estaba acabando el tiempo. Tragué saliva con esfuerzo.

—De acuerdo —susurré.

—También quiero ver a Vivian. ¿Puedes pedírselo?

Desvié la mirada mientras se me revolvía el estómago. Todavía furioso y mortificado, me horripilaba pensar en ella y aún se me hacía más insoportable la idea de pedirle que visitara a mi hermana moribunda. Marge insistió, pese a haberse percatado de mi expresión.

—Necesito que me hagas este favor —rogó.

—Le mandaré un mensaje —acepté—, pero no sé si podrá venir. Suele estar bastante ocupada.

—A ver qué dice —persistió. Entonces pestañeó y me di cuenta de que hasta se le estaban bajando los párpados—. Dile que es importante para mí.

Cogí el teléfono y envié el mensaje; Vivian contestó casi al instante. «Desde luego —respondió—. Dile a Marge que estaré allí hacia las cinco.»

Informé de ello a Marge y observé cómo cerraba los ojos. Pensé que iba a quedarse dormida antes de que los volviera a abrir.

—¿Has aceptado ya la oferta por tu casa?

—No. Aún estamos acabando de negociar el precio.

—Pues sí que dura.

—Es que los compradores potenciales estaban de viaje. De todas formas, según la agente de la inmobiliaria, falta poco. Cree que cerraremos el trato la semana que viene.

—Qué bien, ¿no? Así podrás pagarle a Vivian.

De nuevo, me crispé al oír su nombre.

—Supongo.

—¿Me quieres contar qué ha pasado? —reclamó Marge, mirándome—. Emily dijo que estuviste fuera todo el miércoles y no quisiste hablar de eso con ella.

Me levanté del sofá y fui a mirar por la ventana, para cerciorarme de que no había llegado mamá. No quería que se enterara de lo que sucedía, porque ya tenía suficiente padecimiento en su vida. Luego me volví a sentar, junté las manos y le expliqué lo de la reunión con Taglieri y la carta que había enviado la abogada de Vivian.

—Vaya —dijo Marge cuando hube acabado—. Tampoco me extraña del todo. Siempre ha dejado muy claro que quiere llevarse a London a Atlanta.

—Pero amenazar de esa forma... Está jugando sucio.

—¿Qué dice tu abogado?

—Que no ve con mucho optimismo mis posibilidades de ganar el juicio y que sigue pensando que tendríamos que encontrar una solución entre ambos.

Marge guardó silencio un momento, pero en su mirada se advertía una intensidad casi febril.

—En primer lugar, tienes que saber qué es lo que de verdad quieres.

—¿Por qué sigues diciendo eso? —pregunté, extrañado—. Ya hemos hablado del asunto. Ya te he dicho lo que quiero.

—Entonces ya sabes lo que tienes que hacer.

—¿Ir a juicio, quieres decir? ¿Jugar sucio, igual que ella?

—No. No me parece que eso sea bueno para London, y ella es tu prioridad.

—¿Entonces qué propones?

—Creo que tú ya lo sabes —dijo, volviendo a cerrar los ojos.

Mientras escrutaba su fatigado rostro, por fin tomé conciencia de que sí lo sabía.

Al regresar de casa de Marge, llamé a Emily para proponerle que comiéramos juntos. Nos dimos cita en un restaurante pequeño situado cerca de su casa.

—En primer lugar, quiero disculparme por no haberte explicado qué pasaba —dije, en cuanto estuvimos instalados—. Francamente, no sabía ni por dónde empezar.

—No pasa nada, Russ —me aseguró—. Todos necesitamos a veces digerir ciertas cosas a solas primero. No tienes que sentirte presionado por mí. Estoy aquí siempre que te sientas dispuesto a hablar, y también en el caso contrario.

—Ahora sí estoy dispuesto —declaré, tocándole la mano.

Tras respirar hondo, se lo conté todo. Le hablé de las dificultades de London, de las instrucciones que le había dado a Taglieri y de la respuesta de Vivian. En un momento dado, ella se tapó la boca con las manos.

—No me imagino cómo te debiste sentir —exclamó cuando hube acabado—. Yo me habría quedado... traumatizada. Y hecha una completa furia, desde luego.

—Yo también. Todavía estoy así —reconocí—. Por primera vez siento como si de verdad la odiara.

—No te faltan motivos —concedió—. Quizá no sea tan mala idea dejar que London hable con un psicólogo. Seguramente podrías cortar de raíz todas esas alegaciones tan insensatas.

—Y además está la cuestión del accidente con la bicicleta.

—Los niños tienen accidentes, Russ. Por eso la ley obliga a que se pongan casco. Los jueces lo saben.

—No quiero llevar a juicio esta pugna por la custodia. Ni siquiera quiero que London tenga que hablar de esto con un psicólogo. Si necesita un tratamiento que la ayude a superar lo del divorcio es otro asunto, pero no pienso ponerla en la posición de tener que elegir entre su madre y su padre. —Sacudí la cabeza—. Procuro centrarme en lo que es mejor para London. Sé que ella me necesita en su vida como una presencia regular y cotidiana, no como un contacto ocasional, así que voy a hacer lo que debo hacer.

Aunque sabía que había bastante vaguedad en aquella declaración, había ciertas cosas que no podía revelarle a Emily.

Ella asintió antes de coger el vaso de agua. En lugar de llevárselo a los labios, se puso a hacerlo girar sobre la mesa.

—Ayer vi a Marge —comentó.

—Ya lo sé. Me lo ha dicho. ¿Qué te ha parecido eso de que te bautizara como «el nuevo modelo mejorado»? —consulté con una sonrisa.

—Me siento honrada. —Luego añadió con tristeza—: Es tan buena persona...

—La mejor.

No había en realidad nada más que decir.

Después de la escuela, llevé a London a ver a Marge. Puesto que había estado en su casa en numerosas ocasiones a lo largo del mes anterior, sabía que estaba enferma, aunque no se daba cuenta de la gravedad de su estado.

Cuando Marge abrió los brazos, se acercó como de costumbre para darle un cariñoso abrazo.

—¿Quieres que me quede? —le consulté, moviendo solo los labios, y ella negó con la cabeza.

—Voy a charlar un rato con la abuela, ¿vale, London? Tú cuida de la tía Marge. ¿eh?

—Vale —aceptó.

Las dejé solas en el salón. Mi madre y yo permanecimos sentados en el porche, sin decir gran cosa.

Al cabo de poco, al ver que London entraba llorando en la cocina, fui adentro y la abracé.

—¿Por qué no hace Dios que la tía Marge se ponga mejor? —preguntó entre sollozos.

Tragué saliva, tratando de eliminar el nudo que se me formó en la garganta, mientras estrechaba su cuerpecillo contra el mío.

—No lo sé, cariño —dije—. De verdad que no lo sé.

Vivian me comunicó a través de un mensaje que pensaba ir directamente a casa de Marge desde el aeropuerto, a resultas de lo cual no llegó a casa hasta las seis y media.

En cuanto vi la limusina delante, me acordé de la carta de su abogada. Dejé la puerta principal abierta y me retiré a la cocina, invadido por un sentimiento de repugnancia hacia ella. Aunque acababa de pasar más de una hora con mi hermana, no tenía ningunas ganas de hablar con ella.

La oí entrar en casa y después percibí la voz trémula de London, preguntándole si tenía que ir a Atlanta. Pese a que Vivian le prometió que lo iban a pasar en grande, se puso a llorar. Luego entró corriendo en la cocina y se arrojó a mis brazos.

—No quiero ir, papá —dijo, sollozando—. Quiero quedarme aquí. Quiero ver a la tía Marge.

La recogí del suelo y la mantuve en brazos mientras Vivian entraba en la cocina con expresión inescrutable.

—Tienes que pasar tiempo con tu madre —argumenté—. Ella te echa mucho de menos y te quiere muchísimo.

London siguió gimoteando.

—¿Tú cuidarás de la tía Marge mientras?

—Claro que sí —afirmé—. La cuidaremos entre todos.

Al estar London en Atlanta, pasé casi todo el fin de semana en casa de Marge, tal como le había prometido. Mis padres también se encontraban allí, al igual que Liz.

Pasamos largas horas en la mesa de la cocina contando anécdotas de Marge, como si nuestra rememoración de sus estrambóticas hazañas pudiera ayudarla a vivir más tiempo. Yo relaté por fin a mis padres y a Liz lo ocurrido la noche en que la rescaté en lo alto del depósito de agua; Liz recreó el juego de pistas del día de San Valentín. Nos estuvimos riendo de la obsesión que tenía Marge con los patines y las películas de terror y evocamos el idílico día que pasamos con ella, Liz y Emily en la Biltmore House. Hicimos grandes alabanzas del ingenio de Marge y nos maravillamos de que todavía me considerase un hermano menor totalmente dependiente de su guía y apoyo.

Me habría gustado que ella estuviera allí para oírnos, pero solo pudo escuchar alguna anécdota. El resto del tiempo lo pasó durmiendo.

London volvió de Atlanta el domingo por la tarde. Vivian se despidió de ella cerca de la limusina, sin entrar en casa.

Era el último día del mes de enero. Marge y yo habíamos nacido en marzo, ella el cuatro y yo el doce. Ambos éramos piscis y, según el zodiaco, las personas nacidas en este signo son normalmente compasivas y generosas. Siempre pensé que Marge tenía más desarrolladas dichas cualidades que yo.

Al darme cuenta de que su cumpleaños caía dentro de menos de cinco semanas, tomé conciencia de que ya no estaría entre nosotros para celebrarlo.

Al igual que Marge, lo sabía sin necesidad de ninguna explicación.

26
La despedida

Mis padres no tenían una vida social muy activa cuando Marge y yo éramos pequeños. Mi padre tomaba muy de vez en cuando una cerveza con sus amigos y mi madre prácticamente no salía. Entre el trabajo, la cocina, la limpieza, las visitas a sus familiares y la crianza de los hijos, apenas le quedaba tiempo libre. Mis padres tampoco salían a cenar juntos muy a menudo. Ellos lo consideraban un despilfarro y, de hecho, calculo que solo se permitieron tal dispendio una media docena de veces en total. Sumando cumpleaños, aniversarios de boda, fiestas de San Valentín y días del padre y de la madre, seis salidas en pareja en dieciocho años no es gran cosa.

Como consecuencia de ello, cuando salían, Marge y yo nos quedábamos locos de contentos al poder disponer de la casa solo para nosotros. En cuanto se perdía de vista su coche, preparábamos palomitas de maíz o galletas con crema de cacao y nos poníamos a mirar películas con el volumen bien alto hasta que, de forma inevitable, llamaba alguna de las amigas de Marge. En cuanto se ponía al teléfono, se olvidaba de mí... aunque no me importaba demasiado, porque eso representaba que me tocaban todavía más palomitas y galletas.

Una vez, cuando ella tenía unos trece años, me convenció para que montáramos un fuerte en el salón. Encontramos una cuerda para tender la ropa en el cobertizo y la tensamos entre la barra de la cortina hasta el reloj de pared y de este hasta un orificio de ventilación para luego formar un cuadrado volviéndola a sujetar a la barra de la cortina. Luego colgamos con pinzas diversas toallas y sábanas. Pusimos una sábana por encima y acondicionamos el interior del fuerte con cojines del sofá. Marge trajo un farol de cámping que había en el garaje. Conseguimos encenderlo sin incendiar la casa —mi padre se habría puesto furioso si se hubiera enterado— y luego Marge apagó todas las luces antes de meternos dentro.

El proceso de preparación había durado más de una hora y casi íbamos a tener que invertir el mismo tiempo para ponerlo todo en su sitio, así que solo pudimos pasar quince o veinte minutos en el fuerte antes de que regresaran nuestros padres. Incluso cuando salían, nunca se quedaban fuera hasta tarde.

Para mí fue una experiencia casi mágica, de la que todavía guardo un vivo recuerdo. A los ocho años, fue toda una aventura, y al tratarse de algo prohibido, la experiencia me hizo sentir mayor de lo que era, elevándome por primera vez un poco hasta la altura de Marge desde mi posición de niño. Recuerdo perfectamente haber pensado, mientras la observaba a través de la misteriosa luz de la linterna, que no solo era mi hermana, sino mi mejor amiga. Ya desde entonces supe que nada podría alterar aquel vínculo.

El 1 de febrero, la temperatura máxima alcanzó los veintiún grados. Cinco días después, la máxima fue de solo diez grados y la mínima cayó hasta los cuatro bajo cero. Los drásticos cambios de temperatura de aquella primera semana de febrero parecieron debilitar aún más a Marge. Cada día estaba peor.

Su régimen de dieciséis horas de sueño por día se amplió a diecinueve, y cada inhalación de aire le suponía un tremendo esfuerzo. La parálisis del lado derecho se acusó aún más, de modo que alquilamos una silla de ruedas para trasladarla por la casa. Cada vez pronunciaba con más dificultad las palabras y apenas tenía apetito, pero eso no era nada en comparación con el dolor que sufría. Estaba tomando tantos analgésicos que yo sospechaba que se le estaba deshaciendo el hígado, y aun así los únicos momentos en que podía disfrutar de un verdadero alivio era cuando dormía.

Nunca hablaba del dolor, en realidad; ni con mis padres, ni conmigo, ni con Liz. Como siempre, se preocupaba más por los demás que por sí misma, pero su sufrimiento resultaba evidente en sus muecas o en las lágrimas que de repente le anegaban los ojos. Para nosotros era una tortura asistir a todo ese padecimiento.

Con frecuencia, me sentaba con ella en el salón mientras dormía en el sofá; otras veces, me instalaba en la mecedora del dormitorio. Mientras la contemplaba dormida, los recuerdos se desplegaban a través de los años, como una película que pasara al revés… una película en la que Marge era la protagonista, la que pronunciaba los diálogos más memorables. Me preguntaba si mis recuerdos seguirían igual de vívidos que en ese filme en el que ella permanecía viva para siempre, o si se irían difuminando con el paso del tiempo. Pugnaba por verla más allá de la enfermedad, diciéndome que se lo debía a ella, que tenía que consignar en la memoria todo lo que era antes de caer enferma.

El día en que la temperatura cayó hasta cuatro bajo cero, me acordé de algo que me había dicho mi padre sobre las ranas, que tanto pueden vivir en Carolina del Norte como en las latitudes del círculo polar Ártico. Las ranas de bosque no solo eran capaces de soportar temperaturas glaciales, sino que se podían congelar completamente, hasta el punto de que dejaba de latirles el corazón. No obstante, esa rana ha evolucionado de tal forma que el glucógeno continúa transformándose en glucosa, la cual actúa como una especie de anticongelante natural. Estos animales pueden permanecer congelados e inmovilizados durante semanas, pero cuando por fin vuelve el buen tiempo, la rana de bosque parpadea y su corazón empieza a palpitar de nuevo. De pronto respira y se va dando saltos en busca de su pareja, como si Dios solamente hubiera apretado el botón de pausa.

Mirando a mi hermana dormida, más de una vez deseé que se produjera un milagro de la naturaleza como aquel.

Curiosamente, el resto de mi vida seguía avanzando con celeridad.

El trabajo a veces me servía de distracción y el entusiasmo de mis clientes por mis producciones fue uno de los escasos motivos de alegría en ese periodo. Me reuní con mi agente inmobiliaria para firmar el contrato de preventa. La pareja de Louisville solicitó un plazo largo del depósito de garantía porque querían que sus hijos terminaran el año escolar allí, de modo que se fijó la fecha de venta para mayo. Aparte, un día en que comíamos juntos, Emily me preguntó el nombre de mi agente inmobiliaria, para luego confiarme que estaba pensando en vender también su casa.

—Creo que necesito empezar de cero en un sitio donde no haya vivido con David —explicó.

En ese momento, sospeché que solo procuraba demostrarme un apoyo moral con respecto a mi propia decisión de vender, porque sabía que todavía vivía dicha transacción con cierta ambivalencia. Al cabo de unos días, no obstante, me mandó una foto de su casa con el cartel de EN VENTA colocado delante.

Nada permanece igual durante mucho tiempo. Su vida, como la mía, estaba avanzando. Lo malo era que yo no sabía hacia dónde se dirigía la mía.

Mi padre seguía presentándose en casa de Marge con su caja de herramientas casi cada tarde. Lo que empezó como una serie de «reparaciones necesarias» en la casa se fue convirtiendo en una reforma general. Había desbaratado todo el cuarto de baño de invitados el día en que Liz y Marge asistieron a la jornada de puertas abiertas en mi casa, con la intención de transformarlo en un cuarto de baño digno de su hija.

Mi padre era un dinosaurio en lo que a cuestiones tecnológicas se refiere. Hasta ese momento, no había visto la necesidad de comprarse un teléfono móvil. Su jefe siempre sabía dónde estaba trabajando y todos sus compañeros de trabajo tenían uno, gracias al cual lo podían contactar. ¿Quién más iba a llamarlo?, argumentaba él. ¿Para qué tomarse la molestia?

Mi padre me abordó, sin embargo, justo después de Año Nuevo para pedirme que lo ayudara a comprar un móvil. Como no sabía nada de «esos chismes», me encargó que le eligiera uno. «Que haga todas esas virguerías —precisó—, pero que no sea muy caro.»

Aunque mi padre no había mencionado la cuestión, le elegí un modelo que me pareció fácil de manejar y contraté el mismo tipo de servicio que el mío. Después estuve un rato con él enseñándole cómo realizar y recibir llamadas, así como mandar mensajes. En sus contactos, agregué la información para Marge, Liz, mi madre y yo. No se me ocurrió nadie más a quien añadir.

—¿Sirve para hacer fotos? —preguntó—. He visto teléfonos con los que se pueden sacar fotos ahora.

«Prácticamente todos los móviles ofrecen esa posibilidad desde hace años», pensé para mí.

—Sí, puedes sacar fotos con este —me limité a confirmar.

Le mostré dicha función y observé cómo practicaba haciendo fotos y las examinaba después. También le enseñé a borrar las que no le gustaban. Aunque yo tenía la impresión de que no podría digerir tanta información, él se guardó con cuidado el aparato en el bolsillo y se dirigió a su coche.

Al día siguiente volví a verlo en casa de Marge. Ella se había levantado de la siesta y mamá le tenía una sopa de pollo preparada. Marge se comió la mitad del tazón —menos de lo que esperábamos— y cuando mamá se llevó la bandeja, nuestro padre se sentó a su lado. Se lo veía casi cohibido cuando empezó a enseñarle las fotos de diversos modelos de grifos, lavabos y toalleros, así como diversas opciones de baldosas para el suelo y la pared. Evidentemente, había estado en una tienda de materiales, y esa era la única manera que tenía para que Marge participara en el proceso de remodelación.

Marge sabía que nuestro padre nunca había sido un hombre hablador ni propenso a las manifestaciones francas de afecto. No obstante, a través de su afán en el trabajo, era capaz de percibir que a su manera estaba pregonando a voz en cuello el amor que sentía por ella, con la esperanza de que pudiera de algún modo percibir lo que siempre le había costado tanto expresar.

Papá tomaba notas a medida que ella iba escogiendo y cuando terminaron, Marge se inclinó hacia él, sin dejarle más opción que abrazarla.

—Te quiero, papá —susurró.

Después él se levantó del sofá y salió caminando pesadamente de la casa. Todos sabíamos que se iba a comprar el material, pero al cabo de unos minutos, me di cuenta de que no había oído el ruido del motor del coche.

Cuando me asomé a la ventana, vi a mi padre, el hombre más fuerte que había conocido, sentado delante del volante con la cabeza gacha, estremecido por los sollozos.

En la cocina de casa de Marge flotaban siempre deliciosos aromas, porque mi madre trataba con desesperación de preparar platos que la tentaran a comer más. Había sopas, estofados, salsas y pasta; merengues de crema de plátano y limón y helados caseros de vainilla. La nevera y el congelador estaban repletos y, cada vez que iba allí, me daba comida para llevar a mi nevera, que también se había ido llenando poco a poco.

Siempre que Marge estaba despierta, mi madre le ponía una bandeja delante. Hacia la segunda semana de febrero, empezó a darle de comer en la boca porque cada vez tenía el lado izquierdo más débil. Le acercaba con cuidado la cuchara a los labios, se los limpiaba entre un bocado y otro y después le daba de beber un sorbo de algo por medio de una paja.

Mientras Marge comía, mi madre hablaba. Hablaba de papá y de lo mal que se lo hacía pasar el nuevo propietario de la empresa de fontanería por faltar tanto al trabajo. A aquellas alturas, mi padre debía de haber acumulado años de vacaciones, pero el dueño era de esa clase de personas que nunca están satisfechas, un hombre que pedía mucho a sus empleados y exigía poco de sí mismo.

Describía los tulipanes que había plantado para mi padre y la conferencia a la que había asistido con la asociación de mujeres; también hacía las delicias de Marge contándole cosas que le había dicho London, por más intrascendentes que fueran.

En más de una ocasión, oí cómo mi madre fingía estar molesta porque nadie la había informado con anterioridad de que Marge y London iban a ir a la pista de patinaje.

—Yo te llevé y te fui a buscar tantas veces a esa pista que dejé marcas en el asfalto con los neumáticos de mi coche... ¿y tú te olvidaste de mencionar que mi nieta iba a ir a patinar allí por primera vez?

A mí me constaba que bromeaba a medias, que le hubiera encantado haber estado presente, y me reprendía en silencio por la omisión. Mi madre no solo habría querido ver a London con patines ese día, sino que también habría querido ver a su propia hija, patinando con expresión de gozo en la cara... por última vez.

A medida que avanzaba la segunda semana de febrero, tenía la sensación de que el tiempo se aceleraba y se ralentizaba a la vez. Por una parte había una especie de arrastrada lentitud en las horas que pasaba cada día en casa de Marge, presididas por largos periodos de silencio y de sueño; por la otra, cada vez que llegaba, parecía como si el deterioro de Marge se estuviera precipitando. Una tarde, pasé antes de ir a buscar a London y la encontré despierta en el salón. Como estaban hablando en voz baja con Liz, me ofrecí a marcharme, pero esta realizó un gesto negativo.

—Quédate —dijo—. De todas maneras tengo que ir a atender a uno de mis clientes. Es una emergencia. Así hablaréis un rato. Espero no tardar mucho.

Me senté al lado de mi hermana. No le pregunté cómo se encontraba porque sabía que detestaba que le dijeran eso. Ella sí me preguntó, como siempre, por Emily, el trabajo, London y Vivian, con voz apagada, sin articular apenas. Como se cansaba tan deprisa, yo hablé casi todo el tiempo. Al final, no obstante, le pedí si podía hacerle una pregunta.

—Claro —respondió trabajosamente.

—Por Navidad te escribí una carta, pero no me dijiste qué te había parecido.

Esbozó una media sonrisa, a la que ya me había acostumbrado.

—Aún no la he leído.

—¿Por qué no?

—Porque todavía no estoy preparada para despedirme de ti —respondió.

Confieso que a veces dudé de si tendría ocasión de leerla. A lo largo de los tres días siguientes, siempre que iba a su casa, Marge estaba dormida, generalmente en su dormitorio.

Me quedaba durante una o dos horas, hablando con Liz o con mi madre, en función de cuál de las dos estaba allí. Admiraba las últimas reparaciones o reformas que había emprendido mi padre y, con cierta frecuencia, comía un plato bien surtido de comida que mi madre me colocaba delante.

Casi siempre nos quedábamos en la cocina. Al principio pensaba que era porque nadie quería molestar a Marge mientras dormía, pero después descarté esa explicación al darme cuenta de que si los martillazos de mi padre no bastaban para despertarla, tampoco la habríamos estorbado hablando en voz baja.

Al final lo descubrí una tarde, cuando Liz salió a barrer al porche. En un momento dado, fui al salón y me instalé en el lugar donde solía sentarme con Marge.

Aunque mi padre estaba trabajando en silencio en el cuarto de baño, tomé conciencia de que oía un extraño sonido rítmico, como un ventilador o un orificio de ventilación en mal estado. Incapaz de precisar su origen, me trasladé primero a la cocina y después al baño, donde encontré a mi padre tumbado de espaldas con la cabeza debajo del lavabo nuevo, que estaba acabando de colocar. El ruido era más inaudible en esos lugares; en realidad, aumentó solo de volumen cuando empecé a caminar por el pasillo, y entonces me di cuenta de qué era lo que producía ese horrible ruido.

Era mi hermana.

Pese a que la puerta estaba cerrada, lo que había estado oyendo desde el otro extremo de la casa era el sonido de su respiración.

El día de San Valentín cayó en domingo ese año. Marge había organizado una reunión especial en su casa, a la que había invitado incluso a Emily y a Bodhi, y yo llevé a London en cuanto llegó de Atlanta.

Por primera vez desde hacía dos semanas, al llegar la encontramos sentada en el sofá. Alguien —tal vez Liz o mi madre— la había ayudado a maquillarse un poco. En lugar de la gorra de béisbol, llevaba un precioso fular de seda y un grueso jersey de cuello alto que la ayudaban a disimular su delgadez. Pese a los estragos que le causaba el tumor en el cerebro, fue capaz de seguir la conversación y hasta la oí reír un par de veces. Había momentos en que casi parecía como una de aquellas tardes de sábado o de domingo que solíamos pasar en casa de nuestros padres.

Casi.

La casa en sí nunca había tenido mejor presencia. Mi padre había terminado el cuarto de baño de invitados, y el lavabo y los azulejos nuevos relucían, reflejando unos accesorios vanguardistas. También había pasado el fin de semana anterior pintando todos los elementos de madera de la casa. Mi madre había preparado un auténtico banquete que cubría todas las superficies de la cocina, y cuando llegó Emily, le hizo prometer que se llevaría una montaña de restos a su casa, incluido lo que quedara de pasteles.

Estuvimos haciendo refritos de las anécdotas familiares, pero el momento álgido de la tarde fue cuando Liz le presentó a Marge su regalo de San Valentín. Había hecho un álbum de fotos de ambas que empezaba cuando eran niñas e iba avanzando a lo largo de sus vidas. En las páginas de la izquierda estaban las fotos de Liz y en las de la derecha, las de Marge. Mi madre debía de haber ayudado a Liz a recopilar las fotos. A medida que Marge iba pasando las páginas, las fui viendo crecer en tándem antes mis ojos.

Más adelante aparecían fotos de las dos juntas, algunas tomadas en lugares exóticos mientras que otras eran cándidas instantáneas captadas en la misma casa. Tanto las más formales como las más espontáneas, todas las fotos parecían elegidas para contar algo, como testigos de un momento especialmente significativo de su vida en común. El álbum entero era un testamento de su amor, que a mí casi me hizo saltar las lágrimas.

Al llegar a las dos últimas páginas, no me pude contener más.

A la izquierda estaba la foto de Marge y Liz debajo del árbol del Rockefeller Center en Nueva York, el último viaje que habían hecho juntas; a la derecha había una foto tomada tan solo un par de horas atrás, en la que Marge aparecía con el mismo aspecto exacto que tenía entonces.

Liz explicó que la había sacado mi padre y que, sin decírselo a ella, había ido a revelarla en un establecimiento cercano. Al volver, había pedido a Liz que la incluyera en la última página del álbum.

Todas las miradas se concentraron en él.

—Siempre he estado muy orgulloso de ti —dijo mi padre con voz estrangulada, mirando a Marge—, y también quiero que sepas lo mucho que te quiero.

El día después de San Valentín, se inició el compás de espera.

Ahora creo que aquel día Marge gastó buena parte de sus reservas de energía. El lunes estuvo durmiendo casi todo el día y a partir de entonces no comió nada sólido, limitándose a sorber caldo de pollo tibio con una paja.

En tanto que mis padres permanecían de manera constante en casa de Marge, yo iba y venía, sobre todo a causa de London. Desde que se había enterado de la gravedad del estado de Marge, tenía altibajos de humor y de vez en cuando le daban rabietas o se ponía a llorar por cualquier nadería. Se alteraba especialmente cuando me negaba a acatar su petición de ir a ver a Marge, pero era difícil hacerle entender que entonces su tía pasaba casi todo el tiempo durmiendo.

No obstante, unos días después de la celebración de San Valentín, Liz me llamó a casa por la tarde.

—¿Puedes traer a London? —me pidió con urgencia—. Marge quiere verla.

Llamé a London, que ya estaba arriba en pijama, con el pelo mojado después de haberse bañado. Bajó corriendo las escaleras y se habría precipitado hacia el coche si no la hubiera interceptado en la puerta para que se pusiera una chaqueta. Cuando le hice ver que iba descalza, cogió un par de botas de goma que encontró a mano y se las puso, pese a que no llovía.

Advertí que llevaba una Barbie, que no quiso soltar ni siquiera para ponerse el abrigo.

Cuando llegamos a casa de Marge, Liz dio un abrazo a London e inmediatamente la encaminó hacia el dormitorio.

Pese a su precipitación anterior, London se quedó dubitativa un momento antes de empezar a recorrer el pasillo. Yo la seguí unos pasos más atrás. De nuevo oí a mi hermana exhalando un sonido representativo de la vida que se le iba escapando con cada respiración. Dentro de la habitación, la lamparilla proyectaba una cálida luz en el suelo de madera.

London se detuvo cerca del umbral.

—Hola… cielo —la saludó Marge, vocalizando con dificultad.

London se acercó con cautela a la cama, moviéndose despacio para no molestar a su tía enferma. Yo me apoyé en la jamba de la puerta, mirando cómo llegaba junto a Marge.

—¿Qué… llevas… ahí? —preguntó Marge.

—Te he traído un regalo —respondió London, entregándole la muñeca que llevaba aferrada desde hacía rato—. Es mi Barbie preferida porque la tengo desde pequeña. Fue mi primera Barbie y quiero que la tengas tú.

Al darse cuenta de que Marge no tenía fuerzas para cogerla, la dejó al lado, apoyada en las mantas que la cubrían.

—Gracias. Es muy bonita… pero tú… eres más bonita.

London agachó la cabeza y después la volvió a levantar.

—Te quiero, tía Marge. Te quiero mucho. No quiero que te mueras.

—Ya sé… y… yo te quiero… también. Tengo… algo… para ti. La tía Liz lo ha puesto… encima de la cómoda. Un día… cuando seas más mayor… podrás mirarlo con tu padre… ¿eh? Y entonces… quizá te acordarás de mí. ¿Me prometes… que lo harás?

—Te lo prometo.

Dirigí la vista hacia la cómoda. Al ver el título del DVD que Marge había regalado a mi hija, tuve que reprimir las lágrimas.

Pretty Woman.

Y

—Marge piensa que de todas formas debería tener un hijo —me comentó Liz unos días después, con cara de cansancio y desconcierto, mientras tomábamos café en la cocina.

—¿Cuándo te lo ha dicho?

—Bueno, primero lo sacó a colación cuando fuimos a Nueva York —dijo—. No para de destacar que tengo un buen estado de salud, pero...

Esperé un instante, pero parecía como si no supiera por dónde continuar.

—¿Y tú tienes ganas de hacerlo? —le pregunté con timidez.

—No lo sé, Russ. Es que ahora es demasiado duro como para planteárselo. No me imagino siguiendo con el proyecto yo sola, pero ayer volvió a mencionarlo. —Estuvo un momento rascando con la uña la madera de la mesa de la cocina—. Me explicó que ya había tomado precauciones económicas para ello, por si cambiaba de idea más adelante, que con eso podría pagar la fecundación in vitro, una niñera si quería e incluso los gastos de escolaridad.

Cuando ladeé la cabeza, intentando comprender cómo y cuándo había realizado Marge esas gestiones económicas, Liz se pasó la mano por encima del cabello, tratando de dominar las hebras de pelo que se le escapaban de la cola.

—Por lo visto, justo después de haberse diplomado, cuando empezó a trabajar como contable, compró un paquete de acciones de seguros. Fueron dos pólizas, de hecho. Con los años fue ampliando el fondo y ahora hay acumulado bastante dinero. En la póliza de mayor cuantía me puso a mí como beneficiaria, y con eso voy a tener más de lo que necesitaré nunca, incluso si decidiera tener un hijo por mi cuenta. Hace poco cambió el beneficiario de la otra póliza, para ponerlo a nombre de tus padres, para que tu padre se pueda jubilar. Yo le pregunté por ti...

Levanté la mano, interrumpiéndola.

—Me alegro de que vaya a parar a ti y a mis padres —aseguré.

Liz parecía confusa, como si la información que acababa de transmitirme no acabara de tener sentido para ella.

—Lo que no paré de preguntarme cuando me contó todo esto —prosiguió— es: ¿cómo lo sabía? Cuando se lo hice notar, dijo que era a causa de la historia de su familia, y aunque no estuviera segura de quiénes serían al final los beneficiarios... al principio, creo que os había inscrito a ti y a tus padres... quería tener la seguridad de poder disponer de ese dinero por si lo necesitaba.

—Nunca me lo dijo.

—A mí tampoco —admitió Liz—. Cuando hablábamos de tener un hijo antes de que se pusiera enferma, yo nunca me paré a pensar en el coste. No ganamos poco y tenemos ahorrado algo, pero supongo que sobre todo siempre pensé que si Marge creía que podíamos permitírnoslo, es porque así era… —Por un momento, en su cara se dejó traslucir la desesperación—. A duras penas me puedo sostener a mí misma. Le dije que no me considero capaz de criar a un hijo sin ella. Siempre ha sido la más maternal. ¿Y sabes qué me contestó?

La miré, expectante.

—Dijo que yo era su inspiración y que cualquier niño que yo educara haría de este mundo un sitio mejor, y que si existe un cielo, me prometía que velaría para siempre por nuestro hijo.

Al día siguiente, me tocó a mí el turno de despedirme.

Cuando llegué a su casa, Marge dormía como de costumbre. Me quedé un rato, mirando de vez en cuando el reloj para no recoger tarde a London del colegio, pero al cabo de poco el monitor de bebé de la cocina empezó a emitir un ruido y mi madre y Liz se fueron a toda prisa al dormitorio. Unos minutos después, mi madre regresó a la cocina.

—Marge quiere verte —anunció.

—¿Cómo está?

—Parece bastante lúcida, pero será mejor que vayas ahora mismo. A veces empieza a embrollarse y no sigue despierta mucho tiempo.

Observando la serena apariencia de mi madre, me dije que era igual de fuerte que mi padre, porque estaba soportando lo insoportable día tras día.

Después de abrazar un momento a mi madre, me fui por el pasillo hacia el dormitorio. Al igual que el día de San Valentín, Marge llevaba un bonito fular, que, según supuse, debía de haber pedido a Liz que se lo pusiera antes de entrar yo.

Cogí una silla de un rincón y la acerqué a la cama. Liz salió de la habitación cuando cogí la mano de mi hermana. La sentí tibia y a un tiempo inerte, inmóvil, entre la mía. Aunque no sabía si podía siquiera notarlo, la apreté.

—Hola, hermanita —le dije con voz queda.

Al oírme, pestañeó y luego carraspeó con esfuerzo.

—Lee —dijo, de tal modo que a duras penas la entendí.

Tardé un poco en entender a qué se refería, hasta que vi el sobre que Liz había dejado en la mesita de noche. Lo cogí y tras sacar la hoja de papel, respiré hondo y empecé a leer.

Marge,

Se está haciendo tarde y me cuesta encontrar las palabras que desearía que surgieran con más facilidad. En realidad, no sé si es posible siquiera expresar en palabras lo importante que has sido siempre para mí. Te podría decir que te quiero y que eres la hermana más estupenda del mundo; podría admitir que siempre he recurrido a ti para todo. Sin embargo, como ya te he dicho eso otras veces, no me parece que sea lo adecuado. ¿Cómo puedo decirle adiós a la mejor persona que he conocido nunca, de la manera que realmente se merece?

Luego se me ha ocurrido que todo lo que tengo que decir se puede resumir en una palabra.

Gracias.

Gracias por cuidar de mí toda mi vida, por tratar de protegerme de mis propios errores, por ser un ejemplo de la valentía que yo tanto ansío tener. Gracias, sobre todo, por mostrarme lo que significa amar de verdad y ser amado a cambio.

Ya me conoces. Soy el experto de los grandes detalles románticos, de las cenas con velas y las flores en las veladas de pareja. Hasta hace poco no comprendía, sin embargo, que esos momentos tiernos, preparados, no significan nada si no se viven con alguien que te quiere tal como eres.

Pasé mucho tiempo en una relación en la que el amor siempre parecía condicional. Mis continuos esfuerzos para convertirme en alguien digno de un amor auténtico acababan siempre en fracaso, pero al pensar en ti y en Liz y en la armonía que compartís, acabé por comprender que la aceptación es el eje del verdadero amor y no la crítica. El hecho de ser plenamente aceptado por otra persona, incluso en los momentos más bajos, le permite a uno sentirse por fin en paz.

Tú y Liz sois mis héroes y mis musas, porque el amor que os profesáis siempre ha dejado un espacio para vuestras diferencias y ha celebrado todo cuanto teníais en común. En estos momentos tan sombríos, vuestro ejemplo ha sido una luz que me ha ayudado a encontrar mi camino para volver a las cosas verdaderamente importantes. Ruego por que un día yo también llegue a conocer la clase de amor que vosotras compartís.

Te quiero, mi dulce hermana.

Russ

Las manos me temblaban cuando doblé la carta y la volví a poner en el sobre. No me atrevía a hablar, pero la mirada de sabiduría de Marge me indicó que no hacía falta.

—Emily —dijo con respiración entrecortada—. Tú… tienes… eso… con… ella.

—La quiero —convine.

—No… la… dejes… escapar.

—No lo haré.

—Y… no… vuelvas… a… engañarla —prosiguió, logrando esbozar un asomo de sonrisa de picardía— o… por lo menos… no… se lo… digas…

No pude contener una carcajada. Incluso en el umbral de la muerte, mi hermana no había cambiado lo más mínimo.

—Descuida.

Le costó un poco recuperar el aliento.

—Mamá y… papá… necesitan… ver a London… estar… con ella.

—Siempre estarán con ella, igual que Liz.

—Preocupada… por… ellos.

Pensé en mi madre y en todos los seres queridos que había perdido; me acordé de mi padre, llorando en el coche.

—Hazlo…

—Lo haré. Te lo prometo.

—Te… quiero.

Estrechando la mano de mi hermana, me incliné para darle un beso en la mejilla.

—Te quiero más de lo que nunca podrás imaginar —dije.

Después de recompensarme con una tierna sonrisa, cerró los ojos.

Aquella fue la última vez que hablé con ella.

Mi padre guardó sus herramientas en la caja esa noche y todos nos despedimos de Liz, para dejarlas solas a las dos.

No sé si se dijeron algo o si permanecieron en silencio durante los dos días siguientes. Lo único que comentó Liz al respecto fue que Marge disfrutó de un día de asombrosa lucidez antes de entrar en coma. Me alegro de que Liz estuviera a su lado y confío en que dispusieran de una ocasión para decirse buena parte de lo que les quedaba por decir.

Un día después, mi hermana falleció.

El funeral celebrado en el cementerio fue sobrio. Marge había dejado al parecer unas estrictas instrucciones en ese sentido, pero aun así, la breve ceremonia congregó a decenas de asistentes, arracimados bajo el frío y tenebroso cielo.

Yo pronuncié un panegírico del que apenas recuerdo nada, aparte de que en ese momento advertí a Vivian en un extremo, lejos de mi familia, de Liz y de Emily.

Antes del entierro, London había preguntado si podía bailar para su tía por última vez, de modo que una vez que se hubieron marchado los asistentes, la ayudé a atarse las vaporosas alas. Sin música y conmigo por todo público, London estuvo revoloteando con gráciles movimientos en torno a la tierra recién removida, como una mariposa alternativamente perceptible entre la luz y la sombra.

Si de algo estoy seguro es de que a Marge le habría encantado el espectáculo.

Epílogo

Permanezco sentado a la sombra de un árbol del parque mientras London corre, trepa y juega en los columpios. Estas dos semanas pasadas ha hecho tanto calor y el aire está tan cargado de humedad que llevo camisetas de repuesto en el maletero del coche para cambiarme en momentos como este. De todas maneras no duran secas mucho rato, pero eso es lo que cabe esperar en estas fechas de finales de julio.

En los cuatro meses precedentes, la Agencia Fénix ha incorporado tres gabinetes más de abogados entre sus clientes y ahora representa a empresas en tres estados diferentes. Tuve que alquilar una oficina nueva y, dos meses atrás, contraté a mis primeros empleados. Mark tiene dos años de experiencia con una empresa de márketing por internet radicada en Atlanta y Tamara se acaba de licenciar en la universidad de Clemson, con especialidad en cine. Ambos pertenecen a la «generación digital» y escriben mensajes en el móvil usando los pulgares en lugar del método preferido por su jefe, que se limita a utilizar el índice. Son jóvenes inteligentes, con ganas de aprender, que me han permitido pasar más tiempo con London este verano.

Al igual que el verano pasado, mi hija mantiene una constante actividad. Va a tenis, piano, plástica y danza en una academia distinta, dirigida por una profesora mucho más cariñosa. Yo la llevo y la traigo a dichas actividades y trabajo mientras está en clase. Por las tardes solemos ir a la piscina del barrio o al parque, según le apetezca a ella. Me asombra lo mucho que ha cambiado desde el primer verano que pasamos juntos. Ahora es más alta y más decidida, y cuando vamos en el coche, a menudo la oigo pronunciando las palabras que ve escritas en los carteles.

Mi casa no es tan amplia como la de antes, pero es cómoda y en las paredes del comedor tengo colgados los dos cuadros de Emily, el que compré en la exposición y el que pintó a partir de la foto de London conmigo. Aunque llevo viviendo allí desde finales de mayo, todavía hay cajas que no he abierto; aparte, tuve que alquilar un espacio para guardar los muebles de la casa anterior que ya no necesitaba. Seguramente acabaré vendiéndolos casi todos, pero con todos los cambios que ha experimentado mi vida últimamente, no he tenido tiempo. Al fin y al cabo, todavía me encuentro en fase de adaptación aquí en Atlanta.

Vivian y yo nos reunimos el día del entierro y, en menos de una hora, lo resolvimos todo. Pese a que yo le propuse pasarle una pensión alimenticia, ella la rehusó, y en cuanto a la repartición de bienes, solo pidió la mitad del capital de la casa, de los ahorros y las cuentas de inversión. Me dejó quedarme con los fondos de la cuenta de jubilación conjunta, lo cual no es raro si se tiene en cuenta que hoy en día el dinero no supone una preocupación para ella. Ese mismo día, me confió que se había comprometido con Spannerman, aunque no lo iban a hacer público hasta que nos hubiéramos divorciado. Pese a que en otro tiempo me habría dolido, me quedé sorprendido al constatar que no me afectaba para nada. Estaba enamorado de Emily y, al igual que Vivian, había llegado a otro estadio en el que podía inaugurar un nuevo capítulo de mi vida.

El dinero nunca fue, con todo, el verdadero motivo de enfrentamiento entre nosotros, sino la cuestión de la custodia. Por eso acogí con alivio y cierto escepticismo lo que me dijo entonces.

—Quiero pedirte disculpas por la carta que envió mi abogada —declaró, llevándose la mano al corazón—. Estuve descargando la rabia en su despacho y no me di cuenta de que podía tergiversar de esa manera mis palabras. Sé que tú nunca harías nada inadecuado con London, y cuando por fin vi la carta que había enviado mi abogada, sentí náuseas. —Exhaló un suspiro—. No me puedo ni imaginar lo que debiste pensar de mí.

Cerró los ojos y en ese momento, opté por creerla. Eso era lo que anhelaba en parte; no quería creer que hubiera sido capaz de algo así… aunque a decir verdad, nunca sabré lo que ocurrió realmente.

—Esa noche en que fui a ver a Marge, me dijo sin rodeos que London nos necesitaba a los dos, que yo la perjudicaría empeñándome en obtener la custodia exclusiva. No hace falta que te diga que me sentó mal. En ese momento, consideré que no era asunto suyo, pero sus palabras me afectaron más de lo que quería reconocer… y más adelante, empecé a tomar conciencia de que posiblemente tenía razón. —Hacía rodar sin cesar la fina pulsera de oro que llevaba en la muñeca—. Siempre que venía a Atlanta, London se pasaba el tiempo hablando de ti, de lo mucho que se divertía contigo, de los juegos que compartíais, de los sitios adonde ibais —explicó con voz trémula—. Yo nunca he querido quitarte a London. Solo la quiero tener conmigo. Por eso cuando Marge dijo que estabas dispuesto a trasladarte a Atlanta… me quedé de una pieza. Nunca imaginé que fueras a alejarte de Charlotte, ni de tus padres. Siempre pensé que habías montado tu propia empresa porque realmente no querías buscar trabajo en otra ciudad. —Al ver que yo quería protestar, me contuvo con un gesto—. Por eso quería obtener la custodia exclusiva más que nada, porque yo también quiero a London y el hecho de verla solamente cada dos semanas era un calvario. Supongo que nunca pensé que fueras capaz de renunciar a tanto para permanecer con ella.

»Eres un padre magnífico, Russ —afirmó, mirándome a la cara—. Ahora no me cabe la menor duda. Si estás dispuesto a ir a vivir a Atlanta tal como dijo Marge, y si quieres la custodia compartida tal como aseguró ella, creo que podremos llegar a una solución.

Y así fue. En primer lugar, London se quedó conmigo en Charlotte para terminar el año escolar; dos días después, el camión de la mudanza se llevó nuestras cosas a Atlanta. Cuando Vivian está de viaje —cosa que todavía la obliga a ausentarse tres o cuatro noches por semana— London se queda conmigo. También tengo a mi hija los fines de semana alternos y los dos mantenemos la costumbre de celebrar una velada especial los viernes en que está conmigo. Para evitar que se repita lo del año pasado, con Vivian decidimos alternar las fiestas. A fin de poder leerle cuentos a mi hija antes de acostarse cuando está con su madre, compré un mini iPad, que ella coloca encima de una almohada para verme a través de FaceTime. Otra cosa estupenda es que, una vez empiece en la escuela podré seguir yendo a recogerla cada día y se quedará conmigo hasta que Vivian termine de trabajar. Seguramente eso representa que vamos a cenar juntos a veces; otras veces cenará con su madre. De todas formas, tengo la confianza de que Vivian y yo llegaremos a un arreglo.

Le estoy agradecido a Vivian por todas estas cosas, y debo reconocer que en todos los años que hace que la conozco, mi ex mujer nunca ha dejado de sorprenderme.

Incluso de manera positiva, en ocasiones.

Me aterrorizaba tener que anunciarle a Emily que me iba a vivir a Atlanta.

Pese a que mucha gente aplaudiría mi decisión de anteponer mi hija a una nueva relación de pareja, al mismo tiempo era consciente de que una mujer como Emily se encuentra solo una vez en la vida. Aunque la distancia entre Charlotte y Atlanta permitía mantener una relación a corto plazo, no era seguro que pudiera funcionar a la larga. Emily había nacido y crecido en Charlotte, al igual que yo, y sus padres y su familia vivían cerca. No llevábamos saliendo mucho tiempo; a aquellas alturas, ni siquiera nos habíamos besado.

—Podrías encontrar a alguien mejor que yo —afirmé, para iniciar la conversación.

Había hombres más inteligentes y buenos, potenciales partidos más ricos y más guapos, proseguí. Cuando Emily me interrumpió para preguntarme a cuento de qué le hablaba de aquello, se lo conté todo: mis conversaciones con Marge; mi encuentro con Vivian después del entierro; la toma de conciencia de que debía irme a vivir a Atlanta, por London. ¿Podría perdonarme? añadí.

Ella se levantó y me rodeó con los brazos. Nos encontrábamos en la cocina de su casa y, en ese momento preciso, desde su estudio, atrajo mi mirada al cuadro en el que estaba trabajando. Quería regalárselo a Liz. Tal como había hecho con la imagen de London bailando conmigo, estaba trasladando a la tela la foto que se habían hecho Marge y Liz debajo del árbol de Navidad del Rockefeller Center.

—Hace un tiempo que sé que te vas a ir a Atlanta —me susurró al oído—. Marge me lo dijo cuando la fui a ver. ¿Por qué crees que he puesto en venta mi casa?

En la actualidad, Emily y yo vivimos más o menos a un kilómetro de distancia. Por ahora ambos estamos de alquiler, porque sabemos que es solo cuestión de tiempo que nos prometamos en matrimonio. Habrá quien piense que es demasiado pronto, puesto que solo han transcurrido tres meses desde que me divorcié, pero a esas personas yo les respondería: «¿Cuánta gente tiene la oportunidad de casarse con su mejor amiga?».

Para London la transición ha sido mucho más fácil al saber que Bodhi no solo vive aquí, sino que además va a ir a la misma escuela —una excelente que queda cerca de aquí—. Justo después de mirar a London deslizándose por el tobogán, al volver la vista hacia el párking, he visto llegar a Emily. Bodhi ha bajado y se ha ido como una flecha hacia London, y cuando Emily me ha saludado sonriendo con la mano, he tenido la certeza de que este día se cerraba con un broche de oro.

Y por cierto, por si a alguien le interesa: en la primera noche que pasó Emily en Atlanta —se trasladó aquí una semana después de nosotros—, lo celebramos con champán y acabamos en la cama. Desde entonces, me siento como si por fin hubiera encontrado mi hogar.

Para mis padres no ha sido fácil, ni tampoco para Liz. Los fines de semana en que Vivian tiene a London, voy en coche hasta Charlotte y me quedo unas horas con ellos. Liz a menudo está en su casa y, de forma inevitable, acabamos hablando de Marge muchas veces. Ahora ya no lloramos con solo mencionar su nombre, pero el dolor por su ausencia aún sigue ahí. No sé si alguno de nosotros logrará llenar por completo el vacío que nos dejó.

Aun así, hay atisbos de esperanza.

Mientras charlábamos el pasado fin de semana, Liz me preguntó con desenvoltura si consideraba que era demasiado mayor para tener un hijo sola. Cuando le aseguré lo contrario, se limitó a asentir con la cabeza. No la presioné más, pero en todo caso advertí que el regalo que le había dejado Marge estaba ya dando el fruto de una posibilidad.

Esa misma tarde, mi padre comentó que el propietario de la empresa de fontanería la estaba llevando a la ruina y que no le apetecía quedarse allí para ver cómo se venía abajo. Cuando mis padres nos vinieron a visitar a Atlanta hace unos días, sorprendí a mi madre mirando la sección de ofertas inmobiliarias del periódico.

Tal como ya he mencionado con anterioridad, mi hermana siempre tenía un plan.

En cuanto a mí, Marge siempre supo lo que debía hacer, y durante las semanas posteriores al entierro, me estuve interrogando acerca de los motivos por los que no me había dicho directamente que me fuera a vivir a Atlanta en lugar de dejarme buscando a tientas la respuesta.

Hasta hace poco no se me ocurrió cual podía ser la razón: Sabía que, después de pasarme toda la vida recabando sus consejos, tenía que aprender a confiar en mis propios criterios. Sabía que su hermano pequeño necesitaba solo un empujón más para convertirse en el hombre que ella siempre supo que podía ser... el hombre que por fin tenía el aplomo para actuar en momentos importantes.

Este fue un año memorable, en lo positivo y en lo negativo, y ya no soy el mismo de hace doce meses. Al final, perdí demasiado; la pena que siento por Marge es todavía demasiado reciente. La echaré de menos siempre, y soy consciente de que sin ella no podría haber superado lo sucedido este año. Tampoco me imagino qué habría sido de mí sin London, y cada vez que miro a Emily, me proyecto en un futuro a su lado. Marge, Emily y London me apoyaron cuando más lo necesitaba, de una manera que ahora casi parece fruto de la predestinación.

Debo puntualizar que con cada una de ellas era una persona distinta, tan pronto un hermano, un padre o un pretendiente. En mi opinión, estas distinciones son un reflejo de una de las verdades universales de la vida. En cualquier momento dado, no soy la totalidad de mí mismo, sino una versión parcial de mi ser, de tal forma que cada versión es ligeramente diferente de las demás. Ahora creo que cada una de esas versiones de mí mismo ha tenido siempre a alguien a su lado. Sobreviví a aquel año porque fui capaz de caminar de dos en dos con las personas a quienes más quería, y aunque nunca lo he confesado a nadie, hay momentos, incluso ahora, en que siento a Marge caminando a mi lado. La oigo susurrarme la respuesta cuando me enfrento a una decisión; la oigo instándome a que me anime cuando el mundo me resulta opresivo. Este es mi secreto, o más bien «nuestro» secreto. Considero que he sido una persona afortunada, porque nadie debería verse obligado a caminar solo por la vida.

Agradecimientos

Después de terminar una novela, son siempre muchas las personas que se merecen que les dé las gracias.

A mis hijos, Miles, Ryan, Landon, Lexie y Savannah, que siguen siendo una fuente de inspiración para mí.

A Theresa Park, mi agente, y Jamie Raab, mi editora, han estado a mi lado durante veinte años, y siempre estoy muy agradecido por sus ideas y sus esfuerzos para pulir mis novelas.

En Park Literary + Media, el brillante y competente equipo formado por Emily Sweet, Abby Koons, Alex Greene, Andrea Mai, Vanessa Martinez y Blair Wilson, siempre llenos de ingenio y recursos, que se entregan a fondo en la defensa de los autores. Mi éxito se lo debo en buena medida a ellos.

En la United Talent Agency, Howie Sanders y Keya Khayatian han sido mis grandes consejeros, incansables abogados y asesores expertos durante más de veinte años. Han sido testigos de los altibajos de mi vida y siempre han destacado por su estratégica inteligencia y su inquebrantable lealtad. Aunque nunca podré recompensar a Larry Salz en lo que valen sus incansables esfuerzos en favor de NSP TV, de todas maneras le estoy profundamente agradecido. David Herrin siempre será mi maestro y mi oráculo en lo concerniente a los análisis de opinión pública, sector en el que es un auténtico genio. Danny Hertz fue un elemento indispensable en mi equipo, a quien deseo lo mejor en su nueva andadura.

A Scott Schwimer, mi infatigable abogado y amigo, ha sido mi espada y mi escudo durante veinte años. Su lealtad personal y su agudo sentido de los negocios superan con creces lo que cabría esperar de un mero abogado; para mí también ha sido una presencia tranquilizadora que me ha escuchado pacientemente en toda clase de situaciones delicadas.

A mis publicistas Catherine Olim, Jill Fritzo y Michael Geiser que han tenido una actuación más que profesional a lo largo de estos últimos viente años. Nadie podría desear una representación más atenta y talentosa en el mundo de las relaciones públicas. Su compromiso personal y su eficacia profesional siempre me han llenado de asombro.

LaQuishe Q Wright es una lideresa indiscutible en el ámbito de las redes sociales que nunca deja de asombrarme con sus conocimientos y profesionalidad. Mollie Smith también ha tenido una valiosísima participación en mi equipo de redes sociales, aportando realce a todo cuanto hago con su responsabilidad, su sensibilidad y su sentido de la estética.

En Hachette USA y UK, el equipo de personas a quienes debo dar las gracias es tan numeroso que me es imposible citarlas a todas. De todas maneras, confío en que les llegue mi mensaje de agradecimiento por los esfuerzos concretos que cada una de ellas ha realizado. Adjunto, con todo, una lista que no es exhaustiva:

Arnaud Nourry
Michael Pietsch
Amanda Pritzker
Beth DeGuzman
Brian McLendon
Anne Twomey
Flamur *Flag* Tonuzi
Claire Brown
Chris Murphy
Dave Epstein
Tracy Dowd
Caitlin Mulrooney-Lyski
Matthew Ballast
Maddie Caldwell
Bob Castillo
Kallie Shimek
Ursula Mackenzie
David Shelley
Catherine Burke

De la Warner Bros. TV querría dar las gracias a Peter Roth, Susan Rovner y Clancy Collins-White por su apoyo y amable profesionalidad. También expreso mi agradecimiento a Likewise Stacey Levin, Erika McGrath y Corey Hanley por su labor en NSP TV.

Muchas gracias a Denise DiNovi y Marty Bowen, fabulosos productores que han llevado muchas de mis novelas a la pantalla.

A Peter Safran, su hermosa esposa Natalia, Dan Clifton y el talentoso Ross Katz, con mi sentido agradecimiento por su trabajo en *En nombre del amor.*

Otras personas merecedoras de mi gratitud son Jeannie Armentrout y Tia Scott, que me facilitan la vida ocupándose de los miles de detalles cotidianos de mi hogar.

Andy Sommers, Mike McAden, Jim Hicks, Andy Bayliss, Theresa Sprain y el doctor Eric Collins se han ganado mi agradecimiento infinito por la ayuda que regularmente me prestan en diversos aspectos de mi vida.

Mi gratitud también para Pam Pope y Oscara Stevick, que hacen maravillas con los números.

Se merecen también mi agradecimiento otros amigos especiales, entre los que se cuentan Michael Smith, Victoria Vodar, David Geffen, el doctor Todd Lanman, Jeff Van Wie, Jim Tyler, Chris Matteo, Paul DuVair, Rick Muench, Robert Jacob, Tracey Lorentzen, Missy Blackerby, Ken Gray, el doctor Dwight Carlbloom, David Wang y Catherine Sparks.

Debido a las limitaciones de espacio, me veo obligado a omitir a muchas otras personas que también se han ganado mi gratitud, pero quiero destacar lo importante que ha sido su colaboración. Las obras creativas son una labor de grupo, y yo he tenido el privilegio de trabajar con un extraordinario equipo prácticamente en todas las fases de este libro.

Este libro utiliza el tipo Aldus, que toma su nombre
del vanguardista impresor del Renacimiento
italiano, Aldus Manutius. Hermann Zapf
diseñó el tipo Aldus para la imprenta
Stempel en 1954, como una réplica
más ligera y elegante del
popular tipo
Palatino

Solo nosotros dos se acabó de imprimir
en un día de invierno de 2017, en los
talleres gráficos de Liberdúplex, s.l.
Crta. BV 2241, km 7,4
Polígono Torrentfondo
08791 Sant Llorenç d'Hortons
(Barcelona)